KB208877

극동사
ARIADUST

들어가며
후텁지근한 여름도
그대로 집어삼키는 블랙 세계
세상을 살아가는데 도움이 되면 좋겠달까

경계선상의 호라이즌
Horizon on the Middle of Nowhere
VIII〈상〉
목차

일러스트 : 사토야스 (TENKY)
커버 디자인 : 와타나베 코이치 (2725Inc)
본문 디자인 원안 : TENKY

character

 아오이 키미
토리의 누나로, 에로와 댄스의 신을 신앙하고 있다. 기본적으로 고압적이며 귀에 걸면 귀걸이, 코에 걸면 코걸이라는 식으로 아주 제멋대로 굶.

 아오이 토리
주인공. 무사시 아리아더스트 학원의 총장 겸 학생회장. '불가능남'.

 아사마 토모
무사시의 주신궁인 아사마 신사의 딸. 토리와 키미의 소꿉친구 겸 인생의 피해자.

 아즈마
미카도(帝)의 자식이자 반신(半神). 모든 능력을 봉인당한 채 무사시에서 생활하고 있다.

 아데레 바르페트
프랑스에서 흘러들어온 종사(從士) 가계. 안경 소녀.

 이토 켄지
쾌활한 인류버스, 훌딱 벗은 몸에 대머리 근육질. 통칭 이토켄.

 오히로시키 긴지
하쓰 님(만화 《북두의 권》에 등장하는 뚱보 캐릭터) 같은 체격의 미식가냐는 오타쿠.

 키요나리 우르키아가
제2특무, 항공계 반룡(半龍)으로서 이단 심문관 지망. 통칭 웃키.

 시로지로 베르토니
회계. 무사시 상공회의 젊은 간부.

 텐조 크로스유나이트
제1특무, 항상 모자 등으로 얼굴을 가리고 있는 닌자이자 심부름꾼.

 투산 네신바라
서기. 역사 마니아에 작가 지망생이자 동인 작가.

 나오마사
제6특무, 기관부에서 일하는 누님. 담배를 피우지 않나 큰 소리로 웃질 않나 난리도 아니다.

 네이트 미토츠다이라
제5특무. 미토 마츠다이라의 습명자이자 기사 가계. 하프 인랑(人狼).

 넨지
HP3 정도의 슬라임. 남자답다.

 노리키
소년 가장. 거친 스타일의 격투가. 무뚝뚝하고 퉁명스럽다.

 하이디 오게자바라
회계 보좌. 시로지로의 파트너이며 마우스는 횐여우, 에리마키.

 핫산 후루부시
칼피스 마크 계열의 인도인. 카레만을 먹고 마시며 살아가고 있다.

 페르소나 군
양동이 같은 투구를 쓴 슈퍼 마초. 과묵하고 괴력을 지녔으나 다정함.

 호라이즌 아리아더스트
토리의 소꿉친구이자 현 미카э 군주. 지금은 자동인형 상태. 감정을 대죄무장의 부품으로 빼앗김.

 혼다 후타요
본래는 미카와 학생. 혼다 타다카츠의 딸, 1인칭은 소인. '~하오'체를 즐겨 씀.

 혼다 마사즈미
학생회 부회장. 작년에 미카와로 온 성실한 전학생. 이래저래 가정 사정을 떠안고 있다.

 마르가 나르제
제4특무. 검은 머리, 여섯 날개를 지닌 백마술사. 만화 연구회 소속.

 마르고트 나이트
제3특무. 금발에 여섯 날개를 지닌 흑마술사. 항상 웃고 있는 쪽.

 밀리엄 포크
휠체어를 타고 생활을 하는 탓에 재택 수업을 받고 있는 소녀.

 무카이 스즈
눈이 보이지 않지만 열심인 소녀. 같은 반 친구들의 브레이크.

 타치바나 무네시게
직 삼영서반아 제1특무, 아모레(Amore). 현재는 습명이 해제되어 재기를 준비 중.

 타치바나 긴
전직 삼영서반아 제3특무, 무네시게의 아내로 포격계 의수 소녀. 50번.

 메리 스튜어트
영국 여왕 엘리자베스의 이복 언니. 금발 거유. 텐조의 미래 아내로서 동거 중. 왕사검 1형의 소유주.

 미사나 히로
기관부장의 손녀딸. 메커닉 마니아. 나오마사의 후배에 해당. 한자로는 '大'라고 적지만 '다이'가 아니라 '히로'로 읽음.

 미사나 쇼이치
미사나 히로의 아버지. 타이조의 사위. 칸토 IZUMO의 우두머리.

 사토미 요시야스
사토미 교도원 학생회장인 소녀. 아담해도 울지 않는다. 무신 '의'를 조종한다.

 오쿠보 타다치카 / 나가야스
극동에서는 드문 이중 습명을 한 대표위원장. 짝퉁 사투리.

character

 카노
오쿠보의 시녀. 자동인형. 풍기위원장. 2학년.

 다테 시게자네(나루미)
마사무네의 사촌 동생, 다테 가문의 부장으로 기동각
'후텐무카데'를 사용. 여유 넘치는 누님풍(風)

야규 무네노리
오쿠보를 섬기는 1학년 닌자 사무라이.
헌터어—— 차아아아안스!

 호조 우지나오
북인도제국 연합의 총장 겸 학생회장. 도깨비형 장수족
이지만 자동인형의 몸을 지녔음.

 나가오카 타다오키
엄청 무서워어어어어어어어어어어어어어어어어어어
어어어어어어! 이 녀석, 고추 까만색이야아아아아아아아아아!

●교도원 관계자

 오리오토라이 마키코
고속 전투형 여교사. 언제나 체육복 차림.

사카이 타다츠구
무사시 아리아더스트 학원 학장. 옛날에는 꽤나 잘나가
는 사람이었지만 좌천.

 '무사시'
무사시를 통괄하는 자동인형이자 총장대. 신랄한 말투
가 끝내줍니다.

요시나오
육오식불란서에서 파견된 무사시 왕. 교도원에 대한 부결권과 무
사시의 관리권을 가짐.

산요 미츠키
3학년 대나무 반 담임. 오리오토라이를 선배로서 존경한다. 뭔가
미묘하게 불행.

●육오식불란서

 루이 엑시브
육오식불란서 총장. 태양왕으로 상큼한 분위기의 청년.
신의 피를 이음.

 모리 테루모토
육오식불란서 학생회장. 엑시브의 처, 날라리 계열. 훗
날 서군의 수장으로서 무사시 측의 적이 될 운명.

 삼총사 앙리
전투계 여성형 자동인형. 리더격으로 테루모토의 호위
역. 제식대도(大刀)의 사용자.

삼총사 아르망
전투계 남성형 자동인형. 광범위 중력 제어의 사용자.

 인랑 여왕
튀렌, 육오식불란서의 부장. 미토츠다이라의 엄마. 상
당히 데면데면한 성격의 거유.

미토츠다이라의 아버지
인랑 여왕의 남편. 행복한 나머지 울음을 터뜨리고는 하는 피해자. 공(攻)과
수(守)로 나누자면 수로, 아주 철저하게 공격을 당하는 쪽. 24일.

베른하르트
M.H.R.R. 출신의 용병대장이지만 개파로서 본국을 배신하고 전직한 사람을 섬명
한 아저씨이면서 정체는 천룡이고 엑자곤 프랑세즈 쪽에 붙어 있어서 복잡하다.

 Mouri 세 자매
모리 테루모토의 숙부 세 명을
섬명한 자동인형 세 자매.

●P.A.Oda

 니와 나가히데
육천마군, 오대정의 2번. 태세 전환이 빠른 무도사(舞
蹈士).

●모가미

 모가미 요시아키
'우슈의 여우'라 불리며 배신도 서슴지 않는 다이묘. 매우 추
운 지역인 모가미를 당대에 정리해낸 실력을 지니고 있다.

사케노베(샤케노베)
요시아키님을 보좌하는 마우스입니다몬!

● M.H.R.R.

하시바 토키치로
M.H.R.R. 부회장. 자동인형, 원숭이 가면을 쓴 소녀. 우물쭈물 폭탄 계열.

올림피아
인노켄티우스의 의붓누나이자 의붓여동생. 현 교황총장.

마티아스
M.H.R.R. 구파의 대표. 총장 겸 학생회장. 허수아비는 즐겁습니다!

마에다 토시이에
구파 대표. 회계. 영체가 된 채 아내인 '마츠'와 평화롭게 중간직을 맡고 있음.

후쿠시마 마사노리
하시바 슬하 십본창의 넘버 1. 하오체 + 입니다 말투를 사용한다.

카토 키요마사
하시바 슬하 십본창의 넘버 2. 금발 거유 계열로 정중한 말투.

타케나카 한베에
십본창의 넘버 9. 하시바의 군사. 낙천적인 성격의 장수족 누님. 쿠로다 요시타카까지 이중 실명.

카타기리 카츠모토
십본창의 넘버 10. 진지한 성격의 소년으로 교섭역 등을 맡음.

카토 요시아키
십본창 넘버 4. 금발에 금빛 날개를 지닌 백마술사. 낯선 말투를 사용하지만 의외로 전체를 조정하는 역할을 함.

와키자카 야스하루(안지)
십본창 넘버 5. 흑발에 검은 날개를 지닌 흑마술사. 무사태평해 보이지만 정말로 무사태평한 계열.

하치스카 코로쿠
쇼로쿠. 무신 파일럿이며 일류현무의 탑승자. 십본창이고 쿨한 어린애.

카니 사이조
성을 제대로 읽지 못할 확률이 매우 높다. 씩씩한 십본창 보좌. 후쿠시마의 후배에 해당하는 카니부친.

스즈키 마고이치
사이가슈를 배신하는 형태로 P.A.Oda에 들어간 거너.

쿠키 요시타카
P.A.Oda 철갑선단의 우두머리. 무라카미 수군에 맞서는 것이 임무.

오오타니 요시츠구
진지하고 열혈인 대다 성실하고 거짓말을 못하며 정의감이 강한 바이러스. 고양이가 좋아한다.

이시다 미츠나리
진지하지만 경험이 부족해서 쩔쩔매는 일이 많은 정보체. 십본창 넘버 3.

카스야 타케노리
십본창의 넘버 8. 흑발, 타키가와라를 쓰러뜨리거나 한 근접 계열. 가슴은 있답니다.

나베시마 나오시게
류조지 가문에 유학 중인 카니의 옛 친구. 누님 체질. 기룡 파일럿으로 류조지 사천왕을 마구 부려먹는다.

류조지 사천왕
"우리 다섯 명이!" "류조지 사천왕!" "다섯 명이지만!" "사천왕!" "방해는(생략)."

아사노 요시나가
성적이 우수한 카니의 오랜 친구. 묘한 억〜양으로 말〜함.

이케다 테루마사
보청(普請)역인 카니의 옛 친구. 시로사기 성이랑 이래저래 얽혀있음.

코니시 유키나가
코니맘의 딸. 하시바 칸토 세력의 교섭역 + 보소 반도 지상부대 대표, 상인 무장. 돈을 좋아하긴 하지만 우둔은 안 나옴.

시마 사콘
키 3미터에 5년 끓었고 재생능력자예요오. 하지만 아아야 계열. 기동각 오니타케마루를 다룬다. 코히메.

오니타케마루
장군님. 기동각. 도박 내성이 없다. 지금은 기동각이지만, 볼 만이나⋯⋯!

코마오마루
키소 요시나카. 토모에 고젠의 전 남편. 되살아난 뒤에도 입에서 빔.

● 기타세력

토모에 고젠
M.H.R.R. 개파. 루터를 이중 실명함. 영체. 정보현장을 사용할 수 있는 것에 더불어 정보사본 해머로 패기도 함.

크리스티나
뇌르틀링겐에서 구해낸 뒤, 현재는 나가부토의 부인. 앞으로도 부인. 28세랍니다.

마사키 토키시게
사토미의 현재 대표. 하시바측에 종속되어 있는 제법 고생이 많은 사람. 무신 '신(信)'을 사용한다.

ㄱ~ㄴ

- **구파【가톨릭】** : 예부터 존재해온 Tsirhc의 주류.
- **교도원** : 학교 시설을 뜻함. 실질적인 군사, 정치의 중심부. 많은 분교가 존재함.
- **교보** : 신과 정보를 신앙하는 조직, 집단.
- **교칙법** : 성련이 정한 교도원 간의 기본법.
- **극동** : 중주통합쟁란 후의 신주를 지칭함.
- **기계장치 샛별【피노 아바】** : K.P.A.Italia의 브랜드. 태엽식 제품이 주력 상품.
- **개파【프로테스탄트】** : 구파의 부패에서 탈피, 시대에 맞춘 Tsirhc(차크) 교보의 새 유파.
- **기계장치 샛별【피노 아바】** : K.P.A.Italia의 브랜드. 태엽식 제품이 주력 상품.
- **개역(改易)** : 가문을 몰락시키는 일.
- **내려다보는 마산【에델 브로켄】** : 마술 브랜드. 본사의 소재는 불명.
- **내리** : 쿄에서 미카도가 살면서 정치를 하는 곳. 삼종 신기로 지맥을 제어하는 곳이라고 하는데, 기밀성이 꽤 높다.
- **내연배기** : 자신의 몸 안에 축적된 배기를 말함.
- **노브고로드** : 러시아의 서쪽 끝에 있는 대규모 상업 도시. 부상 도시지만 뇌제 이반 4세의 대숙청으로 인해 죽은 자의 도시가 되었다.

ㄷ~ㄹ

- **대규모 회군(大回軍)** : 노부나가 암살되었을 때 모리 침공 도중이었던 하시바가 전군을 회군시켰던 일. 200킬로미터 정도 되는 거리를 열흘 남짓 만에 주파했던 무모한 행군.
- **대연(代演)** : 술식 발동에 배기를 사용하는 대신, 신이 좋아하는 것을 봉납하는 것.
- **대죄무장** : 인간의 대죄를 모티브로 하여 만들어진 대량 파괴 무장.
- **던하이** : 교보 중 하나. 윤회전생을 주축으로 되어 있음.

ㅁ~ㅂ

- **마술** : 구주(歐洲)에서 절찬 박해 중인 민간 술식.
- **말세** : 이 세상의 끝. 성보의 역사기술이 끊기는 1648년을 가리킴.
- **미카도(帝)** : 신격자, 쿄(京)에서 신기로 지맥을 제어하고 있는 것으로 알려짐. 속세에는 관여하지 않음.
- **미카와** : 모토노부 공이 일으킨 지맥으로 폭주 붕괴로 인해 소멸.
- **미토** : 오슈의 남쪽, 에도의 북쪽. 미토츠다이라의 소유 영지.
- **모순 허용** : 이 세계 존재하는 모든 물리법칙의 동시 존재를 성립시킴.
- **무가제법도** : 마츠다이라 가문이 에도 막부를 일으킨 후에 발포되는 법률. 무가의 행동 규율을 규정지은 것으로, 거성 이외의 성곽 소유를 허락하지 않거나 후계자가 없을 경우에는 개역하는 등, 중앙집권화를 위한 내용.
- **무라사이** : Tsirhc와는 별개로 성보를 신앙하는 후발파.
- **무사시** : 항공 도시함. 극동에 허락된 유일한 독립 영토.
- **무사시 아리아더스트 학교** : 무사시의 오쿠타마에 존재하는 극동의 대표 학교.
- **무신** : 사람이 동화하여 움직이는 거대한 인형 기계.
- **문록의 역** : 하시바의 첫 번째 조선 침공.
- **배기** : 인간이 한 시간 동안 존재하기 위해 필요한 유체.
3600 ATELL. 술식의 소비 ATELL 환산 단위.
- **범강(範鋼)** : 청의 브랜드. 튼튼하지만 다소 거칠음.
- **백사대좌** : 이즈모 산업조합의 신사 계열 브랜드.
- **비소퇴조율진행** : 여명의 시대에 일어났던 성보와 중주세계를 만든 운동.
- **베스트팔렌 조약** : 30년 전쟁 등의 강화조약.
- **봉납** : 신에게, 신이 기뻐할 일이나 내연배기를 바치는 일. 헌납.
- **분로쿠노에키** : 하시바의 첫 번째 조선 침공.

ㅅ~ㅇ

· **삼정서반아【트레스 에스파냐】** : 오오우치 가문, 오오토모 가문 + 스페인을 뜻함. 포르투갈도 합병 중.
· **성련** : 성보연맹. 역사재현을 주도하기 위한 조직.
· **성보** : 전(前) 지구 시대의 역사를 기록한 역사서. 도합 일곱 쌍
+ 초본(抄本)으로 이루어짐.
· **성보기술** : 성보의 기능으로 인해, 전 지구 시대의 역사가 100년 앞까지 자동 갱신됨. 하지만 1648년의 기술을 끝으로 갱신이 정지됨.
· **성보현장** : 성보가 지닌 능력을 사용하기 위한 무장.
· **성협** : 성보협주회. 스베트 루시에서 독자적으로 발전한 구파.
· **성술** : Tsirhc계열의 술식. 구파는 성보와 성자 관련, 개파는 성보에서만 힘을 이끌어냄.
· **술식** : 유체를 가공함으로써 현실 공간에 기적을 일으키는 일.
· **습명** : 역사재현을 위해 적격자가 역사상의 인물을 계승하는 것.
· **신격무장** : 평범한 무장과는 달리 특유의 능력을 지닌 무장.
· **신도** : 극동의 교회. 극동의 신들을 신앙하여 신주술을 사용한다.
· **신주(神州)** : 극동의 옛 호칭.
· **아리아케** : 칸토 IZUMO의 무사시 전용 부상 독.
· **아르마다 해전** : 영국과 트레스 에스파냐 사이에 벌어진 해전. 트레스 에스파냐가 영국 상륙을 꾀했지만 괴멸당한다.
· **아마츠고이신레 교도원** : 여명의 시대에 존재했던 초기의 고도원. 학문의 장이라기보다는 인도의 전초 기지였음.
· **아즈치 성** : P.A.ODA가 소유한 거대 항공 전함.
· **아마고 가문** : 전 IZUMO 주인. 모리와 엑자곤 프랑세즈에 의해 멸망.
· **여신만세【에우로파】** : 트레스 에스파냐의 주 기업.
· **역사재현** : 성보기술을 사람들이 재현하며 세계의 흐름을 유지하는 일.
· **영국【잉글랜드】** : 부유도에 위치하고 있으며 극동의 토지와 다이묘를 지배하지 않는다.
· **왕사검【엑스칼리버】** : 1형과 2형이 있다.
· **오슈** : 토호쿠 지역을 일컫는 말. 다테 가문이 동쪽, 모가미 가문이 서쪽을 다스린다.
· **오슈 후지와라(히라이즈미)** : 오슈의 남쪽에 있는 장수족의 숨겨진 마을.
· **오타테의 난** : 겐신이 죽은 뒤 우에스기 가문 내부에서 벌어진 후계자 싸움. 우에스기 카게카츠와 우에스기 카게토라가 싸워 카게카츠가 승리했다.
· **외연배기(外燃排氣)** : 자신의 몸 밖에 축적된 배기를 뜻함. 유체 연료 등이 해당됨.
· **유체** : 모순 허용형의 공간구성 요소.
· **유체 구동기** : 유체의 공간 변이력을 응용한 구동기. 효과는 내부의 문장 등에 따라 변화함.
· **유체로** : 공간에서 유체를 추출, 정제하는 노(爐). 지맥로보다 출력은 낮으나 비교적 안정적.
· **용맥로** : 지맥로를 폭주시켜 넓은 범위를 소멸시키는 폭탄.
· **용속** : 용을 가리킴. 정령 계열인 천룡과 짐승 계열인 지룡이 있으며 천룡이 상위에 속함. 게르만 침공을 역사 재현하며 패권을 장악하려 했으나 패배. 지금은 각지에 흩어져 있음.
· **여명의 시대** : 성보 성립 이전 시대를 일컫는 말.
· **역사재현** : 성보기술을 사람들이 재현하여 세계의 흐름을 유지하는 일.
· **유체 연료** : 연료로서 정제된 유체. 외연배기와 유체 구동기에 사용됨.
· **육호식볼란서【엑자곤 프랑세즈】** : 모리 가문 + 프랑스를 뜻함.
· **이즈모 산업조합(IZUMO)** : 극동 최대 규모의 기업조합. 극동 신사의 총본산이자 무사시의 건조를 담당했던 기업.
· **인공 말세** : 영국의 '화원'에 말세 연구용으로 지맥의 뒤틀림을 만들어 압축시킨 것.

ㅈ~ㅊ

words

- **잠정의회** : 무사시의 학생회와 총장연합, 위원회의 관료에 해당하는 어른들의 조직.
- **정령술** : 의지를 지닌 유체라 할 수 있는 정령에게 말을 걸어 힘을 빌리는 원시적인 술식.
- **조에츠로서아【스베트 루시】** : 우에스기 가문 + 러시아를 뜻함.
- **졸업** : 극동 이외의 나라는 무기한제. 극동은 18세 졸업제.
- **주구【마우스】** : 신도 교보와 주자를 중개하는 영수형 디바이스. 다른 교보에서는 주도(走徒)라고도 함.
- **주자(奏者)** : 각 교보의 신도.
- **중주세계** : 일찍이 신주를 카피해왔던 이공간을 말함. 지맥 제어로 유지되고 있었음.
- **중주영역** : 떨어져 내린 중주세계의 신주가 깨어나가며 현실 측과 합쳐진 부분.
- **중주통합쟁란** : 중주세계가 붕괴할 때 일어난 중주세계 측 주민과 현실세계 측(신주) 주민들의 전쟁. 중주세계 측이 승리하여 신주는 잠정 지배를 받게 됨.
- **지맥** : 공간을 구성하는 유체가 흐르는 경로 중 굵직한 것.
- **지맥로** : 지맥에서 유체를 추출, 정제하는 노(爐). 지맥의 변이를 일으키기 쉬워, 폭발하면 수 킬로미터에 이르는 범위가 소멸하며 불안정해지기에 Tsirhc 교보에서는 금지.
- **청결한 대시장【산 메르카도】** : 트레스 에스파냐의 브랜드.
- **청타케다** : 중국과 타케다 가문을 합친 것.
- **초축복함대** : 트레스 에스파냐의 아르마다 해전용 함대. 최신예함으로 구성되어 있다.
- **총장연합** : 총장을 수장으로 하여 각 교도원의 경비 등, 실질적인 업무와 지휘를 행하는 조직.
- **칠부육선도【오아토】** : 중국의 선도를 기초로 한 교보.

ㅋ~ㅎ
- **통행가** : 에도시대의 극동에 발생하는 동요의 시작형.
- **표시창** : 각 교보의 기본 가호를 사용하기 위한 술식 디바이스.
- **학생회** : 각 교도원의 내무, 외무 등을 행하는 조직.
- **행사** : 교도원이 각 학기 중 등에 행해야만 하는 의식과 시험 등의 학업을 가리킴. 이를 수행하지 않으면 대외적 정치 행사 등이 불가능함.
- **현람석, 현수** : 유체를 내포한 광석, 물. 유체 연료로서도 사용 가능.
- **화원** : 영국에 만들어진 인공 말세 연구용 공간.
- **흑금시【아이젠리터】** : M.H.R.R. 개파 영방의 주 기업.
- **히데츠구 사건** : 하시바의 조카이자 다음 대를 맡기고자 했던 히데츠구가 하시바의 분노를 사서 자해하게 되었던 사건. 이유는 알 수 없으나 연좌제로 측실이었던 코마히메까지 자해하게 됨.

A~Z
- **ArchsArt** : '대속(大屬)의 예술'. 영국의 주요 기업.
- **ATELL** : 유체의 최소 단위. 술식에 사용된다.
- **H.R.R.M.** : '신성기사단 철공회'. M.H.R.R. 구파 영방의 주 기업.
- **Jud.【저지/저지먼트】** : 죄인용 '응답', '알았음'이라는 의미.
- **K.P.A.Italia** : 아키 제국 연합 + 이탈리아 도시 연합을 뜻함.
- **M.H.R.R.** : 하시바 가문 + 신성 로마 제국을 뜻함.
- **P.A.ODA** : 오다 가문 + 오스만을 뜻함.
- **Shaja【샤자】** : 무라사이권의 말로 '알았음'이라는 의미. 본래 용기를 뜻하는 단어의 표기를 바꾼 것.
- **Tes.【테스/테스터먼트】** : '응답', '알았음'이라는 뜻.
- **Tsirhc(차크)** : 신의 자식을 장으로 둔 교보. 성보를 신앙한다.

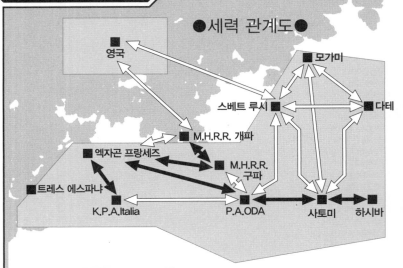

● 세력 관계도 ●

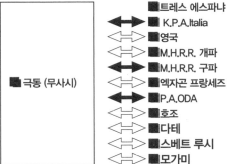

■트레스 에스파냐
■ K.P.A.Italia
■영국
■M.H.R.R. 개파
■M.H.R.R. 구파
■엑자곤 프랑세즈
■P.A.ODA
■호조
■다테
■스베트 루시
■모가미

■극동 (무사시)

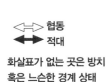

⟨⟩ 협동
◀▶ 적대

화살표가 없는 곳은 방치
혹은 느슨한 경계 상태

● 무사시의 향후 ●

 "누나! 누나! 이제부터 여름방학 어떻게 하는데!"

 "후후후, 여름 동생아. 우선 무사시가 우동 왕국에 있으니까 이대로 있어도 될지 어떨지에 대해 생각해야지.
그리고 기말고사를 다시 칠 필요도 있으니까 그것도 생각해두어야겠지?"

간략한 줄거리

좋아, 그럼 이번에는 이 장군님께서 몸소 네놈들에게 지금까지의 전개를 가르쳐주마. 그러니까, 간단히 말하자면 이런 거다. '자다가 일어나보니 기동각이 되어 있었고, 이상하게 커다란 계집애와 함께 편성되었더니 포탄을 세 발 맞은 다음에 부장군에게 교수형 당했다. 지금은 밥을 먹고 있다'.

……이봐, 보통 이런 전개를 믿을 수 있겠나? 나도 다시 생각해보니 대체 뭐하고 있는 건가하는 전개라 말이지……. 애초에 이래 봬도 나는 장군님이란 말이다. 요즘 젊은 녀석들은 남에 대한 경의가 없다고 해야 하나, 뭐라 해야 하나. 그래, 뭐, 좀 나중 녀석들도 다중 습격해서 암살당하기도 했다만. 그리고, 지금, 분명히 머리 부분을 밖에서 퍽퍽 두드리고 있는데, 이건 틀림없이 그 계집이……, 네놈! 그만두지 못할까아──!!

●교칙법

제301조 1항
■ 잠정 지배측 교도원은 피잠정 지배측 거류지의 교도원이 지닌 권한을 함께 지니는 것으로 한다.

제301조 2항
■ 피잠정 지배측 거류지의 교도원은 잠정 지배측의 교도원이 지닌 권한을 지니지 않는 것으로 한다.

서장

『여름 풀의 그림자를 드리운 사람』

응? 이건 보상이 아니라
어깨 결림 같은 건가……?
아니, 잠깐만, 잠깐만, 잠깐만.
배점(설마 나이 때문)

●

눈을 떠보니 그곳에는 낡은 목조 천장이 있었다.

사방은 뚫려있다. 시간은 아침이다.

잠들어 있던 시야, 천장을 중심으로 주위에 보이는 것은 숲과 광장이었다.

산속의 신사에 마련된 무대. 그곳이 내가 잠들어 있던 곳이었다.

"──── 큰일이네."

여자 목소리가 몸을 일으켰다. 무릎 아래쪽이 무대 가장자리에서 처마 밑으로 늘어져 있었다.

어젯밤, 가장자리에 앉아 있다가 뒤쪽으로 쓰러져서 잠들어버린 것이다.

몸을 만져보니 약간 차가워져 있었다. 하지만.

"열이 내렸나."

운동복 안쪽 몸. 붕대와 부적을 겹쳐서 감아둔 안쪽 피부에는 열기가 없었다.

두 팔을 들어보니 '운노'라는 이름이 수 놓인 운동복 두 팔이 문제없이 올라갔다.

흐음, 그녀는 그렇게 말했다. 오른팔을 살짝 당길 때 눈살을 찌푸리긴 했지만.

"상관없으려나."

그렇게 말하며 팔을 내리고는 숨을 내쉬었다. 그러자.

『운노 님.』

신사 동쪽, 참배길로 이어지는 계단을 올라오는 그림자가 있었다.

검은 머리카락을 묶은 자동인형. 그녀를 본 운노는 눈을 치켜떴다.

"모치즈키, 다 나은 거야?"

『아뇨, 그저 임시로 가동한 것뿐입니다. ———아침 식사 정도라면 만들 수 있습니다만.』

그렇게 말하며 다가온 모치즈키가 보자기로 감싼 찬합을 내밀고는.

『옆에 앉겠습니다.』

"축축한데."

『기분 말씀입니까?』

"설마."

운노는 그렇게 말하며 앞을 보았다.

무대는 신사 광장 기준으로 약간 대각선, 남동쪽을 향하고 있다.

조명 같은 것이 상비되지 않을 정도로 낡은 신사다. 무대는 일조량을 우선시한 구조였고, 운노가 앉아 있는 곳에서 바깥쪽을 보니.

"저쪽, 칸토 해방은 끝나버렸네."

『시간이 오래 걸리면 참전하실 생각이셨습니까?』

"그럴 생각이 없다 해도, 그러는 게 나은 상황이라면 참전하라고 명령을 받았겠지."

하지만.

"그럴 여유조차 없었어. ───그렇게 실력 부족의 변명을 해둘까."

『지켜볼 수 있었던 것만으로도 충분한 것 같습니다.』

모치즈키가 보자기를 풀면서 한 말을 듣고도 운노는 고개를 끄덕이지 않았다. 그녀는 그저.

"여기까지려나."

『저는 물러날 생각입니다.』

"너는 좀 더 해볼 수 있지 않아?"

『그렇다면 운노 님께서는 물러나신다는 말씀이시군요.』

"유도 심문인가~."

운노는 그렇게 말하며 가볍다고 생각했다.

거짓된 가벼움이라는 것이 분명하다는 사실까지는 알고 있다. 하지만.

……답이 없네.

마음이 완전히 인정해버린 이런저런 사실들을, 고집이나 자존심처럼 마음 바깥에 있는 것들이 받아들이려 하지 않고 있다. 그런 자신이 우습다는 것까지 알고 있으니.

……가볍게 나가지 않으면 못 해 먹겠으니까.

"저기 말이야."

운노는 말했다.

"어젯밤에 진짜 대단했다고. 저쪽, 칸토 바다쪽. 너, 아즈치가 왔을 때, 안 봤지?"

『아뇨, 지룡을 타고 날아다니던 분들이 중계를 해주셨기에 보충학습을 받으면서 보았습니다.』

"용속의 위엄 같은 건 전혀 없구나."

정말, 운노는 그렇게 중얼거렸다. 턱도 괴었다.

"꼴사납게 지고, 겨우겨우 여기로 돌아왔는데, 전장도, 역사도, 모든 것이 멀어져가는구나, 라고 해야겠네."

●

운노는 숨을 돌린 다음, 이렇게 생각했다.

……운이 좋았던 걸까, 안 좋았던 걸까.

호조와의 전투, 카니에 성 전투에서 우리가 귀환할 수 있었던 것은 호조의 해체가 미리 준비되어 있었기 때문이었다. 호조가 멸망함으로써 그들이 지닌 권익 중 대부분이 각지에 배분된다. 나중에 사나다가 받게 될 할양지나 인원 같은 것들을 우지나오 일행이 이미 마련해두었고 곧바로 손을 썼던 것이다.

우리는 사나다로 떠나는 첫 배를 탈 수 있었다. 그렇게 돌아와서 한나절 정도 치료를 한 다음, 칸토 해방이 시작된 것이다.

보고 있을 수밖에 없었다는 건 사실이지만, 그렇다면이라는 생각에 여기로 왔다.

내 본거지. 이곳에서 이것저것 다시 시작하고 싶다는 생각도 들었기 때문이다.

하지만 그럴 상황이 아니었다.

호조와의 전투를 뛰어넘는 규모의 전투는 함대전을 중심으로 전개되었고.

"무사시 세력은 사토미 해방말고도, ───M.H.R.R에서도 한바탕 날뛰었다면서."

『뇌르틀링겐에는 중등부 이동교실 때 가신 적이 있으셨지요.』

"우리 쪽은 그 왜, M.H.R.R.과의 우호적인 가교라거나 해서 그런 시기였으니까. 오쇼가 엄청 들떴었는데……."

그렇게 중얼거리는 와중에 동료의 애칭에 감정이 전혀 담겨 있지 않았다.

꽤 많이 식어버렸구나, 운노는 자기 자신에 대해 그렇게 생각했다. 차갑게 식은 데다 가볍다. 그런 금속 같은 게 있었나? 글쎄. 아니, 그냥 얼음이라 해도 될 것 같긴 하지만, 그렇게까지 폼을 잡고 싶진 않다.

"그래도 스케일이 전혀 달랐지."

『칸토 해방 말씀이십니까.』

"Tes., ……뭐라고 해야 하나, 그 왜."

운노는 말했다.

"'불요'가 되었을 때는 분했던 거야."

『감정이 없기에 동의할 수는 없습니다만, 입장의 강제 손실에 대하여 항의할 용의는 있습니다.』

"잘 모르겠지만 말이야, 그래도, 그거야, 그 왜."

카니에 성 전투를 떠올리려 하다가.

"＿＿＿＿＿＿＿＿."

운노는 황천이 되어버린 숲속 밑바닥에서 있었던 일을 떠올리는 것을 그만두었다.

그것은 아마도 내 모든 진심일 것이다.

그것이 내, 부정하고 싶은 나와 그렇게 되고 싶은 나 자신.

하지만 이곳은 '모두'의 장소다.

그래서 운노는 그때 있었던 일을 부정하지 않게끔 주의하며 마음을 하나 건너뛰어 다음 단계로 넘어갔다. 그것은.

"칸토 해방을 보면서 말이지, 이렇게 생각했거든. ———아, 우리가 했던 일이 사실 아무런 도움도 되지 않았던 게 아닐까 싶어서."

『무력감입니까.』

"음~, 약간 달라. 그건 '불요'가 되어서 분한 마음하고 직접적인 연관이 있으니까. ———우리는 무력하지 않다며 분통을 터뜨린 적도 있었고."

그렇다면, 모치즈키가 그렇게 말했다.

『우리는 칸토 해방에 관여하지 않았기에, ……분한 마음이라는 것과 직접적으로 연관시키기 힘든 무력감을 느껴버리신 거군요.』

"모치즈키, 왜 그렇게 어렵게 말하는 건데……."

25

『원래 성격이 이렇습니다.』

드시죠, 모치즈키가 그렇게 말하며 찬합을 들어올렸다. 그 안에는 찜과 생선구이가 들어 있었다. 생선의 뼈를 발라낸 걸 보니 손가락의 움직임을 테스트해보고 싶었던 모양이다. 그밖에는 비빔밥이 있었고.

"차는?"

『지금은 방수 가공이 되지 않은 상태이니까요.』

그렇구나, 운노는 그렇게 말하며 고개를 끄덕였다. 남동쪽 하늘. 이곳에서 멀리 떨어져 있는 흐린 아침 공기 너머로 아즈치의 그림자가 보였다.

저것만이 칸토 해방의 흔적이다.

"어떻게 해야 하나."

끙끙대고 있어도 되는 걸까.

사실 진심은 그 황천에 두고 오지 않은 것 같다. 타치바나 긴의 공격에 정신을 잃고 깨어났을 때는 이미 아사마 신사의 무녀가 응급처치를 해둔 뒤였다.

그 사실을 잊을 정도로 멍청하진 않다.

결론은 뻔히 보이고, 그 유예기간으로서 지금이 있는 것 같다.

언젠가 기분이 가라앉으면 분명히 물러날 거라 생각하긴 하지만.

"여름방학이라."

생각하기에는 딱 좋은 기간이다.

사나다로 돌아온 직후라 나는 사나다가 어떻게 움직일지 파악하지 못하고 있다.

불요 중에서 아나야마와 유리, 네즈는 세키가하라를 대비해서 나갔다고 들었는데.

"나는, 어떻게 할까."

그런 말을 늘어놓고 있는 동안에 다른 사람들은 움직이며 거리가 점점 벌어질 것이다. 특히.

"━━━무사시 세력 같은 곳은 이미 여름방학 동안에 암약할 일정을 세우고 있겠지."

『모르고 계십니까.』

"뭘?"

『무사시 세력은 카케이 토라히데 님께서 돌격하셨을 때 시험 답안을 손실하였다는 이유로 오늘은 보충학습입니다.

들리는 이야기에 따르면 재시험을 몇 과목 본다고 합니다.

무사시의 대표위원장이 얼마 전에 토라히데 님에 대한 책임을 추궁하였기에 토라히데 님께서는 도망치셨습니다.』

어떤 의미로는 한 방 먹여준 걸까, 운노는 그렇게 생각하며 입가에 살짝 미소를 지었다.

하늘을 보니 숲으로 둘러싸인 광장의 형태로 희미한 푸른 색이 보였다.

"━━━오늘은 더워질 것 같네."

●

여름 햇살이 있다.

푸른 하늘의 높은 위치에서, 투명하면서도 열기를 띠고 내리쬐는 전면의 빛.

그렇게 내리쬐는 것 말고도 빛은 지면에 그림자를 진하게 드리움으로써 자신을 주장했다.

그리고 대지에 커다란 그림자가 있다.

하늘에 거대한 건조물이 있는 것이다.

여덟 척으로 이루어진 대형함. 전장 8킬로미터가 넘는 그 배에는 '무사시'의 이름과 함께 각 배의 이름이 하얗게 각인되어 있다.

무사시가 있는 곳은 녹색 평야의 상공이었다. 북쪽에는 동서로 가로지르는 넓은 내해가 있는 곳.

시코쿠의 북동쪽 연안이다.

그곳에 그림자를 드리운 무사시 위쪽에는 아지랑이가 피어오르고 있었다.

낮이다. 냉각을 위해 모든 배가 가끔씩 안개를 두르며 하늘에 막대한 구름을 만들어내고 있었다.

하지만 무사시 위에는 여러 그림자가 존재했다. 그것도 열기 안에서 움직이는 형태로.

"빌어먹으으을———!!"

목소리가 하늘에 울려 퍼졌다.

"기말고사를 다시 본다니, 대부분 실기잖아아———!!"

●

이 시기 무사시 위는 덥다고 해야 하나, 뜨겁단 말이지, 마사즈미는 그렇게 생각했다.

내가 지금 있는 곳은 그림자 속. 무사시의 전체적인 모습을 거의 다 둘러볼 수 있는 이유는 이곳이 함미의 높은 위치이기 때문이다.

마사즈미가 있는 곳. 그곳은.

"학생회 거실을 만들어두길 잘했지."

다다미가 깔린 방. 낮은 위치에 달린 창문은 전부 열어두었다.

마사즈미는 지금 낮은 창틀에 팔꿈치를 대고 다리를 바닥에 뻗고 있다. 마우스인 츠키노와도.

……고급 설정 때문인지 더위를 느낀단 말이지.

자그마한 개미핥기는 원래 창문 아래쪽 끄트머리에 올라가 있었는데, 체온 때문에 미지근해질 때마다 움직여서 지금은 반대쪽 끝에 누워있다. 하지만 내 손이 닿는 범위 안에 있는 건 똑똑하고 귀여우니 상관없다. 뒤에서는.

"마사즈미 님, 다음 시험 시간이 되기 전에 보리차는 어떠신가요."

"그래, 마실게."

호라이즌이 한 말에 대답하자 오른팔과 왼팔이 차가운 보리차가 담긴 찻잔을 가져다 주었다. 자, 드시죠, 그런 제스처와 함께 건네준 찻잔을 받자 두 팔이 돌아갔다.

뒤쪽을 힐끔 보니 호라이즌이 바보에게 다리 관절기를 걸고 있었다.

호라이즌이 등을 뒤쪽으로 힘차게 당길 때마다 바보가 몸을 젖히며 아윽아윽 소리를 내고 있었고, 바보 누나가 바닥을 두들기면서 '멍청이 동생아?! 항복?! 항복할 거야?!'라며 말하고 있었고, 미토츠다이라도 '나의 왕! 여기까지 왔으니 항복하면 안 된다고요?!'라는 말을 하고 있고, 아사마도 '아, 죄송해요. 보리차를 가져다드릴 거라 머리 위 좀 지나갈게요, 토리 군'이라는 말을 하고 있는 걸 보니 평소와 마찬가지구나.

후타요는 자고 있고, 메리와 크로스유나이트는 다음 과목 시험공부를 하고 있고.

"오."

그리고 바람이 왔다. 무사시 위에 부는 바람은 기본적으로 표층부의 열기를 가져다준다. 그렇기 때문에 물을 뿌리거나 함선 세정용 도관의 미스트를 사용하는 것을 추천하곤 하지만.

"열기가 있긴 하지만, 물기가 금방 말라버려서 전체적으로는 메마른 바람이네."

"이곳은 특히 교도원으로 올라오는 계단하고 운동장에서 불어온 바람이니까요~."

창가 쪽 자리, 무카이와 함께 시험공부를 하고 있던 바르페트가 그렇게 말했다. 그녀는 코크스 펜을 책상 위에 내려놓고는 뒷머리를 다듬으면서.

"3교시가 끝나면 다시 물을 뿌릴 테니 그때는 바람도 시원해질 거예요."

"응. ⋯⋯그때쯤에는, 해도, 기울, 고."

"하지만 더위는 그때쯤이 제일 심하지."

창가. 가장자리에 다리를 걸치고 앉아 있던 네신바라가 앞머리를 바람에 휘날리면서.

"여름은 아직 우리를 시험하고 있는 모양이군⋯⋯."

이 녀석의 안쓰러움은 전방위에 대응할 수 있는 건가, 마사즈미가 그렇게 생각하며 바라본 시야 구석. 다다미에 엎드려 있던 나르제가 몸을 일으키고 네신바라를 보았다.

그녀는 눈썹을 일그러뜨리며 미소를 짓고는.

"너, 입고는?"

"훗, ⋯⋯여름은 우리를 시험하고 있다, 그렇게 말했잖아."

"우리 일제 입고 때 맞추지 않으면 추가 요금을 내게 될걸?"

"각오는 이미 하고 있어."

네신바라가 그렇게 말하자 나르제가 마술진을 띄웠다. 통신 설정 상태인 그 마술진을 향해 나르제가 잠시 후에.

"아, 캇파 인쇄야? 아~, 그래, 그래, 고생 많네. 그런데 캇파 점장, ───우리 문예부가 뻔뻔하게 입고를 지연시키겠다고 떠들고 있거든. 우리 조기 입고 할인 분량은 그쪽에서 쥐어 짜내도 돼.

Jud. 그만큼 우리 원고를 할인해줬으면 좋겠어."

"나, 나르제 군! 변명할 여지를 없앨 셈이구나!"

보아하니 나르제는 이미 다다미 위에 깔린 방석에 엎드려서 누워 있었다. 옆에서 나이트가 부채와 날개로 부쳐주고 있긴 하지만, 나르제는 일어날 낌새를 전혀 보이지 않았다.

……온 오프 차이가 너무 심하잖아…….

그런 생각이 강하게 들긴 했지만, 유익족은 신체 구조상 혈압이 높기 때문에 그래도 상관없을지 모르겠다.

그때, 갑자기 새로운 바람이 왔다.

불어온 대기의 일렁임에는 냄새가 섞여 있었다. 왠지 향기롭기도 하고, 그러면서도 약간 달달하기도 하고, 무게가 담긴 냄새가.

"이건———."

어디선가 맡아본 적이 있는 냄새다.

그러자 아사마가 나이트에게 종이컵에 담긴 보리차를 건네며 돌아보았다.

"우동이에요. 아래쪽은 지금 우동 왕국이라서요."

"사누키잖아."

아니, 그렇게 말한 사람은 표시창으로 다음 시험을 확인하고 있던 우르키아가였다.

"우리가 사누키에 오면 사누키에 폐를 끼치게 된다. ——

그러니 이번에는 사누키에 온 것이 아니라 성보 기술의 방론인 '우동 왕국'에 온 것으로 하자, 그렇게 말한 건 네놈일 텐데, 마사즈미."

"뭐, 그런 말을 하긴 했는데 말이지~."

어쩔 수 없네, 그렇게 말하며 끼어들어서 도와준 사람은 다테 가문의 부장이었다. 우르키아가의 표시창 페이지를 그에게 물어보지도 않고 넘기면서.

"──시코쿠는 세계적으로 아직 발견되지 않은 지역이니까. 각 나라의 잠정 지배는 극동 거류지를 통해 간접적으로 이루어지고 있을 뿐이니 뇌르틀링겐 전투를 마친 무사시가 휴식 겸 보급하러 가긴 딱 좋은 곳이야."

하지만.

"……그렇기 때문에 극동 쪽에 폐를 끼칠 수는 없지."

"Jud. 성련, 관계 각국에서도 뇌르틀링겐에 개입한 것뿐만이 아니라 스웨덴 총장을 보호한 무사시가 성련과 관련이 있는 지역에 있는 건 피하고 싶겠지. 그런 의미에서 지금 무사시에게 관여하려는 나라는 없을 테니 안전하긴 할 거야."

그래, 나이트가 그렇게 말하며 손을 들었다.

"그런데 어떻게 할 거야? 칸토로 안 돌아가?"

그 말을 들은 마사즈미는 팔짱을 낀 채 끙끙댔다.

"……솔직히 말하자면, 이쪽에 있고 싶어. 왜냐하면 혼노지의 변에 개입하겠다고 결정하긴 했지만, 칸토에 있으면 절대로 그럴 수가 없으니까."

하지만, 마사즈미는 그렇게 말하며 표시창을 하나 띄웠다. 그것은 성련에서 교도원을 경유하여 들어온 내용이었고.

"성련은 이렇게 말하고 있어. ──8월 10일에 칸토로 돌아가라고."

●

"8월 10일? 어째서 그런 날짜가 지정된 거지?"

다테 가문 부장의 의문을 듣고 마사즈미가 고개를 끄덕였다.

"일단, 이쪽에서는 기말고사의 보충학습을 진행하는 것과 스웨덴 총장을 어떻게 할지, 스웨덴측 및 본인과 조정을 거칠 필요가 있기 때문에 무사시를 함부로 움직일 수 없다고 말해두었어."

하지만.

"그런 걸 감안해서 10일이지. ……물론 칸토에 있는 아즈치도 연관이 있을 테고."

그 말을 듣고 고개를 든 사람은 미토츠다이라였다. 그녀는 표시창을 펼치고는.

"칸토에서 들어온 보고에 따르면 아즈치는 주 가속기와 표층부가 파괴되어서 보수 중이라고 하네요.

……그러니까 그 작업이 다 끝날 때까지는 무사시가 칸토에 들어오지 말라는 건가요?"

"Jud. 그런 거겠지. 만약에 지금 아즈치를 향해 무사시와 모리, 사토미를 비롯한 칸토 세력이 강습을 가하면 아즈치 도 무사하진 못할 거야."

"가라앉힐 순 없을까?"

"──용맥로라는 것을 지니고 있을 가능성이 있어."

그 말을 듣고 모두가 숨을 죽였다.

"하시바도 지금 그걸 쓰면 지금 이상으로 칸토에게 혐오 당하게 돼. 그리고 케이초의 역이 끝났으니 칸토를 점령할 수는 없거든. 그러니 하시바는 용맥로를 쓰지 않을 거라 믿 을 수밖에 없지."

"하지만 무사시가 오면 모른다. 그런 거구나."

나르제가 한 말을 듣고 마사즈미가 고개를 끄덕였다.

"그렇기 때문에 아즈치의 보수가 끝나는 10일에 이동해 라, 성련은 그렇게 말하고 있는 거야."

"그럼 그렇게 할 건가요?"

으음~, 그 말에는 그렇게 끙끙댈 수밖에 없다.

하지만 끙끙대고만 있을 수는 없다. 그게 말이지, 마사즈 미는 그렇게 말을 꺼내며 이야기를 이어나갔다.

"칸토로 돌아가면 아마 그곳에 묶이게 될 거고, 이쪽으로 돌아오는 건 매우 힘들어질 거야.

하지만 혼노지의 변에 개입해야 하잖아?"

그렇게 말하자 네신바라가 손을 들었다. 눈을 돌려보니 그가 머리카락을 한 번 긁은 다음.

"질문이 있는데, ——혼노지의 변이 대체 언제쯤 일어날 것 같아? 빈다 군."

"내 예상으로는 틀림없이 여름방학 종반이나 그 직후쯤일 거야."

"……그렇게 늦은 시기인가요?"

아마 그럴 거야, 마사즈미는 그렇게 대답한 다음 어떤 사실을 눈치챘다.

모두가 공부나 관절기를 멈추고 이쪽을 바라보고 있었던 것이다.

……이제 공부할 만한 표정이 아니네.

마사즈미는 어쩔 수 없겠다고 생각하며 자세를 바로잡고 앉기로 했다. 창가에 있던 츠키노와를 어깨 위에 얹고는 손 근처에 표시창을 하나 띄웠다.

"그렇다면 어째서 혼노지의 변이 여름방학 종반이나 그 직후쯤 일어날 거라고 하는지.

그런 부분에 대해 잠깐 이야기를 하지."

──────그런데 어떻게 할 거야?

●무사시와 아즈치의 위치 관계 등●

 "누나! 누나! 지금 우리가 어디쯤 있는 거야?! Where?!"

 "후후후, 포효 동생아. 지금은 대충 이런 위치니까 기억해 두도록 하렴."

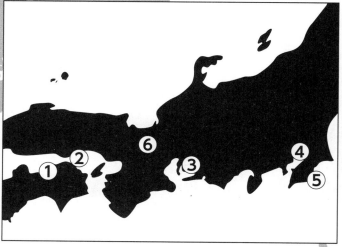

①우동 왕국　　④칸토, 사토미　　※뇌르틀링겐 전투 이후로
②무사시　　　⑤아즈치　　　　　무사시는 곧바로 우동 왕국으로 이동.
③미카와　　　⑥교토, 혼노지　　　모리 테루모토, 모가미 요시아키는 칸토, 사토미에 있다.

 "무사시는 혼노지의 변에 개입하고 싶으니까 칸토에 있는 것보다는 이쪽에 있고 싶은 거지. 그래서 지금 우동 왕국에 있는 거야."

 "그런데 칸토에는 아즈치가 있고, 대체 어떻게 해야 하지!?"

 "우선 성련은 무사시에 칸토로 돌아가라는 지시를 내렸어. 하지만 곧바로 돌아가면 보수 중이라 움직일 수 없는 아즈치와 마주쳐버릴 테니 조정이 필요하지.
　　　──다시 말해 지금은 칸사이에 무사시, 칸토에 아즈치라는 위치를 서로 맞바꿀 수 있을지 없을지, 아니면 명령을 거역할 수 있을지, 그런 밀당이 생겨난 거란가."

 "우동을 먹고 여름방학을 맞이한다. 그렇게는 안 된다는 말이구나──."

 "후후, 여름방학에는 이벤트가 잔뜩 있어서 놀기도 바쁠 테니 올해는 튼튼한 사람이 아니면 힘들 겠네."

제1장
『그림자 안의 토론자들』

더워어~
더워어어어어억~, 더워어어
더워어어어어——더우어어
배점 (사람 언어로)

"───그럼 혼노지의 변이 8월 말 이후라고 한 추론에 대해 이야기하도록 하지."

학생회 거실 창가. 마사즈미는 등에 불어오는 바람을 맞으며 숨을 돌렸다.

모두가 이쪽을 보고 있다는 걸 이해하고 나서.

……자.

마사즈미는 이야기를 이어나갔다.

"혼노지의 변이 발생할 시기에 대해 솔직히 나는 정확하게 알지 못해. 기본적으로는 추측이지."

하지만 아마 이럴 것이라는 생각은 있다.

예측되는 시기, 그것은.

"8월 후반. 또는 9월 초일 거야."

"여름방학 이후도 상정하고 계신 거군요?"

Jud. 마사즈미는 그렇게 말하며 고개를 끄덕였다.

"대국의 리더가 은퇴하는 거잖아. P.A.Oda는 적도 많지만, 아군인 동맹국이나 관계국도 많아. P.A.Oda 내부에서는 여름방학 때 안전하게 은퇴와 인수인계를 진행할 수 있겠지만, 그러한 동료 국가를 감안하면 여름방학 이후에 진행해서 움직임을 맞추는 게 중요할 테고."

"대국이기에 생겨나는 민감함이라 할 수 있겠소이다."

크로스유나이트가 한 말을 듣고 메리가 감탄한 듯이 고개를 끄덕이고 있었다.

잘 생각해보니 메리가 예전에 있던 영국은 강국이긴 하지만 대국은 아니다. 그러한 관점에서 하는 이야기가 흥미로운 모양이다.

그렇기 때문에 마사즈미는 이야기를 계속 이어나갔다.

"인수인계 같은 것 때문에 9월로 넘어가게 될 경우, 9월 첫 주를 중심으로 그 전후야. 1주일이라는 턴은 중요하니 그런 부분을 주시할 필요가 있지."

그러니까.

"앞으로 P.A.Oda의 동향을 살펴봐야 해. 어찌 됐든, 혼노지의 변이 언제 일어날지는 몇 가지 요인에 따라 정해지는 거라서 아마 P.A.Oda 측에서도 확정할 수 없기 때문이지."

"어? 그래?"

바보가 고개를 들었다.

"뭐야, 그 녀석들. 다른 사람들한테 폐를 잔뜩 끼치면서 자기들은 그렇게 허술하다고?"

"뭐, 너무 그러지 마. 대국이니까."

마사즈미는 그렇게 말하며 다른 사람들에게 오른쪽 손가락을 세 개 펴들었다.

"혼노지의 변의 변동 요소로는 몇 가지가 있어."

우선 첫 번째.

"첫 번째로, ———단순히 스케줄이 밀려서 제때 맞추지 못했을 경우.

이건 역사재현에서 자주 있는 일이야. 규모가 크면 그만큼 준비하는 기간도 오래 걸리지. 예상치 못한 곳에서 지연된 것이 쌓여가는 건 지금 상황에선 그 누구도 예측하지 못할 거야.

예측할 수 있다면 미리 대처할 테니까."

흐음, 모두가 그렇게 말하며 고개를 끄덕이자 마사즈미가 이야기를 이어나갔다.

"두 번째로는, ———다른 나라의 간섭이 있지. 뭐, 솔직히 말해서 우리가 어떻게 움직일지. 그리고 P.A.Oda에 맞서려 하는 나라가 어떻게 움직일지에 따라 일정이 변동될 가능성이 있어."

그리고 세 번째는, 마사즈미가 그렇게 말했다.

"세 번째로, ———교보에 관련된 것이 있어."

●

교보? 아사마는 모두가 그렇게 말하며 고개를 갸웃거리는 모습을 보았다.

교보가 어째서 국가의 일정을, 그런 분위기로 이어지기 전에 아사마가 손을 들었다.

이해가 되는 게 있기 때문이다. 그것은 신도의 전문 분야라고 할 수 있다. 다시 말해.

"길일 같은 날짜 조정 말이죠?"

"Jud. 그런 거야."

마사즈미가 고개를 끄덕였다.

"규모가 큰 사업에는 당연히도 규모가 큰 술식이 사용되지. 그리고 술식을 전개한다면 교보에 '유리한 날'이 지정되어 있을 거야. 신도에서는 길일, 다른 교보에서는 휴일이나 특정한 계절 축제 등에 그런 것들이 있지.

국내에서 단독으로 진행하고 다른 나라의 간섭을 받지 않는다면 그러한 날을 이용해서 나라가 지닌 유체조의 쓸데없는 낭비를 절약하고 가장 큰 효과를 낼 수 있을 테니까."

"P.A.Oda라면 신도? 무라사이?"

나르제가 묻자 아사마가 대답했다.

"그건 잘 모르겠네요."

"그래? 아사마도 모른다고?"

"아뇨, 그게, 무엇을 기본 축으로 삼을지라는 문제도 있거든요."

왜냐하면.

"신도의 길일은 대안이나 우인처럼 '용도'에 따라 나뉘기도 해요.

무라사이도 마찬가지니 그중 어떤 것을 채용할 것인지, 아니면 복합적으로 할 것인지, 짐작하기 힘든 부분이 있어요. 하지만———."

아사마는 표시창을 띄웠다.

그것은 극동의 개요도였다. 각지의 주력 신사가 표시되어 있고, 극동 전체는 각주가 **빽빽하게** 들어차 있는 파도 같은 것으로 뒤덮여 있었다.

미카와 주변과 에도만 근처의 파도가 높았고.

"이거, 각지의 신사에서 실시간으로 보내오는 지맥 상황이에요. 이쪽으로 오기 전에 본 분도 계실 것 같긴 한데, 이거, IZUMO에서 집계하고 있거든요.

하지만 P.A.Oda는 자신들의 정보를 공개하지 않고, 참가하지도 않았어요."

하지만, 그렇게 말하려 했을 때 그가 이런 말을 해주었다.

"그래도 어떻게든 알아내고 있지?"

"네? 아, 네, 맞아요. ———P.A.Oda 측에서 대규모로 유체 소비 같은 걸 하면 주변 지역에는 여파가 관측될 수밖에 없으니까요. 그걸 놓치지만 않는다면———."

"당일에 알게 되더라도 너무 늦지 않나요?"

아데레가 묻자 아사마가 고개를 저었다.

"대규모 사업이라면 리허설을 진행하겠죠. 유체조를 크게 전개한다면 그 개방과 가동을 확인해야만 하니까요. 그러한 것들의 여파가 나타날 거예요."

그렇구나, 아데레가 그렇게 말하며 납득하는 한편, 호라이즌이 양쪽 엄지손가락을 치켜들었다.

"그렇다면 그걸 놓치지만 않으면 된다는 말씀이시군요? 역시 아사마 님이십니다. 쏘거나 격침시키거나 꿰뚫거나 가라앉히는 것뿐만이 아닌 활약……!"

"어라, 어라, 왠지 저를 전력으로 취급하시는 거 아닌가요……."

모두가 눈을 피하는 이유가 대체 뭘까.

"하지만 리허설이 진행되는 날에는 주목해야겠죠. 그 길일의 다음, 또는 다다음 주기에 진짜배기 행사가 진행될 테니까요."

그렇구나, 아데레가 그렇게 말하며 고개를 끄덕였다. 그녀는 숨을 내쉬고는.

"그럼 어떻게 개입할지만 남았네요."

그래, 마사즈미가 그렇게 말하며 고개를 끄덕였다.

"그게 문제야."

●

마사즈미는 팔짱을 끼고 끙끙댔다.

아까부터 계속 이러고 있네, 그렇게 생각하면서.

"개입하려면 사전 준비가 필요해. 1주일. 가능하면 2주일이 있다면 무언가가 일단락되는 '1주일'이라는 단위를 두 번쓸 수 있으니 만반의 준비를 갖출 수 있겠지."

그러니까.

"욕심을 내자면 8월 20일 전후에 이쪽에 있고 싶은데."

"하지만 칸토로 돌아가면 그 기회가 사라진다는 거군요. 마사즈미 님."

Jud. 마사즈미는 그렇게 말하며 고개를 끄덕였다. 팔짱을 풀고 어깨를 으쓱이면서.

"뭔가 이유를 내세우면서 이쪽에 계속 머물렀으면 좋겠다는게 내 솔직한 심정인데."

"이제 와서 하는 말인데, 스웨덴에 갔으면 되는 거 아닐까?"

"음……. 그러면 M.H.R.R. 구파 영방이 무사시를 엄청나게 경계할 텐데."

그러니까, 마사즈미는 그렇게 말하면서도 창밖을 보았다.

무사시 바깥. 배 아래에서 어느새 하얀색이 몇 개 솟구친 것이다. 그것은.

"……아래에서 올라오고 있는 건 취사로 인한 연기오이까. 엄청나게 피어오르고 있소만."

"텐조 님……, 잘 생각해보니 지금 무사시는 고도 6킬로미터 정도에 있으니 우동 연기가 올라와서 닿는 건 대단하네요……."

"그건 이곳이 우동 왕국이기 때문이겠죠."

바르페트가 안경을 고쳐 쓰며 표시창을 띄우고 말했다.

"제가 흥미로 조사해보았는데요, 우동 왕국에서는 모든 것들의 기준이 우동이고, 육항의 수도꼭지에서는 우동 육수가 나온다네요."

어디까지 사실인 건지는 모르겠지만, 여기까지 닿는 취사 증기를 보니 대체 얼마나 많은 물을 끓이고 있을지.

"아니, 이거 구름이 될 텐데."

"Jud.! 사……, 우동 왕국의 우동 구름은 유명하거든요!"

바르페트가 얼굴 옆에 '우동 왕국 관광 지도'를 곧바로 띄우는 걸 보니 오늘 시험이 끝나면 아래로 내려갈 생각이었던 모양이다.

튼튼하기도 하네, 그런 생각도 들지만.

……아.

마사즈미는 그제야 떠올렸다.

"우리 말이지……."

내가 그렇게 중얼거리자 모두가 한순간 움직임을 멈추었다.

대체 뭐냐는 듯한 시선을 보고 마사즈미는 애써 마음 편한 표정으로 말했다.

"―――오늘 아침까지 전쟁을 했었지."

"까먹지 말라고!"

모두가 태클을 걸었다.

●

"―――뭐, 재시험을 앞두고 신경이 거기에 쏠리는 것도 이해가 되지만 말이야."

학생회 거실 벽쪽에서 나이트가 나르제에게 바람을 부쳐주며 말했다.

"그래도 아침밥을 뭘 먹었지? 그런 말투로 '전쟁을 했었지'라는 말을 꺼내는 걸 보면 역시 세이준이야."

"으음~, 멋지게 일상으로 돌아왔으니까⋯⋯."

"소생이 생각하기로는 아직 일상이 아니라 전쟁 상태인 것 같지만 말이죠."

소형 빙고의 얼음을 보충하러 온 오히로시키가 가리킨 창문. 그 너머에는 운동장에서 실기 시험이 진행되고 있다.

목을 뻗어 살펴보니 2학년 남자들에게 반어인 계열 체육 교사가.

"네놈들, 알겠나! 오늘은 실기 재시험으로 이 땡볕 아래에서 언덕 수영을 하게 되었다!"

"언덕 수영⋯⋯?!"

수영 팬티 차림인 학생들 중 한 명이 손을 들었다.

"선생님! 운동장 좌현 쪽을 봐주세요! ━━저기 있는 수영장은 장식인가요?!"

"저쪽은 여자들이 두 반 합동으로 쓰고 있고, 결론만 말하자면 네놈들의 가치는 겨우 그 정도다!"

하지만 말이지, 체육 교사가 그렇게 말했다. 비틀거리다 운동장에 쓰러지면서.

"나도 이런 땡볕 아래에서는, 못 버틴, 다⋯⋯."

"선생님! 지금 쓰러지시면 우리 내신이!"

"건물 안으로 대피해! ━━이렇게 된 이상, 우리끼리 복도에서 수영을 해보자고!"

신종 스포츠가 생겨난 거 아닌가? 나이트는 그렇게 생각했다. 그런데.

……나이짱네가 2학년이었을 때도 대충 저런 느낌이었지…….

극동의 분위기가 다음 학년으로 이어지고 있는 것 같다. 그리고.

"어라?"

운동장에서 낯익은 사람이 뛰고 있었다. 까만 운동복에 모자를 쓰고 있는 사람은.

"세이준, 크릿페가 뛰고 있는데, 괜찮은 거야?"

"……그 호칭이 괜찮은 건지부터 먼저 좀 생각해 주지?"

그러면서도 마사즈미가 그늘인데도 이마에 손을 대고는 같은 곳을 바라보았다.

그곳에 있던 사람은.

"스웨덴 총장, 크리스티나. ———지금은 손님으로 무사시에 있지. 다들 기억해 두라고."

●

나이트는 크리스티나라는 이름을 머릿속에 떠올렸다.

뇌르틀링겐에서 우리가 구해낸 스웨덴의 총장이다.

……분명히 다음 이벤트 때 갓짱이 그릴 소재겠지.

그녀는 지금 급수용 대나무병을 든 오리오토라이 앞을 지나 운동장 두 바퀴째에 들어서려 하고 있다.

51

아데레가 그녀의 모습을 보고는.

"저거 뭐하는 건가요? 부회장."

"그래, 뇌르틀링겐 쪽 준비나 M.H.R.R. 내부에 이런저런 일이 있긴 했지만, 스웨덴 총장은 폭사를 선택하지 않게 되었잖아? 그래서 그쪽을 우선시하면서 방치했던 기말고사 중 일부를 무사시에서 치르게 되었거든."

"기말고사 중 일부?"

"다시 말해 보충학습인 거지. ———담당이 우리 쪽 선생님이니까 스웨덴 측에 이야기를 해서 대부분 체육 계열로 바꿔도 되게끔 했어. 나중에 어학 계열 시험도 좀 있겠지만 그녀라면 여유로울 거야."

네에, 그렇게 감탄하는 듯이 고개를 끄덕인 사람은 아사마였다.

그녀는 쟁반을 들고 운동장을 보면서.

"———그러니까, 저렇게 운동장을 뛰고 있는 건 크리스티나 씨가 나가오카 소년과 함께 해나가겠다는 걸 결심한 의식 같은 거네요."

"아사마찌, 말 잘하네."

아뇨, 뭐, 그렇게 말한 아사마도 그 말을 부정하지는 않았다.

……역시 바뀌었네.

약간이나마 '부정해봤자 어쩔 수가 없다'라는 걸 인정하는 듯한 느낌. 나와 나르제의 관계에 얽힌 이런저런 요소가 완고한 무녀에게도 따라붙은 것 같다는 생각이 든다.

지금 나도 추가로 그런 것들이 이것저것 있다. 특히 나르제 쪽의 진도가 영국 이후로 엄청나게 잘 나가고 있어서 왠지 뒤처진 듯한 느낌도 든다.

"…………"

지금, 온 힘을 다해 자고 있는 내 파트너는 혹시 내게 뒤처지는 부분이 있다는 식으로 생각하고 있는 걸까.

서로가 서로에게 그렇게 생각하는 것, 그런 자각까지 포함해서 '대등'한 걸까.

그렇다면 그 관계는.

……갱신해 나가는 게 재미있겠지.

상대방에게 어울리게 되려 하는 마음이 끊임없이 이어진다.

"아사마찌."

"왜요?"

"신곡은 어떤 느낌이야?"

"여름 축제용 말인가요?"

아~, Jud. 나이트는 그렇게 말하며 말꼬리를 흐렸다.

"만들고 있다면 뭐, 됐고."

"그, 그게 무슨 말씀이시죠……?"

업무나 총장 때문에 바쁜 아사마에게 그것 말고 다른 일을 한다는 건 매우 힘들다. 의무가 아닌 일을 한다면 그녀 또한 자신을 갱신해 나갈 것이다.

분명히 그런 과정에서 생겨나는 가사는 그녀의 새로운 '평소'에 기반할 것이다.

관계의 변화는 양쪽 모두의 변화.

총장도, 미토쨩도, 키미쨩도, 호라이즌도, 분명히 바뀔 것이다.

욧시나 2학년의 오쿠보 같은 사람도 꽤 많이 바뀌었다.

전쟁 만세? 뭐, 잘 모르겠지만, 상황은 사람을 바꾼다.

그렇다면.

……아~.

나도 뭔가 하고 싶어진다.

역시 이러쿵저러쿵해도 여름방학이 코앞으로 다가왔구나, 나이트는 그렇게 생각했다. 규모가 큰 전쟁이 끝나기도 했기에 마음이 그쪽으로 쏠리면서 가능성이라는 먹이를 찾고 있다.

뭔가 지금까지와는 다른 것을 하고 싶다.

고등부의 교육은 의무가 아니지만, 들어와 버렸으니 하지 않을 이유가 없다. 그렇기 때문에 그것 이외의 시간이 소중하다면.

"세이준, 여름방학 말이지…….

나이트는 신경 쓰이던 것을 돌직구로 날려보았다.

그것은 다시 말해, 우리에게 있어서 여름방학이라는 것이.

"———있긴 한 거야? 응?"

아데레는 부회장과 거의 맞은편에 가까운 위치에 있었기에 그녀의 초기 동작을 보았다.

……아, 이건———.

없다. 아데레는 그렇게 생각했다. 부회장의 초기 동작에는 그런 분위기가 있었다.

다시 말해 '즉시 내린 결단'이다.

부회장이 결단을 즉시 내리는 경우는 무사시나 극동을 움직이기 위한 방책을 말할 때다.

그리고 지금, 초기 동작이 생겨난 걸 보니 즉시 내린 결단이 온다.

무사시와 극동은 움직여야만 한다.

그렇다면 우리에게 여름방학이 있어선 안 될 것이다.

그런 부분을 종사로서는 각오하고 있다. 작전 전체의 윤활유 담당이자 지원 담당이 종사인 내 역할인 것이다.

때로는 쓸데없는 잡일이나 놀림거리가 되곤 하지만, 그것은 원래 할 필요가 없는 일이다. 네, 굳이 말하자면 지금까지 계속 그쪽이 주 역할이었던 것 같고, 저도 때려박고 있긴 하니까 쌤쌤이죠.

하지만 아데레는 보았다. 부회장이 뭔가 말하려던 순간.

"_____."

모두가 카운터를 날리는 것처럼 감정이 없는 시선으로 부회장을 본 것이다.

정신을 차리고 보니 어느새 다테 가문 부장과 제2특무가

55

표시창에 여름 수영복 특집을 띄워두고 있었고, 메리는 여름의 '그 사람이 기뻐할 극동밥' 특집을 띄워두고 있었다. 그밖에도 핫산은 여름 카레 특집 기사를 쓰고 있었고, 호라이즌도 두 팔과 자기 자신을 동원하여 부회장을 주시하고 있었다.

모두가 여름방학을 기대하고 있던 이 상황.

지금 '휴일은 없어'라고 하는 건 아무리 부회장이라 해도 난이도가 높을 것 같은데.

"없———."

그렇게 말하고 나서 억지로.

"있어."

덧붙여 말했다. 그리고 침묵이 생겨났다.

공백이다.

모두가 아무런 말도 하지 않고, 그저 바깥이라고 해야 하나, 건물 1층에서.

"좋았어! 다이빙부터 간다아아!"

"첨버어어어어어어어어엉! 어푸어푸어푸우우!"

"이봐! 네놈들! 복도라 해도 숨쉬기 연습은 확실하게 해라! 선생님은 아가미 호흡을 하니까 잘 모르겠지만."

그렇게 스포츠로서는 진기명기의 영역에 도달한 무언가가 시작되고 있었다. 하지만.

"———."

모두가 각자 눈짓을 주고받으며 표시창을 띄웠다.

●

• **나** : 『관절기를 당하면서 말하는 거긴 한데, 방금 세이준이 한 말을 어떻게 생각해? 너희들.』

• **아사마** : 『있다고 했으니 있는 거 아닐까 하고 생각하는데…….』

• **점착왕** : 『……완전히 덧붙여 말한 걸 보니 있다고 해도 얼마 안 될 것 같군…….』

●

아데레는 넨지의 의견을 보고 고개를 끄덕였다.

건너편에서 메리가 약간 아래쪽에서 들여다보는 듯이 제1특무 쪽을 보고는.

"———없있어?"

그녀는 얼굴을 붉히면서도 고개를 갸웃거리고는 물었다.

"결국 어느 쪽인가요? 텐조 님."

"메, 메리 공이라면 있는 것이오! 차고 넘치게 있소이다!"

그 말을 듣고 부회장이 정신을 번쩍 든 표정을 지었기에 아데레는 호라이즌을 보았다. 그러자 호라이즌이.

"네시……, 미토츠다이라 님……!"

"Ju, Jud.! '메리니까 매일 있다'니, 마사즈미, 말장난도 안 되는 말을 하고 그러면 안 되거든요?"

"젠장, 어째서 요즘은 그렇게 먼저 치고 들어오는 건데……?!"

"아니, 방금은 내가 제일 심하게 괴롭힘당한 거지?! 맞지? 미토츠다이라 군!"

이야기를 시작하자마자 최근의 안정된 흐름이 되었기에 다들 신경 쓰지 않았다. 아니, 그런 동족상잔은 실질적인 피해가 없기에 사실은 짭짤한 편이에요, 서기.

하지만 그런 판단에 대해.

"마사즈미?"

스즈가 물었다.

"휴일, 어느 정도나, ……있, 어?"

●

아사마는 마사즈미가 창가에 팔꿈치를 대고 바깥을 바라보는 모습을 보았다.

• **후텐무가테** :『숨기려는 거야?』

하지만 마사즈미는 먼 곳을 바라보며 말을 꺼냈다.

"휴일 말인데, 뭐, 조금 복잡하긴 해."

다시 말해.

"있다고 하면 있고, 없다고 하면 없다라고 해야 하나……."

마사즈미가 한 말을 듣고 아사마는 고개를 갸웃거렸다.

"그러니까 결국 있는가, 없는가, 어느 쪽인데요?"

물었다. 그러자 아니, 뭐, 마사즈미가 그런 말을 꺼내며 돌아보았다. 그녀는 어깨를 으쓱이고는.

"솔직히 말해서, 여름방학이라 하더라도 각 나라에 대한 공작은 진행할 거야. 하지만 그런 한편으로 그것 이외의 부분은 여름방학인 거지, 당연히."

그렇다면, 아사마는 그렇게 생각했다.

"……공작을 진행하느라 바쁜 사람일수록 여름방학이 짧아지겠네요."

알아보기 쉽게 거기에 해당되는 사람이 있다.

……어떻게 하려나요.

아사마는 모두와 함께 텐조를 보았다. 텐조가 경계하는 듯이 돌아본 것과 동시에.

"그렇다네요, 텐조 군."

"음……."

텐조가 팔짱을 꼈다. 그는 고개와 상반신을 기울이면서.

"어느 정도는 어쩔 수 없을 것이오만……."

각오는 하고 있는 모양이다. 그저 약간이나마 등을 떠밀어줄 사람이 필요한 것 같다.

……텐조 군도 바뀌었네요…….

예전이었다면 곧바로 움직이거나 거부하는 것 중 하나만 선택했을 것 같다. 특히 토리가 의뢰할 경우에는 검토를 거친 다음에 후자로 가는 경우가 많았다.

텐조가 지금 보류하며 생각에 잠긴 이유는 한 가지일 것이다.

……메리죠.

예전과는 달리 혼자가 아니다. 집에 가면 기다리는 사람이 있다. 그렇게 되니 무언가를 곧바로 결단하는 것이 쉽지 않다.

• **나** : 『아니, 그러면 안 되지, 텐조. 요즘 수비하려 들기만 하고 가드만 전제로 삼고 있다고, 너…….』

• **은랑** : 『나의 왕은 가드를 좀 익히는 게 나을 것 같은데요?』

• **노동자** : 『하하하, 알고 있더라도 소용이 없다고 생각할 테니 공격력에 특화시키는 게 정답일 텐데.』

• **호라코** : 『호라이즌의 공격을 피할 수는 없으니까요.』

사실이니까 곤란하다고 해야 하나, 대단하다.

아무튼, 그때 아사마는 메리에게 말했다.

• **아사마** : 『저기, 메리는 텐조 군이 여름방학 때 일을 하러 나간다면 어떻게 할 건가요?』

• **상처** : 『네?』

그 말과 내용이 너무 갑작스러운 모양이었다. 메리가 꽃을 뿜어내며 표시창을 내려다보았다.

꽃이 새어나오고 있는 이상, 나쁜 생각을 하고 있지는 않을 것이다. 그것을 '등을 떠밀어줄 기회'라고 본 건지, 그냥 건드리고 싶었는지, 나이트가 말을 꺼냈다.

- **금마르** : 『역시 같이 갈 수 있다면 가려나? 엑자곤 프랑세즈 때처럼.』
- **상처** : 『아뇨, 저기.』
- **호라코** : 『자, 메리 님, 결단을 내리실 때입니다.』

모두가 그렇게 등을 떠밀어주었을 때였다. 메리가 얼굴을 붉힌 채 고개를 숙이며 말했다.

"테, 텐조 님께서 일을 하실 때, 제가 날마다 도시락을 싸드릴게요……."

●

텐조는 모두가 바라보는 것을 눈치챘다. 하지만.

……지, 지금은 메리 공이 온 힘을 다해 노력한 것을 헛되게 하거나 피해서는 안 될 것이오.

"메리 공."

텐조는 고개를 숙이며 얼굴을 붉히고 있던 그녀에게 말했다.

"본인은 앞으로 메리 공과 식사를 함께 하지 못하는 상황이 늘어날지도 모르겠소이다."

하지만.

"'잘 먹겠습니다'와 '잘 먹었습니다'는 메리 공에게 도시락을 받았을 때와 돌아왔을 때 하면 되겠소이까?"

그렇게 말한 순간. 메리가 머리카락을 나부끼며 돌아보았다. 꽃이 흩어지고, 미소가 보이면서.

"그렇게 해주신다면, 기쁘겠어요……!"

●

휴우, 아사마는 그렇게 숨을 내쉬었다.

……텐조 군도 이제야 자존심을 조절할 수 있게 되었나요…….

아무튼, 아사마는 그렇게 생각하며 메리와 텐조를 보았다. 영국 왕녀는 꽃을 툭툭 떨어뜨리며 다시 공부를 하기 시작한 모양이었다. 그 모습을 정면에서 보고 있던 텐조가 갑자기 일어서더니.

"영차."

메리 오른쪽에 앉았다.

메리가 깜짝 놀라며 어깨를 움츠린 것과는 달리 텐조는 오른쪽 집게손가락을 들어올리고는.

"인술식 '한눈팔며 앉기'라고 하오."

"이, 인술식인가요!"

"그렇소. 이 술식에 걸린 메리 공은 본인을 옆에 앉혀야만 하는 것이오."

"그, 그런 것이오?"

그들이 이야기를 주고받는 모습을 본 마사즈미가 창밖으로 몸을 내밀고 크게 심호흡을 하기 시작했는데, 조금이나마 익숙해지자고요, 네.

　그런데 텐조가 이렇게 덧붙여 말했다.

　"이 인술, ———걸린 자는 한눈을 팔면 상대를 봐버리게 되지."

　• **마르가** :『SA・MANG.』

　• **아사마** :『어라, 어라, 나르제도 한계인가요?』

　• **마르가** :『아니, 나, 초등부 때부터 텐조를 알았는데, 이건 죽겠네……. 맛있는 것도 너무 많이 먹으면 독이잖아.』

　• **금마르** :『그래도 왠지 모르겠지만 메양이 어프로치하는 건 '오옷'이라는 느낌인데, 텐조가 어프로치하는 건 '이상해졌나?'라는 생각이 들 때가 있단 말이지. ———지금 그렇고.』

　• **우키** :『그냥 넘어가줘라……. 인생에서 가장 들뜬 시기이니…….』

　• **10ZO** :『제일 행복한 시기라고 말해주시오!』

　그게 계속 이어져 나갈 것 같은 게 대단하다.

　그래도 텐조 쪽 문제는 해결된 거라 생각해도 될 것 같다. 그렇다면.

　"마사즈미는 우선 여름방학에 대해 계획하는 것뿐만이 아니라 실행할 수 있는 수단도 마련된 거라 봐도 되겠네요. ———어떤가요?"

"그게 말이지⋯⋯. 뭐, 일손을 좀 더 조달해야만 하는데⋯⋯."

은근히 무서운 말을 하던 마사즈미가 팔짱을 끼며 화제를 이쪽으로 던졌다.

"있지? 우리가 혼노지의 변에 개입하려는 건 진짜 목적이 아니거든?"

그녀는 표시창을 띄웠다.

그곳에 뜬 것은 M.H.R.R.의 개요도. 그녀는 그쪽 북부를 한 번 두드리고는.

"잊으면 안 된다? 현재 우리는 베스트팔렌으로 이어지는 갈림길에 선 상태라고."

●

마사즈미는 모두가 이쪽을 돌아본 것을 확인하고 나서 입을 열었다.

알겠어? 그렇게 말하자 다른 사람들이 고개를 끄덕였다.

알고 있다.

그렇기에 말한다. 굳이 말한다. 우선은 우리의 기점이 된 사건. 그것은.

"───미카와에서 우리는 말세 해결을 위해 대죄무장의 회수를 우리의 의무로 삼았어."

호라이즌이 고개를 끄덕였다.

"바보가 세계정복 같은 이야기를 꺼내긴 했습니다만, 주로 그 전에 교황총장과 마사즈미 님의 대결 때 '베스트팔렌 회의에서 시비를 가린다'가 되었지요.

———아, 그런 부분은 트레스 에스파냐의 시중녀(가명) 님에게 들은 이야기입니다만."

"그녀는 아마 습명자나 습명자 후보일 테니 다음에 조사해 볼까……."

뭐, 됐어, 마사즈미는 그렇게 생각하고 '오쿠보 업무 리스트'에 한 건을 추가하고 나서 입을 열었다.

"———우리는 말세 해결의 수단을 찾으면서도 우선적으로는 대죄무장을 회수하고 우리의 권한과 안전을 확보해야만 해. 그 결과를 판단해달라고 하기 위해 베스트팔렌 회의를 이용하는 건 교황총장과의 대화를 통해 결정되었고.

그리고 우리는 영국과 마그데부르크를 지나오면서 유럽 및 구 무라사이 주류 같은 세력들과 한 가지 약속을 맺었어."

"……유럽을 위협하는 오다, 하시바와 우리가 대결해서 멸망시킴으로써 유럽 각 나라와 관계국들이 베스트팔렌에서 무사시를 지지한다. 그런 약속이었죠."

미토츠다이라는 그것을 결정한 현장에 없었던 사람 중 한 명이다.

그렇게 말한 사람이 대답한 것에 대해 마사즈미는 안도했고.

Jud. 라고 말하며 고개를 끄덕인 다음.

"그래. 확약은 아니지만 **그런 거**다. 그렇기 때문에 우리의 목적은 베스트팔렌 회의에서 달성되겠지만, 그러기 위한 순서로서 하시바와 오다를 몰아붙여야만 하게 되었지."

"그래서 뭐, 이제야 칸토 해방을 이루어냈잖아?"

"그래. 하지만, ───지금부터가 진짜 시작이야. 혼노지의 변에 개입해야 하니까."

마사즈미는 오른손을 휘둘렀다. 츠키노와가 마찬가지로 오른쪽 앞다리를 휘둘러 표시창을 띄웠다.

그리고 마사즈미는 모두에게 말했다.

"지금 손을 쓰지 않으면 베스트팔렌에서 승리하는 게 힘들지도 몰라."

기다리고 있다고
늦어지고 있다고
마중을 나왔다고
똑같은 길
배점 (휘익~, 휘익~)

자, 크리스티나는 그렇게 생각하며 운동장에서 멈춰섰다.

"무사시 위는 꽤 시원하네요, 선생님."

"어머, 역시 아래쪽은 이 시기에는 덥나?"

담당 체육 교사, 오리오토라이가 한 말을 듣고 크리스티나는 고개를 끄덕였다. 오리오토라이가 내민 대나무병을 받아들고는.

"칸사이에는 독특한 더위가 있으니까요. ———선생님은 IZUMO 출신이시라 그런 부분을 잘 모르시는 건지요?"

"Jud. IZUMO는 중립이라는 점도 있지만, 아래쪽 토지도 꽤 높은 곳에 있어서 말이지. 내려가봤자 서쪽은 엑자곤 프랑세즈, 동쪽은 M.H.R.R.이라 움직일 수도 없고."

"그렇다면 선생님, 기본적으로 살아보신 곳은 무사시와 IZUMO밖에———."

"알고 있잖아?"

오리오토라이가 이를 드러내고 미소를 지으며 말하자 크리스티나는 자신이 눈썹을 치켜올린 것을 자각했다.

그렇긴 하지, 그렇게 중얼거릴 수도 있다.

실제로 M.H.R.R.에 있었을 때는 온갖 정보를 끌어모았기 때문이다.

"———물론, 진위를 알 수 없는 정보도 많이 있었습니다만, 그것들을 한데 모아 장악하는 것이 제 존재 방식이었으니까요."

"선생님 이야기가 어떻게 퍼져나갔는지는 알고 싶지 않은데."

"제가 알고 있는 것도 구멍을 메꾸고 싶은 정도의 지식에 불과하답니다."

"그래?"

무심코 Tes.라고 말할 뻔한 크리스티나는 굳이 Tes.라고 말했다.

"IZUMO, 그리고 그곳과 연관이 있는 미카와의 정보 라인은 생각보다 고립되어 있었으니까요."

"극동을 유지하기 위한 세력이니까. ———IZUMO가 아마고에서 벗어난 시점에서 극동 세력과도 별로 관계를 맺지 않아도 되기도 했고."

그렇지요, 크리스티나는 그렇게 말하며 쓴웃음을 지었다.

"그렇기 때문에 아직 기록이나 수단이 남아있는 미카도 관련 정보 등을 조사해볼 계획이기도 하답니다, 네."

"열심히 탐구하는 건 선생님도 추천해~."

오리오토라이는 그렇게 말한 다음 허리에 차고 있던 자기 대나무병을 입에 가져다 댔다.

그리고 그녀는 주위를 한 번 둘러보았다. 표시창으로 시간을 확인한 다음.

"체력 시험은 이걸로 끝인데, 이론 시험 시간이 되기 전에 옷을 갈아입고 대기하자. 여기 서 있으면 말라비틀어져 버릴 거야."

아뇨. 크리스티나는 그렇게 말하고 미소를 지으며 손 근처에 술식을 전개했다.

신도식 차양 술식이다. 축사를 원형으로 배치한 그림자가 공중에 떠올랐고, 크리스티나는 그 밑에서 자신의 열기를 자각했다.

"점심시간에 타다오키 님께서 오신다고 하니 여기에서 기다리겠습니다."

"뭐? 그쪽도 오후에 시험이 있을 텐데. 뭐하러 오는데?"

그건 잘 모르겠다. 하지만 나는.

"거절할 이유가 없으니까요."

"안에서 기다려도 되지 않아?"

"──동경하거든요. 이렇게, 기다리는 걸."

그렇구나, 오리오토라이가 그렇게 말하며 이해해주니 약간 기뻤다. 그리고 크리스티나는.

"어떻게 해야 할까요."

"뭐가?"

Tes. 크리스티나는 그렇게 말했다. 차양 술식을 회전시키고, 그녀도 교문 쪽을 보면서.

"생활이 전혀 다르게 바뀌어버렸으니까요, 네."

●

크리스티나는 교도원 운동장에서 함수 쪽을 바라보았다.

길게 이어진 내리막길 계단과 아래쪽에 펼쳐진 인공 숲. 그리고 여러 배가 이어진 거대한 도시가 있다.

예전에 내가 살고 있던 저택 근처에는 뇌르틀링겐이 있었고, 그것은 직경 1킬로미터의 도시였다. 하지만 지금 눈앞에 있는 것은 그것보다 몇 배나 큰 존재다.

게다가 하늘을 날고 있다.

전체가 극동식인 것은 나가오카 저택이나 그 주변도 그랬기 때문에 익숙하다.

하지만 그렇다 하더라도.

"뭐라고 말해야 할까요……."

무사시는 가끔 조사하기도 했고, 그 실태를 수치로 잴 수 있는 것들을 재보기도 했고, 내부의 영상 같은 것도 자주 보았다. 그럼에도 불구하고.

"이 상황은 당황스럽네요. 네."

"자유라는 것에 익숙하지 않구나."

그렇네요, 그런 말밖에 나오지 않는다.

"지금까지 막대한 양의 정보를 얻었고, 내가 세계를 장악하고 있다, 그런 생각을 하고 있었습니다만. ……실제로 보니 지식과 체감이 얼마나 다른지.

그렇게 자주 있는 무지한 초심자 같은 생각을 이제 와서 하게 됩니다."

"지금은 지식과 생활이 직접적으로 이어져 있으니까."

Tes. 크리스티나는 그렇게 대답했다.

그리고 크리스티나의 얼굴 옆에 표시창이 하나 나타났다. 보이고 있는 것은 어떤 마을. 떠 있는 문장을 보니 오쿠타마의 자연 구획으로 이어지는 거리다.

그곳에서 극동 하복을 입은 소년이 뛰어가고 있다.

타다오키다.

아사마 신사가 마련해준 사람을 찾아주는 술식일 것이다. 나도 그렇고 그도 VIP 대우를 받고 있긴 하지만, 위치 정보 같은 것들은 보호받지 못하고 공적으로 포착되고 있다. 그러니 이렇게 서비스 같은 측면으로 그의 상황을 볼 수 있는 것이다.

술식의 표시로 보아하니 표층부의 큰길에서만 가능한 서비스인 것 같긴 하지만, 충분히 도움이 된다.

타다오키가 온다.

그는 뛰어가면서도 파수대 문을 통과할 때나 근처에 다른 사람이 지나칠 때는,

『…………』

왠지 모르겠지만 속도를 늦춰서 아무런 일도 없는 듯이 걸어갔다.

그리고 문을 통과하거나 다른 사람이 완전히 지나가면,

『……!』

다시 뛰기 시작한다. 뛰어온다. 이쪽으로 온다.

……정말.

쑥스러운 건지, 창피한 건지, 숨기려 하는 건 어린애라는
건가.

아니면 여기에서 계속 기다리고 있는 내가 더 어린애일까.

……그렇게 생각하면 저도 어린애 확정이네요.

그렇다면, 크리스티나는 그렇게 생각하며 오리오토라이
를 돌아보았다.

"선생님, 안에서 기다리기로 하겠습니다. 네."

"괜찮겠어? 여기에서 안 기다려도."

"기다리지 않더라도 올 사람이니까요. 네. ───그가 쑥
스러움을 숨기고 있으니 저도 숨겨도 괜찮겠지요."

그리고, 크리스티나가 그렇게 말하며 이야기를 이어나갔다.

돌아본 곳에 보이는 건물. 그곳 3층 한가운데 창가에는
어떤 사람의 뒷모습이 보였다.

……무사시 부회장이었죠.

그녀와는 아직 제대로 이야기를 나눈 적이 없지만.

"───안에서 회의를 하고 있을 테니까요."

시험을 제쳐두고 회의를 하고 있다. 그렇다면.

"아직 저 안에 들어갈 수 없는 입장이긴 합니다만, ……꽤
괜찮은 곳이겠지요."

●

"그래서. ───이번 여름방학의 계획, 혼노지의 변에 개

입하는 것에 따라서는 베스트팔렌 회의의 결과가 바뀔 수도 있다, 마사즈미는 그렇게 말하고 싶은 건가요?"

미토츠다이라는 자기가 던진 질문을 들은 마사즈미가 고개를 끄덕이는 것을 보았다.

"내가 예전에 P.A.Oda에게 하려던 게 뭔지 말할 수 있는 사람 있어?"

호라이즌이 오른손을 들었다.

요즘은 여러모로 이해가 빠른 그녀다. 마사즈미는 고개를 끄덕이며 말하라고 했다.

그러자 호라이즌은 주위에 있던 사람들을 둘러보고는.

"———P.A.Oda를 괴롭히는 겁니다."

"잠깐만……!"

하지만 다른 사람들은 이미 오오, 라는 목소리를 내고 있었다.

힘차게 일어난 나르제가 잠자리형 마술진을 띄우고는.

"———그리면 되는 거지?! 지정만 해주면 뭐든지 그릴 수 있거든?! 다른 소재라 해도 오케이야! 예를 들어 '그 무장을 하후돈으로, 이 무장을 리처드 2세로 두고 예루살렘에서 종치기 플레이를 꼼꼼하게 만남부터 부탁드립니다'라는 것도 괜찮아! 이왕이면 거물로 저질러버리는 게 좋겠지! 자!"

"나르제 공, 자기 동인지가 괴롭힘이라는 걸 자각하고 있으셨소이까?!"

"그렇다면 소생도 수수하긴 합니다만, P.A.Oda 영내에 저희 집에서 직접 만든 과자를 수출하면서 생명 예찬 굿즈를 뿌리고 싶습니다!"

"괴롭힐 때는 러시안 룰렛 카레지요우~."

"토리 님은 어떻게 괴롭히실 겁니까. 그냥 직접 돌진하실 건가요."

"너, 너, 나를 대체 어떤 식으로 보고 있는 거야……?!"

텐조 님, 그렇게 부르는 목소리가 들렸다. 보아하니 메리가 크로스유나이트를 돌아보고는.

"이, 이번에는 여러분께 도움이 되기 위해 여동생에게 괴롭혀달라고 부탁해 볼까요……?!"

"……엘리자베스 공이 틀림없이 센 걸 한 방 날려줄 것 같소만, 곧바로 국제문제로 이어질 것 같지 않소이까?"

잘 생각해보니 멋대로 노브고로드에 돌진하게 만든 전과도 있고, 마사즈미는 그렇게 생각했다.

하지만 이번에는 약간 다르다.

"이봐."

마사즈미가 손을 앞뒤로 흔들며 말했다.

"다들 알겠어? 괴롭히는 게 아니라고~. 이봐~."

하지만 다들 어떤 악행을 저질러줄지 생각하느라 정신이 없는 모양이었다. 가끔 곳곳에서 '직접은 안 되죠. 들킨다고요'라거나, '지하의 어둠에서 슬쩍 말이지……'라거나, '채소부터 가자고요!'라는 목소리가 들리는 게 이해가 되지 않는 것과 동시에 불안하다.

아무튼 모두의 시선을 이쪽으로 모아야만 한다. 이쪽을 봐주고 있는 게 츠키노와 정도밖에 없다는 건 츠키노와가 귀여우니 상관없다고 치더라도.

"다들 알겠어?"

마사즈미가 말했다.

"괴롭히는 게 왜 안 되는지 알아? 예전에 말이지, 닭고기 수프를 만들 때 먼저 불을 피우려고 하는 녀석에게 이렇게 말했기 때문이야. '아니, 불쏘시개로 피우면 안 된다'고 말이지.

———개그가 조금 어려웠나? 웃으라고."

모두가 엄청난 눈빛으로 일제히 이쪽을 바라보았다.

●

- **후텐무가테** : 『방금 그거……, 뭐야?』
- **우키** : 『Jud. 출력이 너무 강했던 것 같군.』
- **금마르** : 『응. 요즘은 거의 느끼지 못한 수준으로 치고 나왔어…….』
- **나** : 『너희들, 내가 태클을 거는 심정이 어떤지 알겠어?! 응?! 그렇지?!』
- **아사마** : 『토리 군, 다들 알고 있으니 굳이 맞장구를 쳐 달라고 할 필요는…….』
- **부회장** : 『어라? 꽤 그럴싸한 개그인 것 같은데.』

아무튼, 모두가 시끄럽게 떠들며 탈선하는 건 막아낸 모양이다.

다들 알겠어? 마사즈미는 그렇게 말한 다음 이야기를 이어나갔다.

"우리가 할 건 괴롭힘이 아니라고."

그렇게 말하자 누나 아오이가 손을 들었다.

마사즈미가 손바닥을 내밀며 말하라고 하자 바보 누나가 고개를 갸웃거리고는.

"후후, 이 개미핥기 마스터, 그럼 대체 최종적으로 뭘 하려는 거야?"

"그야 당연하지."

마사즈미가 말했다.

"혼노지의 변에 개입해서 P.A.Oda의 움직임을 억제한다. ———혼노지의 변은 지금 P.A.Oda에 있어서 가장 약체화시킬 수 있는 기회야. 거기에 대해 그들도 대책을 마련하고 있긴 하지만, 우리가 개입함으로써 형편 좋은 해석을 막을 수 있겠지.

적어도 그러한 해석에 트집을 잡아서 그들의 움직임을 늦출 수 있어."

다시 말해.

"———잘 생각해보니 넓은 의미로는 괴롭히는 거구나, 이거."

"네가 할 말이냐……!"

태클이 날아들었다.

●

미토츠다이라는 마사즈미가 창가로 몰리는 모습을 보고
있었다.

"뭐야?! 내 감상 정도는 상관없잖아! 불만 있어?!"

이제는 정치가가 할 말이 아닌 것 같기도 하지만, 지금은
인터벌 기간 중이다.

"호라이즌이 생각하기에 지금 마사즈미 님께서 굴욕을 당
하시면 당하실수록 마사즈미 님의 P.A.Oda에 대한 괴롭힘
(넓은 의미로)에 기합이 들어가는 구조인 거군요. 역시 마사즈
미 님이십니다."

"그거, 괴롭힘에 분풀이나 화풀이까지 더해지는 듯한 느
낌인데요."

뭐, 대충 그런 건지도 모르겠다.

이쪽에서는 호라이즌이 나의 왕에게 앵클 홀드를 걸고 있
다. 하지만 왕은 내 무릎에 머리를 얹고 그 관절기를 견뎌
내고 있는 상태다.

"나, 나의 왕, 괜찮으신가요?!"

"아, 으악, 잠깐, 네이트!"

무슨 말을 하나 싶어서 긴장했더니.

"———네이트, 무릎베개를 해주는 상태에서도 얼굴이

보이네."

수도를 때려 넣자 허벅지 사이를 가로지른 머리가 다다미에 격돌했다. 기세가 꽤 강했기에.

"나, 나의 왕, 괜찮으신가요?"

"아, 으악, 잠깐, 네이트!"

무슨 말을 하나 싶어서 긴장했더니, 왕이 내 양쪽 허벅지를 잡고 얼굴에 가져다 대고는.

"―――헤드폰."

호라이즌이 앵클 홀드를 걸고 있던 오른쪽 다리로 그의 배에 발꿈치 내려찍기를 날렸다.

반동으로 솟구친 머리가 다시 내 허벅지 위로 떨어졌기에 다리를 오므려서 캐치. 아사마가 감탄한 듯한 표정으로 고개를 연달아 끄덕이고 있는데, 구경거리가 아니거든요?

하지만 마사즈미가 한 말을 듣고 보니 몇 가지 생각나는 게 있다.

"마사즈미, 혼노지의 변에 개입한다고 하는데, 해야 할 이유가 있나요?"

"뭐? 이유라니? 그게 뭐야."

"아뇨, 저기, ……괜찮은 건가요? 혼노지의 변은 P.A.Oda의 약체화나 분열을 촉진시키는 시발점이 될 거예요. 그렇기 때문에 P.A.Oda 쪽도 대책을 마련해두고 있겠죠."

다시 말해.

"P.A.Oda 정도 되는 교도원이라면 그러한 일에 대해 여

81

름방학이라 하더라도 다른 나라나 외곽 단체 같은 곳에서
간섭할 거라는 사실도 예측하고 있겠죠. 특히 우리, 무사시
세력이 무언가 꿍꿍이가 있다는 건 훤히 내다보고 있을 거
예요."

그렇다면.

"P.A.Oda로서는 분열될 내부 세력을 사전 교섭으로 '겉
으로만' 그렇게 되게끔 해두거나. 그로 인해 발생할 전투나
인원의 계급 상하도 미리 사전 교섭이나 해석으로 돌파하거
나…….

그런 수단을 총동원하겠죠?

───개입이라 하더라도 어지간히 확실하게 하지 않는
한, 상대방의 대책에 막혀버릴 텐데요?"

"그래, 그러니까 '그거'야."

마사즈미가 한 박자 쉰 다음, 조용히 이렇게 말했다.

"그러한 장애물, P.A.Oda가 준비하고 있는 개입에 대한
대책을 해결할 수단 같은 게 이것저것 있긴 하지만, 지금은
우리의 가장 큰 목적을 말하도록 할게."

그것은.

"오다 노부나가의 완전 은퇴와 P.A.Oda의 내부 분열. 그
것을 어떤 대책이나 해석이 마련되어 있더라도 완수한다.
그것이 우리의 '개입'이야."

●

해석이 마련되어 있다 하더라도? 호라이즌은 그런 의문
이 들었다.

몸을 일으키면 앵클 홀드가 느슨해진다. 그래서 반대쪽으
로 몸을 젖히면서.

"해석을 도입하게 되면 완수가 불가능하지 않은가요?"

"그게 정치 쪽 일이지. 너 때도 그랬잖아. ———해석으
로 인해 사람이 죽고, 살아나기도 해. 하지만 그런 움직임
이 있다 하더라도……."

마사즈미가 이쪽을 보았다.

"그 이후의 세계를 어떻게 움직일지는 그 이후의 시대, 사
람들, 정치가 결정할 일이야."

Jud. 호라이즌은 그렇게 말하며 고개를 끄덕였다.

"다시 말해 마사즈미 님께서는 이렇게 말씀하고 싶으신
거군요. P.A.Oda가 어떤 대책을 마련하고, 실제로 우리를
가두어두고, 노부나가의 은퇴나 오다 세력의 분열을 은근
슬쩍 넘어가려 한다 하더라도———."

말했다.

"———괴롭히는 걸 멈추지 않겠다고요."

"맞는 것 같기도 한데, 그게 아니야! 호라이즌!"

자자, 진정하시고, 호라이즌은 그렇게 말하며 몸을 일으
켰다. 다들 이쪽을 보고 있다.

"홋, 정치로 인한 괴롭힘 이야기로 주목을 받아버리다니,

저 호라이즌, 토리 님보다 한 수 위라는 거군요."

"잠깐만! 호라이즌!"

바보가 몸을 일으켰다. 그리고 그는 내 두 손을 잡고는.

"이봐, 호라이즌. 마사즈미가 말한 정치적 괴롭힘 말이야. 그건 말이지? 그러니까 말이지? 이렇게 손을 잡고 말이야. 그래, 손가락을 깍지 끼고……. 허억, 허억……."

"변태 개그하시느라 바쁘신 모양인데, 그 두 손은 호라이즌의 오른팔과 왼팔입니다."

이미 몰래 떼어냈다.

어? 그렇게 말한 바보와 미토츠다이라가 바라보고 있는 와중에 두 팔이 바보의 손을 붙잡았다.

그리고 두 팔이 단숨에 바보를 질질 끌고 복도로 뛰쳐나갔다.

복도 쪽. 여름 공기 안에서 멀어져가는 목소리가 들린다.

"아, 잠깐만, 계단은 안 돼, 안 돼, 안 돼. 엎드린 채로는 좀 위험———."

저기, 그렇게 정좌한 상태로 멍해진 미토츠다이라에게 호라이즌이 말했다.

"오늘은 아직 산책하러 가지 않았었으니까요. 2킬로미터 정도 질질 끌고 다니다 올 것 같습니다만, 자, 그동안에 이야기를 진행하시죠."

으아, 복도에서 추가로 목소리가 들렸다.

"우리가 복도 수영을 하고 있다 보니 팔이……!"

"으아아아! 저 팔, 빨라……!"

"거슬러 올라간다……!"

히이익, 그렇게 도망치는 목소리와 문을 박살 내는 소리, 한 반 전체의 비명이 들렸다.

하지만 호라이즌은 정좌한 채 숨을 돌린 다음 아사마와 미토츠다이라를 보고는.

"이렇게 호라이즌(일부)이 토리 님을 독점하는 시간이 늘어나는 겁니다……."

"그렇게 말해봤자~."

휴우, 호라이즌이 그렇게 숨을 살짝 내쉬고는.

"여름이군요……."

건너편에서 아사마 님께서 뭔가 변명을 적은 메일을 여러 장 마련해두는 것이 훌륭하군요.

●

그럼 뭐, 나이트가 그렇게 말하며 오른손을 들었다.

왠지 손을 든 녀석들부터 안 좋은 일이 생기는 것 같기도 하지만 마녀로서는 불길한 게 오히려 좋다고 할 수밖에 없다. 그렇기 때문에.

"음~, 좀 전에 세이준하고 호라이즌이 말했던 해석이라거나 정치 운운하던 건 이런 거지?"

다시 말해서.

"내부에 개입함으로써 '사망'한 노부나가가 직책을 맡거나 조언을 할 수 있는 입장으로 남아서 섭정을 하거나, 분열된 오다 가문이 몰래 이어진 상태로 연계하거나, 그렇게 형편좋게 전개되는 걸 막는다는 거잖아."

"그런 거야."

하지만, 그렇게 말한 사람은 네신바라였다. 그는 팔을 휘둘러서 안경을 고쳐 쓰고는.

"문제가 두 가지 있는데."

그건 바로, 네신바라가 그렇게 말하며 팔을 교차시키고 포즈를 취했다. 옆에 있던 나르제가 대놓고 발끈하면서 펜형 디바이스로 마술진을 몇 번이나 찔러대고 있는데, 조금만 참자, 갓짱.

하지만 네신바라는 이쪽을 신경 쓰지도 않고 표시창을 펼쳤다.

P.A.Oda의 현재 영향력을 나타내는 개요도를 띄우고는.

"우선, 어떻게 개입할 건데?"

그리고.

"개입한 뒤에 우리의 발언력은 어떻게 확보할 거지?"

"발언력? 그게 뭐죠? 서기."

"좋은 질문이야, 바르페트 군!"

네신바라는 그렇게 말하자마자 호라이즌을 보았다. 그러자 호라이즌이 나른한 듯이 머리를 긁은 다음 손을 내밀고는.

"아, 딱히 미토츠다이라 님께 해설을 부탁드릴만큼 수준이 높은 문제도 아닙니다. 네, 딱히 미토츠다이라 니님~, 이라고 외치지도 않을 테니 괜찮고 말고요. ———미토츠다이라 니님———!!!"

"Ju, Jud.! 해설해드릴게요!"

"제, 젠장! 함정에 걸렸어! 안심한 내가 바보였지! 바보였고말고……!"

대체 뭘하고 있는 걸까, 그런 생각이 드는데, 옆에 있던 나르제는 쓴웃음을 지었다.

"호라이즌이 '수준이 높은 문제도 아닙니다'라고 말한 시점에서 눈치채야지. 그런 말투로 말하면 질문한 아데레의 수준이 매우 낮은 게 되잖아."

"그렇지! 호라이즌은 그런 짓 안 하잖아!"

어느새 문 밖에 드러누워있던 총장이 웃으며 말한 순간.

"홋."

총장의 모습이 오른쪽 방향으로 사라졌다. 또 뭔가 고속으로 질질 끌려다니는 소리가 복도에서 들렸다.

그쪽으로 눈길이 돌아간 미토츠다이라가.

"저기……, 그게."

그렇게 말하고 있지만.

"미토짱. 두 팔이라면 조만간 돌아올 테니 해설해줘."

"네? 아, 그렇죠. 개입할 때의 **발언력**이란 무엇인가, 거기에 대한 해설 말이죠."

미토츠다이라가 복도를 힐끔거리면서도 몸은 다른 사람들 쪽으로 돌아섰다.

　그리고 그녀는 숨을 고르고는 이렇게 말했다.

　"혼노지의 변에 개입할 우리에게는 발언력이 필요해요."

　"그건———."

　"Jud. ……간단히 말하자면 우리가 P.A.Oda가 일으킬 혼노지의 변에 개입한다 하더라도 지금 상태로는 아마 아무것도 못 할 거라는 뜻이죠."

　"그, 래……?"

　Jud. 나이트가 그렇게 말하며 고개를 끄덕였다. 미토츠다이라가 고개를 끄덕이는 모습을 확인하고 나서.

　"어찌 됐든 무사시는 다른 나라, 외부인, 그리고 적대 세력이니까. 만약에 정론을 내세우면서 막으려 한다 하더라도 해석을 통해 무시할 테고, 계속 헛발질만 하다가 정신을 차려보니 아무런 성과도 내지 못하고 여름방학이 끝나 있다거나, 그럴 가능성이 충분히 있어."

　"저기, 저는 그런 걸 잘 알지 못하긴 하는데, ———정론을 내세우더라도 소용이 없는 건가요?"

　"국제적인 장소가 아니니까요. 한 나라 안의 역사재현이에요. ———다시 말해 규칙은 저쪽에 달린 거죠."

　미토츠다이라가 두 팔을 살짝 휘둘렀다.

　"지금, 이곳에 다른 나라 사람이 왔다고 하죠.

　그리고 우리가 공부를 하다 피곤해서 간식을 먹는다고 하죠.

그때, 그 사람이 '안 먹어. 너희도 학교에서 그런 거 먹지 마'라는 말을 했다고 하죠.

―――아데레는 그 말을 듣고 따를 건가요?"

"아뇨, 그러진 않을 것 같은데요……."

그렇죠, 미토츠다이라가 그렇게 말했다.

"뭐, 각국, 자국 내부의 역사재현이나 정치는 **그런 거** 예요."

그렇긴 하지, 나이트는 그렇게 생각했다.

정치라는 것은 현재, 국제적인 방식을 모색하며 따지는 시대가 되어가고 있다. 하지만.

"국내 정치는 절대 왕정이 굳건하고, 각 나라의 대두에 맞서기 위해 필사적으로 국력을 키우기도 하고, 상황에 따라서는 권력 쟁탈전이 격심하게 벌어지기도 하는 시대니까.

어떤 의미로는 외부로 이어지는 길이 생기고 있긴 하지만, 내부는 꽤나 폐쇄적이야."

"그런 거다."

마사즈미도 대답했다.

지금까지 그런 녀석들과 맞서 온 그녀는 어깨를 으쓱이고는.

"―――내부에서 왕에 의한 독재가 발생하더라도 다른 나라와의 경쟁에서 이기기 위해서라는 변명이 성립되는 게 이 시대야. 시민에 따라서는 '반드시 필요한 인내'의 시대이기도 하지."

잠시 숨을 돌렸다. 그래서, 그녀는 그렇게 말을 꺼낸 다음.

"———그래서, 거기에 개입한다 하더라도 외부인은 배제되거나 슬쩍 바깥으로 밀려나게 될 거다, 그렇게 말하는 거지? 미토츠다이라."

"Jud. 발언력은 형태뿐, 뭔가 말하더라도 '조만간 대처하겠습니다'라거나 '저희 나라에서는 다른 쪽으로 대처하겠습니다'라는 말만 듣고 끝날 거예요."

그것도 전부.

"P.A.Oda는 역시 강국이니까요. 그리고 강국이 움직일 때, 거기에는 막대한 이익이 발생하게 돼요.

개입을 무시해봤자 리스크보다 리턴이 더 크다면 다른 나라도 그 흐름에 따를 가능성이 있어요."

"그렇다면 어떻게 개입해서 발언력을 확보하죠?"

나이트는 아사마의 질문에 대해 생각했다. 주위에 있는 다른 사람들도 대부분 그렇게 하고 있다. 그리고 문 너머에서 바보가.

"저기."

단숨에 사라졌다. 그런 광경을 보며 일단 손을 들었다.

"성련의 대표가 되어보는 건 어떨까."

저기 말이야, 그렇게 말하며 들어 올린 손을 살짝 흔들고는.

"성련의 대표로서 혼노지의 변을 감사하러 간다는 거지. ———역사재현의 감사는 자주 이뤄지는 일이고, 거기에 제3국이 성련 대표 감사국으로 관여하는 건 가능하잖아? 어때?"

······성련의 대표로서 P.A.Oda에 파고든다고.

나쁘지는 않은 아이디어다, 마사즈미는 그렇게 생각했다. 하지만.

"지금 성련이 하시바에게 지배당하고 있다는 걸 잊었어? 나이트."

K.P.A.Italia가 M.H.R.R.에게 공략당했고, M.H.R.R.의 마티어스는 페르디난트 2세를 습명하고 신성 로마 황제를 자칭했다.

K.P.A.Italia도 교황총장 인노켄티우스가 행방불명되었고, 그의 의붓여동생 겸 의붓누나이기도 한 올림피아가 차기 교황을 이어받았다.

"────K.P.A.Italia는 원래 '자국의 전력'을 지니지 않은 도시국가 집합체야. 각 도시별 전사단은 자신이 소속된 도시국가를 지키기 위해 존재하고, K.P.A.Italia라는 '나라'를 지키기 위해서는 협동하지 않지. 그렇기 때문에 나라를 지키려면 군대 대신 용병을 고용하는데, 이번에는 거기에 하시바의 세력이 들어가 있고."

그렇다면.

"······K.P.A.Italia는 성련의 수장국이라고도 할 수 있었지만, 지금은 P.A.Oda 쪽에 붙었지. P.A.Oda에게 불리해질 만한 것을 허가하거나 우리를 대표로 뽑아주진 않을 거야."

애초에, 마사즈미는 그렇게 말한 다음 이야기를 이어나갔다.

"좀 전에 보여준 성련의 지시서, 기억해? ———성련은 애초에 우리를 칸토에 붙잡아두고 혼노지의 변에 개입하는 걸 저지하려 하고 있어."

"그러니까 말이지?"

그때, 나이트가 곧바로 그렇게 말했다.

"———**그걸 하는 게** 정치 아닐까?"

●

텐조는 흐음, 마사즈미가 그렇게 말하며 고개를 끄덕이는 모습을 보았다.

생각에 잠긴 걸 보니 확실하게 뭔가 대책이 나올 것이다. 나도 부회장에게 그 정도의 신뢰감을 지니고 있다.

······그렇다면······.

텐조는 생각했다. 여름방학 때는 팍팍 깎여나가겠소이다 라고.

아무튼, 각오는 이미 다졌다. 도시락도 받게 된다. 그렇기 때문에 메리 공이 근처에 없는 출장은 싫소만, 그런 생각도 들지만.

"정보 같은 것들은 이쪽에서 수집하겠소이다. 마사즈미

공은 목적을 갖춰주시오."

"그렇다면———."

마사즈미가 그렇게 말하며 오른손으로 주먹을 쥐고 들어 올렸다.

"———문제는, 교섭 상대로군."

눈살을 찌푸린 그녀에게 텐조가 물었다.

"교섭 상대라면?"

"P.A.Oda에게 개입하려면 물론, P.A.Oda와 우리 쪽을 이어줄 담당자가 필요해. 가능하다면 제3국을 통해서가 아니라 직접 이어주는 게 이권 발생 문제도 없고 좋겠지."

다시 말해 이건.

"중개역으로 영국 같은 곳의 힘을 빌릴 수 없다는 거군요?"

메리가 한 말을 듣고 마사즈미가 고개를 끄덕였다. 그리고 마사즈미는 동쪽을 힐끔 보고는.

"골치 아프게도 우리, 그리고 P.A.Oda와 가장 가까운 건 하시바 세력이야.

하지만 정작 중요한 그 하시바 세력은 지금 칸토에 있지."

"……아즈치의 보수와 칸토에서의 철수 처리. 시간이 꽤 걸릴 텐데요?"

"그것뿐만은 아니지만, 몇 가지 방법이 있긴 해."

마사즈미가 그렇게 말하며 바깥을 보았다.

덩달아 창밖을 살펴본 나이트가 오, 라고 말했다.

"나가부토가 왔네, ……클릿페하고, 앞으로 어떻게 하

려나?"

"나가오카는 무사시의 주민이 되는 수속을 진행하고 있어. 하지만 아직 나가오카 부인이 스웨덴 총장으로서 무사시와 어떤 관계를 맺어갈지 정하지 않았지. 그러니 나가오카는 무사시 쪽 외교 관저에서 언젠가 학생 기숙사로 넘어가겠지만, 나가오카 부인은 무사시 안에 있는 스웨덴 외교 관저에서 살게 될 거야."

그렇구나, 그렇게 생각하고 있자니 옆에서 메리가 납득한 듯이 이렇게 말했다.

"제가 텐조 님께 신세를 질 수 있었던 것은 망명 상태였기 때문이었군요."

"메양이 마음껏 해도 된다는 말을 들었던 건 그런 이유 때문이긴 하지?"

Jud. 메리가 그렇게 말하고 미소를 지으며 고개를 끄덕였다. 쓴웃음이 아니라 다행이라는 생각이 드는 걸 보니 역시 본인은 소인배로군, 텐조는 그렇게 생각하며 마음속으로 머리를 긁적였다.

그런데 이제부터 여름방학 동안 정보 담당을 맡게 되었으니 물어봐야 할 것이 있다.

"나가오카 부인의 거취에 대해서는 어떻게 되는 것이오이까?"

텐조는 생각했다. 나가오카 부인이 앞으로 어떻게 할지는 무사시에 있어서 꽤 큰 문제일 거라고.

30년 전쟁 중에 전시 장비와 전술을 갖추어서 강국이 된 스웨덴. 그 나라의 총장이 뇌르틀링겐에서 죽을 예정이었지만 지금은 살아있기 때문이다.

게다가 그녀는 P.A.Oda의 중진, 아케치 미츠히데의 딸이기도 하다.

P.A.Oda와 맞서 싸우려 하고 있는 무사시를 다른 나라에서 보았을 때, 나가오카 부인이 무사시에 있다는 사실은 큰 의미를 지닌다.

그런데 질문을 들은 마사즈미는 팔짱을 끼고 이렇게 말했다.

"스웨덴 측에서는 한동안 그녀가 본국으로 돌아오지 않는 게 낫다는 판단을 내렸어."

"그건———."

Jud. 마사즈미가 그렇게 말하며 천장을 살짝 올려다보았다.

"지금까지 그녀 없이 30년 전쟁이 움직이고 있었잖아. 그런데 지금 돌아가면 30년 전쟁의 방식에 격심한 변화가 생길지도 몰라."

그러니까.

"스웨덴 쪽으로 돌아가려면 여름방학 이후가 이것저것 조정도 가능해서 괜찮지 않을까, 그렇게 말하더군. 그러니 이제는 나가오카 부인이 개인적으로 무사시와 어떤 관계를 맺어나갈지에 달렸지.

　어찌 됐든, 그녀는 혼노지의 변에 개입할 때, 수단 중 하나가 될 수 있어."

　다시 말해.

　"좀 전에 말했던 P.A.Oda와의 연결고리를 만들 교섭 상대가 될 수 있는 게 그녀야."

　"힘을 빌려주려나?"

　나르제가 펜으로 머리를 긁으며 그렇게 중얼거렸다.

　그녀가 한 말은 의심하는 말이었다. 그렇기 때문에 텐조는 무슨 의미인지 물었다.

　"……구해주었으니 힘을 빌려주는 게 도리 아니겠소이까?"

　"그래도 원래 죽으려고 했었잖아? 그리고, 실제로 구해낸 건 나가부토라고 할 수도 있고."

　다시 말해.

　"나중에 생각하더라도, '은혜로 생각하지 않을 이유'가 있다고. 무사시는 나가부토를 도와주었을 뿐이라고 할 수도 있고."

　게다가.

　"스웨덴은 강국이지만, 성보 기술에 따르면 크리스티나가 여왕이 된 이후부터는 평화주의야. 스웨덴 측에서는 현재 상태로 30년 전쟁을 마치면 성보 기술에 따라 전승국이 될 수 있으니까 쓸데없는 일에는 끼어들지 않는 게 좋을 테고."

　그러니까, 그녀는 마음에 들지 않는다는 듯이 그렇게 말했다.

"크리스티나로서는 우리에게 전면적으로 협력하고 싶다 하더라도 본국의 안전을 고려하면 그럴 수 없을지도 몰라. 본국도 그녀가 죽는다는 걸 예정하고 조정을 진행했을 테고."

잠깐만, 그렇게 말하는 목소리가 들렸다. 입구 근처의 짐보관소. 그곳에서 자신들의 장비를 자루에 담고 있던 나루미다. 그녀는 고개를 갸웃거리고는.

"그래도 구해줄 때 도와준 것 정도는 빚을 갚아달라고 할수 있을 거야. ———명분에 불과하다 하더라도 국가의 우두머리의 목숨이 달려 있던 문제였으니까."

"그 빚이 있다 해도 다른 걸로 갚겠지. ———벌써 잊었어? 크리스티나는 이미 다른 무기를 가지고 있다는 걸."

나르제가 한 말을 들은 나루미가 눈살을 찌푸렸다. 모르겠다는 눈치였지만, 잠시 후.

……아.

그 답을 눈치챈 모양인 나루미가 앞을 살짝 벌렸다.

그와 동시에 텐조도 눈치챘다. 나가오카 부인은 이미 무사시와 거래할 수 있는 것을 가지고 있다는 사실을.

나루미가 눈살을 찌푸리며 그것에 대해 되물었다.

"……미토 영주가 입수한 메모. 그 다음 내용이 나가오카 부인에게 있었지."

Jud. 텐조는 그렇게 말하며 고개를 끄덕였다. 나루미가 한 말을 이어받아서 보충하자면.

"카를로스 1세가 메모를 통해 말했던 '질문'이었소이까. 그것이 서면이 되어 오라니에 공에게서 크리스티나 공에게 넘어간 것이오."

그 말을 들은 사람은 마사즈미였다. 그 건에 대해 판단할 수 있는 그녀는 손을 휘둘러 표시창을 띄웠다.

펼쳐진 화면 안에 있는 것. 그것은 스웨덴의 국장이 들어가 있는 정식 문서였다.

"나가오카 부인은 조만간 회의를 갖자고 했어. ———그 메모에 대해서 말이야."

다시 말해.

"우리가 그녀를 구한 빚은 카를로스 1세의 정보로 갚겠다. ———혼노지의 변에 개입하는 것에 관여할지 여부는 다른 교섭으로, 처음부터 다시 시작한다. 스웨덴 측에서는 은근히 그렇게 말하고 있는 거야."

●

골치 아픈 게 많네~, 마사즈미는 그렇게 생각했다.

그러자 미토츠다이라가 숨을 내쉬며 쓴웃음을 지었다.

"마사즈미가 무사시를 이쪽에 두고 싶다고 할만도 하네요."

"Jud. 어찌 됐든 무사시가 이쪽에 있는 게 유리하지만 말이지. 하지만 나가오카 부인의 협력을 얻어내지 못할 가능성을 고려하면 무사시는 칸토로 돌아가지 않는 게 좋을 거야."

마사즈미는 그렇게 말한 다음, 손뼉을 한 번 쳤다.

"그래도 뭐, 방금 말한 대로 메모 쪽으로는 확실하게 진전된 것이 있다는 거야. 다른 것들은 이제부터 정하더라도 충분할 테고, ───일단, 아사마, 나가오카, 그리고 나가오카 부인과 통신을 할 수 있는 시스템을 확립시켜주겠어? 언제든 회의를 할 수 있게 말이야."

네, 아사마가 그렇게 말하며 고개를 끄덕이고 있던 동안에 호라이즌의 옆구리로 두 팔이 돌아왔다. 그렇다면.

"토리 공?"

텐조가 복도 쪽을 보았다. 그러자 마사즈미도 다른 사람들과 함께 입구를 보았지만, 그곳에는 아무도 없었다. 그 사실이 나타내는 것은.

"어라, 어라, 토리 님을 독점하고 있는 줄 알았는데, 어딘가에 걸려서 두고 와버린 모양이로군요. 이거 참, 호라이즌 (일부)도 깜빡했습니다."

"자, 자, 미토! 쿵쿵 타임으로 수색해봐요!"

"굳이 그러지 않아도 대충 알 수 있거든요?!"

그렇구나……, 다른 사람들이 그렇게 중얼거리던 와중에 각자 움직이기 시작했다. 우선 다음 시험인데.

"아무튼, 우리가 할 수 있는 것부터 먼저 하자. ───다들, 괜찮겠어? 다음 시험은 선생님의 보건 체육인데───."

그렇게 말했을 때였다. 갑자기 목소리가 복도에서 들려왔다.

"아, 잠깐만 기다려. 다들 있니?"

오리오토라이다.

……갑자기 뭐지?

보아하니 그녀는 아무것도 들고 있지 않았다. 시험용지는? 마사즈미는 그렇게 생각했지만.

"대충 여기나 식당에 있을 거예요. 연락을 할 수 있긴 한데, 어떻게 할까요?"

"그래, 그럼 다른 사람들에게도 알려줘."

저기 말이지, 오리오토라이가 그렇게 말한 다음 이야기를 이어나갔다.

"―――이론 시험은 여기까지만 하자."

●

"……네?"

모두가 고개를 갸웃거린 것과 동시에 마사즈미가 오른손을 들었다. 그 오른손으로 잡고 있던 교과서를 들어 올리고는.

"그런데 아직 선생님의 보건 체육 과목이 끝나지 않았는데요?"

"그거 말인데, ―――한 번 정도는 실기 시험을 해둬야 하잖아?"

그렇구나, 마사즈미는 그렇게 생각했다. 좀 전에 스웨덴 총장하고 운동장에서 이야기를 나누고 있었던 것 같은데, 그때 실기 시험도 필요할 거라 생각한 모양이다. 하지만.

"저기, 선생님? 타치바나 부부하고 나오마사가 없는데요?"

"그래. 그러니까, 그거."

오리오토라이는 일단 그렇게 한다는 듯이 교탁에 서서 어떤 방향을 손가락으로 가리켰다.

좌현 쪽, 동쪽이다.

"———일단 긴하고 무네시게, 나오마사가 없으면 아무것도 안 되니까, 이번 시험 채점은 보류할게. 세 사람이 합류하는 대로 시작하자. 알겠지?"

●

결국, 시험은 실기로 바뀐 보건 체육을 제외하고는 끝나게 되었다. 오리오토라이의 채점도 보류하게 되어 불완전 연소 같은 느낌이었지만 바보가 돌아와서.

"뭔가 찜찜하니까 칸토 해방하고 뇌르틀링겐의 뒷풀이를 하자고?"

라고 했기에 다들 밤에 우동 왕국으로 내려가게 된 것이다. 장소는 아데레가.

"괜찮은 우동 가게를 발견했거든요! 재미있을 것 같아요!"

라고 했기에 걱정이 좀 되긴 했지만, 뭐, 가끔은 괜찮겠지 라는 생각에 결정하게 되었다.

오늘은 저녁까지 이대로 학생회 거실을 정리하고, 짐 같은 게 있으면 집으로 가져다 둔 다음에 집합하는 식으로 일정이 정해졌다.

하지만 지금은 우선 다들 교과서를 옆에 두고 바닥에 드러누워 있다. 그런 와중에 바보가 이렇게 중얼거렸다.

"여름방학이라 해도 왠지 당분간 학교에 잡혀 있는 상태 아닐까."

정답이야, 마사즈미가 그렇게 대답하고는 근처에 있던 책을 들었다.

"———일단 정리하자. 쌓아두기만 하면 해결되지 않지만, 하나씩 해나갈 수밖에 없어.

이건 분명히 하시바 쪽도 마찬가지겠지."

제3장
『엎드린 곳에서 다른 곳으로 가는 자』

자신이란
자기가 원하는 것인가
다른 사람이 원하는 것인가
배점 (갈 곳)

칸토의 여름은 그냥 덥기만 하오입니다, 후쿠시마는 그렇게 생각했다.

　칸사이, M.H.R.R.은 각 지역마다 특색이 있다. 바람이 별로 불지 않거나, 엄청나게 푹푹 찐다거나, 그 반대로 메마른 지방이 꽤 높은 밀도로 모여있는 것이다.

　그런 한편, 칸사이의 여름은 하늘이 넓었다, 후쿠시마는 그렇게 생각했다.

　……신기하오입니다아.

　지금 우리가 있는 곳은 칸토의 바다 위. 바다 위에 펼쳐진 하늘.

　아즈치의 갑판 위에서 전후 상황 확인 작업 중이다.

　광대한 아즈치와 그 주위. 사람들이 오가고, 소리를 지르고, 수송함도 마찬가지로 다가왔다가 멀어지기를 반복하고 있다.

　타케나카가 한 이야기에 따르면 열흘 정도는 이러한 상황이 이어지고, 그리고 나서야 아즈치가 비와호로 돌아갈 수 있다고 한다.

　오늘은 굳이 말하자면 칸토에 있던 사람들을 회수하고 수송함 등을 정리하는 날이다.

　갑자기 생기는 스케줄이나 아즈치 내부의 거주 공간 확보, 정비 같은 것도 해야 하기 때문에 2, 3일 정도는 그쪽을 대처해야 한다.

"이봐! 노천용 파수대 발주한 게 누구야! 야외에 진이라도 칠 셈이냐?!"

"아래쪽 창고에 파수대 방을 조립해서 임시 주거지로 쓸 거라고! 너도 거기거든?!"

"땡~, 안 됐네요. 아직 창고에 여유 공간을 확보하지 못해서 야외에 진을 칠 거거든요~."

"진짜로?! 아즈치 위에서 캠핑을 한다고?"

여름답소입니다, 그렇게 생각하는 한편, 곧바로 다른 사람들이 수박과 장작, 더치 오븐을 발주하고 있는 모습이 듬직하다.

이러쿵저러쿵해도 전후. 여름방학 체제로 들어갔다는 걸까.

그리고 나도.

"———다들, 더운 것 같으면 수분을 보급해야 하오입니다~."

그렇게 말하면서 내가 지금 하고 있는 것은 표층부의 무장 나무상자 이동 관리였다.

후쿠시마에게도 부하는 있다. 빗추 타카마츠 성 전투를 넘어선 자들이 당시에는 전선에서, 지금은 배 위에서 땀을 흘리고 있다.

그들에게 주어진 업무의 진척 상황을 확인하고, 문제가 생기면 확인한다. 만약에 그 문제가 단순한 지연이 아니라

별도로 원인이 있는 거라면 개선을 요구한다.

이 작업은 사실 전투 지식을 응용한 것이다.

적을 공격할 때, 필요한 것은 힘뿐만이 아니다.

아군 세력의 상황을 판단하거나, 공격해야 할 적진이나 성, 도시의 태세를 확인하고, 그것이 어떻게 짜여졌는지를 읽어내는 것도 중요하다.

지식도, 지혜도 필요하다.

그 사실을 알고 있다면 이런 일도 할 수 있다.

애초에 이러한 일은 나만이 '이해하고 있는 것'도 아니다.

"자, 그쪽 제3반, 약간 정체된 것 같소입니다만———."

"아, 후쿠시마 님! 수돗가가 예정 위치와는 다른데요, 어떻게 좀 안 될까요!"

자기가 직접 움직이지 않더라도 조장이 이미 원인을 파악하고 있다.

다시 말해 내가 해야 할 일 중 대부분은 결재다.

……수돗가 문제라면 조장의 판단으로는 힘들긴 하겠소입니다.

아마 전투 때 사용할 소화용 물일 것이다. 하지만 지금은 전후, 필요한 수돗가의 위치도 바뀔 것이다. 그렇다면.

"이쪽에서 공사를 하겠다는 조건까지 포함해서 의논해보겠소입니다."

"Tes.! 그럼 업무 시간이 끝난 다음에 해치워버리죠! 그 물로 건배하고요!"

오오, 그런 목소리가 여럿 들리는 걸 보니 꽤 걱정거리였던 모양이다. 모두가 다시 마음을 다잡고 작업을 다시 시작하는 모습이 듬직하다.

  한편, 나는.

  • **기구떨** :『타케나카 님, 의논드릴 게 좀 있소입니다만, 괜찮으시겠소입니까.』

  • **쿠로타케** :『우웨에에에에에엑.』

  • **기구떨** :『너무 빠르시오입니다!!』

  • **쿠로타케** :『아니, 오후 우웩은 중요하다고요~. 그런데 뭐죠? 후쿠시마 양.』

  아, 타케나카가 그렇게 곧바로 이어서 말했다. 뭔가 눈치 챈 증거다. 그리고 그녀는 숨을 한 번 돌린 듯한 틈을 들이고 나서.

  • **쿠로타케** :『수돗가를 옮겨서 설치하겠다는 거죠? 꽤 여러 군데에서 요청이 들어와서 전문 고속 공사 부대를 하치스카 군이 맡고 있어요. 그쪽으로도———.』

  • **6** :『이미 와 있어.』

  그 말을 보고 뒤를 돌아보니 함미 쪽 계단을 코로쿠가 올라오고 있던 참이었다.

  상황을 이해한 사람들이 오, 라고 말하고 있던 동안에 코로쿠의 부하들이 갑판 위의 장갑판을 떼어내기 시작했다. 그 움직임을 보고 코로쿠가 오른손을 들어 허가 지시를 내리며 말했다.

"후쿠시마."

그녀는 평소처럼 표정이 희박한 모습으로 이쪽을 보고는.

"———시바타 조에서 부르던데."

●

"네?!"

카니는 후쿠시마보다 먼저 코로쿠의 말을 듣고 목소리를 내고 있었다.

지금 내가 맡고 있는 일은 갑판 위와 지하 1층을 오가는 화물을 중계하는 일이다. 짧은 거리 같으면서도 상하 1층 거리를 여름에 왕복하는 건 꽤 힘들다.

땀이 흘러내리지 않게끔 수건을 머리띠처럼 둘렀고, 사사누키에게도 짐을 옮기게 하고 있었는데.

"후쿠시마 조는 시바타 조로 흡수되는 건가요?!"

무심코 소리내어 말하자 후쿠시마 건너편에서 코로쿠가 이쪽을 들여다 보았다.

……으아! 잘 생각해보니 거의 초면이네요!

일단, 빗추 타카마츠 성 공략 전에 멀리서 보긴 했다. 상대방은 타고 온 수송함이 베른하르트에게 격침되기도 하고 꽤 정신이 없긴 했지만, 지금 생각해보니.

……그 정도는 별 것 아니네요!!

내 기준도 요즘은 많이 바뀌었다.

그런데 코로쿠가 이쪽을 보고는.

"음~."

누구였지? 그 정도까지는 아니지만, 이름이 뭐였지? 그런 느낌은 든다. 그래서 카니는 똑바로 서고는.

"저기!"

"잠깐만."

코로쿠가 손을 앞으로 내밀었다. 그녀는 반대쪽 손을 이마에 대고 생각에 잠겼다.

……어, 어때요?

이름을 읽기 힘든 무장의 습명자라는 자각은 있다. 솔직히 말해서 저도 습명하지 않았다면 알지 못했을 거예요, 이런 이름!

그런데 잠시 후에 코로쿠가 두 손을 내렸다. 그리고 그녀는 후쿠시마에게.

"뭐, 됐어."

"네에?! 다, 답은 안 맞춰보시나요?!"

"누군가가 부르겠지."

……엄청 삭막하시네요……!

하지만 그렇게 딱 잘라서 방치할 수 있는 성격이기에 빗추 타카마츠 성 서쪽을 담당할 수 있었을 것이다, 카니는 그렇게 생각했다.

빗추 타카마츠 성 전투 기록을 보았는데, 서쪽은 물이 가장 많이 차오른 곳이었다. 그런 전장에서 적의 무신 부대뿐만이 아니라 삼총사 중 두 명이 왔는데도.

　……그럼에도 불구하고 버려냈죠……!

　무신 탑승자는 부하인 도보 전사단과 전장에서 결별해야
만 하는 상황이 있다.

　내구도와 이동력, 전투력이 전혀 다른 존재이기 때문이
다. 무신은 전장 전체의 흐름을 바꿀 수도 있기에 유사시에
는 자신의 부대와는 따로 행동을 하는 경우가 있다.

　하지만 그런 그녀가 리더를 맡은 코로쿠 조는 지금, 모두
가 연계해서 수돗가를 만들고 있다.

　"꽤 익숙하시네요!"

　"우리 쪽은 정비사가 많아. 그리고 농가 출신도 많고."

　"그러셨군요!"

　Tes. 그렇게 말하며 고개를 끄덕인 코로쿠가 이쪽을 손가
락으로 가리켰다.

　"너도 시바타 조에서 부르던데."

　"네에?! 그게 무슨 말씀이시죠?!"

　"변태에게 물어봐."

　"변태?!"

　"카타기리."

　"카타기리 선배가 변태인가요?!"

　"그래."

　"정말로요?!"

　"이 눈으로 직접 봤어."

"그럼 정말이겠네요!"

주위가 갑자기 웅성거리기 시작했다.

"카타기리 님이, 변태라고……?!"

"어?! 잠깐만! 그럼 일정이 바뀌어버리는데! 여름방학이 잖아!"

"바라던 바입니다! 괜찮잖아요! 카타기리 님이라면!"

……뭔지 잘 모르겠지만, 일하다가 휴식 시간에 후쿠시마 조와 하치스카 조가 교류할 수 있었던 건 자랑스럽게 여겨 도 되겠죠!

●

쿠로타케 :『저기~, 카타기리 군? 뭔가 엄청 글러먹은 게 시판이 아즈치 넷에 생겼는데.』

• **ー)ト츠** :『어?! ―――이, 이게 뭐죠! 저는 모르는 일인 데요! 뭔가 멋대로 숏 스토리까지 올라오고 있는데요! '여름 에 쓰지 못하게 된 공물입니다'라니, 그게 뭔데요?!』

• **AnG** :『여름에 쓰지 못하게 된 공물 아닐까?』

●

"이봐~, 다들, 표시창으로 넷만 보면서 작업을 멈추지 말 아주시오입니다~."

후쿠시마는 손뼉을 치며 사람들을 질타했다. 그리고 모두가 정신을 차린 듯이 다시 움직이기 시작하는 모습을 확인하고는.

"우물하고 펌프."

코로쿠가 갑판 위에서 작업하고 있는 자기 조를 손가락으로 가리켰다. 이미 장갑판은 작은 블록을 떼어낸 상태라 넓이와 깊이가 0.5평 정도의 공간이 드러나 있었다.

하치스카 조가 가지고 온 장비를 보아하니 그곳에 노천용 토리이형 인포메이션도 세울 모양이었다. 츠루기 신사이기 때문에 토리이에 검을 꽂아둔 형태다.

"―――표층부이니, 우물식이 좋을 것이오입니다. 물을 뒤집어쓸 수도 있고, 펌프식이면 많은 사람들이 일제히 쓰지 못하지 않겠소입니까. 게다가―――."

"Tes. ―――펌프식은 회전할 때 파열될 가능성도 있고."

안심했어, 그렇게 덧붙여 말한 이유는 코로쿠가 나름대로 '시험'해보았기 때문일 것이다. 왜냐하면.

"나는 이쪽."

그녀는 아즈치에 남기 때문이다. 그렇다면 '부르던데'라는 말은.

"시바타 님께서 본인의 조를 소집하였다는 말씀이신지?"

"하시바가 요청하기도 했어."

그건, 그렇게 말하려 했을 때였다. 코로쿠가 먼저 입을 열었다.

"———강하게."

●

강하게.

그 말만으로도 후쿠시마에게는 충분했다.

……그렇군.

"강화 합숙, 그런 거란 말이오입니다."

"그쪽도 한가해."

"그런가요?!"

카니가 묻자 후쿠시마는 고개를 끄덕여도 되는 건지 망설였다.

"약간 말하기 껄끄럽긴 하오입니다만, 아마 시바타 님 일행은 혼노지의 변까지 움직일 수 없는 상태가 아닐지."

"그렇게까지 역사재현이 코앞으로 다가온 건가요……!"

"공부."

"네! 하겠습니다!"

코로쿠가 한 말을 듣고 카니가 고개를 끄덕였다. 코로쿠가 약간 눈썹을 치켜뜬 다음, 다시 원래 표정으로 돌아와서 고개를 끄덕였다.

이 소녀의 어깨에서 힘이 빠졌다는 걸 카니가 눈치채고 있을까.

괜찮은 보좌가 왔소입니다, 그런 생각이 드는 한편, 신경 쓰이는 건 따로 있었다.

"하치스카 공. ——키요 공도 마찬가지로 시바타 조로?"

그렇게 말하면서 마음이 들뜨는 걸 느꼈다.

너무 신경 쓰는 것이오입니다, 그렇게 생각하는 것과 동시에 이런 생각도 들었다. 내 이런 생각이 코로쿠에게 들키진 않았을까.

그거야말로 지나친 생각일 것 같긴 하지만, 코로쿠의 표정은 알아보기가 힘들다.

그녀는 으음~, 그렇게 고개를 갸웃거리다가 갑자기 표시창을 띄우고는.

• 6 : 『키요마사, 그쪽, 여름 일정.』

……직접 물어보시는 것이오입니까?!

아니, 보통은 그렇게 한다. 후쿠시마는 자신이 너무 신경쓰면서 그런 선택지를 머릿속에서 제외해버렸을 뿐이라는 사실을 눈치채고는.

……으음……!

단숨에 껄끄러워졌다.

지금, 코로쿠가 띄운 표시창 너머에는 키요마사가 존재한다. 아즈치의 어딘가. 아니, 오전에 일어났을 때, 와 있던 지시로 보아하니 그녀가 맡은 곳은 우현 2번함의 보수다. 키요 공, 방어 계열이라 그런지 건물이나 항공함의 보수 쪽도 잘 알고 계시니…….

"———후쿠시마."

"네?!"

"두 번이나 불렀어."

두 번 '이나'라는 말에서 코로쿠의 엄한 성격이 느껴진다. 하지만 코로쿠는 이미 표시창을 꺼버린 상태였다.

다시 말해 키요마사와의 대화는 끝난다는 뜻이다. 그렇다면.

"저기, 키요 공이 뭐라고?"

"강화 합숙."

"시바타 님께 간다는 말씀이오입니까?!"

놀라운 감정 안에 두려움과 기쁜 마음 같은 것이 섞여 있다는 걸 자각할 수 있었다.

그녀를 원하고 있긴 하지만, 곁으로 끌어당겨도 되는 건가 하는 감각.

정말 대담하기도 하지. 본인 앞에서는 긴장해서 제대로 움직이지도 못하는 상황인데도.

그저 표시창이 사라졌기에 감정이 방구석 여포처럼 날뛰고 있는 것 같다.

……정말.

키요마사가 눈앞에 있다 해도 그게 어쨌다는 걸까.

어떻게 하지도, 어떻게 하고 싶은지도 제대로 생각해본 적이 없을 텐데.

부정할 의미도 없는 망설임 때문에 한 발짝도 내디디지 못하고, 그러면서도 그런 위축된 마음조차 '지금 같은 관계가 부숴진다면 움직이지 않는 게 낫다'라는 걸 인정해버리고 있다.

제자리걸음뿐만이 아니라 감정의 벽을 쌓아두고 겁먹은 마음을 위로하고 있을 뿐이다. 하지만.

……어떻게 하고 싶은지, 그렇게 생각한 시점에서 이미 끝이오입니다.

지금은 중요한 시기다.

혼노지의 변이 있고, 그 뒤에는 다양한 전투가 기다리고 있다.

무사시 세력과의 결판도 그런 와중에 벌어지게 될 것이다.

지금 키요마사와의 관계가 망가진다면 그러한 싸움에서 십본창의 결속이 흐트러지게 된다.

그렇게 되면 끝장이다. 그러니까.

"하치스카 공."

중개를 부탁한 것도, 부탁할 수도 없다. 하지만 지금은 그게 이루어진 상태다.

"가르쳐 주시오입니다. 키요마사 공은———."

"아니야."

코로쿠가 조용히 말했다.

"키요마사는, 1학년을 데리고 사나다로 갈 거야."

●

• **쿄마사** : 『———제가, 사나다에 강화 합숙을 하러 가는

건가요.』

호조 세력의 돌격으로 인해 파괴된 성 형태의 함교. 그곳 옥상에서 키요마사는 묻고 있었다.

우선 생각한 것은 어떤 사실이다.

……사나다와는 꽤 인연이 있네요.

사나다 십용사.

지금 그 이름을 내걸고 있는 그들은 현재 하시바 쪽에 소속되어 있다. 그럴 것이다.

그럴 것이라고 하는 이유는 사나다의 적자가 마츠다이라 쪽에 붙고, 당주와 차남이 하시바 쪽에 붙어서 가문 존속을 꾀한다는 역사재현이 있기 때문이다.

하지만 이번 합숙이 하시바 쪽에서 내린 결정이라면 지금 사나다는 하시바 쪽일 것이다. 그리고.

• **키메** :『전 십본창, ……그리고 키요마사라면 괜찮게 대처할 수 있지 않을까?』

• **쿄마사** :『그들을 동정하는 용속은 어떨지 모르는데요.』

사나다 십용사는 원래 우리가 지금 차지하고 있는 십본창의 위치에 있었다. 그러던 와중에 우리가 실력 시험으로 대결을 벌였고 이겼기에 우리는 지금 위치를 얻었다.

예전 적. 그것도 상대방이 보기에는 악연이 있는 상대일 것이다.

그곳으로 합숙하러 가라는 것은.

• **쿄마사** :『문제가 생기지 않으면 좋겠는데요.』

• **쿠로타케** :『그런 말을 하는 사람이라면 괜찮을 거예요. 일단, 위험하다 싶으면 돌아와도 되고, 사나다에도 나름대로 답례를 할 생각이니까~.』

네에, 일단은 그렇게 말하며 고개를 끄덕일 수밖에 없다.

그리고 십본창 모두를 고려해도 내가 교섭 담당 겸 인솔을 맡아서 가는 게 타당할 것이다. 방어 주체의 전술을 쓸 수 있고, 칼레드볼프라면 용속을 상대할 수 있다. 그렇다면.

• **쿄마사** :『준비하기 위해서라도 일을 일찌감치 마쳐야겠네요.』

아즈치가 먼저다.

지금, 부하들과 자동인형들이 함교와 주변을 보수하고 있다.

하지만 첫날인 오늘은 파쇄된 부분을 계측하는 것뿐이다. 어디가 어떻게 파괴되었는지를 조사하고, 그런 것들을 계측한 뒤에는 보수 계획을 세우고 해체할 부분을 결정한다. 하지만 해체할 수 있는 곳이나 해체만으로 해결될 만한 부분을 조사해보면 당연히 보수 계획이 변경된다.

상황에 따라서는.

……함교를 수복하는 것보다 신형 함교로 바꾸는 게 더 빠를 수도 있겠네요.

그런 부분을 판단하는 건 내가 할 일이다.

마찬가지로 상당히 큰 피해를 입은 중앙 2번함의 함교 부분도 동일하다. 나와 마찬가지로 건조 등의 지식이 있는 타케나카가 담당하고 있다.

그렇게 한참 바쁜 타케나카가.

• **쿠로타케** : 『바다가 가깝잖아요~. 보고 있자니 멀미가
나네요~.』

그렇게 영문을 알 수 없는 말을 하고 토하면서 이야기를
이어나갔다.

• **쿠로타케** : 『그런데, ───저기, 뭐, 키요마사 양이 고
생을 좀 하시겠지만, 1학년들이 강화 합숙을 하게 해달라는
제안을 해서요, 교사들 쪽에서도 오케이를 했고요. 그러니
까, 이왕이면 조를 몇 개로 나누어서 진행하는 게 효율도 좋
고~.』

• **쿄마사** : 『효율?』

• **쿠로타케** : 『아즈치 보수에는 시간이 오래 걸린다는 뜻
이죠~.』

그러니까, 타케나카가 그렇게 말하고 이야기를 이어나갔다.

• **쿠로타케** : 『대충 조를 3개 정도로 나누어서 강화 합숙
스케줄을 짤 거니까요.』

• **쿄마사** : 『네에. 그런데, 저기.』

키요마사는 자기 말고 신경 쓰이는 부분이 있었기에 물어
보았다.

• **쿄마사** : 『제가 1학년 인솔 담당이라고 하시던데,
───누가 가게 되는 건가요?』

아, 네, 네, 키요마사는 타케나카가 그렇게 말한 것을 보았다.

그리고 이어진 것은.

• **쿠로타케** : 『1학년 중에서는 아사노 양하고 나베시마 양이에요. 후자가 특히 중요하죠. 나베시마 양은 키요마사 양의 보좌를 해줄 수 있는 사람인 것과 동시에 기룡을 다룰 수 있으니까━━━.』

무슨 말을 하고 싶은 건지는 알겠다. 다시 말해.

• **쿄마사** : 『기룡 사용자의 전투 훈련으로서 용들이 사난사나다에서 특훈을 시키겠다는 건가요?』

• **쿠로타케** : 『그런 거죠. 아사노 양은 대인 전투도 그렇지만, 사토미전의 결과를 보아하니 자연물이나 도구 등을 다루는 솜씨도 뛰어나거든요. ━━━닌자 계열이란 말이죠~.』

척 보기에도 즐기고 있다는 느낌이 담긴 말투였다.

하지만 그건 나쁜 게 아니다. 아사노와 나베시마는 잘 알고 지내는 사이이기도 하고.

……아사노 양이 분석파라면 기룡의 전투 기록 같은 것까지 포함해서 이것저것 검토를 맡길 수 있겠네요.

아마 타케나카는 그런 것들을 기대하고 있을 것이다.

• **키메** : 『━━━정말로 그렇다면 파리를 제압한 뒤에 엑자곤 프랑세즈 내부의 용속 서식권에 쳐들어가서 그렇게 했으면 좋았을 텐데.』

• **쿠로타케** :『이번 같은 경우에는 승부를 내다 그렇게 된 거니 양해 좀 해주세요~.』

• **키메** :『나도 알아. ──안지가 즐기고 왔으니까 충분해.』

그럼, 그렇게 말한 것은 다른 곳에서 들린 목소리였다. 비교적 무사했던 좌현 전함에서 비축 물가를 관리하고 있던 카스야가.

• **흑랑** :『──저는 대체 어떤 로테이션을 따르는 거죠?』

• **쿠로타케** :『아, 카스야 양은 좀 멀리 가주셔야겠어요. 아키까지요.』

• **흑랑** :『……또 꽤나 멀리 가게 되네요.』

• **쿠로타케** :『그쪽에서 합류 인원들과 함께 일을 좀 해주시면 하는데요~. 그리고 요시아키 양하고 와키자카 양은 하치스카 군과 같은 조이고, 기본적으로 이쪽에 머무를 겁니다.』

• **키메** :『아즈치가 그렇게 위험한 상태야?』

요시아키가 한 말을 듣고 키요마사는 그제야 이번 강화 합숙의 배치에 대해 이해했다.

그녀는 이렇게 말하고 있는 것이다. 다시 말해서.

• **AnG** :『───지금 아즈치에는 우리의 초계가 필요하다는 거지. 그쪽에 인원을 배치하는 것도 약간 어려운 느낌이야?』

• **쿠로타케** :『솔직히, 우선은 보수에 온 힘을 기울여야겠죠. 모두가 안전하게 철수하는 것이 하시바 군의 지시니

121

까요.』

　Ｔes. 모두가 그렇게 말하며 고개를 끄덕였다.

　그러자, 타케나카가 휴우, 그렇게 숨을 돌리며 뜸을 들였다.

　그리고 그녀가 이렇게 말했다.

　• 쿠로타케 :『무사시가 이상한 움직임을 보이지 않는다면 10일까지는 안전할 거예요. 그런 한편, 우리도 약간 골치 아픈 문제를 하나 떠안고 있단 말이죠.』

　그것은.

　• 쿠로타케 :『빗추 타카마츠 성 전투의 강화. ───아직 안 했거든요.』

●

　그러게, 요시아키는 그렇게 중얼거렸다.

　아즈치 성을 내려다볼 수 있는 위치. 요시아키는 해발 1킬로미터 정도 높이의 하늘에 있었다.

　민소매 셔츠에 운동복용 타이츠를 신은 차림이지만, 햇빛을 가리기 위해 마녀 모자는 빼먹지 않고 써야 한다.

　그런 내가 있는 곳은 우현 전함 상공. 내려다보고 있는 것은 제일 먼저 강습당한 배이고, 항공 계열에 대해 자세히 알고 있는 내가 그곳의 피해 상황을 판단하고 있는 것이다.

　건너편, 중앙 전함의 하늘에는 야스하루가 있고, 이쪽과 마찬가지로 하늘에서 검토를 진행하고 있다.

그녀가 손을 든 것을 보니 합류해서 검토한 내용을 맞춰
보자고 하는 것 같다.

야스하루 쪽으로 빗자루를 돌리며 요시아키가 말을 꺼냈다.

• **키메** : 『빗추 타카마츠 성 전투의 강화를 하긴 해야겠지.』

나는 현장에 없었지만, 좀 전에 타케나카가 한 말이 무슨
뜻인지는 알고 있다.

이건 하시바 세력에 있어서는 중요한 강화다. 왜냐하면.

• **키메** : 『성보기술에 따르면, ———빗추 타카마츠 성에
수공을 가하던 와중에 혼노지의 변이 발발하고, 하시바는
그 정보를 얻자마자 모리 쪽과 급하게 강화를 맺고는 본거
지로 대회군해서 돌아오니까.』

다시 말해, 이 강화는.

• **키메** : 『하시바가 노부나가의 후계자가 되기 위해 필요
했던 주군의 원수 갚기로서의 아케치 토벌. 그것을 곧바로
해낼 수 있었던 건 이 강화를 모리 쪽이 조기에 처리해 주었
기 때문이야.』

• **쿠로타케** : 『Tes. 그 덕분에 천하를 얻을 수 있었던 하
시바는 모리를 우대해주게 되죠. 그리고 지금, 모리는 칸토
에 있으니 강화는 여기에서 맺을 수 있고요. 일단, 빗추 타
카마츠 성 전투 도중이라고 하면 역사재현은 대충 넘어갈
수도 있고.』

하지만, 타케나카가 그렇게 말했다.

• **쿠로타케** : 『모리 측에서는 그러한 강화를 맡아야 할 인

123

원들을 파리에 두고 와버린 것 같거든요. 그러니까 이번에는 아즈치가 그쪽으로 돌아가야만 할 것 같은데, 모리하고도 움직임을 맞춰야만 하니 언제쯤 하나 싶고.』

• AnG :『무사시하고 교대하는 느낌으로 하게 되려나.』

아마 그런 흐름이 될 것이다. 하지만, 그렇게 되면.

• 키메 :『정말 골치 아프네. 이쪽 움직임이 늦어지고, 모리에게 지배당하는 느낌이 들어.』

• 쿠로타케 :『그러니까 담당자를 이쪽으로 부를 수 있는지, 그런 이야기도 하고 있는데 말이죠.

……그렇게 되면, 그 왜, 모리 바로 아래, 우동 왕국에는 무사시가 있고, 언제 움직일지 알 수가 없는 부분도 있으니 마음 편히 이쪽으로 올 수가 없거든요.』

• 키메 :『어째서 적과 아군이 서로 노려보면서 움직일 수가 없게 된 거야.』

하지만 타케나카가 무슨 말을 한 건지는 이해가 된다.

……그만큼 아즈치의 파손 같은 게 예상을 뛰어넘었다는 거지.

케이초의 역에 개입해서 모리를 거느리고 귀환. 그럴 예정이었을 것이다.

당해버렸다, 그 결과가 지금 우리를 묵직하게 짓누르려 한다.

"……그렇구나."

타케나카는 만에 하나에 대해 생각하고 있다. 그 사실을 대충 이해할 수 있었다.

어찌 됐든, 지금 아즈치는 무방비 상태에 가깝다.

그렇기 때문인지 내 주위에는 자동인형들이 별로 없다.

그녀들을 실제 작업에 투입하기보다는 내근이나 불침번으로 돌리고 있다.

실제 작업은 우리도 할 수가 있다. 그렇다면 자동인형을 그것 이외의 업무에 종사시켜서 머릿수만 늘리는 게 아니라 효율화와 안전을 노린다.

다시 말해, 사무 계열 판단과 작업은 자동인형에게 거의 다 떠넘겨도 된다는 뜻이다. 그리고.

……보초나 경비도 그녀들에게 맡기고 우리는 만에 하나를 대비해서 쉬어라, 그런 거구나.

다들 그런 생각에 도달한 모양인지 Tes.라고 다시 말한 다음.

• **쿄마사** :『———그렇다면 지연이 거의 없이 작업을 진행할 수 있겠네요.』

• **AnG** :『그러게. 그래주면 우리 초계도 짧게 끝낼 수 있으려나.』

• **키메** :『마음 내킬 때 자고, 마음 내킬 때 목욕해도 된다는 허가를 받고 싶어.』

• **쿠로타케** :『초계 스케줄만 지켜주시면 괜찮은데요~.』

그러게, 요시아키가 그렇게 말하며 고개를 끄덕였을 때였다.

갑자기 키요마사가 지금까지의 흐름과는 다른 말을 꺼냈다.

125

• **쿄마사** : 『저기, 타케나카 님? ───후쿠시마 님의 예정은요?』

갑작스러운 내용. 하지만 그녀의 질문에는 곧바로 대답이 왔다.

• **쿠로타케** : 『아, 후쿠시마 양은 강화할 필요가 있다는 걸 신경 쓰시기도 했고, 시바타 조 쪽에서 '여름 강화 합숙을 할 건데, 항상 똑같은 멤버로 맞붙는 것도 재미가 없으니 신입을 내놔라. 아니, 주세요'라고 뭔가 엄청난 게 와버렸길래 카니 군하고 같이 곧바로 그쪽으로 갈 거예요.

참고로 여름방학이 끝날 때까지는 돌아오지 않을 것 같네요.』

●

윽, 키요마사는 그런 목소리를 내며 말문이 막혔다.

타케나카의 선고. 후쿠시마가 시바타 조 쪽으로 가버린다는 것에 대해 머릿속에 떠오른 것은.

……치사해요……!

내가 생각해도 단순한 사고인 것 같지만, 미묘하게 의미가 제대로 통하지 않은 말이기도 했다.

대체 누가 치사하다는 걸까.

후쿠시마를 데리고 가버리는 시바타 조가 치사한 걸까.

이쪽 마음도 모르고 시바타 조와 합류해버리는 후쿠시마

가 치사한 걸까.

아니면 그런 것들을 멋대로 정해버리는 하시바나 타케나카 같은 사람들이 치사한 걸까.

그것도 아니라면.

……약간 안심하거나, 그러면서도 싫다고 생각하는 저겠네요.

제가 정말 까다로워진 것 같네요, 키요마사는 새삼 그렇게 생각했다.

그래도 후쿠시마가 시바타 조에게 유괴당해버린다면 마음이 편해지는 부분도 있긴 하다. 내 안에 있는 감정처럼 골치 아픈 것들을 어느 정도 정리할 수 있을 것 같기 때문이다.

특히 후쿠시마가 떠나게 되면 거리감을 약간이나마 다시 잡을 수 있을 것 같다.

모든 것의 우선순위가 그녀에게 좀 치우치게 된 것 같다. 게다가 그런 상황에서 행복을 느낀다니, 십본창이라는 팀을 고려한다면 별로 바람직하지는 않을 것이다.

그런 상태로 언젠가 맞이하게 될 무사시 세력과의 결전에 나서는 것은 위험하다. 그렇다면.

• **쿄마사** : 『———후쿠시마 님께서는 시바타 조에서 강화 합숙을 하시는 건가요.』

그것은 올바른 일이다.

모두의 이익이 되는 일이다.

……하지만 나는———.

키요마사는 그런 마음 건너편에 있는 것을 생각하지 않으려 애쓰면서 말했다.

• **쿄마사** : 『바람직하네요. 그런 생각이 들어요.』

●

"후쿠시마."

후쿠시마는 하치스카가 고개를 들고 이쪽을 보자 그녀를 마주보았다.

하치스카가 이런 어프로치를 하는 일은 드물다. 그렇게 생각하고 있자니.

"———키요마사가 후쿠시마의 강화 합숙에 대해 말하고 있다."

"네?"

너무 갑작스럽소입니다, 후쿠시마는 그렇게 생각했다.

……키요 공이 소인의 강화 합숙에 대해 어떻게 생각하고 있는 것이오입니까……?!

솟구치는 고동 건너편. 하치스카가 표시창을 한 번 내려다보고는.

"———열심히 하고 와라, 는데."

아무렇지도 않게 말했다.

분명히 뭔가 개성이 있는 것을 기대하고 있던 나는 헛발을 짚은 듯한 느낌이 들었고.

"어?"

좀 더 뭔가 있지 않나, 그렇게 생각해버렸다.

하지만 하치스카는 그런 마음에 맞춰주지 않았다. 고개를 갸웃거리면서 그 이상 뭔가 있나? 그런 느낌으로.

"그런 거야."

그렇게 말해버리니 어쩔 수가 없다. 나는 그저 목을 앞으로 떨구면서.

"네에."

왠지 내가 짤막한 말만으로 대화를 나누는 생물이 되어버린 것 같다.

하지만 키요마사가 반응을 보인 것은 분명하다. 그 내용도.

……열심히 하고 와라, 라는 것이오입니까.

솔직히, 역시 좀 더 뭔가, 그, 있어주면 좋겠다거나, 와주면, 그것도 소인이 너무 많은 것을 바라는 것이오입니까, 그렇게 생각하면서도 다행이오입니다만.

……아니, 아니, 아니, 아니!

후쿠시마는 생각했다. 지금 무슨 생각을 하는 것이오입니까, 라고. 키요 공은 이름 그대로 청순하고(키요, 淸) 올바른(마사, 正) 사람이다. 소인 같은 자가 멋대로 품고 있으면서도 이해가 잘 되지도 않는 불순한 마음과는 다른 세계의 주민이오입니다.

그러니 이것이 평범한 것. 평범한 감상일 것이오입니다.

"흐음."

"저기, 후쿠시마 선배! 아까부터 짤막한 말씀만 하시는데……!"

"이런, 이런."

"두 마디?"

하치스카 공 체크가 엄격하오입니다.

그래도 키요마사가 열심히 하고 와라, 그렇게 말했다.

지금까지 나와 훈련도 자주 함께 했던 키요마사가 그렇게 말한 걸 보니 그녀는 분명히 평소 때 하던 훈련을 전제로 삼고 있을 것이다.

다시 말해 그 '열심히 해라'는 나와 둘이서 훈련하던 것을 염두에 두고 말한 '열심히 해라'일 확률이 높다.

그게 무슨 말인가 하면.

……소인이 열심히 하는 한, 키요 공이 항상 지켜보고 있을 거라는 뜻……!

왠지 기운이 나기 시작했다.

흐음, 그렇게 말하며 다시 고개를 끄덕이고 나서 눈을 들어보니 여름 하늘이 눈부시다.

덥다. 그럴 만도 하다.

"칸토는 하늘이 좁게 느껴지는 것 같소입니다."

"캐릭터가 바뀌었어."

하치스카 공, 그건 지나친 생각이오입니다.

어찌 됐든, 후쿠시마는 좀 전에 품었던 의문을 그제야 이해했다.

······구름이, 혼잡스럽소입니다.

태평양과 육지. 그리고 산지와 평야, 그곳을 가로지르는 커다란 강. 그러한 요인들로 인해 구름에 단차가 생겼고, 여러 패턴이나 파도가 보인다.

그러한 지상의 지형이나 한없이 불어오는 바닷바람의 영향을 받고 있는 칸토의 하늘은 천상에 지형이 있는 거나 마찬가지다.

그에 비해 칸사이는 내해가 있긴 하지만, M.H.R.R. 쪽으로 가면 북쪽에 산이 늘어서 있고, 나머지는 주로 평야다.

칸사이의 하늘에는 떠다니는 구름도 약간 낮고, 평면적으로 펼쳐져 있는 것처럼 보였다.

감각으로 따지면 칸사이에서는 구름을 먼 곳까지 내다볼 수 있었는데, 칸토에서는 그럴 수가 없다.

그것이 서쪽과 동쪽 하늘의 차이일 것이오입니다, 후쿠시마는 그렇게 생각했다.

그런 생각이 드는 것도 최근에 단기간 동안 오갔기 때문일 것이다.

······그래.

후쿠시마는 그제야 이렇게 생각했다.

······파리와 칸토, 졌소입니다.

그렇기 때문에 '열심히 해라', 그런 뜻인 걸까.

●

"후쿠시마 같은 사람은 열심히 해줘야 하긴 하지."

요시아키는 야스하루가 합류하자 오른손을 들어 대답하며 지금 품고 있는 감상을 중얼거렸다.

야스하루와 교환한 것은 마술진으로 포착한 아즈치의 화상이다. 야스하루 쪽에서는 아즈치의 전체적인 모습을 검토한 것 말고도 주위를 오가고 있는 수송함을 전부 자동적으로 체크했고.

"아, 키메 거는 인원 체크구나. 안지 쪽하고 들어맞으려나……?"

"괜찮을 것 같아. 아니, 안지는 용케도 그걸 포착했네. ———봐, 지금, 우현 1번함 좌현의 2-23 수송함이야."

화상 안에서 항로를 벗어난 수송함에 경고 사인이 겹쳐지고 있었다. 이미 내부에서는 항로 실수에 대해 보고했겠지만, 이쪽에서도 체크한다.

검토 말고도 진행하고 있는 이런 체크는 경고를 확정시키고 주변에 있는 배, 사람들에게 주의를 주기 위해서 하는 것이다. 사고가 발생하는 것을 막기 위해 상황에 따라서는 모든 배에게 공중에 정지하라고 명령을 내릴 경우도 있다.

그만큼 혼잡한 현장인 것이다.

"……바깥에서 온 배나 칸토에서 합류한 배. 그리고 1학년인 이케다가 공출한 보급함 등등, 다양한 것들이 한데 얽혀 있고, 그러면서도 아직 보수 경향이 명확하게 잡히지 않아서 어슬렁거리고 있는 사람들도 있어. 그래도———."

……하지만, 지금은 그나마 안전한 편이지.

모두가 익숙하지 않기 때문에 속도도 내지 못하고 있다.

가장 위험한 것은 이제부터 역할이 정해져서 많은 사람들이 움직이기 시작할 때다.

"내일쯤부터 대형 수송함이나 많은 소형함들이 '익숙한' 움직임으로, 속도를 더욱 높여서 움직이기 시작할 거야. 그렇게 되면 지시가 늦어지게 되는 경우도 생길 테고."

"최대한 그런 경우가 없어야 할 텐데. 우리는 밤에 초계 임무를 맡아서 바깥 하늘로 나가버릴 테니까."

그래도, 안지가 그렇게 말했다.

"아까 그건 무슨 소리야? 후쿠시망 같은 사람은 열심히 해줬으면 좋겠다는 거."

●

그러게, 요시아키는 그렇게 말하고 공중에서 대나무병을 기울이며 고개를 끄덕였다.

"우리가 이제부터 하게 될 전투 중에 중요한 게 두 가지 있어. ———한 가지는 알겠어?"

"무사시 세력과의 결판이잖아?"

Tes. 요시아키는 그렇게 말하며 다시 고개를 끄덕였다.

이 대화는 방금처럼 시작한 적은 없지만, 지금까지 몇 번이나 해왔던 것이다.

그렇기 때문에 틀에 박힌 대답이 돌아올 거라 생각하면서도 요시아키는 물었다.

"또 하나의 중요한 전투. 그것도 무사시 세력과의 결판을 내기 전에 오다 세력의 내부로서 우리와 관계된 것이 있어.
―――뭔지 알겠어?"

Tes. 안지가 그렇게 말한 다음 목소리에 더욱 힘을 주고, 하지만 혼잣말을 하는 듯이 말했다.

"시즈가타케 전투. ―――혼노지의 변 이후, 오다 가문의 앞날을 둘러싸고 하시바와 갈라선 시바타 카츠이에가 반 하시바 세력을 모아서 일으킨 전쟁이지."

그것은.

"정보기술에 따르면 우리 십본창의 기반인 '칠본창'의 데뷔전."

●

야스하루는 솔직히 시즈가타케 전투에 대해 이렇게 생각하고 있다.

……하고 싶지 않은데~.

상대하게 될 시바타 조의 구성은 주로 현재의 P. A. Oda와 M. H. R. R. 이고, 다시 말해 우리와도 가까운 사이다. 같은 교복을 입고 있는 다른 조라는 느낌이다.

가까운 사이끼리 벌이는 싸움은 안 하는 게 좋고.

"해석을 이용해서 재주 좋게 대충 끝내면 좋겠다~, 이렇게 생각하는데 말이지."

"우리가 그렇게 생각하고, 상대방도 그렇게 생각하더라도 잘 풀리지 않을 때가 있는 게 요즘 역사재현이야."

특히, 요시아키가 그렇게 말하며 이야기를 이어나갔다.

"……우리 하시바 세력은 기본적으로 역사재현을 준수하자는 생각으로 움직이고 있어. 만약에 하고 싶지도 않은데 강요한다고 해서 불평할 입장은 아니고."

"그렇다면 무사시나 다른 나라에서는 그런 부분을 노리겠네."

"그러기 위한 '여름방학의 계획적인 이용'이지."

야스하루는 요시아키가 한 말을 듣고 그녀가 자신과 똑같은 생각을 하고 있다는 사실을 알게 되었다.

……그렇구나~.

왠지 묘하게 쑥스러운 느낌과 마음이 풀어지는 느낌이 들어서 야스하루는 한동안 수송함의 관리에 전념하기로 했다.

그러자 요시아키가 마찬가지로 마술진을 다루며 말을 걸었다.

"안지."

"왜? 키메."

"우리는 불평할 입장이 아니지만, 정치로 따지자면 기본적으로는 '나는 괜찮아. 너는 안 돼'를 얼마나 가능하게 만드는지가 중요하거든. 그런 부분은 이해해줘."

야스하루는 그 말을 듣고, 그 말이 무슨 뜻인지 생각한 다음, 웃음을 터뜨렸다.

……키메, 이미 그 화제는 지나갔어……!

내가 입을 다물어버려서 내쳐진 거라 생각한 걸까.

나는 그 전에 한 말을 통해서 진의를 파악했는데.

"흐하."

키요마사 같은 사람이 주의를 줄 것 같은 웃음소리가 입 옆으로 새어나왔다.

한편, 요시아키는 응? 이라고 하면서 눈살을 찌푸리고 있지만, 딱히 아무런 말도 들리진 않았다. 내가 그런 의문과는 상관이 없다는 건 대충 봐도 알 수 있을 것이다.

그렇다면 상관없어.

야스하루는 숨을 고르고는 요시아키를 돌아보았다.

"돌아가면 목욕하고 소르베를 먹자, 키메. 비스코티를 잔뜩 넣은 걸로."

"괜찮네. 그래도 몸이 너무 차가워지지 않게끔 해야겠는데."

그러게, 야스하루는 그렇게 말하며 생각했다.

……후쿠시망을 부른 걸 보니 시바타 조도 시즈가타케 전투를 해석으로 끝내려 하거나, 그런 생각을 하고 있는 건가?

속내를 드러내려는 거나 마찬가지다. 그것을 하시바도 받아들였다면.

"혼노지의 변, 그 전후도 역시 다들 이것저것 생각하고 있겠지."

"이쪽은 항상 최선을 다할 뿐이야."

뭐든지 대처할 방법을 마련해 나가는 키메다운 말이다, 야스하루는 그렇게 생각했다.

최선을 다한다. 그것은 모든 것에 대해 가장 좋은 대처이긴 하다. 그것 이외는 최선을 다하지 못할 때의 보조나 대용에 불과하니까.

그렇다면, 야스하루는 그렇게 중얼거렸다.

"소르베는 두 개 먹자. 그리고 후쿠시망에게 선물도 부탁하고."

"부탁 같은 건 가까이 있으면 직접 해."

Tes. 야스하루는 그렇게 대답한 다음, 하늘을 둘러보았다.

이곳은 칸토. 구름 위아래가 꽤 다이나믹하고, 바다와 대지 때문에 생겨난 바람이 항상 불어오는 하늘이다.

마치 구름의 산악이네, 야스하루는 그렇게 생각하며 서쪽 천상을 보았다.

"뭔가 반대네."

"무사시하고 우리?"

"그런 느낌이야. 위치도 그렇지만, 입장도. ———예전에는 우리가 이겼는데, 이번에는 반대야."

"다시 반대로 돌려놓으면 될 뿐이야. ———그렇게 해야만 하고."

그러게, 안지는 그렇게 대답하면서도 다시 말했다.

"역시 소르베는 하나만 먹자."

왜냐하면.

"무사시 세력에게 이기려면 조금 절제해야지. ――분명히 다른 조에서도 지금 저 하늘을 보면서 똑같은 생각을 하고 있을 것 같기도 하니까."

●

"좋았어, 멋진 하늘이다! ――아마 개파 할멈들이 우쭐대며 움직이기 시작할 테니 귀찮겠지만, 우리는 오늘부터 여름방학이라고!! 우리는 스베트 루시 방면의 파견 전사단이니 M.H.R.R.은 하시바에게 맡겨두면 될 거야! 우선 어디론가 갈 때는 키타노쇼 교도원에 신청을――."

굵은 목소리를 내고 있는 그 사람 그림자는 큼직한 몸집에 텐트와 식량 같은 것들이 들어있는 가방을 짊어진 실루엣.

산악용 조끼를 헐렁한 사복 위에 걸친 사람은.

"카스이에 씨이, 방위 자침을 챙겨가는 걸 깜빡하셨어요오."

"오오, 오이치 님! 표시창이면 되려나~, 아니, 그런 게 용납되지 않는 방침인가! 역시 진짜 물건을 만지는 게 아웃도어의 묘미지!"

여기요, 마찬가지로 산악 장비를 갖춘 오이치가 그렇게 말하며 그의 장비에 '시바타'라고 적힌 밴드 달린 방위 자침을 카라비너로 달아주었다.

"이게 오케이네요오……."

미소를 지으며 고개를 끄덕인 시바타는 주위를 둘러보았다.

이곳은 녹음이 우거진 평원. 하지만 주위에는 아직 많은 곳들이 하얀색으로 덮여 있다.

여름이 시작된 설원이었다. 시바타 세력의 항공함이 성채처럼 늘어서 있고, 때때로 수송함이 그 안과 바깥으로 오가고 있다.

그 광경을 등진 채 시바타가 앞을 보았다.

그곳에, 사람들이 있었다.

시바타 세력의 직책 보유자들이다. 백인 부대의 대장급까지 모두 모인 모습을 보고 시바타가 말했다.

"알겠나? 네놈들. 여름방학이 되었으니 말이지."

흐음, 그렇게 말하며 턱에 손을 대고는.

"―――우선은 여자친구를 만들어라."

"이쪽을 보고 말하지 말라고―――!"

"어라, 어라, 나루나루 구운, 자각이 있으신가요오? 으응~? 그래도 네놈, 여름방학 때는 혼자서 산에 틀어박혀서 수행하겠다는 변명을 내세우면서 시간을 보내려고 하는 것 같던데요오오오오오?"

그러면서 지역 축제 같은 곳에서 '칫, 짜증 나는군'이라고 하면서 옆을 지나갈 때마다 힐끔, 힐끔, 그렇게 쳐다보기나 하고! 하지만 결국에는 집안에서 불꽃놀이가 올라가는 걸 보고 '이게 내 여름이구나……'라고 중얼거리시는 거 아닌지이———?"

"여름방학에 들어가기 전에 짜증 게이지를 충전해주러 왔구나, 이 자식……!"

자자, 그렇게 말하며 손을 드는 사람이 있었다.

"뭐야, 후와."

"샷사가 아니라, 시바타 선배. ———여자친구를 만들라니, 성희롱이거든요."

"그럼, 후와. 네놈은 남자친구를 만들어라."

"더 심한 성희롱이거든요……!"

어머나아, 그렇게 말한 사람은 이미 시바타의 어깨 위에 앉아있던 오이치였다.

"그러면 안 돼요오, 카츠이에 씨. ———후와 양하고 샷사 군은 사귀고 있으니까."

"네에……?!"

후와와 샷사가 동시에 목소리를 냈다.

그리고 서로 얼굴을 마주 보면서 뭔가 말하려고 했을 때였다.

『그랬나요?!』

두 사람 뒤에서 꿈틀대기 시작한 것이 있었다.

촉수다.

『저, 그런 건 전혀 눈치채지도 못했는데요?!』

제4장

『준비하던 곳에서 눈치챈 자』

모리는 질문했다.

『이상하지 않나요?!』

아니, 그렇게 말하고 있던 동안에 그 두 사람이 돌아보았다. 하지만 촉수는 아랑곳하지 않고 말했다.

『―――아니, 두 분 다 얼굴을 마주칠 때마다 다투시고, 왠지 엄청 잔소리를 하시고, 학교 식당이나 편의점 같은 곳에서 옆에 앉으면 싸워대서 시끄럽다고요! 교도원도 그렇고, 배로 올 때도 왠지 우연히 함께 있다가 다투기 시작하시고요!』

"모리 군, 두 사람을 몰아붙이고 있는 것 아니야?"

『아, 마에다 선배도 그렇게 생각하지 않으시나요? 두 사람이 싸움만 해대니까 저는 항상 보고 있자면 안절부절못해서 새파랗게 질려버리고, 다시 말해 쪼그라든다고요!』

"아니, 모리 군, 혈액순환이 안 좋아진다고 말하기 힘든 색이 되잖아."

『네! 하지만 혈액순환이 잘 된다 하더라도 그런 말을 피할수가 없다는 게 납득이 안 되거든요! 아무튼 이 두 분이 싸우면서도 항상 함께 있거나, 학교 식당이나 편의점에서 나란히 앉거나, 서로에 대해 깊게 이해하고 있거나, 그러면서 진심으로 이야기하는 모습을 보니―――.』

촉수는 그 상황을 생각해보았다.

잠시 후, 촉수가 자세를 바로잡고는 두 사람에게 인사를 하면서.

『추, 축하드립니다!』

후와와 삿사의 발차기가 촉수를 멀리 날려버렸다.

●

후와는 모리가 퍼지기 시작한 녹음이 우거진 평원에 굴러 가는 모습을 보았다.

촉수는 원기둥 형태가 기반이기 때문에 완만한 경사를 본 체와 함께 굴러가고 있다. 그 앞에 있던 직책 보유자들이 으 아, 비명을 지르며 도망치는데도 촉수는 아랑곳하지 않고.

『아앗, 아얏, 아야야앗! 여름 햇살을 받고 눈 밑에서 나온 풀 새싹이 제 망측한 점막을 바늘처럼 자극해서! 저, 저, 약 간 불끈불끈해버리는데요……!』

"카츠이에 씨네 조는 다들 이상하고 재미있네요오."

오이치가 한 말을 듣고 자기는 정상이라고 믿고 있는 녀 석들이 당황하며 손을 좌우로 저었다.

하지만 후와는 해둘 말이 있다. 삿사와의 관계가 아니라.

"저기 말이죠. 저, 여름동안 계속 이쪽 경리나 그런 걸 맡 게 되어버렸는데요."

"뭐어?! 어쩔 수 없지. 이봐, 나루나루 군, 도와주지 그래?"

"그럴 수 있겠냐, 바보 녀석아……!"

우와, 그런 말투도 나름대로 엄청난 바보 같은데.

하지만 같이 있어봤자 걸리적거리기만 하고, 곁에 있으면 그것만으로도 신경이 쓰인다.

……아~.

이런, 후와는 그렇게 생각했다. 이건 분명히 다른 사람이 자신의 감정을 확정해버렸기에 그로 인한 사고의 흐름이 아닐까, 하고.

순수한 감정은 스스로 느끼고 있는 것 같고, 그런 생각도 약간 들긴 했다.

하지만 삿사를 보니.

"애초에 나는 나 자신을 강화시키기 위해 산에 틀어박혀서 하기 휴가를 소화시키기로 했다고……!

엑자곤 프랑세즈의 부장 상대로는 전혀 통하지도 않았고……!"

……깨네──.

뭐야, 대체. 그렇게 거유가 좋냐고.

아니, 우리는 이제 엑자곤 프랑세즈하고 맞붙을 기회가 없을 것 같은데. 더 따지자면.

"시바타 선배. ──칸토에서 본성을 드러내서 마구 날뛴 인랑 여왕에게 시바타 선배는 이길 수 있나요?"

"그쪽도 나를 이길 수 있다 생각하지 않을까."

그렇군요~, 그렇게 생각하고 있자니 눈앞에서 시바타가 자기 오른쪽 어깨를 두드렸다.

"지금은 내가 불리하다는 걸 부정하지 않겠다. ──그러니까, 뭐, 탕치도 이번 여행 스케줄에 넣어두었단 말이지."

"시바타 선배도 인랑 여왕하고 붙어볼 생각이신가요───."

멍청아, 오니가 그렇게 말하며 입가에 웃음을 드리웠다.

"P.A.Oda 부장이 최강이야."

켁, 삿사가 그렇게 말했지만, 부정하지는 않는다.

그런 것이다.

말투나 태도가 마음에 들지 않더라도 그런 부분은 부정할 수가 없다. 그러니까.

……아~.

후와는 눈치챘다. 삿사가 어째서 인랑 여왕의 이름을 꺼냈는지를.

……인랑 여왕이 아니면 안 되겠네───.

무사시 부장이나, 무사시의 제1, 제5특무로는 안 되는 것이다.

●

……우와. 어린애…….

후와는 옆에 서 있는 남자들에 대해 진심으로 그렇게 생각했다.

특히 삿사가 심하다.

결국, 노브고로드다. 테도리가와 전투나 나나오 성 전투,

그리고 우오즈 성 전투까지 겹쳐진 그 현장. 부유 도시 위에 펼쳐진 전장에서 시바타는 무사시의 제1특무와 제5특무의 콤비네이션으로 인해 오른팔이 잘린 데다, 무사시 부장의 일격까지 맞았다.

무사시의 제1특무는 금발 거유 신앙으로 세계적으로 유명하고, 제5특무 쪽은 마그데부르크의 약탈 이후로 곳곳을 제압하는 활약을 보이고 있다. 특히 하시바의 부하, 십본창 중 카토 키요마사와 카스야 타케노리와는 대등 이상으로 맞붙었고, 보좌인 시마 사콘에게도 승리했다는 사실은 의미가 크다.

그리고 시바타는 무사시 부장과 팔 하나만으로 승부에 나섰지만, 그때 삿사는 그녀의 몸놀림과 수십 미터를 넘어서는 순간 도약을 보았다. 그때 시바타는 가슴이 갈라졌고, 무사시 부장은 머리 장식이 부서졌다. 양쪽 다 깊게 파고들었다면, 시바타는 가슴이 꿰뚫렸을 것이고, 무사시 부장은 머리가 갈라졌을 것이다.

동귀어진이다. 굳이 말하자면 무사시 부장이 더 불리할 것이다.

하지만, 후와는 그렇게 생각했다.

한쪽 팔을 잃었다고는 해도 확실하게 시바타와 **동귀어진까지 갈 수 있는 적이 있다**는 것이라고.

맞대결로 승부를 낸다면 각 나라의 부장, 총장급. 우에스기 카게카츠나 인랑 여왕 정도면 그럴 수 있다 생각했다. 대체 어떤 싸움이 될지 예측도 되지 않는 괴수 대결전이 벌어진다면 내가 할 수 있는 말은 시바타 파이팅이라는 것 정도밖에 추측이 안 되는데, 그건 일종의 '꿈'이었던 것이다.

하지만 현실에 그것을 이루어낼 수 있는 적이 생겨나 버렸다.

한쪽 팔을 잃었다는 변수가 있긴 했다.

하지만 전장에서 일어난 일이다. 시합에서 단둘이 싸우는 것도 아니다.

순수한 대결이 통하지 않는 곳에서는 최강이라 불리는 존재조차 통하지 않을 경우가 있다.

그런 사실은 누구나 알고 있고, 그로 인해 역사재현이 흐트러져서는 안 되기 때문에 대결이라는 규칙이 생겨난 것이다.

하지만, 그럼에도 불구하고.

삿사에게는 자신들보다 연하. 마그데부르크에서는 미숙함이 남아있는 집단이었고, 미카타가하라에서는 하시바를 당해내지도 못했고, 희생조차 치른 상대가 자신의 목표를 달성할 수 있는 존재가 되어 있었다.

적이다. 그리고 세대로 따지면 그들은 미래이고, 우리는 과거다.

"아———."

"뭐가 아———, 야?"

"아니, 아무것도 아니야."

후와는 오른쪽 손을 앞뒤로 살짝 흔들었다.

머리 위, 시바타의 어깨 위에서 내려다보는 오이치의 시선은 분명히 모든 것을 들여다보고 있을 것이다.

자랑스러운 남편일 것이다. 그렇기 때문에 탕치를 하려 한다. 완전무결이어야만 한다.

그런 것이다. 그렇다면 나는.

"뭐, 선배들은 마음껏 움직이시라고요. ──저는 경리 일을 볼 테니까."

"오오, 그러냐, 후와. ──그럼 일을 하나만 더 부탁하마."

"……추가 발주인가요? 뭐죠?"

너무 갑작스러운데, 그렇게 생각하며 바라보고 있자니 시바타가 조용히 이렇게 말했다.

"──후배 육성이지."

●

"──그래서, 오늘 밤에 출발하시나요? 두 분, 너무 갑작스럽네요."

시각은 오후, 카스야는 타케나카의 지시에 따라 훈련 합숙에 참가할 카니의 준비를 도와주고 있었다.

원래는 카니를 담당해줘야 하는 후쿠시마는 장비 준비 같은 일이 있기 때문에 움직일 수가 없다.

그에 비해 지금까지 모두와 따로 떨어져서 시바타 조의 영역에서 훈련하던 카스야는 그쪽에서 필요한 것들에 대해 알고 있다. 그렇기 때문에 배의 보수 쪽으로 자신이 맡고 있던 역할을 타케나카에게 맡기고 오게 되었는데.

"Tes.! 왠지 그쪽에서는 시바타 님께서 온천 순례를 다니신다고 하셔서 서둘러도 제때 맞출 수 없을지는 모르겠지만, 타케나카 님께서는 일단 가보라고 하시네요~!"

네에, 그렇게 말하며 고개를 끄덕인 카스야는 들고 있던 것을 바라보며 중얼거렸다.

수영복.

이야기를 들어보니 온천용이려나. 아즈치 내부에도 목욕탕 시설이 있기 때문에 함내 매점에서 그런 것들도 취급한다.

얼마 전에 케이초의 역을 마치고 아즈치로 합류했을 때, 우리도 전용 목욕탕을 사용한 적이 있긴 하다.

인랑 여왕의 숲에 있어서 그런지 피부와 머리카락이 평소보다 생기가 넘쳐서 세팅이 잘 되지 않았고, 털고르기의 가호가 지나치게 강해졌다.

전장에 참가했을 때는 신경 쓰이지 않았지만, 일상으로 돌아오니 영향이 느껴졌다.

함내의 대기가 정전기처럼 터지곤 하기 때문이다.

전장은 '숲'이었고, 그 안이나 근처에 있었기에 눈치채지 못했지만, 이족으로서의 내 유체 상황이 그것을 그대로 아즈치 안에 가져와 버렸다.

아즈치가 지닌 결계와 방호 가호는 당연히 이질적인 유체를 튕겨내려 한다. 하지만 소유자가 십본창으로 등록되어 있는 것이 문제다.

'아즈치'가 일부러 한 번 찾아와서 확인하게 되었다.

결국에는 목욕탕에서 목욕재계를 함으로써 개선시키자는 결론이 나왔고, 카니와 둘이서 가보았는데.

"저, 놀랐어요! 카타기리 선배는 남자였군요!"

카니가 뒤늦게 느낀 감상이 정말 훌륭하다.

……그런데 카타기리도 왜 아침 목욕 같은 걸 하는 거죠?

본인 이야기에 따르면 '이제부터 바빠질 것 같으니 미리!'라고 하던데. 카니는 거의 초면이나 마찬가지였다. 카타기리가 당황하는 한편, 카니가.

"어?! 저는 신경 안 쓰는데요!"

그렇게 거물 같은 모습을 보여주었다. 일단 나중에 확인해 보니.

"———설마 남자였을 줄은 몰랐어요! 그래도 뭐, 상관없지! 싶어서요!"

어떤 의미로는 우리보다 그릇이 클지도 모르겠다. 하지만.

"카니는 이런 거 준비해두지 않았나요? 수영복이라거나."

"Tes.! 저희는 채소 장수니까요! 채소 장수에게 수영복은 필요가 없거든요!"

무슨 이론인지는 잘 모르겠지만, 그럴 것 같기도 하니 넘어가기로 했다.

하지만 같이 고르고 있는 나는.

"카스야 선배는 K.P.A.Italia로 가시죠?! 훈련하시는 거죠?!"

●

그렇단 말이죠, 카스야는 그렇게 중얼거렸다.

"솔직히, 저는 다시 모두와 함께 훈련하는 과정으로 돌아가고 싶은데요."

"그러신가요?!"

Tes. 카스야는 그렇게 말하며 고개를 끄덕였다.

"힘을 쓰는 법이 아직 약간 익숙하지 않아서요, 시바타 조 끄트머리 자리를 빌려서 폭동 진압 등의 실전에 참가했어요. 그러면서 어느 정도는 요령을 파악했으니 다른 사람들과 합류하던 참에 케이초의 역이 발생했고요."

"카스야 씨의 힘은 어떤 건가요?!"

"뭐, 이것저것 있긴 한데, 주로———."

고개를 갸웃거리고 나서.

"얍."

순발 가속으로 단숨에 카니의 등 뒤로 돌아갔다.

눈앞에 있는 뒷모습이 제대로 반응을 보이지 못하고 있다. 그래서 어깨를 살짝 두드리자.

"어?!"

놀란 표정으로 돌아보았다.

……왠지, 기쁜 반응이네요……!

선배 행세라고 할 수도 있겠지만, 느껴보지 못하긴 했던 반응. 하지만.

"잘했어요, 카니도. ───왜냐하면 한순간 제 움직임을 따라 몸을 반쯤 틀었으니까요."

내가 방금 한 것은 그것까지 포함된 파고들기다. 카니는 지금 낼 수 있는 한계 속도를 낸 모양이지만, 놓쳐서 당황했을 것이다. 그렇기 때문에.

"네."

내민 것은 카니의 손에서 흘러내린 수영복 종이 옷걸이다. 방금 그 행동을 하던 도중에 그녀의 손에서 공중에 뜬 수영복을 내가 가속 중에 낚아챈 것이고.

"떨어뜨리면 입기도 전에 지저분해지잖아요? 입어보러 갈 거죠?"

"네!"

그것을 건네주자 카니는 이쪽 손 근처를 보았다.

내가 들고 있던 것은 떨어뜨리지 않았다. 이런 부분이 후배와 내 차이일 것이다.

카니는 휴우……! 그렇게 놀라움과 기뻐하는 기색이 담긴 한숨을 내쉬고는.

"대단하시네요! 가슴이 큰데도 잽싸게 움직이시고……!"

"키요마사나 히라노 정도는 아니거든요? 그리고 가슴이나 속도는 어젯밤에 더 대단한 사람과 마주치지 않았나요?"

"인랑 여왕님은 거의 반칙이나 마찬가지고, 여기에는 안 계시니 제외할게요!"

그렇긴 하네, 카스야는 그렇게 생각하며 고개를 끄덕였다. 아무리 대단하다 하더라도 한계라는 것이 있을 것이다. 예전에는 그렇게 생각했지만, 어젯밤에 그 생각을 바꾸게 되었다.

이야기로 듣긴 했지만, 직접 맞서는 것은 전혀 다르다. 하지만.

"그러한 상대를 쓰러뜨릴 수 있게 되는 것도 우리가 할 일 이죠."

"이길 수 있나요?!"

"둘이서라면 그럭저럭 해볼만 하지 않았나요."

좀 더 경험을 쌓는다면.

강력한 무기가 있다면.

다른 동료가 더 있다면.

이런 말은 패자의 변명이긴 하지만, 지금 우리에게 있어서는 희망의 말이다.

그렇게 하면 이길 수 있을지도 모르는 것이다.

"그런 이유 때문에 모두와 합류해서 훈련을 하고 싶었는데요."

"그렇군요! 그런 거였네요! 부탁해 볼게요!"

어? 그렇게 생각하고 있자니 눈앞에서 종이 옷걸이를 옷 깃에 걸친 카니가 표시창을 띄웠다.

• 카니부침 : 『──────타케나카 님! 잠깐 괜찮으실까요?!』

●

카니 일행이 쇼핑 등으로 한참 바쁠 무렵.

후쿠시마는 출발 요청에 따라 자신의 방으로 돌아와 있었다.

바닥에 앉아서 장비를 선별하며 표시창을 보고 있던 후쿠시마는.

……내일 새벽에 출발하기 전에 눈을 붙여두어야 할 것 같소입니다.

잠깐이나마 목욕도 했다.

식사를 하고 나서 자면 몸이 무겁게 느껴지기 때문에 우선은 아무것도 먹지 않고 시기를 봐서 잘 생각이다.

"흐음."

옆에 배급받은 물과 주먹밥이 있긴 하지만, 자고 일어나서 먹을 예정이다.

지금 해둬야 할 일이 있다면.

"……칸토에 왔기 때문에 이걸 배급받은 모양이오입니다."

선향형 향목 술식이다.

술식부와 향목 가루를 뭉쳐서 만든 것이고, 배급나온 물품은 피로 해소용이다. 향목 술식은 인도 제국 연합 같은 무라사이 동맹국에서 많이 쓰는 물건이고, 효과가 약하긴 하지만 범위와 지속 시간 효율이 좋다. 잘 때 같은 경우에 다

157

양한 효과를 시험해보며 즐기는 사람들도 많다는 이야기를 하시바에게 들은 적이 있다.

……그렇다면, 자기 전에 그렇게 해야겠소입니다.

그렇게 생각한 순간. 그것이 왔다.

• **카니부침** : 『──────타케나카 님! 십본창 여러분하고 함께 합동 훈련을 하는 쪽으로 전환할 수는 없을까요?!』

●

후쿠시마는 갑자기 날아든 카니의 말을 보고 몸이 굳었다.

……대, 대체 무슨 제안이오입니까?!

만약에 합동 훈련을 하게 된다면 키요마사와 얼굴을 마주치게 될 테고, 식사나 목욕, 상황에 따라서는 야외 훈련이나 자는 곳까지 함께 잡힐지도 모른다.

"……!!"

후쿠시마는 단숨에 열기를 띤 땀을 흘렸다.

나 자신도 이유를 알 수 없는 땀이다. 긴장인 것 같기도 하고, 기대, 공포인 것 같기도 했기에.

……대체 뭐지!!

물어봤자 대답해주는 사람은 없다. 그저 눈앞의 표시창에 시선이 사로잡힌 상태였고.

• **쿠로타케** : 『아~, 이미 그쪽하고 예약을 잡아버려서 안 되는데요~.』

몸과 머리에서 열기가 빠져나간 듯한 감각이 든 후쿠시마는 그대로 뒤쪽을 향해 쓰러졌다.

●

코로쿠는 업무를 보던 도중에 자신의 방으로 돌아와 있었다.

수돗가 등을 만드는 작업은 오후에 들어선 뒤에 일단락되었다. 급수처가 어느 정도 설치되었기에 이제부터는 '우선 하루 운용해보고 나서' 진행하게 된 것이다.

물론, 아직 해야 할 일들은 많다.

유체 경로의 도관 공사도, 자동인형들이 파손 부위를 검출하거나 계측해준다 하더라도 실제 작업은 유체의 영향을 별로 받지 않는 인간의 손으로 하는 게 더 안전하다.

하지만 유체 관련 공사는 역시 어두워진 뒤에 하는 게 더 바람직한 경우가 많다. 유체광이 뚜렷하게 보이기 때문에 누출 같은 것을 금방 눈치챌 수 있기 때문이다.

물론, 달이 밝은 밤에는 오히려 위험하지만.

"뭐, 오늘 밤은 괜찮겠지."

그래서 우선 저녁이 될 때까지는 잠깐 쉰다. 그동안에 해둘 것은 휴식과 목욕, 그리고.

"예약……."

게임이다.

저번에는 알 수 없는 현상으로 인해 클리어한 뒤에 데이터가 덮어씌워져 버렸지만, 일단 한 번 깬 것은 분명하다.

무서운 부분이 있다 해도, 그것을 확실하게 알지 못하는 형태로 클리어해버린 건 바람직하면서도 그렇지 않다고 할 수 있을 것이다. 하지만 이대로 2주차에 들어가는 건 좀 그렇다. 신선함이 떨어진다.

그렇다면 이번에는 역시 신작일 것이다. 이미 예전부터 알아보긴 했다. 여름방학이라는 기간을 노려서 각 기업 조합이 파상공격을 가하는 것처럼 게임을 출시하고 있다.

무서운 것에 관심이 생겨서 서스펜스나 호러 쪽을 고르곤 하는데, 과연 어떨까.

여름이니 좀 더 밝은 게 낫지 않을까. 어차피 다른 사람들이 보는 것도 아니니 여름방학 만끽 게임인 '본인의 여름 휴가(반영구) 4' 같은 것도 플레이하면 시골의 여름 공간에 갇힌 것 같은 느낌이라 그것도 나름대로 일종의 호러일 텐데…….

1은 했었다. 하지만.

……빙고의 우유를 마구 마셔댔는데도 바닥나지 않던 게 제일 호러였는데.

따라해볼까, 그런 생각이 들어서 작년에 그렇게 해보니 세 잔 정도만에 배에 엄청난 사태가 벌어졌다. 와키자카는 '초6이 가슴 강화에 눈을 떴어!'라는 말까지 듣고, 정말 마음에 안 든다. 하지만.

"_____."

통신 판매 리스트에 어떤 타이틀이 있었다. 어젯밤에 이해가 잘 안되는 방식으로 클리어한 '사이렌과 정오 2'다.

1 다음에 바로 2라니, 그런 생각도 들고, 어느새 나온 거지? 그런 생각도 드는데, 이곳은 성보기술로 인해 확정된 기술 계열 유적의 도시, 아키하바라가 있는 칸토다.

에도 유희 박람회 같은 것도 여름에 개최될 것이다. 아즈치가 그때까지 있으면 재미있겠다.

그런데 좀 전부터 2의 타이틀이 눈에 들어오고 있다.

선전 문구는 '전작에서 이어지는 공포……!'라고 나와 있다.

……전작이라.

흠, 코로쿠는 그렇게 말하고 눈을 흘기며 뒤쪽으로 물러났다. 벽에 등을 기댔다.

"전작에서 이어진다고 해도 결말 부분을 못 봤는데……."

그렇기 때문에.

"어떻게 이어지는데."

그 순간. 등을 기대고 있던 벽이 갑작스럽게 충격과 함께 격돌음을 울렸다.

"……?!"

히익, 그렇게 숨을 죽인 코로쿠가 그대로 바닥에 쓰러졌다.

움직이지 않는다.

●

후쿠시마는 침대 위에서 몸부림을 치고 있었다.

카니의 통신을 보고 어지러워져서 균형을 잃었을 때, 버티려 했던 게 잘못이었다. 뒤쪽에는 침대가 있었고, 장딴지 위쪽이 침대 가장자리에 걸려서 세차게 넘어졌다.

그리고 뒤통수가 침대 건너편 벽에 격돌했는데, 낙법을 할 수 없는 그 일격은 꽤 강렬했다. 움푹 파였나 싶어서 머리를 만져보았지만, 변형되지는 않았다. 하지만 혹이 날 것이다.

정신을 차리고 보니 침대 머리맡에 있던 꽃병에 빛이 보였다.

놓아둔 귀석 말고도 눈에 띄게 보이는 그 푸른색은.

"……단조 공의 깃털이오입니까."

유체광을 보이는 깃털이 이쪽을 향해 불만을 표시하는 것처럼 보였기에 후쿠시마는 침대 위에서 도게자를 했다.

"죄송하오입니다! 소인, 실수하였소입니다……!"

그런데 방금 그 소동을 이웃은 어떻게 생각하고 있을까.

후쿠시마는 문 너머로 통로를 한 번 내다보고는 지나가는 사람이 없다는 걸 확인한 다음, 하치스카의 방으로 갔다.

아직 오후 시간대다. 통로에는 햇살을 머금은 바깥 공기가 있고, 그 때문인지 하치스카의 방문이 열려 있었다.

……음.

환기를 하고 있는 걸까, 아니면 업무 도중에 들른 걸까. 둘 중 어느 쪽이라 해도 약간 부주의하다.

그리고 안을 본 후쿠시마는 그것을 보았다.

하치스카가 바닥에 쓰러져 있었다.

"하치스카 공!"

일단 문 안쪽 같은 곳을 경계하며 안으로 들어갔다.

후쿠시마는 재빠르게 하치스카 곁으로 달려가서 그녀에게 함정 같은 것이 설치되어 있지 않은지 확인했다. 저번과는 달리 이곳은 이미 칸토다. 패전한 뒤에 사람들이 드나들고 있는 상황이다. 하지만.

"정신을 잃은 것뿐이오입니까……?"

쓰러진 자세를 보아하니 외부의 공격으로 인해 그렇게 된 것은 아닌 모양이었다. 애초에 벽에 등을 기대고 있었던 것 같으니 기습을 당하지도 않았을 것이다.

……그렇다면———.

열사병이나 피로, 그런 단어가 머릿속에 떠오르긴 하는데, 아마 그런 것들 중 하나일 것이다.

"흐음."

깨어날 때 피로 때문에 몸이 삐걱댈 것 같다.

잠깐 실례, 그렇게 중얼거리며 방 안을 보니 병에 든 물과 배급받은 주먹밥이 있었다. 그러니 배려하는 차원에서 물을 잔에 따르고 주먹밥과 함께 하치스카 옆에 두었다.

그리고 동료로서 해줄 배려가 더 없을지 생각하며 주위를 보니 향목 술식이 있었다.

피로를 푸는 데 좋을 것이다. 함께 딸린 받침대에 세운 다음, 끄트머리의 착화 술식으로 불을 붙였다. 금방 투명한 느낌이 드는 냄새가 코에 느껴졌고.

"흐음, 이러면 될 것이오입니다. 푹 쉬시면———."

그때, 후쿠시마는 어떤 것을 보았다.

하치스카 옆에 표시창 하나가 있었다. 들여다보니 아무래도 게임 통신 판매인 모양이었다. 그것을 주문하려다가 정신을 잃은 걸까.

"하치스카 공도 정말 게임을 좋아하시는 것 같소입니다."

화면을 보니 '예약 마감 직전! 1각 36분'이라고 적혀 있었고, 시각 카운터가 점점 줄어들고 있었다.

……이대로 가다간 깨어나기 전에 예약이 끝나겠소입니다.

이것도 동료를 배려해주는 마음이다. 후쿠시마는 그렇게 생각하며 예약 버튼을 누르려 했다. 하지만.

……아무리 그래도 이건 하치스카 공의 통신 지갑을 이용해 멋대로 물건을 사는 것 아니겠소입니까.

후쿠시마는 자신의 표시창을 띄운 다음, 같은 통신 판매 사이트와 상품을 검색했다. 통신 판매 사이트는 무라사이의 '호운(사다르)'이기에 나도 부호를 가지고 있다. 이제 예약하기만 하면 되는데.

"———이제 곧 출발할 소인의 선물이오입니다만, 뭐, 굳이 대놓고 은혜를 베풀 필요는 없을 것이오입니다."

보내는 사람 표시를 없앤 다음, 받는 사람을 하치스카로 지정했다.

좋아.

만족한 후쿠시마는 하치스카의 방을 나섰다. 통로를 지나 자기 방으로 돌아와서.

……출발 직전에 좋은 일을 했소입니다.

그렇게 생각하고 방 안을 보니 문득 떠올랐다.

……소인의 문제는 아무것도 해결되지 않았소입니다……!

●

큰일이오입니다, 후쿠시마는 그렇게 생각했다.

좀 전의 자신을 돌아보더라도 이제 곧 출발하는데도 불구하고 한없이 들뜬 상태다.

……키요 공 때문에 이렇게 일희일비하게 되다니……!

후쿠시마는 생각했다. 지금은 결의할 때일 것이오입니다, 라고.

출발은 내일 새벽. 다들 깨어 있다면 배웅하러 와주겠지만, 역시 피로가 심하다. 자다가 놓칠 가능성도 있다.

"그렇다면———."

표시창으로 시계를 확인한 후쿠시마는 결심했다.

"출발하기 전, 시간을 내서 키요 공과 제대로 이야기를 하겠소입니다……!"

원하는 것을
얻을 수 있다면, 행복
그를 깨는 무엇일까
배점 (텐션)

마사즈미는 오후 4시 종소리를 인기척이 별로 없는 건물 안에서 듣고 있었다.

학생회 거실. 모두 함께 그곳을 정리하고 있는 것이다.

오후 시험이 나중에 치러질 실기 시험으로 바뀌었기에 붕 뜬 시간을 사용해서 정리하고 있다.

그런데 꽤 많이 가져다 두었던 책을 모아서 쌓으며 마사즈미는 이렇게 생각했다.

……모두 다 모이지 않았기에 실기 시험을 진행할 수 없다, 그렇다면.

"우리는 정말 종합력이구나……."

새삼 그런 느낌이 든다.

그러자 옆에서 필요하지 않게 된 서적을 헌책방에 보내기 위해 정리하고 있던 바르페트가 물었다.

"……부장이나 제5특무, 부장 보좌나 다테 가문 부장 같은 사람은 개인 전력 아닌가요?"

"아니, 그것까지 포함해서 종합력이야."

다들 정리하다가 벌써 질린 모양이었다. 움직이던 손을 멈추고 나와 바르페트를 돌아보았다.

나도 들어주는 사람이 있으면 신이 난다. 마사즈미는 나름대로 텐션을 돋우며 말했다.

알겠어? 그렇게 말을 꺼낸 다음.

"———국력이라는 건 개인 전력만으로 정해지는 게 아니야."

다시 말해.

"소국을 보호하기 위해 교칙법에 의한 대결이 인정되고 있긴 하지만, 그런 상황에서도 승부는 단순한 전투만이 아니야. 교섭이나 다른 방식으로 이것저것 할 수 있으니까."

그렇다면, 그렇게 말한 사람은 자신의 작업 책상 위에 PC를 올려두고 여름방학에 챙겨갈 용도의 정보를 정리하고 있던 네신바라였다. 그는 방범용으로 벽지를 반야심경 전문으로 바꾸면서.

"———그냥 흥미로 물어보는 건데 말이야."

"뭐지?"

Jud. 네신바라가 그렇게 말하고 고개를 끄덕이며 이렇게 말했다.

"'이것저것' 중에서 **돈 부분** 담당자는 어떻게 되었을까."

●

마사즈미는 모두가 침묵한 것을 들었다.

……수컷과 암컷 우동 말인가…….

내가 방금 생각했던 것에 대해 나이트가 잠시 후에 작은 목소리로 중얼거렸다.

"……완전히 잊고 있었네."

"쉿, 소리 내서 말하면 휘말릴 거야."

아니, 엉덩이에서 우동은 그들 한정일 텐데, 그런 생각이
든다.

그래서인지 마찬가지로 잠깐 뜸을 들인 다음에 바보가 손
을 들었다.

"……시로도 그렇고, 오게짱도 그렇고, 나오는 거 아니야?"

"나의 왕, 저도 그렇긴 할 것 같지만, 수위 조절을 좀……."

불필요한 종이 상자를 두 손으로 짓눌러서 압축시키고 있
던 늑대가 그렇게 말했다. 그러자 마찬가지로 여름방학용
으로 방범 술식 설정을 바꾸고 있던 아사마가.

"일단 신벌 확정은 오후 6시부터라고 하니 아직 두 시간
정도는 남았는데요?"

"뭐야……, 이미 펜을 들어버렸는데……."

"아~, 갓짱, 그 시간대는 외근할 시간이지~."

뭘 기대하고 있는 건지는 모르겠지만, 가까운 사이라 하
더라도 자비심이 없는 게 이 녀석들이다.

그때, 츠키노와가 오른쪽 앞다리를 들었다. 그와 동시에
모두의 얼굴 옆에 표시창이 떴고.

• **마루베야** : 『이봐! 그쪽! 왠지 우리를 잊고 있는 거 아니
야?! 비극의 히로인이 지금 여기서 열심히 노력하고 있으니
까 돈으로 응원해줘도 되는데?!』

돈 담당이 시끄럽다.

●

　마사즈미는 다른 사람들을 보았다.

　조명을 켜지 않은 거실 안, 그림자 너머에서 모두가 이쪽을 보고 있다.

　네 담당이야. 자, 어서, 어서. 귀찮으니까 정리해주세요 등등, 눈짓으로 이해할 수 있게 된 게 좀 이상한 것 같다.

　그래서 마사즈미는 표시창을 향해 음성 입력으로.

　• 부회장 : 『이봐, 말을 걸 곳을 착각한 것 같은데. 여기에 말을 걸면 응원해줄 줄 알았어? 아니지. 네가 통신을 보낼 상대는 아래쪽에 있는 우동 왕국의 교도원 아니야? 거기라면 엉덩이에서 우동이 나오는 것만으로도 현인신으로 대접해줄지도 모르는데? 힘내라.』

　• 마루베야 : 『빌어먹을———! 부회장이 회계 보좌를 설득하려 하고 있어!! 우리가 얼마나 강한 압박감을 상대하며 유치장에서 싸우고 있는지 몰라?! 가르쳐줄까!』

　• 부회장 : 『필요없어.』

　• 마루베야 : 『또 그러시네~! 마사즈미! 엉덩이에서 살짝 나올 뻔했다거나, 그런 비화가 잔뜩 있거든! 지금이라면 한 번에 3000엔! 우와, 그렇게 저렴해도 괜찮은 건가요?!』

　• 부회장 : 『비싸. 3000엔으로는 한 달 동안 밥을 먹을 수 있다고.』

　모두가 움직임을 멈췄다. 잠시 후, 노리키가 오랜만에 보는 진지한 표정으로.

"말하고 싶진 않지만, 말하는 게 나을까."

"아니, 자각하고 있긴 하니까 신경 쓰지 마."

"그럼 상관없겠군!"

너, 캐릭터가 너무 많이 바뀌었잖아.

그래도 한 달에 3000엔, 대충 가능할 것 같은데. 한 달에 몇 번 정도, 아버지가 있을 때는 자취용으로 저녁 식사 비용도 나오고.

건너편에서 나르제 일행이.

"그 왜, 헌책 다이어트라고…….""

"월초에 가지고 싶던 헌책을 전부 사고 난 다음에 이것저 것 생각하기 시작한다는 그거지…….""

"잘 생각해보니 부회장은 계속 교복만 입고…….""

"마지막에 들은 건 새로운 태클이긴 한데, 전체적으로 미 안하게 됐네! 그래, 미안하다고!"

• **마루베야** :『있지, 마사즈미, 우리하고 교섭할 생각이 있긴 해?』

• **부회장** :『교섭? 아니, 너희는 얌전히 우동으로 죗값을 치르는 게 중요하잖아.』

• **현명한 누님** :『후후후, 그런데 나오는 게 우동이야? 응 아야? 과연 어느 쪽일까!』

• **호라코** :『우동을 먹으면 응아가 나올 텐데, 이번에는 우동이 솔선해서 나오니까요. 이것은 닭이 먼저냐 달걀이

먼저냐라는…….」

바보가 손을 들었다.

"양쪽을 합쳐서 우동이라고 하면 되지 않을까?"

호라이즌이 무표정하게 박수를 한 번 쳤다.

"자, 방금 토리 님께서 하신 개그가 재미있다고 생각하시
는 분은 손을……, 아사마 님! 등을 돌리고 어깨를 떠시다
니, 어째서 그런 배신을……!"

"아니, 나의 왕, 우동 왕국 방향으로 도게자하는 게 나을
것 같은데요?"

우동 왕국이 아래에 있기에 바보가 물구나무서서 도게자
를 했다.

그동안 마사즈미는 암컷 우동에게 말을 걸었다.

• **부회장** :『너희들은 애초에 정신을 차리고 보면 배신하
고, 그러면 안 되잖아.」

• **마루베야** :『그래도 회계는 돈을 위해서라면 무슨 짓이
든 하는 직책이거든?! 배신하거나 적에게 붙는 것도 돈을
위해서라면 여유롭거든?! 그렇게 국고를 풍족하게 채워주
면 되는 거 아니야!』

• **부회장** :『국고가 풍족해지지도 않았고, 착복해서 죄를
묻게 된 거잖아?』

• **마루베야** :『아니, 그것도 사적으로 운용하지 않으면 제
대로 돌아가지 않는 부분이 있었기 때문이야! 결과적으로
국고로 돌아오면 되는 거였으니까———.」

다테 가문 부장이 손을 들었다.

"결과적으로 국고로 돌아오지 않았기 때문에 결과적으로 범죄인 것 같은데."

"나도 그렇게 생각하는데, 저쪽 뇌내에서는 그게 아닌 모양이야."

호라이즌이 바보 쪽을 보며 손을 들었다.

"결과적으로 웃기지 않으면 결과적으로 썰렁한 개그인 것 같습니다만."

"나도 그렇게 생각하는데, 세이준이 아니라고 하니까."

"미안하다! 누구나 그런 게 하나쯤은 있잖아?!"

"후후, 나처럼 행동과 결과가 함께 따라야만 하는 거야. 한다면 한다! ———딱히 야한 쪽으로 말한 건 아니지만, 그쪽도 상관없단다!"

그때, 표시창이 떴다.

• **나가야스** :『부회장. 옆에서 보고 있었는데, 이야기가 안 들어맞는디?』

• **부회장** :『그래? 우동인데도 불구하고 입에 안 맞는단 말이지.』

오쿠보가 통신을 끊었다.

●

"아가씨! 아가씨! 칸토에 방치된 저희로서는 지금이 주장할 기회입니다! 통신을 끊으신 건 성급하셨습니다……!"

"이제 됐어야. 저 페이스를 어찌 맞춰준당가…….

"네놈들도 힘들겠구나. 하지만 사무 업무는 그쪽 담당이
니 힘내도록."

"……요시야스, 네놈, 남을 아무렇지도 않게 희생시키는
거 아니야?"

●

결국, 오쿠보가 통신을 복귀시켰다.

성격이 급하네, 마사즈미는 그렇게 생각하며 물었다.

• **부회장** :『이야기가 들어맞지 않는다는 게 무슨 뜻이
지?』

Jud. 오쿠보가 그렇게 대답했다.

• **나가야스** :『부회장은 회계 보좌헌티 죗값을 치르라고
하던디, 회계 보좌는 죗값을 치를 다른 방법을 모색하고 있
응게. 부회장의 선택은 회계 보좌들이 받아들일 수가 없는
거제.』

• **부회장** :『그래도 시간이 지나면 면이 불잖아? 죗값을
치르기만 하면 끝나니까, 이쪽은 그때까지 무시하면 되고.』

이봐, 오쿠보가 그렇게 말했다.

• **나가야스** :『일단은 물어보것는디, 회계가 범죄자가 되
불믄 다른 나라에서 볼 때 신용을 얼마나 잃을 것 같당가?』

175

• **부회장** : 『체포된 시점에서 '끝장'이겠지. ──────이쪽은 '아, 역시 그렇게 되었구나~' 정도고, 다른 나라에서 이제 와서 '너희는 믿을 수 없다'고 해봤자 말이지.』

• **나가야스** : 『왜 그렇게 익숙한 거여……?!』

그러게, 나는 그렇게 생각하며 바보와 호라이즌을 보기만 했다.

야, 바보, 내 시선을 느끼고 뒤를 보지 마. 너라고.

아무튼, 지금 같은 상황에서 할 수 있는 말은.

• **부회장** : 『……우리는 톱이 솔선해서 다른 나라의 신용을 떨어뜨리고 있으니까. 뭐, 극동의 총장 겸 학생회장 같은 직책은 예전부터 그게 일이나 마찬가지였지만.』

• **나가야스** : 『그럼 어쩔 건디. 잘못하믄 회계들이 또 '죄값을 치를 다른 방법'을 모색하다가 나쁜 짓을 저질러가꼬 집행이 지연될지도 모르니께.』

미토츠다이라가 손을 들었다.

"키시멘은 억지 효과가 되지 않나요?"

"……내가 이런 대화를 나누게 되다니, 작년 이맘때쯤에는 상상도 못했던 것 같은데……."

"세이준, 좀 더 일에 대해 긍정적으로 생각하는 게 낫지 않을까?"

"아니, 아무리 생각해도 부회장이 할 일이 아니잖아?"

아니, 아니, 모두가 그렇게 말하며 손을 좌우로 저었다.

"네가 제일 적임자라고."

"그러게요. 역시 권력과 상식을 겸비한 마사즈미가 가장 적합한 것 같아요."

"그러게, 귀찮기도 하고."

"마지막 말이 진심이구나?! 그렇지?!"

성실한 사람은 손해를 본다. 그런 경우일 것이다.

일단 마사즈미는 오게자바라에게 말해두었다.

- **부회장** :『이봐, 성실하게 죗값을 치를 생각은 없어?』

- **마루베야** :『바보야! 아직도 모르겠어?! 법에 굴복하고 엉덩이에서 우동이 나온 상인을 누가 믿는다는 거야?!』

- **부회장** :『굴복할 필요는 없으니까 따르라고.』

- **마루베야** :『이, 이러니까 정치가들은 안 된다고! 약자의 괴로움을 이해하지 못해! 마사즈미도 엉덩이에서 우동이 나왔으면 좋겠네! 쫄깃쫄깃쫄깃쫄깃(저주하는 소리).』

- **부회장** :『약자는 우동이 안 나오잖아. 애초에 너는 약자가 아니라 범죄자고.』

- **마루베야** :『동급생에게 그런 말을! 선생님! 마사즈미가 저희를 괴롭혀요!』

- **예찬자** :『선생님은 좀 전에 우동 왕국으로 우동을 드시러 가셨는데요?』

- **마루베야** :『빌어먹을─────! 오히로시키 군은 이제부터 유녀가 눈에 들어올 때마다 엉덩이에서 쑤욱 나오는 저주에 걸리면 좋겠어!』

- **예찬자** :『저, 저한테 화풀이를 하시네요?!』

꽤 볼썽사납게 되기 시작했다.

그런데 좀 전에 오쿠보가 한 말이 왠지 떠오른다.

……이대로 가다간 뭔가 다른 죄를 저지를지도 모른다고.

"일단 물어보는 건데, ———아사마, 오게자바라의 죄를 없애기 위해서는 어떻게 해야 할까?"

그렇게 물어보자 아사마가 고개를 갸웃거렸다. 이제 와서 무슨 소리를 하는 거냐는 듯한 말투로.

"네, 우선은 전액 변제하는 게 기본 아닐까요."

흐음~, 마사즈미는 그렇게 끙끙댔다.

• **부회장**:『오게자바라, 너희들, 얼마나 착복한 거야?』

• **마루베야**:『어? 어, 얼마 안 되는데? 겨우 이 정도로 엉덩이에서 우동이 나오다니, 너무 엄한 거 아닐까라는 생각이 들 정도로 소액이야!』

• **부회장**:『어느 정도인데?』

• **마루베야**:『화 안 낼 거야?』

• **부회장**:『그럼 정확한 액수 말고 대충.』

그러게, 오게자바라가 그렇게 말을 꺼냈다.

• **마루베야**:『여덟 척 표층부를 전부 사들일 수 있을 정도?』

●

바다가 보이는 다실. 그곳에서 사토미의 부흥 사업 관련

자료를 정리하고 있던 오쿠보는 무사시에서 들려온 말을 듣고 단적인 감상을 늘어놓았다.

"———사형이믄 되것네."

"역시 아가씨! 횡령, 착복범을 사형시킨다면 무사시의 상인들이 아가씨께 헌금을 잔뜩 할 겁니다. 그것까지 내다보시고 사형에 처하시겠다니!"

카노가 한 말을 듣고 근처 자리에서 남편과 빙수를 먹고 있던 인랑 여왕이 미소를 지으며 고개를 끄덕였다.

"저희 교도원에서 기요틴을 빌려드릴까요?"

"아니, 극동은 기본적으로 자기가 직접 하거나 지인에게 부탁한 다음 할복을 하면서 목을 쳐달라고 하니까."

아니.

• **나가야스** : 『어쩔 거여, 부회장. 그런 금액은 사무 쪽에서도 손을 써줄 수가 없는디.』

●

그렇긴 하네요, 미토츠다이라는 그렇게 생각했다.
한 가지 확인해두어야 할 것이 있다. 그것은.
"토모?"
회계 두 명의 죄목은 이것저것 있긴 하지만.
"———보석금, 있죠? 그거, 낸 돈은 어디로 가나요?"
그렇게 물어보자 아사마가 아~, 라고 하며 천장을 보았다.

그다음에 나온 말은.

"솔직히 말씀드리자면, 저희 쪽이에요. ──극동의 재판은 신 앞에서 진행된다고 해야 하나, 막부나 다른 곳에서 만든 법 자체도 신도 대표인 미카도에게서 위임받은 것뿐이라서요. 다시 말해 궁극적으로는 신도로 귀속되는 거죠.

그러니 그 수입은 일단 아사마 신사 쪽으로 들어와서 정화하게 돼요. 물론, 사용할 때는 무사시와 교도원이 공동 관리하면서 대부분 인프라 정비 등의 공공 사업에 쓰이게 되죠."

그래? 나이트가 그렇게 말하며 이쪽을 손가락으로 가리켰다.

그녀가 가리킨 사람은 나의 왕이다.

"그렇다면, 아사마찌가 파수대로 총장을 데리러 가는 건 셀프 릴리즈야?"

"아뇨, 그 말이 무슨 뜻인지는 모르겠지만, 제가 가면 신 앞에서 계약하는 것들이라든지, 그런 걸 단번에 해결할 수 있어서 편하거든요. 아사마 신사에 요청하면 어떻게 되든 그 안건이 저한테 와서 처리할 때까지 시간이 오래 걸리지만, 직접 가면 왕복 시간만 드니까요."

그때, 옆에 있던 호라이즌이 손을 들었다. 그녀는 식은땀을 흘리면서.

"저기, 아사마 님, 솔직히 말씀드려, 이 바보를 과보호하시는 것 아닌지…….."

"아, 아뇨, 토리 군이 유치장에 있으면 폐를 끼치잖아요!

안 그런가요? 텐조 군!"

"하, 하긴, 저번에 휘말렸을 때는 '알겠어? 잘 보라고, 텐조, 이렇게 하는 거야!'라고 하면서 한없이 폐를 끼친 것 같소만, 어째서 본인에게 넘기는 것이오이까!"

"키요나리."

"꽤 재미있다."

"면회할 때 얌전히 있을 거라면 딱히 상관없어."

새로 등장한 데이트 스폿 같은 건가.

아무튼, 미토츠다이라는 다시 질문을 던졌다.

"그럼, 토모, ───토모 마음대로 아사마 신사에서 요구할 보석금을 없앨 수도 있나요?"

"아뇨, 저희에게 돈이 들어오는 규칙과 보석금을 없앨 수 있는지 여부는 별개예요, 미토."

아사마도 생각해보긴 한 모양이다.

"없애게 되면 법률의 신께 여러모로 폐가 되고, 다른 경우에도 그렇게 할 수 있는지에 대한 이야기가 나올 테니 그럴 수가 없어요."

그럼, 오히로시키가 그렇게 말했다.

"───아사마 신사가 보석금을 지불하는 식으로 자급자족하는 해결은 어떨까요?"

"그럴 경우에는 어떻게 되는 거야?"

나이트가 묻자 아사마는 고개를 저었다.

"금전 관계나 계약 관계의 신께서 체크하고 계시니 보석금으로 인정되지 않아요."

이거 보세요, 아사마가 그렇게 말하며 표시창을 보여주었다.

《Q 보석금을 신사가 지불하면 어떻게 됩니까.》
《A 「MU・RI」By 신.》

즉답이다.

"꽤 가볍단 말이죠……, 신도."

"아무렇지도 않게 아래로 내려오거나, 장거리 트래킹을 하면서 동물하고 장난을 치기도 하니까요……."

그런데 의문이 드는 게 있다.

"그렇다면 우부스나로 삼은 신사 사람이 범죄를 저지를 경우, 그 보석금은 어떻게 되나요?"

"그럴 경우에는 우부스나를 관할하는 상위 신사나 IZUMO 같은 곳에 들어가게 돼요. IZUMO에서 그럴 경우에는 전국의 신사가 출자한 공제 기금으로 가고요."

아, 아사마가 어쩔 수 없다는 듯이 그렇게 덧붙여 말했다.

"하이디와 시로지로 군을 아사마 신사 관할로 만들면 보석금 쪽이 가벼워지는 거 아니냐, 미토는 지금 그렇게 생각하는 거죠?"

"뭐, 그렇게 도망칠 수도 없고, 다 막힌 상황인 거 아닌가요……?"

흐음~, 모두가 그렇게 말하며 팔짱을 꼈다.

●

　미토츠다이라는 현재 상황에 대해 생각했다.

　우리가 있는 무사시는 이러쿵저러쿵해도 극동의 대표이
자 독립 영토다. 하지만.

　"아시겠어요? 이제부터 베스트팔렌을 대비해서 책략을
짜야 하는데 회계가 엉덩이에서 우동이 나오는 상황이라면
그것 자체가 장애물이 될 텐데요?"

　"뭐, 그런 건 어쩔 수 없다고 생각하면서 안고 갈 수밖에
없겠지~, 그렇게 보고 있어. 우리도 톱이 저런 상태이기도
하고."

　그 톱을 왕으로 떠받들고 있는 나로서는 '익숙함'이라는
부분이 크긴 한 것 같다.

　그리고 마사즈미가 한숨을 쉬면서 말하기로는.

　"저 바보가 '맡긴' 이상, 이러한 문제도 맡긴 범주야. 좋고
안 좋고로 따지면 이번에는 안 좋은 쪽이고. 좋은 쪽으로 문
제를 일으킨다면, 예를 들어 크로스유나이트가 메리를 데
리고 왔을 때, 그런 것도 '맡긴' 범주니까."

　그렇다면, 미토츠다이라가 그렇게 물었다.

　• **은랑** : 『하이디? ———반성하고 있나요?』

　• **마루베야** : 『어이쿠? 일단 물어보는 건데, 반성에도 다
양한 형태가 있다는 걸 알고 있어?』

183

• **미숙자** : 『도게자는 반성이 아닌가?』

• **마루베야** : 『그건 최종적으로는 자신이 원하는 걸 밀어붙이려는 진정 수단이거든? 문외한은 이해하기 힘들겠지만, 도게자는 공격 계열 기술이지, 단순한 방어가 아니라고.』

그 말을 듣고 갑자기 개입한 사람이 있었다. 그 사람은.

• **아사마** : 『저기, 그렇다면 도게자 말고 그쪽 반성 방법을 말씀해주시겠어요? 하이디.』

아사마다.

그녀가 한 말을 듣고 하이디가 Jud. 라고 대답하고는 이렇게 말했다.

• **마루베야** : 『상인의 반성은 오기로라도 돈을 모으는 거야. 감정도 필요가 없지. 왜냐하면 그것 말고 다른 반성문이나 말, 사과 같은 건 상인으로서 아무런 가치도 없으니까. 사과할 시간이 있다면 돈을 벌 거야.

그런데 지금은 밑천이고 뭐고 아무것도 없고, 유치장에 갇혀서 돈을 못 벌잖아. 이건 우리에게 있어서 어떻게 해볼 수가 없는 상황이라, 반성하라 해도 못 한다고———!』

철저하네요~, 미토츠다이라는 그렇게 생각했다.

수전노라고 할 수도 있겠지만, 살아가는 것 자체가, 온갖 수단에 있어서 돈을 모으고 움직이는 것에 쏠려 있다.

살아가는 것이나 죽는 것, 먹는 것이나 자는 것, 놀거나 움직이거나, 읽거나, 보거나, 듣는 것이 아니다.

돈을 모아서 움직이기 위한 생물인 것이다.

• **부회장** : 『어째서 이런 거야?』

• **담배녀** : 『사람에게는 누구나 과거가 있는 법이지.
──그래도 뭐, 선의나 호의, 행동보다는 돈이 모든 것을
해결해준다는 걸 체험하면 저렇게 될 거야.』

나도 그런 것에 대해 어느 정도는 알고 있긴 하지만, 대놓
고 할 말은 아니다.

하지만, 돈이 모든 것을 해결해준다면.

"학생회에서 대신 내줄 수는 없나요?"

"이미 올해 예산을 착복해버렸거든."

마사즈미가 그렇게 말하며 표시창을 띄웠다.

"좀 물어볼까."

●

오쿠보는 부회장으로부터 통신이 들어온 것을 표시창으
로 확인했다.

주위에서 다른 사람들이 무슨 일인가 싶어서 이쪽을 보고
있다. 인랑 여왕 같은 다른 나라 녀석들이 있기 때문에 솔
직히 함부로 통신을 하는 건 피해줬으면 하지만.

……저쪽에 그런 걸 바랄 수도 없고.

털털하다고도 할 수 있지만, 그 기준이 이런 상황에서는
매우 위험하다. 그렇기 때문에.

• **나가야스** : 『뭐여, 복잡한 이야기믄 나중에 하제?』

• **부회장** : 『그래, 안심해라, 오쿠보. 간단한 이야기야. 금방 끝날 거고.』

　호오, 오쿠보는 그렇게 대답했다.

 • **나가야스** : 『말해봐.』

 • **부회장** : 『그래, ———무사시의 내년분 예산, 가불해서 써도 되나?』

 • **나가야스** : 『뭐, 뒤져부러……!』

●

　마사즈미는 뜨기 시작한 표시창을 츠키노와에게 맡긴 다음, 어깨를 늘어뜨렸다. 그리고 다른 사람들을 돌아보고는.

　"어떻게든 될 것 같긴 한데."

　"방금 그 반응을 보고 그렇게 말할 수 있는 세이준이 좀 대단한 것 같은데……."

　"음~, 뭐, 손맛 같은 게 느껴졌다고나 할까."

　요즘은 왠지 하급생들을 이해할 수 있게 된 것 같다.

　……그렇고말고.

　"말로는 툭하면 잔소리를 하곤 하지만, 나중에는 해주는 녀석들이야."

　"……그거, 최악의 상사 아닌가요."

　바르페트가 그렇게 말했지만, 신경 쓰지 않기로 했다. 그냥.

　"대신 내준다고 해도 그것만으로는 다른 사람들이 납득하지 않을 텐데. 회계의 우동을 막기 위해서 국가 예산을 가불한다니, 손가락질하면서 웃기만 하고 넘어가진 못할 거야."

"아뇨, 그러니까, 학생회에서 우선 대신 내주고, 그걸 회계에게 청구하면 되는 거예요.

월부로 어느 정도 이자를 붙여서 받으면 다른 사람들도 납득할 테니까요."

"그런데 그걸 누가 보증해주지? 대신 내주는 쪽은 보증인이 될 수가 없는데."

그때, 갑자기 손을 든 사람이 있었다.

아사마다. 그녀는 바보와 호라이즌 옆에 앉은 다음.

"그럼, 이렇게 할까요?"

아사마가 약간 눈썹을 치켜뜬 표정으로 말했다.

"아사마 신사가 사업을 시작할 테니 마사즈미는 부회장으로서 거기에 돈을 내주세요."

제6장

『감옥에서 당황한 자』

나오면 된다
나오지 않으면 안 된다
사람 사는 세상의
살면서 지은 죄로
엉덩이에서 사누키
배점 (거의 키시멘)

아사마 신사에서 사업을 시작한다. 부회장인 내가 거기에 돈을 낸다.

마사즈미는 아사마가 그렇게 말한 것을 듣고 뭐? 라고 물었다.

……갑자기 그게 무슨 소리지?

"지금 그 두 사람의 우동 해제에 돈을 낼지 여부에 대한 이야기를 하고 있는데, 어째서 아사마 신사의 사업과 거기에 돈을 내라는 이야기가 되는 거지?"

그렇게 묻자 아사마가 오른쪽 손가락을 하나 펴들었다.

"좋은 질문이네요!"

시작되었구나, 한순간 그런 생각이 든 직후. 아사마가 미리 마련해두었던 자료를 표시창에 띄웠다.

거기에는 무사시의 모조와 화살표 같은 것들이 그려져 있었고.

"아시겠어요? 우선 부회장인 마사즈미를 통해 아사마 신사가 무사시에 광범위 제휴 서비스를 진행할 거예요."

"응? 나를 통해서 아사마 신사가 사업을 하겠다고?"

네, 아사마는 그렇게 말하며 고개를 끄덕였다.

"다시 말해 저희가 발안하고 실무도 저희 쪽에서 맡으면서 마사즈미가 인가를 내주는 거예요. 저희와 수주 계약을 맺어달라는 거죠."

어째서 그렇게 하라는 건지는 모르겠다. 하지만.

"해야 할 일은 알겠어. ───그래서?"

"네. ───그리고 마사즈미는 그 수주 계약금을 하이디와 시로지로 군의 보석 비용으로 사용하는 거죠."

"으, 응?"

이해가 잘 안 되는 부분이 있다.

……수주 계약금?

그래도 뭐, 아사마 신사가 내게 돈을 줄 거라는 것 정도는 이해할 수 있다.

"───그럼 상관없지. 그대로 설명을 계속 부탁해."

네, 아사마가 그렇게 말했다.

"───그 보석 비용은 이자가 딸린 월부지만, 마사즈미가 하이디와 시로지로 군에게 회수하든 하지 않든 상관없어요. 아무튼 그렇게 하면 보석금을 저희가 내지 않고 마사즈미가 부회장 권한으로 내는 게 되니 금전 관련 신들께도 명분이 설 거예요."

"그, 그래. 아니, 저기?"

……잠깐만, 방금 그 설명은 복잡한 부분이 좀 있는데…….

마사즈미는 그렇게 생각하며 머릿속으로 도식을 그리기 시작했다.

그리고 떠오른 의문 중에서 우선 개요를 말했다.

"그러니까, ……아사마에게서 내가 우선 일한 돈을 받고, 그다음에는 그 돈을 내가 다시 보석금으로 아사마 신사에 내라는 거지?"

"음~, 뭐, 그런 거죠."

그럼, 마사즈미는 그렇게 이야기를 이어나갔다. 의문 중에서 가장 큰 것을 말했다. 그것은.

"이해가 잘 안 되는 부분이 있었어. ———우리가 아사마 신사의 서비스를 받는 '손님'인데 왜 '시행' 측인 아사마 신사가 돈을 내는 거지?"

아, 미토츠다이라가 그렇게 말했다. 그녀는 아사마를 보고 나서 이쪽을 보고는.

"———청부 계약으로 금전 조건을 설정하는 거군요?"

네, 아사마가 그렇게 말하며 미토츠다이라에게 고개를 끄덕였다.

"다시 말해 마사즈미는 수주 계약을 성립시키기 위해 부동성 조건을 내거는 거예요.

그다음에는 그것을 '돈'으로 정하는 거죠. ———다시 말해 '이 사업의 계약을 맺고 싶으면 일정 이상의 금액을 지불해줘'라는 내용이라고 생각해 주세요."

마사즈미는 방금 들은 말을 머릿속으로 조용히 떠올려 보았다.

……그러니까, 개인 사이에서 경매를 하는 거나 마찬가지인가?

그 구도를 상상하자 마사즈미는 그제야 이해할 수 있었다.

"……그러니까, 사업 수주의 입찰 같은 건가?"

그렇죠, 아사마가 그렇게 말하며 살짝 웃었다. 그리고.

"계약 내용은 간단해요. ———무사시 안의 학생회, 총장연합, 기타 관계 단체나 관계자의 사업에 있어서 가호나 술식을 아사마 신사의 관할로 통일시킬 것."

다시 말해.

"가호나 술식 관리, 출납을 일체화시켜 간편하게 만들 거예요."

●

"그거여……!"

오쿠보는 다실 안에서 무심코 몸을 일으켰다.

……그랄 수 있으믄 참말로 편하제……!

왜냐하면.

"지금 무사시 안에 있는 술식이나 가호, 다른 교보나 개인적인 것들도 전부 '아사마 신사'의 명의로 관리할 수 있으믄 우리가 맡을 경리나 관리 처리가 허벌나게 편해지니께……! 그거믄 출납 관리자로서 허가할 거여!!"

• **무사시** : 『———무사시의 운행, 승무원 관리 등을 담당하는 쪽에서도 정보 관리가 평탄화되는 것은 최선이라 할 수 있습니다. 특히 저희 자동인형에게는 그러는 편이 파악하기 쉬울 듯 합니다. ———이상.』

그런데, 그렇게 말한 목소리가 들렸다. 다실 안쪽에서 무신 도면 표시창을 띄우고 있던 사토미 학생회장이다.

그녀는 멀리 서쪽을 손가락으로 가리키면서.

"가능한 거야? 무사시에는 꽤 다양한 교보와 종족, 사람들로 가득 차 있을 텐데."

"신도는 뭐든지 가능하니께."

그렇죠, 그렇게 말하며 고개를 끄덕인 사람은 밖에서 경비를 맡고 있던 타치바나 긴이다.

"저희도 일시적으로 '숨겨진' 설정으로 구파 교보를 신주하고 있었습니다만, 딱히 문제는 없었습니다. ———다시 말해 무사시에서 그런 교보를 이용하기 위한 허브로서 신도를 이용한다는 취급을 하면 되는 거죠."

"하지만 그 허브만큼 수고가 늘어나고, 계약료도 내야 하잖아?"

"그 대신 서비스를 받을 수 있다는 게 세일즈 포인트겠죠. 아마 다른 교보라 해도 신도의 서비스를 사용할 수 있거나, 대연으로 술식을 사용할 수 있는 식으로요.

이미 무사시 주민인 이상, 우지코로 가호를 얻고 있으니 서비스는 그 연장선상에 포함되는 것 같네요."

그리고, 그렇게 말한 사람은 무네시게다.

"그 서비스에 세금을 매긴다면 무사시는 자금을 회수해나갈 수 있겠군요."

"주민세의 일환이 될 테니 그에 맞는 서비스가 필요할 것 같습니다만, 아사마 신사 대표라면 그런 부분도 감안하고 있을 겁니다."

오쿠보는 두 사람이 한 말을 듣고 고개를 끄덕였다.

"주요 서비스는 외연 배기를 환급해주거나, 그런 건지도 모르것는디. 별로 안 쓴다 해도 환급권이 있기만 해도 이익을 본 기분이 들거니께."

그렇다면.

• **나가야스** : 『———여름방학에 정비하기에는 괜찮은 안건이여. 위원회, 무사시 함교는 지지할랑게.』

●

지지자가 생겼네요, 아사마는 그렇게 생각하며 숨을 내쉬었다.

아직은 탁상공론이긴 하지만, 현실적인 면으로 봐주는 파벌이 있다는 게 고맙다.

그렇다면 이제.

"다시 방식을 설명할 건데요, 이런 느낌이에요.

———우선 아사마 신사가 보석금과 동등한 계약금을 부회장인 마사즈미에게 지불합니다."

"……뭐, 그런 수순이라는 건 이해가 되는데, 내게 준다니 역시 긴장되네."

주위에 있던 사람들이 마사즈미를 보았다.

"……헌책 몇 권이라거나, 그런 식으로 계산하면 안 돼,

세이준."

"아니, 다섯 자리 이상의 금액을 계산할 순 있는 거야? 마사즈미."

"제대로 이해하고 있는 건지 불안하니까 물어봐도 될까."

"너, 너희들, 시끄럽다고! 그 정도는 나도 알아!"

마사즈미가 턱에 손을 댔다.

"우선 그 돈은 부회장이 맡게 되는 거지? '학생회에' 준다고 하면 곧바로 뭔가 손을 써서 착복하려는 녀석이 있으니까."

"아~. 뭐, 그 정도까지 의심하는 건 아니지만요, 역시 개인 쪽이 돈 권한 관리가 편하거든요. 이거, 금전이나 계약의 신들의 명분이 통하게 만드는 방식이니까요."

아사마는 입가에 쓴웃음이 드리우는 것을 자각하며 손을 움직였다. 표시창, 거기로 옮긴 금액의 오가는 모습을 그와 호라이즌이 들여다보고 있다. 두 사람에 대한 설명은 미토츠다이라에게 맡긴 다음, 아사마가 한 말은.

"마사즈미는 부회장이 지불하는 보석금으로 그 돈을 아사마 신사에 내주세요.

그때, 두 사람에게 빌려준 것으로 하고 이자를 붙이면 가공 거래 요인이 희박해지니까 계약신의 명분이 더 잘 통하게 되죠. ───이 부분은 두 사람과 이야기를 나눠봐야겠네요. 만약에 두 사람이 그건 좀 빼달라고 할 경우에는 저희가 금전 담당과 의논해서 통과시킬 거예요."

통과될지 여부는 의문이 들지 않는다. 아사마 신사는 출산 등도 다루기 때문에 신들 중에서도 실질적인 권한이 높은 위치에 있기 때문이다.

하이디나 시로지로는 폐도 꽤 많이 끼쳤고, 아무리 생각해도 이번은 두 사람의 자폭이라 할 수 있지만.

"――――이번에는 두 사람의 방식에 실수가 있었을 뿐이니까요. 이나리 계열도 무사시 위에서는 아사마 신사의 관리를 받아요. 중요한 안건이니 결정만 되면 최대한 손을 써볼게요."

그리고.

"아사마 신사는 계약을 맺은 다음, 사업과 서비스를 준비해서 전개할 거예요.

그때, 사용할 비용은――――."

"――――좀 전에 아사마 신사에 들어간 보석금을 이용하는 거군요? 아사마 군."

오히로시키가 한 말을 들은 아사마가 고개를 끄덕였다.

"――――그렇죠. 전액을 사용할지, 아니면 일부만 사용할지는 모르겠지만, 공공사업이고, 무사시 위원회와 함교 측의 허가도 받았어요.

다시 말해 아사마 신사는 자비만으로 진행하려던 사업을 부회장인 마사즈미를 통함으로서 공공 사업비에서 비용을 염출할 수 있는 거죠. 마사즈미의 허가도 받았으니 당당하게 진행할 수 있고, 그 프로세스 도중에 두 사람의 보석을

197

포함시킨다는 흐름이 되겠죠.

　아사마 신사에는 금전신과 계약신의 체크를 통과할 수속이 필요하지만, 좀 전에도 말씀드렸다시피 마사즈미가 그 돈을 두 사람에게서 회수하거나 사업으로서 정식으로 진행시킴으로서 가공 거래의 요인이 사라지고, 두 신 모두 명분이 통하기 쉬워질 거예요."

　아사마가 말했다.

　"우선, 하이디와 시로지로 군의 신병을 자유롭게 만드는 것이 먼저죠. 그리고 내년분 예산을 곧바로 움직일 수 없다면 아사마 신사가 그걸 부담할 수 있다는 걸 감안해주세요.

　저희도 안팎으로 자산이 꽤 있으니까요."

　그렇게 말했을 때였다.

　"아사마."

　옆에서 목소리가 들렸다.

　돌아보니 그가 머리를 긁적이면서.

　"무슨 일이 생기면 내게 기대라고?"

●

　기대라.

　토리가 그렇게 말하자 아사마는 한순간, 무슨 의미인지 이해하지 못했다.

　하지만 아사마는 곧바로 그가 한 말을 이해하고는.

"───네. 그렇게 할게요. 토리 군은 제게 있어서 최종 수단이니까요."

미소가 드리우는 걸 멈추지도 않고 그렇게 대답했다.

기대라고 하더라도 솔직히 금전 문제로는 불가능하다. 그는 개인인 것에 비해.

……이쪽은 사업주 같은 거라 입장이 다르니까요.

그렇다면 방금 한 말은 호의.

그는 기분 쪽 문제를 해결하기 위한 상대가 되어준다.

그밖에도 총장 겸 학생회장으로서 마사즈미가 대처할 수 없는 곳에 관여해준다.

어찌 됐든, 곤란하거나, 장애물에 걸린다면 그에게 의논하거나, 불평을 받아줄 상대로 삼아도 되는 것이다.

서로 그런 관계다. 생활과 마음, 시간을 함께해나가는 와중에.

"───**그런 거죠.**"

미토츠다이라가 고개를 끄덕였고, 호라이즌도 고개를 끄덕였다.

내게는 그와의 라인뿐만이 아니라 이 두 사람, 그리고 키미와의 라인도 있다.

서로 마찬가지다.

이것을 인연이라 한다면 스트레스나 부담은 인연으로 인해 분산되거나 완화되고.

……이제는 잘 풀리게끔 최선을 다할 뿐이죠.

아사마는 그렇게 생각하다가 어떤 사실을 이해했다.

관계란 정화 같은 게 아닐까.

"_____."

신사에 태어나 17년 이상 이런 생활을 해왔는데도 이제야 든 생각이다.

자신에게 있어서 곤란한 것도, 장애물에 걸리는 것도, '관계'가 그 난관을 정화해주고, 마음을 유지시켜주고, 최선을 다할 수 있게 해준다.

물론, 자기가 그렇게 해주는 쪽이 되는 경우도 있기에 주고 받는 거지만.

······아······.

신도. 다신교. 바보 같은 짓을 하면서도 위기에 처했을 때는 모두 함께 협력하고, 터무니없는 수단으로 바위문까지 열어버린다. 그런 교보를 기반으로 한 극동의 문화란.

"———왜 그러나요? 토모."

친구의 목소리로 인해 생각이 끊기자 아사마는 정신을 차렸다.

옆에서 미토츠다이라가 고개를 갸웃거리고 있었고.

"뭔가 발견했나요? 그런 느낌이던데."

"아, 아뇨, 발견했다고 해야 하나, ······어째서 지금까지 그런 걸 눈치채지 못했나~, 싶어서요."

"네?"

고개를 갸웃거리고 있는 주위 사람 중에서 그 혼자만 자연스럽게 창밖을 보고 있다.

그런 분위기 속에서 아사마는 눈치챘다. 자기 자신에 대해서.

……기대라는 말을 들어본 적이 별로 없네요, 저.

굳이 말하자면 기대주세요라고 말하는 쪽이다.

큰일이다.

예전에도 오슈 후지와라, 야스하라와의 회담 등에서 그가 구해준 적이 있긴 하다. 사이조와 전투를 벌였을 때도 그런 적이 있고, 사나다 십용사인 운노 때도 그랬다.

하지만 지금은 구해준 게 아니다.

기대라, 그렇게 말해주었다.

물론, 지금까지도 그런 상황이 있었을 테고, 비슷한 말을 들은 적도 있는 것 같다. 그의 집에 들어가자고 결심했을 때도, 다양한 것들에 대해 '내가 어떻게든 해줄게'라고 말해주었다.

하지만 지금은, 약간 다르다. 그렇게 주고받으며 쌓아온 것과 그가 구해준 사실이 있고.

……기대라는 말의 무게가 다르네요.

말만 내세우는 게 아니다.

기대라.

무슨 일이 생기면 구해주겠다.

그 말을 받아들이고 순순히 고개를 끄덕일 수 있게 되었다.

그래서, 큰일이다.

신기하게도 볼에 열기가 깃들지는 않았다. 증명이 이미 끝났기 때문일까. 아니면 내가 그것에 의심을 품지 않기 때문일까. 그저.

　"마사즈미, ───그러면 어떻게든 할 수 있을 거예요."

　무슨 일이 생기면 기대도 된다. 그러니 괜찮다. 그리고.

　"토리 군, 잠깐만요."

　응? 그렇게 말한 그의 옆으로 돌아가서 허리를 틀었다. 그런 다음, 호라이즌과 미토츠다이라의 어깨를 감싸면서.

　"영차."

　몸을 기울여 그의 허벅지에 머리를 얹었다.

　무릎베개. 나는 두 팔을 호라이즌과 미토츠다이라에게 베개로 내주고.

　"뭐, 기대는 걸 미리 예약하는 거예요."

　얼굴에 열기가 느껴지긴 한다. 눈을 감으니 얼굴이 붉어진 걸 알 수 있는 것 같다. 부끄럽다. 하지만 이것은 태도다. 이렇게 하면 닿을 거라는, 말에 의존하지 않는 전달.

　그러자 올려다본 그가 내 머리카락을 만졌다.

　머리 뒤쪽, 흐트러진 리본을 단정하게 다듬어주고, 정말 세심하다. 예전에 어머니가 그렇게 해준 것이 갑자기 생각났고, 이런 것도 소중한 것이라는 느낌도 들었다.

　"자."

　그가 말했다.

　"아사마가 우동 문제를 해결했는데, 어떻게 할까? 세이준."

·····어떻게 하냐니, 음.

아사마가 완전히 저쪽에 붙어서 결론이 나와버렸다.

왠지 토라진 것 같기도 하고 다른 사람이 불평하게 두지 않겠다는 느낌인 아사마가 조금 재미있다.

그래도 뭐.

"이쪽도 그러한 거래를 성립시킬 수 있다면 문제없어. ———뭐, 꽤 아슬아슬한 방법으로 신의 명분에 의존하는 거라 다음에 또 써먹을 수는 없겠지."

하지만, 마사즈미는 그렇게 말했다.

- **부회장** : 『그쪽은 그래도 되겠어? 오게자바라.』
- **마루베야** : 『자, 잠깐만 기다려. 물———!』
- **호라코** : 『나왔나요. 나온 겁니까. 나온 거군요. 듬뿍듬뿍듬뿍듬듬뿍듬뿍듬뿍듬뿍듬뿍듬뿍(저주하는 소리).』
- **마루베야** : 『자, 자, 거기, 압박을 가하지 마! 아직이야! 아직 멀었다고!』

뭔가, 그런 생각이 들었지만, 물어볼 생각은 들지 않았다.

바깥을 보니 하늘이 점점 저녁 색으로 기울어가고 있었다.

"여름 저녁에 우동이 나오는 회계와 그것을 구하려 하는 우리라······. 이런 여름방학을 맞이하는 건 인류 역사상 우리뿐이겠지⋯⋯."

"저기, 마사즈미! 그렇게 말해봤자 현실은 바뀌지 않거든요?"

그렇긴 하지, 마사즈미는 그렇게 생각한 다음에 물었다.

- **부회장** : 『어때? 우동과 보석금, 어느 쪽이 더 좋지?』
- **마루베야** : 『음⋯⋯. 솔직히 마음에 좀 걸리는데. 아사마 신사는 이나리 계열인 우리가 보기에 경쟁 상대라는 느낌이니까.』

그리고, 오게자바라가 그렇게 말했다.

- **마루베야** : 『동급생이 돈으로 구해주다니, 아무리 그래도 두 번째는 좀 그런 것 같은데.』

그러니까, 그녀가 그렇게 말했다.

- **마루베야** : 『저기 말이지, 마사즈미, 가능하다면 말인데, 우리를 한 번만이라도 상관없으니까 다시 믿어주지 않을래?』

●

오게자바라가 한 말을 듣고 마사즈미는 고개를 갸웃거렸다.

- **부회장** : 『———하자면 너희들은 머릿속에 울리는 돈의 목소리에 따라 우리를 배신할 거잖아.』
- **마루베야** : 『뭐, 그건 그거고! 그런 크리처라고 생각해줘!』

- **마르가** :『인간을 버린 거야?』
- **금마르** :『아니, 자백 아닐까, 이거.』

그렇다는 생각만 든다는 게 어떤 의미로는 대단하다. 하지만 크리처가 통신 너머로.

- **마루베야** :『아무리 그래도 고등부인데, 내 엉덩이 정도는 내가 알아서 닦을 거라고~. 그래도 일단은 우동이 나오는 지금 상황에서는 엉덩이도 닦지 못한단 말이지.』
- **부회장** :『그런 상황에서 내가 너희를 다시 믿어준다고 하면 어떻게 할 건데.』
- **마루베야** :『당연히 보석금을 벌어서 갚아야지.』

그리고.

- **마루베야** :『믿어준 이상, 두 배, 세 배로 갚아줄게.』
- **부회장** :『그럼 어떻게 하라고.』
- **마루베야** :『그냥 유지만 해주면 돼. 하지만, 반드시 갚을 거야. ———아사마찌의 방식으로는 우리가 아사마찌와 토리 군에게 원조를 받는 형태가 되고, 그건 바람직하지 않으니까.』
- **부회장** :『———아오이가? 아오이는 상관이 없잖아?』
- **마루베야** :『경쟁 상대인 아사마 신사가 우리를 구하려고 돈을 쓴다니, 상인으로서 따지면 우동보다 더 지독한 일이야. 아사마찌는 우리가 토리 군 발목을 잡지 않게끔 그렇게 했다고 봐야 겨우 이해가 되거든.』

그리고.

- **마루베야** :『아사마찌, 잠깐 괜찮을까?』

- **아사마** :『뭐죠?』

- **마루베야** :『어째서야?』

그렇게 묻자 아사마가 바보의 무릎 위에 누운 채 손을 움직였다.

미토츠다이라가 고개를 들자 그 아래에 아사마가 왼팔을 들어올리고 거기에 표시창을 띄운 다음.

- **아사마** :『저는 호라이즌도, 미토도, 다른 사람들도, 토리 군이 왕이 되는 걸 도울 건데요. 그건 다들 마찬가지일 거예요. 뭐, 경쟁 상대라거나 그런 건 이쪽에서는 신경 쓰지 않는 부분이긴 하지만요…….』

그러한 여유가 라이벌로 보기에는 안전하고 안심할 수 있는 거겠지~, 마사즈미는 그렇게 회계에 대해 생각했다.

어설픈 마음이 아니라 적대시하더라도 용서받을 수 있는 사이라고나 할까. 받아들여준다고나 할까. 그러니 더더욱 일방적으로 라이벌 취급하는 걸까.

……아.

가까운 사이라는 건가?

그렇다면 나도 배신당할 걸 용서해야 하나……, 그렇게 용서해준다면 법률이 필요없겠지. 오쿠보 때도 엄청나게 고생했고…….

"부회장? 어, 어째서 눈을 흘기면서 중얼거리고 있는 거죠?"

"신경 쓰지 마, 바르페트. 부조리함에 대해 잠깐 생각하고 있었을 뿐이야."

그런데 아사마가 천천히 말을 꺼냈다. 표시창의 건반을 두드리면서.

· **아사마** :『뭐, 저는 함께 해나가기로 결심했으니까요.』

그리고.

· **아사마** :『누군가를 두고 가도 된다, 그런 걸 용납할 제가 아니거든요.』

아사마가 그렇게 말한 다음, 코로 소리를 내며 베개에 다시 누웠다. 연설을 별로 좋아하는 타입은 아니다. 그리고 방금 한 말에는 바보에 대한 그녀의 마음이 '담겨져' 있었을 것이다.

그런 사실을 이해하고 있는지 호라이즌도.

"아사마 님, 귀찮은 구석이 훌륭하십니다."

"아, 아뇨, 뭐, 저기."

그런 자신을 감추려는 듯이 그녀가 호라이즌과 미토츠다이라를 끌어당기며 다시 누웠다.

그리고 그런 아사마도 위에서 내려다보고 있는 바보에게는 보일 것이다.

……그렇지.

그런 관계다.

예전부터 그랬던 것을 자각하고, 이번에는 그것을 기반으로 삼아 다시 바뀌어간다.

지금, 자기 자신으로 인해 당황한 태도를 보이는 아사마 같은 건 얼마 전에는 상상할 수도 없었다. 그것은 그녀에게 안겨 있는 미토츠다이라도 그렇고, 마찬가지로 안겨 있는 호라이즌도……, 아니, 호라이즌은 항상 뭔가 상상이 안 되는 행동을 하니까 상관없나? 상관없나? 상관없나……. 상관없나———.

 "마사즈미, 미, ……괜, 괜찮아?"

 "신경 쓰지 마, 무카이. 부조리함에 대해 잠깐 생각하고 있었을 뿐이야."

 아무튼, 통신 쪽에서는 납득이 된 모양이었다.

 • **마루베야** : 『그럼, 마사즈미, 명분 쪽은 부탁할게. ———아사마 신사에서 돈을 받아서 그 돈으로 우리를 석방시켜줄래? 대여 처리에 대연 중개가 필요하다면 수수료까지 포함해서 우리에게 달아두고.

 그리고 우리와 변제 계약을 맺어줄래?』

 • **부회장** : 『이봐, 이봐, 갚을 방법은 있는 거야?』

 • **마루베야** : 『마사즈미, 지금 얼마나 가지고 있어?』

 • **부회장** : 『70엔.』

 • **마루베야** : 『괜, 괜찮아……? 살아갈 수는 있는 거야……?』

 • **부회장** : 『무카이처럼 걱정하지 마. 그런데 내 돈이 어쨌다고?』

 • **마루베야** : 『음~, 장사할 밑천이 필요해서 좀 빌리려 했

는데, 다른 곳에서 조달할까…….』

• **빈종사** :『장사를 하실 건가요?』

당연하지, 오게자바라가 그렇게 말했다.

• **마루베야** :『믿어준다면 온갖 수단을 동원해서 마사즈미에게 돈을 갚을 거야. 이자도 붙여줄게. ──8월 14일까지만 기다려. 그때 전부 갚아줄 테니까.』

• **후텐무가테** :『실질적으로 2주밖에 안 남았는데?』

• **마루베야** :『1주일만 있으면 세계는 돌아가.』

숨을 돌리고.

• **마루베야** :『신은 이 세계를 엿새에 걸쳐서 만들었고, 그래도 뭐, 하루 정도는 쉴까라는 생각에 일요일을 만들었다고 하잖아? 그렇다면 2주일 정도 여유가 있으니 상인은 첫 주에 씨를 뿌리고, 다음 주에 그것을 전 세계에서 회수하고 숨을 돌릴 거야. 그러면 어때?』

• **부회장** :『그러지 못했기 때문에 지금 같은 상태가 된 건데, 어떻게 보장하지?』

• **마루베야** :『그건 그거고, 무사시 내부에서 싸운 게 실수였어. ──솔직히 말해서 졸업한 뒤를 감안해서 상공단 녀석들하고 싸워버렸으니까.』

그러니까.

• **마루베야** :『세계를 상대하고 나서, 무사시 내부에서 승부를 낼 거야.』

그 말을 듣고 마사즈미는 생각했다.

……무사시 내부보다 세계를 상대하는 게 더 편한가.

내부에서 결탁한 베테랑이 서로 연동해 나가는 무사시 내부의 상공단보다 전국 시대와 30년 전쟁으로 인해 예측할 수 없는 움직임을 보이는 외국을 상대하는 편이 기회가 더 많긴 할 것이다.

……그렇다면———.

• **부회장** : 『방법은 있는 거야?』

대충 짐작은 된다.

오게자바라는 그 사실을 알고 있다는 듯이 말했다.

• **마루베야** : 『칸토에 가고 싶은데에.』

• **부회장** : 『정말 제멋대로군.』

그렇게 말하면서도 쓴웃음이 새어나왔다. 그리고 마사즈미는 조용히 중얼거렸다.

"———칸토로 돌아가더라도 다시 이쪽으로 돌아올 방법이 있으면 좋겠는데 말이지."

그런 수단이 과연 있을까.

●

"뭐야? 칸토로 돌아오지 않는 게 아니라 돌아올 수 없는 거야? 이 무사시는."

"Tes. ———돌아가면 그걸로 끝, 하시바는 무사시를 칸토에 묶어두겠지요."

크리스티나는 타다오키와 함께 저녁놀을 향해 가는 무사시 위를 걸어가고 있었다.

장을 보러 간다. 맨몸으로 무사시에 올라탄 뒤에 나름대로 지급을 받긴 했지만, 일용품 중에 부족한 것도 많다.

내가 머물 곳은 외교 관저가 있다. 타다오키는 무사시 쪽 외교 관저에 방 하나를 받은 것 같은데, 그곳에 갑자기 들어가면 소문이 날 것이다.

그 '갑자기'는 여름방학이 끝나야 없어지게 될 것이다.

스웨덴의 거취가 정해지고 나서, 그렇게 되면.

……여름방학이 끝나고 나면 동거를 하게 되는군요……!

설마 내가 그런 생활을 앞두게 되다니, 게다가 상대는 엄청난 연하. 서로 거리감을 재거나, 취향을 서로 인정하는 것도 이제부터 해나가야 하는 것이다.

갈길이 멀군요, 그렇게 생각했을 때였다.

"───그럼 말이지, 잠깐 괜찮겠어?"

"왜 그러시죠?"

"하시바는 성련을 이용해서 무사시를 칸토로 돌려보내면 그냥 이기는 거 아니야?"

그가 그렇게 물었을 때, 길이 끊겼다.

갑자기 눈앞에 구멍 뚫린 지하 공원이 펼쳐졌다.

정보에 따르면 얼마 전 사나다의 지룡이 날뛰었을 때 이 근처 거리가 많이 파괴되었다고 한다. 지금까지도 보수를 진행 중이고, 마무리 단계로 보이지만.

……위에 걸린 다리는 남겨두는 걸까요.

여름 햇볕 아래, 다리 위에는 아지랑이가 피어오르고 있다.

하지만 그곳이라면 다른 사람이 이야기를 들을 우려도 없다. 그렇기 때문에 크리스티나는 다리 위를 손가락으로 가리켰다.

"타다오키 님, 이쪽으로 오세요."

"바보야, 밑으로 가자고. 덥잖아."

"네? 그래도."

"더워서 못 해 먹겠어. 나는 산에서 자랐거든. ───아이스크림 먹자."

"그, 그러죠."

그렇게 말하자 그가 손을 잡아당겼다.

앞으로 나아간다. 그가 만약에 돌아본다면 얼굴이 붉어졌을 것 같다. 실제로 그의 귀는 빨갛게 보이는데, 내 착각인 것 같기도 하고, 나도 그럴 것 같기도 하다.

그렇다면 나는 이런 상황이 기쁜 것이다.

손을 잡고 가주는 게 지금은 고맙기만 하다. 부끄러움이나 체면을 차리지도 않고, 타다오키에게도 들키지 않으면서 기뻐할 수 있다.

그리고.

"그래서?"

"네?"

"───하시바가 성련을 이용해서 무사시를 지금 당장 칸

213

토로 돌려보내지 않는 거야?"

아, 크리스티나는 그렇게 생각하며 고개를 끄덕였다.

좀 전에 했던 이야기를 계속 이어나가는 것치고는 약간 비약한 내용이다. 하지만 그것은.

……타다오키 님께서는 정보의 이해와 추측 능력이 뛰어나시네요.

저격이 특기이기 때문인 걸까. 앞을 내다보는 듯한 그의 물음에 크리스티나가 대답했다.

"하시바도 바로 무사시를 칸토에 묶어두고 싶을 거예요. 하지만 칸토에는 아즈치가 있지요. 그것도 파손된 상태인 아즈치가."

크리스티나는 타다오키와 함께 지하의 구멍 뚫린 공원으로 내려가는 통로 쪽으로 갔다.

"아즈치는 후방 가속기 등이 파손된 상태랍니다. 그러한 것들을 보수해야만 칸토를 떠날 수가 있겠지요. 그리고 움직일 수 없는 아즈치 쪽으로 무사시가 돌아가면 칸토의 제후 등이 아즈치를 강습하자는 이야기를 꺼낼지도 모르겠네요."

"여름방학이잖아? 전쟁은 금지 아니야?"

"포위하고 보급을 끊는 방법도 있는데요? 게다가———."

만에 하나, 미리 그렇게 말을 꺼냈다.

"성련이 무슨 말을 하더라도 '박살 내버리면 이기는 거다'라는 식으로 현실적 승리를 목표로 삼을 경우도 있으니까요."

"그건———."

"'내가 죽으면 끝난다'와 별다를 게 없답니다. 결정을 내리는 마음가짐으로 따지자면요."

그렇게 말하자 타다오키가 잡고 있던 손에 힘을 더 주었다.

그는 이쪽 얼굴을 올려다보고는.

"그러면 안 되잖아."

"그래서 무사시는 곧바로 돌아갈 수 없는 거랍니다."

일단은 무사시 측에서 현재 상황에 대한 이해 공유라면서 그런 이야기를 해주었다.

"무사시는 8월 10일에 칸토로 돌아가는 것. 그것이 성련의 지시죠."

그런데 신경 쓰이는 것이 있다.

"……열흘 안에 아즈치의 보수를 끝낼 수 있을까요."

"아, 그거라면 어떻게든 되지 않을까?"

"어째서죠?"

왜냐하면, 그가 그렇게 말했다.

"칸토, ————건조물 수복 전문 선배가 와 있잖아, M.H.R.R.은."

●

이케다 테루마사는 이렇게 생각했다.

……내가 여기 와 있어도 되는 걸까.

장소는 하늘을 넓게 반쯤 올려다볼 수 있는 곳.

아즈치의 중앙 2번함 후방, 가속기 구획 위다.

한가운데의 토리이식 대형 가속기는 돌출부가 갈라지고 크게 헤집어진 상태다. 가속 중에 끊어졌기에 힘이 단열부를 통해 단숨에 퍼진 것이다. 게다가.

"긴급 정지 후에 내부의 유체가 착지의 충격으로 인해 연쇄 폭발. ———이거, 보통은 교환해야 할 텐데. 유닛을 교환하면 기본적으로 열흘. 아즈치의 스탭이라면 1주일 정도임까?"

하지만 칸토에는 교환 부품이 없다. 그렇기 때문에 내가 불려온 것인데.

"내가 해낼 수 있으려나. 현장에서 보수하면 어떻게든 움직일 수 있게 만드는 게 열흘. 그러니 8월 10일 출발이라면 꽤 힘들 것 같은데. ……역시 내가 오지 않은 게 낫지 않았을까."

아니, 부르길래 오긴 했지만, 나도 원래 하던 일이 있다. 시라사기 성의 수복 견적을 내면서 미카와를 조사하러 가야 한다.

가능하면 오늘 안에 미카와 쪽에 한번 가보고 싶었다. 왜냐하면.

"8월이 되면 각지에서 일제히 여름방학 태세로 돌입하니까 귀성 정체라던가, 이런저런 문제가 생긴단 말이지."

"이케다는 또 그렇게 불평하고 있다니까."

그때, 목소리가 하늘로 빠져나갔다. 위쪽. 올려다보니 30

미터 정도 위쪽에서 바람에 나부끼는 머리카락이 이쪽을 내려다보고 있었다.

"나베시마냐."

제7장
『상하 차이의 파악 담당자』

그것은 시간
그것은 거리
그것은 입장
배점 (서로)

●

테루마사는 저녁 하늘에서 알고 지내던 얼굴을 보았다.

그런데 그 사람은 쓴웃음을 지으면서.

"나베시마냐는 무슨. ———어떻냐니까?"

"어떠냐고 해도, 망가졌슴다라는 말밖에 안 나오는데, 이거."

"당신 술식으로 얼른 고치는 거 아니었어? 못하는 거야? 그런 거냐니까."

"아니, 왜 나냐니까~."

이런, 나베시마의 말투가 옮았다. 의욕이 없을 때는 써먹기 편하니 곤란하다.

그래도 내 텐션이 느껴진 모양이다. 나베시마는.

"미안하다니까. 여기에 당신이 온다고 해서 키요마사 선배가 나한테 맡긴 거라니까. ———기운을 북돋고 싶으면 선배들을 불러올 건데, 어떻게 할 거냐니까?"

"겁나는 소리하지 말라고."

나도 말단이라는 자각은 있다. 전투 계열도 아니고, 케이초의 역을 지켜보기만 했던 내가 대규모 전투를 패전으로 파진 사람들과 함께 있다는 자각도 있다. 그렇기 때문에.

……내가 어울리지 않는 곳에 온 거 아닌가.

그렇게 생각했을 때였다. 나베시마 좌우로 사람들이 늘어섰다. 다섯 명.

덩치나 키가 제각각 다른 장년들이다. 그들은 팔짱을 낀 다음.

"애송이!"

"아무래도 보수 업무의 텐션이 올라가지 않는 모양이 로군!"

"그런 네놈을 도와주마. 왜냐하면———."

"우리 류조지 사천왕!"

아, 저 사람들이 나베시마가 말했던 사람들이구나, 테루 마사는 그렇게 생각했다. 그리고 고개를 갸웃거리면서.

"저기."

"뭐지? ———우리는 류조지 사천왕이다!"

"……다섯 분 계신데요."

"다섯 명이 있더라도 사천왕!"

"그럼 오천왕이라고 하면 안 됨까."

남자들은 서로 얼굴을 마주보았다. 다음 순간, 서로 덤벼 들면서.

"네놈이 걸리적거린다아———!"

"저, 저런 애송이까지 의문을 품다니!"

"아니, 다들, 긍정적으로 생각해라! 저런 애송이까지 알 고 있을 정도로 지명도가 높아진 거다! 아가씨께서 노력하 신 결과라고 생각하며 자랑스러워해야지! 하지만 네놈은 걸리적거린다!"

치고 받는 소리가 울려 퍼지는 걸 보니 역시 오천왕은 안 되는 모양이다. 나베시마가 눈을 흘기며 손을 좌우로 흔드는 건 저게 질릴 정도로 많이 본 평소 모습이기 때문인가.

그런데 테루마사는 어떤 것을 보았다. 나베시마의 손에 붕대가 감겨있는 것을.

……부상인가.

●

테루마사는 다시 어깨를 늘어뜨렸다.

……까다롭네.

내가 아무것도 하지 않더라도 현장은 움직이고, 친구조차 다친다.

물론, 내가 현장에 있더라도 그것은 변하지 않는 흐름이었을 거라는 생각이 들긴 한다. 하지만.

"———나는 지금, 여기에 불려온 거니까."

현실을 보자, 아니, 현실 중시.

머리 위쪽. 사천왕의 타격전을 바라보는 나베시마는 웃고 있다.

멋진 표정이다. 한때, 자기 장래가 어떻게 되는가 등으로 인해 다른 사람에게 말을 꺼내지 않고 잠자코 생각하던 상태보다는 훨씬 낫다.

내가 잘 알고 있는 표정이긴 하지만, 그렇게 만든 건 류조지의 '지금'일 것이다. 그렇다면.

……내가 없더라도 다들 자신의 최선을 손에 넣으려 할 테고, 손에 넣곤 하지.

자의식 과잉은 이제 그만하자, 요즘은 그런 생각이 든다. 실제로 주위에는 실력자들이 많고, 부하가 연상뿐이라서 의외로 신경이 쓰인다.

일반 시민, 부모님도 마찬가지다. 나처럼 경력도 없는 습명자 따위, 아무도 권익과 지시 담당 이상의 존재로 봐주지 않는다.

애초에 아무리 윗사람이라고 다른 사람을 떠받들어준다 하더라도 실력이 올라가는 건 아니다. 다른 사람이 자신을 치켜세워줬으면 하는 거라면 실력을 보이라는 듯이.

"좋아."

그렇다면 내가 여기 와 있다는 것 따위는 신경 쓰지 마라. 아무도 신경 쓰지 않는다. 신경이 쓰인다면 그건 자신을 지나치게 신경 쓰는 것이다.

……아, 나는 자기 자신을 채찍질하며 키워나가는 타입이구나.

다른 사람에게 혼나면 엄청나게 풀 죽지만 말이지.

그러니 곧바로 결과와 책임이 오는 전투 계열은 껄끄럽다. 건축 계열이라면 차분히 진행하다가 뭔가 실수한 부분이 생기면 '보, 보세요, 여기는 괜찮습다! 이곳의 장점이 단점을 가려주는 겁다!'라고 둘러댈 수 있으니 꽤 마음에 든다. 아니, 습명 시험 실기 때 두 번 정도 그렇게 했다.

그러니 그렇게 하자. 뭔가 실수하더라도.

……내 장점은 단점 이상이잖아, 아마도.

"나베시마———."

"왜?"

"이거, 언제까지야?"

"일찍 끝낼수록 좋대. 그렇게 말하더라니까."

그렇구나, 테루마사는 그렇게 생각했다. 내 술식은 내가 '처음'인 부분도 많아서 미지수이긴 하다. 윗사람들이 그런 특성을 이해해주는 게 고맙다.

그리고 건축 관련 지식을 배운 테루마사가 알고 있는 게 있다.

이걸 이대로 진행하면 2주일이 걸릴 작업이다. 어떻게든 움직일 수 있는 수준의 보수면 열흘, 완전히 끝내려면 2주일.

보수 수준으로 끝내고 싶긴 하지만, 기한이 8월 10일까지면 약간 힘들다. 내가 맡는다면 좀 더 단축시켜야 하는데.

머리 위쪽에서 나베시마가 이마에 손을 대고는 이쪽을 보고 있었다.

그 손의 붕대. 손목까지 묶었다는 건 그냥 봐도 알 수 있다. 좌우로 흔들어도 괜찮은 수준이긴 하겠지만, 치료용 부적에는 통각 감퇴 효과도 있다. 게다가.

……나베시마가 붕대를 감을 수준인가.

그런 것을 별로 겉으로 드러내지 않는 타입이다. 그럼에도 불구하고 보이는 걸 용납한 이유는 현장의 분위기도 있겠지만.

"이봐."

테루마사는 물어보았다.

"아사노는."

"자고 있다니까."

그렇구나, 테루마사는 그렇게 말하며 고개를 끄덕였다.

……평소 그대로라는 거라니까.

테루마사는 나베시마 말투로 그렇게 생각하며 표시창을 손 근처에 띄웠다. 그리고.

"이봐."

『나간다아아.』

목의 하드 포인트 파츠에서 하얀 인간형 마우스가 튀어나왔다. 머리 위쪽에서 테루마사가.

"어라? 키우기 시작했어?"

"아니, 시라사기 성의 관제 담당이야. 길바닥에 나앉았길래, 보수에 도움도 꽤 되어서 곁에 두고 있는 듯한 느낌이라고."

"아~, 내가 전투 중에 바깥에서 여자를 데리고 오다니, 꽤 한다니까."

『실례에에에에.』

"봐, 화났어, 화났다고. 너무 토라지게 만들지 말아줘. 왜냐하면———."

테루마사는 몸을 숙이고 마우스에게 표시창을 맡겼다. 그

225

런 다음, 눈앞에 있는 거대한 가속기를 손가락으로 가리키면서.

"오사카베히메, 이거, 읽을 수 있어?"

『여유우우우우우.』

마우스, 오사카베히메가 한순간 원래 모습을 되찾았다. 키가 큰 여자. 하얀 머리카락이 공중에 나부끼면서 주위로 녹아들어 표시창을 잔뜩 만들어냈다.

그 직후. 갑자기 함미 쪽 하늘에 경보가 발생했다.

반종 소리, 그것은 침입자를 발견했다는 경보이고.

『? 들켰어어어어어어?』

"대체 무슨 짓을 한 거야! 너!!"

『설계를 빼냈어냈어냈어냈어냈어.』

이야기를 듣고 보니 표시창에 아즈치의 가속기와 그 주변 구조가 도면으로 떠 있었다. 그냥 현재 구조의 개요만 띄워 달라고 할 생각이었는데.

『나베시마 님――. 나베시마 님――. 즉시 아즈치 부흥 본부로 연락을――. ――Shaja.』

"대체 무슨 짓을 한 거냐니까, 이케다――!!"

"내가 그러긴 했는데, 내가 한 건 아니라고――!"

『아니라고오오오오오――.』

"네가 그랬잖아――!"

테루마사는 오사카베히메가 띄운 도면을 복제한 다음, 그것을 '제출용' 폴더에 넣으며 생각했다.

오사카베히메

이케다 테루마사

……최단 기간으로 개요 부분의 보수는 1주일 정도면 어떻게든 되려나?

그 정도만에 해낸다면 평가가 자의식을 뛰어넘을 수 있을까.

●

"……뭐, 1학기를 종합 평가해보자면 '잘 모르겠지만 나름대로 잘했습니다'려나."

"오, 세이준, 자화자찬~."

"너희들 이야기이기도 하거든……!"

마사즈미는 저녁 하늘을 향해 그렇게 소리쳤다.

무사시 아리아더스트 교도원 정면. 계단 위의 저녁 하늘이었다.

저녁이라고는 해도 여름, 이미 오후 6시 반이다. 그런 시간에 저녁 작업을 하기 위해 하늘로 올라가는 두 마녀를 올려다보며 마사즈미는 짐이 든 종이 보따리를 다시 끌어안았다.

학생회 거실은 어떻게든 대충 정리를 마쳤다. 하지만.

……의외로 갈아입을 옷이나 예비로 놔둔 것들이 많았지.

그래도 주위에 있는 녀석들보다는 양이 적은 걸 보니 다들 대충 방치해두는 성격인지, 아니면 내가 옷을 별로 가지고 있지 않은 건지, 둘 중 하나다. 그런데 후타요는 톤보 스페어 말고는 아무것도 들고 있지 않은데 괜찮은 건가? 여름 방학이 끝나고 나서 보았을 때 책상 속이 곰팡이로 가득 차서 깜짝 놀라는 거 아닌가?

"부회장, 오늘은 왠지 너무 중얼거리시는데요?"

"아~, 오늘은 자주 있던 일이 자주 생긴 느낌이야. 신경 쓰지 마, 바르페트."

그렇게 말하며 올려다본 하늘. 두 마녀는 이미 이쪽을 보고 있지 않다. 서로 몸을 기대는 듯이 나아가며 우선 사누키에서 배송할 물건을 가지러 무라야마의 반출항으로 갈 것이다.

그리고 우리는.

"이제부터 뒷풀이인가."

"다시 말해 우동 왕국에서 공짜 밥을 드실 분……!"

호라이즌이 두 팔을 들어 올리자 다들 손을 들었다. 그렇다면.

"그럼 집에 짐을 두고 오쿠타마의 합수 갑판에 7시까지 집합하자. ———그런 다음에 어딘가 들어가서 일단 칸토 해방을 제외하고 1학기 전체 뒤풀이를 하면 되겠지. 칸토 쪽 사람들은 합류하지 않았으니까."

"그렇다면 뇌르틀링겐 뒷풀이를 하는 건가요!"

• **금마르** :『아~, 그럼 어디서 할지 가르쳐줘. 저녁 식사 시간에 그쪽으로 갈 테니까.』

• **마르가** :『그리고 2차 이후에 어디로 갈지도 가르쳐주면 좋겠어.』

"아, 그럼 제가 미리 조사해두었으니 예약을 할게요~."

229

바르페트의 움직임이 빠르다. 꽤 제대로 조사했나 보네, 그렇게 생각한 것과 동시에.

……난 이런 걸 잘 모른단 말이지…….

그런 생각이 절실하게 드는 한편, 문득 어떤 생각이 들었다.

"……교도원에서 1학기 분량 짐을 챙겨서 뒷풀이를 하려는 참인데 왜 '여름방학이라는 느낌이 안 드네……'라는 생각이 드는 거지."

"다, 다들 그렇게 생각하니까 뒷풀이 같은 걸 하면서 분위기를 띄우려 하는 거라고요! 부회장!"

"아니, 마사즈미 공이 '여름방학은 없다'는 말을 꺼내지 않았소이까?"

이야기를 들어보니 그런 것 같기도 하다. 하지만.

"일단, 우리 방침은 정해졌고, 이제부터는 담당자들이 각자 정기적으로 학생회 거실이나 내게 보고해줘. 나는 일단 주말과 행사일 말고는 학생회 거실에 있을 테니까."

"마사즈미, 숨을 좀 돌릴 수 없나요?"

"좋았어~, 그럼 친구가 없어서 쓸쓸해하는 세이준 군을 모두 함께 초대할 수 있게끔———."

"이 자식……."

"아니, 너도 다른 사람들을 부르라고. 네가 말하면 다들 모일 테니까."

그건 너지~, 그런 생각도 들었지만, 지금 그런 말을 해봤자 소용이 없다. 그저.

"———부회장, 항상 거실에 있을 거라면, 무슨 일이 생길 거라 생각하는 거야?"

다테 가문 부장이 의문을 제기하기보다는 확인하려는 듯이 말하자 마사즈미는 고개를 끄덕였다.

하지만 지금은 우선 계단 아래쪽을 손가락으로 가리켰다. 바르페트가 예약을 해버렸고, 멈춰서는 것도 부자연스럽다. 어찌 됐든, 계단 아래와 그 아래에 있는 공원에서는 사람들이.

"히익……! 지, 지금, 저 녀석들이 이쪽을 보고 있어……!"

"또 뭔가 적대 국가를 전복시킬 계획을 짜기 시작한 건가……!"

"휘익———! 저 분위기, 성련에게 덤볐을 때와 똑같은데……!"

그런 목소리가 들리는데, 넓은 의미로는 맞는 것 같기도 해서 겁이 난다. 아, 하지만 그쪽을 보는 건 아니니까 신경 쓰지 않아도 돼. 그런데.

"———우리가 여름방학 방침을 정한 듯이, 다른 나라에서도 지금 긴급 회의 등을 열어서 마찬가지로 권모술수를 꾸미고 있겠지."

그때, 호라이즌이 손을 들었다.

"……마사즈미 님, 권모술수라는 것이 무엇인가요."

"호라이즌, 이 바보, 그것도 몰라?! ——안 그래? 누나!!"

"곤봉흡수———! 어머나! 마사즈미도 참, 다른 나라의 중진들이 막대기에 닭꼬치를 꽂아서 긴급 마스터한다니, 대체 무슨 생각을 하는 거니! 너! 소금?! 아니면 소스?! 안 돼, 진짜로 고춧가루를 뿌리면! 너무 매워서 불을 뿜다가 양쪽 다 녹아웃될 테니 각오하렴!"

"너희들, 시끄럽다고······!"

"이 남자도 참, 서투른 개그라도 하지 않고 키미 님께 떠넘기다니, 괘씸하군요······."

이예이~, 바보와 누나가 하이파이브를 한 다음, 호라이즌과 아사마, 미토츠다이라와도 차례차례 의미도 없이 해나갔다. 일단은 '기쁨'을 서로 나누는 행동이겠지, 그런 생각이 들었지만.

"자, 마사즈미도!"

"나는 됐어."

이런 거, 익숙하지 않은 건 익숙해질 필요가 없다. 하지만.

"마사즈미, 그런데 ———다른 나라가 무사시에 대해 쓸 책략 중에서 가장 골치 아픈 게 뭐죠?"

"Jud. 너무나도 큰 문제라 오히려 우리가 잊곤 하는 건데, 이거야."

그렇게 말하며 발치를 손가락으로 가리켰다. 거기 있는 것은.

"무사시가 여기 있다는 게 문제지. 오늘 몇 번 이야기를 하긴 했지만 말이야.

8월 10일까지 칸토로 돌아가라, 그런 말을 들었다고 해서

'네, 그렇군요'라고 하는 말을 꺼내고 싶지 않다는 게 지금 상황이야. 그러니까———."

그러니까.

"분명히 올 거야. 하시바 측의 누군가가 말이지. ———칸토로 가라, 그런 걸 강요하러 올 거라고."

제8장
『언덕 위의 방청자들』

아. 네. 네. 네.
잠깐 실례할게요오
지나갈게요오
배점 (육안 줌)

●

"네에, 그래서, 그 무사시가 금방 칸토로 돌아가는 건가요?"

높은 위치에서 여자의 목소리가 물었다.

장소는 언덕 위의 들판. 항공함의 이착륙이 진행되고 있는 와중이다.

M.H.R.R. 구파, 뇌르틀링겐 방면으로 나가 있던 전사단의 철수 작업 중이다.

그런 현장에서 가벼운 의문이 떨어진 곳은 구파식 표시창. 그곳에 뜬 사람은.

"미츠나리 님, 그런데 우리는 어떻게 하죠? 오니타케마루 씨 같은 경우에는 슬슬 배터리가 바닥나서 성불하더라도 이상할 게 없는데요오?"

그렇게 묻자 미츠나리가 떠 있던 표시창 옆에 영상 하나가 더 떴다. 거기에는 '영상 작성 중'이라는 글자와 함께.

『누구 배터리가 바닥났다고?! 나는 이미 프로그램 쪽으로 전환했다. 나도 잘은 모르겠다만, 기동각에서 다른 곳으로 이동했으니 성불하진 않을 거다, 바보 같은 녀석……!』

"아~, 바보 같은 녀석이 아니라 시마 사콘이라고요오."

『코히메라는 호칭이면 충분하다……! 바보 같은 녀석.』

말씀이 심하시네요오, 사콘은 그렇게 생각하며 입가에 힘을 주었다.

……뇌르틀링겐에서는 꽤 괜찮은 파트너인 줄 알았는데요.

사콘은 역시 일상이 되니 들어맞지 않는 부분도 있다고 생각하며 약간 풀죽었다. 그래도.

『아무튼, 두 분, 현재 상황이 어떻게 되었는지 이해하고 계신가요?』

"Tes. ———오니타케마루 씨의 혼이 빠져나가서 매미 허물 같이 되어버린 기동각이 꽤 너덜너덜해서 수리가 필요하죠? 그리고 오니타케마루 씨가 헤어스타일에 대해 공부하셔야겠죠오?"

『시끄럽다……! 네놈이야말로 재생력이 어쩌고저쩌고할 테지만, 일단 뇌부터 정밀검사를 받아라! 그리고 수복하기 위해서는 배기인지 체력인지는 모르겠지만, 쓰긴 할 거다. 휴양이나 식사 같은 요구 정도는 할 수 있게 해둬!』

"……미츠나리 님? 이 표시창 안에 있는 사람이 엄청 잔소리가 심한데요오……."

『네놈이 쓸데없는 말만 하니까 그렇지……!』

『저기.』

미츠나리가 표시창 안에서 양쪽 손바닥을 이쪽으로 들어 보였다.

그녀는 헛기침을 한 번 한 다음에.

『주위를.』

그 말을 듣고 보니 주위에 있던 모두가 움직임을 멈추고 있었다. 육항 안에서 오가던 사람들이나 배에서 반입, 반출 작업을 하고 있던 모든 사람들이 돌아보았고.

"…………."

사콘은 그렇게 이쪽을 빤히 보는 시선으로 인해 당황했다.

……주, 주목받고 있는데요오?

솔직히 주목으로 인한 긴장보다는 큰일났다는 생각이 더 앞섰다.

어찌 됐든 예전부터 키와 그로 인한 행동을 주목받았고, 잘해봐야 사람들이 한 발짝 물러서는 정도, 최악의 경우에는 기피하곤 했기 때문이다.

또 뭔가 여기 있으면 안 되는 상황이 되어버린 걸까.

방심했네요오.

상사에게 조금 인정받고, 친한? 뭐, 그런 존재도 근처에 있었기에 내가 다른 사람들에게도 인정받았다면서 안도하는 마음에 취해 있었다.

그게 아니다.

길을 걸어가면 다른 사람들이 피하는 존재다. 이쪽이 끄트머리로 다가가도 쓸데없이 한 발짝 더 움직이게 되는 존재가 나다. 그러니까.

……죄송합니다아.

오니타케마루와 미츠나리를 끌어들여 버렸다.

덩치가 크니까 들뜨면 눈에 띈다. 아니, 목소리도 큰데요?

패배했으면서 뭘 그렇게 떠들고 있냐, 그렇게 생각하면 어쩔 수가 없다.

하지만 목소리가 큰 것도, 몸집이 큰 것도 나니까, 미츠나리와 오니타케마루는 상관이 없다.

아니, 오니타케마루 씨도 목소리가 꽤 크거든요오? 뭐, 그래도 이쪽은 표시창의 볼륨을 약간 조작하면 작게 만들 수 있으니까요오.

아무튼, 다른 두 사람은 뒤쪽으로 숨기고, 저는 어떻게 할까요.

몸을 숙이면 눈에 띄지 않게 될까. 아니, 그건 움직임이 너무 크다.

자주 그랬던 것처럼 몸을 앞으로 숙이고 고개를 숙이는 게 나을까. 응. 그게———.

『무슨 불만이라도 있나! 네놈들!!』

오니타케마루가 갑자기 소리쳤다.

●

『우리는 지금 윗사람과 상황을 확인하고 있다! 네놈들은 뭐냐?! 손과 발을 멈추고 작업을 중단한다면 밥은 못 먹을 줄 알아라!』

오니타케마루가 소리쳤다.

……시대가 정말 많이 바뀌었군……!

내가 현역이었던 당시, 주위에는 항상 적만 있었다. 성보 기술의 해석 같은 게 있다 하더라도 그것을 금지하는 명령을 받을 경우도 있기에 기본적으로는 죽지 않더라도 사라져야 할 때 사라지곤 했다.

그렇기 때문에 시간이나 다른 모든 것들이 소중했고, 고귀했다. 그에 비해.

……요즘 젊은 것들은……!

『움직여라! 움직이기만 하면 이쪽을 보든, 듣든 상관없다! 우리는 딱히 부끄러운 말이나 행동을 하지 않는다. 그럼에도 비웃는다면 아침의 전장, 몸을 날려 지켜낸 우리가 부끄러워해야겠지! ───안 그러냐! 네놈들!』

그렇게 소리치자 모두가 서로 얼굴을 마주 보았다.

그리고 흙이나 바닥 위에 있던 사람들은 무릎을 꿇었고, 사다리나 계단 위에 있던 사람들도 이쪽을 돌아보며 일제히 고개를 숙이고는.

"Tes.……!"

음, 오니타케마루는 그렇게 말하며 모두의 움직임을 보고는 납득했다.

몸이 있었다면 만족하며 한숨을 내쉬었을 것이다.

고개를 숙인 것보다는 모두가 판단하고 움직였다는 점을 높게 평가할 만하다. 고개를 숙이는 건 진심이 아니라도 할 수 있지만, 일제히 움직인 것은 연대감이 있어야 가능하다.

솔직히 요즘 시대의 유행? 모드라고 해야 하나? 어때? 후후후, 나도 꽤 정보통이로군. 아무튼, 뭐, 그런 부분은 잘 모르겠다만, 연대감이 있다는 건 훌륭하군. 신조가 들어맞으면 모든 것이 전력으로 작용한다, 그런 거니까.

그러니 뭐, 코히메도 가슴을 펴고 당당하게———.

『네놈이 다른 사람들에게 엎드려서 어쩔 셈이냐, 코히메……!』

그렇게 혼내자 옆에서 엎드린 채 고개를 꾸벅꾸벅 숙이고 있던 코히메가 몸을 일으켰다. 그녀는 이쪽과 주위를 둘러보고는 손가락으로 가리키기까지 하면서.

"가, 갑자기 소리를 지르니까 다들 겁을 먹었다고요오! 그런 건 별로 바람직하지 않아요오. 또 암살당하실지도 모르거든요오?"

『이 상태로 당하겠냐! 바보 같은 녀석!』

오니타케마루는 그렇게 말하고 나서 눈치챘다. 코히메가.

『뭘 그렇게 싱글대고 있는 게냐, 네놈.』

"시, 싱글대지 않았어요오……!"

그렇게 말한 그녀는 그저 힘없이 미소를 짓고 있었다. 그 모습을 보고 있는 나로서는.

『아~, 뭐야, 네놈, 평소에도 좀 더 당당하게 말이지.』

"네, 네, 알겠어요."

그녀가 표시창을 잡아서 들어 올렸다. 오른쪽이 미츠나리, 왼쪽이 나다. 뭐, 상관없지. 나는 좌대신이었으니까.

그런데 코히메가 일어서면서 모두를 돌아보고는.

"그럼, 여러분, 저기, 다시 작업을 시작하셔도 괜찮은데요오? 무서운 사람은 제가 상대할게요."

"아, 아뇨, 저기."

그때, 사람들이 일어서서 움직이기 시작하는 와중에 한 여학생이 손을 들었다.

그녀는 한 발짝 앞으로 나선 다음, 고개를 숙였다.

"―――뇌르틀링겐에서는 정말 감사했습니다. 왠지 모르겠지만 금방 철수하게 되어서 인사를 못 드렸으니까요. ……저, 저격 부대로 그 부대 뒤쪽에 있었거든요."

"저격 부대……?"

『네놈이 포탄을 맞았을 때 뒤에 있던 녀석들이다! 그때는 정말, 쓸데없는 짓을……!』

"쓰, 쓸데없지 않아요오……! 오니타케마루 씨가 자기 설명서를 읽지도 않은 듯한 상태였던 게 잘못이었죠오……!"

그러자 여학생이 살짝 웃었다.

코히메 같은 미소였다.

그렇게 생각해보니 다들 비슷한 미소를 짓고 있다.

정말.

……요즘 젊은 녀석들은, 윗사람 앞에서 이를 드러내며 아무렇지도 않게 웃는다.

하지만 웃지 말라고 할 순 없었기에 내가 잠자코 있자니 코히메가 고개를 들고 모두를 배웅했다.

모두가 고개를 끄덕이고, 작업을 다시 시작하고, 표시창이 새로 여러 개 떴고.

"네, 감사합니다아."

그것뿐이었다.

코히메도 웃고 있다. 그러니 그냥 내버려 두어야겠다, 오니타케마루는 그렇게 생각하기로 했다.

그리고 내쉴 수가 없는 숨을 긴 '뜸'을 들여서 돌린 오니타케마루는 주위를 보고 이렇게 느꼈다.

……어두워지기 시작했군.

표시창의 빛이 눈에 띄기 시작하는 시간대다. 오늘은 깨어나고 나서 하루 내내 계속 바깥에 있었다. 천장은 붉은색에서 보라색으로 바뀌어가고 있고, 들린 채로 그런 하늘을 바라보니.

『서쪽 하늘, 시코쿠에 있는 것이 무사시인가.』

●

사콘은 두 표시창을 위로 들어 올린 채 남서쪽 하늘을 보았다.

이곳은 M.H.R.R.의 약간 남쪽이다. 남부 방면에 큰 산맥도 없지만.

"……산이라고 해야 하나, 성처럼 보이네요?"

『이 별이 둥글기 때문에 아래쪽이 보이지 않는 것으로 판단됩니다.』

"무사시는 아즈치보다 큰가요?"

『Tes. 그쪽은 좌우에 세 척씩 있으니 그만큼 깁니다.』

흐음, 사콘은 그렇게 말하며 상대를 인정했다.

뇌르틀링겐에서도 뭔가 터무니없는 조종을 보였고, 대기가 꽈앙, 폭발했을 때는 자칫하다가는 자신들의 수송함까지 휘말릴지도 모르는 상황이었기에 꽤 위험했다.

그런데 이렇게 멀리서 보니 그저 크기만 하다.

"저 위에는 얼마나 많이 있나요?"

『약 10만 명……, 지금은 그 이상이거나 줄어들었을 것 같습니다만. 유동적인 면이 약간 있기에 판단할 수가 없습니다.』

"아~, 저희 고향은 2만 명 정도밖에 안 되는 상황에서 대도시라고 자칭했으니 상상을 뛰어넘었다고 해야 하나, 쿄(京)로 수학 여행을 갔었는데, 저런 느낌이려나요."

아무튼, 대충 납득했다.

움직이지 않으면 도시다. 무섭지 않아요.

하지만, 그것이 움직인다면.

"하시바 님께서 이제 곧 칸토로 돌려보내시는 건가요?"

『아뇨, 칸토에는 아즈치가 있으니 충돌을 피할 수가 없습니다. 곧바로 돌려보낼 수는 없으니 8월 10일로 일시를 잡았을 것입니다. 그리고 하시바 님 본인께서 움직이시기에는 문제가 약간 있습니다.』

『━━━당황한 것처럼 보인다, 그런 거겠지.』

Tes. 미츠나리가 그렇게 대답했다.

『케이초의 역에 급하게 개입하려 했던 것은 무사시 측에서 성급하게 움직이며 하시바 님을 개입시키지 않게끔 하려

했기 때문이라는 명분을 내세울 수 있습니다. 그것은 결국, 방해로 인해 제때 맞춰서 이루어지지 못했습니다만, 그로 인해 '무사시와 칸토 세력이 하시바를 위협으로 받아들였다'고 할 수 있습니다.』

그저.

『그런 상황에서 하시바 님께서 무사시를 칸토로 불러들이면 이번에는 하시바 님께서 무사시를 위협으로 받아들인다는 것이 됩니다. 무사시는 지금 뇌르틀링겐의 뒤처리나 스웨덴 총장으 향후에 대해 내부적으로 처리 중일 테고, 유럽과는 직접적인 관계가 없는 시코쿠에 있습니다.

그런 무사시를 불러들이면, ———아즈치가 파손된 사실이나 케이초의 역에서 패배한 것으로 인해 하시바 님께서 내리막길에 접어들었다고 판단하는 자들이 많을 것입니다.』

"뭐, 실제로 이쪽도 흠씬 당해버렸죠."

『다음에 이기면 된다. 다음에.』

"마지막에 이기면 된다고 말씀하시지 않는 오니타케마루 씨, 꽤 성격이 급하신 행동파시네요오."

『벌써부터 다음에 질 거라 생각하는 거냐……?! 애초에 내 성격이 어디가 급하다고!』

"그, 그렇게 곧바로 태클을 거시는 성격 말이에요오!"

자자, 미츠나리가 그렇게 말하며 끼어들었다.

『우선, 이쪽 움직임은 기본적으로 혼노지의 변을 대비하여 준비하는 겁니다.』

"오오……. 보세요, 보세요, 오니타케마루 씨가 좋아하는 암살이에요오. 당하는 쪽의 주의점 같은 걸 조언해주실 수 있을까요? 어때요?"

『네놈……!』

다시 미츠나리가 끼어들었다. 저기, 그렇게 윗사람이 오른쪽 집게손가락을 펴들고는.

『──뭐, 그렇게 된 관계로 하시바 님께서는 대놓고 지금 당장 무사시를 칸토로 불러들이지는 않을 것으로 판단됩니다. 지금 그쪽도 이런저런 조정을 하고 있을 텐데, 이쪽에서는 따로 할 일이 있으니 두 분께서는 그쪽 준비를 해주셔야겠습니다.』

"준비? 뭐죠?"

『강화 훈련인가.』

Tes. 그렇게 대답한 미츠나리를 보고 사콘은 문득 생각했다.

……강화 훈련요?

"그러니까, 합숙 같은 거네요?! 클럽 활동 같아요!"

『전투 훈련과 과외 활동이 똑같은 건 줄 아나……!』

"그런데 어디로 가나요?"

『그건 이제부터 조정할 겁니다. 동행하실 분들의 움직임도 있으니 밤쯤에는 알게 되겠죠. 지금은 이쪽에서 많은 함선을 손실한 관계로 니와 님의 전사단을 돌려보내는 것부터 움직이고 있으니 두 분께서도 원래 계시던 수송함에서 숨을 돌리시죠.』

경계선상의 호라이즌

Horizon on the Middle of Nowhere

사콘은 미츠나리가 한 말에 Tes.라고 대답하며 고개를 끄덕인 다음, 눈치챘다.

"아. ———어디 베개를 파는 곳이 없을까요? 가능하면 깃털 베개로……!"

『음……, 뇌르틀링겐이라면 있을 것 같습니다. 지금은 아직 문이 열려 있고, 이쪽 부대도 보급을 하러 나가 있으니 이야기하기도 편할 것 같군요.』

"좋았어, 그럼 가자고요오."

『나까지 끌어들이지 마라……!』

어차피 표시창이라 기동성이 안 좋을 텐데. 끌어안으면서 걸어가기 시작했다.

주위에 있던 사람들이 이쪽을 돌아보았지만, 이제 기피하는 느낌은 들지 않는다. 아직 동료라고 할 수는 없지만, 주고 받는 관계라는 사실은 알게 되었고, 무슨 일이 생기더라도 바로잡아주는 사람이 있다.

……그렇다면 좋아요오.

역시 행복하다.

『……뭘 그렇게 싱글거리고 있는 거냐, 네놈.』

"안 가르쳐드릴 거예요오."

걸어가기 시작했다. 보폭은 다른 사람들과 다르다. 하지만 그래도 되는 곳에 있을 거예요오, 분명히.

그리고 사콘은 언덕을, 아래쪽에 펼쳐진 장벽으로 둘러싸인 도시로 내려가면서 남동쪽 하늘을 보았다.

멀리 있는 밤. 하늘에 솟구친 듯한 무사시의 그림자는 여러 개의 자그마한 빛을 두르고 있었다.

저 안에서 우리와 마찬가지로 나중에 대비해서 준비하고 있는 자들이 있다. 잠깐 싸워보았을 뿐이긴 하지만, 꽤 터무니없는 사람들이라는 사실은 피부라고 해야 하나, 뼈와 살을 통해 이해했다.

하지만, 그런 사람들도.

"그래도 되는 곳에 있는 거겠죠, 아마도."

●

……설마 우리 집이 미묘하게 돌아가기 힘든 곳이 될 줄이야.

아사마는 자신의 집인 아사마 신사의 토리이 앞에 멈춰 서 있었다.

오늘은 이제 곧 뒷풀이를 할 텐데, 문제는 그다음이다.

오늘은 스즈네 집에서 밤을 샐 것 같기도 한데, 내일 이후로는 어디로 돌아갈까.

이미 호라이즌이나 미토츠다이라도 내일부터는 청뢰정 본점으로 돌아갈 생각일 것이다. 특히 미토츠다이라는 부모의 책략으로 인해 저택을 다시 지을 수가 없게 되었기 때문에 그럴 수밖에 없는 상황이다.

그렇다면 나는 어떻게 할까.

일단, 오다와라 정벌 이전에 아버지와 대충 이야기를 나눈 상태다. 하지만 그때는 '이제부터는 토리 군네 집에 신세를 지게 될 일이 조금 늘어날 것 같다'는 식으로 말했고, 아버지도 대충 이해하고 있었는지 '이쪽은 맡겨두고 다녀오도록 해라'라고 하며 보내주었다.

하지만 지금은 또 달라졌다. 예전에도 각오는 했다고 생각했지만.

……지금은 좀 더 깊은 관계란 말이죠…….

입구를 지나친 뒤에야 무슨 의미인지 알았다, 그런 느낌이다.

예전의 각오는 파고드는 것. 지금은 내부의 시선. 그 차이가 있기 때문에.

"자, 자, 아사마 님, 인생의 중대한 승부! 다녀오십시오……!"

"아니, 아니, 아니, 대충 다 아는 일이니까, 호라이즌은 부추기지 말아욧."

하지만 그녀가 한 말이 맞다. 신세를 지게 될 일이 늘어날 것 같다는 게 아니라 신세를 지게 될 것 같다라는 차이이다.

그 사실을 아버지에게는 말해두고 싶다. 기분을 따지면 긴장이라고 표현할 수 있는데.

"좋아."

아사마는 그렇게 말하며 숨을 들이마셨다.

……갑니다.

그리고 아사마는 자신의 집인 아사마 신사의 토리이를 재빠르게 통과하려다가.

"어이쿠."

박수를 한 번 쳐서 소리를 울린 다음에 들어갔다. 아직 잠금 결계가 쳐질 시간대는 아니지만, 내가 왔다는 사실을 아사마 신사의 관리 계열 가호나 술식에 알려둘 필요가 있다.

뒤쪽에서 다른 사람들도 마찬가지로 저마다 손뼉을 치고 나서 들어오는데.

"저기, 여기까지만 오시면, 여기까지만 오시면 괜찮아요."

"아니, 우리도 아무 데나 몰려 있으면 수상쩍은 집단이잖아. 일단 본당? 그 근처에서 참배객 행세를 하고 있을 테니까 얼른 끝내고 와."

행사……, 무심코 그렇게 중얼거렸지만, 성실하게 참배하더라도 다른 짓을 하는 것처럼 보일 것 같은 녀석들이다. 그런데.

"나도 갈까."

"네? 아~, 아뇨, 너무 갑작스럽기도 하고, 이번에는 저하고 아버지끼리만 이야기를 할게요. ──뭐, 언젠가 토리 군이나 호라이즌 같은 사람들도 같이 이야기를 나누는 느낌으로 하죠."

흐음~, 그가 그렇게 말하며 호라이즌과 함께 팔짱을 끼고는 고개를 끄덕였다. 그 옆에서 미토츠다이라가 걱정스러운 표정으로 이쪽을 들여다보고는.

"그런데, 괜찮은 건가요? 토모."

"아뇨, 뭐, 저희 집안 분위기를 감안하면 이번에 이야기를 좀 해두는 게 나을 것 같거든요. 아사마 신사의 후계자가 될 딸이 총장 겸 학생회장의 집에 가끔씩 드나드는데 부모님이 그 이유도 모른다니, 나르제가 기뻐할 만한 이야깃거리잖아요."

• **마르가** : 『미리 말해두지만, 그런 것 정도는 도입부로 2페이지 정도만에 끝낼 수 있거든?』

소재로 삼지 않겠다는 말을 꺼내지 않는 게 무섭다.

아무튼, 아사마는 건물 입구 앞에서 다른 사람들을 돌아보았다. 누구를 봐도.

"……어째서 다들 그렇게 흥미진진해하는 건가요."

텐조가 손을 들었다.

"남이 고백하는 상황을 빤히 바라보고 있던 아사마 공이 그런 말씀을 해도 말이오……."

……그, 그렇긴 하네요……!

애초에, 텐조가 모두를 둘러보며 그렇게 말했다.

"애초에, 아사마 공처럼 이런 상황이 된 사람은 사실 꽤 적기도 하오."

"이런 상황?"

"다시 말해, 부모님께 보고하거나 그런 가족 관련 상황 말이오이다."

Jud. 메리가 그렇게 말하며 손을 들었다.

"───저희는, 사, 사랑의 도피를 했으니까요!"

나루미가 무표정하게 말했다.

"소속 가문에서 나왔어."

미토츠다이라가 진지한 표정으로.

"저희는 부모님이 육식 계열이라 절대로 정상적인 이야기를 나눌 수 없을 거예요."

대답하는 듯이 표시창 안에서 긴이.

『기혼자라서요, 네. 그런 상황은 이제 없을 것 같습니다.』

그리고 마사즈미가.

"인연이 없네."

옆에 있던 후타요가.

"아버지와 다른 사람들은 미카와와 함께 펑, 날아가 버렸으니 말이오."

흐음, 모두가 그렇게 말하며 고개를 끄덕였다. 그리고 다들 아데레를 보고는.

"개구나."

"개, 개라니, 그게 무슨 말씀이시죠?! 개랑 결혼하진 않을 건데요?!"

• **마르가** : 『우리도 부모님이 안 계시니 말이지. 아, 그래도, 그렇다면 스즈는───.』

• **금마르** : 『벨링이 그렇게 할 때는 방해하면 안 되지 않을까?』

• **아사마** : 『제, 제 경우에는 방해해도 괜찮다고 생각하시

253

는 거군요?!』

• **벨** : 『아, 나, 나, 그럴 때는, 다들, 근처에 있어 주는 게 더, 안심돼…….』

모두가 조용해졌다. 잠시 후 이토켄이.

"여신이다……."

"그래도 생각보다 더 엄청난 악당이 나타날 것 같으니 다들 스즈 공이 그런 상황이 되면 자발적으로 물러나는 것이 낫겠소이다."

그래, 그래, 모두가 그렇게 말하며 고개를 끄덕이는 와중에 호라이즌이 손을 들었다. 그리고 그녀는.

"자유분방."

"호라이즌! 모토를 말하는 시간이 아니거든요?!"

"훗, 미토츠다이라 님, 언제나 황야에 불어오는 바람과도 같습니다만."

잘 모르겠지만, 남자다운 것 같긴 하다. 그저.

"뭐, 그렇게 대단한 이야기를 할 것도 아니고, 자, 다들 우동을 먹으러 아래쪽으로 내려가실 거죠? 저도 금방 돌아올 테니 여기서 너무 움직이지 마세요! 이상한 목소리를 내는 것도 약간이라면 '아, 또 저러는구나'라고 넘길 수 있지만, 행동은 삼가주시길 부탁드려요?!"

• **마르가** : 『너희들, 대체 무슨 취급을 당하고 있는 거야.』

상대하고 있다가는 위험해질 것 같았기에 아사마는 서둘러 건물 안으로 들어갔다.

"다녀왔습니다⋯⋯."

소리 내어 말해보니 마음이 약간 풀렸다.

어둑어둑한 현관에서 신발을 벗고, 곧바로 다시 나갈 텐데도 가지런히 정리해버리는 것은 좋은 버릇이자 안 좋은 버릇이다.

그리고 복도에서 앞을 보자.

"응."

오른쪽. 안쪽 방이 내 방이다. 그리고 그 앞이 아버지의 방이다.

불이 켜져 있다. 다시 말해, 있다.

아사마는 숨을 들이마신 다음, 하복 옷깃을 가다듬고는.

"아버지, 하고 싶은 이야기가 좀 있는데, 시간 있으세요?"

●

"그럼 여러분, 엿보러 갈까요."

"너, 뇌르틀링겐 이후로 성격이 참 좋아진 것 같은데?"

훗, 호라이즌이 그렇게 말하며 웃었다. 머리카락을 뒷덜미에서 바깥쪽으로 한 번 쓸어올리고는.

"거만과 허영이 들어온 이상, 깔보는 시선 엔진과 잠금 술식 리액터가 장비된 거나 마찬가지, ───뭐, 저로서는 지금까지 이상으로 제멋대로 말하는 것뿐입니다만."

"아~, 호라이즌, 현장에 폐를 끼치는 것만큼은 하지 말아

255

줄래? 스스로 판단할 수 있지?"

"어라, 어라, 마사즈미 님, 호라이즌이 언제 현장에 폐를 끼쳤습니까?"

그렇게 말한 다음, 호라이즌이 오른쪽 엄지손가락을 치켜들고는.

"거만……! 어떻습니까, 여러분."

"어떻고 자시고, 평소 그대로 아닌가?"

홋, 호라이즌이 그렇게 말하며 어깨를 으쓱였다.

"지금까지와의 차이를 이해하지 못하시다니, 글러 먹은 남자시군요, 토리 님."

그렇게 말한 다음, 호라이즌이 오른쪽 엄지손가락을 치켜들고는.

"———허영! 어떻습니까, 여러분."

"호라이즌? 스스로 생각해도 별로 달라진 게 없다, 그런 것 같죠?"

"Jud. 역시 개그에 엄격한 무사시에서는 평소대로 지내기만 해도 거만하다는 야유를 받으니 여름방학 때는 절차탁마해야 하겠군요."

"굳이 말하지 않아도 다 아는 말은 하지 마."

그리고 호라이즌이 다른 사람들을 돌아보았다. 그녀는 건물의 문을 손가락으로 가리키고는.

"정면으로 이 문을 돌파하는 게 가능하신 분 계십니까?"

그렇게 묻자 메리가 고개를 갸웃거리며 문을 보았다. 그녀는 눈을 한 번 가늘게 뜨고 나서.

"……아뇨, 이거, 술식도 걸린 상태고, 문을 잠그고 가셨네요, 아사마 님."

그러자 호라이즌이 크윽, 신음소리를 냈다. 그녀는 오른쪽 주먹을 떨릴 정도로 세게 쥐고는.

"━━━아사마 신사의 잠금 술식은 토리 님과 키미 님, 그리고 호라이즌과 미토츠다이라 님에게는 얼굴만 보여주면 통과할 수 있는 거나 마찬가지였기 때문에 여유롭게 엿볼 수 있을 줄 알았습니다만.

……저희가 쓸데없는 걱정을 하지 않게끔 문을 걸어잠그시다니, 역시 아사마 님이십니다. 책임감이 강한 신부 캐릭터라고 해야 하나, '보면 안 돼'라고 하면서 여유롭게 문도 잠그지 않고 베를 짜던 어떤 학과는 격이 다르군요……!"

"너, 아직 그 역사재현을 할 시대가 아니니까 터무니없는 소리를 하면 안 되잖아? 이야기를 들은 습명자가 터무니없는 짓을 할 가능성도 있는데."

"그럼 어떻게 엿보실 건가요? 호라이즌 부왕."

아데레가 그렇게 말했을 때였다. 그녀 발치에 그림자가 솟구쳤다.

오른팔과 왼팔이다.

팔꿈치 아래쪽을 위로 들어올린 그 두 팔을 보고 아데레는 오오, 목소리를 내면서.

"이걸로 바닥 근처로 숨어들어간 다음에 안쪽에서 자물쇠를 따려는 거군요?!"

　"홋, 숨어들기만 하면 아무것도 아니죠. ———자, 우리
에게는 불가능한 평범한 가정의 반응을 엿보러 가시죠, 여
러분."

제9장
『친가의 울보』

곤란하게도
항상 갑작스러운데
가끔은 갑자기 눈치채서
곤란해진다
배점 (인정하다)

●

　……다들 말로는 엿보지 않겠다고 했지만, 분명히 무슨 짓을 하겠죠…….

　아사마는 진심으로 그렇게 생각하며 아버지의 방으로 들어갔다.

　이곳은 원래 거실이었던 곳이다.

　어머니가 돌아가시기 전까지 이쪽이 식사와 생활 장소였다. 지금 내 방은 당시에 창고로 쓰던 곳이었고, 내가 자랐을 때를 고려해서 방을 배치했다고 들었다.

　그래서 두 방 사이에는 벽이 있다.

　들어갈 일이 없는 건 아니다. 식사는 항상 부엌에서 하지만, 아버지가 바쁠 때는 이 방으로 가져다 주기도 하고, 업무를 돕기도 한다.

　작업실 겸, 아버지의 방인 것이다. 그래서일까.

　"아버지, 뭔가 또 늘어난 거 아닌가요?"

　"어? 음~, 예전에 있던 것들을 정리하고 서류화시키고 나서 다음 후보를 가져다 두었으니까. 오른쪽 위, 잡지 형식인 건 그런 거라 예전보다는 줄었지."

　셔츠 같은 느낌의 평상복 차림인 아버지가 그렇게 말하며 돌아보았다. 약간 얇은 안경. 뒤로 묶은 긴 머리카락은 토리 같은 사람들이 '문과 계열, 멋지다……!'라고 하는 외모다. 본인은 '예전에는 술식 말고는 도움이 되지 않는다는 말

을 듣고 해서 말이지'라고 하지만, 주위 사람들이 토리 군의
부모님이나 그런 사람들밖에 없다면 어쩔 수 없을 것 같기
도 하다. 그러한 과거를 빈정대지 않고 말할 수 있는 걸 보
니 사이는 괜찮은 모양이다.

그런데 방 안은 표시창 투성이다.

벽에는 대형 표시창이 2단, 3단으로 겹쳐져 있고, 거기에
서 모퉁이까지 꽉 채운데다 한가운데로 팔을 뻗는 듯이 늘
어선 표시창이 겹쳐져 있다.

방 가운데에는 바닥을 파내고 만든 고타츠가 하나 있다.
여름인 지금은 위에 탁자만 올려놓았지만, 아래쪽 공간은 바
닥 아래의 시원한 온도가 올라와서 기분이 좋은 모양이다.

업무 내용 때문에 바깥쪽 장지문도 닫아두었고.

"가만히 있기만 하면 운동 부족 상태가 될 거예요."

"그러게. 뭐, 이것만 좀 하고 나서 경내로 조깅하러 가마."

그렇게 말하며 진행하고 있는 것은 아사마 신사의 업무뿐
만이 아니다.

"뭐, 취미에만 너무 몰두하면 토모가 인상을 찌푸릴 테
니까."

술식 연구다.

아버지는 의료, 결계, 방호, 굳이 말하자면 '수비' 쪽 술식
을 만들어서 아사마 신사를 통해 IZUMO에 전달하는 일을
어떤 시기부터 시작했다.

그래서인지.

"토모 같은 사람들에게는 미안하지만, 오늘 벌어졌던 뇌르틀링겐 전투는 매우 배울 게 많았어. 그 수면용 극장 술식 같은 건 어떻게 막았을까."

아버지는 그렇게 평소처럼 미소를 지으며 조용히 말했다. 그런데 다음 순간.

"───아, 그렇군! 키미를 부를 구실이 되겠어! 자료가 필요하다고 하면서 부른 다음에 노래해달라고 해도 될까?! 이왕이면 라이브 공개라거나, 부적으로 소프트화시켜서 기간 한정 발매해볼까!"

"아버지, 자기가 좋아하는 것에 텐션이 너무 올라가요. 그리고 그건 나르제와 나이트, 토리 군하고 호라이즌의 두 팔도 열심히 한 결과고요."

"두 팔……! 그, 그래, 그렇군. 요즘은 우리 쪽에도 괴이라고 목격 보고가 많이 들어오는 그거 말이지! 설마 호라이즌 군의 두 팔이었을 줄이야, 토모가 친구라서 다행이야! 다른 사람에게 자랑해도 될까?! 우리 토모는 최근에 뇌르틀링겐에서 기어 다녔던 두 팔의 친구라고 말이야!"

"아버지, 수면 부족 상태 같으니까 진정하세요."

철야는 스포츠다, 나르제가 그렇게 말했었다. 수면 부족 상태는 러너스 하이와 별로 다를 게 없긴 할 것 같지만.

"아버지, 호라이즌의 두 팔, 본 적 있어요?"

"어?! 지금 와 있어?!"

……어째서 그렇게 곧바로 달려드는 걸까요.

꽤 흥미가 있는 모양이다. 다음에 만나게 해주면 멋진 반응을 보여줄 것 같다, 아니, 엄청 마음에 들어갈 것 같으니 세입자로서는 왠지 안심이다.

하지만 오늘은 약간 다르다.

"저기, 아버지?"

말을 꺼내는 방식과 이야기를 이어나가는 방식은 머릿속으로 시뮬레이트해왔다. 그러니까.

……좋아.

말을 꺼내려 했다. 그런데 그 직전에 아버지가 돌아보며 이렇게 말했다.

"토모, ———마음에 들지 않는 게 있다면 돌아오렴."

●

어떻게 미리 예측하고 있었던 걸까.

아사마가 약간 놀라서 숨을 죽이고 있자니 아버지가 그 반응을 보고 당황한 건지 곧바로 다음 말을 꺼냈다.

"그게 말이지? 마음에 들지 않는 게 있다면 돌아오라고는 했다만, 그냥 돌아오기만 하면 안 된다. 마음이 풀리면 다시 그쪽으로 갈 수 있게끔 해두렴. 알겠지?"

"———응."

아버지는 저를 정말 잘 알고 계시네요……. 아사마는 마음속으로 그렇게 생각하며 숨을 내쉬었다.

그를 내버려 둘 수 없다는 게 내 성격이다. 마음에 들지 않아서 돌아온다 하더라도 어차피 신경 쓰일 것이다. 그러니 만약에 그렇게 되면 뚜껑을 덮지 말고 솔직해져라, 그런 뜻이다.

그리고 아버지가 폴더 하나를 표시창에 띄워서 들어 올렸다.

"사실은 이제 돌아오지 않아도 괜찮다고 해야겠지만 말이다. 두 번째로 이야기를 하러 온 걸 보니 마음이 예전보다는 정리되었다, 그런 거겠지?"

"아, 아뇨, 저기……."

완전히 예측하고 있다. 그래서일까.

"어째서요?"

여러가지 의미를 담아 물어보았다. 그러자.

"그게 말이다, 토모. ……아버지는 말이지, 어머니 몫까지 포함해서 거울을 보며 반성하는 의미로 말하는 건데……."

아버지가 다른 쪽으로 눈을 피하며 이렇게 말했다.

"솔직히 아버지하고 어머니 관계를 따지면, 아버지가 고백하긴 했지만, 어머니가 먼저 밀어붙였거든. ……그러니까, 그 왜, 어머니 쪽 친가? 뭐, 에이가 죽기도 해서 그렇겠지만, 네 생일 같은 때 메일을 보내는데, 아버지 앞으로는 안 보내거든……."

"아, 뭐, 그런 쪽 사정은 대충이나마 그쪽에서 들었으니까요……."

그렇지, 아버지가 그렇게 말했다. 그리고 아버지는.

"어머니는 이거다 하고 정하면 진짜로 일직선으로 밀어붙이는 느낌이라서. 토모가 태어나서 그런 부분도 얌전해지긴 했지만, 잘 생각해보니 토모가 어렸을 때 습식이나 요리, 바느질 같은 것들의 기초를 전부 때려 넣는다거나, 가르치는 솜씨가 능숙하긴 했지만 너무 일직선 아니냐는 느낌이 들긴 했거든."

"아, 뭐, 그런 성격 같은 건 대충이나마 요즘 생각이 나곤 하죠……."

"그래서 말이지."

……또, 또 뭔가 있나요……?!

으음~, 아버지가 그렇게 끙끙댄 다음 머리를 긁었다.

"네 아버지도 마찬가지로 흥미가 있는 것에 대해서는 푹 빠지곤 하잖아."

"그렇죠."

"───그래서, 어머니도 그렇고 아버지도 그런 걸 꽤 오랫동안 숨기고 왔는데, 마음속에서 대놓고 드러내면 확, 치솟는 느낌이 들고."

"네에."

고개를 끄덕이자 아버지가 이쪽을 보았다.

"다시 말해서, 아버지도 그렇고 어머니도, ───오타쿠 기질이 있단 말이지."

"네에."

그게 왜요? 아사마는 그렇게 말하려다 눈치챘다.

……어라?

"토모, 알겠어?"

알겠다. 아니, 새삼 깨달은 것이 하나 있다.

나도, 예를 들어 신도에 관련된 설명을 할 때는 신도 오타쿠인데, 다시 말해서.

……저, 저, 그 피를 완전히 이어받았는데요……!

멍해진 순간, 아버지가 말했다.

"뭐, 그러니까, 토모는 말이지, 지금 완전히 빠지기 직전, 변명하는 기간이거든."

●

우와……, 그렇게 말문이 막힌 채 고개를 늘어뜨리자 아버지의 목소리가 들렸다.

"뭐, 그러니까 토모가 자기 자신을 속이거나 다른 사람에게 양보하지 않고 제일 빠지고 싶은 것과 마주 봐준 것은 부모로서 기쁘기도 하고, 그걸 받아들여 준다니 아버지는 환영이야.

애초에 이렇게 토모와 다른 사람들이 보고하러 와준 것만으로도 아버지와 어머니가 어머니 쪽 친가에 저지른 짓보다는 훨씬 낫기도 하고."

고개를 끄덕여도 되는 걸까. 그저 안심한 건지 어이가 없는 건지, 이상한 땀이 흘러내렸다.

······큰일이네요······.

하지만 방금 아버지에게 이야기를 듣고 문득 든 생각이
있었다.

"저기, 아버지? 토모와 다른 사람이라니, ······토리 군이
보고하러 왔었어요?"

"아, 여기 자주 와서 장기를 두거나 그랬잖아? 그리고 그
럴 때는 쌀빵 같은 걸 가져다주고."

"응. 그게———."

"요시키 씨, 자기는 안 굽는다고 하잖아."

아버지가 쓴웃음을 지었다.

"맛있더라, 그에게 그렇게 말한 시점에서 이미 진 거지."

있지.

"솔직히 말해서 우리 쪽 통신 판매 프로그램에 올리면 그
의 빵 같은 건 엄청나거든. 뭐, 방금 구운 빵도 아닌 걸 전
국에 있는 사람들에게 팔려면 좀 더 궁리라고 해야 하나, 맛
을 첨가한 배리에이션하고 인쇄기 같은 게 필요한데, 그런
것까지 시야에 두고 있거든."

"아니, 자, 잠깐만요, 아버지. 사업 전개를 고려하지 않아
도 되니까."

"뭐, 그런 즐거움이 아버지에게도 생겼다는 뜻이야."

네에, 그렇게 말하며 고개를 끄덕일 수밖에 없다. 그리고.

"토모가 자기 자신을 거기에 두려고 한다면, 그런 느낌으

로 해나가면 될 것 같아. 굳이 자러 돌아올 필요는 없긴 하지만, 업무가 있으니 필요할 때는 들리렴. 그리고 그쪽에서 업무를 볼 수 있게끔 시스템을 변경하거나 옮기는 작업 같은 건 아버지가 손을 한 번 대는 게 안전할 테고."

"저, 저쪽에서 업무를……?"

"전부는 힘들겠지만, 청뢰정 본점에 목욕재계용 물을 공급해야겠구나."

아침에 이쪽으로 올 필요나 간이 목욕재계만 해도 된다면 편하긴 하다.

그런데 갑자기 아버지가 물었다.

"토모?"

"왜요?"

"———이유가 뭐니?"

물어본 내용에 대해서는 이해가 된다. 오늘, 아까부터 마음속에 몇 번이나 생겨났던 말이 있다.

그것은 그냥 단순히.

"'기대'라고 했거든요."

그리고.

"'기대도 되는구나'라는 생각이 들었고."

●

그렇구나, 아사마는 아버지가 그렇게 말한 것을 들었다.

아버지는 고개를 끄덕인 다음에.

"아버지처럼 기댈 수는 없다는 건 알고 있지?"

"신사의 업무는 아버지를 포함해서 제 영역이니까요."

"그리고, 아무리 생각해도 토리 군이 더 토모에게 기댈 것 같아. 9할 9푼 정도로."

"뭐, 그건, ……마음의 지주를 받은 거나 마찬가지고요."

응, 아사마는 그렇게 고개를 끄덕이고는 말했다.

"제가 믿음직스럽지 못할 때는 응석을 받아주면 되니까요."

"그렇다면 안심이야."

아버지가 어깨를 늘어뜨렸다.

"―――토리 군은 모두를 돕는 걸 좋아하는 성격이고, 자기가 못하는 걸 이루어내는 게 그에게 있어서 기쁜 일이지."

그러니까.

"그는 다른 사람이 기뻐하면 기쁘고, 슬퍼하면 슬퍼해. 자기가 다른 사람들만큼 존재하는 느낌이고, 그러니 그에게 있어서 다른 사람은 짐이 되지 않아. 전부 다 자기 자신이지."

하지만.

"도움을 받은 사람도 작업 중에는 지치는 것처럼, 그도 지칠 거야. ―――호라이즌 군은 그런 것들을 날려버릴 테고, 미토츠다이라 군은 불안함을 일소하겠지. 그렇다면 토모는 응석을 받아주렴. 가끔은 너도 그렇게 하고."

"아~, 응, 제가 그러긴 좀 힘들겠지만…….."

머리. 그가 다듬어준 리본을 만져보았다. 이것이 내가 한 말의 증명이다.

그런데 아버지는 이렇게 말했다.

"뭐, 그래도 능력이 좋은 토모가 기대도 된다고 생각하고, 어떤 사람에게 응석을 받아주고 싶다고 생각하는 데다 그들도 그 마음에 답해준다면 안심이야."

"그, 그래요?"

"왜냐하면 아버지 말고도 반드시 토모 편이 되어줄 사람이 생겼다는 뜻이니까."

……아, 남자의 시점이네…….

아군이라거나 적이라거나, 그런 걸 좋아한단 말이죠~, 그런 생각이 들긴 했지만, 그것도 역시 아버지 나름대로의 걱정일 것이다.

"있지, 토모, ──일단 한 가지 말해두겠는데 말이야?"

응? 그렇게 말하며 고개를 갸웃거리자 아버지가 다시 눈을 피하며 말했다.

"자의식 과잉 같기도 하지만, 어머니는 아버지에 푹 빠졌었거든. 이제부터는 토리 군이 그 대상이 되는 건가……, 그렇게 생각하니 그의 체력 같은 게 큰일이겠어……."

"아, 아뇨, 잠깐만요! 아버지……! 저쪽에는 호라이즌이나 미토도 있고요!"

"그쪽은 어때?"

엄청난 이야기를 하시네요~, 그런 생각이 들긴 하지만, 살면서 그렇게 여러 번 있을 일도 아니다. 아사마는 마음속에 필터를 걸면서 말했다. 오른쪽 집게손가락을 펴들면서.

"저기 말이죠, 호라이즌은 자기가 한 말에 따르면 꽤 담백하지만, 미토는, 그 왜, 어머니가 그러시니, 약간은 각오하고 있어요."

"⋯⋯그럼 결국 토리 군이 큰일이겠네."

아버지가 좀 전에 옆에 띄워둔 폴더에 뭔가 술식을 담기 시작했다. 척 보기에도 나르제나 키미에게 보여주면 이야깃거리가 될 만한 거라는 확신이 들긴 하지만, 그것도 부모의 마음이라고 해야 하나.

⋯⋯아니, 이거, 굳이 말하자면 토리 군과의 남자 사이의 우정⋯⋯.

아무튼, 이야기는 했다. 아버지는 '이쪽이 더 강력하려나⋯⋯, 아, 그래도 잠을 못 자게 되는데⋯⋯'라고 위험한 말을 하면서 술식을 담고 있다가.

"오늘부터?"

"네? 아, 오늘은 아래쪽에서 뒤풀이를 한 다음에 아마 스즈 양네 집에서 자게 되지 않을까 싶어요."

"당분간 필요한 짐은 가지고 갔던가? 그렇다면 내일 낮에 오렴. 그때까지 업무 쪽은 대충 정리를 해둘 테니까. ——— 요시키 씨 쪽에 목욕재계용 물을 끌어다 둘 준비도 해둘 테니 그것도 토리 군에게 말해두렴."

왠지 이야기가 매우 빠르게 진행된다. 하지만.

"아버지, 괜찮아요? 밥은 해 드실 수 있어요?"

"토모가 그런 말을 하면서 자기 자신을 억누르는 이유로 삼는 게 아버지는 걱정이야. 토모의 성격상, 이런 건 살면서 몇 번 내디딜 수 있는 기회가 아니거든? 자각해야지? 그리고———."

아버지가 복도 쪽 문을 보았다.

"친구들도 걱정이 되는 모양이구나."

아버지가 곧바로 표시창을 이용해 문을 열었다. 낡은 건물처럼 보이지만, 실제로는 아사마 신사의 술식으로 대부분을 자동으로 처리할 수 있다.

소리도 나지 않고 곧바로 옆으로 열린 문 너머. 어두운 복도에 있는 것을 아버지가 보고는.

"……팔?!"

호라이즌의 오른팔과 왼팔이 그곳에서 허공에 턱을 괴고 있었다.

아버지의 시선을 눈치챈 건지, 두 팔이 손목을 들어 올리며 이쪽으로 왔다. 그리고 손가락을 펴들거나 박수를 치는 제스처를 보이기 시작했고.

"멋진·이야·기·축·하———, 가 아니지, 훌·륭·했·습니다. 로군요."

"토모! 엄청난 커뮤니케이션 능력이야! 이야기하게 해줘! 이야기하게 해줘! 처음 보는데!!!!"

너무 달려드시네요, 아버지. 그리고 대화는 적응이에요, 적응. 그리고 다른 사람들은.

"이쪽이군요."

아사마는 어깨를 늘어뜨리고는 표시창을 조작했다. 뜰과 맞닿은 장지문, 그것을 열면서.

"기다리라고 했는데, 다들 뭐하시는 거예요."

장지문이 위쪽으로 감기며 열린 순간.

"오?! 오오오?!"

처마에 모여있던 사람들이 일제히 방의 창가로 쓰러졌다.

●

아데레는 스즈와 함께 나루미 등 위에서 몸을 일으키며 앞을 보았다.

"서, 설마, 장지문이 위쪽으로 감길 줄은 몰랐어요!"

"네, 셔터형이 방호용 고정력이 더 강하고 양쪽으로 열 수 있어서 바람이 잘 통하니까 아리아케 IZUMO에 개발해달라고 했거든요. 장지문의 틀이 크니까 감기는 부분도 커지지만, 발 형태로 만들 수 있어서 표층부의 부유층에서는 반응이 좋아요."

갑자기 미소를 지으며 상품을 설명하기 시작하는 걸 보니 역시 아사마다.

그리고 아사마가 일어서서 이쪽 앞에 섰다.

"뭐하시는 건가요, 다들 정말."

그때, 제일 앞줄에 있던 호라이즌이 머리를 180도 회전시켜서 천장 쪽을 보았다. 그렇게 아래에서 아사마를 올려다보게 되었는데.

"……아사마 님의 얼굴이 가슴 때문에 보이지 않는다면, 이곳이 아사마 님의 사각……!"

"아~, 그건 예전부터 좀 그렇긴 했죠."

아사마가 몸을 숙이고 호라이즌을 들여다보았다. 그리고 키미와 다른 사람들을 내쫓는 듯이 손을 저으면서.

"자, 호라이즌, 두 팔이 합체를 기다리고 있어요."

아사마의 말을 듣고 바라본 곳. 두 팔이 아사마의 아버지와 표시창으로 장기를 두기 시작하고 있었다.

"자, 잠깐만요, 아버지. 호라이즌은 이제 다른 사람들하고 우동을 먹으러 갈 테니까 두 팔하고 장기를 두지 마시고 돌려주세요!"

"있지, 토모, 아버지는 그런 극동어를 들은 게 이번이 처음이야……."

괜찮아요, 저희도 마찬가지니까요, 네.

아무튼 두 팔이 표시창을 저장하는 걸 보니 나중에 마저 두려는 모양이다. 아버지를 향해 손목을 내리고 인사를 한 다음, 두 팔이 이쪽으로 왔다.

호라이즌의 어깨에 합체. 이번에는 그녀가 말없이 몸을 일으켰다. 그러자 다른 사람들이.

"저기……."

"왜 그러시나요? 여러분."

"호라이즌, 너, 앞뒤가 반대야."

그 말을 듣고 그녀가 자기 자신을 보았다. 좀 전에 목을 180도 회전시켰기 때문에 착각한 두 팔이 좌우 반대로 접속되어 있다.

"어이쿠, 견갑골 근처를 분리할 수 있는 타입이라 이런 일도 생겨버리는군요."

목이 돌아가고, 두 팔이 재빠르게 위치를 맞교환했다. 그렇게 다시 합쳐놓고 보니.

"───우선 리커버리 완료입니다. 그런데 아사마 님."

"네, 왜 그러시죠?"

"귀중한 것을 보여주셨군요. ───호라이즌은 부모님 중 어머님은 원래 계시지 않았고, 아버지는 극악한 짓을 벌이다가 맘보를 추며 대폭발해버리셨기에 이런 화제는 익숙하지 않아서요."

"아뇨, 뭐, 뭔가 참고가 되었다면……."

아뇨, 호라이즌이 그렇게 말했다. 그녀는 들어올린 오른손을 좌우로 흔들면서.

"토리 님을 거친 부분이 크긴 합니다만, 아사마 님은 호라이즌의 가족입니다. 아사마 님께서 떠안고 계신 모든 것, 불행과 행복은 호라이즌도 자신의 것처럼 기억하고 느낍니다. ───그리고 그렇기 때문에 호라이즌은 믿고, 안심할 수 있습니다. ……호라이즌도 상황에 따라서는 분명히 이런 것들이 평범한 일이었을 거라는 사실을."

그러니까.

"아사마 님께서 행복하시다는 걸 알게 된 호라이즌이 지금 얼마나 행복한지 아십니까."

●

호라이즌이 묻자 아사마는 고개를 끄덕였다. 볼을 붉히며 미소를 짓고는.

"네. ──저도 호라이즌이 행복할 때는 기쁘니까요."

그렇게 말하자 모두가 고개를 끄덕였다. 아버지가 이쪽을 향해 등을 돌리고 있는 이유는 쑥스러운 상황이기 때문일까. 그런데 이쪽 옆에서 토리가 마루에 앉은 다음.

"뭐, 뭐라고 해야 하나~. ……아사마에 대해서 나도 생각한 게 있는데."

"뭘요? 토리 군."

"행복하다거나 힘들다거나, 그렇게 이런저런 것들을 말이야. 내가 받아들일 수 있는 관계가 생긴 거구나~, 그런 생각이 새삼 들었어."

……우와.

뭔가 엄청난 말을 하네, 그렇게 생각하며 몸을 움츠리고 있자니 그가 미소를 지으며 계속 말했다.

"지금까지 그런 적이 여러 번 있었고, 하소연이라거나, 그런 걸 몇 번이나 했겠지만. 아사마 같은 경우에는, ———이제부터는 그런 의미로도 가까이 있겠구나 싶어서."

"호오, 그렇다면 호라이즌에게 시험 삼아 하소연을 해보시겠습니까."

"아니, 호라이즌은 그런 말을 해도 되는가라든가, 그런 것과는 별개로, 만약에 한다고 해도 내 싫증을 털어내 주잖아. 그건 정말, 우리가 평행선인 그걸로."

그 말을 들은 호라이즌이 몸을 일으켰다. 그녀는 곧바로 처마 밖을 보고는.

"카악———, ———퉤엣. ……아, 왜 그러시죠? 토리님, 시는 다 읊으셨습니까."

"이, 이 녀석, 고도의 츤데레를……!"

• **금마르** :『데레가 없잖아…….』

• **마르가** :『쉿, 꿈을 꾸고 있으니까 그대로 내버려 두자, 마르고트.』

꽤 지독하긴 하지만, 대충 동의한다. 그런데 정면에서 목소리가 들렸다.

키미다. 그녀가 살짝 미소를 지으면서.

"———자기뿐만이 아니라는 걸 잘 알았겠지? 어리석은 동생아. 가족이나, 자신의 평행선이나, 그런 것뿐만이 아니라 바깥에도 있고, 있었고, 곁에 있는 걸 인정해도 된단다."

"그러게……. ———누나도, 네이트도, 그렇지."

미토츠다이라가 얼굴을 붉히며 몸을 움츠리자 옆에서 그가 턱에 손을 대고 말했다.

"알고 있긴 한데 말이야. 알고 있는 거하고 거리가 가까워지는 건 별개라고 해야 하나. 지식과 체감의 차이라고 해야 하나. ———뭐, 그래도 그런 걸 원하고 얻을 수 있어서 다행이야."

왜냐하면.

"그렇게 되었다는 걸 모르고 있었다면 잃어버릴 수도 있었을 테니까. 원해서 다행이야."

좀 전부터 왠지 고개를 점점 숙이게 되어버렸다.

얼굴의 열기도 장난이 아니다.

그는 그 사실을 눈치채고 있을까.

그리고 아래쪽에서 호라이즌이 갑자기 손을 들어 올리고, 이쪽으로 뻗으면서.

"……어이쿠, 가슴이."

어째서 그런 짓을 한 건지 모르겠다. 그런데 호라이즌이 하려던 무언가를 내가 방해해버린 것 같다는 느낌이 들었다. 그래서 나는.

"아, 흐악, 죄, 죄송, 해요."

사과하는 목소리가 떨리고 있었다.

……아.

나는 당황하다가 자각한 움직임으로 눈가에 손을 가져다 댔다.

호라이즌이 손을 뻗으려 한 곳에 있는 것. 고개를 숙여서 앞머리로 가려진 눈가를 손가락으로 만져보았다.

젖어 있었다.

그 사실을 눈치챘을 때, 견딜 수가 없게 되었다.

"아…….."

두 손으로 얼굴을 가린 순간.

손가락 틈새 너머. 아데레가 모두와 얼굴을 마주 보았다. 그리고 모두가 네신바라의 두 손을 들어 올리고 그를 보면서.

"울렸다아———!!"

●

키미는 모두가 동생에게 야유하는 듯이 혼내는 모습을 보며 미소를 지었다.

……울린 게 이번이 몇 번째일까.

호라이즌이 아사마의 가슴 밑에서, 아사마에게 보이지 않게끔, 하지만 이쪽은 알 수 있게끔 오른쪽 엄지손가락을 치켜들고 있다.

호라이즌이 아사마의 눈물을 눈치채고는 닦으려 했다는 건 알고 있다. 분명히 동생도 아사마의 감정이 떨리게 만들었다는 사실은 알고 있을 것이다.

한 번 죽으려고까지 했을 정도로 바보 같은 동생, 그가 자신이 빠져나온 흔적 같은 호라이즌을 되찾았고, 지금은 자신 밖에 있는 존재도 곁에 두려 하고 있다.

예전부터 함께 지내온 아사마와 미토츠다이라가 보기에는 동생이 자기 자신을 회복해나가고 있다, 그렇게 믿어온 부분도 있을 것이다. 분명히 그렇긴 했지만.

……당사자로서 **인정받는 것**과는 또 다르단 말이지.

"정말, 동생이 자주 울리는구나, 아사마."

키미는 누구에게도 들리지 않을 만큼 작은 목소리로 그렇게 중얼거렸다.

꽤 많이 바뀌었다.

아사마가 동생의 상실에 대한 마음을 새삼 느낀 것은 요즘으로 따지면 미카와에 있었을 때였을 것이다. 유체 공급 술식을 아사마 본인이 구축했기에 자각하면서 그 충격을 받았을 것이다.

하지만, 그녀는 교도원 앞 계단을 모두 함께 내려갈 때 다졌던 각오를 술식 계약 때 화를 냄으로써 자기 마음속에 담아두었다. 이것은 일이고 자기 역할이다, 그렇게 믿었을 것이다.

그런데 미카타가하라 전투가 끝난 뒤, 아리아케에서 무사시를 수복시키던 와중에 이런 일이 있었다.

우리 집에서 잘 때, 미카와에서 담아두었던 그 마음이 자각하지 못한 채 흘러넘친 것이다.

그것은 나도 배려가 조금 부족하긴 했지만, 초등부 때 있었던 일을 떠올리게 했을 것이 틀림없다. 아사마는 예전에 동생이 돌아오지 못했을 때를 떠올렸고, 지금은 그렇지 않다며 안도하는 마음에 울었다.

울보.

그때 나는 이렇게 생각했다. 보아하니 본인은 눈치채지 못했구나.

그렇다면 망설일 필요는 없다.

호라이즌도 마찬가지다. 미카타가하라 전투를 거치며 상실하게 만들지 않겠다는 마음이 더욱 강해졌다. 자신에게는 꿈이 결여되어 있고, 모두의 꿈을 이루는 것을 자신의 꿈으로 삼았다. 그러기 위해 그녀가 내놓은 답은, 잃게 하지 않고, 그러면서도 서로 도울 수 있는 '관계'였고.

……지금 그것을 통해 함께 기뻐해도 되는 행복을 곁에 둔 거지.

호라이즌이 인정하지 않았다면 얻을 수 없었던 행복이다.

그것이 눈물로 표현되자 호라이즌은 당황했기에 손을 뻗었다.

어째서 행복한데 우는 걸까.

슬프지 않은데, 어째서 우는 걸까.

모르겠다. 자신이 만든 결과인데도 이해할 수가 없다. 그래서 호라이즌은 만져보고 싶었을 것이다. 자신이 한 행동이 어떠한 형태를 지니고 있는지를.

뭐, 아사마의 가슴이 너무 컸다는 게 문제지만, 느낄 것은 느꼈을 것이다.

그리고 그건 나도 마찬가지다.

"미토츠다이라."

"왜 그러시죠?"

"나, 앞으로는 너나 아사마에게 엄청나게 진지한 하소연을 날려버릴지도 모르겠거든?"

"나의 왕이나 호라이즌에 대해서라면 상관없는데요? ──떨쳐내거나 받아들이는 게 아니라 힘으로 해결할 수 있는 거라면 더더욱 제 영역이고요."

그 대신, 기사가 그렇게 말했다.

"일을 할 때라거나, 예를 들어 제사 때 신곡 같은 건 망설이지 않고 의논할 건데요?"

"후후, 뭐, 마무리를 할 때는 내가 나서야만 하겠지만."

그저, 바뀌었다.

아사마는 기뻐서 울게 되었다. 불안함이나 안도의 눈물이 아니다.

그 사실을 납득한 모양인지, 호라이즌이 흐음, 그렇게 말하며 고개를 끄덕였다.

그녀는 아사마의 허벅지에 머리를 얹고는.

"……그럼 앞으로 호라이즌의 불평도 아사마 님께서 담당하시는 걸로."

●

위치를 갖춘 호라이즌과 쓴웃음을 짓는 아사마를 보며 미토츠다이라는 질문을 던졌다.

"저기, 호라이즌? ……호라이즌도 불평을 하나요?"

그렇게 묻자 호라이즌이 무표정하게 위쪽을 보았다.

시야에 가슴이 들어올 것이다. 두 손이, 가슴 좌우에서, 어떻게 반응해야 할지 모르겠다는 움직임을 보이다가 나중에는 포기하고는.

"뭐, 불평 중 대부분은 곧바로 발산하니까요. 그렇지요? 토리 님."

"뭐?! 너, 그 눈초리는 뭐야……!"

자자, 호라이즌이 그렇게 말하며 몸을 일으켰다.

"슬슬 갈까요, 여러분. ───우동이 기다리고 있을 겁니다."

"아, 잠깐만요."

미토츠다이라가 그렇게 말하며 손을 들었다.

지금 우동 왕국에 간다고 하면 신경 쓰이는 게 한 가지 있다. 그것은.

"……아데레? 뒤풀이 같은 걸 할 텐데, 우리 말고도 불렀나요?"

"Jud. 일단 스웨덴 총장하고 나가오카 소년에게도 이야기를 해두었어요."

그럼……, 모두가 그렇게 말하며 서로 얼굴을 마주 보는 와중에 마사즈미가 살짝 웃었다.

"———뒤풀이가 그런 행사가 아니게 될지도 모르겠군."

제10장
『밀실에서 맴도는 자』

생각이란 무엇인가
답을 내는 것인가
답 때문에 헤매는 것인가
배점(마음껏)

●

헉, 후쿠시마는 그런 소리를 내며 깨어났다.

눈에 보이는 것은 하얀 천장. 한순간, 여기가 어디인지 생각하다가.

……소인의 방이오입니다……!

다음 순간에 생각한 것은 지금 시각이다. 어째서 그게 신경 쓰이는지 그 이유보다 먼저 시간만이 신경 쓰였고, 표시창보다 먼저 벽에 달린 시계를 보았다.

오후 7시.

짧은 바늘과 긴 바늘의 위치를 다시 확인한 다음, 후쿠시마는 그제야 이유를 떠올렸다.

"……내일 새벽에 M.H.R.R.로 갈 예정이었소입니다."

하지만, 그러기 전에 해야 할 일이 있다.

출발할 준비는 거의 마쳤다. 그 전에 해야 할 일은.

"자두는 거라 생각했소입니다만———."

잠부터 먼저 잤다. 그 사실을 눈치채고는.

"음?"

뭔가 이상하다.

잠은 나중에 자자. 그럴 생각으로 출발할 준비를 하고 있었을 것이다. 한숨 자고 나서 출발할 거라고.

하지만, 그러기 전에 뭔가 있었다. 그렇다.

……하치스카 공에게 작별 선물 대신 게임을 주문했

고⋯⋯.

아니, 그게 아니다. 그러기 좀 전에. 어째서 하치스카의 방에 갔는지.

"＿＿＿＿."

생각났다.

한순간, 단숨에 피가 아래로 쏠렸다가 다시 올라왔다.

⋯⋯그렇고말고.

키요마사에게 자신의 마음에 대해 말해야만 한다, 그렇게 결심했던 것이다.

그렇게 이것저것 생각하면서 침대에 드러누웠을 때, 갑자기 피로가 몰려왔고.

"잠들어버린 모양이오입니다⋯⋯."

위험하다. 침대 옆 벽, 거기에 매립된 PC에 알람을 설정하지 않았다. 갑자기 잠들어버렸고, 늦잠을 잤다면 터무니없는 실수를 할 뻔했다.

⋯⋯위험하오입니다.

우선, 다시 한번 자는 것까지 고려하며 PC를 기동시켰다. 출발 전 시간으로 알람을 설정했다.

"Tes. 이제 완벽하오입니다."

그런데 이제 어떻게 할까.

⋯⋯키요 공에게 마음을 전하자, 그렇게 성급히 굴고 있었소입니다만.

그렇다면 어떻게 그 마음을 전하고, 마무리 지어야 할까.

빗추 타카마츠 성을 떠날 때, 미묘하게 쌀쌀맞은 태도를 보여버렸다는 생각도 든다.

지금은 정면으로 그녀를 볼 수가 없다. 그럴 것 같다.

"큭……."

어떻게 해야 할까.

갔다가, 결국 아무런 말도 하지 못하고, 또 쌀쌀맞은 태도를 보이게 된다면 어떻게 할까.

아니. 그 이전에 키요마사가 나를 어떻게 생각하고 있을까라는 의문도 있고.

……키요 공, 인기가 많으니 말이오입니다.

솔직히, 내게도 여자들이 응원을 많이 해준다는 것을 자각하고 있긴 하다. 남자들 중에서는 굳이 말하자면 체육 계열 선배 같은 느낌으로 보고 있을 것이오입니다.

그건 전선에 나서는 내게 맡기고 맡겨달라는 신뢰로 이어지니 바람직한 것 같다.

한편, 키요마사 쪽은 여자들뿐만이 아니라 남자들에게도 인기가 많다. 남자들이 보기에도 동경한다고 해야 하나, 가까운 사이라 편애가 어느 정도 섞인 눈으로 보는 건지도 모르겠지만, 여신이라거나———.

"……윽."

너무 깊게 파고들었소입니다, 후쿠시마는 그렇게 생각하고 고개를 좌우로 흔들며 숨을 내쉬었다.

하지만 그렇게 했는데도 숨결에 열기가 담겨 있다는 사실을 알게 되었을 뿐이다.

뭐, 그래도 나 같은 사람보다 키요마사를 다들 좋아해 주고 있다. 신뢰 같은 것과는 별개인 호의나 숭배, 그런 대상이라는 건 분명하다.

여자 습명자의 복잡한 부분이오입니다. 후쿠시마는 그렇게 생각했다.

현재, 습명자의 성별이 신대 시대의 본인과는 다를 경우도 있기에 동성혼 같은 것들은 해석의 일종으로 인정받고 있다. M.H.R.R. 개파를 중심으로 동성들끼리도 아이를 만드는 기술이 확립되었고, 처녀 수태 해석의 일종으로 체외 임신도 인정받고 있다.

후쿠시마는 무심코 띄운 표시창으로 그런 것들을 검색했고.

"극단적으로 따지면 머리카락으로도 아이를 만들 수 있는 것이오입니까……."

……그렇다면 문제가 없군……!

그렇게 생각하며 주먹을 쥔 후쿠시마는 정신이 번쩍 들어서 그 주먹으로 표시창을 박살 냈다.

"갑자기 아이 만들기 지식을 검색하다니, 소인, 키요 공을 더럽히———."

아니, 잘 생각해보니 방금 그건 순수한 지식이니 세이프. 아니, 아웃. 어느 쪽이오입니까.

아무튼, 너무 혼란스러워졌다.

짧은 시간 동안 기분이 뒤집어졌다가 돌아오곤 해서 마음이 정리되질 않는다.

어떻게 해야 할까.

지금 탁상공론을 계속 늘어놓는다 하더라도 아무런 결론이 나오지 않는다.

움직여야만 한다. 그렇지, 그것이 십본창의 1번, 포워드의 역할이오입니다.

"그렇고말고……!"

결심했다.

극단적인 이론이라 하더라도 이론인 것은 분명하다.

부딪쳐서 깨지라고 한다면, 최대한의 이론을 부딪쳐서 깨져야 할 것이오입니다.

"좋았어……!"

●

2분 뒤. 후쿠시마는 운동복 차림으로 복도에 나와 있었다.

맨손은 아니다. 오른쪽 옆구리에는 베개를 끼고 있다. 그리고 그 베개에는.

……'Tes.', 그 한 마디가 적혀 있소입니다……!

손으로 급하게 적긴 했지만, 꽤 괜찮게 적혔다. 훌륭하오입니다.

베개에 글씨를 써서 상대방에게 보여주는 것은 예전부터 자주 해왔던 일이다.

성보기술의 방론 중에는 베개를 편지 대신 사용한 커뮤니케이션에 대해 이렇게 나와 있다.

《헤이안 풍습으로 전해져 내려오는 것으로 당시에는 나무로 만든 배개에 사랑을 받아들이겠다는 의사 표시를 '좋다·싫다'라고 적어두고는 남편이 침실로 들어왔을 때 굳이 말하지 않더라도 알 수 있게끔 해둔 것입니다.

만약에 그것을 통해 양쪽의 의견이 엇갈렸을 때도 여자에게는 나무로 만든 곤봉이 있는 것과 마찬가지이기 때문에 실력 행사가 가능합니다. 튼튼한 비파나무로 만든 것이 선호된 이유이기도 하며, 중기부터는 가운데 부분에 자루를 끼워 넣을 수 있는 구멍이 달려서 해머 스타일로 사용하는 것도 가능해졌습니다. 그리고 이 우아한 풍습은 나중에 와카로 구전되었고, 다시 말해 연가인 '베개' 노래로 바뀐 것입니다.》

후쿠시마는 넷 자료 사이트에서 그것을 찾아서 읽고는 만족했다.

이거라면 완벽하다.

방론 끄트머리에 《또한, ~풍습은 각 시대별로 다르긴 하지만 '트랜스폼', '5인조 전대 제도' 같은 것들이 적혀 있는 것으로 보아 날조일 수도 있다고 한다》라는 내용이 있었지만, 신경 쓰지 않기로 했다.

아무튼, 이게 정답일 것이오입니다.

키요마사의 방은 가깝다. 입구에서 이것을 키요마사에게

건네면 마음이 통할 것이다. 만약에 통하지 않는다면.

"그때는――."

침을 삼킨 후쿠시마는 키요마사의 방 앞에 섰다.

"자……!"

움직이자 갑자기 머릿속이 욱신거렸다. 사고가 이 베개를 건네는 것에 집중된 것이다.

그리고 벽 근처의 표시창에 손을 내밀자 눈앞에 있는 서양식 문이 옆으로 열렸다. 부주의하다는 생각이 들긴 했지만, 십본창용 통과 허가였다.

일반인은 들어갈 수 없다. 후쿠시마는 그 사실이 자신을 지지해주는 것 같다는 생각을 하며 안을 보았다.

아무도 없었다.

●

"――그래서, 아무도 없었는데, 깨어나 보니 공물이 있었어."

"공물……? 말씀이신가요?"

뜨거운 물 위, 증기가 피어오르는 곳에서 키요마사는 의문이 담긴 목소리를 내고 있었다.

상대는 하치스카다. 일을 야간 근무자에게 맡기고 방으로 돌아왔을 때, 그녀가 핏기가 가신 표정으로 복도에 서 있었다.

왠지 울고 있는 것처럼 보였기에 말을 걸어보니 곧바로

끌어안았다.

　이런 모습이 별로 알려지지 않았고, 잘 보여주지도 않지만, 나이에 맞는 모습이다. 지금 생각해봐도 희귀한 체험이다, 그렇게 생각하고 있자니.

　"또 나왔어."

　"또? 어떤 것 말씀이신가요?"

　"괴이."

　이야기를 들어보니 갑자기 랩음이 들렸고, 정신을 잃었다고 한다. 그리고 깨어나보니.

　"얼굴 옆에 이렇게, 주먹밥하고 물이 공물로 바쳐져 있었고, 선향에서 연기가 피어오르고 있었고."

　"죽은 자와의 이별을 고하는 의식 같네요……."

　하치스카는 말없이, 그러면서도 이쪽을 보지 않으며 고개를 연달아 끄덕였다.

　"실은 전에도 랩음이 들렸어."

　"전에도요?"

　어젯밤, 하치스카가 그렇게만 말했다. 별로 떠올리고 싶지 않은 내용인 모양이다.

　"괴이 퇴치는 하셨나요?"

　"했어. 무라사이하고, 구파하고, 신도 방식으로. 그런데———."

　"그런데?"

　"신도는 마무리 방식이 '너무 자극적이다'라고 하길래 취소했어."

"신도는 자연 신앙이고 토착성이 강하긴 하죠."

키요마사는 알고 있는 지식을 동원해서 하치스카에게 말했다.

"신도의 신화에서는 아침 해를 받들 때 알몸으로 춤을 춰야만 한다네요."

"아침 해를 받들기만 하는데……?!"

"Tes. 그리고, 저기, 아침 해가 떠오를 때, '여자가 닫은 바위문을 남자가 연다'고……, 이건 아무리 생각해도 은어 같긴 한데요, 그런 신화가 중심적으로 주목을 받는 게 신도죠."

"스웨덴하고 비교하면 어느 쪽이 더 대단해?"

"Tes. 스웨덴의 그런 부분은 민간 쪽이지만, 신도는 국가의 교보니까 사실 신도가 더 그런 게 아닐까요. ──하지만 그게 너무 넓은 범위로 퍼져버려서 자연스러워졌을 뿐인 것 아닐까요."

"잠정 지배라 어쩔 수 없잖아."

"어쩔 수 없죠."

"너무 자극적이야."

"너무 자극적이죠, 네."

"그럼 어떻게 해야 하지?"

핏기가 가신 표정으로 말하는 하치스카를 보고 키요마사는 눈썹을 치켜 올린 표정으로 고개를 끄덕였다. 그리고 숨을 돌린 다음, 목욕물을 일렁이며 일어섰다.

"———그러니까, 하치스카 양, 어딘가로 대피하신 다음에 신도의 괴이 퇴치를 맡기는 게 낫지 않을까요? 자극적이라 하더라도 보지만 않으면 되니까요."

몸과 머리카락은 이미 깨끗하게 씻었으니 나갈 생각이다.

사실 나는 이제 혼자 있고 싶다. 그러자.

"아, 키요마사."

"왜 그러시죠?"

"잠깐만, 옆, 후쿠시마 방을 봐."

"⋯⋯네?"

키요마사는 뭔가 허를 찔려서 위 근처가 솟구치는 느낌이 들었다.

⋯⋯저, 저기?

"그, 그게 무슨 말씀이시죠?"

"Tes. 랩음, 벽에서 들렸으니까."

그러니까.

"후쿠시마 방에도 일어났을지도 몰라."

그렇다면 직접 후쿠시마 님께 확인하세요라는 말은 할 수가 없었다.

⋯⋯왜냐하면⋯⋯.

내가 곧 후쿠시마의 방에 찾아가려 했기 때문이다. 그것도 혼자서.

"저, 저기, 하치스카 양은요?"

"음⋯⋯, 여기서 신도에 부탁하고 시간을 때울 거야. 식당 같은 곳에서."

"혼자서 괜찮으시겠어요?"

그렇게 솔직히 말할 수 있어서 다행이다, 키요마사는 그렇게 생각했다. 지금 후쿠시마를 원하는 자신을 우선시하면서 불안해하는 하치스카를 뒤로 미뤄두어서는 안 된다.

그런데 하치스카도 따로 생각한 게 있는지 고개를 저었다.

"키요마사에게는 이야기했어."

이제부터는 혼자서 하겠다, 그런 뜻이다.

그저 그녀가 신뢰해주었다는 사실로 인해 키요마사는 살짝 미소를 짓고는.

"━━━감사합니다."

그렇게 말한 다음, 하치스카의 마음이 바뀌어도 괜찮게끔, 여유를 두고 목욕탕을 나섰다.

●

탈의실에 들어가 목욕탕으로 이어지는 문을 닫은 키요마사는 휴우, 숨을 내쉰 다음.

"……!"

소리가 나지 않게끔 뛰어서 옷바구니가 있는 선반 쪽으로 서둘러 갔다.

얼른 옷을 갈아입고 후쿠시마에게 가야만 한다. 왜냐하면.

……후쿠시마 님께서는 꽤 '주무시는' 분이시니까요……!

잠들어버린다면 어떻게 할까. 아니, 그럴 경우에는 방이 완전히 닫혀버릴 것이다. 안에는 들어갈 수 없다. 들어갈 수만 있다면.

"각오……!"

후쿠시마는 내일 새벽에 M.H.R.R.로 출발한다. 훈련을 목적으로 카니를 데리고 시바타 조와 합류할 예정이며, 여름방학이 끝나갈 때까지 따로 떨어지게 된다.

나도 사나다로 후배들을 데리고 가기 때문에 후쿠시마와는 한 달 정도 만날 기회가 없어진다.

그건 곤란하다.

뭐가 곤란하냐고 하면, 우선 내 마음이 곤란하다.

어젯밤에 목욕탕에서 후쿠시마가 카타기리를 남자로 만들어준 상황을 목격해버린 게 문제다. 그때까지는 약간 신경이 쓰이기도 했지만, 그냥 친한 사이였을 것이다.

하지만 그때부터 무언가가 흘러넘치기 시작했다.

말로 잘 표현할 수는 없지만, 무의식적으로 억누르며 안심하고 있던 것에 도발이 들어온 것이다.

방심하고 있다가는 **빼**앗겨버릴 테고, 떠나가 버릴 거라고.

그런 경우가 생길 때마다 당황하는 상태라면 후쿠시마와 함께 전선에 설 수도 없고, 그런 경우가 생길 때마다 마음이 급해진다면 후쿠시마의 얼굴을 보고 이야기를 나눌 수도 없게 되고, 그런 경우가 생길 때마다 감정이 흐트러진다면 후쿠시마가 나를 이상한 사람이라 여길 것이다.

……앗, 전부 후쿠시마 님하고 관련이 있네요……!

새삼 놀랐는데, 그런 다음에 느낀 것은 내가 까다롭다는 사실이다.

내가 그녀를 가장 잘 보좌해줄 수 있다는 자신감, 그리고 그것과 들어맞는 현실이 다른 사람들의 접근을 배제하려 한다. 카니를 호의적으로 볼 수 있는 이유는 '후배'라는 격의 차이가 있기 때문일 것이다.

그런 한편, 나를 봐줬으면 한다, 다른 사람에게 눈을 돌리지 말았으면 한다, 그런 마음도 있다는 걸 목욕탕에서 발생한 사건으로 인해 눈치챘다.

한심하다.

못된 생각인 것 같다.

특히 그거죠. 목욕탕에서 그 사건을 본 뒤에 꾼 꿈이라든지, 그건 대체 뭔가요. 아무튼 괘씸하고, 불결하다고 할 정도로 유해한 내용이었냐고 따지면 자세히 기억나지 않기 때문에 가능하다면 검증하기 위해 다시 한번 고해상도로……, 그게 아니죠. 못 써요.

아무튼, 이래선 내가 망가지게 된다.

하지만, 숨겨둘 수 있는 것도 아니라는 생각이 든다. 마음에 묻어봤자 매우 야한 꿈 때문에 괴로워하거나 그걸 떠올리며 당황하다 보면 현장이 위험해진다.

그러니 역시.

"확실하게 나타내고, 포기할 거라면 포기한 다음에 새로운 관계를 구축해야만 하겠네요.”

거절당하면 울어버리게 될까.

하지만 그 이후로 한 달 동안 거리를 두게 된다. 그 정도
의 냉각기간이 있다면 지독한 결과가 나오더라도 사그라들
것이라는 생각이 든다.

마음이 닿는다면 좋고.

닿지 않는다 해도 상관없고.

그렇다면, 키요마사는 그렇게 생각하며 서둘러 옷을 갈아
입었다. 운동복. 상의는 셔츠만. 겉옷은 어깨에 걸치기만
해도 된다. 머리카락이 젖긴 했지만, 나중으로 미루자.

바로 가자. 그리고 마음을 전하는 데 쓸 무기는.

“이거죠……!”

옷 바구니 안에, 겉옷으로 숨겨둔 것이 있다.

베개다.

“우아한 헤이안 풍습을 따라 Tes.라고 적어둔 베개. 이거
라면 후쿠시마 님께도 전해질 거예요.”

……통신으로 조사해봤죠!

이거라면 완벽해요, 키요마사는 그렇게 생각하며 탈의실
을 나섰다. 문을 열고 복도로 나가자 그곳에는 카스야와 카
니가 있었다. 카스야가 눈썹을 치켜뜨고는.

“어머, 키요마사?”

“쿄카토 선배! 어디 가시는 건가요!”

“죄송합니다, 저는 인간관계 쪽으로 좀 중요한 안건을 처

리하러 갈 거라 이만 실례할게요. ───아, 쿄카토라는 건 타케나카 님의 아이디어일 것 같은데, 그냥 키요마사라고 부르셔도 괜찮아요."

키요마사는 카니와 카스야를 보고 능숙하게 대처하고 나서, 다시 돌아섰다.

네에, 그렇게 멍한 대답을 한 두 사람에게.

"안에 하치스카 양이 계시는데, 잘 부탁드려요."

"아, 저희는 목욕탕 노래방을 즐기러 온 거라, 그럼 하치스카도 같이 하자고 말해볼게요."

"셋이서 하면 돌아가면서 즐길 수 있겠네요!"

하치스카도 시간을 잘 때울 수 있을 것 같다. 그렇다면 나는.

"자……!"

콧김이 거칠어졌다는 것을 자각하고 있긴 하지만, 어쩔 수 없다.

키요마사는 생각했다. 지금 후쿠시마는 뭘 하고 있을까.

●

후쿠시마는 어떻게 해야 하나, 그렇게 생각하며 머리를 감싸쥐고 있었다.

모처럼 마음을 다지고 베개까지 가지고 왔는데, 정작 중요한 키요마사가 없다.

게다가 방안에 들어와 버린 게 안 좋은 흐름이다. 바깥쪽,

통로에 몇 명의 목소리가 들리는 상황이 발생해버린 것이다.

하치스카의 방이었다.

중장비를 착용한 채 빠른 걸음으로 다가온 사람들이 통로에 정렬하고는.

"자, 우리 아즈치 내 신도, 괴이 퇴치를 맡은 진혼진수 괴이소대! 약칭으로는 '진진(칭칭)괴이대' 통로에 정렬———!"

"대장님! 매번 생각하는 거지만 그 약칭은 좀 치사한 것 같습니다!"

"멍청한 녀석! 그러니 다른 사람들이 없을 때만 말하는 거잖아! 이해를 좀 하라고!"

……여기 사람이 있소입니다만———.

뭐, 들키지 않았으니 상관없을 것이다. 상관은 있는데. 왜냐하면.

……여기로 키요 공이 돌아오면 최악이오입니다!

상황으로 따지면 불법 침입이다.

대체 어떻게 생각할까.

그런데 아무래도 괴이 퇴치 대상은 하치스카의 방인 것 같다. 다시 말해.

"하치스카 공, 방에 괴이가……?"

대체 어떤 연유로 인해 하치스카의 방에 괴이가 나타나게 된 것일까.

아니, 요즘에 하치스카를 볼 때마다 기절한 것 같기도 하다. 잘 생각해볼 필요도 없이 이상한 것 아니오입니까. 그야말로 괴이. 소인이 키요 공에게 정신이 팔린 틈에 하치스카 공에게 재앙이 찾아왔었다니.

아무튼, 통로에 있는 녀석들이 실내 정화 작업을 시작한 모양이었다.

통로가 조용해지자 후쿠시마는 생각했다. 이제 어떻게 해야 할까.

"……흐음."

손에 베개를 들고 있다.

최선의 선택은 내 방으로 돌아가 키요마사가 돌아올 때까지 기다리는 것이다.

하지만 여기서 나갈 때 밖에 누군가가 있거나 키요마사 본인과 마주친다면 어떻게 할까.

그리고, 내 방으로 돌아가면.

……키요 공이 돌아온다고 해도 소인이 다시 여기에 올 수 있겠소입니까.

출발 시간이 되려면 아직 다섯 시간 정도 남았다. 키요마사는 그 전에 돌아오긴 하겠지만, 지금 같은 텐션을 그때까지 유지할 수 있을 것 같진 않다. 뭔가 변명 거리를 만들어서 이 방에 오는 것을 꺼려하지 않을까, 그런 생각이 들었다.

그렇다면, 후쿠시마는 숨을 들이마시며 그렇게 생각하고는 결단을 내렸다.

"여기서 기다리면 될 것이오입니다."

그만한 각오를 하고 왔다. 키요마사의 침대에 앉아 베개를 머리맡에 두었다. Tes.라는 글자가 보이게끔 해두는 게 중요하다.

그리고 후쿠시마는.

"기다리는 것도 전술 중 하나. ……여기까지 와서 초조해할 필요는 없을 것이오입니다."

후쿠시마는 어깨를 늘어뜨리고는 키요마사를 기다렸다.

그녀는 지금 뭐하고 있을까, 그렇게 생각하면서.

●

……후쿠시마 님, 어디서 뭐하고 계실까요…….

키요마사는 어두운 방 안에서 멍하니 서 있었다.

왜냐하면, 후쿠시마의 방의 문이 열려있는데도 안에는 아무도 없기 때문이다.

부주의한 것 아닌가, 그런 생각도 들었지만, 금방 돌아올 것 같기도 했다. 출발용 짐이 바닥에 그대로 있기 때문이다.

그렇다면, 그렇게 생각하고 있자니 옆방이 떠들썩해졌다. 하치스카가 요청한 신도의 괴이 퇴치가 시작된 것이다. 복도를 통해 들린 목소리는.

"자, 그럼 네놈하고 네놈은 거기서 포즈! ──부끄러워하지 마라! 진지하게 해!"

"대장이야말로 떨림이! 떨림이 부족합니다!"

"저려어어어어어어어어."

303

그런 목소리가 들리는 걸 보니 사실은 신도가 아니라 언더그라운드 계열 사교 아닐까요, 그런 생각도 들었지만, 뭐, 온 힘을 다해 작업하는 거라 생각하기로 했다.

아무튼, 바깥으로 나가기 껄끄러워졌다.

"정말……."

키요마사는 자신에게 한 건지, 지금 같은 상황에 대해 한 건지, 아니면 후쿠시마에게 한 건지, 알 수가 없는 말을 중얼거리며 후쿠시마의 침대에 앉았다.

금방 돌아올 것이다.

출발까지 다섯 시간이 남았는데, 문을 열어두다니.

……후쿠시마 님답네요.

키요마사는 미소를 입가에 살짝 드리우며 목욕탕에 가지고 갔던 바구니 위에 베개를 얹고, 그것을 껴안으며 숨을 내쉬었다.

"어떻게 될까요."

여기서 기다리고 있는 걸 보니 내 마음은 이제 확실해졌다. 하지만.

"후쿠시마 님께서 저를 받아들여 주실까요……."

●

『선생님! 선생님 때문에 우리가 우동 왕국에 들어가지 못할 뻔했다고요!』

『아, 미안―――. 펀칭 우동 머신을 연속으로 망가뜨려 버려서―――.』

통신을 통해 들리는 웃음소리 뒤에서 마사즈미는 산요의 '선배! 선배! 추격자가 와요!'라고 하는 목소리를 들은 것 같긴 하지만, 무시하기로 했다.

아무튼 지금 있는 장소는 우동 왕국의 중앙 거리에 인접해 있는 강가의 가게. 지금 우리는 강을 향해 내려가는 계단 테라스에서 아데레가 예약한 자리에 앉아있다.

다들 앉던 와중에 메리가 크로스유나이트에게.

"텐조 님, 펀칭……, 이라는 게 뭔가요?"

"Jud. 펀칭 머신을 세 번 가격한 합계 결과에 따라 우동을 먹을 수 있는 게임이오! 요즘 무장들에게 인기가 정말 많은 게임이지."

• **마르가** :『―――이 닌자놈이 소개 사이트에서 보고 온 것 같은 지식을 당당하게…….』

• **금마르** :『오, 갓짱, 눈앞에서 그렇게 대놓고 말하지 않는 걸 보니 많이 봐주고 있네.』

• **10ZO** :『봐, 봐주는 게 아닌 것 같소만!!』

아무튼, 담임도 나름대로 여름방학 밤을 즐기고 있는 것 같다.

아~, 마사즈미는 그렇게 모두를 보며 말했다.

"다들 잠정 성적표는 받았어?"

표시창이다. 일단, 자신의 성적표를 표지 상태로 띄워 보이자 다들 고개를 끄덕였다.

각자 자신의 성적표를 띄우거나 보여줄 수 있는 상대에게 보여주기도 했고.

"……호오, 호라이즌은 이렇게 성적이 좋군요. 토리 님은, 그게 뭐죠? 순위인가요? 네, 톱이신 분은 점수도 톱이 많으시군요."

"제, 젠장! 너, 뭐야! 두 자릿수 순위도 꽤 있잖아……!"

"나의 왕, ……아, 일단 저희가 달라붙어서 가르쳐드린 과목은 평균보다 잘 나왔네요. 그렇다면 안심이에요."

"그럼 토리가 바보와 평범한 녀석의 경계로군."

우르키아가가 한 말을 듣고 모두가 움직임을 멈췄다.

곧바로 바르페트와 크로스유나이트가 돌아보고 눈짓을 보내며 주위를 경계하는 와중에 호라이즌이나 아사마는 여유를 보였고, 미리 신고하려고 손을 든 노리키나 눈을 반쯤 뜨고 상황을 지켜보는 다테 가문 부장 등, 반응이 꽤 흥미롭다. 그런데 바보 누나가.

"후후, 그럼 어리석은 동생아, 승부야! 자, 내 '선생님의 한마디'를 보렴. '이제 그 정도면 되려나~, 이런 생각도 들고, 3학년이니까 지금부터 공부해봤자 이미 늦었지'라는데, 어때?!"

"대단하네! 누나! 나는 '여름방학 동안 체력을 길러두지 않으면 나중에 험한 꼴을 당할 거야'라고!"

아사마가 마시던 물을 뿜었다. 호라이즌이 오른손을 들

고는.

"뭐, 호라이즌은 담백한 편이라서요."

그래도 뭐.

"―――이럴 때 패턴으로 따지면, 최종 결전을 앞두고, 혼노지의 변을 앞두고 감동적인 장면이라거나, 그런 느낌이 주위의 기대에 부응하는 건가요."

"너……, 내가 가슴을 만지게 해주지도 않으면서, 그런 건 OK야?"

"가슴을 만지게 해주는 것과 그런 것은 별개입니다. 똑같은 건가요? 토리 님."

호라이즌이 그렇게 말하자 잠시 후에 여자들이, 근처 자리에 있던 사람들까지 함께 박수를 쳤다.

호라이즌이 사람들에게 손을 들어주고 고개를 숙인 다음, 바르페트가 조심스러운 분위기로 손을 들었다.

"갑자기 이런 곳에서 아무렇지도 않게 그런 이야기를 하기 시작하는 걸 보니 호라이즌 부왕답다고도 할 수 있겠는데요. 부왕은 그런 것도 괜찮으신가요?"

"뭐, 그런 것도 괜찮겠죠."

곧바로 대답이 나왔다. 왜냐하면.

"호라이즌이 열심히 아침밥을 만드는 모습만 보고 사귀려고 한 사람이니까요. 거기에 맞춰주지 않으면 여자로서 체면이 서지 않겠지요. 게다가―――."

호라이즌이 바보의 머리를 살짝, 연달아 두들겼다.

"―――새로운 자신이 되자고 생각하기도 했으니까요. 지금 그것을 양립시킬 수 있게 되었고, 그러니⋯⋯."

호라이즌이 아사마와 미토츠다이라에게 동의를 구하는 시선을 보낸 다음, 다른 사람들을 둘러보았다.

"서로 할 수 있는 것들을 해주고, 깊은 관계를 맺어나가는 것이 행복의 방식 중 하나라는 것을 깨닫지 못할 호라이즌 이 아닙니다.

그것은 형태가 없는 것, 닿아도 흘러내리는 것, 내버려 두면 잃게 될 것.

하지만 죽음 속에서도 얻을 수 있다는 모순이 어디에 있냐고 한다면―――."

다시 말해.

"자신만으로 끝낼 수 없는 행복을 원하는 행동. 그것 자체가 행복이라는 결과와 본질적으로 같은 것인가, 요즘은 그런 생각이 듭니다."

●

마사즈미는 다시 말해, 호라이즌이 그렇게 말하는 목소리를 들었다.

"그러한 것들을 보여주시고, 접하게 해주시고, 세계로서 주시는 토리 님께는 이 호라이즌, 정말로 감사켁."

"호라이즌! 너무 혀를 일찍 깨물었잖아요?! 그다음! 그다음이 중요하다고요!"

자자, 호라이즌이 그렇게 말하며 손을 들어 미토츠다이라를 말렸다.

그리고 호라이즌은 바보의 머리를 다시 한번 살짝 때리고는.

"───토리 님은 어떻게 생각하십니까."

"나?"

음~, 바보가 그렇게 말하며 하늘을 보았다. 그리고.

"그야 야한 짓은 하고 싶지만 말이지? ───그래도, 너, 아직 감정이 전부 갖춰지지 않았잖아?"

바보가 그렇게 말했을 때였다. 마사즈미는 문득 고개를 갸웃거렸다.

"잠깐 괜찮겠냐, 바보."

"뭐, 뭐야, 바보라고 하는 사람이 바보라고……! 헤헤, 바보야~! 분하냐!"

"시끄럽다고, 바보. 저기 말이지, 알겠어?"

"시끄럽다고 하면서 물어보네……!"

귀찮다고. 아무튼 나는 확인해둘 것이 있다.

"───어젯밤에 들은 이야기에 따르면, 호라이즌의 대죄무장은 다시 말해 설교무장인 거지? 아사마. 그러니까, 그 감정에 대한 혐오라거나, 싫다고 생각하는 마음이 제어하기 위해 발동된다고."

"네, 저는 그렇다고 생각해요."

그럼, 마사즈미가 그렇게 말했다.

"'음탕'을 손에 넣으면, 호라이즌은 야한 걸 싫어하게 되는 거 아니야?"

제11장
『흐르는 곳에서 당황하게 정하는 여자』

작
얼른 가도록 하죠
배점 (남자다움)

미토츠다이라는 모두가 침묵한 것을 보았다.

그런 와중에 호라이즌이 움직였다. 그녀는 왼쪽 손바닥을 오른쪽 주먹으로 살짝 치면서.

"━━━그렇군요."

"그, 그렇군요는 무슨! 호라이즌! 괜찮은 건가요?"

"닿는 것조차 싫어하게 된다면 웃기겠군요."

"그러지마아아아아! 나를 슬픔으로 죽일 셈이냐고!"

의외로 자비심이 없어서 곤란하다. 그런데.

……어머.

미토츠다이라는 방금 왕이 한 말을 듣고 이렇게 생각했다.

"닿지도 못하게 되면 슬프다, 그렇다면 나의 왕, 역시 호라이즌에게 그런 짓을 해보고 싶은 거군요."

"아~, 응. ……아니, 호라이즌, 그 눈초리는 뭐야! 신선하네!"

그대로 말이지, 왕은 그렇게 말했다. 이쪽을 보고.

"예를 들어서 말이야? 관계의 차이니까 비교할 수 있는 것도 아니지만, ━━━네이트나 아사마하고 같이 있으면 말이지, 내가 온 힘을 다할 수 있게 된다고 해야 하나, 플러스가 되거든."

"그건 저도 마찬가지예요. 그러니까━━━."

만약에 왕이 없어지게 된다면 내가 느낄 상실감이 엄청날 것이다.

미토츠다이라는 그렇게 생각하면서도 일부러 말하지 않았다. 방금 분위기에서 정반대인 느낌이 들었고, 지금은 왕이 자신에 대해 말하기만 해도 충분하기 때문이다.

우리는 양쪽 관계에 있어서 동등하다. 그렇다면.

"네이트나 아사마가 없으면, 난 꽤 많은 부분에서 마이너스 당해서 0에 가까워지는 거고."

"어, 없어지진 않을 건데요?"

"Jud. Jud. 뭐, 그건 나도 알아. 뭐, 그리고, 누나도 있고, 다른……, 텐조, 였나? 그런 것도 있으니까 0은 되지 않을 거야. 일단 예를 들어서 하는 이야기고."

"왜, 왠지 방금 중간에 지독한 말이 들린 것 같소만!"

"텐조 님, 마음을 써주고 계신다는 뜻일 거예요."

역시 대단하네……, 모두가 그렇게 중얼거렸지만, 미토츠다이라는 그런 와중에 왕이 무슨 말을 하고 싶은 건지 이해했다.

그리고 왕이 내 마음에 대답해주는 것처럼 입을 열었다.

그렇게 나온 말은 나도 한 번 체험했던 것. 그것은.

"호라이즌이 없어지면, 나는 0에 가까워진다거나 그런 게 아니라, 나 자신을 바꿔야만 하게 될 거야, 아마도. 지금 그대로라도 바뀌는 거지, ───그런 느낌이야."

●

미토츠다이라는 왕이 한 말을 듣고 고개를 끄덕였다.

늑대는 왕이 예전에 언젠가 본토로 내려가 볼까, 그런 낌새를 풍겼던 것을 잊지 않았다. 그건 분명히 그런 이유 때문일 것이다.

대충 알고 있었기에 나는 따라갈 생각이었고, 왕도 내려간 곳에서 자신이 어떤 판단을 내릴지 불안했을 것이다. 그래서 내게 그런 낌새를 보인 것이다.

나의 왕을 힘 말고 다른 쪽으로 받쳐주려면 그때가 기회일 것이다.

하지만.

"———그건 이제, 안 될 텐데요?"

지금은 이렇게 말해야 할 것이다.

이런저런 생각이 들긴 하지만, 지금은 그렇게 말할 수밖에 없다.

예전의 가정에 대해 말을 늘어놓는다 하더라도 내 충성심을 보이는 것에 불과할 테고, 지금은 왕과 호라이즌의 시간이다. 기사는 왕의 말을 따르는데 전념해야 한다.

애초에 나도 물어보고 싶긴 하다.

예전에, 가정이 아니라 정말로 왕을 잃고 바꾸었으니까. 그러니까.

"호라이즌이 없어지면 나의 왕은 0이 아니라 마이너스가 될지도 모른다. 그런 뜻인가요?"

"일단, 지금 그대로라도 바뀐다는 건 마이너스 평가야?"

다테 가문 부장이 잠시 생각하고 나서 고개를 끄덕였다.

"차이를 따지면 원래 있던 플러스를 버리고 별개로 0부터 시작하는 거라면 그 차이는 마이너스 평가가 되긴 하겠네."

하지만.

"같은 질의 플러스는 더는 손에 넣지 못할 거라 생각해야 할 거야."

●

그렇겠지, 토리는 그렇게 생각했다.

작년쯤에 자주 하던 생각.

나중에 일이 잘 풀리지 않으면 나는 어떻게 할까, 그런 생각이다.

"다시 말해, 나 같은 경우에는. ───호라이즌이 지낼 수 있는 나라의 왕이 된다는 걸 버린다면, 어떻게 할까, 그런 거지."

어젯밤에도 했던 이야기.

단계를 밟고 있기 때문에 마음을 둘러대지 않고 발을 내딛는다.

그렇기 때문에, 뭐, 아마도, 입이 그렇게 움직이는 것에 몸을 맡기고 말을 꺼냈다.

"왕이 된다는 것에 모두를 끌어들이기도 했고. 호라이즌

이 없긴 하지만, 살아있다면 아마 지낼 수 있을 나라의 왕
이 된다, 그렇게 느슨한 느낌으로, 그런 다음에, 분명히 거
기에 덧붙여 나갔겠지. 예를 들어, ———내 아이가 웃으며
지낼 수 있는 나라를 만든다든지."

아니면.

"뭔가 그런 걸 버리고, 너희들에게 고개를 숙여서 사과한
다음에 본점 쪽에서 일을 한다든지. 그것도 아니면 고개를
숙이는 것도 싫으니까 아래쪽에서 직업을 찾아서 살아간다
든지 말이야."

"나의 왕. ———별로 바람직하지 못한 가정이에요."

그럼, 토리는 그렇게 말하며 미토츠다이라를 보았다.

나와 그녀의 관계는 왕과 기사라는 것이 기본이다. 하지만.

"내가 왕이 아니게 되면 어떻게 할 거야?"

"———세, 세 번째 기회는 없을 거예요. 두 번이면 충분
하죠, 잃지도 않았다면……."

"바람직하지 않은 가정을 해주긴 하는구나."

"어, 어째서 제가 따라갈 거라 생각하는 거죠?"

"요즘은 그런 생각이 들게 되었거든."

그렇게 말하자 늑대가 눈썹을 치켜떴다. 그리고 얼굴을
붉히고는.

"……그런 이야기는 또 다른 문제거든요?"

그 말을 듣고 토리는 한 가지 의문이 생겼다.

……어라?

미토츠다이라의 반응이 마치 아무런 예비지식도 없는 느낌이라서. 하지만 그건.

　"아, 그렇구나. 네이트는 그날 밤에 잤구나, 이 이야기를 할 때."

　"네?! 또, ……아니, 언제 그런 이야기를 했나요?!"

　호라이즌이 손을 들고.

　"그것은 이론적으로 말하자면, 미토츠다이라 님께서 주무시고 계셨을 동안입니다."

　"그게 그거잖아요———?"

　포기하는 듯한 미소를 지으며 호라이즌에게 태클을 건 미토츠다이라고 곧바로 눈을 흘기며 이쪽을 보았다.

　"나의 왕, 저기…….."

　"아, 미토, 그건 스즈 양네서 잘 때가 아니라 에도에서 철수할 때 미토가 자는 동안 이야기한 거예요. 그때 토리 군이 말했거든요? 미토하고는 이 이야기를 따로 시간을 내서 하고 싶다고요."

　• **나** : 『아니, 아사마, 나도 그때는 그렇게 생각하긴 했는데, 어젯밤에는 아사마가 부추기지 않았어?』

　• **아사마** : 『그래도 마찬가지니까요, 네. 그 왜, 미토가요.』

　나, 엄청난 기세로 플러스되고 있네, 그렇게 생각하면서.

　……뭐, 마찬가지이긴 하지.

　"네이트하고는 그 왜, 수영복을 보여달라고 약속했고, 이런 건 그때 말이지."

"그럼 부탁드릴게요? 저와 관련된 이야기는 나의 왕에게 듣고 싶으니까요."

"응. 왜냐하면, 이런 이야기는 네이트하고만 할 수 있는 것도 많고."

그렇다면 상관없어요, 나의 기사가 그렇게 말하며 받아들였다. 그래서 나도 숨을 돌리고 나서.

"───뭐, 그렇게 된 거야. 호라이즌하고 야한 짓을 하는 건 그런 부분과는 달리, 내게 있어서는 나 자신의 확인이라거나, 되찾은 것을 느끼는 거나 마찬가지거든."

●

스즈는 토리가 한 말을 들었다.

왠지 빙빙 돌려서 말하며 확인하는 것 같았지만, 그의 마음속에서는 이미 생각이 굳어졌다는 뜻이다.

어찌 됐든, 본심을 잘 이야기하지 않는 사람이다. 그래서 놀랍기도 하고, 기쁘기도 하고, 울게 되기도 하지만, 요즘은 이렇게 이야기를 해주게 되었기에 변화가 꽤 크다.

그렇구나, 그런 생각이 들거나, 괜찮아? 그런 생각이 드는 경우도 많은 것 같긴 하지만, 그런 것들은 모두 함께 어떻게든 해결한다. 아사마 양이나 미토츠다이라 양도 허용 범위는 넓을 것이다. 아마도. 그런데 키미짱의 엔진도 요즘 꽤 느슨해진 것 같으니 위험할지도 모르겠다. 호라이즌은 터보를 켠 듯한 느낌이다. 잘 곳과 목욕탕 정도밖에 빌려줄 수 없는 자신이 답답하다. 노력해야지.

하지만.

"뭐, 그러니까, 난 호라이즌하고는 그런 걸 할 수 있다면 야한 것과는 별개로 엄청나게 안심이 된다고 해야 하나, 그런 걸 느끼는 거 아닐까…… 내게 있어서 반드시 필요한 것을 받아들인다고 해야 하나. 그런 걸 원해주고, 기쁘다거나 자랑스러운 느낌이 먼저 드는 느낌?"

그가 한 말을 듣고 통신이 하나 왔다. 그것은.

……긴 양?

• **타치바나 부인** : 『저기, 총장? 미묘하게 까다로운 문제이기도 하고, 저희 쪽과는 입장이 다르다는 걸 감안해주셨으면 합니다만…….』

대충 하고 싶은 말이 뭔지는 알겠다.

……그, 그렇지?

이미 생각하고 있던 그 말을 긴이 꺼냈다.

• **타치바나 부인** : 『그건, 굳이 말하자면, ……히로인 쪽 시점 아닐까요.』

●

• **마르가** : 『참고가 되네. 의완이 귀찮아서 그릴 기회가 별로 없는 만큼, 확실하게 그리고 싶긴 하니까.』

• **타치바나 부인** : 『그, 그렇게 나오실 줄 알았어요! 점점 익숙해지고 있는데요?!』

• **톤보키리** : 『긴 공도 무네시게 공을 확실하게 인정하고 계시는군…….』

• **타치바나 남편** : 『하하하, 저도 비슷한 부분이 있으니 괜찮습니다, 긴 씨.』

• **타치바나 부인** : 『저, 저를 죽이실 셈이신가요? 무네시게 님……!』

• **담배녀** : 『……아, 젠장, 여기는 숲속이라 담배를 못 피우잖아…….』

●

"뭐, 그러니까."

키미는 그렇게 말하는 동생의 목소리를 들었다.

"이런 건 다른 사람들이 듣고 있는 곳에서 말하긴 좀 그렇지만, 나도 아군이 있었으면 하니까 말하는 건데?"

"괜찮습니다, 토리 님. 호라이즌은 아군이 되어드리겠습니다."

"네, 네가 제일 강적이라고……!"

그런데 동생은 호라이즌 쪽을 본 다음에 다시 다른 사람들을 둘러보고는 머리를 긁으며 말했다.

"내가 생각하기에 호라이즌 같은 경우는 곁에 있고, 딱 달라붙어 있을 수 있다는 것만으로도 엄청나게 행운을 느낀다고 해야 하나, 그것만으로도 꽤 충분하긴 한데, 그래도 그렇게 야한 짓도 해도 된다고 하면 그야말로 더욱 관계가 깊어지는 수단이니 안심감이 넘칠 것 같단 말이야.

왜냐하면, ……내 안심감이나 행운이 일방적인 게 아니라는 걸 알 수 있고, 호라이즌도 그럴 거라 생각하면 기쁘니까."

"……아사마 님, 미토츠다이라 님, 왠지 이 히로인이 남의 가슴을 만지는 걸 정당화시키려 하고 있습니다."

"아니, 뭐, 그게."

키미는 그렇게 주고받는 이야기를 들으며 살짝 웃었다.

"괜찮잖아. 그거야말로 진짜 둘이서 하나라는 느낌이니까. 멍청한 동생은 자기가 다른 것이 되지 않아도 되고, 마이너스가 아니라고 확신할 수 있고, 그건 호라이즌도 마찬가지고.

아사마하고 미토츠다이라 같은 경우에는 멍청이 동생이 자기가 어떻게 되든 플러스가 된다는 걸 확신할 수 있고, 그건 서로 마찬가지잖니."

"지, 지금 이쪽을 끌어들이지 말아 주실래요?"

"아니, 키미 같은 경우에는 어떤데요."

무녀의 필사적인 반격을 보고 키미는 입가에 손을 대고 생각했다. 그러게, 그렇게 중얼거리고 나서.

"알겠어? 내가 멍청한 동생의 인간관계 중 최강인 건 양쪽 모두에 해당하기 때문이거든?"

스즈가 곧바로 고개를 끄덕이는 걸 보니 잘 알고 있는 것 같다. 아사마와 미토츠다이라가 입에 힘을 주고는 불쾌한 듯한 표정을 보이는 것도 멋진 반응이다.

하지만, 볼에 손을 대고 말하자면.

"만약에 멍청한 동생이 야한 짓을 할 경우에 제일 상성이 좋을 사람이 누구인지 알아? 그・건・바・로・나・야."

"키, 키미! 무슨 말씀을 하시는 거죠?!"

"어머나, 잘 생각해보렴. ———나하고 멍청한 동생은 같은 배 속에서 나왔잖니. 그런 건 남이 절대로 따라할 수 없는 어드밴티지야. 다시 말해 내가 1P, 멍청한 동생이 2P 지!"

"누나! 누나! 캐릭터 차이가 꽤 많이 나는 거 아니야?"

"큭큭큭, 2P 보정이 안 좋은 쪽으로 들어갔구나, 멍청한 동생아. ———그래도 말이지, 우리는 머리카락도 그렇고, 피부도 그렇고, 피도 그렇고, 눈물도 그 누구보다 비슷하고, 실제로 껴안은 느낌으로 따지면 왠지 자기 몸을 안고 있는 것 같다는 착각이 한순간 들 정도인데?"

"그럼, 누나, 만약에 내가 여동생이었다면…….."

"정말 완벽했겠지, 물리적 상성이."

으음, 아사마와 미토츠다이라가 그런 소리를 내며 눈살을 찌푸렸다. 호라이즌이 조심조심 손을 들면서.

"키미님, 판정에 자비심을 좀……."

"어머, 어머, 하지만 기억해 두는 게 좋을 거야. ——— 너희가 만약에 서로 다투는 일이 생긴다 하더라도 절대로 나를 당해낼 수 없는 부분이 있다는 걸 말이지."

그러니까.

"각자 장점을 선보이면서 분위기를 띄우도록 해."

●

정말 이 녀석들답군, 마사즈미가 그렇게 생각하고 있자니 점원이 큼직한 소쿠리를 들고 왔다.

"이봐, 바르페트, 우동이 나왔다."

"네?! 회계가요?!"

"그쪽 말고!"

마사즈미는 모두가 태클을 건 것과 동시에 계단 테라스 위쪽에 놓인 대형 소쿠리 네 개를 손가락으로 가리켰다.

"그런데 바르페트, 저걸 어떻게 할 거지?"

"아, Jud.! 음, 이렇게 위에서 물을——, 보세요, 여러분 가운데에 대나무를 갈라서 만든 수로가 있잖아요. 여기에 물을 흐르게 하고, 거기에 이 소쿠리에 담긴 우동을——."

"아, 그러니까 나가시우동인가?"

그때, 마사즈미는 모두의 시선을 눈치챘다.

모두가 흥미 어린 시선으로 이쪽을 보고 있다. 해봐라, 그런 뜻이다.

……뭐, 부회장이라면 첫 번째로 나서도 괜찮을 것이다.

나가시소멘과 마찬가지겠지, 마사즈미는 그렇게 생각하며 젓가락을 들었다. 이미 물이 대나무에 흐르고 있다. 약간 지저분하긴 하지만, 실패를 방지하기 위해 젓가락을 물에 가져다 댔다.

"좋았어~, 바르페트, 해도 된다~."

"Jud.! 그럼 갑니다━━━."

바르페트가 포크로도 보이는 대나무 집게로 우동을 집어서 흘려보냈다. 나는 그것을 받아내려고 앞쪽으로 젓가락을 움직였고.

"오?"

제대로 부딪힌 젓가락이 쉽사리 부러졌다.

아, 그렇게 생각할 틈도 없이 모두 사이를 우동이 통과했다. 정신을 차린 미토츠다이라가.

"우동이 빨라요!"

"아, 이런, 그런 게 아니었구나. 보고만 있었어."

"텐조 님!"

도약해서 옆으로 회전한 크로스유나이트가 흐르는 물 위에 섰다. 위에서 오는 우동을 젓가락으로 받아내려 하다가.

"오?"

닌자가 수류를 이기지 못하고 흘러갔다.

"토리 군! 텐조 군이 우동과 함께 흘러가고 있어요! 토리 군! 촬영만 하지 마시고요!"

"너희들, 사실 새로운 언어로 말하는 거 아니냐?"

결국, 물이 강에 떨어지기 직전인 최종 방위선 같은 위치에서 호라이즌의 두 팔이 소쿠리를 든 채 전부 다 막아냈다.

마사즈미는 그 팔이 들어 올린 우동을 소쿠리와 함께 받아들고는.

"———뭐, 이런 식으로 하는 거지."

"거짓말하긴!!"

모두의 목소리를 들으니 눈살이 찌푸려졌다.

"이봐, 그냥 건지려고 했을 뿐인데 젓가락이 부러지는 상황에서 대체 어쩌라는 거야."

"아, 부회장, 메뉴 옵션에 '쇠젓가락'이 있긴 해요! 그런데 하나에 300엔이라네요!"

"기각이야, 기각."

그런데, 어떻게 할까. 마사즈미는 젓가락을 내려놓고 나서 새 젓가락을 들고 생각에 잠겼다. 옆에서는 후타요가 젓가락을 닦는 듯이 갈면서.

"———할타를 사용하겠소이까?"

"무슨 의미인지 전혀 알 수도 없고, 만약에 그러면 선생님과 함께 쫓기는 신세가 될 거야."

그럼, 그렇게 말한 사람은 미토츠다이라였다.

"마사즈미, 방금 그건 마사즈미의 손놀림에 실수가 있었던 것 같은데요?"

늑대는 그렇게 말하고는 오른손을 앞으로 살짝 휘두르면서.

"흐름이 있는 물에 젓가락을 집어넣고 앞으로 움직인 시점에서 수류의 무게가 실리니까요. 보아하니 마사즈미는 젓가락 위쪽을 잡는 것 같으니 수면보다 약간 위쪽 위치에서 이미 젓가락이 휘어져 있었을 거예요. 그리고 거기에 우동이라는 질량이 오면――."

"카운터 우동으로 인해 부러지겠소이다."

일상에서는 절대로 쓰지 않을 말이네, 그렇게 생각하고 있자니 눈앞에서 미토츠다이라가 젓가락을 들고는 바르페트에게 말을 걸었다.

"아데레, 한 번 부탁할게요."

Jud.! 그렇게 말하는 목소리와 함께 위에서 우동이 사출되었다.

옆에서 보니 꽤 빠르네, 그렇게 생각하던 동안에 우동이 물보라를 일으키며 미토츠다이라 앞을 통과하려 했다. 통과했다. 물보라가 분명히 미토츠다이라 앞을 지나 옆으로 내려갔기 때문이다.

하지만, 그 직후에.

"뭐, 대충 이 정도죠."

어느새 미토츠다이라가 젓가락으로 우동을 건져낸 상태였다.

어? 마사즈미는 자신의 입에서 그런 목소리가 새어 나왔다는 사실을 깨달았다.

"방금, 어떻게 한 거야? 그거, 통과했잖아?"

"Jud. 그러니까, 뒤에서 건져 올린 거예요. 뒤에서 건져내면 수류도 우동이 한 번 헤집은 뒤니까 별로 여파를 받지 않죠."

"허나, 미토츠다이라, 네놈 말고 그렇게 할 수 있는 자가 있나?"

우르키아가가 묻자, 후타요와 텐조가 손을 들었다.

흐음, 그렇게 말하며 고개를 끄덕인 사람은 크로스유나이트다.

"……이거, 셋이서 건져내서 물을 털어내는 담당자가 될 것 같은 분위기가……."

"지, 지금은 그런 자리가 아니죠! 뒤풀이를 하러 온 거잖아요?!"

"……나루미, 네놈, 할 수 있는데도 손을 들지 않다니……."

"배가 고프거든."

역시 대단하네, 그렇게 생각하고 있자니 위에서 목소리가 들렸다.

"저, 저기 말이죠? 이거, 제가 사출 담당자가 되어버렸는데요."

"무슨 문제라도 있나?"

"이, 이대로 가다간 예약한 사람이 먹을 수가 없잖아요!"

"음~, 그럼, 아데레, 넌 거기서 소쿠리에 담긴 우동을 그냥 먹어도 된다."

"너무 쓸쓸하잖아요! 애초에 그런 건 그쪽이 해도 되잖아요!"

"아데레, 너무 도발하면 토리 군이 진짜로 하기 시작해서 험한 꼴을 볼 테니 그러지 마세요."

"아사마 양, 누구 편인지 잘 모르는 발언이라고요! 그거!"

그럼, 호라이즌이 그렇게 말하며 손을 들었다.

"아데레 님, 골치 아프니 그 소쿠리를 이쪽으로 가지고 오셔서 그냥 모두 함께 드시는 건 어떨까요."

"예, 예약한 제 아이덴티티 문제라고요……!"

"엄청난 아이덴티티구나."

"알고 있다면 굳이 말하지 마라."

"아니, 그럴 경우에는 한가운데에서 흐르는 물은 어쩔 건데?"

"마실 물이 항상 흐르고 있는 우동 가게라고 생각하는 건 어떨까요?"

"제, 제가 어째서 여기를 예약한 건지 의미를 알 수가 없어지잖아요!"

디렉터가 꽤 제멋대로 굴고 있다. 그런데 갑자기 손을 든 사람이 있었다. 메리다. 그녀는 이미 자신의 주위에 머플러처럼 유체광을 드리우면서.

"흘러내리는 물이 강으로 이어지고 있으니 물의 정령을 불러낼 수 있어요. ──텐조 님 대신이라고 하긴 좀 그렇지만, 제가 수류를 약하게 만들까요?"

마사즈미는 그 말을 듣고 모두가 기대하며 고개를 끄덕이는 모습을 보았다. 그리고 위에서 바르페트의 목소리가 들렸다.

"———앗, 이야기를 듣고 보니 수류 조정 기능도 있었죠! 지금은 '포탄급'이니까 일단은 '수행용'까지 낮출게요!"

"세 단계 정도는 더 낮춰!!"

마사즈미는 다른 사람들과 함께 외치며 새 젓가락을 뜯었다.

●

"그런데 신선한 느낌이네."

나루미는 이빨로 깨문 젓가락을 의완으로 잡아당기며 뜯었다. 반대쪽 손에는 우동 양념이 들어있는 그릇이 있는데.

"다테에서는 우동을 보통 핫으로 먹으니까. 이쪽에는 아이스도 종류가 많아서 좋아."

"우동에 핫과 아이스가 있다는 말은 처음 들었군."

"'찬 우동'의 반대말은 뭘까."

대나무 수로를 사이에 두고 건너편에 앉은 서기가.

"기본적으로 따뜻하게 먹는 게 보통이니까 '찬 우동'이 다른 버전일 것 같은데."

"그런가?"

그럼, 아사마 신사 대표가 그렇게 말했다. 그녀는 우동을 건져내고는.

"물로 씻는다는 문화가 자리를 잡고 있으니 극동에서는

차게 먹는 것에 가치가 있죠. 그래서 그냥 먹는 것에 비해 약간 격이 높은 느낌이 드니까 '찬 우동'이라고 강조하는 것 같아요."

"──아사마 신사 대표가 그렇게 말한다면 그게 맞겠지."

"이 설득력 차이에서 오는 인격 인식 차이는 대체 뭔데?!"

"인격 인식 차이에서 설득력 차이가 생기는 거 아닐까?"

공중에서 그렇게 말하는 목소리가 들렸다.

나루미가 올려다보니 제3특무와 제4특무가 공중에서 나선궤도를 타고 내려왔다. 빗자루는 이미 옆구리에 끼고 있는 상태였고, 날개로 활공하고 있다.

소리가 거의 나지 않네, 그렇게 생각하고 있자니 백마녀가.

"이제야 합류했네. ──입장제는 아니지?"

"Jud.! 빈자리가 두 곳 나란히 있으니 그쪽에 앉으세요!"

"그래~."

흑마녀가 그렇게 말하며 공중에서 몸을 회전시켰다. 그것 도 세로 방향으로 머리부터.

착지 거리를 줄이기 위한 회전. 그녀들은 등에 추진력을 지닌 날개가 있기 때문에 기본적인 자세는 몸을 앞으로 숙이게 된다. 발뒤꿈치로 착지하려면 충분히 속도를 줄여야만 허리를 앞으로 내밀 수 있기 때문이다.

그렇기 때문에 한 바퀴 회전해서 억지로 속도를 죽이고, 다리부터 앞으로 내밀고는.

"얍."

자리 바로 뒤. 날개 공간만 차지하며 둘이서 동시에 착지하는 모습을 보니 대단했다.

그러한 기술을 일상적으로 사용하는 모습을 볼 수 있다니 운이 좋다. 센다이 성의 발착장이 한순간 떠올랐고, 그 일상의 분위기가 생각났다. 그리고 두 사람이 서로 빗자루를 맞대는 듯이 서서는.

"———모두 있어?"

"안 돼, 마르고트, 우동 부부가 없잖아."

• **마루베야** :『누가 가겠냐, 빌어먹을———!』

"……토모? 둘 다 풀려났나요?"

"네? 네, 오던 도중에 마사즈미와 함께 수속을 밟고 처리했으니까요."

그래, 나루미는 그렇게 생각했다.

회계와는 오다와라 정벌 때 전투를 벌였다. 회계 클래스가 부장 클래스를 상대하려 하다니, 정말 배짱도 좋긴 한데, 그 정도로 나서주는 게 도움이 된다. 특히 돈을 기준으로 삼는다면, 쓰러뜨린다 하더라도 손실이나 보충도 이해하기 쉬우니까.

……물론, 이건 두 회계의 됨됨이를 모르는 내 시점이다.

"키요나리, 두 회계는 어떤 사람들이야?"

"기준이 돈이라 손실이나 보충을 이해하기 쉬운 녀석들이다."

그래, 나루미는 그렇게 생각했다. 더 이상 생각하지 않기로 했다.

그런데 통신에 말이 떴다.

• **마루베야** :『일단 이쪽은 상가나 배 정비를 알아보고 있으니까. 이왕 가는 거 배를 타고 그쪽으로 데리러 가줄까? 유료로!』

• **부회장** :『뭐, 타당한 금액이라면 받아들일게. 정말로 14일까지 돈을 지불할 수 있는 거겠지? 자칫하다가는 내가 뒤집어쓸 수도 있으니까, 일단은 도망치지 마라?』

• **마루베야** :『괜찮아! 두 배로 갚아줄게!』

……글러먹은 거 아닌가…….

진심으로 그런 생각이 들었지만, 우동이 왔기에 건져냈다. 그래도 이렇게 시간을 보내고 있자니.

"———오겠네. 와야 할 자가."

발소리가 울렸다. 모두가 있고, 주위에는 다른 손님도 있는 곳이지만.

……전투 계열이 아닌 발놀림과 아직 미숙한 발소리. 그리고———.

나루미는 자기 주위를 보았다.

다들 우동을 기다리며 자세를 취하고 있었고, 상황에 따라서는 하류 쪽을 견제하는 시선으로 보고 있기도 하지만, 말은 없다.

다시 말해, 주위의 소리를 신경 쓰고 있다는 뜻이고.

"———어라, 이미 모여 계셨나요? 저희 같은 사람들도 참가하고 싶습니다만."

　온 사람은 크리스티나와 나가오카 타다오키다.

　하얀 셔츠에 롱 타이트, 그런 옷차림 옆에는 평상복 셔츠와 반바지 차림인 소년이 있었다.

　자, 크리스티나가 그렇게 말하고 미소를 지으며 손을 들었다.

　품속에서 꺼낸 것이 하나 있다. 그것은.

　"―――카를로스 1세가 루돌프 2세의 탑에 남겼다는 메모가 있었지요?

　거기서 그가 물었던 내용을 기록한 편지. 제가 오라니에 공에게 받은 것이 이것입니다만?"

크리스티나가 들고 왔다는 카를로스 1세의 '질문'이 적힌 편지.

　오라니에 공에게서 받았다는 그것이 어떤 것인지 상상하면서도 다들 우선.

　"이제 그걸 검토해야 할 텐데, ……우동은 어떻게 할까?"

　"이거, 의외로 회의하고는 잘 맞지 않는 식사 시스템이란 말이지……."

　나르제는 그렇게 말하며 연속으로 사출되는 우동을 자신의 페이스에 맞게 건져내며 중얼거렸다.

　마사즈미가 크리스티나와 나가오카에게 '미안, 이제 막 시작한 참이라 준비가……', 그렇게 변명하고 있는데, 신이 나서 편지를 들어 올리고 있는 그녀가 구경거리처럼 보이기도 했다. 아무튼.

　"……이거, 흘려보내고 있는 아데레는 먹을 생각이 없는 건가?"

　"아니, 있는데요! 저도 먹을 생각이 있다고요! 하지만 이렇게 많은 사람들이 먹을 몫을 처리하다 보니 그쪽으로 갈 타이밍을 못 잡아서요!"

　그렇다면 어쩔 수 없겠네요, 미토츠다이라가 그렇게 말하며 은쇄를 끌어냈다.

　『?』

사슬이 암을 들어 올리고 의아해하다가 미토츠다이라가 지시를 내리자 아데레 쪽으로 향했다. 그러고 보니 영국에서도 이런 걸 했었죠, 그런 생각이 드는데.

"———일단 이제 아데레도 합류하겠네. 우동도 보고 있을 테고, 칸토에 있는 녀석들하고도 연결은 된 거지? 그렇다면 다음 단계, ———이제 보여줬으면 좋겠어, 이번 이야기의 전제가 될 카를로스 1세의 물음을."

그렇게 말하자 우선 아사마가 표시창을 띄웠다.

거기에 있는 것은 어젯밤에 모리 테루모토에게 받은 메모의 내용이었다.

적혀 있는 것은.

《**타이쿄 님에게 말장난 질문**
윌리엄에게 부탁할까》

나르제는 적힌 글자와 함께 상대방을 보았다.

스웨덴 총장 크리스티나. 그녀에게 마사즈미가 말했다.

"———이 메모의 내용. 다시 말해 카를로스 1세가 '타이쿄 님'에 대한 질문을 네덜란드 총장이었던 오라니에 공 윌리엄에게 부탁했다, 그런 사실을 나타내고 있지.

그리고 그 '질문'의 내용을 당신이 가지고 있다고 모리 테루모토에게 들었다."

이것은 사실이다. 크리스티나는 지금, 그 '질문'이 적힌 편지를 들고 있다.

……양피지구나.

역사재현을 따르기 위해서만이 아니다. 표시창으로 인해 정보화된 말은 자칫하다가는 넷을 통해 단숨에 퍼져나갈 수도 있다.

하드 쪽에 보존하는 건 일종의 보안 장치다.

양피지 편지로만 남겨져 있다만, 그 정보는 유일한 존재.

그 사실을 이해하고 있는지, 마사즈미가 질문을 던졌다.

"거기에 적힌 내용을 우리에게 가르쳐줄 수 있나? 스웨덴 총장."

●

미토츠다이라는 크리스티나의 움직임을 보았다.

그녀는 고개를 갸웃거리며 이렇게 말한 것이다.

"───기본적으로 저와 무사시의 관계는 혼노지의 변에 개입하는 것에 대한 관여, 그렇게 생각하고 있습니다만……."

그녀의 태도와 하는 말이 무슨 의미인지는 알겠다. 다시 말해.

"그 편지에 대한 요청을 받아들일 경우, 혼노지의 변에 대하여 이야기를 나누는 것 등은 없던 것으로 하겠다, 그런 뜻인가요?"

"국가 간의 거래로서는 그렇게 하지 않으면 스웨덴이 위험해지니까요, 네."

정론이다. 그리고 크리스티나의 상황도 어쩔 수 없긴 마찬가지다.

이쪽과 친하게 지내고 싶다는 마음 자체는 있을 것이다.

……거짓말은, 아닌 것 같네요.

지금 우리에게 동정을 살 이유 같은 것도 없고, 아마 그녀는 교섭 능력이 그리 뛰어나지 않을 것이다.

무표정함을 유지하는 실력은 좋을 것이다.

정보를 모을 때도, 내보낼 때도, 제일 안전하게 진행할 수 있는 방법은 관심이 없는 척하는 것이다.

하지만 그녀에게는 한 가지 약점이 있다. 그것은.

……자기 자신이죠.

다른 사람, 다른 나라 같은 자기 바깥에 있는 것에 대해서는 관심이 없는 척하면서 '물건'처럼 다룰 수 있다. 하지만 자신과 직접 관련이 있는 것에 대해서는 그럴 수가 없다.

감정이 새어 나오고, 무관심의 껍질이 부서져 버린다.

방관자가 되는 것은 능숙하지만, 당사자가 되는 것은 서투르다고 해야 할까.

지금도 마찬가지다.

뇌르틀링겐을 통해 크리스티나는 아마 '이쪽에 붙었다'는 것을 자각하고 있을 것이다. 하지만 그렇게 생각하면 그녀의 지금 같은 입장은 복잡하다.

스웨덴은 30년 전쟁을 안전하게 끝내고 베스트팔렌에서 전승국을 자칭하고 싶어한다.

본국의 의향은 무사시에 별로 관여하지 마라, 그런 느낌일 것이다.

크리스티나가 그 입장을 무시할 수 있을 리도 없다. 그렇기 때문에.

"그럼, 마사즈미, 어떻게 할 건가요?"

Jud. 마사즈미가 그렇게 말하며 고개를 끄덕였다.

"뇌르틀링겐에서의 구출. 그것과 맞바꾸어 편지를 받도록 하지."

그녀의 결정을 듣고 나루미가 눈썹을 치켜떴다. 그녀는 젓가락을 들어올린 다음.

"……무사시의 목적으로 따지면 혼노지의 변에 대한 개입에 그녀의 도움을 받아야 하지 않아?"

"그쪽에 어떤 방법을 쓸지는 내게 몇 가지 생각이 있어. 그러니 혼노지의 변 개입 보조는 저번에도 말했다시피 스웨덴 총장과는 아예 처음부터 교섭하고 싶은데."

말했다. 그 말을 들은 나루미는 고개를 끄덕였다.

"옵션이 있다면 그쪽에 맡길게. 촌스러운 질문을 했구나."

"아니, 확인하는 건 중요하지. ───스웨덴 총장도 그러면 되나?"

그렇게 묻자, 크리스티나가 어깨를 늘어뜨리며 고개를 끄덕였다.

"Tes. 저도 그러는 게 마음이 더 편하지요. 네."

그러니까.

"혼노지의 변에 대한 개입, 그것에 대해 스웨덴에 무언가

를 부탁한다는 교섭이라면 나중에 다른 기회를 잡아 진행했
으면 좋겠습니다."

　미토츠다이라는 그녀가 한 말을 듣고 고개를 끄덕였다. 아
사마가 기록을 맡았고, 네신바라도 고개를 끄덕이고 있다.

　크리스티나도 가슴에 손을 댄 채 고개를 끄덕이고 있는
걸 보니.

　……방금 그녀가 한 말은 '공식'이 되겠네요.

　조만간 혼노지의 변에 대한 개입을 놓고 그녀와 토론을
벌이게 된다.

　• **은랑** :『한 발짝 크게 내디뎠네요…….』

　• **부회장** :『뭐, 완전히 안심할 수는 없지만, 가능성은 펼
쳐졌어. ———바람직한 일이지.』

　뭐, 그래도, 마사즈미가 그렇게 말하며 스웨덴 총장을 보
았다.

　"이번에 편지를 넘겨받는 문제도 신경을 좀 쓰도록 해
야지."

　그리고 마사즈미가 이렇게 말했다.

　"스웨덴 총장. ———당신의 남편은 당신의 가족인가?"

●

　"네?"

　크리스티나는 갑작스러운 그 질문에 당황했다.

남편이라는 존재. 아니, 타다오키는 아직 원복을 맞이하지 않았기에 결혼할 수가 없다.

……그러니까, 저기, 지금 남편이라는 기준을 말씀하셔도…….

그때, 손가락에 닿는 것이 있었다.

타다오키다. 그가 내 손을 잡으려다가.

"_____."

한 번 거두었기에 무슨 의미인지도 모르고 답해주려 했던 게 실수였다.

그에게 손을 뻗은 순간. 그도 이쪽을 향해 손을 뻗었다.

결국, 잡힌 위치가 올라가서 손목을 잡혔다.

하지만 그는 아랑곳하지 않고 힘을 주며 다시 무사시 부회장을 보았다.

"내가 가족이냐고?

―――맞아. 그게 보통이잖아. 남일 리도 없고, 그럼 뭐라는 건데."

크리스티나는 그 목소리를 듣고 숨을 삼켰다.

……정말로.

법률이나 규칙, 관습 같은 것이 아니라 서로의 관계를 각자 정하려 한다.

신선하네요.

크리스티나는 그 의미를 인정했기에 대답했다. 어라, 어라, 제가 미소를 짓고 있네요, 그렇게 생각하면서.

"Tes. 그렇답니다. 타다오키 님과는 가족 관계이니까요."

딱 잘라 말했다.

오오, 무사시의 제3특무가 그렇게 말하며 고개를 끄덕였다. 그리고 무사시 회장이 고개를 끄덕이고는.

"그럼 당신이 가지고 있는 편지는 그 나가오카 소년과 공유할 수 있다는 거군?"

크리스티나는 방금 들은 말과 그 의미를 깨달았다.

무사시 쪽에서 이 대화를 통해 뭘 하려는 건지.

……약간의 배려. 그런 거로군요.

담긴 뜻을 이해했다. 그 내용은 전면적으로 동의할 수 있는 것이었기에, 크리스티나는 무사시 부회장을 향해 고개를 숙여 인사했다. 그리고.

"타다오키 님, 이걸 봐주시겠어요?"

●

크리스티나는 자신이 들고 있던 양피지 편지를 타다오키에게 건넸다. 그러자 그는 그것을 아무렇게나 받아들고 한쪽 손으로 휘두르는 듯이 펼쳤다.

세로로 들고 위아래로 훑어보고는.

"……응?"

가로로 펴들고 아, 그렇게 중얼거린 그는 지금 모두가 주목하고 있다는 걸 눈치채지 못했다.

하지만 그는 일단 양피지 쪽으로 얼굴을 가져대고는 눈을 가늘게 떴다. 잠시 후, 고개를 갸웃거리고는.

"자, 돌려줄게. ……아니, 이게 뭐야."

크리스티나는 그가 돌려준 것을 받아들며 물었다.

"어떠신가요?"

"어떻고 자시고도 없는데."

타다오키가 눈을 피하며 입에 힘을 주고는 말했다.

"나열된 숫자? 수식 같은 거라면 내게 기대하지 말라고. 뭐가 적혀 있는지 모르겠어."

그가 한 말. 곤란하다는 듯이 꺼낸 그 말에 대답한 사람은 내가 아니었다.

Jud. 그렇게 대답한 사람은 무사시의 부회장이었다.

"──그렇군, 그럼 그 편지를 이쪽에서 받도록 하지, 나가오카 부인.

호라이즌, 두 팔을 내밀어주겠어? '은밀히' 받아줘."

아, 무사시 총장이 그렇게 말하며 손을 들었다.

"호라이즌, 받은 다음에 네이트에게 줄래? 그게 제일 좋을 것 같으니까."

●

타다오키는 지금 상황이 어떤 의미인지 알 수가 없었다.

어떤 흐름인지는 모르겠지만, 내가 편지를 읽지 못해서

크리스티나가 그것을 무사시 쪽에 넘기게 된 것 같다. 아니, 그렇게 된 건지 여부도 이해가 안 된다.

……어떻게 된 거지?

그런데 내 눈앞에서 테이블 아래로 다가온 두 팔에게 크리스티나가 편지를 건네버렸다.

"이봐, 잠깐만. 네 건데, 넘겨줘도 되는 거야?"

"───타다오키 님, 그런 말을 확실하게 하면 안 되는 현장이랍니다?"

그녀가 곤란한 듯한 표정을 지으니 나도 물고 늘어질 수가 없다.

안 좋은 흐름을 만들어버렸네, 그런 생각이 들긴 하지만, 혼자만 따돌림당하는 듯한 느낌은 싫다.

연하. 바보 취급당하거나 무지함을 이용당하고 싶지 않다.

그런 내 마음을 눈치챈 건지, 무사시의 부회장이 이렇게 말했다.

"딱히 너를 바보 취급하고 그런 건 아니다, 나가오카. ───왜냐하면, 네가 편지를 보고 느낀 견해는 나가오카 부인도 똑같이 느낀 것이기 때문이지."

"뭐? 이 녀석, 이걸 읽을 수 있는 거 아니었어?"

아뇨, 아뇨, 부인이 그렇게 말하며 미소를 지었다.

"읽지 못하게 되어버린 거랍니다."

"뭐어?"

거짓말이라는 건 이해가 된다. 하지만.

……내게 '맞춰주었다'고 하더라도 동정 같은 이유 때문은 아니겠지. 다시 말해———.

"그러니까, 다시 말해서, 내 견해가 나와 이 녀석의 견해가 된다는 뜻인가?"

"되었다, 라고 할 수 있겠지. 안 그런가? 스웨덴 총장."

"Tes. ———저는 지금까지 그걸 읽을 수 있을지 여부에 대해서는 따로 말한 적이 없으니까요."

부인이 한 말. 그것을 통해 역산해서 생각해보면 '그녀가 편지를 읽을 수 있을지 여부'다.

……다시 말해, 이 녀석은 지금까지 읽을 수 있다, 또는 읽을 수 없다는 말을 하지 않았다.

그런데 '내가 읽을 수 없는 것'에 맞춰서 '이 녀석도 읽을 수 없다'가 된 것은.

"이 녀석이 읽을 수 있을지 여부는 내게 달렸다고 하게 된 건가…….'

아니, 그게 아니다. 미묘하게 다르다.

……그렇게 '달렸다고 하게 된 것'이 아니다. 그런 걸로 '했다'는 것이다.

이 정도는 스스로 이해하고 싶다. 그래서 끙끙대며 생각에 잠기자.

"후후, 멍청한 동생아. 나가부토가 뭔가 생각에 잠겼는데?"

"어쩔 수 없구나. ———이봐, 나가부터, 부인, 이쪽으로 와. 우리 옆으로. 상류 쪽이 비었으니까 적당히 의자를 가지고 와서 자리를 잡아."

"아니, 너, 화제를 중간에 끊으려 해도 그렇게는━━━."

손을 잡아당기는 사람이 있었다. 돌아보니 부인이 내가 잡은 손목을 들어 올리고는.

"타다오키 님, 가시죠."

바람직하지 않다, 그런 생각이 들었다. 어찌 됐든 내가 이용당한 느낌이 들었고, 어째서 그렇게 된 건지도 아직 제대로 이해하지 못하고 있다. 하지만.

……뭐, 내가 다 큰 뒤에도 얕보지 않는다면 상관이 없지만.

내후년에 두고 보자, 그렇게 생각할 정도로는 여유가 있다. 그러니까.

"어쩔 수 없지. 그래도 좀 가르쳐달라고, 부회장.

이 편지, ━━만약에 내가 읽을 수 있다면 어쩔 셈이었지?"

"━━이 바보에게 읽게 했을 거다."

그녀가 곧바로 대답하자 주위에 있던 사람들이 움직임을 멈췄다. 하지만 부회장은 두 팔을 벌리고.

"다들, 대충 어떻게 되었는지는 이해했겠지. 자칫하다가는 저 편지를 잃게 되거나, 상황 증거로 파수대에 압수당했을지도 몰라. 하지만 이 녀석은 절대로 읽을 수 없지. 꼴사나운 변명을 늘어놓으면서 밥을 맛없게 만들었을 거야. 혹시나 평생 기억날 수도 있고. 나는 확신할 수 있다."

"……별로 듣고 싶지 않은 말이긴 한데, 그래서 대체 어떻게 할 건데."

그렇게 묻자 제3특무와 제4특무가 귀를 막았다.

"됐어, 말해, 마사즈미."

"너희들, 자기 방어가 너무 빠르잖아. ———뭐, 그래도, 나가오카, 바보가 읽지 못한다면 이야기는 간단해."

부회장이 젓가락을 들어 올리며 말했다. 공중을 잡는 듯이 막대기 두 개를 움직이면서.

"———가치가 없는 것으로 간주하고, 그러면 쓰레기가 될 테니 내가 회수했을 거다."

●

"뭐?"

나가오카는 고개를 갸웃거렸다. 부회장이 한 말의 의미를 아직 이해하지 못했기 때문이다. 왜냐하면.

"이 녀석이 가지고 있던 그 메모에는 가치가 있잖아?

어째서 그 바보가 읽지 못하면 가치가 없어지는 건데? 그 바보가 신이라도 되는 거냐고."

항의했다. 하지만.

……어라?

왠지 방금 내가 한 말로 인해 이야기가 이어진 것 같다는 느낌이 들었다.

그 이해를 도와주려는 듯이 바보가 목소리를 냈다.

"그럴 경우에 너는 어떻게 할 건데."

"아니, 그야, 그렇지 않다고 했겠지. 내가 읽을 수 있고, 그 내용을 알 수 있다면 가치가 있는 거라고."

"하지만 나는 읽지 못하잖아?"

"그렇다면 내가 네게 내용을————."

그렇게까지 말하자 모든 것이 이어졌다.

……아, 그렇구나.

알겠다. 바보가 읽지 못하고, 읽을 수 있는 내가 가치를 주장한다면.

"내가 그 내용을 가르쳐주지 않으면 가치가 있는지 여부조차 판단할 수가 없구나."

"맞아. 그럴 경우에는 우선 상품을 보여달라고 했겠지."

다시 말해.

"그렇게 되면, 나가오카, ————너는 우리에게 편지를 읽어주어야만 할 거다."

그렇다. 내가 읽을 수 있고, 바보가 읽지 못했을 경우, 그리고 내가 가치를 주장할 경우, 그럴 수밖에 없다.

내가 그 내용을 무사시 측에 가르쳐주지 않는 한, 무사시 측은 그 가치를 인정할 수가 없기 때문이다.

그건 교섭으로 따지면 이쪽이 매우 불리한 경우이고, 한 가지 문제가 발생한다.

……스웨덴의 입장이 위험해진다.

무사시에게 교섭 카드의 내용을 누설하는 데다, 교섭을

포기하는 거나 마찬가지다.

　내가 깨달은 것을 눈치챘는지, 부인이 말했다.

　"네, 그럴 경우에 저로서는 타다오키 님께 내용의 공표를 피해달라고 말씀드렸겠지요."

　그렇겠지, 타다오키는 마음속으로 그렇게 생각하며 부인의 상황에 대해 생각했다.

　"저기, 이봐."

　"왜 그러시죠?"

　"무사시 쪽에 붙을 생각이지?"

　"———스웨덴으로서는 대답할 수 없는 질문입니다만?"

　그렇다면, 타다오키는 그렇게 생각했다. 내 부인으로서는 어떤 거냐고.

　잡은 손목. 이게 손바닥이었다면 맞잡아주는 제스처 같은 것을 보였을 것이다. 하지만.

　"무사시 쪽이다."

　뇌르틀링겐. 고백해서 받아들여졌다. 나는 무사시 소속이다. 그 사실을 이해하고 받아들여 주었고, 부인도 마찬가지다. 그렇게 믿고 있다.

　그렇다면, 지금 같은 경우에는 어떻게 될까.

　"내게 내용의 공표를 피해달라고 하지 않아도 상관없어."

　"———그런가요?"

　"Jud. ———나도 이렇게 말할 거야. 내용을 봤는데, 가치가 없었다고."

그러니까, 타다오키는 그렇게 말하며 손가락으로 가리켰다. 좀 전에 부인이 내주었고, 상대방이 받은 양피지를 손가락으로 가리켰다.

　저것이 정치적으로 매우 중요하다는 건 알고 있다. 무사시가 승전의 대가로 원할 정도로 중요하다는 사실을 나도 알고 있다.

　하지만 그런 말을 꺼내면 부인은 저것을 무사시 쪽에 넘기기 힘들어진다. 무사시에 관여하지 않았으면 하는 스웨덴을 배려해주는 꼴이 된다.

　그렇다면, 부인의 가족, 대리자가 될 수 있는 나는 이렇게 말해야만 한다.

　"그런 건 필요 없어. ———읽어보긴 했는데, 딱히 대단한 내용도 아니고."

　하지만, 그렇게 말하며 부인의 손을 잡아당겼다. 안내받은 자리로 가면서.

　"저녁밥이나 좀 달라고. 그 정도 가치는 있을 거 아냐."

●

　"끝났어?"

　나르제가 귀를 막은 채 묻자 미토츠다이라는 고개를 끄덕였다.

　어떤 의미로는 역시 대단하네요~, 늑대는 그렇게 생각하며 다가온 두 팔에게서 편지를 받아들었다.

"나의 왕이 보조해주고, 호라이즌의 두 팔이 잘 이어받았네요."

"아리아더스트 군의 두 팔은 뇌르틀링겐에서도 정체불명의 괴이 취급이었으니 미토츠다이라 군은 그 편지를 괴이가 떨어뜨린 물건으로 손에 넣은 게 되는 건가……."

실제로도 그러니 뭐라 해야 할까. 아무튼.

"'누군가가 직접 받았다'는 건 아니죠. ──그런데, 마사즈미, 이거 말인데요……."

"야, 이놈, 바보, 미토츠다이라에게 받게 해서 어쩔 셈이었던 건데."

마사즈미의 목소리가 왕에게 향했다. 보아하니 나의 왕은 호라이즌과 함께 온 힘을 다해 우동을 먹고 있었다.

"어? 뭐,──가! 치, 치사하다! 호라이즌! 돌아온 두 손을 쓰지 마!"

"큭큭큭, 패자의 하소연은 승자에게 있어서 달콤하군요."

"저기, 호라이즌? 코에 뭔가……."

아사마가 그렇게 말하자 호라이즌이 모두가 주목하는 가운데 천천히 뒤로 돌아섰다. 그녀는 콧구멍을 한쪽 막은 다음, 흥, 소리를 냈다.

잠시 후, 호라이즌이 아무렇지도 않게 돌아서서는.

"무슨 일이시죠? 아사마 님, 대체."

"아뇨, 그렇게 넘어간다면, 음, 상관없긴 한데요……."

상관없는 모양이다. 그렇다면 나는.

"저기, 나의 왕? 이 편지, 제가 받았는데요———."

"어? 아, 그러면 돼. 왜냐하면 그거, 시작 지점이 된 메모는 네이트가 가지고 왔으니까. ———엑자곤 프랑세즈나 마망 같은 사람이 보더라도 지금은 네이트가 편지 소유자가 되는 게 체면도 서는 거 아니야?"

너무 배려해주시는데요? 미토츠다이라는 그렇게 생각하고 쓴웃음을 지으며 자리에서 일어났다.

그리고 살펴보니 크리스티나가 쓴웃음을 지으며 어깨를 으쓱였다.

"……나라와 나라의 관계는 골치 아픈 것이로군요."

"아뇨, 그것도 처음만 그렇지, 무사시는 익숙해지면 조잡하게 대할 텐데요?"

"그렇다면, 그게 더 마음이 편할 것 같네요."

그리고 나는 그녀에게 받은 것을 들어올렸다.

모두가 바라보고 있는데, 우선은 고개를 숙여서 인사했다. 그런 다음.

"저기, 그럼, 이걸 나의 왕께 헌상하겠어요."

내 의자를 들고 가서 왕과 공주 뒤에 앉았다.

……이 편지는 우선 왕께 보여드려야겠죠.

호라이즌과 왕이 들여다보는 시선을 펼친 편지로 받아냈다. 마치 장난감을 사다 준 아이 같다는 생각을 하며 펼친 양피지.

조명 술식 아래, 갈색 양피지 위에 보인 것은.

"……대체 뭐죠? 이게."

적혀 있는 것은 나열된 숫자였다.

제13장
『흐르는 곳의 사색자들』

이게 뭐죠?
이게 뭘까요?
그 왜, 그거야!
배점・(너는 조용히 있어)

크리스티나에게 받은 편지.

그것을 펼친 미토츠다이라는 어떤 문자의 나열을 보았다.

숫자였다. 두 자리, 세 자리. 그것이 여러 개 늘어서 글 같은 형태를 구성하고 있다.

미토츠다이라는 소리 내어 읽으려 했다. 하지만 이런 걸 소리로 듣는다 하더라도 이해할 사람은 없을 것이다.

그렇기 때문에 미토츠다이라는 곧바로 표시창을 띄웠다. 촬영 술식으로 양피지의 숫자를 읽어 들였다.

"──────저기, 여러분? 이거, 무슨 의미인지 아시는 분, 계신가요?"

●

크리스티나는 타다오키에게도 온 양피지 이미지를 보았다.

적혀 있는 문자열은 잘 알고 있는 것이다. 그것은.

"12, 46, 57, 68──────."

"너, 이거, 기억하고 있어?"

"자주 보던 거니까요, 그럭저럭요."

대단하네, 그렇게 진심으로 감탄해주니 약간 기쁘다. 이 기억력은 자신이 있기 때문이다.

그래서 타다오키의 시선에 맞춰 말했다. 자랑스러워하는

증거를.

"——58, 78, 66, 110, 32, 43."

한 줄 띄고.

"96, 26, 94, 115, 79, 90, 26, 42, 106, 43, 82, 115, 91."

다시 한 줄 띄고.

"90, 92, 42, 23, 79, 81, 104, 83, 42, 105, 11, 87, 84, 85, 86."

"진짜로 기억하고 있구나……."

아차. 감탄하는 정도를 넘어서서 약간 정색하고 계시네요.

"저, 저기."

그렇게 말하며 당황하자 타다오키는 착각한 모양이었다.

아, 그렇게 말하며 그가 표시창을 이쪽에 보이게끔 해주었다.

아마 기억하고 있는 게 거기까지일 거다. 방금 당황한 모습을 보고 그런 식으로 짐작한 모양이었다.

아니, 그 뒷부분도 기억하고 있다.

하지만, 남편의 착각과 배려가 기뻐서.

"감사합니다."

그렇게 말한 다음, 크리스티나는 다시 숫자를 읽기 시작했다.

"31, 24, 84, 73, 100, 64, 43, 18, 75, 90, 26, 42, 83, 84, 85, 86, 55."

숨을 돌렸다. 다음이 마지막이다. 약간 떨어진 위치에 숫자가 늘어서 있다.

"———81, 43, 75, 67, 19, 20, 36, 77, 101, 23, 90, 25."

그걸로 끝이다.

그리고 크리스티나는 어깨를 늘어뜨리며 눈을 들었다.

주위에서 모두가 침묵하고 있었다.

하지만 그렇게 입을 다문 것은 좀 전에 그랬듯이 견제하거나 그렇게 나쁜 예감이 드는 모습이 아니었다. 모두가 진지하게 표시창을 바라보고 있기 때문이다.

"저기."

나는 이것을 해독했다.

그 해독에 대한 조언을 원하는지 여부를 물어보려 했다. 하지만.

"아, 우동을 먹도록 해, 스웨덴 총장. 지금 눈앞으로 다가온 안건에 대해 처음으로 생각 중이야. ———은쇄가 서브해줄 테니 그쪽에서 먹고."

올려다보니 위쪽에서 사슬이 젓가락을 잡고 이쪽을 살펴보고 있었다.

통하려나요, 그렇게 생각하며 고개를 끄덕이자 사슬이 파도치며 감긴 수건을 휘두르며 우동을 서브하기 시작했다.

●

• **부회장** : 『이렇게 편지를 얻게 되었는데, 다들 첫인상을

말해줘.』

- **마르가** :『오타쿠, 해독하라고, 이거.』
- **미숙자** :『그, 그 명령은 대체 뭔데!』
- **호라코** :『네신바라 님———!!』
- **미숙자** :『이, 이럴 때만 그렇게 나오기야?! 그렇게 나오는 거구나?! ———이건, 그러니까, 그거야. 숫자 하나하나에 '있음, 없음'이 포함되어 있고, 그것을 해독함으로써 한쪽 숫자가 말을 전달한다는 그런 암호지!』
- **안경** :『저번에 엑자곤 프랑세즈의 학생회장이 숫자와 문자의 치환이라고 하지 않았어? 그렇다면 그 방법은 틀린 것 같은데?』
- **호라코** :『미토츠다이라 님———!』
- **은랑** :『나의 왕———!』
- **나** :『호라이즌———!』
- **호라코** :『———이제 틀린 것 아닐까요.』
- **약 전원** :『포, 포기하기 시작했어……!』

●

모두의 참담한 상황을 보고, 칸토에 있던 긴은 이렇게 생각했다.

……밖에서 보니 정말 심하네요…….

진심으로 그렇게 생각하고 있는 지금, 이곳은 밤의 해변이다. 앞바다에는 화톳불을 피워두고 거기로 몰려드는 물고기를 작은 배 위에서 그물로 잡는 한편, 우리가 있는 해변 위에서는 몇 군데 설치한 화덕을 이용해 조리를 진행하고 있다.

오쿠보의 제안으로 비가 오지 않는 한, 이 해변에서 모두가 식사를 하게 되었다.

그 이유는 배급과 비축 관리를 간편하게 하기 위해서, 그리고 모두가 의견을 원활하게 교환하기 위해서였고.

"트레스 에스파냐에서도 여러 시설이 있는 알칼라 데 에나레스나 사람들의 시장 같은 곳이 이러한 역할을 맡고 있었죠, 무네시게 님."

"타치바나 가문은 거리보다 약간 높은 위치에 있어서 항상 오갈때는 시장의 노점 식당에서 끼니를 때우곤 했습니다. ───가끔 들리는 긴 씨의 소문 같은 게 꽤 흥미로웠고요."

처음 듣는 이야기다. 이런 곳에서 무슨 말을 하나 싶긴 하지만, 무네시게도 지금 같은 상황을 안 좋게 보진 않는 모양이다.

"───결전을 치른 날은 다들 '열심히 해!'라고 하면서 배웅해주었는데, 긴 씨의 두 팔을 자르거나, 이런저런 일 때문에 제가 한동안 타치바나 가문에 머물렀잖습니까. 아래쪽 거리에서는 '그 녀석, 드디어 살해당했나'라는 소문이 퍼져버려서요."

"질 거라 생각한 것 아닐까요. 아무튼 귀중한 화제네요, 무네시게 님."

뭐, 그래도.

"━━━괜찮아요. 지금 무네시게 님은 강하십니다. 당시부터도 그러셨고요."

"좀 더 강해질 겁니다. ……이곳을 보고, 다른 사람들을 보고 있자니 그런 생각이 드네요."

무네시게는 조용히 말했다.

"싸움에서 이기니 안도도 되지만, 역사를 움직였다는 충실감도 듭니다."

"움직여지는 것도 나쁘지 않네요."

그러게요, 그렇게 말하며 진 경험이 있는 사람들끼리 짓는 미소가 화톳불 너머로 보였다.

갑자기 그의 얼굴이 다가왔고.

"━━━."

망측하다고 생각하면서도 승전이라는 명분으로 3초 정도 자신에게 허가를 내주었다.

그리고, 숨을 돌린 다음.

"……무네시게 님, 무사시 분들이 좀 그런 느낌입니다만."

"네, 좀 전에 봤는데, 그건 무언가를 전하기 위한 문장이 군요."

그 말을 듣고 긴은 생각했다. 무네시게는 이중 습명자다. 타치바나 무네시게 말고도 스페인의 우정 사업을 민간에서

361

시작하여 주름잡은 가르시아 가문의 우두머리다.

　편지나 서면을 다루는 입장상, 문자 계열에는 지식이 있다. 다시 말해.

　"———무네시게 님! 사이트에 올릴 수 있어요!"

　"저도 예상치 못한 곳에서 능력을 살릴 수 있게 되었군요."

　무네시게가 표시창에 말을 만들어냈다.

　• **타치바나 남편** : 『안녕하세요! 타치바나 무네시게입니다!』

●

　• **빈종사** : 『……이유가 뭐죠? 자기소개를 하기도 전에 인사만으로 누구인지 알아볼 수 있겠는데요.』

　• **나** : 『아니, 이토켄하고 멋진 승부가 되지 않을까?! 이토켄, 자!』

　• **음란** : 『여어, 안녕하세요! 수상한 자가 아닙니다! 인큐버스인 이토 켄지입니다!』

　• **벨** : 『아, 이토켄 군, 그거, 내, 내가, 그래서, 먼저, 여어, 라고 하는 거.』

●

　• **나** : 『야, 무네오. 먼저 이봐~, 라거나, 여어, 라는 말을

붙이지 않으면 벨 양이 너무 갑작스러워서 깜짝 놀랄지도 모른다고.』

그렇군요, 무네시게는 그렇게 생각했다.

• **타치바나 남편** :『이봐~, 알겠습니다! 이봐~, 앞으로는 주의하겠습니다! 이봐~, 맡겨만 주세요!』

●

• **호라코** :『졌네요, 토리 님.』

• **나** :『제, 젠장! 내 잘못 아니야! 내 잘못 아니라고 오———!』

• **아사마** :『자, 자, 스즈 양. 스즈 양 잘못도 아니니까 요~. ……저기, 귀찮으니까 제가 긴 양에게 고치라고 말해둘게요.』

●

고쳤다. 긴은 숨을 돌린 다음 생각에 잠겼다.

……자, 다시 처음부터 시작하고 싶은데요…….

"무네시게 님, 이게 무엇을 전하기 위한 문장이라는 게 무슨 뜻이죠?"

Jud. 무네시게가 그렇게 표시창에 말했다.

• **타치바나 남편** :『우선 이게 한 줄씩 띄고 나열되었다는

점이죠. 예를 들어 물품 리스트 같은 경우, 일람이기도 하고, 정보의 효율성을 꾀하기 위해 한 줄씩 띄어 쓰지는 않습니다. 그리고 같은 종류라면 ' '를 넣거나, 한 글자씩 띄어서 가로로 전부 나열했을 겁니다.』

· **10ZO** :『문장이라 해도 한 줄을 띌 필요는 없지 않겠소이까?』

· **안경** :『───전할 내용이 한 문장마다 굳이 이어붙일 필요는 없는 것 같네요.』

· **미숙자** :『없는 것 '같네요'오?!』

서기가 태클을 걸자 긴은 기분이 약간 안 좋아졌다는 사실을 느꼈다. 비슷한 생각을 한 건지, 영국의 작가가.

· **안경** :『다른 나라의 직책 보유자에게 충고할 때 반말을 하다니, 너는 대체 얼마나 바보인 거야?』

· **마르가** :『───어쩔 수 없지, 내가 교정해줄게. 음, 이게…….』

· **미숙자** :『잠깐만! 콘티를 짜지 마……!』

· **안경** :『짜지 '마'?』

· **미숙자** :『짜지 말아 주세요, 부탁드립니다!』

· **마르가** :『이쪽도 못 보면서 말하는 남자의 말을 들어줄 것 같아?』

"───화려한 양동과 멋진 일도양단이군요, 긴 양."

"Jud. 무사시의 주민들은 그런 부분이 예리해서 이야기하기 편하네요."

아무튼, 긴은 그렇게 물었다.

"무네시게 님. ———그밖에 이 양피지의 내용에 대해 하실 말씀이 있으신가요?"

"네. 숫자의 나열을 보면 알 수 있는 겁니다만, 줄이 넘어갈수록 길어지고 있죠."

다시 말해.

『적혀 있는 내용이 단계를 밟고 있다는 것 아닐까요. 그리고, 마지막에 몇 줄 띄고 한 줄이 있습니다만, 이건 '추신'에 가까운 내용 아닐까요.』

●

흐음, 미토츠다이라는 모두가 그렇게 말하며 고개를 끄덕이는 모습을 보았다.

……부장 보좌가 한 말이 사살이라면 이 내용은 의미가 확실히 있다는 거네요.

단순한 메모나 품목 리스트 같은 게 아니다. 그렇다면.

"그렇다면, 이 숫자의 해독은?"

"그냥 생각하기에는 이로하에 할당한 다음에 뭔가 다른 식을 적용한 거겠지."

서기가 턱에 손을 대며 말했다.

"우선 이로하를 숫자에 할당하고, 뭔가 암호표라거나, 자기들끼리 알고 있는 공식 같은 걸로 노이즈를 끼게 만드는

365

거야."

"예를 들자면?"

"카를로스 1세의 서간이라면 '1'세니까 1을 더한다거나. 그렇게까지 단순하진 않을 테니 다른 무언가가 있을 것 같긴 한데, 그건 찾아가면서 답을 채워나갈 수밖에 없을 거야."

"……채워나간다니, 그게 가능한가요?"

"실제로 읽어낸 사람이 저기 있잖아."

서기가 스웨덴 총장을 턱으로 가리켰다.

하지만 그녀는 아무런 반응도 보이지 않고 우동을 건져냈다. 지금까지는 '읽어냈다'라는 사실도 없는 것으로 취급하고 있기 때문이다.

그런데 힌트의 파편 같은 것이 다른 곳에서 왔다.

아사마다. 그녀는 눈살을 찌푸리고 고개를 갸웃거리면서도.

"───몇 가지 부호 같은 게 보이네요."

아사마가 한 말을 듣고 서기가 돌아보았다.

"정말로?! 가, 가르쳐주면 안 될까! 아사마 군! 역시 축사 같은 걸 다루니 문자와 친하구나!"

"───저기, 네신바라 군, 요즘 자존심이 많이 없어지지 않았나요?"

"너까지 포함해서 모두가 깎아내려 들기만 하잖아! 아무튼, 좀 부탁할게! 이쪽도 여름 이벤트 용으로 대형 기획을 생각 중이라 바쁘다고!"

• **마르가** : 『여름 이벤트를 진행하면서 잠깐 짬을 내어 진

행하는 국가사업…….』

• **안경** : 『취사선택을 제대로 하지 못하고 있네.』

• **미숙자** : 『너, 너희가 할 말이야?!』

자자, 아사마가 그렇게 말하며 표시창을 펼쳤다. 그녀가 손을 들고 가리킨 것은 나열된 숫자의 끄트머리였다.

그 순간, 아사마가 시선을 왕 쪽으로 돌렸다.

"저기."

토리 군, 그렇게 말하기도 전에 호라이즌이 왕의 고개를 붙잡고 억지로 아사마 쪽으로 돌렸다.

호라이즌이 나름대로 해준 서비스인 것 같다. 하지만 너무 갑작스럽게 움직여서 그런지.

"꾸엑."

왕이 그렇게 이상한 숨소리를 내뱉었지만, 뭐, 항상 있던 일이다. 스킨십(물리).

아무튼, 왕이 복귀하는데 5초 정도가 걸렸다.

그리고 몸을 일으킨 왕이 어떻게 해야 하나 생각하며 쓴웃음을 짓고 있던 아사마의 시선을 눈치챘다.

• **아사마** : 『토리 군, 잠깐 시험해보고 싶은데요.』

……시험한다고?

의문을 품고 있자니 왕이 한순간 이쪽과 다른 쪽을 보았다.

체크. 그런 다음, 그가 말했다.

• **나** : 『아, 네이트, 벨 양. 그리고 텐조도. ———아사마 쪽 좀 부탁할게.』

●

　왕의 지시. 그 내용과 선택한 사람을 들었을 때, 아, 미토 츠다이라는 그렇게 생각했다.

　뭘 하려는지 알겠다. 스즈와 제1특무에게 굳이 확인하려 는 시선을 보낼 필요도 없다.

　• **후텐무가테** :『무슨 소리야?』

　• **은랑** :『Jud. ―――이 사람들로 '시험한다'면 방법은 한 가지뿐이잖아요?』

　• **나** :『그런 거야. ―――아사마, 진행해줘.』

　굳이 말하지 않아도 알겠다. 그렇기에 지명당한 우리는 모두 숨을 죽이고 아사마의 목소리를 들었다.

　그러자 아사마가 일어나 모두를 향해 표시창을 펼쳤다. 나열된 숫자. 그 일부를 확대시키고.

　"저기, 잠깐 여기를 봐주세요."

●

　크리스티나는 아사마 신사 대표의 목소리를 들었다.

　옆에서 타다오키가 나가시우동의 물놀이 같은 느낌에 푹 빠져 있는 모습이 귀엽다. 그런데 그 옆을 지나가는 목소리 가 이렇게 말했다.

"여기하고, 여기. ──끄트머리 숫자의 나열이 똑같거든요. 자, 봐주세요. 긴 문장 쪽, 뒤쪽 끄트머리 두 군데, 여긴 놀랍게도 '84! 85! 86!', 놀랍게도 3연속이죠! 3연속으로 똑같은 숫자가 나열되어 있는 거예요! 이런 건 좀처럼 볼 수가 없거든요!"

게·다·가, 이야기가 그렇게 이어지자 크리스티나는 눈치챘다.

……이건, 신도의 심야 통신 판매 프로그램 '신도 넷 아사마'의 영업 문구……!

요즘, 아사마 신사의 대대표가 통신 판매에서 은퇴할지도 모르겠다는 정보가 돌아다니던데, 후계자가 이미 육성된 상태라면 그렇게 대담한 행보를 보이는 것도 이해가 된다.

바로 녹음할 수 있는 상태로 해두지 않은 게 원망스럽다. 하지만.

"──그리고, 여기를 주목해주세요!"

아사마 신사 대표가 말했다.

"84! 85! 86! 이렇게 숫자가 연달아 늘어서 있죠?! 그것도 끄트머리 부분에! 그렇다면 이건 예를 들어 '~입니다'나 '~습니다' 같은 어미가 아·닐·까·요!"

●

스즈는 곧바로 손가락을 놀렸다.

- **벨** :『아니야.』

한 박자 뒤에 방금 그 판단을 뒷받침해주는 말이 왔다.

- **은랑** :『Jud.! 아니에요.』
- **금마르** :『어? 뭐가 아니라는 건데? 아사마찌의 추측?』

그것도 맞긴 하지만, 실제로는 다른 것이다.

토리가 좀 전에 나와 미토츠다이라, 그리고 텐조를 선발한 이유. 그 의미는.

- **10ZO** :『방금 아사마 공이 한 말에 스웨덴 총장이 어떤 반응을 보였는지. 본인들은 그것을 읽어내고 있었소이다.』

하지만.

- **10ZO** :『―――아사마 공이 추론을 늘어놓고 있던 순간에도, 그 이후에도, 스웨덴 총장은 아무렇지도 않게 식사를 계속 하고 있었소.』

응, 스즈는 마음속으로 그렇게 말하며 고개를 끄덕였다.

우리는 고개를 끄덕이거나 소리 내어 대답하지 않았다. 지금은 크리스티나도 함께 있는 자리다. 이쪽 움직임으로 인해 들킬 수도 있다.

그런 상황이 가리키는 것은 단 하나.

크리스티나의 반응을 읽어내며 아사마의 추리가 맞는지, 중요한지 여부를 재본다.

소리와 거동에 민감한 나와 미토츠다이라, 그리고 텐조만 할 수 있는 일이다.

만약에 아사마의 추론이 들어맞는다면.

• **벨** :『들어맞는다면, 바뀔 거, 야.』

반응을 보이고 싶다는 마음은 어딘가에 존재한다.

크리스티나가 본심을 얼마나 감추고 있을지는 모른다.

하지만, 반응이 없었다.

제대로 듣지 못하는 상황이라면 어쩔 수 없다. 하지만.

• **호라코** :『아사마 님께서 잘 들리는 목소리로 혼신의 통신 판매를 진행하셨으니까요. 그런 상황에서는 들리지 않는다거나 주의를 끌지 못할 수가 없습니다. 확실하게 귀에 들렸을 겁니다.』

• **아사마** :『제가 항상 이렇게 행동한다고 생각하신다면 어떻게 할까요…….』

• **금마르** :『아사마찌, 깊게 생각하면 지는 거야.』

하지만 생각을 아예 하지 않는 건 시합을 포기하는 거나 마찬가지 아닐까, 그런 생각도 들었다.

하지만, 크리스티나는 무시했다.

• **벨** :『아사마, 양의, 개인기, 무시, 했, 어.』

• **아사마** :『저기, 스즈 양, 뭔가 처음부터 오해가 있는 것 같은데요…….』

• **후텐무가테** :『———그런데 이럴 가능성은 없을까? 아사마 신사 대표의 개인기가 '들어맞았다'. 그렇기 때문에 스웨덴 총장이 무시했다, 이럴 가능성은?』

키미가 아사마의 어깨에 손을 얹었고, 아사마가 그 손을 뿌리쳤지만, 지금은 눈치채지 못한 척해야겠다.

왜냐하면.

• **마르가** :『그럴 가능성은 없어. ───그 이유는 스즈가 알고 있고.』

엄청난 신뢰다. 그래도 확신할 수 있는 게 있다.

• **벨** :『───타다오키 군, 근처에, 있으니까.』

스즈는 크리스티나의 무시에서 느껴지는 위화감에 대해 이렇게 말했다.

• **벨** :『혼자가, 아니니, 까.』

●

• **상처** :『? ……그게 무슨 뜻이죠? 텐조 님.』

텐조는 메리가 표시창으로 우동 사이드 메뉴를 바라보며 말하자 고개를 끄덕였다.

• **10ZO** :『다시 말해, ───아, 텐푸라는 극동의 프리터라 할 수 있겠소만, 식감과 맛이라면 잎새 버섯이나 뿌리 채소, 입안의 맛을 바꾸고 싶다면 자소나 차조기 잎, 와일드하게 가고 싶다면 오히려 큼직하게 잘라서 나오는 채소가 낫소이다. 그리고 식사에 곁들일 거면 이 보리멸(키스) 튀김 같은 게 좋지.』

• **상처** :『……노, 노력해볼게요.』

무슨 말씀이시오, 그런 생각이 들었는데, 고개를 숙이고 있던 메리 머리 위에 표시창이 떴다.

• **현명한 누님** :『후후, 입안의 맛을 바꾸고 싶다고 와일드하게 키스를 강요해서 어쩔 셈인데?』

• **금마르** :『베개하고 똑같은 은유지, 그거..』

• **호라코** :『어머나, 언젠가 승부할 기회를 마련해야 하겠군요, 이거..』

멋대로 정하지 말아주시겠소이까? 그렇게 생각했지만, 메리가 이미 주문해버렸다.

하지만, 메리의 질문에는 대답해야겠다. 지금 상태가 그렇긴 하지만.

• **10ZO** :『혼자가 아닌 것이오, 메리 공.』

다시 말해.

• **10ZO** :『크리스티나 공은 뭔가 반응하더라도 옆에 타다오키 공이 있으니 상관이 없는 것이오이다. 오히려 정보를 감추려 할 경우에는 타다오키 공을 위장에 이용하는 듯이 방금 그 반응이 타다오키 공에게 보인 것인지 여부를 알아보지 못하게 한다는 방법을 쓸 수가 있을 터이니.

그런데, 전혀 반응을 보이지 않는 것을 보니 크리스티나 공이 익숙하지 않기 때문일 것이오이다.』

말했다. 그러자.

• **아사마** :『아, 아뇨, 텐조 군, 그건 좀 다른 이야기 아닌가요…….』

• **은랑** :『Jud. 제1특무의 견해는 약간 잘못된 것 같은데요?』

• **10ZO** :『어? 그건———.』

저기, 메리가 작은 목소리로 그렇게 말했다. 그녀는 손가에 다시 표시창을 띄우면서.

• **상처** :『크리스티나 님께서 나가오카 님을 위장에 이용한다. ……크리스티나 님께서 그런 일을 하실 수 있을까요.』

●

이거 실수로군, 텐조는 마음속으로 그렇게 생각하며 한숨을 쉬었다.

• **10ZO** :『다시 말해, 크리스티나 공에게는 나가오키 공을 제외하고 자신 혼자 반응을 보이거나, 그렇지 않거나, 양자택일밖에 남아있지 않았다는 말씀인 거요?』

• **은랑** :『Jud. ……하지만 스웨덴 총장에게 있어서 이제 나가오카 소년은 가족이죠. 그러니 정답이 나왔다면 그를 끌어들이게 해도 되는지, 오히려 **판단을 망설이는 움직임**이 생길 거예요. ———왜냐하면 두 사람에 대한 일을 혼자서 결정하는 게 바람직하지 않다는 걸 좀 전에 보았으니까요.』

하지만 망설임이나 타다오키에게 물어보는 듯한 움직임은 없었다. 그렇다면.

• **10ZO** :『그렇다면, 아사마 공의 추론은 정말로 '아닌 것'이겠소이다.』

편지의 내용. 같은 숫자가 나열된 어미는 입니다나, 습니다 같은 말로 끝나는 게 아니다. 다시 말해.

　• **타치바나 남편** :『예의를 차리거나 친근하게 적은 문장이 아닙니다. 요건만을 전하는 내용이군요.』

　• **금마르** :『좀 전에 받은 메모에는 '윌리엄에게 부탁할까'라고 적혀 있었지? 그렇다면 여기 있는 세 글자가 '입니까'나 '인가'라는 의문형인가?』

　• **아사마** :『아뇨, 그것도 아닐 것 같네요.

　아사마가 곧바로 말했다.

　• **아사마** :『세 번째 줄과 네 번째 줄, 끄트머리 부분이 '84, 85, 86'으로 똑같아 보이긴 하지만, 네 번째 줄에만 '55'가 뒤에 붙어요. 의문형인데 세 글자 끄트머리에 한 글자를 덧붙인다는 건 있을 수 없는 일 같네요.』

　• **마르가** :『네 번째 줄에만 뒤에 '?' 같은 걸 붙인다거나.』

　• **미숙자** :『이건 그거야……! 자기가 쓴 것에 의미를 부여하기 위해서 마지막에 '……'나 '!'를 붙인 거지……!』

　• **약 전원** :『그건 너고!』

　그러자 이거 말이야, 그렇게 말하는 목소리가 칸토에서 왔다.

　나오마사다.

　오랜만에 본 그녀의 말은 한 박자 뒤에 왔다.

　• **담배녀** :『요건만이라면 지시서겠지. 그것도 단계가 있고.』

　모두가 서로를 힐끔거렸다.

• **빈종사** :『단계, 말인가요?』

그게 무슨 의미일까.

• **호라코** :『저기, 나오마사 님, 그 답을 호라이즌에게만 가르쳐주신 다음, 호라이즌에게 가르쳐주었다는 말씀을 하지 않으신다면 마치 호라이즌이 눈치챈 것처럼 여러분께 말씀드릴 수 있을 텐데, 어떨까요.』

역시 대단하시오……! 그렇게 전율하며 바라본 곳에서 나오마사가 이렇게 말했다.

• **담배녀** :『아니, 호라이즌, 지금 네가 그냥 말해도 돼.』

그것은.

• **담배녀** :『극동어의 활용이지. ━━━'가르치고, 가르쳐라', 그런 거야. 한 글자만 덧붙이기만 해도 강조성이 들어간 단계 지시가 되거든. 그런 말은 아니잖아?』

• **미숙자** :『그렇다면 이 내용은 꽤 사무적이고 고압적이라는 건데.』

네신바라가 의자에 등을 기대고 다시 살짝 앉으며 말했다. 마치 너무 많이 먹었다는 듯이, 하지만 실제로는 암담함이 느껴지는 분위기로.

• **미숙자** :『━━━카를로스 1세는 원래 '질문할' 생각이었던 것 아닐까? 그런데 실제로는 쓰던 동안에 어떤 명령을 내리는 듯한 내용이 되어버린 거지.

그렇다면 아마 그가 묻고 있는 것은 여기일 거야.』

표시창 안에 붉은 선이 그어지고 화살표가 생겨났다. 그 위치는.

　• **미숙자** : 『떨어진 위치에 있는 추신. 이게 바로 그의 물음이고, 그 앞에 있는 네 줄은 아마 그것과는 별개로 급박한 상황을 나타내는 지시겠지.』

　• **부회장** : 『비약해라, 네신바라. 허가하마.』

　Jud. 네신바라가 그렇게 말하며 젓가락을 들었다. 그리고 그는 그 움직임을 위장으로 삼아 표시창에 고속으로 타이핑했다.

　• **미숙자** : 『카를로스 1세가 공주카쿠시를 추적하던 건 확실해.

　그리고 우리는 공주카쿠시를 추적하며 약간 골치 아픈 것을 눈치채기 시작했지.』

　다시 말해.

　• **미숙자** : 『우리가 지금까지 봐왔던 것. ———노브고로드, 사나다의 유적에 있던 미지의 시설, 그리고 호조의 지하유적까지. 그런 것들이 나타내고 있는 것은 공주라는 것이 혹시 여명의 시대의 무언가와 관련이 있지 않을까라는 거야.』

●

　네신바라는 말했다. 젓가락을 뜨며 말을 꺼냈다.

　• **미숙자** : 『어디에도 없는 교도원. 그게 아마 불과 최근

까지 있었다는 사실을 우리는 어렴풋하게 눈치채고 있어.
……아마 카를로스 1세의 세대. 30년 정도 전까지 말이야.

거기 있던 자들은 아마 대부분 공주카쿠시당했을 거야.

그렇다면 거기서 뭘하고 있었던 걸까?

그리고 우리는 노브고로드에서 이렇게 들었어. ──그곳에서는 공주와 친구가 되려했다, 그런 이야기를 들었다고.
──그러니까 여기서 한 번 비약해보자.』

네신바라는 숨을 돌리고 대나무 수로에 젓가락을 넣어서 우동을 건져내며 말했다.

• **미숙자** : 『──모토노부 공은 말세 해결을 위한 수단으로서 대죄무장을 만들었어.

미카와에서 알게 된 것처럼, 창세계획도 그가 만들었고.

그리고 그의 '어디에도 없는 학교'에서는 공주와 친구가 되려 하다가 실패했지.

그렇다면 내 결론은 이거야. ──카를로스 1세 일행, 그들이 있던 '어디에도 없는 학교'에서는 말세를 해결하기 위한 방법을 생각하고 있었어. 반대로 말하자면 '어디에도 없는 학교'란 말세 해결을 위한 성보월경대. 그들이 모인 곳이야.』

그리고.

• **미숙자** : 『그들은 그곳에서 결론을 내린 거야. 말세를 구하기 위한 방법으로서 창세계획과 대죄무장이라는 두 가지 방법을 말이지.』

●

• **안경** : 『그래서? ──────카를로스 1세가 편지에 쓴 '질문'은 무엇을 가리키는 건데?』

• **미숙자** : 『어?』

• **부회장** : 『……아니, 너, 나는 카를로스 1세의 편지가 어떤 내용인지 비약하라고 했는데, 다른 화제로 넘어가다니, 역시 대단하구나.』

• **미숙자** : 『어? 아~, 잠깐만 기다려. 그건 보충할게! 바로 할 거야!』

●

모든 사람이 네신바라가 이야기를 하기 위해 위장으로 대나무 수로에 반대 방향으로 젓가락을 휘젓는 모습을 보았다.

• **약 전원** : 『물장난치는 거냐고!』

• **미숙자** : 『타이핑하기 위해 둘러대는 동작이 생각나지 않아서 그랬다고!』

하지만, 그는 말했다.

• **미숙자** : 『그 편지가 만들어진 시기는 알 수가 없어. 하지만, P.A.Oda가 창세계획 같은 이야기를 꺼내기 이전이었겠지. 그렇다면 간단해.』

• **호라코** :『———창세계획과 대죄무장을 하자고! 그런 내용이었을지도 모르겠군요.』

호라이즌이 아무렇지도 않게 말을 꺼냈다.

그리고 네신바라가 움직임을 멈추고는 몇 초가 지나고 나서, 호라이즌이 문득 생각났다는 듯이 중얼거렸다.

• **호라코** :『어이쿠, 이런. 방금 그 말은 네신바라 님께서 말씀하셔야 할 내용이었습니다. 호라이즌이 약간 덜렁대다가 분위기 파악을 하지 못해 죄송합니다. ———그럼 말씀하시죠.』

• **미숙자** :『말할 타이밍을 놓쳤잖아?! 그렇지?!』

하지만, 네신바라는 다시 건져낸 우동을 그릇에 담그며 이렇게 말했다.

• **미숙자** :『살펴봐야 할 건 그러한 부분의 검증이나 지시일 거야. 이건 아마 모토노부 공 일행이 무엇을 했는지와 직접적으로 이어질 테고, 많은 것들을 한데 이어주는 증거일 거야.

———우선, 여름 이벤트가 있긴 하지만, 내가 그것을 맡아서 해독해볼게.』

●

신기하기도 하네, 마사즈미는 네신바라에 대해 그렇게 생각했다.

우리 서기는 굳이 말하자면 자기중심적이고, 그런 의미에서는 회계 같은 사람들과 비슷하다. 그런데 자기가 직접 일 욕심을 내다니.

　……자기 일처럼 생각하며 흥미가 생겼나.

　책에 푹 빠져서 잠이나 식사하는 것도 잊은 경험은 마사즈미도 꽤 있는 편이다. 그러니까.

　• **부회장** :『해봐라, 네신바라. ───혼노지의 개입, 마감 기간은 그때까지야. 아마 우리는 그때 아케치 미츠히데와 접촉하겠지. 그때까지 노브고로드에서 오라니에 공이 말하려던 내용을 알아내는 건 의미가 있을 거다.』

　Jud. 네신바라가 그렇게 말했고, 다른 사람들도 대답했다.

　• **후텐무가테** :『그러게, 서기의 여자친구가 암호 해독을 잘하니까.』

　• **금마르** :『Jud. 셰익스피어가 있으면 괜찮겠지.』

　• **1OZO** :『셰익스피어 공이라면 충분하지 않겠소이까, 메리 공..』

　• **톤보키리** :『그렇군, 안경은 연락 담당인 것이오이까. 그렇다면 안심……!』

　• **미숙자** :『잠까아아아안! 너희들, 내 힘을 그렇게나 보고 싶은 거야? 후회할 걸……?』

　• **노동자** :『상처가 벌어지니 너무 말하지 마라.』

　흐음, 마사즈미는 그렇게 말하며 숨을 돌렸다. 이제부터는 각자가 서로 잡아먹게 될 것이다.

하지만 중요한 것은 지금부터다.

"그럼, 우리 문제는 그렇게 하도록 하고…….''

자, 그렇게 말하자 스웨덴 총장이 이쪽을 돌아보았다.

"……기억하고 계셨나요?''

"Jud. 눈치채지 못할 리가 없지. 어찌 됐든, 당신은 여기 왔을 때 이렇게 말했으니까. ——저희 '같은 사람들도'라고.''

그렇다면.

"대체 누가 같이 온 거지? 그리고 용건은 뭐야? 한번 들어보자고.''

그렇게 말한 순간이었다.

"용건은 간단합니다요……!''

굵은 목소리가 위쪽에서 울려 퍼졌다.

●

마사즈미가 정신이 번쩍 들어 올려다본 곳은 대나무 수로의 상류 쪽. 계단 테라스 위쪽이었다.

밤하늘을 등지고 있는 각도.

하지만 그쪽에는 사람 같은 모습이 전혀 보이지 않았다. 그저, 그 대신 들리는 것은 사슬이 여러 겹으로 움직여 울리는 소리와 남자 목소리였고.

"앗! 잠깐, 그만, 그만하십시다요! 히익, 안 돼, 소승의 다리는 그렇게 많이 벌어지지 않습니다요……!''

"……미토츠다이라, 은쇄."

늑대가 말없이 은쇄를 잡아당겼다. 그러자.

"앗, 그만둬버리는 거야……?! 좀 더! 좀 더 세게 조여도 되는데?!"

"……미토츠다이라, 좀."

늑대가 다시 말없이 은쇄를 잡아당겼다. 반응은 전혀 없었지만, 세 박자 정도 뒤에 그것이 계단 테라스 위쪽에 나타났다.

사슬에 매달린 어떤 학생이었다.

살찐 중년.

빡빡 깎은 머리 밑에는 여름인데도 불구하고 가사를 걸친 극동 교복을 차려입고 있다.

그런데 조명 술식에 비춰진 그 모습을 보고 반응한 사람이 있었다.

네신바라다.

좀 전부터 양피지에 적힌 글자를 다시 입력하고 있던 그는 고개를 들고.

"서, 설마, 저 사람은……!"

"아~, 아는 사람인가? 네신바라."

"모른다고?! 칸사이의 거대 동인 서클, '암흑(안코쿠)G 이성당'의 주인, ───안코쿠지 에케이라고!"

"아니───야! 아닙니다요!"

은쇄에 매달린 남자는 품속에서 손거울을 꺼냈다.

그는 손가락을 움직여서 재주도 좋게 눈가 화장 같은 것들을 날카롭게 다듬고는.

"현 모리 가문 소속, 그리고 이제부터 M.H.R.R. 하시바 휘하로 전입할 예정인 외교승, 선견과 실행력을 지닌 저를 그렇게 낡고 차분한 이름으로 부르시면 곤란합니다요……!"

그는 팔짱을 낀 다음, 그것을 좌우로 세차게 펼치며 몸을 회전시켰다. 가사를 펄럭이면서.

"사람들이 부르기를, 암흑G———."

그리고 갑자기 발을 세차게 내딛고 포즈를 취하며 그가 소리쳤다.

"A……! K……! ———기억해 두도록 하십시다요?"

그 모습을 보고 있던 사람들이 말없이 옆에 있던 사람의 옆구리를 팔꿈치로 찔렀다.

암흑G————
A————!
K————!
배점 (모두가 생각했다)

AK는 조명 술식 아래에서 주위를 둘러보았다.

　　……호오.

　　계단 테라스에 늘어서 있던 사람들은 극동 쪽을 주체로
한 무사시 멤버들이었다.

　　처음 보는 사람들뿐이다. 나는 외교승이지만, 기본적으
로는 모리 쪽 역사재현을 담당하고 있다. 그리고 이 시기에
모리와 마츠다이라의 교류는 별로 없다.

　　그런 AK의 역사재현은 빗추 타카마츠 성의 수공을 계기
로 크게 바뀌게 된다. 그때, 하시바 측과의 강화를 정리한
사람이 AK이며, 그는 그 이후로 하시바 쪽으로 넘어가게
되는 것이다.

　　하지만, 그렇기 때문에 지금 AK는 무사시 쪽 멤버들을
자료와 정보로밖에 알지 못한다.

　　하지만, 그런 한편, 개인적으로 잘 알고 있는 상대도 있다.

　　……저 분.

　　"거기 있는 자."

　　그렇게 부른 순간. 안경을 쓴 소년이 일어섰다.

　　"———내게 볼 일이 있나? 암흑G AK."

　　"누구지?"

　　그렇게 말하자 주위가 멈췄다. 그래도 사실입니다요. 왠
지 소년 주위에 표시창이 잔뜩 뜨고 있는데, 혹시 제가 안

좋은 반응을 보였습니까?

그런데 내가 말을 건넸던 상대는 이쪽을 무시하고 있다. 우동을 먹으면서 옆에 있는 파트너와 이야기를 나누고 있는데, 아니, 그런 우동 따위는 지중해 방면에서는 언제든 먹을 수 있는 것입니다요.

"거기."

다시 한번 불렀다. 이번에는 이름까지.

"흑발익이신 것 같습니다만, 아니십니까요?"

웃으며 그렇게 말한 목소리는 무시당했다.

……흐음.

동인 계열에서 나를 모르는 자는 없을 텐데. 기본적으로는 소설 책자를 내긴 하지만, 선견성을 통해 유행을 차아내는 능력이 뛰어나고, 생산력이 있기 때문에 여러 장르로 내는 것이 기본이다. 그렇기 때문에 요즘은 내가 내는 책자를 '유행의 카탈로그' 대신 사가는 사람이 늘어나고 있다.

외교승. 그것도 모리와 하시바를 이어주는 역할을 맡고 있기에 작가 중 대부분이 내 붓을 주목하고, 받들어 모시는 자들도 적지 않다.

요즘 유행은 역시 무사시 세력, 그리고 하시바 세력일 것이다. 모리는 서국에 있기 때문에 하시바 세력을 적이나 아군 소재로 삼으면 인기가 많다. 모리 쪽인데도 하시바를 밀다니, 그런 의견도 꽤 있긴 하지만, 그것이 내 역사재현이다. 필력으로 지지자들을 사로잡기만 하면 된다.

가끔 하시바 세력을 미는 것뿐만이 아니라 패배한 뒤에 이런저런 꼴을 당하는 내용 같은 것들도 곁들여서 소재에 갭을 줄 필요가 있습니다요.

그리고, 그렇게 해왔다.

그에 비해 무사시 쪽을 보니.

……역시 거대 서클은 무사시 만화 책자 연구회의 흑발익.

동국 이벤트에서는 무사시 세력이나 칸토 세력을 소재로 쓰는 것이 좋은 반응을 보이기에 가끔은 그렇게 하고 있다. 그녀와는 소설과 만화라는 차이가 있긴 하지만, 소재가 가끔 겹칠 때도 있고, 본인을 모델로 삼은 적도 있다.

그건 저 여작가도 마찬가지일 것이다.

자랑은 아니지만, 영향력은 있다. 습명자다. 작가 중 대부분은 내가 흥미를 보일 경우, 그 사실에 감사하거나 어쩔 줄 몰라하며 관계를 좋은 형태로 유지하려 한다.

하지만, 물론 '당신을 야한 책자의 소재로 삼았습니다'라는 말을 하면 안 된다. '항상 신세를 지고 있습니다'도 엄금. 고소를 당하더라도 불평할 수가 없습니다요. 떽.

일단은 적대 세력이다. 서로 물밑에서는 이것저것 생각하면서도 겉으로는 우호적으로.

그렇기 때문에 나는 먼저 미소를 지으며 말을 건넸다.

하지만 지금, 눈앞에 있는 상대는 이쪽을 거들떠보지도 않고.

"———아, 마르고트, 거기 있는 산초 좀 집어줄래?"

완전히 무시하고 있다.

분명히 들릴 텐데, 나를 거절하고 있다. 그래서.

"흑발익 공?"

불렀는데도 정작 본인은 여전히.

"_____."

무시했다. 그런데 갑자기 옆에서 목소리가 들렸다.

"나르제. 아는 사이인가?"

무사시의 부회장이다. 고맙다. 물론, 그녀와 아는 사이는
아니지만.

"아는 사이는 아니야."

왜냐하면.

"일반인처럼 지내는 시간대에 필명으로 부르는 바보를 누
가 상대한다는 거야."

●

나르제는 그렇군, 에케이가 그렇게 말하는 목소리를 들었다.

"_____뭐야, 당신. 국가간 교섭이라면 여름방학 중에는
금지되어 있을 텐데? 어째서 이런 곳에 와 있는 건데."

"하지만 국가간 교섭을 하러 온 겁니다요."

"그건_____."

그렇게 말했을 때였다. 옆에 있던 크리스티나가 이렇게
말했다.

"이 분의 역사재현은 여름방학 전부터 계속 진행되고 있는 것입니다."

다시 말해, 역사재현의 지속이다. 교도원이 여름방학에 들어가더라도 개인의 역사재현으로 지속되고, 그는 그것을 끝내지 않는 한, 여름방학을 맞이할 수가 없다.

그렇다면 어떤 역사재현이 있는 걸까.

"간단하지."

나르제는 말했다. 에케이가 전국 시대에 모습을 드러낸 계기는 어떤 사건이다.

"빗추 타카마츠 성의 강화. ———모리 측 대표로서 하시바 세력과 맺어야 할 강화가 아직 이루어지지 않은 거지? 왜냐하면 하시바는 칸토에 있으니까."

그렇게 말하자마자 옆에서 움직임이 있었다.

마르고트다. 그녀가 산초를 이쪽으로 건네면서 허벅지를 살짝 부딪혔다.

눈치챘어? 그런 타이밍이 느껴지는 움직임이었다. 하지만, 허벅지에 부딪힌 파트너의 타이츠 감촉과 그 안쪽의 탄력, 그리고 느껴진 열기가.

……여름이구나……!

자기도 모르게 반응을 보일 뻔하다가 꾹 참은 나르제는 산초를 받아들었다. 그때, 그녀의 손가락이 닿았기에 한 번 살짝 당겼다.

나도 알아. 그런 뜻이다.

그렇다면 뭘 알고 있냐 하면.

"―――이런 거지? 무사시가 나를 태우고 칸토로 가라."

다시 말해.

"유럽에 무사시를 계속 있게 둘 수는 없다. 배제한다. 그런 거겠지."

●

나이트는 하하, 그런 웃음소리를 들었다.

에케이가 앞뒤로 손을 살짝 휘두르며 고개를 좌우로 틀었다. 벌린 입에서 나온 말은.

"배제한다? ―――그런 말까지는 하지 않았습니다요. 저로서는 그저 칸토의 하시바 님과 만날 용건이 있을 뿐입니다요."

말은 잘하네~, 나이트는 그렇게 생각했다. 하지만.

 • **금마르** :『―――갓짱, 용케도 저 암흑 대머리의 역사재현 같은 걸 알고 있었네.』

 • **마르가** :『Jud. 여름방학 때 계속 이쪽에 머무른다면 공개 이벤트라도 나가볼 생각이었거든. 그래서 이쪽에 대해 이것저것 알아보고 있었어.』

분명히 이미 콘티 정도는 짰을 것이다. 조사하는 동안에 움직이기 시작하는 것이 그녀의 개성이다. 짐작하고 뛰쳐나가는 부분이 차분하게 생각하는 파인 내게 있어서는 고맙다.

하지만, 나이트는 그렇게 생각하며 물어보았다. 마사즈미에게 의자 밑으로 손을 한 번 흔든 다음.

"―――무슨 논리로 무사시를 칸토로 가지고 갈 셈인데?"

"간단합니다요. ―――테루모토 님께서 무사시에 대해 엑자곤 프랑세즈의 용병이라는 입장을 아직 해제하지 않으셨습니다요. 그러니 무사시는 칸토로 테루모토 님을 데리러 가는 겁니다요.

당연하지 않습니까요? 거기에 제가 편승하고. 이것도 당연한 것 아닙니까요?"

뻔뻔하게도 말한다.

하지만 그럴 경우에 어떻게 될까. 고개를 갸웃거리면서.

"용병 계약을 했―――."

마사즈미의 어깨 위에서 츠키노와가 양쪽 앞다리를 들었다.

……어이쿠.

위험하네. 무심코 했다는 걸 인정할 뻔했다. 인정하면 '그럼 엑자곤 프랑세즈 소속인 제 말을 들어야 합니다요'라고 나올 가능성이 크다. 그러니까.

"다면 말이야. 의문이 좀 드는데."

"무엇입니까요?"

"용병 계약은 용병이 된다는 계약이지. 추가로 임무가 주어질 경우에 요금은 별도로 받게 될 텐데, 그런 부분은 괜찮은 거야? 누가 낼 건데?"

"테루모토 님 아니겠습니까요."

그가 아무렇지도 않게 말하자 나이트는 생각했다. 이거, 골치 아프겠는데.

• **마르가** : 『……이 암흑 대머리, 아마 하시바 쪽에 완전히 넘어갔을 거야.』

그렇겠지, 나이트는 마음속으로 그렇게 생각하며 고개를 끄덕였다. 왜냐하면.

• **금마르** : 『세이준, 한 가지 묻겠는데 말이야.』

방금 에케이가 한 말에는 위험한 내용이 있다. 그것은.

• **금마르** : 『테루코가, ───그 대금을 지불할 수 있을 것 같아?』

●

힘들겠는데, 마사즈미는 그렇게 결론을 내렸다.

• **부회장** : 『엑자곤 프랑세즈라면 모를까, 테루모토를 지명해서 따진다면 불가능할 거다. ───개인, 그리고 극동 거류지 단독 예산으로 무사시를 움직일 만한 돈을 갑자기 마련한다는 건 힘들겠지.』

• **호라코** : 『……? 모리 가문은 엑자곤 프랑세즈 내부에서 별로 힘이 없는 건가요?』

• **부회장** : 『테루모토가 태양왕과 결혼한 게 뉴스로 떴었는데, 그 이유가 뭐일 것 같아?』

그렇구나, 모두가 그렇게 말하며 고개를 끄덕이는 와중에 우동을 먹어대고 있던 아데레가 말을 꺼냈다.

　• **빈종사** :『앗, 끄앗, 쿠오오옷, 마, 맛있어, 이거, 잠깐, 그러니까 말이죠.』

　• **아사마** :『아데레, 진정하세요. 여기는 우동 왕국이니까 이런 우동은 날마다 먹을 수 있거든요?』

　• **빈종사** :『앗, 죄, 죄송합니다. 이렇게 맛있는 걸 잔뜩 먹은 게 오랜만이라서요! 그, 그래도, 네, 이제부터는 날마다 먹겠네요!』

　• **나** :『칸토로 돌아가게 되면 이번이 마지막 아니야?』

　• **빈종사** :『네? 저, 절망을 들이대지 말아 주세요! 다시 빵 모퉁이 배리에이션이 늘어나기만 하는 인생으로 돌아가게 되는 건가요?!』

　• **호라코** :『아데레 님, 잘 생각해보시죠. 우동은 밀가루에 소금을 뿌린 다음 반죽해서 만듭니다. 그리고 빵은 밀가루를 반죽해서 만듭니다. ———다시 말해 빵에 소금을 뿌려서 먹으면 위장 속에서는 우동과 마찬가지죠. 나올 때는 더더욱 똑같고요. 자, 빵 모퉁이에 소금을 뿌려서 먹고 맛있다고 하세요.』

　• **빈종사** :『무, 무슨 세미나처럼 설득당하고 있는데요!』

　• **부회장** :『뭐, 됐고, 대체 무슨 말을 하고 싶었던 거야? 아데레.』

　• **빈종사** :『Jud.! 저기, 그거예요! ———엑자곤 프랑세즈의 학생회장이 칸토에 있는데, 돈을 내지 못한다면 용병

계약 불이행 아닌가요?

그렇다면 우리는 여기에서 날마다 우동 피버를 할 수 있잖아요!』

• **금마르** : 『그렇다면 좋겠지만 말이지~.』

그때, 나이트가 고개를 들었다. 그녀는 에케이에게.

"좀 물어보겠는데 말이야. ———테루코가 대금을 내지 못하면 어떻게 할 셈인데?"

"그건 있을 수 없는 일입니다요."

뭐? 마사즈미가 그렇게 물은 순간. 에케이가 이렇게 말했다.

"칸토 해방을 이루어내신 테루모토 님. ———'칸토를 구해내셨으니', 칸토 여러 가문의 눈치도 있기에 폐를 끼치지 않고 지불될 겁니다요."

●

긴은 저녁 식사를 마치고 해안에서 바람을 쐬며 무네시게와 함께 우동 왕국의 상황을 보고 있었다.

표시창으로 가끔 그들의 채팅이 전송되고 있는데, 그 내용이.

"……이 안코쿠지 에케이라는 분, 속셈을 파악하기가 힘드네요."

"Jud. 모리 측의 강화를 위해 나섰다고 하니 모리 측에 붙었을 거라 생각했습니다만."

하지만 지금 그가 한 말은 테루모토의 입장을 몰아세우고 있다.

• **아사마** : 『아, 긴 씨 쪽은 에케이 씨가 소속 불명인 '너 누구야' 상태로 표시되고 있네요. 지금부터는 본인을 존중해서 '암흑G'로 띄울게요.』

AK가 더 나을 것 같다고 생각한 이유는 지금까지 '너 누구야'라고 떠 있던 이름 부분이 일제히 '암흑G'로 바뀌었기 때문이다. 그러자.

• **은랑** : 『토모, ⋯⋯왠지 표시창 안이 매우 어린애 같다고 해야 하나⋯⋯.』

• **미숙자** : 『상관없잖아! 좀처럼 보기 힘들다고! 이렇게 대담한 이름은!』

나중 일을 고려하지 않는 것 같기도 하지만.

"서기가 한 말이니까요, 무네시게 님."

"하하하, 긴 양, 반대로 말하자면 이번 정도는 괜찮다는 뜻이겠죠."

역시 무네시게 님이시네요, 항상 긍정적이세요.

그런데 마음에 걸리는 것이 있다. 이 안코쿠지 에케이 말인데.

"역시 하시바 세력일 거라 생각할 경우, 어떤 전술을 사용할까요? ───인랑 여왕."

돌아본 뒤쪽. 해변의 식사 장소가 있다. 그곳에서 돌아본 상대는 양다리 통구이를 들고 있었고.

"어머, 뭐죠? 급한 일인가요?"

"일단은 그쪽 대장과 관련이 있는 일입니다만……."

어머나, 인랑 여왕은 그렇게 말하며 자세를 바로잡았다. 그리고 갑자기.

"───테루모토에게 그럴 돈은 없는데요?"

●

그렇겠지, 마사즈미는 그렇게 생각했다.

그렇다면 지금 눈앞에 있는 상대의 목적은 명확하다.

"안코쿠지 에케이. ───다시 말해 이런 건가?"

"무슨 말씀이십니까요?"

"하시바에게 가져다줄 선물을 원하는 건가?"

그렇게 묻자 안코쿠지의 표정이 움직였다.

그는 살짝 웃었다. 그 타이밍은.

……그렇지 않다는 말을 하고 싶은 것 같군.

하지만 실제로 어떤지는 모르겠다. 그렇기 때문에 이쪽에서는 나이트가 좀 전에 우리가 용병이라는 사실을 인정하지 않았던 것처럼.

"───용병 이야기와 마찬가지로, 이제부터는 가정하는 것을 전제로 토론을 해나가도록 하지."

경계한다. 전제를 확실하게 명시한 다음에 말을 꺼냈다.

"무사시가 현재, 엑자곤 프랑세즈의 용병이라고 가정하지."

가정이다. 그리고.

"……뇌르틀링겐의 전투에 대해서는 칸토 측의 전역 중 대부분을 엑자곤 프랑세즈에 맡기고, 나가오카 부인을 구하는 것으로 인해 얻게 되는 이익 부분을 용병의 보수로 얻었다.

하지만 무사시가 칸토로 돌아가는 것에 대해서는 현재, 모리 측과 이해의 일치 등의 견해를 전혀 공유하지 않았다.

이런 상태로 무사시를 칸토로 보내겠다면, 그러기 위한 정식 의뢰와 의뢰료가 필요할 텐데."

"정식 의뢰는 제 말로도 충분하지 않습니까요. ───빗추 타카마츠 성의 강화를 진행하기 위해, 저는 테루모토 님과 하시바 님께서 함께 계시는 현장으로 가야만 합니다요."

의뢰 내용이 좀 전보다 명확해졌다.

• **금마르** : 『우와……, 미안, 세이준.』

• **벨** : 『어? 뭐, 뭐야?』

• **마르가** : 『마르고트는 좀 전에 저 대머리가 '테루모토와 하시바가 같이 있는 곳으로 간다'는 말까지는 끌어내지 못했거든.』

아니, 뭐, 그걸로도 충분하긴 했지만, 약간 골치 아픈 게 있다. 그것은.

• **후텐무가테** : 『───조건을 나중에 내거는 타입일지도

몰라.』

　　• **빈종사** :『조건을, 나중에? ……그게 뭐죠?』

　　• **은랑** :『이야기를 하다가 자기가 질 것 같으면 '실은 그게 아니거든'이라고 하면서 조건을 더 얹거나 진상을 밝히는 방식이에요.』

　호조 우지나오가 토론에서 궁지에 몰렸을 때 그렇게 도망치려 했다.

　그때는 결국, 네신바라가 토론을 중단하려 하면서 전부 받아쳤지만.

　……주로 그런 식으로 이야기를 이끌어나간다는 건가.

　　• **미숙자** :『Jud. 보통은 그때그때 생각나는 것들이니까, 변명에 불과하기도 하고, 거기에 맞춰주다가는 본론에서 벗어나게 될 거야. 그러니 그런 짓을 한다면 '판단 조건이 바뀐다면 초기 조건으로 대화하려고 했던 우리는 맞춰줄 수가 없다'면서 딱 잘라 말하는 게 나을 거야.

　이미 이야기가 어긋났고, 상대방은 이길 때까지 그렇게 할 생각이니까.』

　　• **마르가** :『하지만, 그때 상대방이 승리를 선언하면 어떻게 할 건데.』

　　• **미숙자** :『내버려 두면 돼..』

　네신바라가 안코쿠지를 힐끔 보고는 계속 말했다.

　　• **미숙자** :『───상대방과 그 동료가 무슨 말을 하든, 이쪽이 대처하려 한 논쟁은 이쪽의 승리로 끝난 거야. 상대

방은 새로 생각난 다음 이론밖에 말할 수 없으니까 나중에 마음이 내키면 그걸 박살 내줘도 되고.

　새로 생각이 나거나, 찾아낸 이론 같은 건 구멍투성이니까, 계속 거듭할수록 편해지거든.

　───그리고 밖에서 보면 어느 쪽이 이겼는지는 명확하잖아.』

　• **약 전원** : 『⋯⋯⋯⋯⋯⋯.』

　• **미숙자** : 『다들, 왜 그래? 내 논쟁 이야기가 그렇게 멋졌어? 그렇다면 좀 더 칭찬해줘도 상관없는데? 아, 아니, 그게 아니구나. 하하, 지금 내 포즈, 아니, 그게 아니라, 내 앞머리가───.』

　• **금마르** : 『왜 아무도 뭐라고 하지 않는데 평가 조건이 점점 바뀌는 거야?』

　• **마르가** : 『쉿, 계속 거듭할수록 싸구려가 되어가니까 마지막까지 지켜보고 나서 태클을 걸어야지.』

　꽤나 엄격하다.

　하지만 네신바라가 말한 논리는 기본적으로 의견의 충돌 수준일 것이다.

　논쟁을 할 때는 미리 '숨겨진 조건'을 마련할 경우도 있다.

　나도 여차할 때 도망칠 곳을 몇 군데 마련해둔다.

　그것들을 이용하는 건 꽤 힘들긴 하지만.

　• **부회장** : 『원래 회의에서는 그런 게 용납되지 않지만, '조건을 말하는 것을 깜빡 잊고 있었다'고 정정하면서 상

황을 뒤엎는 건 자신이든 상대방이든 예상하고 있는 범위 이내야. 그에 따라 상대방이 토론을 끝내버리는 경우에는 이쪽도 '말하는 걸 깜빡 잊은 것은 실수다. 이 토론은 없었던 것으로 하자'면서 도망칠 수 있지.

　방어 방법으로 따지면 꽤 쓸만하면서도 골치 아프거든, 이거.』

　나는지지 않았다는 잠금 술식을 사용할 수도 있고, 리스크 팩터를 감춰둘 수 있기 때문에 어느 정도는 허용되는 기술이다. 하지만.

　……의식적으로 그렇게 한다면 귀찮은데.

　• **부회장** :『……속내를 드러내라. 그렇게 생각하며 토론해야겠지.』

　마사즈미는 우선, 숨을 들이마셨다.

　바라본 곳에 있는 안코쿠지에게 물어보았다.

　"그럼, 알겠나? ———무사시의 칸토행. 정식 의뢰는 당신이 하는 것으로 가정하지."

　그렇다면.

　"그로 인해 발생하는 의뢰료는 어떻게 할 건가?"

　"그건 테루모토 님께서 지불하실 겁니다요."

　"……테루모토에게 **지불 능력**이 있나?"

　물었다. 좀 전에는 '지불될 겁니다요'라며 의무를 따지지 않고 도망쳤다.

　그러니 이번에는 다르다. **능력**이라는 실질적인 물음을 던졌다.

하지만 아무리 생각해도 지금 그녀에게는 그런 **지불 능력이 없다.** 하지만.

"있습니다요."

곧바로 대답이 돌아왔다.

●

마사즈미는 묘한 한기를 느꼈다.

……위험한데, 이거.

하지만 마음속으로 긴장하기도 전에 안코쿠지가 이렇게 말했다.

"정말, 무슨 말씀을 하시는지. ———테루모토 님께서 지불하시지 못할 일이 생길 리는 없습니다요."

그 말을 듣고 모두가 살짝 눈짓을 주고받았다.

• **상처** :『저, 저기, 죄송합니다, 방금, 있다, ……없다, 어, 어느 쪽인가요?』

• **마르가** :『메리에게는 있고, 아데레에게는 없지.』

• **빈종사** :『방금, 문득 생각이 든 건데요? 금발 말고 어떤 걸 내놓아도 답이 되는데요! 그거!』

• **금마르** :『아데레 금발 소체론?』

• **빈종사** :『아, 저는 과금을 하지 않아서 업그레이드가 전혀 안 된 건가요…….』

• **상처** : 『아뇨, 아데레 님께서는 제게 없는 것을 많이 가지고 계신데요?』

• **빈종사** : 『저, 정말로요?! 그것만 있어도 행복해질 수 있나요?! 예를 들자면요?!』

• **예찬자** : 『그 왜, 있잖습니까. 가난과 빵 모퉁이와 게임 친구가.』

• **빈종사** : 『그건 전부 업그레이드를 통해 유복함과 맛있는 음식과 충실함으로 바뀌는 내용이라고요!』

꽤 힘든 모양이로구나, 바르페트.

하지만 가난한 정도까지는 아니더라도, 모리 테루모토의 현재 상태는 그렇다. 엑자곤 프랑세즈로서 대규모 전력을 전개할 수 있더라도, 모리 가문의 대표로서는 그럴 수가 없다.

잠깐만, 마사즈미가 그렇게 말했다.

"안코쿠지, ……당신이 한 발언은 모리 테루모토의 허가를 받고 한 거겠지."

"역사재현입니다요."

안코쿠지는 태연하게 나중에 꺼낸 내용을 말했다.

"테루모토 님께서도 따르지 않는다면 성련에 대한 중대 위반. 또한, 저는 그것 때문에 아직 여름방학을 맞이하지 못했습니다요. ———허가가 나오지 않는 게 이상한 것 아닙니까요."

"어머, 어머, 테루모토를 꽤나 몰아세우려 하네요."

인랑 여왕은 타치바나 부부에게 양갈비를 대접하면서 숨을 돌렸다. 달걀과 염소젖으로 만든 팬케이크를 즐기고 있는 남편 옆에서 가끔 그의 입술에 묻은 크림을 떼어먹으면서.

"———역사재현, 그것도 극동 쪽으로만 한정짓는다면 엑자곤 프랑세즈가 모리에게 개입하기 껄끄럽긴 하죠. 그리고, 그렇기 때문에 에케이 씨는 극동 세력인 무사시에게 이야기를 할 수 있는 거고요."

"저 안코쿠지 에케이는 그쪽 부하가 아닌 겁니까?"

으음~, 인랑 여왕은 입에 손가락을 대고는 고개를 갸웃거렸다.

……까다로운 질문이네요.

"저, 엑자곤 프랑세즈의 부장이랍니다."

"그건, ……모리의 부장이 아니기 때문에 그에 대해 알지 못한다는 뜻입니까?"

"그런 것만은 아니에요."

좀처럼 설명하기 껄끄러운 부분이다. 하지만.

"모리는 잠정 지배를 받고 있는 존재. 저희 엑자곤 프랑세즈로서는 '협동'이라고 하고 있지만, 실질적으로는 휘하에 있죠. 하지만 그 안에서 어느 정도 독자적으로 움직이고 있는 부서도 있거든요."

"그게 어딥니까?! 인랑 여왕!"

역시 서국무쌍. 기운이 넘치네요.

그 씩씩함을 봐서 곧바로 대답하기로 했다.

"———하시바에 대한 섭외위원회랍니다."

●

마사즈미는 안코쿠지가 팔짱을 끼고는 당당하게 한 말을 들었다.

"———엑자곤 프랑세즈도 30년 전쟁에 있어서 자국의 위험을 예상하지 못했던 것은 아닙니다요. M.H.R.R.이나 구파 나라들과 최소한의 파이프 라인을 만들어두고, 여차할 때 강화 등을 진행할 준비가 필요했던 것이지요.

다시 말해, 양쪽 정보를 누설하는 스파이 활동이 아니라, 넘어서는 안 되는 최후의 일선을 막기 위해 아무리 사이가 안 좋아지더라도 유지하는 커넥션.

그것이 모리 소속의 섭외위원회가 담당하고 있는 일입니다요."

"그런데, 섭외위원치고는 말과 행동의 권한이 너무 강한 것 아닌가?"

마사즈미가 묻자, 안코쿠지가 살짝 웃었다.

"저는, ———모리 가문의 섭외위원입니다요."

그 말의 의미는.

"엑자곤 프랑세즈는 다른 유럽 세력들의 눈치도 있기에

M.H.R.R. 구파나 하시바 세력과 적대해야만 합니다요.

　그러니 저희 모리 측이 엑자곤 프랑세즈와는 별개로 행동하며 음지에서 지탱하고 있는 것입니다요.

　엑자곤 프랑세즈를 지탱하기 위한 제 권한, 그리고 행동이 어째서 모리의 대표인 테루모토 님으로 인해 좌우되어야 하는 것입니까요? 함부로 저를 말렸다가는 엑자곤 프랑세즈가 위험해질지도 모르잖습니까요?"

　안코쿠지가 한 말을 듣고 마사즈미는 마음속으로 입가에 힘을 주었다.

　……먼저 그 말을 했어야지……!

　안전하게 나중에 밝혔다. 단순한 교섭 담당이 아니라는 생각이 들었고, 그렇게 되면 섭외위원일 거라는 짐작은 하고 있었다.

　하지만 일반적인 섭외위원과는 입장이 다르다. 국가의 안전을 확보하기 위하여 더러운 일을 도맡아 하는 직책. 그리고 그러기 위해서는 윗사람조차 무시하고 움직일 테고.

　……골치 아픈데!

　• **빈종사** : 『저기, 왠지 대충 알 것 같은데, 저 상대, 위험한 건가요?』

　• **후텐무가테** : 『Jud. 저 상대, 엄청나게 귀찮은 걸 한 가지, 가지고 있어.』

　• **부회장** : 『국가를 위해 독자적으로 움직이기 때문에 가지고 있는, ───기밀 사항이야.』

마사즈미는 모두에게 말했다.

• **부회장** : 『이 상대가 하는 말에는 뒷받침해주는 증거가 없어. 다시 말해 안코쿠지가 하시바 측과 어떠한 관계를 맺고 있는지, 그건 안코쿠지만이 알고 있고, 거짓말인지 여부를 확인할 방법이 없는 거지.

그리고 그 말을 확인하지 못한 채 모리의 권한을 휘두르게 둘 수밖에 없어.』

좀 전에 본 나가오카와 편지의 관계와는 정반대다.

가치가 있다면 보여봐라, 그렇게 요구할 수 있었던 나가오카와 편지의 관계와는 달리, 이 상대는.

• **부회장** : 『보여주는 것이 가치가 있는 건지 아닌지, 증명할 수단이 없어.』

• **호라코** : 『―――마사즈미 님, 호라이즌이 어떻게 해볼까요.』

마사즈미는 5초 정도 상상했다.

만약에 지금 호라이즌에게 맡긴다면.

……어떤 의미로는 시원스러운 결과가 되겠지…….

정신을 차리고 보니 테이블 아래에서 두 팔이 섀도우 복싱을 하기 시작하고 있었다.

의욕이 넘친다. 그것도 물리인가? 그런 거지?

• **부회장** : 『아니, 잠깐만 기다리는 게 나을 것 같은데…….』

• **호라코** : 『……그렇습니까? 그럼 교섭 중에 두 팔이 필요해지면 말씀 주시길.』

그럴 상황이 생길 줄은 1년 전에는 상상도 못 했는데, 테이블 아래에서 손을 흔들고 떠나가는 두 팔을 보며 진심으로 그렇게 생각했다.

그런데 지금은 골치 아픈 상황이 진행 중이다.

……무사시의 칸토행이라.

이쪽도 생각을 전혀 못 했던 건 아니다. 어찌 됐든, 지금이 우동 왕국에 있는 것 자체가 굳이 말하자면 일탈한 행위다. 여름방학이니 다른 나라의 태클도 별로 들어오지 않을 것이다, 그 정도 판단에 불과하다.

"하지만 이쪽에서는 쉽사리 무사시를 움직일 수가 없다."

마사즈미는 경계하기 위해 이렇게 말했다.

"———먼저, 대금을 받도록 할까."

●

그러시는 게 맞겠습니다요, AK는 마음속으로 그렇게 말하며 고개를 끄덕였다.

예상대로. 그렇기 때문에 그 말에는 이렇게 대답하면 된다.

"대금은, ———테루모토 님께서 지불하실 겁니다요. 저는 테루모토 님의 심부름꾼에 불과합니다요."

"하지만 테루모토는 여기 없는데."

그렇다면, 에케이는 그렇게 말했다.

"외상으로 달아두셔도 괜찮을 겁니다만. ———지불은

칸토에서 이루어질 겁니다요."

"외상은 안 돼. 선불. 그것만 받아들일 수 있다."

걸렸다, AK는 그렇게 생각했다.

이 상대는 완전히 이쪽 미끼에 달려들었다. 그렇기 때문
에 AK가 말했다.

"———그렇다면, 간단합니다요."

입가에 미소를 드리우고, 머리카락이 없는 머리를 긁으며
이야기를 이어나갔다.

"그건 전부 지불할 용의가 없는 테루모토 님의 책임. 제
역사재현이 지연되는 것은 모리뿐만이 아니라 하시바 님의
역사재현 지연으로도 이어집니다만, ———그것도 전부 테
루모토 님의 책임이겠습니다요."

●

"멍청이."

오쿠보는 자신이 현장에 있지 않다는 사실이 분했다.

사토미의 온천 거리. 그곳에서 목욕을 한 뒤에 탁 트이게
만든 찻집에서 숨을 돌리고 있는데.

……일부러 그런 건가, 아니면 진심인가, 아무튼 부회장
은 너무 금방 덤벼든당께.

상대방의 수단이 무언가를 숨겨둠으로써 끌어들이는 것
이라는 사실을 눈치채고 있을 텐데.

"대금의 지불 방법. 그 방식을 제시할 때 상대방에게 휘둘리기는."

대금은 테루모토가 지불한다.

테루모토는 없다.

그러니 외상으로 지불한다.

"하지만 외상은 안 된다, 그렇게 말해분 것이 실수여."

……바보가.

상대방의 화술에 넘어가 버린 것 아닌가.

사람은 상상하기 쉬운 수단을 빠르게 이해한다. 그 흐름에 넘어가버렸다.

그렇기 때문에.

"테루모토의 책임 문제라고 확실하게 말해부렀잖어."

단순한 대금 교섭이었는데, 지금부터는 테루모토의 책임을 어떻게 질 것인지, 그런 이야기로 바꾸어버릴 것이다. 게다가.

……돈 문제믄 이쪽도 주도권이나 파고들 구석을 만들 수 있는디, 테루모토 이야기가 나와불믄 주도권이 상대방 쪽에 있응께.

젠장, 오쿠보는 그렇게 중얼거렸다. 그러자.

"아가씨."

옆에서 등을 돌린 채 앉아있던 카노가 자동인형이라 온천의 열기가 고여서 그런지 관절부 등의 배열구를 열어서 밖으로 노출시키며 이렇게 말했다.

"안코쿠지 님께서 덤비십니다."

●

AK는 두 팔을 벌렸다. 한순간 밤하늘을 올려다보고는.

"뭐, 어쩔 수 없습니다요. ———대금을 선불로 내지 않으면 무사시를 움직일 수 없다고 하시니 말입니다요.

그러면 테루모토 님께 모든 책임이 가는 것도 어쩔 수 없습니다요.

두 분이 칸토에 모인 최대의 기회를 잃고, 모리와 하시바 님의 역사재현이 정체되어버리니 말입니다요."

아니, 아니.

"그럼, 어쩔 수 없겠습니다요. ———돌아가면서 중간에 있는 성련의 K.P.A.Italia 본부에 모든 것을 신고하는 것이 낫겠습니다요."

"잠깐만."

무사시 부회장이 물었다.

"어떻게 신고할 셈이지?"

"간단합니다요."

AK는 목을 한 번 돌리고 나서 이렇게 말했다.

"여름방학 전부터 이어져 온 제 역사재현은 테루모토 님의 책임하에 중단. 그리고 그 요인은……, 이미 잘 알고 계시지 않겠습니까요?"

411

숨을 돌리고.

"———무사시가 테루모토 님으로부터 대금을 선불로 받겠다고 억지를 썼기 때문입니다요."

●

나이트는 우동을 먹을지 말지, 잠시 망설였다.

……참가할 정도로 토론 실력이 뛰어나진 않으니까.

하지만, 이야기가 어떻게 진행되는지는 대충 알 것 같았다.

• **금마르** : 『그러니까 그런 거잖아. 이건 다시 말해, 테루코를 몰아붙이면서 무사시도 위험한 상황으로 만들겠다는 거지?』

• **아사마** : 『그런데, 왠지 매우 복잡한 상황인 것 같은데요…….』

• **10ZO** : 『다시 말해, 이런 것일 테지.』

텐조가 표시창에 정리해주었다.

• **무사시가 칸토로 간다 → 무사시가 혼노지의 변에 관여할 수 없게 되고, 칸토에서 하시바와 마주치게 된다.**

• **무사시가 칸토로 가지 않는다 → 안코쿠지가 강화를 맺지 못하고, 테루모토와 무사시에게 책임이 생긴다.**

이렇게 정리해보니 알게 된 것이 한 가지 있다.

• **금마르** :『이거, 어느 쪽이든 무사시가 위험한 거 아니야?』

• **10ZO** :『그런 의미에서는 안코쿠지 공의 전술은 우선 무사시를 공격하는 형태라 할 수 있소이다.』

• **부회장** :『다시 말해 그거지. ───이 상대는 미리 준비를 하고 왔다는 뜻이야.』

그 말을 듣고 나이트는 어떤 사람을 보았다.

크리스티나다.

그녀가 중개를 맡아 에케이를 데리고 온 것인데.

• **금마르** :『크릿페, 꽤 진심으로 '정보' 담당자 전문이라고 해야 하나, 귀찮게 될지 여부 자체를 별로 생각하지 않는 파인가?』

• **호라코** :『Jud. 마사즈미 님께 맡겨두면 뭐든지 전쟁으로 해결해주시니 귀찮을지 아닐지 생각하지 않아도 된다고 판단하신 것 아닐까요.』

• **은랑** :『마사즈미? 안코쿠지를 포함한 모리 세력과 전쟁을 벌일 셈인가요?』

• **부회장** :『지금은 여름방학이라고……!』

자자, 나이트는 다른 사람들에게 그렇게 말했다. 우선, 상황은 대충 이해가 된다. 그렇다면.

• **금마르** :『세이준, 상대방에게 약간 기본적인 걸 물어봐도 돼?』

AK는 바로 근처에서 손을 든 사람을 보았다.

　다가왔을 때 대답해주었던, 흑발익의 파트너. 현장 스탭이었나. 공사 양면으로 관계가 있다면 이것 또한 소재가 된다. 잘 먹었습니다요.

　아무튼, 그녀가 이쪽을 향해 물었다.

　"다른 이동 수단을 마련해서 칸토로 가지 그래?"

　"그러게."

　흑발익이 이쪽을 보지도 않고 말했다.

　"칸토에 있는 테루모토와 하시바를 만나고 싶다면 무사시를 이용하지 말고 인원을 수송하는 배를 마련해서 타고 가면 되잖아. 왜 일부러 무사시를 이용하려는 거야? 그쪽에서 아즈치하고 문제를 일으키게 되면 골치 아프잖아."

　"어쩔 수 없습니다요. 무사시가 엑자곤 프랑세즈의 용병이니."

　그렇다면, 금발이 그렇게 말하며 고개를 갸웃거렸다.

　"――무사시는 엑자곤 프랑세즈의 용병. Jud. 그렇다고 가정할게?"

　그래도 말이지, 상대방이 그렇게 말했다.

　"――그렇다면, 무사시는 모리의 테루모토를 위해서 움직이지 않아도 되지 않을까?"

나이트는 자기가 의문을 던진 상대를 보았다.

안코쿠지 에케이. 외모를 보아하니 나이는 '중년'일 것이다. 그런 것 같다. 그런 그는 이마에 손을 대고 살짝 웃으며 이렇게 말했다.

"저는 엑자곤 프랑세즈의 휘하. 모리도 엑자곤 프랑세즈의 휘하에 있다는 사실은 마찬가지입니다요. 입장이나 상황, 마음 같은 것으로 인해 어느 쪽 '파'라고 하며 쏠리는 부분도 있긴 하지만, ───기본적으로는 같은 이부자리를 쓰는 관계.

그러지 않으면 모리가 엑자곤 프랑세즈의 잠정 지배에서 벗어난 것이 됩니다요. 오오, 무섭군, 무서워. 그렇게 유도하시는 것 아닙니까요?"

아니, 아니, 나이트는 그렇게 말하며 실수했다는 느낌이 들었다.

……잘 둘러대네.

에케이는 자신이 칸토로 가지 못할 경우에는 테루모토와 무사시 책임이라고 한다. 그때, 그는 테루모토와는 **모리 가문으로서의 관계**라고 말했다.

하지만 무사시가 엑자곤 프랑세즈의 용병으로서 **가문 대표인 테루모토**에게 가는 것을 거부한다, 에케이는 그렇게 말한 것이다.

……테루코는 **엑자곤 프랑세즈의 휘하에 있는 모리의 대표**다, 그러니까 가라고.

이봐, 이봐, 대체 어느 쪽인 거냐고.

테루모토를 모리 가문만 놓고 보는 건지, 엑자곤 프랑세즈 휘하에 있는 모리 가문으로 보는 건지.

정말 답답하다. 이율배반인 것 같긴 한데.

• **금마르** : 『이렇게 해석해도 되는 거야?』

• **부회장** : 『골치 아프게도, 된다. ───모리와 엑자곤 프랑세즈가 동등하다면 이율배반이라고 할 수 있겠지만, 모리는 엑자곤 프랑세즈의 휘하에 있으니까.』

다시 말해.

• **부회장** : 『엑자곤 프랑세즈는 모리에게 간섭할 수 있는 권한을 지니고 있지만, 모리에게 엑자곤 프랑세즈에 간섭할 권한은 없어. 이런 일방통행의 권한을 이해하고 있다면 이율배반도 조건에 따라 가능해지는 거지.』

으엑, 마음속으로 그렇게 말하며 입을 다물었다. 그러자 네신바라가 보충 설명을 해주었다.

• **미숙자** : 『다시 말해, 각 나라에 있어서는 '휘하에 있는 자의 것은 내 것', '휘하에 있는 자가 떠안은 골칫거리는 휘하에 있는 자의 것'이 성립되는 게 잠정 지배의 장점인 거지.

휘하에 있는 자가 세운 공은 간섭해서 **뺏고**, 하지만 휘하에 있는 자가 떠안은 골칫거리는 '아래에서 간섭할 권한은 없다'는 말을 해버릴 수 있으니까.』

　그러니까.

　• 부회장 :『그러니 테루모토가 태양왕에게 시집을 간 게 사건이 된 거야. 모리 측에서 엑자곤 프랑세즈의 최고 권한에 대해 항상 의견을 내놓을 수 있는 라인이 생긴 거니까.』

　• 은랑 :『그럼 테루모토가 태양왕에게 말하면 되는 것 아닌가요?』

　• 호라코 :『그건 불가능할 겁니다.』

　호라이즌이 조용히 말했다.

　• 호라코 :『이 총명하고 덕이 높으은.』

　• 아사마 :『호라이즌! 익숙하지 않은 단어를 입력하려다가 손가락을 삐었군요……!』

　뭔가 대단하다. 아니, 너무 빨라서 무슨 개그인지 잘 모르겠다.

　하지만, 다시 말해.

　"그러니까, 모리의 책임은 모리가 져라, 그런 거야?"

　"Tes. 그렇습니다요. ———애초에 테루모토 님께서 그런 돈 문제 때문에 엑시브 님에게 의존하실 분일 리가 없습니다요."

　에케이는 계속 미소를 지으며 고개를 끄덕이고는 이렇게 말했다.

　"테루모토 님께서는 이러한 문제를 나 혼자 해결해주마, 그렇게 말씀하실 거라 생각합니다요."

●

"말을 꽤 잘하네. 우리 대 하시바 섭외 담당자."

테루모토는 인랑 여왕이 보내준 우동 왕국의 상황을 하늘 아래에서 보고 있었다.

장소는 최근에 계속 머물러 있었던 갑판 위가 아니다.

언덕 위. 사토미가 맞은편에 보이는 미우라 반도 위였다.

시녀 인형들의 무신 부대가 미우라 반도를 거점으로 삼고 있었기 때문에 우리 모리 함대의 주력은 사토미 쪽으로는 내려가지 않고 이쪽에 진을 치고 있다.

사토미 측을 압박하지 않게끔 조심하자는 판단 때문이기 도 했지만.

……이곳이 외해에 있는 아즈치에 맞서는 방어선이지.

사토미는 방패가 될 수 없다. 만약에 아즈치가 다시 침공한다면, 그 거대한 선체만으로도 사토미를 뭉개버릴 수 있을 것이다. 잘해봐야 동귀어진하는 정도일 테고.

그럴 경우, 미우라 반도에 있으면 우라가 수도를 사이에 두고 무신대가 포격을 날리거나, 강습하는 것도 가능하다.

야마가타 성의 모가미 요시아키가 사토미에 별로 고집하지 않는 것도 비슷한 생각 때문일 것이다. 그녀는 만약에 아즈치가 움직일 경우, 사토미 세력이나 무사시 세력을 수용해서 미우라 반도로 철수할 생각이다.

그렇게 되면 사토미를 시간 벌이에 이용하며 미우라 반도 쪽에서 반격한다. 아즈치의 거대한 선체도 원호 같은 게 전혀 없는 상태에서 경사를 방패 삼아 맞은편에서 포격을 날리면 골치 아플 것이다.

거리가 떨어져 있다는 점이 한때나마 교착 상태를 만들어내고 있다.

그것은.

"───아즈치도 손해를 감안해서 다시 침공할 수는 없겠군요. 공주님."

"우리는 장기의 비차나 각 같은 느낌이지. 움직이지 않는 것이 의미를 지니는 거니까."

그런데, 테루모토는 그렇게 말하며 주위를 둘러보았다.

이곳은 미우라 반도의 서쪽 경사. 기룡과 무신 부대가 전투를 벌였던 동쪽 경사에 비해 숲이 있어서 적에게서 은폐할 수 있는 곳이다. 원래 하시바의 배가 요격하기 위해 착지할 곳을 틔워두었기에 '수렵관' 같은 것도 그 안에 잠기는 듯이 거대한 선체가 차분하게 자리잡고 있다.

지금, 우리는 지붕 위에서 사토미의 불빛을 보면서 저녁 식사를 하고 있다. 오랜만에 술도 해금했다. 고기와 태평양 쪽의 물고기도 내왔으니 자동인형들이 들뜨지 않을 리가 없다.

테루모토는 척 보기에도 너무 많이 만든 요리를 정기편으로 사토미 쪽에도 가져다주게끔 지시하며 중얼거렸다.

"───우리가 여기서 견제하고 있는 이상, 아즈치도 쉽사리 칸토에서 나가진 못하겠지."

"공주님의 이런 행동이 허영이었다면 하시바 측도 마음대로 움직였겠습니다만."

Mouri-01이 쓴웃음을 짓자, 테루모토는 머리를 긁었다.

"오기를 부리는 것도 꽤 즐거운데. ──────하지만 여기서 물러설 수도 없고, 꼴사나운 모습을 보여줄 수도 없다고."

Mouri-01이 내민 접시에서 생햄을 집어 들고 입에 넣었다. 어머, Mouri-01이 그렇게 말하며 아무도 쓰지 않는 포크를 들어 올렸지만, 테루모토는 신경 쓰지 않았다. 두세 번 씹고는 삼키고 나서.

"──────뭔가 했더니 튀김옷으로 싼 생햄이었나."

"무사시에서 진행했던 회식에서 힌트를 얻어 만들어 보았습니다."

"역시 두부는 서쪽이지. 부드러움이 다르다고 해야 하나. 아, 그래도 삶은 콩 같은 걸 두세 개 정도 넣으면 씹을 때 식감이 살아나서 괜찮지 않을까? 지금 상태로도 충분히 먹을 만하지만."

"Tes. 공주님께서 태양왕께 내드릴 수 있게끔 레시피를 완성시켜주겠습니다."

"삶아서 싸기만 하는 거잖아. 그 녀석도 할 수 있다고."

그리고, 테루모토가 그렇게 말했다.

"내가 개선하면 그 녀석이 손을 잡고 에스코트해줄 거야. 그러니 지금은 얕보일 수가 없지.

허영 같은 게 아니라 실제로 어떻게든 하란 말이다.
―――안코쿠지 녀석."

"Tes. 그렇다면 어떻게 하시겠습니까?"

Tes. 테루모토는 그렇게 말하며 고개를 끄덕였다.

"'해보고 싶으면 해봐', 그쪽에 이렇게 말해줘라, Mouri-
01."

●

• **모리1** : 『―――그럼, 부장, 무사시 세력에 그렇게 전해
주십시오..』

• **현역 소녀** : 『Tes. 알겠답니다! 보아하니 테루모토가 궁
지에 처한 모양이네요. 제가 무사시 세력에게 그렇게 전할
게요……!』

• **모리1** : 『아, 그런데, 공주님의 '해보고 싶으면 해봐'라
는 말투는 왠지 무사시 세력에게 시비를 거는 것 같으니 그
부분을 약간 감안해주시면 감사하겠습니다.』

• **현역 소녀** : 『Tes. ―――그러니까, 이해하기 쉽게 전달
하면 되는 거죠?』

●

• **아사마** : 『미토, 미토네 어머님께서 '그렇게 하고 싶다면

아무런 말도 하지 않고 해주셔도 상관없답니다', 라네요.』

　· **금마르** :『……남편과의 중계 영상?』

　· **은랑** :『저, 저희 부모님께서 대체 무슨 말씀을 하시는 거죠?! 잠깐만요! 어머님!』

　· **현역 소녀** :『어머, 네이트, 이해가 안 되나요? ──── 얕보거나 얕보이지 않게끔, 오기를 부리는 것도 꽤 까다로운데요? 아, 그래도 살에 싸인 부드러운 것을 따뜻하게 데운 다음, 콩을 씹는 듯이 해주면 매우 기뻐한답니다. 기억해 두세요?』

　· **은랑** :『그, 그거, 분명히, 주어 같은 것들이 전부 빠진 거죠?!』

●

　뭐가 뭔지 잘 모르겠지만, 모리 쪽은 평화로운 모양이다. 마사즈미는 그렇다면 상관없나……, 그렇게 생각하려다가.

　……아니, 아니, 그러면 안 되잖아.

　마음을 다잡았다. 아무튼, 모리 테루모토니까. 안코쿠지가 말한 대로 돈 문제가 되면 오기를 부리면서 다른 사람에게 떠넘기지 않을 것이다. 그렇다면.

　· **부회장** :『……테루모토가 지불하게 만들면 패배가 결정되는 건가.』

　· **빈종사** :『그래도 말이죠? 저기, 모리 학생회장은 정말

로 돈이 없나요?』

　• **마르가** :『……그걸 어떻게 물어볼 건데? 설마 '너, 돈
없지?'라고 물어볼 거야? 역시.』

　아무리 그래도 그건 힘들겠지, 마사즈미는 그렇게 생각했다.

　"그래도 일단은 확인할 수 있으니 해둘까. '너, 돈 없지?'
가 아니라……."

●

　• **현역 소녀** :『Mouri-01, 무사시 세력이 테루모토에게
'매우 복잡한 질문이긴 한데, 모리 세력 쪽은 칸토에서 행
동하는데 지장은 없나? 있다면 말해주길 바란다'라는 질문
을 했는데요?』

　• **모리1** :『Tes. 그럼 곧바로 테루모토 님께 전해드려야만
하겠군요.』

　• **현역 소녀** :『그런데 이거, 왠지 매우 둘러서 말하는 거
아닌가요?』

　• **모리1** :『알겠습니다. 그럼 제가 이해하기 쉽게 전달하
겠습니다.』

●

　"테루모토 님! 무사시 세력으로부터 통신이 와 있습니다."

"어, 뭐야, Mouri-01, 말해봐."

"Tes.! '너, 돈 없지?'라고 합니다."

"얕보는 거냐……?!"

●

- **아사마** : 『미토, 미토네 어머님께서 '저를 구석구석까지 핥고 싶으신 건가요?', 라네요.』

- **마르가** : 『작화 보조가 되겠네……!』

- **은랑** : 『우리 어머니───!!』

- **부회장** : 『뭐지……. 대충 의사소통이 되고 있긴 한 것 같은데, 이런 생각은 현실 도피인 건가?』

- **나** : 『너, 지금이라면 우렁이나 미꾸라지하고도 의사소통을 할 수 있지 않을까?』

●

위험하군, 마사즈미는 안코쿠지에 대해 새삼 그렇게 평가했다.

……모리 테루모토는 아마 돈을 내라고 하면 오기로라도 낼 것이다.

물론, 칸토에 있는 그녀 개인에게 그럴 예산은 없고, 모리 가문에서도 무사시를 칸토로 보낼 만한 예산을 간단히 낼 수는 없다.

하지만, 테루모토는 분명히 낼 것이다.

빚을 지진 않을 것이다. 거류지 출신이라면 돈을 빌리는 것이 얼마나 위험한지는 알고 있을 테니까.

그렇다면, 그렇게 생각했을 때였다. 안코쿠지가 중얼거리는 듯이 이렇게 말했다.

"제일 가능성이 높은 것은 모리 함대의 매각입니다요."

그렇긴 하겠지, 마사즈미는 그렇게 생각했다.

칸토 해방을 통해 사토미는 매우 피폐해졌다. 그리고 호조도 멸망했다.

만약에 무사시가 칸토로 돌아가지 않는다면, 무사시와 동맹을 맺은 사토미는 에도나 호조를 대신 맡게 된다.

모가미와 다테도 있으니 칸토 세력도 에도나 사토미의 토지를 빼앗지는 않을 것……이라고 생각하고 싶다. 하지만 칸토에 대한 사토미의 발언력을 위해서라도 힘은 필요하다. 그러니까.

•　**예찬자** :『사토미에 무사시가 '부흥 예산'을 건네고, 사토미가 그 돈으로 모리 함대를 산다. 그리고 손에 들어온 돈으로 모리가 무사시를 부른다. 그러면 계획을 제안한 소생이 유녀들에게 존경받는다는 건 어떨까요, 빈다 군.』

•　**후텐무가테** :『키요나리, 어째서 단속하지 않는 거야?』

•　**우키** :『진정해라, 나루미. ———그 유녀가 누나인지 아닌지를 확인하고 나서.』

425

너도 진정해라, 마사즈미는 그렇게 생각했지만, 오히로시키가 한 말이 일리가 있긴 하다.

· **아사마** :『그거, 좀 전에 우리가 주고받았던 이야기와 비슷하네요.』

그렇긴 하다.

무사시가 낸 돈을 사토미에서 모리를 경유하여 회수한다.

물론, 중간에 어느 정도 늘어나거나 줄어들긴 하겠지만, 손해가 될 부분을 별로 없을 것이다. 하지만.

……꽤 복잡하네.

왜냐하면, 그 말을 사토미 쪽에서 전달된 말이 이어받았다.

· **타치바나 부인** :『———회의가 중요한 내용인 것 같기에 대표위원장과 합류하였습니다.

그런 상태로 회의에 참가한다고 치고, 한 가지 말씀을 드려도 될까요.』

현장에서 문의가 들어왔다.

· **타치바나 부인** :『———모리 함대를 매각할 경우, 모리 세력은 어떻게 엑자곤 프랑세즈로 돌아가는 것이죠?』

· **호라코** :『미토츠다이라 님의 어머님이라면 뛰어서 돌아가실 수 있을 것 같습니다만.』

미토츠다이라가 고개를 끄덕이긴 했지만, 그건 완전히 다른 이야기일 텐데. 그리고.

"모리 함대를 매각하는 건 불가능해."

마사즈미는 일부러 안코쿠지에게 들리게끔 말했다.

"그러면 모리가 본거지로 돌아간 뒤에 M.H.R.R.에 맞설 전력을 잃게 되니까."

●

호오, AK는 마음속으로 그렇게 말하며 고개를 끄덕였다.
……이제야 도달했습니다요.
무사시 부회장은 방금 이렇게 말한 것이다.
"───모리가 하시바에게 맞설 자세를 무너뜨리지 않을 것이다, 그런 뜻입니까요?"
모리의 대 하시바 섭외 담당으로서는 그냥 넘어갈 수 있는 말이 아니다. 왜냐하면.
"무사시 세력은 아직도 하시바에게 맞설 자세를 유지하며 모리까지 끌어들이겠다, 그럴 셈이신 겁니까요?"

오쿠보는 혀를 차는 소리를 공중에 울렸다.

옆에서 카노가 살짝 돌아본 이유는 버릇이 안 좋다며 나무라기 위함일 것이다.

실제로 내 태도로 인해 여러 시선이 쏠리고 있기도 하다.

이곳은 사토미의 시가지. 부흥 중인 중심부다. 찻집 한 채의 벽을 부숴서 개방형으로 만든 다음, 공공기관의 기능을 도입했다.

하시바에게 제압되었던 시절, 공공기관의 기능은 하시바 진영이 내려보낸 수송함 쪽으로 옮겨졌었고, 지금은 상대방이 그것들을 회수해 간 상태다.

그 내용, 몇 달 분량을 이쪽에서 되찾는 것이 향후 과제이긴 하지만, 원래 공공기관이 지니고 있던 기능 회복과 부흥에 대한 정보를 처리하는 것이 이곳의 역할이다.

이미 밤인데도 멀리서는 파도 소리가 들렸고, 거리 곳곳에서는 목조 건물을 쓰러뜨리는 소리, 때로는 구호를 외치는 목소리도 들렸다.

하지만, 전체적으로는 조용하고, 표시창의 조작음이 울리는 정도다.

그곳에 혀를 차는 소리가 울리자, 마찬가지로 작업을 하고 있던 타치바나 부부가 돌아보았다.

"———역시 방금 그게 마음에 걸립니까, 대표위원장."

타치바나 긴의 말을 들으니, 뭐, 그라제, 그렇게 말하며 고개를 끄덕일 수밖에 없다.

지금 나는 짜증이 난다. 하지만.

……부회장은 참말로 뭐하는 거여…….

그녀는 이렇게 말했다. 모리 함대의 매각은 고려하고 있지 않다고. 왜냐하면.

……모리는 엑자곤 프랑세즈로서 앞으로 M.H.R.R.과 맞설 필요가 있기 때문이라고.

그건 아마 사실일 것이고, 우리에게 있어서도 중요한 인식일 것이다.

하지만, 친 하시바파로 보이는 안코쿠지 앞에서 확실하게 말하는 것은 위험하다.

"만약에 무사시가 칸토로 와불믄, 방금 나타낸 견해는 여기 있는 아즈치를 도발하게 되어불 것인디?"

게다가 방금 한 발언은 한 가지 문제를 떠안고 있다.

"모리나 엑자곤 프랑세즈가 보기에는 무사시가 자기들을 하시바에 대한 전선에 끌어들여불라고 한다, 그런 이야기가 되니께."

●

AK는 무사시 부회장의 의도를 '지나치게 파고들었다'로 보고 있었다.

어찌 됐든 그녀가 한 말은 교섭에서 내건 조건 같은 것이 아니다. 단순한 지론이다.

……모리와 엑자곤 프랑세즈는 하시바, M.H.R.R.과 계속 맞서줬으면 한다고.

다시 말해, 무사시는 모리가 계속 아군이었으면 하는 것이다.

그런 마음이 새어 나오는 말이었다.

그리고 그 내용은 무사시의 입장을 위험하게 만든다.

"무사시 부회장."

AK는 눈앞에 있는 상대에게 말을 건넸다.

"그건 너무 많은 것을 바라는 것 아닙니까요. 모리 함대는 테루모토 님의 것. 그 존재 방식을 테루모토 님이 아닌 사람이 결정하는 건 너무 지나치신 것 같습니다요."

"그런가?"

그렇다면, 상대가 그렇게 말했다.

"모리는 친 하시바 쪽으로 돌아설 것이다, 그런 뜻인가?"

역설의 유도심문이다.

모리는 친 하시바가 될 거지? 그런 의미가 담긴 질문을 통해 이쪽의 대답을 긍정으로 이끌어내려 하고 있다.

그렇다면 이쪽은 이렇게 말할 뿐이다.

"모리가 하시바 쪽에 붙는 것이 바로 역사재현입니다요."

'친' 하시바가 된다고는 말하지 않았다. 하지만, 입장을 따지면 미래는 이미 보이고 있다. 성보기술의 내용이 확실하기 때문이다.

그렇다면, 상대방이 그렇게 말하며 고개를 끄덕이고는 오른손을 들었다.

"그럼 사토미에게 돈을 주고 모리 함대를 사들이게 할까."

●

호오, 마사즈미는 안코쿠지가 그렇게 말하며 고개를 든 모습을 보았다.

그는 고개를 한 번 갸웃거리고는 물었다.

"거기에 무슨 의미가 있다는 것입니까요?"

"Jud. ———무사시를 이용해서 당신을 칸토로 보내기 위해서지."

그렇게 말하자 미토츠다이라가 살짝 코웃음 쳤다. 그리고 그녀는.

"실례했어요."

자세를 바로잡은 늑대를 안코쿠지가 예리한 눈초리로 바라보았다. 그러자 호라이즌이 오른손을 들고는.

"……실례!"

한순간 늦게, 당황한 듯한 모습으로 아사마가 물품 목록을 크게 흔들었다. 바보와 호라이즌 쪽을 향해 바람을 세게 부쳐주면서.

"아~, 덥다. 덥네요~. 그렇죠? 여러분……!"

• **호라코** :『오오, 아사마님, 나이스 확산입니다.』

• **은랑** :『미, 미리 말씀드리지만, 저는 헛웃음을 지은 건데요?!』

• **나** :『아니, 호라이즌, 너, 그럴 때는 입으로라도 상관이 없으니까 소리를 내지 않으면 무슨 뜻인지 모르잖아? 그런 건 어떻게 생각하는데.』

• **호라코** :『아뇨, 준비가 제대로 되지 않았기에 그대로 파워 인하면 우동(가명)이 나올지 모른다는 우려가 되었기 때문입니다.』

• **빈종사** :『저기요! 저기요! 저는 뒤늦게 참여해서 지금 우동(본명)을 먹고 있는 도중인데요!』

• **약 전원** :『실례!』

실례 룰이 편리하네, 마사즈미는 그렇게 생각했지만, 미토츠다이라가 헛웃음을 지은 것 정도는 괜찮을 것이다.

늑대가 웃음소리를 흘린 이유. 그것은.

"이유는 한 가지야."

마사즈미는 안코쿠에게 말했다.

"칸토 해방 종료 이후. 안코쿠지 에케이, 당신이 테루모토와 합류함으로써 모리가 친 하시바 세력이 된다면, 이쪽에서는 거기에 가담한다는 선택을 하지 않을 거다."

그러니까.

"하시바에게 합류할 전력을 깎아내기 위해, 사토미를 경유해서 모리 함대를 저렴하게 사들여볼까."

●

"그렇지요."

인랑 여왕은 다른 사람들이 있는 거리를 향해 걸어가면서 그렇게 중얼거렸다.

오른손으로는 종이봉투에 담긴 양념 고기구이. 왼손은 남편의 손을 잡은 채 그녀는 거리의 불빛을 향해 걸어갔다.

"———모리와 마츠다이라는 세키가하라에서 적이 된다는 것이 성보기술이 나타낸 미래. 그것을 어떻게 할 것인지는 향후의 해석이나 존재 방식에 따라 달라지긴 하겠지만, 기본적으로 적이라는 사실을 잊어선 안 된답니다?"

"그렇다면 무사시 쪽에서는 어떻게 할까."

Tes. 인랑 여왕은 남편이 한 말에 그렇게 대답했다.

"섭외 담당자가 그리고 있는 미래가 모리와 무사시를 적대시하게 만드는 거라면, 그대로 진행하는 것도 방법 중 하나지요.

다시 말해, 그렇게 되어버렸으니 모리의 약체화를 노린다, 그런 뜻이에요."

그리고.

"양쪽을 몰아붙인다. ……아니, 무사시를 몰아붙일 계획을 짜고 있던 섭외 담당은 생각지도 못한 반격을 당할 수도 있거든요?"

435

마사즈미는 숨을 들이마셨다.

……이 상대는, 골치 아프다.

무언가를 숨겨두고 이쪽을 농락하거나, 처음부터 끝까지 무사시를 몰아붙일 생각뿐이다.

그렇다면 지금은 이쪽도 각오가 필요하다.

"모리 함대를 사들이지. 그리고 테루모토에게 자금을 주겠어."

하지만.

"모리는 여름방학 때 함대를 다시 편제해야 하겠군."

"다시 말해, 무사시가 모리에 대해 적대적 조치를 취했다는 뜻인지?"

"———그게 역사재현이잖나? 모리 섭외 담당."

이건 상대방이 먼저 꺼낸 이야기다. 자기가 말한 이상, 안코쿠지는 역사재현인지 여부를 모든 기준으로 삼아야만 한다. 그렇다면.

• **부회장** :『상대방의 밑바닥을 살펴보자.』

• **은랑** :『상대방이 이쪽을 몰아붙이려 하고 있는데, 괜찮은 건가요?』

그래, 마사즈미는 그렇게 말하며 고개를 끄덕였다.

• **부회장**:『귀찮은 작업이 몇 가지 필요하긴 한데, 오쿠보

가 어떻게든 해줄 거야.』

●

"아가씨! 아가씨! 화를 내셔도 됩니다! 포기하며 한숨을 쉬시면 안 됩니다!"

"……뭐여, 인자 내가 **저질러불믄** 내가 이긴 걸로 해도 되 것는디, 요즘은 그런 생각이 든당께."

"아가씨! 승패 조건을 자기 마음속에만 품은 시점에서 패배 확정입니다만?!"

●

음, 뭐, AK는 그렇게 중얼거렸다.

"다시 말해 무사시는 하시바 님과 모리 상대로 적대시하 겠다, 그런 말씀이십니까요?"

역사재현이다. 그렇다면 지금, 이쪽에서는 한 가지 더 추 격타를 날릴 수가 있다.

"무사시는 저를 데리고 칸토로 간다. 거기에는 아즈치도, 테루모토 님도 계신다.

그렇다면———."

그렇다면.

"제가 갈 시기는 1주일 뒤, 그렇게 정하더라도 괜찮으시겠습니까요."

●

　• **금마르** : 『그게 무슨 소리야? 시기를 늦추는 게 무슨 의미가 있는데?』

　• **담배녀** : 『아, 그것에 대해서는 칸토 쪽에서 가르쳐줄게.』
그게 무슨 뜻일까. 나오마사가 넷에 이렇게 말했다.

　• **담배녀** : 『1주일만 있으면 아즈치가 기능을 거의 모두 되찾는다. 그런 거야.

　―――보아하니 아즈치에 보수를 묘하게 진행하는 습명자가 들어간 모양이라서. 주 가속기가 실드로 덮여 있다고. 보아하니 1주일 정도 뒤쯤이면 일단은 움직일 수 있을 거야.』

　• **벨** : 『그럼, 혹시, 아즈치하고, 무사시가, 전쟁, 하는 거, 야?』

　• **마르가** : 『마사즈미, 도발에 넘어가면 안 되지! 아무리 전쟁을 하자고 꼬시더라도!』

　• **부회장** : 『왠지 그런 말을 할 것 같았는데, 진짜로 그러네!』

●

"한 가지만 묻고 싶군."

마사즈미는 안코쿠지에게 말했다.

"──칸토에서 전쟁을 벌인다 하더라도, 지금이 여름 방학이라는 걸 잊었나?"

"전쟁을 하자는 이야기는 아무도 하지 않았을 텐데요."

안코쿠지가 어깨를 으쓱이며 말했다.

"단, ──어떤 세력에도 최후의 수단이라는 것이 있지 않겠습니까요? 그것은 모리에게도 있고, 하시바 님께도 있고, ……무사시에도 있다. 그렇지 않습니까요?"

"지금 주고받고 있는 이야기를 기록하고 있다 해도 똑같은 말을 할 수 있나?"

"몇 번이든 말씀드리지요."

안코쿠지가 두 팔을 벌렸다. 이쪽을 바라보며 이렇게 말했다.

"역사재현을 위해서, 무사시는 칸토로 가야합니다요. 그곳에는 하시바 님과 테루모토님이 계시고, 아즈치도 기능을 회복하고 있습니다요. 그렇다면 그곳에서 무슨 일이 일어나더라도 이상할 것이 없습죠."

"그렇다면."

마사즈미는 입을 열었다.

・**부회장** : 『안코쿠지의 밑바닥을 살펴보자.』

마사즈미는 주위에서 모두가 긴장하는 분위기에 흡족해하며 말했다.

"빗추 타카마츠 성 강화 이후에, ———모리 테루모토는 어떻게 하지?"

물었다.

●

그라제, 오쿠보는 부회장의 질문을 듣고 그렇게 말하며 고개를 끄덕였다.

주위에서 다른 사람들이 이쪽을 주목하는 가운데, 부회장이 한 말은 표시창에서 움직이지 않았다.

……빗추 타카마츠 성 강화 이후라.

"아가씨, 모리 테루모토의 **강화 이후**라는 것이 무슨 뜻인지요?"

"잘 생각해보랑께, 카노 군."

오쿠보는 최대한 바깥의 소리를 신경 쓰면서 말을 꺼냈다.

"아즈치가 기능을 회복한다. 무사시가 거기로 간다. 일촉즉발이여. 그렇게 되믄, 모리 테루모토는 어쩌것어? 함대를 매각해부렀는디."

그렇다면.

"———역사재현에 따라 하시바 측으로서 아즈츠에 보호를 요청할 수밖에 없것제. 보통은."

●

나루미는 표시창을 통해 오쿠보의 판단을 확인했다.

……그렇긴 하지.

개인적인 희망으로서는 모리를 무사시에서 보호하고 싶다. 하지만, 역사재현을 따질 경우, 하시바 측이 더 적합하다.

• **후텐무가테** :『이건 무사시에 있어서 불리한 상황이지.』

• **타치바나 부인** :『Jud. ──왜냐하면, 엑자곤 프랑세즈는 베스트팔렌의 전승국이니까요. 무사시에 있어서는 엑자곤 프랑세즈나 모리와는 최대한 적대하지 않는 것이 바람직합니다.』

그렇다.

모리 함대를 잃게 만들고, 모리 학생회장으로부터 힘을 빼앗은 시점에서 그녀는 어딘가에 보호를 요청해야만 하게 된다.

하지만 그렇게 하면 그녀가 피보호 진영의 인질이 된다.

이런 상황에서 더욱 안 좋은 것이 한 가지 있다.

• **후텐무가테** :『───하시바 측은 모리 학생회장이라는 방패를 손에 넣은 시점에서 이쪽에 대해서는 안전하면서도 뭐든지 할 수 있게 돼.』

• **의** :『……그렇다면 사토미가 모리를 보호하면 되는 것 아닌가?』

• **나** :『어?! 납작이가 보호자를 하겠다고?! 꽤 하는데!』

• **나가야스** :『아니, 그럼 모리가 본거지로 돌아갈 때 사

441

토미가 칸토를 비워야할 것인디? 애초에 사토미는 엑자곤 프랑세즈의 용병도 아니니께 유럽으로 가진 못할 것이여.』

  • **나** :『이예이~! 납작이, 아쉽게 되었네요———!』

  • **의** :『네놈———!』

거의 답이 없다.

왠지 오다와라 정벌이 떠오르는 건 지금 상황이 각 세력이나 이동력의 돌려막기 같은 형태이기 때문일 것이다. 해결할 방법이 있는 것처럼 보이면서도.

  • **후텐무가테** :『골치 아프네. 그래도 상대방의 밑바닥은 보였어.』

그것은.

  • **후텐무가테** :『무사시를 칸토에 묶어두고, 모리를 하시바 측에 종속시키는 것. ———역사재현을 기반으로 생각할 경우, 상대방은 성보기술에 준거한 모리의 번영을 원하고 있구나.』

●

……모리의 번영?

아데레는 우동을 먹으며 생각에 잠겼다.

나는 부모님이 엑자곤 프랑세즈 출신이기도 하기 때문에 그런 부분에 대해 약간 조사해본 적이 있다. 그런 다음에 대부분 잊어버렸다. 어쩔 수 없다. 인생을 살다 보면 그것 말고도 해야 할 일이 많으니까요.

하지만, 기억하고 있는 것도 있다.

• **빈종사** : 『모리는 나중에 천하를 놓고 벌이게 되는 세키가하라 결전에서 서군의 우두머리가 되잖아요.』

그에 맞서는 동군의 우두머리는 마츠다이라다. 하지만 서군은 배신 등으로 인해 와해되고, 모리는 그 패전 이후로 단숨에 쇠퇴하게 된다.

……그래서 태양왕이 모리 학생회장과 결혼한 거죠.

모리의 패배와 쇠퇴는 유럽의 패왕인 엑자곤 프랑세즈의 발목을 붙잡게 된다.

태양왕과 모리 학생회장의 결혼은 엑자곤 프랑세즈가 모리의 후견인이 되어 다른 나라가 모리에 간섭하는 것을 막아주는 의미도 있다고 한다. 하지만.

• **빈종사** : 『모리의 번영이라는 게 뭐죠? 모리는 쇠퇴 일직선이잖아요?』

• **미숙자** : 『그런데, 단순히 그렇게 말할 수만은 없거든.』

• **호라코** : 『네신바라 님———!!』

갑자기 넷에 호라이즌의 목소리가 울려퍼졌다.

다들 곧바로 서기를 보았고, 서기는 왠지 모르겠지만 제5특무를 보고 있었다.

이봐……, 그런 분위기가 흐르는 와중에 잠시 후 서기가 눈치챘다. 그는 표시창을 보고, 호라이즌이 자신을 부르고 있는 내용을 다시 살펴본 다음에.

- **미숙자** :『……어? 어, 어어?』

- **안경** :『왜 그렇게 당황하는 거야.』

- **미숙자** :『아, 아니, 귀중한 순간이니까 어쩔 수 없잖아?! ——미, 미안한데, 아리아더스트 군, 한 번만 더!』

- **나** :『네신바라 니임?』

- **10ZO** :『비슷하지도 않고, 어째서 의문형인 거요?』

곧바로 왼팔이 바보의 멱살을 잡았고, 오른손이 좌우로 움직이며 그 얼굴을 때리기 시작했지만, 이미 익숙해진 광경이다. 그런데 아힝아힝 소리를 내고 있던 바보 건너편에서 서기가 말했다.

- **미숙자** :『그게 말이지? 빗추 타카마츠 성 전투는 어떤 이벤트와 겹치거든.』

그가 한 말에 대답하는 듯이 칸토에서 주석이 왔다.

- **타치바나 부인** :『……혼노지의 변으로 인해 오다 노부나가가 암살된 사건. ——그렇죠?』

- **미숙자** :『Jud.! 맞아, 그렇기 때문에.』

- **타치바나 남편** :『하시바는 서둘러 현장으로 달려가고 싶긴 하지만, 암살에 대해 밝힐 수도 없는 한편, 빗추 타카마츠 성 전투를 조기에 끝내고 싶었다. ——그런 거죠?!』

- **미숙자** :『그래, 맞아. 그러니까——.』

- **타치바나 부인** :『그때, 하시바 측의 의도를 파악한 모리의 교섭 담당, 안코쿠지 일행이 강화를 진행하고 조기에 전투를 종결시킵니다. 그리고 하시바는 서둘러 오다 영지

로 돌아가 아케치 미츠히데를 다른 사람들보다 먼저 쓰러뜨리는 게 가능해졌죠.』

• **타치바나 남편** :『하시바가 천하인이 된 계기, 혼노지의 변으로부터 오다 가문을 집어삼키는 움직임까지 전부, 이때 조기에 움직여서 주군의 원수를 갚았기 때문이죠.

그 이후로 하시바는 곧바로 결단을 내린 모리를 우대해주게 됩니다.』

• **빈종사** :『──────그렇다면, 혼노지의 변으로부터 세키가하라까지, 모리는 하시바 밑에서 번영한다, ……그런 뜻이군요! 서기!』

• **미숙자** :『응……. 맞아……. 그런 거야…….』

• **안경** :『그러니까, 간단히 정리하자면 이런 거야. ──────투산, 너, 말이 많은 주제에 자신감이 없으니까 이야기의 주도권을 잡는 게 서투른 거라고.』

• **미숙자** :『그쪽을 정리하는 거야?! 그쪽을?!』

그래도 대충은 이해했다. 다시 말해.

• **빈종사** :『모리 세력이 보기에는 안코쿠지 씨의 강화로부터 세키가하라까지, 모리를 번영으로 이끌어줄 시기와 기회가 왔다, 그런 거군요.』

●

그렇지, 마사즈미는 마음속으로 그렇게 말하며 고개를 끄덕였다.

……이제야, 라고 해야 하나.

안코쿠지 에케이의 본심이라고 해야 하나, 목적이 보이기 시작한다.

"모리, 라는 거로군."

"무슨 말씀이십니까요?"

"엑자곤 프랑세즈의 휘하가 아니라. 극동의 세력으로서 순수한 '모리'라는 말이다."

이해가 된다.

"오해하고 있었군, 안코쿠지 에케이."

"뭘 말씀이십니까요?"

"당신은, ———친 하시바가 아니야."

마사즈미는 숨을 한 번 들이마신 다음, 확실하게 말했다.

"당신은 극동 세력이다. 그것도 모리를 제일 먼저 생각하는 순수한 극동 세력."

●

마사즈미는 자신의 입에서 나온 말이 묘하게 신선하다는 생각이 들었다.

……이럴 수가.

'극동 세력'이라는 단어가 이렇게 신선한 느낌이 들 줄이야.

그렇다.

"엑자곤 프랑세즈에게 잠정 지배당하고 있는 모리 가문. 하지만, 모리의 역사는 군웅할거의 세력 쟁탈전이야.

명장인 모리 모토나리도 모리를 츄고쿠 지방에서 패권을 떨치는 대규모 세력으로 만들긴 했지만, 천하를 태평하게 만든 것은 아니지. 주변의 나라들과 동맹을 맺었지만, 그 이외는 적이라는 상황이니까.

그리고 그건 엑자곤 프랑세즈도 마찬가지고, ———다른 나라들은 쇠퇴의 역사가 있는 모리가 엑자곤 프랑세즈의 발목을 잡을 거라 기대하고 있었지."

하지만.

"엑자곤 프랑세즈는 전 총장인 안의 의향이나 본인들의 사정 때문인지 모리와 혈연을 맺게 되었고, 후견인이 되겠다고 약속했어.

모리는 이 전국 시대에서 역사재현의 문제가 있긴 하지만, 쇠퇴는 '해석'에 불과하다, 그런 현실을 손에 넣은 거고."

그렇게 말하자 안코쿠지가 고개를 갸웃거렸다. 그는 눈을 가늘게 뜨고는.

"그게, ……어쨌다는 겁니까?"

숨겨두고 있는 게 잔뜩 있다는 듯한 표정이다. 하지만 이번에는 이쪽에서 말해줄 생각이다.

"———본심을 드러내지 않는다면, 멋대로 단정 짓는다 하더라도 불평할 수가 없을 텐데."

• **현명한 누님** :『후후, 에스코트치고는 최악의 보험이네.』

447

• **부회장** : 『상관없어. 지금 이 상대를 정의해두는 건 나중에 거대한 포석이 될 테니까.』

• **벨** : 『그, 그게 무슨 뜻이, 야?』

• **미숙자** : 『안코쿠지 에케이는 하시바 측으로 넘어간 다음, 곳곳에서 섭외를 맡게 돼. 우리와 다시 맞붙게 될 가능성이 크지. 그러니까 그때, 이쪽과 태도의 공통분모를 맞춰둔다는 건 꽤 크게 작용하겠지. 어찌 됐든 이 회의는 기록이 남을 테고, 그런 의미에서는 지금 서로가 자기소개와 자신들의 태도를 증명하고 있는 거나 마찬가지니까.』

……그렇겠지.

이해가 되는 것이 있다. 그래서 말했다.

"엑자곤 프랑세즈의 휘하로 들어간 모리는 안도와 번영을 약속받았지. 하지만 거기에는 한 가지 문제가 남아있어.

─── '모리'로서 **하시바에게 붙었을 때 얻게 될 번영**은 어디로 갔냐는 거지."

숨을 돌리고 나서.

"테루모토가 태양왕에게 시집가기 전, 모리의 중신들은 하시바에게 붙었을 때를 대비해 미리 계획을 짜두었을 거야.

단기간이긴 하지만 '모리'로서 얻게 될 절대적인 번영.

거기에는 권익이나 다른 것들이 얽히겠지만, 한 가지 목적이 있었을 거다."

"그것은───."

안코쿠지가 입가를 치켜 올리며 뭔가 말하려 했다.

아니다, 그런 부정일까 아닐까. 마사즈미는 확인하기도 전에 먼저 말했다.

"멋대로 단정 짓는다고 했을 텐데."

그것은.

"———하시바에 붙은 잠깐 동안의 기간. 모리 가문 최대의 번영을 **자신들의 손으로 모리**에 **가져다준다.**

대국의 의사나 간섭에 대해서는 역사재현이라는 유일한 방패로 저항하고, 모든 것을 쇠퇴할 모리의 장래를 지탱하는데 이용하는 거지.

그러기 위해서는 테루모토의 입장을 몰아붙여서 하시바에게 보호를 요청하게 만드는 것도 불사하고."

그렇게 말하자 안코쿠지가 어깨를 으쓱였다.

"———그것참, 겉만 번드르르한 말씀입니다요."

"그래서 숨기고 있는 거겠지? 당신들은 더러운 일을 도맡아 하는 사람들이니까, 번드르르한 것들은 숨겨야만 해."

마사즈미는 받아치는 듯이 말했다.

"모리는 쇠퇴할 거다. 하지만 그건 번영을 가져다준 순수한 모리 세력만 역사에서 사라져가면 충분해. 테루모토나 다음 시대 사람들은 엑자곤 프랑세즈와 함께 나아가면 되니까."

그러니까.

"안코쿠지 에케이. ———당신이 진행할 역사재현은 지금까지의 모리 세력이 마지막에 화려한 꽃을 피우게 만들고, 거기서 얻은 것들을 작별 선물로 삼아 새로운 모리 세력에게 보내는 행동이다."

●

"참말로 너무한다."

오쿠보는 이마에 손을 대고 중얼거렸다.

다른 사람들이 이쪽을 힐끔거리는 이유는 잘 알고 있다. 어찌 됐든, 방금 부회장이 한 말은.

……그럴지도 모르겠다, 그런 생각이 드니께.

하지만, 비꼬는 듯이 말하는 오쿠보도 이해한 것이 있다.

……이렇게 규모가 큰 이야기인디, 테루모토 본인이 움직이지 않는 이유. ……**그거**제.

지금까지 인랑 여왕을 통해 이야기를 주고받긴 했지만, 자신을 포함한 역사재현 문제이니 테루모토 본인이 좀 더 안코쿠지에게 허가나 지시 같은 것들을 내려야 하지 않을까.

아니다. 그렇지 않다.

이것은 엑자곤 프랑세즈와 함께 가기로 결심한 테루모토나 젊은 세대 이야기가 아니다.

순수하게 극동 쪽 모리 세력으로서 움직이기로 결심한 예전 세대들의 이야기다.

그렇기 때문에 지금에야 의미가 통하게 된 것이 있다.

"어째서 역사재현을 그렇게까지 고집하는 것인지 말이제."

극동 세력이기 때문이다.

엑자곤 프랑세즈와 손을 잡은 모리라면 대국의 비호를 받으며 역사재현을 휘두를 수도 있을 것이다. 유럽 패왕의 일파로서 '해석'을 이용할 수 있는 입장인 것이다.

하지만, 극동 세력으로서의 모리는 그렇지 않다.

대국의 지배 아래. 그들이 강대한 힘에 저항할 수 있는 거라면 교칙법이나.

……역사재현이여.

안코쿠지 일행은 극동 세력 단독으로만 움직여서 모리의 번영을 이루어내려 했다. 그러기 위해 훨씬 전부터 계획을 짜왔을 것이다.

친 하시바파라고 보일 만큼 하시바 쪽에 붙는 것도, 그 입장이라면 모리를 지킬 수 있기 때문이다.

마치 적처럼 행동하면서, 그러면서도 주군을 지킨다.

모리답다.

옛 명장, 모리 모토나리도 모리의 안정을 위하여 이웃 나라에 자신의 자식을 보내 간접 지배하는 방식을 썼다.

멸사(滅私)라는 말은 강력한 목적이 있어야만 발휘되는 것이다.

모리라는 세력을 유지하기 위하여.

그러한 노력이나 계획을 테루모토 같은 사람들도 분명히 이해하고 있었을 것이다. 전 총장, 안도 이해하고 있었을 것이 틀림없다.

그렇기 때문에, 그러한 '멸사'에서 모두를 해방한다는 의미까지 포함하여 테루모토가 태양왕에게 시집갔고———.

"아, 젠장."

······나도 참말로 마음이 약해져부렸네.

국가의 흥정. 몸싸움이나 속임수 대결에 있어서 가장 쓸모 없는 요소는 '타인에 대한 이해'인데도. 하지만.

"아가씨."

카노가 갑자기 말했다.

"동정이나 자비심, 이해를 버리는 것은 적을 쓰러뜨리는 데 필요한 것입니다.

———하지만, 동정이나 자비심, 이해를 이용하는 것은 동료를 얻기 위해 필요한 것입니다."

"그런 말은 어디서 배웠당가."

"단순한 역설을 늘어놓았을 뿐입니다. 하지만, ———그것만으로도 대비는 명확합니다."

그라제, 오쿠보는 그렇게 말하며 숨을 내쉬었다.

"······지배국을 따르지 않고, 잠정 지배를 이용하지도 않는다. 그렇게 순수한 극동 세력이 아직 있을 줄은 몰랐는디. 그것도 모리처럼 메이저한 나라 안에 말이여.

무사시에게 있어서는 입장을 따지믄 첫 이웃이라고 할 수도 있것제."

하지만.

"———그 역사재현은 무사시의 적이여. 어쩔랑가, 부회장. 동정이나 이해로는 무사시가 위험해질 것인디."

●

아사마는 옆에서 들여다보는 토리와 호라이즌에게 의사
록 표시창을 보여주면서 상황이 호전되지 않았다는 사실을
깨닫고 있었다.

……상대방의 진의를 알게 되긴 했지만, '모리' 세력이란
말이죠…….

대국의 휘하에 있는 것이 내키지 않는다 하더라도, 모리
와 마츠다이라는 적이다.

상대가 역사재현을 기준으로 생각하는 이상, 그건 어쩔
수 없는 일이다.

그런 부분에 대해 그는 어떻게 생각하는지 궁금해서 그를
돌아보니.

"음──."

뭔가 생각에 잠긴 모양이다. 쓸데없는 생각을 하고 있을
것 같기도 하지만, 옆에 있는 호라이즌이 두들겨패지 않는
걸 보니 그런 건 아니다. 아마도.

그런데, 그 대신이라는 듯이 호라이즌이 물었다.

"아사마 님, ──질문이 좀 있습니다."

"뭐죠? 호라이즌."

"Jud. ──어째서 저분께서는 다른 사람에게 주어진

행복에 만족하시지 못하는 건가요?"

갑자기 어려운 질문이네.

욕심이 많다는 말로 간단히 정리해버릴 수도 있지만, 그래선 진심과는 완전히 들어맞지 않을 것이다.

"저기 말이죠."

아사마는 말을 신중하게 골라가며 말했다.

"호라이즌, 토리 군이 구하러 갔을 때, 이런 말을 들은 적이 있었죠? 나도 그쪽으로 갈 테니까, 너도 이쪽으로 와, 라고요. ———그것과 마찬가지예요."

"그건———."

"주어진 행복에 만족하지 않는다거나, 욕심이 많다거나, 미쳤다거나, 그런 게 아니에요. 행복이 주어진다고 해서 자신이 그렇게 되려 하는 것을 멈출 수 없다는 뜻이죠."

아사마는 두 손을 들고 마주 모아 보였다.

"박수를 칠 때도 뭐, 약간 어긋나게 한다거나 그런 요령이 있긴 한데, 두 손을 모두 움직여서 마주치게 하는 게 한쪽을 멈추고 다른 쪽으로 부딪히는 것보다 더 멋진 소리가 나는데, 그런 느낌이죠."

그렇긴 하죠, 호라이즌이 그렇게 말했다.

"때릴 때는 멱살을 붙잡는 것뿐만이 아니라 때린 쪽으로 끝까지 휘두르고 나서 양쪽 볼을 때리는 게 한쪽 볼만 때리는 것보다 더 멋진 소리가 나죠. ……역시 아사마 님이십니다……!"

왠지 물리의 세계로 간 것 같은데, 괜찮은 걸까. 뭐, 보충 설명을 하자면.

"받기만 하는 게 아니라 자기 자신도 해나간다는 건 중요하죠."

• **마르가** : 『──알겠어, 원고에 반영시킬 테니까 안심해..』
• **금마르** : 『와아, 아사마찌, 좋은 이야기야~.』

잠깐만요.

그런데 상대방은 말을 멈추지 않았다. 안코쿠지가 팔짱을 낀 자세로 눈을 가늘게 뜨며 마사즈미를 빤히 보고 있었다.

"자."

그가 말했다.

"진의를 아셨다면, 어떻게 하실겁니까요? 저를 칸토로 데리고 가서 테루모토 님을 하시바와 이어주고 적이 되거나, 아니면 무사시를 여기에 계속 두면서 테루모토 님과 함께 제 역사재현을 방치한 책임을 지거나. ──둘 중 어느 쪽입니까요?"

●

결국은 그런 양자택일.

……골치 아픈 수법인데.

오쿠보는 그렇게 생각했다. 아마 저 교섭 상대는 나와 반대되는 타입 중 하나일 것이다.

준비를 하고 미리 함정을 파두는 것은 마찬가지다.

하지만 내가 한 가지 답을 위해 그 함정을 쌓아나가는 것과는 반대로, 저 상대는 먼저 답을 내놓고, 상대가 받아들이게끔 그때까지 쌓아두던 함정을 파나간다.

파내는 동안에 먼저 내놓은 답을 상대가 받아들이면 좋고.

그렇지 않다면 계속 파내면서, 도망치면서 승리를 노리는 것이다.

속셈을 밝히지는 않지만.

"소극적인디."

내가 설마 이런 말을 하게 될 줄이야. 그 사실에 약간 놀라긴 했지만, 문득, 어떤 사실을 눈치챘다.

……표시창이———.

우동 왕국의 상황이 떠 있던 표시창이 움직임을 멈췄다.

손 근처에 있는 것은 움직이고, 이쪽 조작에도 반응을 보인다. 하지만 우동 왕국에서 오는 정보는 멈췄고, 오지도 않는다.

……이건———.

그와 동시에 두 가지 움직임이 생겨났다.

타치바나 긴과 타치바나 무네시게가 일어나서.

"전원, 찻집 벽 쪽으로 이동해 주십시오."

그리고 카노가 조용히, 이쪽에도 들리는 목소리로 이렇게 말했다.

"아가씨."

모두가 무슨 일인가 하는 기색으로 타치바나 부부의 말을 따르던 와중에 카노가 말했다.

"영역내 통신은 사용할 수 있지만, 광역 통신이 봉쇄되었습니다. ──담당 신사는 미시마 신사. 아사마 신사 대표가 이 지역의 모리 통신 담당으로 주요 신사 교체를 한 신사입니다."

그렇다면.

"──진의는 알 수가 없지만, 사토미의 영역외 인프라가 모리에게 제압된 상태입니다."

●

긴은 무네시게와 함께 탁 트인 찻집 밖으로 나왔다.

찻집 주방 쪽에 벽이 하나 있다. 그렇기 때문에 대각선 쪽을 경비하지 않더라도 맞은편 끄트머리에 둘이 서 있으면 충분할 것이다. 그런데.

……이거 참, 대단하네요…….

묘하게 시원한 기운이 발치에 다가오고 있다. 여름밤, 바다 쪽 지역이긴 하지만, 이렇게 스며드는 듯한 한기는 느껴본 적이 없다.

바람이 아니고, 안개도 아니다.

무엇인지는 알고 있다.

"'숲'이군요."

어젯밤에 보기도 했다.

인랑 여왕. 그녀의 힘이다. 그리고 지금 그 '삼림'이 여기에 발현되려 하고 있다.

억누르고 있다. 기다리고 있다. 마치 먹잇감을 앞에 둔 것처럼 참고 있다. 그런 분위기만이 발치로 다가오는 냉기로 느껴졌고.

……그러니까, 이건…….

• **타치바나 남편** :『상황에 따라 사토미 세력이나 우리를 일제히 인질로 삼겠다, 그런 뜻일까요.』

• **CAN** :『모르겠습니다. 통신 관련 문제일 가능성도 있습니다. 칸토 해방이 종료되었기에 해당 지역의 신사가 스트레스에서 해방되기도 했으니까요.』

신의 기분은 알 수가 없다, 그런 뜻이다. 하지만.

• **타치바나 부인** :『거기에 편승할 수도 있다, 그런 뜻이군요.』

그렇군요, 긴은 자기가 한 말을 생각하며 그렇게 중얼거렸다.

"……진짜 '모리 세력'. 그들이 칸토 해방에 참가하고, 모리 학생회장 일행들도 모르게 움직이고 있다. 그런 가능성도 있다는 건가요."

그렇다면.

"이 시간. ———우동 왕국 쪽의 판단에 달려 있다, 그렇게 되겠군요."

아사마는 숨을 들이마시며 마음을 가라앉혔다.

이미 칸토의 상황은 마사즈미와 다른 사람들에게도 알렸다.

• **아사마** : 『칸토 해방의 영향인지, 미시마 신사가 신격 권한으로 아사마 신사의 지휘에서 벗어났어요.』

• **10ZO** : 『음, 그러니까, 그런 것이오이까? 미시마 신사 에서 주로 모시는 신은 분명히 아사마 신사의 사쿠야의 아 버님이었을 터인데.』

네, 아사마는 그렇게 통신에 맞장구를 쳤다.

• **아사마** : 『신도의 인프라는 신과의 계약으로 이루어져 있는데, 신들도 살아있고, 그쪽 형편이 있어요. 미시마 쪽 에서 보기에는 칸토 해방 때 토지에 꽤 대미지를 입기도 했 으니 주로 모신 신인 오오야마츠미를 생각하면 어서 지금 같은 상황을 멈추고 토지의 회복에 들어가고 싶다, 그런 생 각이 있었던 것 같은데요?』

• **호라코** : 『다시 말해 그거군요. 딸이 한 짓이라 생각하 고 참고 있던 아버지가, 딸에게는 나중에 말하면 되겠다고 생각하며 멋대로 해방시켜버렸다고 해야 하나.』

• **아사마** : 『인위적인 게 아니라면 그렇게 판단해도 될 것 같네요~.』

그런데, 미토츠다이라가 그런 말을 꺼냈다.

• **은랑** : 『통신 관련 같은 것까지 설정이 미시마 신사 우선으로 한 번 덮어씌워졌죠. 평소였다면 아사마는 딸이자 메이저한 신이니 미시마의 우부스나 영역 이내에서는 자유롭게 통신을 할 수 있었을 텐데요.』

• **아사마** : 『그런 부분은 오오야마츠미 계열이 약간 지나치게 노력했다고 해야 하나, 일만 우선시하는 딸을 보고 토라진 태도를 보이고 싶었던 게 아닌가 하는데요…….』

• **은랑** : 『아, 이제 슬슬 아빠도 못 참는다, 그런 느낌이군요.

───그런데 사쿠야는 지금 어떻게 하고 있나요?』

아사마는 아사마 신사 쪽에 문의해 보았다. 정식 수속을 밟은 다음, 넷 박수로 클릭을 연타한 다음.

• **아사마** : 『어떤 느낌이죠?』

《지금, 얼른 불 지르러 다녀올 테니까 잠깐만 기다려. 5분만. : BY 신》

의욕이 넘친다.

●

"공주님, 왠지 미시마 신사 쪽에서 신? 이 통신을 보내왔습니다!"

《안 될지도 모르겠어. : BY 신》

"뭔지 모르겠지만, 믿음직하지 못하네, 우리 신!!"

●

　아사마는 몇 가지 손을 썼다.

　사쿠야가 아버지를 혼내주러 갔기에 IZUMO에서 대리 신격이 인스톨된다.

　뭐, 그래도 여러 가지 권한은 신의 상위 권한으로 이루어지기에 반대로 이쪽은 손을 대지 않는다.

　보고 있기만 해도 되지만, 임시 대리는.

　……오오, 이와나가가 왔는데요? 얼른 장수 태평 계열 가호를 제휴해둬야겠어요.

　매니악한 계열 술식도 많단 말이죠, 아사마는 그렇게 생각하며 마사즈미에게 말했다.

　"5분 정도 걸릴 거예요."

　5분 뒤에는 사쿠야가 아버지를 두들겨 패서 그쪽과 이쪽 상황이 원래대로 돌아간다. 그러니까.

　"5분, 기다릴 수 있나요? 마사즈미."

　"아니, 이게 함정 같은 거라면 칸토 쪽이 위험해."

　• **후텐무가테** : 『모리 세력과 인랑 여왕. 만약에 그런 쪽에서 마련한 함정이라면 골치 아프겠어.』

　딱 잘라 말하는 나루미의 존재는 이럴 때 도움이 된다. 그리고.

　"———그럼, 결론을 내자고, 안코쿠지 에케이."

461

마사즈미는 확실하게 말했다.

"나는 무사시의 큰 방침으로서, ———이 무사시를 칸토로 돌려보내는 여름방학은 생각하고 있지 않아."

●

호오, 나이트는 안코쿠지가 그렇게 말하는 목소리를 들었다.

……우와, 적이네, 이거.

마사즈미의 선택은 안코쿠지를 칸토로 데려다주지 않겠다는 것이다. 그로 인해 빗추 타카마츠 성 전투는 강화를 맺지 못하고, 무사시와 테루모토가 책임을 지게 된다.

마사즈미의 선택은 그들이 '모리 세력'이니 테루모토를 끌어들이지 마라, 그렇게 말하는 것일까.

다른 말로 하자면.

……죽을 때는 같이 끌고 간다, 겠네.

괜찮으려나, 그런 생각도 들긴 하지만, 이쪽은 미리 준비해둔 것이 있다.

나도 준비의 시작 단계를 맡기도 했다.

그것을 쓰면 이 대화를 뒤엎을 수 있다. 그만큼 강력하지만.

"자."

안코쿠지가 말했다.

"한 가지만 확인해도 되겠습니까요?"

무엇을 확인하려는 것일까.

"——이렇게까지 속내를 밝힌 이상, 저로서는 이것을 '만약'으로 할 생각이 없습니다요. 그런 부분은 각오가 되신 것이겠지요?"

당했다.

●

- **금마르** :『우와……. 왠지 오늘, 나이짱은 글러 먹었네.』
- **상처** :『네? 무슨 말씀이신가요?』
- **우키** :『이야기를 시작하기 전에, 나이트가 '우리가 용병이라는 것을 인정하지 않는 것'으로 마사즈미도 토론 전체를 가정으로 삼을 수가 있었던 거다. ——다시 말해, 이쪽은 궁지에 몰렸을 때, '실은 전부 가정이었다!'라고 뒤엎을 수가 있었던 것이지.』
- **은랑** :『뭐, 그렇게 하면 상당히 눈총을 사긴 하겠지만, 보험으로서는 괜찮죠. 서로 안전한 부분까지는 속내를 보여줄 수도 있고요.』
- **빈종사** :『그런데 그게 해제된다면 좀 위험하지 않나요?』
- **호라코** :『자, 분위기가 달아오르기 시작한 우동 왕국 토론회장. 현장은 어떤가요.』
- **부회장** :『너희들, 사실 여유로운 거지……?!』

이제 가정은 아니다, AK는 그렇게 생각했다.

　　　속내를 많이 보여주었다. 그리고 상대는 이쪽을 이해했다.

　　　그러고 나서 어떻게 판단할 것인가.

　　　"어느 쪽이든 무사시가 책임을 지게 되고, 하시바 님과 적대하기 시작하게 될 것입니다요. ———그렇다면 무사시는 테루모토 님을 끌어들이는 선택을 하시는 것입니까요?"

　　　하지만.

　　　"그건 모리조차 적으로 돌린다, 그런 뜻 아닙니까요?"

　　　그래도 되는 건가.

　　　아니, 모리 세력은 **그래도** 된다.

　　　왜냐하면, '모리'조차 적으로 돌리는 것이니 역사재현으로서는 당연하다.

　　　그 선택 안에 분명히 모리의 번영이 있다.

　　　……그렇습니다요.

　　　나타낸다.

　　　엑자곤 프랑세즈의 비호를 받지 않더라도, 모리가 극동 세력으로서 '할 수 있다'고 나타내는 것이다.

　　　그 증명이 가능한 것은 테루모토의 세대로 모든 것이 이어져가는 지금밖에 없다.

　　　어찌 됐든 우리 다음 세대들은 엑자곤 프랑세즈와 함께 가는 세대니까.

모리 단독 세대는 우리가 끝낸다.

그렇기 때문이다.

그렇기 때문에 지금, 모리가 얼마나 할 수 있는지를 나타내야만 한다.

엑자곤 프랑세즈 쪽에도 사정은 있을 것이다. 그리고 전 총장인 안은 이해관계도 그렇지만, 분명히 우리의 괴로움을 알고 있었다.

태양왕과 테루모토의 결혼은 그녀가 그러한 것들을 살핀 결과다.

은혜가 있다.

우리의 선택은 그 은혜를 배신하는 것일지도 모른다. 하지만.

"모리는 엑자곤 프랑세즈의 보호만 받고 있는 것이 아닙니다요. ──무사시는 그런 모리와 엑자곤 프랑세즈를 적으로 돌린 각오가 있는 것입니까?"

"곤란하게도 그럴 생각은 별로 없는데."

무사시 부회장이 어깨를 늘어뜨리며 이렇게 말했다.

그녀는 오른손을 팔꿈치 아랫부분만 들고 입을 열었다.

"──알겠나."

●

마사즈미는 안코쿠지에게 선고했다.

"당신의 모든 것들을 이제부터 해제한다."

제16장
『이해 발판의 판단자』

눈치챘다
네가 서 있는 곳은
항상 누군가의 시선 끝이다
배점 (미래)

마사즈미는 안코쿠지에게 말했다.

　　"당신이 지닌 모든 것들을 이제부터 모조리 해제할 거다. 안코쿠지 에케이."

　　"그건———."

　　"우선, 한 가지 말하지."

　　숨을 들이마시고, 일부러 말했다.

　　"———우리는 애초에 이 대화를 가정이라고 생각하지 않았다."

　　●

　　• **호라코** :『먼저 말한 사람이 이기는 거! 먼저 말한 사람이 이기는 거군요! 마사즈미 님!』

　　• **금마르** :『으햐, 나이도 이번에는 깜짝 놀랐어.』

　　• **마르가** :『여차하면 꽁무니를 뺄 듯한 낌새도 보였는데 말이지.』

　　• **부회장** :『시, 시끄러워! 교섭을 할 때는 써먹을 수 있는 거라면 뭐든지 써먹는다고!』

　　• **노동자** :『뭔가 네신바라 같은 반응이로군.』

　　• **미숙자** :『잠깐만! 나는 저렇게 꼴사납지 않아! 좀 더 일찍 포기한다고!』

• **약 전원** :『결론도 일찍 내놓네……!』

●

잡음이 많긴 하지만, 일단 기운이 넘치는 건 좋은 거다. 좀 자제해라.

하지만, 안코쿠지의 용건에 대해서는 해제해둘 것이 있다.

"모리 세력 쪽은 착각하는 게 하나 있군."

그것은.

"우리에게 하시바와의 적대를 명확하게 만드는 것이 교섭 카드가 될 것이라는, 그런 착각 말이야."

말해둔다.

"———애초에 적이다."

●

알겠나? 마사즈미는 그렇게 이야기를 계속 이어나갔다.

"우리는 미카와에서 했던 선언을 통해 우리 신병의 판단을 베스트팔렌으로 연기했다. 그렇기 때문에, 말세를 구하기 위해서이긴 하지만, 대죄무장을 모으고 있는 우리를 각 나라에서 어떻게 볼 것인지, 극동을 넘나들며 우리를 증명하는 해외 순방을 떠났다고 할 수 있지."

그리고.

"그 도중에 엑자곤 프랑세즈 전 총장이나 현 학생회장 일행과 회의를 한 끝에, 우리는 유럽 각 나라와 성련 나라들의 지지를 얻기 위해 어떤 조건을 걸게 되었다. ──그것이 M.H.R.R. 및 하시바의 억제와 봉쇄였고, 나아가서는 P.A.Oda를 억제하기 위한 오다 노부나가의 역사재현 종료다."

마사즈미는 그렇게 말하며 안코쿠지를 바라보았다.

째진 눈이 똑바로 이쪽을 바라보고 있다는 사실을 확인한 다음, 입을 열었다.

"우리는 하시바와 적대하고 있다. 그것은 엑자곤 프랑세즈를 비롯한 유럽과 성련의 요청이었고, 우리도 그 도중에서 인연이 생긴 결과다.

──그런 상황에서 이번에는 모리 세력이 적대를 부추기면서 적이 된다면, 응하도록 하지."

"어떻게 응하겠다는 말씀이십니까요?"

질문이 왔다.

"테루모토 님께서는 엑자곤 프랑세즈와 밀접한 관계. 하시바 님께 붙은 모리 세력을 적으로 돌린다면 테루모토 님 또한 적으로 돌리게 될 겁니다요. ──하지만, 테루모토 님께서는 무사시에 하시바와 맞서라는 엑자곤 프랑세즈의 대표이기도 하십니다요."

자, 안코쿠지가 그렇게 말했다.

"이 이율배반은 어떻게 해결하실 생각이십니까요?"

"그건 간단해."

답은 이미 나와 있다.

"───역사재현에 따를 뿐이다."

●

AK는 자신이 숨이 막히려 하는 상태라는 사실을 눈치챘다.

……이거, 유감입니다요.

역사재현에 따르면, 테루모토는 세키가하라에서 패배하고 많은 것들을 잃게 된다.

그것은 우리도 각오하고 있는 일이다. 물론, 그렇기 때문에 테루모토가 엑자곤 프랑세즈로 시집갔고, 쇠퇴에 대한 불안감이 사라졌다는 자각과 안심감도 있다.

하지만, 쇠퇴를 결정지을 장본인들에게 그런 말을 들으니 예상했던 것보다 부담이 되었다.

그러한 미래를 받아들이면서도 대국이 지켜줄 거라 안이하게 생각했던 걸까.

아니면, 아무리 마음의 준비를 하고 있더라도 실제로 맞닥뜨리게 되면 마음이 흐트러지는 걸까.

모르겠다.

하지만, AK는 숨을 들이마셨다.

……이것이 바로 우리의 역할!

상대가 모리를 쇠퇴로 이끈다면, 그때까지 우리가 번영을 벌어둔다.

　해야만 할 때가 왔을 뿐이다. 그러니까.

　"그렇군요."

　AK가 말했다.

　"———무사시 세력은 역사재현에 따라 테루모토 님의 적이 된다. 그런 말씀이십니까요?"

　그러자 대답이 곧바로 돌아왔다.

　"테루모토나 엑자곤 프랑세즈가 원한다면, 그렇게 되겠지."

　무사시 부회장의 대답.

　그 말을 들은 AK는 고개를 끄덕이려 했다. 하지만.

　……응?

　방금 들은 무사시 부회장의 말에서 위화감이 들었다.

　곧바로 말로 표현하긴 힘들지만, 위험한 것은 아니다. 그녀의 말에서 묘하게 들어맞지 않는 부분이 느껴졌기 때문이다.

●

　……뭡니까요?

　AK는 무사시 부회장이 한 말에서 느낀 살벌함의 정체에 대해 생각했다.

　내 마음속에서 대체 무엇이 걸리는 걸까.

　감이다.

섭외 담당으로서의 감이 방금 그녀가 한 말에 대해 위험하다고 할 수 없는 위화감을 경고하고 있다.

뭐입니까요.

"무사시 부회장."

불렀다. 그동안에 사고를 놀리는 것은 섭외 담당이라면 기본적인 스킬이다.

AK는 약간의 시간적인 여유를 번 다음, 좀 전에 들은 말에 대해 생각했다.

……테루모토 님께서 무사시의 적이 될지 여부는 테루모토 님과 엑자곤 프랑세즈가 원하는 바에 따라…….

그 말은 사태의 움직임을 테루모토 일행에게 맡긴다는 뜻이다.

무사시로서는 적대할 의사가 없지만, 은근히 그렇게 말한 거나 마찬가지다.

하지만, 위화감의 정체는 그런 게 아니다.

방금 들은 말 중에 뭔가 놓치기 쉬운 사실이 포함되어 있는 것이다.

대체 뭐입니까요.

곧바로 알아내지 못하는 것이 답답하다. 관련이 있는 단어를 말하자면.

……테루모토, 엑자곤 프랑세즈, 원한다면———.

아니, AK는 그렇게 생각했다. 교섭 때 하는 말은 한쪽만으로 성립되지 않는다. 상대인 이쪽이 한 말과 조합함에 따

473

라 의미가 바뀌는 것이다.

그렇다면 내가 좀 전에 뭐라고 했을까.

"······무사시 세력은 역사재현에 따라 테루모토 님의 적이 된다."

AK는 확인하는 듯이 그렇게 중얼거리고는, 마음속으로 말을 꺼냈다.

그것은 좀 전에 나누었던 대화를 확인하는 흐름. 그는 무사시 부회장이 한 말을 마음속으로 해본 것이다.

······테루모토나 엑자곤 프랑세즈가 원한다면———.

그렇게 마음속으로 중얼거린 AK는 어떤 사실을 깨달았다.

"———."

눈이 뜨였다.

이해했다.

그러한 것들이 단숨에 온 순간, 두려움인 것 같기도 하고, 떨리는 느낌 같기도 한 것이 온몸을 세로로 쓸고 갔다. 겨우 입에서 나온 말은.

"무사시 부회장······!"

말한다. 말하지 않으면 질 것 같다.

아니. 이제부터 할 말에 대해 우리는 지금까지 계속 맞서 싸워왔다.

좀 전에 느꼈던 위화감의 정체. 그것을 지금 여기서 말한다면.

"———테루모토 님과 엑자곤 프랑세즈가 원할지 여부,

그렇게 말씀하셨습니까?!"

확실하게 들었다. 그 의미는.

"테루모토 님과 무사시 세력이 적대하는 것은 역사재현의 **필연**! 당신은 그것을 테루모토 님과 엑자곤 프랑세즈의 판단에 따라 달라진다고 하셨소!!"

다시 말해.

"역사재현을 테루모토 님과 엑자곤 프랑세즈가 마음대로 판단해도 된다는 뜻……!!"

그게 무슨 뜻일까. 간단히 말하자면.

"성보를 자신들보다 아래로 놓고, 역사재현을 마음대로 휘두르라는 뜻입니다요……!"

바라본 곳. 무사시 부회장은 전혀 겁을 내지 않고 있었다.

그녀는 그저, 이쪽을 손가락으로 가리키며 이렇게 말한 것이다.

"──당신들이 그렇게 만들 거다, 안코쿠지 에케이."

●

"알게 된 게 있다. 아니, 알기 시작하게 된 것이 있다고 해야 할까."

마사즈미는 말했다.

"어째서 안 같은 사람들이 우리에게 남기고, 떠나간 것인지."

나도 아무런 생각도 들지 않는 건 아니다.

그 답을 요즘 대충 이해하게 되었다. 그런 느낌이 든다.

이것은 납득이나 자신에 대한 변명이기도 하겠지만, 지금 여기서 생각한 답을 말하자면.

"———그녀들이 우리를, 맡기고 부탁할 수 있는 존재로 인정해주었기 때문이다."

말했다. 그러자 안코쿠지가 긴장했다. 그는 눈썹을 치켜뜨고.

"———안 님을 대신하겠다, 그럴 생각이시오?!"

"그 누구도 안을 대신할 순 없어. 그녀가 떠난 만큼은 마이너스지."

"그렇다면———."

"그러니까 아까워하는 거다."

마사즈미는 인정했다.

아깝다.

……그래.

아깝다고.

이제 와서라고 해야 하나, 예전부터, 가끔 그런 생각이 들 때가 있었다.

엑자곤 프랑세즈 전 총장.

병으로 인해 드러누운 곳, 마그데부르크 지하에서 엑자곤 프랑세즈뿐만이 아니라 유럽을 움직이고 지켜온 훌륭한 여자가 있었다.

마그데부르크에서는 신경을 써주거나 하면서, 귀중한 기회라는 것을 진정한 의미로 실감하지 못했기에 이야기를 나눌 기회도 거의 없었다.

하지만 그런 것과는 별개로, 좀 더 이야기를 해보고 싶었다는 생각도 든다.

세계와 마주 봐왔던 사람이 어떤 사람인지.

별 것 아닌 화제나 책 이야기, 풍경이나 공항, 예전 이야기. 당신은 어디에서 왔고, 어떻게 살아왔는가. 그런 이야기를 듣고, 이야기함으로써 배울 것도 많았을 테니까.

……즐거운 시간을 얻을 수 있는 상대가 한 명 더 늘어났겠지.

응. 우리 반의 좀 그런 시간과는 별개로, 차분한 시간이 말이야…….

하지만 이제 그럴 기회는 없다. 작별이다, 정상적인 시간이여. 그러니까.

"아깝다고."

하지만.

"하지만, ———우리에게는 테루모토와 태양왕이 있다."

마사즈미는 조용히 말했다. 좀 전에 마이너스나 플러스라고 하던 바보의 말을 떠올리면서.

"우리는 테루모토나 태양왕, 그리고 다른 사람들과 함께 해나갈 거다."

"그건———."

"간단하지. 맡겨주었으니, 안 같은 사람들을 뛰어넘어서 다음 세대로 발을 내디딜 뿐이다."

말했다.

"성보기술이나 역사재현은 이제 '해석'을 전제로 할 수밖에 없게 되었다. 왜냐하면, 이 전국 시대와 30년 전쟁이 각 나라를 적대시하게 만들면서도 전투의 회피나 기술의 발달 때문에 서로 관계를 친밀하게 만들었으니까."

세계는 바뀐다. 바뀌고 있다.

"죽으려 해도 누군가가 말릴 테고, 그렇게 만들려 해도 누군가가 말릴 거다.

소국이라 해도 관계 국가가 지탱해줌으로써 대국에게 따질 수 있겠지. 대국의 횡포에는 관련 국가들이 이의를 제기하고, 함께 저항하게 될 거다. ———그런 다음 세대가 이제부터 오는 거다."

그렇게 말하자 안코쿠지가 눈살을 찌푸렸다.

"……대국을 소국이 억누른다? 국가의 관계가 그것을 이루어낸다?"

그렇다면, 그가 그렇게 말했다.

"서로 뒤얽혀서 옴짝달싹 못 할 것입니다요. ———세계의 발목을 잡는 방향으로만 가지 않겠습니까요?"

"그렇게 되면 세상이 다시 거칠어지겠지. 지금 같은 전란이, 정치전이, 상업전이, 완전히 다 알고 있는 건 아니지만, 그 정체를 이용해서 한발 먼저 앞서가려는 세력이 구태와 다툼을 벌일 거다."

그리고.

"거기에서 지금은 상상도 하지 못할 세계의 새로운 존재 방식이 생겨나고, 퍼져나갈 거라고."

지금에서야 어떤 사람이 한 말을 이해할 수 있을 것 같다.

……마츠나가 공.

파괴와 창조. 그런 뜻이다.

이 시대에서는 오다를 비롯한 P.A.Oda가 하극상이라는 혁신으로 앞서갔다. 그에 맞서 우리는 어떻게 저항하고 창조할 것인가라는 질문은 항상 따라붙지만.

……관계지.

"안 같은 사람들이 나타내준 하시바와 기타 세력들에 대한 저항. 그 길의 본질은 무사시의 강화뿐만이 아니라 바로 다른 나라와의 밀접한 관계다."

다시 말해.

"베스트팔렌에서 무사시는 최대의 이해와 최대의 관계를 얻는다. 그것이 우리가 창조할 다음 세대다. ……이것이 나중에는 낡게 될 것이고, 그게 언제일지는 모르겠지만, 우리나 우리 같은 사람들이 분명히 다음 세대에게 맡기겠지.

———당신들처럼 말이야."

"그렇다면———."

안코쿠지가 그렇게 말하며 두 팔을 바깥쪽으로 휘둘렀다.

그는 숨을 들이마시고 물었다.

"──이제부터 무사시를 어떻게 하실 겁니까요? 제 역사재현은 절찬리에 정체 중입니다요. 하지만 칸토로 가면 무사시는 테루모토 님이나 하시바 님 일행과 적대시하는 것이 명확해지고, 혼노지의 변에 개입하는 것이 불가능해지는 한편, 여기에 남으면 제 역사재현을 정체시킨 책임을 지게 됩니다요……!"

"좀 전에 말했잖아. 당신의 모든 것을 해제한다고."

마사즈미는 안코쿠지를 손으로 가리켰다.

"안코쿠지 에케이. ──당신은 역사재현을 따른다. 그렇지?"

"그렇습니다요……!"

그렇다면 결론이 나왔다.

"그럼, 이렇게 하지."

마사즈미는 안코쿠지를 가리킨 손을 목 근처에 가져다댄 다음, 츠키노와와 함께 옆으로 그었다.

"안코쿠지 에케이. ──당신의 마지막 역사재현. 세키가하라의 패장으로서의 참수를 여기서 집행하고, 당신의 모든 것을 기각한다."

●

AK는 숨을 죽인 채 무사시 부회장의 목소리를 들었다.

"──안코쿠지 에케이. 알겠나? 물론, 실제로 죽을 필요는 없다. 해석으로 해결될 범위야. 하지만 죽고 싶다면 주의하라고, 저기 있는 바보와 호라이즌을 설득할 필요가 있으니까. 그리고 나도, 다른 사람들도 말이지. 그럴 수 있다면 죽어줘. 아마 힘들겠지만.

만약에 그러지 못한다고 해도 안심하라고. ───이미 죽음이 확정되어서 물러날 곳이 없는 습명자에게 권익 같은 것은 발생하지 않으니까."

그렇긴 하다.

죽음을 앞당긴다는 것은 역사재현의 종점이 보였다는 뜻이다. 다른 역사재현을 마친 순간, 유예기간도 없이 '죽은 것'으로 처리된다면 그런 상대와는 권익이나 교섭을 할 의미가 없을 것이다.

그렇다면.

……우리, 모리 세력이 해야 할 일이……!

"상대가 안 좋았군, 안코쿠지 에케이."

무사시 부회장이 손 근처에 표시창을 띄우고 말했다.

"서군의 주력 일부를 맡은 당신을 참수한 것은 동군 측인 마츠다이라 세력이다. 다시 말해 우리지.

그리고 당신의 죄목은 ───테루모토를 부추겨서 서군의 우두머리로 추대했다는 것이다."

다시 말해.

"지금, 우리와 테루모토를 적대 관계로 만들려 하는 당신은 그 조건에 들어맞는다.

지금 앞당겨서 진행하더라도 상관이 없는데, ……당신은 어떻게 할 거지?"

그렇게 묻자, AK는 숨을 내쉬었다.

두 손 들었다, 그런 생각이 들었다.

……너무 깊게 파고든 모양입니다요.

역사재현을 고집하지 않았다면 다른 방법도 있었을 것이다. 방금 던졌던 최후의 질문, '역사재현을 따른다'는 말에 대답하지 않았다면 다른 수단을 쓸 수 있었을지도 모르겠다.

하지만 우리는 그럴 수밖에 없는 입장이다.

다시 말해서.

"신기하기도 합니다요."

어깨에서 힘이 빠지는 것을 느끼며 말했다.

"……항상 '끝'을 자각하고 있던 제가 '앞날'을 원하고 있습니다요."

지금 죽음을 받아들일 수는 없다.

내게는 아직 해야 할 일이 있는 것이다.

그렇다면, AK는 그렇게 생각하며 두 팔을 살짝 벌린 자연스러운 자세로 무릎을 꿇었다.

고개를 조아리고, 그렇게 인사를 하며.

"이 회의, 없던 일로 해주셨으면 합니다요."

그리고, 그러기 위해서.

"———제 신병을 맡기겠습니다요."

　　　　　　　　　　●

　• **마르가** :『맡긴다니⋯⋯. 이미 동인지로는 내버렸는데..』
　• **부회장** :『아까부터 거의 끼어들지 않는다 싶더니, 그런
이유 때문이었나~.』
　• **후텐무가테** :『그건 그렇고, 부회장. 어떻게 할 거야? 이
상대의 처우.』
　그러게, 마사즈미는 그렇게 생각하며 츠키노와와 함께 허
리에 손을 가져다 댔다.
　"응."
　정했다. 이렇게 하자, 마사즈미는 그렇게 생각하며 오른
손 팔꿈치 아래쪽을 살짝 들었다.
　"그럼, 칸토로 갈까. 무사시로."

　　　　　　　　　　●

　AK는 숨을 죽인다고 해야 하나, 약간씩 연달아 들이마시
는 듯한 상태로 그것을 보았다.
　주위에 있던 모두가 말문을 잃었다. 그런데 그 안을 흘러
오는 것이 있었다.
　⋯⋯우동입니까요?
　아니다.
　두 팔이었다.

계단 테라스 위쪽에서 검은색과 흰색 두 팔이 대나무 수로를 타고 흘러왔다.

두 팔은 꽤 기세가 강한 수류를 타고 있었다. 손목과 팔꿈치를 움직여 싱크로나이즈하면서, 두 팔이 사람들 사이를 지나치며 어떤 움직임을 보였다.

손목을 살짝 꺾고, 하나, 둘, 들어 올린 다음, 모두가 거기에 대답하는 듯이.

"———이 대화를 한 의미가 있는 거야?!"

●

목소리 크다, 너희들~, 마사즈미는 그렇게 생각하며 약간 정색했다.

"아니, 잠깐만, 진정하라고, 너희들."

"아, 아니, 진정할 수가 없잖아요!"

바르페트가 일어서서 돌아보았다. 그녀는 우동 그릇과 젓가락을 두 손으로 든 자세로 눈썹을 치켜뜨면서.

"말도 안 되는 이야기라고요! 제가 어떤 식으로 분개하고 있는지 아시겠어요? 부회장!"

"날마다 저렴하게 맛있는 우동을 먹을 수 있을 줄 알았는데."

그렇게 말하자 바르페트가 나르제와 다른 사람들 쪽을 보았고, 미소를 지은 백마녀가 '아야———'라고 하면서 바르페트의 이마를 살짝 때렸다.

　그리고 바르페트가 부들부들 떨면서 다시 이쪽을 보고는.

　"어, 어떻게 마음을 읽어내신 건가요?! 초능력인가요?!"

　"굳이 말하자면 네 전달능력이 너무 뛰어나기 때문인 것
같은데."

　바르페트가 무릎을 꿇는 동안, 미토츠다이라가 강까지 흘
러갈 것 같은 기세인 두 팔을 확보해서 돌아왔다.

　그녀는 호라이즌을 향해 두 팔을 풀어주면서.

　"마사즈미? 지금 무사시를 칸토로 돌려보내겠다니,
……괜찮은 건가요?"

　"아, 응."

　마사즈미는 고개를 살짝 끄덕였다.

　"오쿠보가 어떻게든 하겠지."

●

　"아가씨! 아가씨! 지금은 저항하셔야 합니다! 축 늘어질
시간대가 아닙니다! 어서! 어서! 지금이야말로 모반을!"

　"참말로~, 뭐여~, 저 여자 성격을 교정하는 게 더 빠를
것 같은디~. 전부 다 말이여~."

●

"꽤 특이한 결론이 나왔네요, 긴 양."

탁 트인 찻집 앞에서 긴은 무네시게가 한 말을 듣고 고개를 끄덕였다.

……무사시가 칸토로 돌아오는 건가요?

솔직히, 어떻게 될지 모르겠다. 하시바와의 충돌이나 모리와의 관계 등, 문제가 산더미처럼 쌓여있다. 애초에 칸토로 돌아올 경우, 혼노지의 변에 대한 개입은 어떻게 될까.

"뭐, 그런 것들은, ———억지를 부리겠지만은, 어떻게든 해볼 거야."

오쿠보가 한숨을 쉬며 몸을 일으킨 곳에 어떤 사람이 있었다.

"———인랑 여왕."

"어머, 어머, 바깥 경비도 좋긴 한데, 안 드시나요?"

탁상 위에 펼쳐진 종이 꾸러미에서 풍기는 냄새는 간장과 된장을 기반으로 양념한 양꼬치 구이다. 그녀는 남편 옆에서 이쪽을 향해 꼬치를 들어올리고는.

"일단, ……적이 되지 않아서 다행이네요."

"Jud. 그런 걸로 해두죠."

긴은 그렇게 말하며 긴장을 풀었다.

인랑 여왕은 방금 전에 나타났다.

어느새, 정신을 차리고 보니 나타난 건 아니다. '숲'의 냉기 속에서 슬쩍 모습을 드러낸 다음, 말릴 틈도 없이 찻집에 눌러앉아 버린 것이다.

안으로 들여보낸 이유는 그녀가 자연체라 할 만한 분위기
와 움직임을 보였기 때문이기도 하고, 적의가 없는 것처럼
보였기 때문이기도 하다. 그리고.

"이 늑대인가요……."

나와 무네시게 옆. 안개로 이루어진 늑대가 앉아있다. 숨
도 쉬고, 이쪽을 흥미롭게 올려다보고 있는 그 늑대는 어젯
밤에 전개된 '숲' 안에 있던 것과 똑같은 존재일 것이다.

적은 아니다. 굳이 말하자면 파수견이다. 그렇다면 이것은.

"———좀 전의 통신 장애를 오히려 이용하여 모리 측에
서 '모리 세력'을 찾아낸 겁니까."

"딱히 저희 식구가 부끄러운 모습을 보인 건 아닌데요? 그
들의 신념은 엑자곤 프랑세즈의 이익이 되니까요. 하지만,
사정을 복잡하게 만들 테니 지금은 우선 말린 것뿐이고요."

인랑 여왕이 미소를 지으며 말했다.

그녀 주위에는 표시창이 여러 개 나타났다가 사라지고 있
다. 그것은 '수렵관'이나 이쪽으로 들어와 있는 자동인형들
이 보낸 표시창이었고.

"열심히 움직이는 분들은 역시 지금 '모리는 하시바 측'이
라는 자세를 보여두어야 할 거라 생각하겠죠. 그렇게 함으
로써 칸토에서 하시바가 '너, 이쪽에 붙는 줄 알았는데 아무
래도 실제로는 그러지 않는 것 같은데'라는 말을 하지 못할
테니까요."

"그들은———."

"딱히 아무 짓도 하지 않을 거예요. 여기서 싸우면 칸토가 또다시 전장이 될지도 모르니까요.

그러니 보일 것은 태도이지, 실제 움직임이 아니죠. 그 정도 분별은 할 수 있는 사람들이에요.

하지만———."

인랑 여왕의 목소리에 대답하는 듯한 목소리가 들렸다.

멀리서 포효하는 소리다.

가늘게 울려 퍼지는 듯한 늑대의 포효 소리가 밤하늘을 건너서 들려왔다.

"전원 포착. ———엑자곤 프랑세즈에 보고할 내용은 칸토 해방 이후에 지역 인프라가 스트레스를 느끼고 있었기에 긴급 해방했다, 이런 느낌이 되겠네요."

그러자 긴의 손 근처에 표시창이 나타났다.

《통신 환경이 회복되었습니다 : 확인.》

《주먹으로 해결했습니다 : BY 신.》

모리 측에서는 보고가 어떻게 들어갔는지 신경 쓰이긴 하지만, 가해자 측이 될 것 같기에 물어보지는 않았다. 그저 긴은 숨을 한 번 내쉬고는.

"———좋은 기회였습니다."

살짝 고개를 숙여 인사한 다음, 인랑 여왕에게 말했다.

"적이 될 기회가 나중으로 미뤄지게 된 거군요."

"음……. 세키가하라가 언제쯤일지, 테루모토의 기분이 어떻게 되었는지에 달렸겠죠."

"그렇다 하더라도."

긴은 자기 옆에 앉아 고개를 갸웃거리고 있는 늑대를 바라보고는.

"———보았습니다. 주의하시길."

"Tes. 충고, 감사드려요."

꽤 여유가 있다.

하지만, 분명히 '보았다'. 그녀의 늑대들 움직임도, 그녀의 '자연체'까지. 다른 사람들이 어젯밤에 그녀의 실전을 통해 '동'을 보았다면, 내가 본 '정'은 인랑 여왕의 전투를 파악하는데 유용할 것이다.

……이러한 사고는 여전히 촌스러운 것 같긴 하지만요.

타치바나의 이름을 지니고 있다. 이런 나 자신이 있어도 된다. 그리고.

  • **타치바나 부인** :『———사토미 학생회장. 그쪽은 괜찮으신가요?』

●

요시야스에게 늑대가 마구 달라붙고 있었다.

'의'의 상태를 보려고 '신'의 보수를 시작한 토키시계와 함께 광장에서 검토하고 있었다. 그러자 인랑 여왕을 따르는 것으로 보이는 늑대가 몇 마리 다가왔고, 사라지거나 합쳐지거나 나뉘거나 하는 모습을 보였고, 그런데.

"뭐야, 네놈을 잘 따르는데?"

"내가 어떻게 알아! 우리는 속성을 따지면 개과일 텐데……."

"속성?"

그렇게 묻자 아~, 요시야스는 그렇게 말하며 팔짱을 꼈다.

……토키시게는 이런 말을 모르니까…….

"무사시 언어야."

"무슨 뜻인데?"

"……캐릭터성?"

그렇게 말하자 토키시게가 눈살을 찌푸리며 고개를 갸웃거렸다. 잠시 후, 그녀는.

"하찮네."

허리의 하드포인트 파츠에서 렌치를 빼낸 뒤 등을 돌렸다.

"일단, 달라붙더라도 무시해. 잠을 못 자게 될 거라고. 그리고, 무사시가 온다면 내게 사소한 거라 해도 다 보고하고. 네놈은 말없이 행동하는 경우가 많으니까."

"이봐! 이 녀석들은 어떻게 해! 무시하려 해도 다가온단 말이야!"

"속성이라면서?"

의미가 제대로 통하지 않았다. 그런 느낌이 든다.

그런데, 보아하니 광장 건너편에서는 요시아키가 늑대 상대로 나뭇가지를 던지면서 '가져와'를 하고 있는데.

……이거, 내가 모르는 사이에 지켜주고 있는 건가?

요시아키가 있어서 그런지 그런 부분에 대해 아무런 연락도 없다. 하지만.

"요시아키, ———뭔가 사태가 진행되고 있는 건가?"

"응? 아, 이미 끝났고, 시작된 모양이다만? ———무사시의 칸토 귀환이."

흐음, 그렇게 말하며 고개를 끄덕인 다음, 요시야스는 7초 정도 뒤에 표시창을 띄우고 소리쳤다.

『어떻게 된 거야! 무사시 부회장!』

●

우와~, 귀찮네~, 마사즈미는 그렇게 생각하며 입에 힘을 주었다.

"알겠어? 너희들, 우선 칸토로 돌아가는 것의 장점을 말할게."

그것은.

"칸토 해방 이후, 무사시는 칸토의 여러 가문과의 연줄을 만들어두어야 해.

그리고 이러쿵저러쿵해도 무사시가 우동 왕국에 머무르는 건 좀 껄끄럽지. 나중에 하시바가 돌아왔을 때, 확실하게 항의할 테니까."

"그럼, 어떻게 할 거죠?"

간단하지, 마사즈미는 그렇게 말했다. 눈을 돌려보니 아사마가 고개를 끄덕이며 음성 결계를 쳤다.

남이 듣지 못하는 환경. 그 안에서 마사즈미는 다른 사람들에게 말했다.

"일단 칸토로 돌아가서, 얌전히 지내는 척하다가, ──── 정식으로 이쪽에 돌아올 거다."

●

방법은 있다, 마사즈미는 그렇게 생각했다. 좀 전에 생각난 것이다. 그러기 위한 준비가 힘들긴 하겠지만.

"재빠르게 돌아갈 거야. 목표는 사흘 뒤, 하시바 일행을 괴롭히는 일환으로 칸토로 귀환하는 거지. 빠르게 돌아가면 '뭐야, 네놈들, 아직 수리하고 있나? 얼른 나가'라는 말을 할 수 있으니까."

"마사즈미 님! 무사시는 지금, 확실하게 악이군요……!"

"뭐, 그런 건 너무 신경 쓰지 마, 엄청나게 잘 어울리는 행동이기도 하니까."

하지만, 마사즈미는 그렇게 말하며 이야기를 이어나갔다.

"이쪽으로 돌아오는 시기는 8월 중반. 또는 20일 전후까지야.

꽤 준비를 많이 하게 될 테니까 각오해두었으면 좋겠어. 그것도 당장 오늘밤부터."

마사즈미는 그렇게 말한 다음, 다른 사람들을 보았다.

혹시나 반론이 나올지도 모른다. 그건 힘들다거나. 방법은 제대로 생각해 본거냐라거나. 아니면 사누키에서 우동을 먹고 싶다거나.

하지만 다들 서로 얼굴을 마주 보며 고개를 끄덕였다.

"──Jud."

받아들이겠다는 의사표시. 그것을 보고 마사즈미는 마음속으로 당연한 거라며 뽐내면서도 약간 놀랐다.

……오오.

이 녀석들도 꽤 정신없는 국제 상황에 대처할 수 있게 되었구나.

좋아, 좋아, 그렇게 만족스러워하며 바라본 곳에서 다른 사람들이 대나무 수로를 사이에 두고 몸을 숙인 채 작은 목소리로.

"Jud. ……정식으로 돌아올 수 있다면 규모가 큰 괴롭힘이 되긴 하겠네요."

"Jud. 하시바에게는 훌륭한 괴롭힘이 되겠소이다, 마사즈미."

"Jud. 국가 규모의 정식 괴롭힘. 왠지 의욕이 전혀 다른 것 같소이다……!"

"너희들, 어휘를 좀 늘리라고."

마사즈미는 그렇게 말한 다음, 아래쪽을 보았다.

정말, 그렇게 말하며 한숨을 쉬고 앞쪽을 보니, 그곳에 여전히 무릎을 꿇고 있던 안코쿠지가 보였다.

마사즈미는 그에게 고개를 끄덕이면서.

"그렇게 된 거야. ———그러니 안코쿠지 에케이. 한 가지만 말하겠는데."

"무슨 말씀이십니까요?"

Jud. 마사즈미는 그렇게 대답했다.

"———당신도 역할을 하나 맡아줘야겠어."

제17장
『정체 현장의 깨달은 자』

우와
엄청 짜증~나~는~데요~
이~유가 뭘~까요~
배점 (그것이 사랑)

●

"그래서? ……무~사시가, 칸토로~ 돌아온다고 표명했다는~ 건가요?"

아사노는 아즈치의 함내 통로 위에 자신의 왼팔을 매단 상태로 묻고 있었다.

그 질문이 던져진 곳, 앞에서 가고 있는 사람은 선배격인 하시바 십본창 카타기리다. 그와 나는 표시창을 띄운 채 밤에도 계속 진행되고 있는 아즈치의 보수 현장을 돌아보고 있다.

아사노가 보기에는 자신의 운반 술식으로 공헌할 때가 온 것이다.

개인적으로는 고향에 돌아온 기분으로 나베시마의 기룡 수리에 참여하고 싶었지만, 그럴 수는 없다.

……담~당 구역이 있~으니까~.

머릿속으로 이것저것 생각하고 있긴 하지만, 그래도 머리가 잘 돌아가고 있다. 부상을 치유할 겸, 항상 그랬듯이 저녁 수면을 취할 수 있었기 때문이다. 지금도 앞에서 가는 카타기리가.

"———아무래도 사흘 뒤쯤에는 이쪽으로 오는 모양이다. 그 이유로는 빗추 타카마츠 성 전투의 강화를 맡을 사자를 데리고 온다는 거고."

그렇게 한 말의 의미를 바로 이해할 수 있었다. 추측까지 포함해서 말하자면.

"그~, 사자, 엄청~, 큰 공을 세~웠네~요."

"Tes. 그렇긴 하지. 그래도 뭐……."

카타기리가 그렇게 말하며 눈을 돌렸다.

주위. 울리는 공사 소리와 가끔씩 느껴지는 미세한 진동.
유체광이 흩어져서 주위를 비추기도 한다. 함내 통로를 지나
가고 있는 지금도 그것들이 위나 아래쪽에서 울리고 있다.

"이쪽 보수를 끝내려면 열흘 정도는 필요해."

"칸토~에서 한 판 붙~을 수 있~나요?"

그렇게 말하자 카타기리가 눈썹을 치켜떴다.

아차, 평소 때 버릇으로 이야기의 결론을 너무 내다보았
다. 가끔 이런다. 이케다 같은 사람은 '너 말이야, 그거, 별
로 안 좋다고'라고 하는데, 자기가 알고 있으면 상~관 없지
않~나요~.

하지만 선배격인 그는 고개를 한 번 끄덕이고는.

"———만에 하나, 최후의 수단이라는 걸 생각해두어야
만 하니까."

"있~을 것 같나~요?"

"공적으로는 '생각해두는 것이 의무'. 개인적으로는 '없다'
일 것 같아."

매우 이해하기 쉽다.

이 사람은 머리가 좋겠지~. 나와 꽤 비슷할 정도로 머리
가 좋은 것 같다. 하지만.

"무사시는 어~떻게 하려~나~요."

그러게, 그는 그렇게 말했다.

"———이건 가정인데, 만약에 무사시가 우리와의 충돌을 원하지 않고 이 공역을 비워줄 경우. 그들이 어떻게 할까 생각해보자면———."

들었다. 그 내용은.

"평화롭게 진행될 경우, 무사시는 전 호조 영지 쪽으로 궤도를 바꾸고, 이쪽으로 사자를 수송함에 태워 보낸 다음에 미토로 가지 않을까 하던데. 거기에 아리아케가 있으니까."

●

아사노는 카타기리가 한 말을 머릿속으로 상상했다. 아리아케, 그것은 분명히.

"아~, 그 커다란 거~, 말씀이신가요?"

이케다가 수복 중인 시라사기 성은 무사시와 아리아케의 연계에 의해 파괴되었다.

시라사기 성은 M.H.R.R.에 사는 사람이라면 누구나 알고 있는 항공전함이다. 성보기술에 따르면 한 번도 전쟁에 휩쓸린 적이 없기 때문에 고속성과 스텔스 성능으로 강행정찰이나 수송에 이용할 거라는 이야기를 자주 들었다.

그런 화제가 나올 때마다 같은 반 남자들은 어떤 항공함이 최강이냐는 토론을 벌이기 시작했고, 시라사기 성은 거의 항상 3위 정도에 머물렀는데.

……이케다도 설~마, 자기~가, 그걸 수복하~게 될~ 줄
은 몰랐겠~지.

지금은 아즈치 보수를 돕고 있고, 그게 끝나는 대로 다시
시라가시 성을 수복하며 미카와를 검토하러 나가는 모양이
었다.

"미~카와, 뭐~가 있~죠?"

"어?"

아, 이런, 이야기를 너무 뛰어넘었다. 그런데, 카타기리
는 함내 주의사항 표시창을 들어올리고 확대시켜 천장에 붙
이며 말했다.

"이런저런 것들이 있을 거야. 회수할 수 있다면 해두고 싶
은 것도 많고."

"소멸해~버린 거, 아닌~가요?"

옆에서 열린 창문을 통해 유체광 불똥이 들어왔다. 장갑
판을 떼어내는 작업을 하고 있는 것이다. 아사노는 그 소리
와 빛을 피하며 카타기리가 한 말을 들었다.

"지맥로의 폭발은 용맥로의 폭발과 거의 비슷한 시스템이
고, 그것을 통해 폭발과 소멸의 움직임을 알 수 있거든. 생
물은 꽤 힘들겠지만, 건져낼 수 있는 것도 있어."

"———영~체 말씀이신가~요?"

"아깝네."

그 말을 듣고 아사노는 생각했다. 하지만.

"뭐, 잘 될지 여부도 아직 모르니까 이케다 군에게 일임했어. 준비 같은 것들도 그에게 맡겼으니 그에게 물어보도록 해."

"Tes.———."

……이케다라~.

케이초의 역. 이쪽이 진 것은 멀리서 보고 있었을 것이다. 내가 두들겨 맞았고, 나베시마도 그런 상황이었다는 것이 전달되었을 것이다. 하지만.

· **카니부침** : 『안녕하세요! 오늘 하루도 열심히 하자고요!!』

· **아사노** : 『카니 양~. 패전~ 직~후인~데 텐~션이 높네.』

· **카니부침** : 『Tes.! 오늘부터 합숙이니까요! 좀 전까지 자고 있었어요!』

· **—ㅏ 츠** : 『아, 그러고 보니 슬슬 출발할 시간인가?』

합숙. 다시 말해 바깥으로 나가는 건데, 그걸 귀찮다고 느끼는 나 자신과 이렇게까지 들뜬 카니의 차이는 대체 뭘까. 기본적으로 같은 상점가에서 살고 있으니 똑같은 것을 먹고 마시며 생활하고 있을 텐데. 그저.

· **카니부침** : 『자기 전에 이케다 군을 잠깐 봤는데, 아사짱, 인사했나요?!』

· **아사노** : 『잠깐 보~기만 한~ 사람에게 그~런 말을 듣고 싶지 않은데~.』

• **카니부침** : 『죄송합니다! 자는데 속도를 내느라요!』

너무 천재라 어떤 상황인지 전혀 모르겠다. 하지만 이케다도 내가 음침해진 것뿐만이 아니라는 걸 이해했을 것이다. 어찌 됐든 카니의 속도는 예전보다 빨라졌으니까.

아무튼, 그 남자는 조만간 미카와로 갈 것이다. 이쪽은 쿄카토 선배를 따라 사나다로 가게 되니까, 그 뻔한 잔소리도 한동안은 듣지 않게 된다. 하지만.

"뭐야, ──── 이케다 군하고 사귀는 사이야?"

"네에?"

갑작스러운 말이라 깜짝 놀랄 수밖에 없었다. 갑자기 무슨, 이라거나, 짜증나네, 라거나, 그런 게 꽤 많이 느껴지긴 하지만, 이 사람은 나와 비슷할 정도로 머리가 좋다.

선배격인 사람이기도 하기에 일단은 혐오를 담아 눈을 흘겼지만.

"사랑이라……."

상대방은 팔짱을 끼고 이야기를 늘어놓기 시작했다.

"힘들단 말이지. 그래도 역시 인간적으로 성장할 수도 있으니 바람직한 거야, 응."

"아~, 그런~ 건~ 가요~."

"그래……. 소중한 체험이야……. 아무리 실연이라 해도 말이지."

컴온, 컴온, 그런 느낌이 들었기에 아사노는 무시하려 했지만, 배급 캐밥 장수가 근처를 지나갔기에 그 꼬치만 받아

501

서 엉덩이에 꽂아주는 상황을 상상했다.

　……아~니, 뭐야, 이~, 사람, 이렇~게 짜증 나는 캐릭터였나~?

　이야기를 들어보니 목욕탕 안에서 후쿠시마에게 백어택을 당하는 모습을 목격당해서 남자가 되었다거나 그렇다던데, 그런 사람이 연애에 대해 이야기를 늘어놓는 걸 들어야 한다니. 아무튼.

- **아사노** : 『카니 양~, 뭐 즐거운 일 없~어?』
- **카니부침** : 『네! 합숙! 즐거워요!』

　이런. 이미 합숙 모드에 들~어가셨~네요. 그런데.

- **아사노** : 『뭐~야? 벌써 나가~게?』
- **카니부침** : 『Tes.! 이미 발착용 항국에 왔어요! 그런데 후쿠시마 선배가 안 계시네요! 어디 계신 걸까요? 후쿠시마 선배! ───쿄카토 선배도 배웅나오실 줄 알았는데요!』

●

　키요마사는 깜짝 놀라며 깨어났다.

　잠들었다.

　무엇보다 우선, 자신이 잠들어버렸다는 사실로 인해 놀랐고.

　"……!"

　일어난 곳은 침대였다.

　잠드는 것이 당연한 곳이라는 말이 머릿속에 떠오르긴 했지만, 그와 동시에 묘한 위화감이 들었다.

……어머…….

자고 일어나는 건 날마다 하는 일이다. 하지만 오늘은 칸토에 오고 나서 계속 아즈치를 보수하고 있었기에 거의 잠을 못 잤다. 그냥 중간에 휴식만 취했고, 그런 다음 내가━━.

"저기."

뭔가 중요한 일로부터 눈을 돌리고 있는 것 같은 느낌이 든다. 그런데, 갑자기 소리가 났다.

종이다.

빠르게 울리는 종소리는 실제 종소리가 아니다. 침대 옆 벽. 거기에 매립된 PC가 구파 표시창을 띄우고 알람 소리를 울리고 있다.

그리고 키요마사는 이렇게 생각했다. 어째서 여기 PC가 있는 걸까요.

내 방의 PC는 부엌에 설치해 두었고, 침대 옆 벽에는 잠옷이나 갈아입을 옷을 넣어두는 공간이 있다.

어째서 방의 구조가 다른 걸까.

"……어머?"

고개를 갸웃거렸을 때였다. 표시창 안에 어떤 글자가 보였다.

• **카니부침** : 『후쿠시마 선배! 슬슬 출발 시간이에요!』

"……윽?!"

생각났다. 나는 마음을 굳게 먹고 후쿠시마의 방에 왔고, 하지만 그녀가 없었기에 침대에서 기다렸고, 피로 때문에 그대로————.

"부, 분석하고 있을 때가 아니에요……!"

급하게 확인한 것은 표시창이 영상과 음성을 건너편으로 보내고 있지 않다는 사실이었다.

보내지 않는다. 세이프. 카니에게는 미안하지만, 방치해야겠다.

……저, 저기.

내가 여기 있는 게 바람직한 일일까, 아닐까.

내 생각으로는 나쁘지 않은 일 같다. 하지만 후쿠시마는 결국, 돌아오지 않았다. 혹시 다른 곳에 있다가 곧바로 발착용 항구로 갔을지도 모르겠다.

후쿠시마가 돌아오는 건 상관없다. 하지만 다른 사람이 오면 불법침입이다. 게다가.

"Tes. 베개……!"

이건 안 된다. 정말로 안 된다. 다른 사람이 보게 되면 매우 껄끄러워진다.

숨기기 위해 급하게 운동복 윗도리에 집어넣고 보니.

……어머? 의외로 가슴에 넣어도 위화감이 없는 것 같은데요…….

원래 부피가 커서 베개를 넣더라도 여유가 있는 걸까. 아무튼, 키요마사는 바구니를 챙겨서 방을 나서기로 했다.

"어쩔 수 없죠."

후쿠시마는 돌아오지 않았고, 이제 곧 출발 시간이다.

지금 그녀가 돌아온다고 하더라도 이야기 같은 걸 나눌 시간도 없을 것이다.

"……변명일 텐데요."

하지만, 지금은 그 판단이 최선이라 생각한다. 아무튼, 표시창 안에서 카니는 당장에라도 이쪽으로 올 기세다. 나는 그 전에 나가서.

"출발할 항구는———."

아즈치 중앙 전함 좌현. 그곳에서 수송함이 사출되기를 기다리고 있다.

가면, 후쿠시마를 만날 수 있을 것이다. 당분간 떨어지게 되지만, 인사 정도는 차분하게 할 수 있을 것이다.

●

후쿠시마는 깜짝 놀라며 깨어났다.

잠들었다.

무엇보다 우선, 자신이 잠들어버렸다는 사실로 인해 실수했다는 느낌이 들었고.

"……!"

일어난 곳은 침대였다.

침상이라는 말이 머릿속에 떠오르긴 했지만, 그와 동시에

505

묘한 위화감이 들었다.

……어라…….

자고 일어나는 건 항상 하던 일이다. 하지만 오늘은 칸토에 오고 나서 아즈치의 보수와 출발 준비로 인해 잠을 거의 못 잤다. 내가 분명히━━━.

"어라."

뭔가 중요한 것으로부터 눈을 돌리고 있는 것 같다. 하지만, 문득 깨달았다.

알람이다.

아마 출발하기 전에 자도 되게끔 설정해 두었을 텐데. 그것이 울리지 않은 것을 보니 내가 먼저 깨어났다는 뜻일까. 그렇군, 소인은 마음속으로도 준비가 완벽하오입니다.

그렇다면, 후쿠시마는 그렇게 생각하며 벽 쪽 PC로 손을 뻗었고.

"음."

거기에는 딱딱한 PC가 없었다.

있는 것은 공간과 부드러운 천.

이상하다, 그렇게 생각하며 손을 끌어당기니 손에 걸린 것이 있었다. 그것은.

"가슴……!"

그럴 리가 없다. 아니, 잘 살펴보니 이것은 가슴에 걸치는 속옷. 다시 말해 브라.

하지만, 아무리 생각해도 내 속옷이 아니다. 이 정도 크기, 그렇다면.

"키요 공······."

후쿠시마는 그렇게 중얼거리다가 진상을 깨달았다.

"······키요 공의 방?!"

급하게 침대에서 일어나 의미도 없이 주위를 둘러보았다.

어두워진 방에는 누군가가 온 듯한 흔적 같은 것이 없었다. 하지만.

······척 보기에도 불법 침입인 것 아니오입니까?

그리고, 신경 쓰이는 것은 시간이다.

"그러니까."

벽에 시계가 있다. 나타내고 있는 시각은 오전 2시 5분 전. 출발 시간 직전이다.

······이런······!

지각도 문제지만, 그 정도는 실수로 끝난다. 하지만 키요마사의 방에 불법 침입했다가 출발하는 것을 깜빡 잊고 있었다는 건 확실한 불상사다. 변태 취급을 받게 되고, 내일부터는 초등부가 집단 하교를 하게 될 수도 있는데, 이미 여름방학에 들어가지 않았소입니까. 소인이 너무 당황했소입니다.

"그게 아니잖소입니까······!?"

짐은 내 방에 있다. 후쿠시마는 급하게 방문에 손을 대고는.

"······어이쿠."

통로. 아무도 오지 않는 것을 확인하고 나가는 모습이 정말 한심하다.

  아무튼, 후쿠시마는 급하게 통로로 나간 다음, 자신의 방으로 향했다.

●

  코로쿠는 밤바람에서 정겨움을 느끼고 있었다.

  아즈치의 중앙 전함. 함수 측의 좌현에는 M.H.R.R. 북부행 임시 수송함이 이미 구동음을 울리며 기다리고 있다. 접현 훅을 떼어내면 곧바로 앞으로 나아갈 것 같은 상태다.

  ……수복해두길 잘했네.

  각 함의 접현 장소를 수복하는 건 전체적인 보수 활동 중에서도 우선도가 높은 작업이다. 물론, 살아있는 접현 장소도 몇 군데 있긴 하지만, 호조 세력은 모든 함선 내부로 쳐들어온 상태였다. 특히 최후의 기룡이 함 측면에서 돌진했기에 각 함을 최단거리로 이어주는 내현측 접현 장소가 파괴되었다.

  고친 사람은 건축 계열 능력이 뛰어난 내 부하지만, 부품을 운반하는 등, 급할 때는 현무도 사용했다. 하지만 현무도 배 위에서 힘껏 움직이면 위험하기 때문에 중력 타격을 이용해서 보수 부품을 각 함으로 쏘아올린 것이다.

  ……재미있었지.

  30분 정도만에 끝난 작업이었지만, 무신으로 정확도가

요구되는 작업을 한 건 꽤 귀중한 경험이다. 높은 궤도에서 떨어뜨리는 것보다, 낮은 궤도를 잡고 갑판 위로 날리는 게 갑판이 덜 파손된다는 사실을 알게 된 것도 꽤 흥미롭다. 하지만, 그런 과정을 겪고 접현 장소를 수복해두었는데.

"……후쿠시마는 안 오고, 뭐하는 거야."

"아! 후쿠시마 선배라면 지금 온다네요!"

카니가 이미 수송함 안으로 짐을 다 옮겨두고, 아까부터 탑승용 사다리를 오가고 있다.

정신이 사납긴 하지만, 왠지 이해도 된다.

장기 휴일을 이용해서 메이저 습명자와 훈련 합숙을 하게 된다. 인도어 파가 아니라면 충분히 흥미를 끌 만한 행사일 것이다. 그런데.

"하치스카 선배, 배웅 나오셔도 괜찮으신가요?!"

"괜찮냐고?"

"벌써 밤늦은 시간인데요!"

"방에 못 돌아가."

"아, 제령을 했던가요?!"

맞아, 그렇게 말하며 고개를 끄덕이기만 했다.

지금, 신도의 제령꾼들이 지하 계층 반성방에서 정좌하고 있다.

이야기를 들어보니 그들이 일을 시작하기 전에.

"아시겠습니까?! 저희가 정화를 하는 동안에는 절대로 들여다보면 안 됩니다?!"

라고, 네놈들이 무슨 학이나 설녀냐고. 별생각 없이 식사를 가지고 온 시녀 인형이 현장을 봐버렸고.

"신고해야 할 것으로 판단됩니다. ——Shaja."

라는 일이 있었다고 한다. 정화는 완전히 끝나지 않았을 테니, 이대로는 내가 그 방으로 돌아가지 못하잖아. 그렇다면.

"후쿠시마의 방을 빌리도록 할까……."

침대 옆에 PC가 설치되어 있다는 것이 바닥 게임파로서는 안타까운 사양이다. 하지만, 게임을 할 때마다 괴기 현상이 일어나는 것보다는 나을 것 같다. 세이브 데이터는 함내 서버에 넣어두었을 테니 내 어카운트를 쓰면 후쿠시마의 환경을 어지럽히지도 않을 것이다.

……그렇다면 그렇게 할까.

허가를 받은 다음에 타케나카와 의논을 해 봐야 하나, 그렇게 생각했을 때였다.

"어머, 후쿠시마 님께서는 벌써 출발해버리신 건가요?"

배 위로 올라오는 입구에서 운동복 차림인 후쿠시마가 나타났다.

●

키요마사는 우선 먼저 후쿠시마를 찾아보았다. 하지만.

……안 계시네요…….

이미 수송함 안에 있을까. 그렇다면, 그렇게 생각하며 창문 쪽을 돌아보았을 때, 부두에서 카니의 목소리가 들렸다.

"쿄카토 선배! 후쿠시마 선배가 어디 계신지 모르시나요?!"

네? 그렇게 말한 것에는 따로 이유가 있다. 카니가 있다는 걸 눈치채지 못하고 있기 때문이기도 했지만.

"……저보다 먼저 여기에 오신 것 아닌가요?"

"키요마사보다 먼저?"

또다시 갑작스럽게 들린 목소리는 하치스카의 목소리였다.

키요마사는 그녀의 의문을 듣고 무심코.

"네, 방에——."

그렇게 말하려다 급하게 입을 다물었다. 아뇨, 뭐, 그렇게 말을 꺼낸 다음.

"네, 네, 방에는 가지 않았지만, 아, 후쿠시마 님 방 말이에요. 네, 가진 않았지만, 이쪽에 오셨을 것 같아서요."

"……딱히 후쿠시마의 방에 갈 필요는 없어."

그 말을 듣고 키요마사는 이렇게 생각했다.

……그쪽에 대해 따지시는 건가요?!

하지만 나도 너무 쓸데없이 의식해버린 것 같다. 별생각 없이 부정하면 또 다른 의혹을 불러오게 된다. 그렇기 때문에 키요마사는 카니를 보고는.

"후쿠시마 님께서는 어디 가셨죠?"

"키요마사 선배도 모르시나요?!"

……어째서 알고 있다 생각하는 걸까요…….

어째서? Why? 그런 의문이 들긴 하지만, 그만큼 다른 사람이 보기에 친밀한 것 같기 때문일 것이다. 한순간, 기뻐지긴 했지만, 지금은 그런 부분이 엇갈리고 있는 것 같아서 안타깝다. 그리고, 실제로 그녀가 어디 있는지도 모르고 있다.

……결국, 저도 거리가 가깝기만 할 뿐, 후쿠시마 님에 대해 제대로 알지 못하고 있는 거죠.

풀죽은 것도 역시 내 마음의 반증인 걸까.

안 되겠네요, 키요마사는 마음속으로 그렇게 말했다. 이렇게 어두운 마음이나 내 안에서 맴돌아버리는 고민을 어서 해결하지 않으면 다른 사람들에게 폐를 끼칠 것이다. 그러니까.

"후쿠시마 님을, 찾으러———."

갈게요, 그렇게 말하려던 순간이었다. 뒤에서 갑자기 바람이 불어왔다.

갑판 위로 올라오는 통로에서 짐을 짊어진 후쿠시마가.

"죄송하오입니다! 자다가 늦었소입니다!"

●

후쿠시마는 갑판으로 뛰어 올라가 수송함이 있는 부두로 서둘러 갔다.

그런데 그때, 어떤 사람의 모습을 보았다.

키요마사다.

……키요 공……!

있다.

존재한다. 그 사실만이 지금 내게는 돌벽처럼 확고했고, 뭐라 말할 수 없는 일이다.

서둘러 달려가던 다리가 그녀를 보니 멈출 것만 같았다.

실제로, 그렇게 해버리고 싶다. 좀 전까지 키요마사의 방에 있었다. 내 진심 같은 것은 이미 정해져 있다.

그래서 후쿠시마는 한 마디 말을 건네려 했다.

키요 공, 그렇게 말한 다음, 다녀오겠소입니다, 라고 인사만 하면 된다. 그러면 평소 때 관계가 시작되는 것이다.

하지만.

"으……."

깜짝 놀라 돌아본 그녀의 푸른 눈이 이쪽 시선과 딱 마주쳐버리자 돌이 부딪힌 듯한 소리가 들렸다. 그런 느낌이 들었다.

후쿠시마는 그녀가 내 속마음을 들여다보고, 나무란 것 같은 느낌이 들었기에 급하게 눈을 피했다.

아래쪽으로. 그러자.

……음……!

키요마사의 가슴이 크다. 아니, 원래 빅이긴 했다. 평소와 마찬가지일 것이다. 하지만.

……왠지 평소보다 더 커진 것 같은데……?!

아니. 인간의 가슴이 단기간에 급속도로 커질 리가 없다. 만약에 그런 것이 가능하다면 각 나라에서 신이나 정권을 향해 많은 사람들이 무의미한 탄원을 할 리가 없으니까.

　그렇다면 이것은 내 올바르지 못한 생각이다. 키요 공 ＝ 가슴이라고 생각하다니, 내 지저분한 부분이 무심코 육안 줌을 해버린 모양인 것 같소입니다. 지저분한 줌이라는 이름을 붙이고 자중해야 하지 않겠소입니까.

　아무튼, 뛰어가던 중이라 다행이다. 내 올바르지 못한 생각을 들키기 전에 수송함을 탈 수 있다.

　인사도 없이 타게 되어 미안하다고 생각하면서.

　"＿＿＿＿＿."

　후쿠시마는 이렇게 생각했다. 아, 소인은 아쉽소입니다.

●

　후쿠시마는 인정했다.

　정면으로 눈을 마주치지 못할 정도라는 사실을 지금, 새삼 이해했다.

　그런 상대에게 지금, 내 진심을 알리고 싶지 않다. 왜냐하면.

　……지금은 그럴 상황이 아니오입니다.

　방에 들어가서 만났다면 그나마 나았을 것이다. 그곳에서는 무슨 일이 생기더라도 둘만의 비밀로 해둘 수 있기 때문이다.

　하지만 지금은 그렇지 않다.

　바깥이다. 하치스카도 있고, 카니도 있다. 그밖에도 많은 시선이 있다.

이런 곳에서 모두의 조화를 어지럽히는 짓은 할 수 없다.

하지만 그런 한편, 자신의 마음을 다잡는 것도 할 수가 없는 것이다.

그래서 아쉽다.

키요마사를 제대로 돌아보고, 작별 인사도 하지 못한다는 것이 아쉽다.

그 말을 하지 못하고, 행동도 하지 못하기에 나는 새삼 이렇게 생각했다.

……소인, 키요 공을 좋아하는 것이오입니다.

하지만, 안 된다.

아무튼 지금은 안 된다.

지금은 패전의 시간. 이제부터는 강화 훈련을 위한 합숙을 하게 된다.

패배한 하시바 세력 중에서 강해지기 위해 바깥으로 가게 될 우리는 동료들에게 있어서 얼마나 큰 희망이 될까.

이 녀석이 있으면 괜찮다. 이제 패배하지 않을 것이다. 그런 존재가 되어 돌아와야만 한다.

그런데 지금 여기서 실연 이벤트 같은 것을.

"으."

뛰어간 다음, 부두에서 배로 이어진 탑승용 사다리를 건너며, 후쿠시마는 생각했다.

……소인, 차일 거라고만 생각하고 있소입니다…….

그야 그렇다.

키요마사는 빼어난 외모를 지니고 있으니 이미 상대가 한 두 명쯤 있다 하더라도 이상할 게 없지만, 두 명이라면 그것도 나름대로 문제가 될 것 같으니 한 명으로 부탁……, 드리지 않을 것이오입니다만?

하지만 지금은 동성 결혼이나 출산도 가능하고, 모체 쪽에 문제가 있다면 다른 사람을 통해서 낳거나, 인공 계열이라거나, 그런 것들도 가능해지고 있는 것이다.

내게도 기회가 주어지더라도 괜찮은 것 아닐까, 그렇게 생각하는 한편으로.

……키요 공이 그런 것들을 생각하지 않는다면 모든 것이 허사인 것이오입니다.

다른 사람의 생각. 겹쳐지는 부분이 적다는 건 이미 알고 있는 사실이다.

그렇다면 내가 이렇게 특이한 것을 원하고 있고, 키요마사가 똑같은 생각을 하고 있을 리가 없다.

차이는 건 확정이다.

어쩔 수 없다.

그렇게 되면 카타기리와 술이나 한 잔 해야겠다. 그 또한 화려하게 차였다고 해야 하나, 운명적으로 그렇게 될 수밖에 없었다고 해야 하나, 필연적으로 차였으니, 내가 어떤 느낌인지 이해할 것이다. 물론, 목욕은 안 된다. 학교 식당도 쓸쓸하다. 그렇다면 어딘가에서 적당히 먹는 것이 좋을 것이오입니다.

"후쿠시마 선배! 이제 곧 출발해요!"

문득 정신을 차리고 보니, 탑승용 사다리 끄트머리 근처에서 멈춰 서 있었다.

발판 건너편은 수송함의 2층 부분. 이미 카니가 최상층인 갑판에서 이쪽을 내려다보고 있다. 전망이 좋을 테니 배웅 나온 사람들을 바라보는 곳도 그곳일 것이다.

그렇다면 나도 저기로 가야겠다는 생각이 들었다.

갑판에서 내려다보면 키요마사가 시야에 들어올 것이다. 그 거리와 어떻게 해볼 수 없는 위치라면 그녀를 향해 미소를 지을 수도 있을 것이다.

그렇게 하자. 그래서 함내로 들어간 순간.

"후쿠시마 님!"

갑자기 등 뒤에서 들린 목소리로 인해, 후쿠시마는 함내로 들어간 것과 동시에 몸을 움츠렸다.

제18장
『건너는 곳의 나무라는 자』

당신은 어째서
그렇게 되어버린 거야
배점 (나도 마찬가지)

●

　키요마사는 자신이 무슨 짓을 한 것인지 새삼 눈치챘다.

　이제 곧 출발하려고 하는 수송함 입구. 승객용 사다리 위다.

　후쿠시마는 수송함 안으로 발을 내디뎠고, 나는 입구 앞에 서 있다.

　이미 배웅나온 사람들은 부두에 모여 있다.

　지각한 후쿠시마를 태우고 나면, 배가 출발할 것이다. 그것도 처음에는 적지의 하늘로. 행선지 등을 들키지 않게끔 배가 서쪽으로 항로를 위장하며 나아갈 것이다.

　지금은 배 쪽으로 다가가도 되는 시간이 아니다.

　아무리 생각해도 내가 출항을 방해하고 있다. 하지만.

　……후쿠시마 님.

　좀 전에 배 안에서 올라온 후쿠시마와 눈이 마주쳤다.

　깜짝 놀란 표정. 하지만 그 표정에서 키요마사는 어떤 것을 보았다.

　……두려움, 이에요.

　이유가 뭘까.

　그녀에게 있어서 내가 기피할 만한 존재인 걸까.

　뭐가 뭔지 알 수가 없다. 애초에 그 이후로 그녀는 눈을 내리깔고, 그러면서도 곧바로 혼난 듯한 표정을 짓고는 이쪽에서 눈을 돌렸기 때문이다.

　솔직히, 약간 위험했다.

가슴에는 Tes. 베개를 숨겨두고 있다. 이걸 보인다면 그 것만으로 단번에 아웃이라고 해야 하나, 출발하기 전에 '이 상한 사람'이라고 확정된 상태로 헤어지는 건 피하고 싶다.

그저, 키요마사는 이렇게 생각했다.

"후쿠시마 님."

눈앞에 있는 후쿠시마는 돌아보지 않았다.

움직이지 않는 뒷모습을 본 키요마사는 이쪽을 봐줬으면 하는 생각에 입을 열었다.

……제가———.

좀 전에 본 그녀의 표정에 대해 하고 싶은 말이 있다. 하지만.

"———."

목소리가 나오지 않았다. 그저, 말을 꺼내려고 입술이 움직였을 뿐.

……안 돼요.

어째서 저런 표정을 짓게 만들어야만 하는가.

이상하다.

어젯밤, 빗추 타카마츠 성 전투 도중, 그리고 그 전에 훈련을 했을 때는 우리가 항상 함께 있었고, 같은 시간을 보내지 않았나.

웃고, 서로 인정하고, 즐거웠던 것 같다. 그러니까.

"후쿠시마 님."

말했다.

"제가 당신에게 무슨 짓을 저질러버린 건가요?"

단숨에, 말했다.

"어째서 저를 보고 겁먹은 듯한 표정을 지으시는 건가요?"

●

후쿠시마는 반사적으로 키요마사를 향해 돌아섰다.

……아니오입니다!

겁을 먹었다는 말에 반응을 보인 이유는 내가 전투 계열이기 때문일까.

아니다.

그런 게 아니다.

키요마사에게 겁을 먹은 것이 아니다. 오히려 그 반대, 나는 키요마사와 함께 있고 싶다, 그렇게 생각한다.

하지만 그 마음이 내 안에서 정리되지 않았고, 함부로 건드리면 미움을 사는 게 아닐까, 그런 생각이 들었기 때문이다.

겁은 나 자신 때문에 먹은 것이다. 결코, 키요마사 때문이 아니다. 그러니까.

……키요 공.

아니다, 그렇게 말하려 했다. 하지만.

"_____."

눈이 마주쳤다.

키요마사의 푸른 눈동자가 이쪽을 똑바로 바라보고 있었다.

눈을 통해 내 진심을 들여다보고 있는 듯한 느낌이 들어서, 그리고 그런 나 자신을 키요마사가 걱정하고 있다는 걸 알 수 있었기에 그것 또한 미안하다는 생각이 들었고.

"……윽."

후쿠시마는 상대방을 똑바로 바라볼 수가 없었다.

눈을 옆으로 돌렸다. 최대한 들키지 않게끔, 오른쪽으로 돌렸다. 아래로 내리면 가슴을 봐버릴 것 같고, 그러면 안 된다.

하지만, 그렇게 눈을 피하자 입이 움직였다.

묘한 열기가 담긴 숨을 내쉬며, 후쿠시마는 입술을 움직였다.

한심할 정도로 작은 목소리로.

"소인……, 딱히 겁을 먹은 것은 아니오입니다."

●

또, 키요마사는 그렇게 생각했다.

눈앞에 있는 후쿠시마가 척 보기에도 이상하다.

그렇게 강한 힘을 자랑하던 그녀가 어째서 내게 겁을 먹은 걸까. 그리고.

……어째서 그렇지 않다고 거짓말을 하는 거죠?

훈련을 할 때, 공방을 주고받았을 때도 이렇게 겁을 먹지는 않았다. 그때도 도망치기는 했지만, 숨지는 않고 같은 무대에 계속 있었던 것이다.

지금은 그렇지 않다.

도망치고, 몸을 웅크리며 숨으려 하고 있다.

도망치고, 그러면서도 본능적으로 맞설 길을 찾아내려 하고 있는 것도 아니다.

도망치고, 그저 계속 도망치려 할 뿐이다.

그래서 거짓말을 한다.

그게 제일 괴로웠다.

……어째서.

어째서, 거짓말을 하는 걸까.

내게 원인이 있다면, 말해주면 된다.

딱히 뭔가 내게 나쁜 짓을 했다 하더라도, 말해준다면 어떻게든 바로잡을 수 있을지도 모르고, 후쿠시마라면 뭐든지 용서해줄 각오가 되어 있다.

그런데도.

"어째서죠."

얼굴을 마주칠 수 없다거나, 겁을 먹는다거나, 만날 수 없다거나, 엇갈리거나, 거리를 벌린다거나, 그런 것들보다, 무엇보다도.

……거짓말을 하시는 게 제일 괴로워요.

신뢰받고 있지 않다, 그런 생각이 들기 때문이다.

바보.

멋대로 신뢰받고 있다, 그렇게 혼자서 착각하고 있었던

건데.

하지만, 지금까지의 모든 것이 나 자신에게 돌아와 버려서.

"———거짓말은, 하지 말아주세요."

최대한 냉정한 척하며 말하려 했다.

그러자 후쿠시마가 숨을 죽였다. 그리고 그녀가.

"거짓말은, 하지 않았소입니다."

그 말이 수송함의 경적과 겹쳐졌다.

배가 출발하는 것이다.

하지만, 경적 소리에 묻혀가면서도 후쿠시마의 목소리는 귀에 들렸다. 그래서 키요마사는 말했다.

"거짓말이에요."

"아니, 거짓말이———."

"그럼."

키요마사는 그렇게 물었다.

"———대신, 한 가지만 대답해주실 수 있을까요? 후쿠시마 님."

별 것 아닌 질문이다.

이것을 대답해준다면, 후쿠시마에 대한 의문 같은 것은 전부 잊을 것이다. 그런 생각이 들 정도로 난이도가 낮은 질문이다.

나도 그녀를 믿게 해줬으면 좋겠다. 그렇게 생각하며 물었다.

"———출발 시간까지, 어디에 계셨죠?"

●

　오싹, 후쿠시마는 그렇게 핏기가 가시는 소리를 자신의
귓속 안쪽에서 들었다.

　……설마, 알고 계셨소입니까?!

　아니, 그럴 리가 없다. 만약에 키요마사가 눈치챘다면, 깨
우거나, 곁에 있거나, 분명히 그런 어프로치를 했을 것이
다. 그 정도는 믿고 있는 존재다.

　하지만, 후쿠시마는 생각했다.

　내가 방으로 돌아왔을 때, 그곳에도 사람이 없었던 것이다.

　그렇다면, 후쿠시마는 그렇게 생각하며 호흡을 고른 다
음, 키요마사에게 대답했다.

　"자고 있었소입니다."

　그것은.

　"―――제 방에서 말이오입니다."

　말했다. 그 말이 끝나기도 전에 키요마사의 목소리가 들
렸다.

　"거짓말이에요."

　어? 후쿠시마가 그렇게 생각할 정도의 대답이었다. 하지만.

　"거짓말이에요……!"

　그 말을 듣고, 후쿠시마는 생각했다. 설마, 역시 현장을
보고 있었던 것 아니오입니까.

아무튼, 지금은 어떻게든 둘러대야겠다. 후쿠시마가 그렇게 생각한 순간이었다.

후쿠시마는 보았다.

"거짓말이에요……."

키요마사가 그렇게 말하면서 눈물을 흘리기 시작한 것이다.

●

안 돼요.

울면 안 된다. 울면 후쿠시마 님에게 걱정을 끼친다. 하지만.

……싫다.

이 사람이 내게 거짓말을 하는 게 싫다.

이 사람이 나를 신뢰해주지 않는다는 게 싫다.

이 사람이 내 말을 제대로 들어주지 않는다는 게 싫다.

싫다.

지금 이 현실이, 전부, 거짓말이라고, 꿈이라고, 부서져서 사라져버리면 좋을 텐데.

이제 싫다.

"싫어."

눈가를 닦았지만, 눈물은 멈추지 않았다. 후쿠시마는 그저.

"키요 공……."

"됐어요."

됐어요. 이제 됐어요. 거짓말을 해도 되는 상대잖아요, 저.

……그런 상대를 배려하는 모습을 보여주지 마세요……!

자상하게 대해주었을 때 자신이 꼴사나워질 줄은 상상도 못 했다.

하지만, 이제 출발 시간이에요. 제가 방해하고 있네요. 네, 신뢰받지도 못하는 제가 여기에서 방해해버리고 있네요. 그래도.

"후쿠시마 님."

죄송합니다.

이제 울어버렸으니 숨길 수도 없어요. 그러니까.

"한 가지만 떠넘겨버려도 될까요?"

그 정도는 괜찮겠죠.

"———뭐, 뭘 말이오입니까?"

네, 나는 그렇게 말하며 고개를 끄덕이기만 할뿐이다.

"저, 좋아하는 사람이 있어요."

깜짝 놀랄 정도로 말이 순순히 나왔다.

"하지만."

말했다.

"저, 그 사람에게 왠지 모르겠지만, 폐를 끼치고 있는 것 같아요."

그러니까.

"이제부터, 후쿠시마 님께만 그 사람의 이름을 말씀드리고, 잊을까 해요."

•

　　후쿠시마는 경적이 두 번 울린 것을 들은 것 같은 느낌이
들었다.

　　출발이다.

　　위쪽, 갑판 쪽에서 카니의 목소리가 나는 것 같은데, 이쪽
에서는 알아들을 수가 없다.

　　후쿠시마는 그저, 움직일 수가 없었다.

　　……키요 공의, 좋아하는 사람, 이란, 말씀이시오입니까?

　　해야 할 말이 있다면.

　　"그건———."

　　"후쿠시마 님이에요."

　　곧바로 대답이 돌아온 순간. 수송함의 문이 닫혔다.

　　출발 한계 시간이 된 것이다.

　　　　　•

　　배가 출발하자, 카니는 아슬아슬할 때까지 버티고 있던
탑승용 사다리가 회수되는 모습을 보고 있었다.

　　키요마사가 돌아선 뒤, 그 위를 떠나갔다.

　　그밖에도 나베시마, 아사노도 있었기에 카니가 손을 흔들
었는데.

　　……쿄카토 선배?!

무슨 말을 하고 있는 건지는 알아들을 수 없었지만, 뭔가 심하게 말싸움을 한 건 아닌 모양이었다. 그리고 쿄카토가 울고 있는 걸 보니.

……우정인가요?!

하지만, 정작 중요한 후쿠시마가 없다. 시간이 좀 지나면 갑판 위에 있는 사람들도 보이지 않게 될 것이다.

"후쿠시마 선배……!"

카니는 갑판에서 내려가는 계단 쪽으로 다가갔다.

표시창을 띄웠지만, 후쿠시마의 반응이나 말은 전혀 없었다. 그저.

• **나베C** : 『역시 키요마사 선배는 후쿠시마 선배를 좋아하는구나…….』

• **아사노** : 『아~, 그런~ 쪽으로, 엄~청 짜증 나~는 이야기를 오늘 들~었어~.』

뭐가 뭔지 잘 모르겠지만, 다른 사람들과는 한동안 헤어지게 된다. 뭐, 이쪽도 나름대로 고등부에 들어온 뒤로는 각자 움직이는 경우가 많았기에 익숙해지긴 했지만.

"후쿠시마 선배! 쿄카토 선배가 뛰어가버렸어요!"

그렇게 말하며 뛰어 내려간 2층 통로. 거기에 후쿠시마가 쓰러져 있었다.

하늘을 보고.

통로에 늘어진 듯이, 머리만 벽에 기댄 듯한 자세다.

"후쿠시마 선배?!"

움직이지 않는 그녀에게 달려가보니, 의식은 있는 것 같았다.

그런데, 시선이 완전히 닫힌 문에 고정되어 있고, 감정도 움직이지 않고 있다.

손목을 들어 올렸다가 놓으니 떨어졌다.

"후쿠시마 선배! 저기요! 괜찮으신가요?!"

그렇게 말하자마자 갑작스러운 움직임이 생겨났다.

후쿠시마가 솟구치는 듯이 상반신을 일으켰고, 곧바로 기세를 붙이며 몸을 틀고는.

"으아아아아아아아아아아아아아아아아아아아아!!"

그렇게 소리지르는 표정은 울상인 것 같기도 했고, 분노하는 표정 같기도 했다.

그 직후. 후쿠시마는 이마가 바깥쪽으로 튀어 나갈 듯한 기세로 눈앞에 있는 벽에 머리를 들이받았다.

거친 소리가 울려 퍼졌고, 복도가 확실하게 진동했다. 그리고 그녀는.

"——크아아."

왠지 메마른 듯한 느낌이 들면서도 분개하는 듯한 숨을 내쉬고는, 곧바로 복도에 엎드려 쓰러졌다.

움직이지 않는다.

카니가 알 수 있는 것은 아마도 후쿠시마가 뭔가 실수한 것 같다는 것뿐이었다.

……뭐, 뭐죠……?!

뭐가 뭔지 모르겠다. 카니는 그저.

"저기, 어떻게 옮길까요……!"

우선, 곤란할 때는 M.H.R.R. 전사단 매뉴얼이다. 그 안내에 따라 사사무라를 사출했다. 위에 후쿠시마를 태운 다음, 일단 의무실로 반송하기로 결심했다.

"후쿠시마 선배 같은 사람들은 현장에서 힘들었다고 하니……! 휴식이죠……!"

●

"자, 휴식은 끝이다! 오늘 밤이 시간 단축 승부를 낼 때라고!"

세토 내해를 한눈에 둘러볼 수 있는 하늘이 천천히 회전하고 있었다.

탁 트인 방향은 306도. 위에는 하늘이, 아래에는 거대한 공중 도시가 있다.

무사시다.

여덟 척으로 이루어진 거대 항공함이 지금, 심야에 대선회를 개시하고 있었다.

함수를 남서쪽에서 동쪽으로.

"칸토행 사전 준비다. 이 선회를 이용해서 각 함의 비축을 균등하게 맞추고, 아래쪽에서 오는 착항편도 마찬가지로 균등하게 맞춰라. ———아래쪽, 우동 왕국에서 들어오는 보급은 차질 없나?!"

무사시노 함수. 거기에 설치된 임시 학생회 본진에서 마사즈미가 지휘를 맡고 있었다.

올려다본 하늘. 다수의 수송함이 오가고 있다. 하지만, 우동 왕국에서 오는 수송함은 전부 무사시에서 마련한 대형 수송함에 접현해서 화물을 그 내부나 위쪽으로 옮기고 있었다.

• **마루베야** : 『우와――! 항만 관리가 정말 즐거운데! 나!』

• **부회장** : 『이봐, 이봐, 괜찮겠어? 아침에는 출항할 수 있는 거야?』

• **마루베야** : 『괜찮아! 괜찮아! 약간 꼼수이긴 하지만, 무사시에 확실하게 '보급 + 지원물자'를 실은 다음에 칸토로 가게 해줄 테니까.』

마사즈미는 하이디가 한 말을 듣고 허리에 손을 댄 다음, 숨을 내쉬었다.

"꽤나 난폭한 방식이긴 하지만, 속도로 승부해야 할 부분이 있으니 어쩔 수 없나."

• **금마르** : 『――― 보통은 아무리 급해도 사흘은 걸릴 보급이나 물자 탑재를 하룻밤만에 끝내려 하는 거니까.』

그래, 마사즈미는 그렇게 말하며 고개를 끄덕였다.

"서둘러 칸토로 간다. 사토미나 모리에 가져다줄 보급물자까지 갖추고 말이야."

그러기 위해 해야 할 일은.

"기본적인 준비는 오늘 밤 안에 끝낸다. 그리고 무사시는 내일 아침, 칸토로 간다.

 단, 칸토로는 사흘에 걸쳐서 간다. 이게 이번 플랜이야."

●

 칸토에 가져다줄 보급물자의 확보와 무사시의 비축 완료.
이것을 실질적으로 오늘 밤 안에 마치고 출항한다.

 현실적이지 못한 플랜이라는 건 마사즈미도 이미 알고 있
다. 그래서 드는 의문이.

 • **예찬자**:『가능한 건가요? 뭐, 무사시 자체가 애초에 비
축하고 있던 물자도 있긴 하겠습니다만.』

 오히로시키의 질문에 대답한 목소리는 따로 있었다.

 오게자바라다.

 그녀는 신이 나서 이쪽으로 말을 보내왔다.

 • **마루베야**:『괜찮아! 괜찮아! 사흘에 걸쳐서 간다는 게
중요하거든.』

 있지, 그녀는 그렇게 말한 다음, 이야기를 이어나갔다.

 • **마루베야**:『———무사시가 항공'도시'함이라는 건 당
연한 사실이라 꽤 깜빡 잊곤 하거든. 물론, 상공단에서는 그
사실을 눈치채고 수송단을 짜는데, 이렇게까지 규모가 큰
건 처음 아닐까?』

 말하자면 간단하다. 한마디로 말하자면.

 • **마루베야**:『추격 보급 방식.』

다시 말해.

• **마루베야**:『무사시는 거대 항공함이긴 하지만, 비축해 둔 것이 단숨에 없어지는 건 아니니까. 그러니 소비할 분량 까지 포함해서 보급을 해두고, 이동하는 무사시에게 따라 잡히거나, 그 반대로 따라잡는 형태로 수송함을 보내면 되 는 거지.

뭐, 그렇게 짠 계획이 '사흘에 걸쳐서 보급을 하며 이동하 자'는 거지.

칸토까지 사흘에 걸쳐서 가는 건 꽤 느린 속도이긴 하지 만, 보급 같은 걸 차례차례 해나간다는 걸 고려하면 대충 괜 찮은 속도 아닐까.』

• **10ZO**:『그런데 그러면 쫓아오는 수송함의 연료비 같은 게 엄청나게 많이 들지 않겠소이까?』

• **마루베야**:『그래서 무사시 안에서 내로라 하는 상인을 모으는 거지. ───우동 왕국은 대규모 무역 거래처니까, 무사시 한 척 분량의 비축과 칸토로 가져갈 보급물자를 단 기간에 집중적으로 사들이려 하면 서로에게 있어서 규모가 큰 장사가 돼. 채산 라인이 대충 나오면, 우동 왕국과의 커 넥션을 만들 수 있다는 건 매우 큰 이점이거든.』

• **빈종사**:『무엇보다 우동 왕국의 별명은 사누키니까 요……!』

• **마루베야**:『대체 어느 쪽이 본명이냐는 느낌이지!』

• **10ZO**:『왠지 하이디 공의 텐션이 높은 것 같소만.』

• **마르가** : 『역시 오랜만에 일을 하는 거니까. 돈의 망자로서는 참을 수가 없겠지.』

• **금마르** : 『우동에서 해방되었다는 이유도 있겠고.』

• **후텐무가테** : 『아직 채권 추심자가 있으니 해방된 게 아니라 눈을 돌리고 있는 것뿐 아닐까?』

• **마루베야** : 『그러니까, 그런 말은 하지 마아아아아! 그리고, 누구야?! 넷에 '암컷 수컷 우동, 도게자 곱빼기'라는 게시판을 만든 거! 우리하고 제휴해서 선전하는 곳으로 만들자!』

역시 대단하다.

아무튼, 암컷 우동은 아마 하늘 위에서 수송함들의 지휘를 맡으며 말했다.

• **마루베야** : 『상인에 따라서는 우동 왕국에서 물건을 들여오지 않고, 중간에 있는 무역항에서 화물을 마련해서 테이크아웃하는 걸 노리는 모양이고. 역시 폭넓은 연줄은 중요하지.

그리고, 준비가 다 된 배부터 무사시 위에 화물을 실을 수 있는 건 실을 거야. 무사시 위가 혼잡해져서 그러지 못하게 되면, 그들을 먼저 보낸 다음, 이동하는 무사시가 나중에 그들을 거두어서 화물을 받은 다음에 바이바이하거나, 그런 방법도 있어. 굳이 말하자면 잽싸게 움직일 수 있는 중간 규모 이하는 먼저 가는 걸 선택해서 수송비 절감에 힘쓰려는 것 같아.』

• **부회장** : 『그래서 오가기만 하는 게 아니라 동쪽 방향으로 가는 배도 많았던 거군.

……우동 왕국의 허용량에도 고마워해야겠어. 용케도 대처해주는데.』

• **마루베야** : 『아~, 그렇게 생각하게 만들면 우동 왕국의 승리지.』

그런가? 그런 의문을 품었을 때였다.

• **은랑** : 『K.P.A.Italia가 M.H.R.R.에 흡수되었기 때문에 M.H.R.R.을 대비해 다시 만든 부분도 있고, ───그동안 내보내지 못했던 재고가 산더미처럼 쌓여있거든요.』

그런 거지, 오게자바라가 그렇게 말했다.

• **마루베야** : 『게다가 지금 유럽은 30년 전쟁 때문에 저렴한 식량을 원하고 있거든. 30년 전쟁 이후에는 더더욱 그런 경향이 강해질 거야. ───평화로워지면 인구가 폭발적으로 늘어나니까.

그렇다면 유럽 맞은편에 있는 곡창지대인 이곳은 앞으로 더욱 크게 성장하겠지.

그러니 대규모 거래처는 우동 왕국과의 연줄을 지키려고 잔뜩 쌓인 재고를 사들여서 은혜를 입혀두려 할 테고, 중간 규모 정도는 대규모 거래처의 연줄에 얹혀가거나, 가로채려 할 거야. 이번에 칸토로 보내는 수송비 때문에 적자를 보게 되더라도, 다음부터는 이런 추격 수송을 하지 않을 테니까, 지금 연줄을 가로챌 수 있다면 나설 의미도 있다는 거지.

회계로서는 연료의 1할 부담이라는 걸 출발과 도착시간
의 차이에 따라 변동되게끔 조정해두면 다들 늦지 않게끔
따라올 거라는 느낌이고.』

　위쪽을 보니 대형 수송함에 우동 왕국에서 온 수송함을
직접 연결해둔 것도 있었다.

　……저렇게 수송함 자체를 사토미나 모리에게 가져다 줄
배급물자로 삼는 건가?

　우동 왕국의 정면은 K.P.A.Italia와 엑자곤 프랑세즈다.
항공함의 운항 방법에는 큰 차이가 있지 않을 것이다. 이미
동쪽 방향으로 가상해를 뻗기 시작한 배들이 줄을 형성하고
있다.

　그렇다면.

　· 마루베야 : 『거래 이야기를 나눌 수 있는 기한은 새벽까
지. 결정이 되는대로 칸토 방면으로 가게끔 해두었어.

　마사즈미가 할 일은 무사시를 확실하게 정각에 출발시켜
서 관리해줬으면 하는 거야.

　그런 것들은 '무사시' 일행이 할 일이지만, 지휘는 마사즈
미의 역할이니까.』

　그럼, 마사즈미가 그렇게 말했다.

　"———내일 아침, 무사시를 칸토로 출발시킨다. 회계 쪽
에서는 무사시에서 맡을 수송함의 계산도 부탁해. 그쪽에
서 유용하게 쓸 테니까."

　· 나 : 『아니, 왠지 모르겠지만, 본점이 아닌 쪽에서 공짜

로 돕게 되었는데, 나. 칸토로 빨리 가는 이유라거나, 그런 건 어떤 느낌이야?』

• **부회장** : 『그래, 그쪽으로 가는 이유는 간단하지.』

• **타치바나 부인** : 『일단 물어보는 겁니다만, 이쪽에 있는 하시바 세력과 충돌하지 않을 거라는 논리가 있는 겁니까?』

Jud. 마사즈미가 그렇게 곧바로 대답했다.

• **부회장** : 『다시 말해, 모든 것은, ━━━괴롭힘이야.』

모두가 넷에 10초 정도 아무런 말도 입력하지 않은 이유는 무엇일까.

"────그래서, 무사시는 오늘쯤에 이 근처 남쪽을 통과하는 거야?"

사나다 교도원의 옥상. 운노는 나무 화분에 국자로 물을 뿌리며 말했다.

아직 부상은 낫지 않았다.

지금은 몸을 움직이는 것이 요양이라 모치즈키의 도움을 받으면서.

『운노 님, 통을 옮기실 때 최대한 팔을 벌리는 것이 어깨 근처의 재활 훈련이 될 것 같습니다. 그리고 국자를 흔드실 때는 손목을 쓰지 않는 편이. ────아, 무사시는 사누키를 떠나 사흘째, 오늘 낮쯤에는 남서쪽 산에서 보일 것으로 판단됩니다.』

"모치즈키에게 재활 훈련 감독을 맡긴 건 실수였어…….
그런데 무사시는 어째서 갑자기 이쪽으로 오기로 한 거지? 그쪽에 있는 게 더 유리하잖아."

『우리가 알아야 할 이유는 없을 것 같습니다만────.』

모치즈키는 화분 안에서 잡초를 뽑아나갔다. 그 모습을 본 운노가.

"……왜 옥상에 놓아두었는데 잡초가 자라는 걸까."

『이런 풀의 씨앗은 매우 작기 때문에 바람을 타고 날아오거나 새가 옮기기도 합니다. 또한, 그런 이유 때문에 처음부터 흙 안에 들어 있을 가능성도 있습니다.』

그렇구나, 운노는 그렇게 말하며 국자로 자기 머리를 두드렸다.

"전투와 제사로부터 거리를 두니 모르는 것들 투성이야."

『죄송합니다, 저는 알고 있었습니다.』

그때, 교도원 앞 숲에서 지룡 몇 마리가 몸을 일으켰다. 키가 80미터 정도 되는 그들은 이쪽을 보고 나서 속삭이는 목소리로.

『그 왜, 운노 씨는 체육 계열이니까…….』

『요리 같은 것도 전혀 못 하고…….』

『어떻게 하지? 다음 미팅 때 부를까……?』

『인기가 많으시군요, 운노 님.』

"아니, 그렇게 큰 덩치로 다 들리게 말하지 말라고……!"

와아, 지룡들이 그렇게 말하며 다시 숲속으로 가라앉기 시작했다. 운노는 그 모습을 보고는 숨을 돌리고 나서.

"다들 제대로 하고 있으려나. ───이쪽은 이쪽대로 강화 훈련이라거나, 그런 것 때문에 그 녀석들이 오는 거지?"

『하시바 십본창, ───카토 키요마사 말씀이시군요.』

그때, 모치즈키가 남동쪽을 돌아보았다.

먼 하늘. 산을 넘어서 내려간 곳, 평야와 푸른 공기층 너머.

"보여?"

『저는 예전부터 보였습니다. ───사토미 앞바다의 아즈치가, 확실하게.』

543

모치즈키가 몸을 낮게 숙이는 건 사냥감을 바라볼 때의 버릇이다.

"적은 어느 쪽일까."

『아군이 어느 쪽인가, 그렇게 말하지 않는 것이 사나다다 우시군요, 운노 님..』

모치즈키가 그렇게 말하자 운노는 자기가 한 말의 의미를 생각하고는.

"하."

쓴웃음을 지었다.

"아직 멀었네. ——그렇지 않은 사나다를 개척했는데 말이야."

Tes. 모치즈키가 그렇게 말하며 고개를 끄덕인 순간이었다. 옥상으로 이어지는 문이 세차게 열렸다.

보아하니 안에서 거한이 튀어나와 바닥에 발을 연달아 동동 굴렀다.

"젠장! 젠자아아앙! 대체 뭐냐! 여름방학을 맞이해서 이제부터 나도 여름 데뷔를 할 생각에 기룡 면허를 따러 합숙하러 가고, 거기서 귀여운 여자애와 알고 지내게 되고, 사귀는 건 어떤가요. 네, 요즘은 다른 사람에게 연타를 때려 넣거나, 발꿈치 찍기를 날리는 사람이 있어서 약간 여성 공포증이 생겼거든요. 후후, 저 말씀이신가요? 아, 이래 봬도 사나다 교도원의 총장을 맡고 있는 사나다 노부유키라고 합니다. 초식남이라고요, 산 속이니까. 하하하. 그렇게 하얀

이빨을 드러내며 말해줄까 생각하고 있었는데, 대체 뭐야? 갑자기 아즈치가 와서 사나다에서 합숙을 한다고?! 그렇다면 좀 더 온 힘을 다해 낮은 자세로 나가 줄까 했는데, 왜 이번에는 무사시가 돌아오는 건데! 파파도 없으니 나 혼자서는 양쪽의 비위를 맞출 수가 없다고! 파파, 부탁이니까 돌아와줘, 내 인생을 편하게 만들기 위해서어———!!"

마음속 외침을 겉으로 드러내지 말라고, 운노가 그렇게 생각하자 모치즈키가 말없이 이쪽을 보았다. 똑같은 생각을 한 모양이었다.

그러자 초식남이 내가 있다는 걸 눈치챘다.

"뭐, 뭐야! 너희들! 설마 방금 그 말을 훔쳐들은 거냐?!"

"아니, 훔쳐듣지는 않았다고. 굳이 말하자면 그냥 흘려들어야만 하는 계열이고."

"그게 총장에게 할 말이냐아———?!"

정면의 숲에서 지룡 몇 마리가 일어나 눈을 반쯤 뜬 상태로 앞다리를 좌우로 흔들었다.

지룡이 숲속으로 가라앉았다.

"아, 젠장! 너희들, 좀 더 내게 경의를 표하라고!! 알겠나?! 경의라는 건 모두가 내게 존댓말로 말하고, 내게 무릎을 꿇고, 명령을 듣고, 나는 그렇게, 의자에 앉아서 다른 사람이 먹여주는 밥을 먹고 그러는 건데……!"

경의의 대상이 신체 능력을 이용해서 공기 의자를 흔들었다. 그대로 공중에 가공의 담배 연기를 내뿜고는.

"엑설런트……."

"그건 그렇고, 하시바 측의 합숙 준비 같은 게 안 된 것 같은데."

『이런 곳에서 뭐하고 계시는 겁니까.』

"너, 너희들, 내가 누군줄 알아?!"

"이해가 잘 안 되는 수준으로 오래 산 사람."

『홈에서는 무적인 사람이라는 것도 덧붙이시죠, 운노 님.』

"제, 젠장, 아픈 곳을 찌르기는!"

그때, 모치즈키가 표시창을 띄웠다. 손가락 사이에 끼워서 던지자, 노부유키가 그것을 받았다.

"이, 이게 뭐야, 연애편지인가?! 그런 거야?!"

"우와, 모치즈키가 그런 표정을 짓는 거, 처음 봤어……."

『죄송합니다, 운노 님, 아무리 그래도…….』

"너희들! 너희! 화제 전환이 너무 빠르잖아! 아니, 이게 뭔데?!"

네, 모치즈키가 그렇게 말했다. 그녀는 화분의 잡초를 뽑으면서.

『―――사나다의 총장이 오늘 안으로 해두는 게 나은 일들을 조목별로 정리해 보았습니다. 가능하다면 마지막 줄에 '잠든 다음 두 번 다시 깨어나지 않는다'를 덧붙여 주시면 자동인형으로서는 좋을 것 같습니다.』

"오오, 다시 말해, 일어났다가 다시 잠들지 말라는 뜻인가!"

오래 살만도 하네~, 운노가 그렇게 눈을 흘기고 있는 와중에 노부유키가 두 손으로 표시창을 들어 올리고는 돌아보았다.

"이봐!"

"대체 뭔데."

그렇게 말하자, 노부유키가 미소를 보이며 말했다.

"고맙다! 나, 이런 건 파파 같은 사람들에게 맡기기만 해서, 움직이는 건 잘할 수 있지만, 생각하는 건 잘 못 하거든! 당분간은 이걸 참고로 할 건데, 나중에 또 달라고!"

"그게 다른 사람에게 부탁하는 태도야?"

"나는 총장이니까 이래도 돼!"

노부유키는 그렇게 말한 다음, 곧바로 아래쪽으로 내려가는 통로를 향해 뛰어가기 시작했다.

"―――기다리고 있어라, 교습소에 있는 귀여운 애들아아……!"

운노는 닌자 계열인 것 같지 않은 발소리를 듣고 한숨을 쉬었다. 그리고.

"어떻게 할까~."

『또 불평을 늘어놓으면 내동댕이쳐버리시는 게 낫지 않겠습니까.』

그러게~, 운노는 그렇게 말하며 고개를 끄덕이고는 어깨를 늘어뜨렸다.

"……여름방학인데 후덥지근하네……."

『자연현상으로서는 그것이 정상입니다만, 인간관계 쪽에서는 피하고 싶군요.』

그렇게 말한 모치즈키가 아, 그렇게 뭔가 눈치챈 듯한 말을 꺼냈다.

『운노 님, 팔을 잘 움직이고 계십니다.』

그 말대로 팔이 움직였다. 스무스하게 움직인다기보다는, 가볍다. 왠지 아직 어깨 아래쪽이 매달려 있는 듯한 감각이 있긴 하지만.

"쓸데없는 힘이 빠진 건 좋은 건가?"

빈 국자를 흔들고, 허공에서 멈췄다. 그것이 남서쪽을 가리켰고.

"무사시는, ───여전히 후덥지근하고 필사적이려나."

●

"좋아~, 그럼 더워지기도 했고, 슬슬 칸토로 들어갈 테고, 그쪽으로 가면 또 바빠질 것 같으니까 마지막 재시험, 실기를 해볼까."

하복 차림인 마사즈미는 바람이 불어오는 곳에서 담임 선생님의 목소리를 듣고 있었다.

장소는 무사시노의 함수 갑판이다. 거기에는 모두가 모여 있었고, 사실.

"저기, 선생님, 솔직히 말씀드리자면 오전은 바쁜 시간대니 시험이라 해도 일찍 끝낼 수 있는 게 좋겠습니다만."

"어라? 오전에는 한가한 거 아니었어?"

아~, 그렇게 말하며 손을 든 사람은 오게자바라다. 그녀는 약간 흐트러진 머리카락을 키미가 빗으로 다듬어주는 와중에.

"추격 수송하고는 별개로 이미 모리 측에서 수령할 때 쓸 빈 화물 같은 게 와 있어서~. 뭐, 그러는 편이 주고받기가 빨라서 좋겠다 싶은 마음에 받은 건데."

"덕분에 배송 업무까지 24시간 정도가 아니라 슬슬 사누키 분량까지 합치면 58시간 풀가동이라고."

하긴, 그렇게 말하며 고개를 끄덕인 사람은 아사마였다. 그녀는 지금도 표시창을 몇 개 띄우고 있었고.

"각 나라가 뒤얽혀서 무사시의 결계 안으로 들어올 테니 이동하면서 착항 처리를 계속 진행하는 상황이 되어서요……."

"아사마찌, 미안해~. 돈이 걸린 일이니까, 나중에 사례를 할게."

네, 네, 마사즈미는 그렇게 말한 아사마가 최근 이틀 동안 학생회 거실과 스즈네 목욕탕만 왕복했다는 사실을 알고 있다. 아니, 그녀뿐만이 아니라 거의 모든 사람이 그랬다.

……역시 부담이 심하구나…….

"미안하다는 말은 하지 않겠어. 목적이 있어서 한 행동이니까."

마사즈미는 다른 사람들에게 말했다.

"조기에 칸토로 들어가는 것에는 의미가 있어. 그대로 우동 왕국에 머물러도 되긴 하겠지만, 좀 더 안전하고 대의명분을 내세우면서 칸사이 방면으로 돌아갈 수단이 있거든."

"스웨덴 총장에게 부탁할 건가요?"

"음……. 조인 같은 과정이 필요하니까 거기까지는 확실하게 말할 수가 없을 것 같은데."

그저.

"다양한 최종 수단이 있을 텐데, 우리에게는 그것 이외의 수단도 있다는 뜻이야."

그리고.

"그러기 위해서는, ———하시바에게도 도와달라고 해야 해."

●

하시바에게? 미토츠다이라는 그런 의문이 들었다.

마사즈미가 생각하고 있는 것의 일부는 대충 보인다. 칸토에서 다시 서쪽으로 돌아간다는 건, 칸토에 있는 것을 이용한다, 그런 뜻이다.

입장이나 물자, 그런 것들을 사용한다. 그렇다면.

……대충 짐작은 되네요.

그런데 그것을 어떻게 이어붙여서 칸사이로 가지고 갈 수단으로 삼을 것인지를 모르겠다. 그런 부분은 아직 정식으로 준비가 안 되어 있을 것이다. 어찌 됐든.

"그럼, 이쪽에서는 눈앞에 있는 문제를 해결해나가야겠네요. ───선생님, 시험은 대체 어떤 걸 보게 되나요?"

그리고, 미토츠다이라가 그렇게 말하며 이야기를 이어나갔다.

"지금, 사토미에는 나오마사나 타치바나 부부도 있어요. 그 세 사람의 시험은요?"

"음~, 뭐, 그건 어떻게든 하는 걸로 하고."

적당히 넘어간다. 하지만 그런 부분을 확실하게 어떻게든 해버리는 교사이긴 하다.

"───선생님은 어젯밤에 좀 많이 먹어서 운동을 좀 해두고 싶은 느낌이거든."

"운동?"

사람들이 고개를 갸웃거리자 담임 선생님이 미소를 지으며 말했다.

"Jud. 맞아. 간단히, 단시간 승부로 가자."

다시 말해.

"지금부터 선생님이 교도원까지 달려갈 테니까, 그때까지 선생님에게 한 방이라도 맞추면 승리.

끝나면 그쪽에서 숨을 돌리자."

●

551

오리오토라이는 모두의 반응을 보았다.

모두가 긴장한 것뿐만이 아니라.

"아."

아사마가 그렇게 하품을 하던 입을 왼손으로 가리고 오른손을 들어 올린 순간.

하늘에서 쇳덩이가 잔뜩 떨어졌다. 경화 대나무 런처를 돌입 사양으로 개량한 수송 파렛트다.

은쇄, 톤보 스페어, 우메츠바키, 그리고.

"텐조 님."

"졸리니까 충분하지, 마르고트."

"후텐무가테가 파괴되었다는 게 아쉽긴 하지만, 턱검이나 팔다리는 전송되었구나."

등등, 파렛트가 열리는 소리와 함께 각자 무기를 챙기고 손에 고정시키자마자.

"_____."

단숨에 왔다.

망설임 같은 것은 없다. 전투 개시 신호도 없다. 그저 승패 조건이 명확해졌으니 앞으로 나선다. 다른 사람들 뒤에서 네신바라가 이미 표시창을 띄운 채 지시를 내리고 있는 모습도 보였다.

……여기로 올라왔을 때부터 이렇게 될 줄 알고 전술을 생각하고 있었다면, 괜찮은 판단인데……!

그와 동시에 이쪽은 백대시에 이어 도약하려 했지만.

"오."

머리 위로 그림자가 온 것을 느낀 순간.

혼주가 위쪽에서 거센 기세로 낙하했다.

●

격돌음은 금속의 충돌음과 경화 목재의 파쇄음이 겹쳐진 소리였다.

아데레는 기관부의 혼주 사출이 성공했다는 사실로 인해 오른팔을 흔들면서.

"해냈어요! 칸토에서 만에 하나를 대비해서 언제든 내보 낼 수 있게 해둔 것이 정답이었네요!"

달려간 곳. 기관부의 작업 솜씨는 전부 훌륭하다. 왜냐하 면 혼주가 확실하게 다리로 착지했기 때문이다.

다리 부분은 착지용으로 달라붙은 상태다. 저 금속에 내 려찍히면 아무리 우리 담임 선생님이 고릴라급이라 하더라 도 멀쩡하진 못할 것이다.

잘 생각해보니 매우 과격한 행동을 한 것 같은데.

"선생님! 괜찮으신가요!"

아데레는 확인하기 위해 혼주 쪽으로 달려갔다. 뒤쪽, 원 호하는 발소리가 다가왔고, 아데레는 그들보다 먼저 다가 가서.

……어?

혼주의 다리 사이에서 담임 선생님이 손을 흔드는 모습이
보였다.

무사하다. 아니.

"아차……."

그 말은 끝나기도 전에 급하게 내민 창으로 받아낸 충격
으로 인해 중간에 끊겼다.

정면. 혼주의 다리 사이에서 튀어나온 담임 선생님이 장
검을 기습적으로 휘둘러 하단 공격을 가한 것이다. 그 일격
에 걸리는 듯이 공중에 떴고.

"_____."

아데레는 멀리 날아가 버렸다.

●

아데레는 공중에서 견뎌냈다.

공격을 맞고 날아간다. 이것까지는 좋다. 아니, 좋지 않
다. 아니, 칼끝에 걸리기만 했는데도 사람을 날려버리다니,
정상이 아니다.

……그래도 예전에는 엉덩이를 얻어맞았으니까 방어해
낸 것만으로도 잘한 거라고요!

그렇다. 나는 방어해냈다. 공중에 뜨기만 했을 뿐이다. 이
제 착지해서 곧바로 담임 선생님을 향해 추격하기만 하면
되는 것 아닌가.

이쪽에는 다리가 빠른 녀석들도 있다. 그 사람들과 함께 가면 방금 같은 실수는 저지르지 않을 것이다.

……제1특무와 제5특무예요……!

"──그럼, 메리 공, 함께 가도록 합시다!"

"──나의 왕, 호라이즌, 은쇄로 옮겨드릴게요!"

아데레는 왠지 단숨에 고독해진 것 같은 느낌이 들었다. 아니, 분명히 둘 다 나보다 느려진 것 같다. 그렇다면 지금, 싱글인 내가 반에서 톱 스프린터인 걸까. 아니, 부장도 있는데.

……부장은 기분에 따라 움직이니까요…….

아무튼, 의욕이 급격하게 떨어지는 건 피하고 싶다. 나는 지금, 일을 잘 해내고 있다. 담임 선생님을 기동각을 뭉개버리려 했고, 반격도 제대로 방어했다.

이제 착지해서.

"……좋았어!"

지금, 담임 선생님은 혼주 옆을 지나 달려가려 하고 있다. 나는 그녀를 서둘러 쫓아간다. 그러면 따라잡고 뒤에서 일격을 날릴 수 있을 것이다.

쓰러뜨리는 건 어려운 일이다. 해내지 못한다 하더라도 뒤에서 올 사람들을 위해 시간을 벌고 싶다. 그러니까.

"갑니다!"

"아데레!"

뒤에서 아사마의 목소리가 들렸다.

뭐죠? 그렇게 생각하며 돌아본 순간. 아데레는 그것을 보았다.

"위험하네요우―――."

뒤쪽, 하늘 위에서 거대한 접시를 든 핫산이 뛰어 들어와 있었던 것이다.

아마 원래는 오리오토라이를 노렸을 것이다. 내가 파고든 궤도 그대로.

"아."

직격했다.

●

뛰어가던 사람들은 핫산이 격추수를 올린 것을 보았다.

운이 좋았던 건 접시가 깨지지 않았다는 점일 것이다. 후타요의 어깨에 업혀 있던 마사즈미가 턱에 손을 대고는.

"접시가 깨지지 않은 것을 보고 미수 사건이라 부르지. 다시 말해―――."

"양쪽 다 '시원스럽지는 못하다'고 할 수 있겠네요."

곧바로 대답한 호라이즌이 잠시 후 자신의 머리를 한 번 때렸다.

"죄송합니다, 마사즈미 님. 접시가 깨지는 소리와 미수에 그쳤다는 느낌을 연관시킨 마사즈미 님의 총명함. 그렇게 무사시 아랫것들 여러분과 거리를 좁히기 위해 마사즈미 님께서 사흘 밤낮으로 생각해내신 억지스러운 슈퍼 말장난의 내용을 미리 밝혀버렸군요. 참고로 방금 그 개그의 어떤 부분이 재미있었는가 하면, 다시 말해———."

"설명하지 않아도 된다~."

그런데, 모두가 달려간 곳에는 아데레가 얼굴 위에 대형 카레 접시를 얹은 채 쓰러져 있었다.

"소생이 보기에는, 카레 괴인의 시체 같네요, 이거."

"그렇다면 3초 정도 뒤에 폭발하겠군."

"그런데 몇 킬로그램이나 되나요? 이 카레."

"그릇까지 포함해서 7킬로 정도네요우~."

"호오, 7킬로그램이 머리에 콰직, 인가요? 아데레 님도 카레로 인해 리타이어하시다니, 어떤 의미로는 원하시던 바였을 겁니다."

"자~, 가만히 있지만 말고 얼른 와———!"

담임 선생님의 목소리를 듣고, 다들 멈추려 하던 다리를 움직였다. 아데레에게는 아사마가 치료용 표시창을 사용한 다음, 네신바라가 지시 관련 표시창을 설치해 두었다. 이제 무사시노 함수에서 아래쪽의 창고 거리로.

"갈까……!"

담임 선생님은 이미 함수에서 내려가는 계단을 건너간 뒤였다.

일행은 그녀를 쫓아 달려갔다.

●

- **미숙자** :『그런데, 지금까지 엄청난 승률을 자랑해온 핫산 군이 카레를 잃고 리타이어하게 된 건 꽤 뼈아프다고.』
- **10ZO** :『핫산 공의 카레라면 선생님도 이길 수 있지 않을까 하는 생각이 들긴 했소만.』
- **후텐무가테** :『……무사시에서 카레는 성검이나 뭐 그런 거야?』
- **우키** :『나루미, ……성검은 먹을 수 있나? 못 먹지? 순한 맛이나 매운 맛이 있나? 없지? 가족 모두가 만족하지도 못하잖나? 다시 말해, 카레는 성검보다 대단하고, 카레는 성검에 해당하지 않는다.』
- **후텐무가테** :『덕이 높은 이야기를 해줘서 고마워.』
- **금마르** :『자, 일단 앞으로 가자~.』

●

나이트는 나르제와 함께 계단 꼭대기에서 공중으로 몸을 날렸다.

이미 날개에는 대기를 모아두었다. 이제 그것을 때려 넣고.

"얍."

단숨에 위쪽으로 올라간다.

나도, 나르제도, 빗자루를 들고 있다.

"바이스 플로렌하고 슈발츠 플로렌을 부를 거야?!"

"쫓아가서 쏠 거면 지금 그대로도 괜찮을 것 같아."

그리고, 나르제가 그렇게 말하며 나아갔다.

"일부러 선생님에게 접근전을 시도할 정도로 바보는 아니니까. 앞지른 다음에 상대방의 공격이 닿지 않는 위치에서 저격. 맞지 않더라도 발을 묶어둘 수만 있다면 충분해."

"그렇다면———."

"교도원까지 앞질러 가야겠지."

Jud. 나이트는 그렇게 말하고 고개를 끄덕인 다음, 빗자루에 올라탔다. 술식 전개. 가속 술식을 빗자루에 배치하고는.

"그럼, 가자."

그렇게 교도원을 목적지로 삼았다. 그때였다.

……오?

갑자기 이쪽 얼굴 옆을 고속으로 통과한 것이 있었다. 무엇인지는 알고 있다. 빛으로 이루어진 큼직한 그 탄환은.

"———모의전용 지체탄."

"그렇고말고."

남자 목소리가 굵은 웃음소리와 함께 위쪽에서 들려왔다.

"위반자를 막을 때 때려 넣는 감퇴 술식이기도 하지. ———일을 좀 해야겠어. 승부를 내자고, '츠바이 플로렌'."

보아하니 눈에 익은 모습이 있었다. 그것도 하나가 아니라.

"———'제독'하고 '산동백'!"

"그래, 너희가 변신(Verwandlung) 하지 않는다면, 우리도 하지 않으마······!"

뛰어든 그림자는 공격용 마술진을 전개하며 이렇게 말했다.

"저 선생에게 부탁을 받아서 말이지. ······나 때문에 보충 학습을 하게 된다면 미안하겠는데!!"

●

미토츠다이라는 공중에서 전투가 시작된 모습을 보고 있었다.

나는 지금, 무사시노 거리를 뛰어가는 중이다. 왕과 호라이즌을 은쇄 의자에 앉힌 채 담임 선생님을 쫓아가고 있다. 그런데.

"선생님, 도우미를 부르신 건가요?!"

"맞아~."

건너편에서 목소리가 들렸다.

"이걸 기말고사로 삼으려면 이 정도는 허들을 올려야지······!"

담임 선생님의 목소리는 이미 멀어졌다. 함수 쪽에는 잠정 청사가 있고, 그 옆을 함미 쪽으로 빠져나가면 기업이나 관청 관련 건물들이 늘어서 있다. 우리 기사 연맹이 사용하는 저택도 거기에 있는데.

······선생님의 발을 묶어둘 만한 장치는 없죠······!

나이트와 나르제가 그것을 염두에 두고 앞지르려 했지만,

적의 증원으로 인해 발이 묶였다.

　• **미숙자** : 『평소와는 반대 방향 루트라 약간 골치 아프
네. 평소에는 오쿠타마의 자연 구획에서 거리가 벌어지긴
하지만, 곧바로 거주 구역에서 따라잡을 수 있잖아. 지붕 위
를 뛰어가니까. 하지만 무사시노에는 거주 구역이 아닌 관
공서가 많고 사람도 적으니 거리를 돌파해버리는 거야.』

　그건 위험하다. 왜냐하면.

　• **점착왕** : 『……평소에는 아사쿠사나 시나가와에서 노릴
수 있겠지만, 이번에는 한두 척 정도 거리가 짧은 것이군!』

　• **음란** : 『그럴 경우에는 앞서가며 속도를 내는 것이 효과
적이겠어. 곤란한데!』

　• **부회장** : 『저기, 그런 거야?』

　Jud. 미토츠다이라가 그렇게 말하며 앞으로 나섰다. 왕
과 호라이즌을 어깨에 들쳐메는 듯이 끌어당기면서.

　"지붕 위로 갈 수 있는 거주 구역이나 상업 구역은 무사시
노의 중앙에서 함미 쪽, 그리고 오쿠타마의 함수 쪽이죠.

　그래서 그곳에서는 선생님의 속도가 떨어져요. 하지만,
배 사이의 두꺼운 밧줄 통로에서는 속도가 올라가고, 마지
막 구간인 오쿠타마 자연 구획에서는 라스트 스퍼트를 해버
릴 거예요."

　"단거리 승부로는 선생님의 체력도 전혀 문제가 없을 테
고, 스퍼트 구간이 여러 군데 있는 건 골치 아프네요. 그렇
다면———."

"———앞서가겠소이다!"

앞으로 나선 사람은 후타요였다.

●

나루미는 선두 집단으로서 앞으로 나섰다.

왼쪽에는 부장, 가운데에는 미토 영주, 그리고 오른쪽이 나와 우르키아가다.

이곳은 거주 구역으로 이어지는 직선. 상대방이 속도를 낸다면.

"상익……!"

"순발 가속……!"

"키요나리!"

Jud. 그가 그렇게 말하며 가속했다. 튼튼함도 충분하지만, 속도라면 마녀의 풀장비에도 필적하는 것이 항공 계열 반룡이다.

나는 몸을 숙이며 그의 팔에 올라탔다.

반룡의 비행 자세는 두 팔을 앞으로 내미는 자세다. 두 사람의 자세가 자연스럽게 안기는 것처럼 보였지만.

……이건 처음부터 익숙했었지.

맡긴다. 그러자 그가 살짝 팔꿈치를 당겨서 내가 앉을 곳을 확보해 주었다.

그리고 앞으로 나간다. 초기 속도는 빠르다. 단숨에 부장과 미토 영주를 앞지르고, 저공에서.

"……갈게."

갔다.

제20장
『입구의 맞이 상대』

당연한 거지만
행복도 피로움도
서로 나누기 전에
잘 살펴보고 감안하는 거야
배점 (효율 계열)

미토츠다이라는 우르키아가와 나루미의 콤비네이션을
보았다.

　　왼쪽에서 우르키아가, 오른쪽에서 나루미다.

　　뒤쪽에서 공격을 가하게 되는데, 그때, 한 가지 요인이 생
겼다.

　　"어느 쪽이 먼저 공격하죠?!"

　　한쪽은 반룡. 한쪽은 다테 가문 부장이다. 기세만 따지면
우르키아가겠지만, 실력이라는 의미로는 나루미일 것이다.
물론, 나루미는 후텐무가테를 사용하지 않고 있지만.

　　"……상관없네요."

　　호라이즌이 말한 순간이었다. 두 사람이 착지한 뒤 한 발
짝 내디디고 나서 곧바로 공격에 들어갔다.

　　오리오토라이가 돌아보기도 전에 선수를 친 것이다.

●

　　나루미는 담임 선생님과 나란히 달리는 듯이 숏 대시에
들어가며 그것을 보고 있었다.

　　담임 선생님이 등에 메고 있던 장검에 손을 댄 모습을.

　　칼자루는 왼쪽 어깨 위로 삐져나와 있다. 오른손으로 뽑
아서 휘두른다면.

……오른쪽에 있는 나를 공격하겠네.

상관없다. 턱검을 왼손 앞으로 사출. 사출. 사출. 세 자루를 뽑아들고, 팔꿈치 끝에 세 자루 사출. 공중에서 각각 이어붙이고 휘두르며.

"3연참."

마지막으로 원래 팔에 연결한 다음, 거기에도 턱검을 뽑아서.

……진짜배기.

3연참으로 만들어낸 참격의 틈새로, 뒤따른 한 방을 때려넣으려 했다.

그 순간. 나루미는 어떤 소리를 들었다. 앞에서 뛰어가고 있던 담임 선생님이 딱딱한 소리를 낸 것이다.

그녀의 장검이 울린 소리. 하지만 그것은 아직 아무것도 두들기지 않았을 것이다. 그렇다면.

"_____."

나루미는 반사적으로 오른쪽을 향해 몸을 회전시켰다.

지면을 박차고 공중제비를 돈 것이다.

그 직후, 어떤 움직임이 하나 생겨났다.

담임 선생님이다.

그녀의 속도가 갑자기 떨어진 것이다. 그것도 발로 땅을 딛으며 브레이크를 밟은 것이 아니라 순간적으로 뛰어오른 움직임이다.

좀 전에 들린 딱딱한 소리. 그 정체는 보지 않더라도 알 수 있다.

……칼집 끄트머리구나.

담임 선생님은 장검을 뽑으려 한 것이 아니다. 그 반대로 아래쪽을 향해 밀어넣고, 끄트머리로 지면을 뚫음으로써 스톱퍼로 삼은 것이다.

3연참 중 먼저 날린 두 방이 맞지 않았다.

피한 것도 아니다. 담임 선생님은 속도를 늦춤으로써 거리를 단숨에 좁힌 것이다. 게다가 칼집 끄트머리로 솟구친 몸은 공중에 살짝 떠 있다. 그러니까.

"……!"

나루미는 몸을 회전시키며 우르키아가에게 기대했다. 눈짓이나 목소리는 필요없다. 맡길 수 있다. 그래서 몸을 회전시키며.

……타이밍을 맞춘다.

뛰어오를 거라는 예감이 든 순간. 이쪽도 속도를 늦춰야만 한다는 걸 깨달았다. 그렇기 때문에 나는 몸을 회전시켰다. 이 공중제비로 두 발짝 정도 느리게 만든다. 이제 선회하는 도중에 턱검을 다시 날리면 움직임이 저절로 백핸드 토네이도 베기가 된다.

두 동강 낼 수 있다. 박자가 들어맞는 건 확정이다. 그리고.

……세 자루째!

3연참의 세 자루째는 제대로 들어가진 않겠지만, 상대방에게 닿긴 한다.

그것을 페인트로 삼아 우르키아가가 움직일 것이다. 나루미는 그렇게 확신하고 온몸으로 다음 움직임을 때려 넣었다.

백핸드로 휘두르는 수평 베기를.

●

쫓아가던 미토츠다이라는 속도를 높이고 있는 후타요와 함께 그것을 보았다.

우르키아가가 오른쪽 주익인 오른팔을 움직여 오리오토라이에게 때려 넣은 것을.

반룡의 팔은 크기가 큰 것과 동시에 길다. 평소에는 상반신의 중량 밸런스를 맞추기 위해 팔꿈치를 구부리고 있지만, 전부 펼치면 길이가 2미터 정도는 될 것이다.

그 한 방을 휘두르는 것이 아니라 때려 넣었다. 그리고 지금까지 가속해온 것을 이용한 일격이다.

게다가 좀 전에 나루미가 날린 세 번째 공격이 닿는다. 그것은 낮은 위치로 다리를 뒤쪽에서 도려내는 공격이었다.

다리에 대한 공격을 피하거나 튕겨내며 처리하는 동안에 우르키아가의 일격이 닿는다.

그 직후. 딱딱한 소리가 울렸다.

담임 선생님의 등에 매달린 장검의 칼집. 그 아래쪽에 나루미의 세 번째 공격이 맞은 것이다.

상대방은 칼집으로 방어하는 것을 선택했다.

그렇다면, 공격이 닿는 순간에 몸이 굳어서 곧바로 움직일 수 없게 된다. 이제 거기에.

"......!"

우르키아가가 오른쪽 한 방을 때려 넣었다.

●

나루미는 완벽한 준비를 통해 자신의 공격에 임했다.

담임 선생님이 방어한다면 간단하다.

우르키아가의 일격이 맞으면 좋고. 그렇지 않더라도 내가 있다.

그렇기 때문에 고속 회전 상태로 다시 칼을 뽑아든 나루미는 상대방에게 오른쪽 어깨로 칼날을 휘둘렀다.

그리고 나루미의 시야는 적의 위치를 확인했다. 이미 보지 않아도 '감'이라는 것을 통해 앞서 움직이고 있긴 하지만, 만에 하나라는 경우가 있다.

그러자, 담임 선생님이 없었다.

......어?

돌아본 시야가 포착한 것은 우르키아가였다.

그와 내 사이에 담임 선생님이 없다. 그리고 시야 좌우에도.

......어디 있는 거야.

의문과 함께 딱딱한 소리가 날카롭게 두 번 울렸다.

그리고 나루미는 보았다.

우르키아가의 주먹이 완전히 허공을 뚫은 모습을. 그렇다면 그의 공격은 맞지도 않은 것이다. 그러면.

"──으."

나루미는 위를 보았다.

그랬다.

담임 선생님이 높은 공중에서 몸을 쭉 펴면서 후방으로 공중제비를 돌고 있었다.

앞쪽으로 달려가면서 할 수 있는 기술이 아닐 텐데. 할 수 있더라도 그렇게 높게 올라갈 수는 없다.

어떻게, 그런 생각은 하지 않았다.

……세 방째!

저공에서 다리를 도려내는 듯이 날린 최후의 일격이다. 담임 선생님은 그 공격을 등에 차고 있던 칼집으로 막아냈다. 하지만, 그 행동이 방어가 아니라 다른 목적으로 한 거라면 어떨까.

뒤에서 날아든 공격을 막기 위해 후방 공중제비를 실행했다.

무리한 동작이지만, 초기 속도가 빠르다면 그렇지 않다.

솟구친 몸을 위쪽으로 차올리면서, 칼집으로 칼날을 막아낸다. 의완을 통해 두 동강 낼 기세로 휘두른 턱검이다. 방어가 아니라 초기 속도로 받아낸 거라면.

"…………."

꽤 하네, 나루미는 그렇게 생각했다.

상관은 없다. 내게는 상대방의 움직임이 보인다.

담임 선생님의 착지는 내 수평 베기의 한가운데로 떨어진
다. 그렇다면.

……잡겠어.

●

나루미는 생각했다. 상대방이 화려하게 피하고 있긴 하지
만, 다시 말해 우리가 몰아붙이고 있다는 뜻이라고.

담임 선생님이 보이고 있는 움직임은 그때그때 잠깐만 위
기를 모면하는 것의 연속에 불과하다. 그러니까.

……착지할 때 벤다.

방어하더라도 상관없다. 이번에는 다리가 아니라 완전히
몸통을 노린다. 만에 하나를 대비해서 손목의 스냅을 약간
아래쪽으로 틀었다. 이러면 상대는 날아가면서 도망칠 수
도 없이 지면 쪽으로 밀리게 된다. 그렇다면 이제.

"_____."

그 순간. 나루미는 곧바로 판단을 내렸다.

●

후타요는 나루미가 턱검을 놓은 모습을 보았다.

전투를 포기했다고도 할 수 있을 정도로 갑작스럽게 무기
를 투척한 것이다.

손목을 억지로 비튼 턱검 공격은 반룡의 위쪽으로 칼날을 회전시키며 날아갔다.

그리고 그것을 확인한 후타요는 이렇게 생각했다.

……훌륭하오!

그 직후. 세 가지 움직임이 겹쳐졌다.

한 가지는 나루미가 지면을 박차고 오리오토라이로부터 한 발짝 물러난 것.

다른 한 가지는 담임 선생님이 착지하고.

"오오."

놀란 목소리와 함께 앞으로 달려간 것. 그리고 마지막 한 가지는.

"……큭."

좀 전까지 나루미가 있던 위치와 반룡 위쪽에 어떤 것이 날아온 것이다.

턱검 두 자루였다.

좀 전에 나루미가 날린 세 자루 중 두 자루였다.

……선생님께서는 공중에서 한 바퀴 회전하실 때 먼저 날아든 두 발을 위쪽으로 튕겨내신 것이오!

후타요는 회전하던 도중에 딱딱한 소리가 울린 것을 들었다. 칼집 끄트머리를 칼날 두 자루에 억지로 걸었기에 난 소리일 것이다. 그 움직임으로 칼날 두 자루를 유도하고, 나루미와 반룡 위쪽으로 날렸다.

그리고 나루미가 던진 한 자루는 깊게 파고 들었던 반룡 위쪽으로 가서.

"……윽."

딱딱한 소리가 울렸고, 칼날 두 자루가 공중에 흩어졌다.

그리고 나루미가 오른쪽으로, 반룡이 왼쪽으로 옮겨갔다. 방금 그 움직임으로 인해 속도는 이미 떨어진 상태다. 그 대신, 담임 선생님이 앞으로 나섰고.

"나루미, 우르키아가."

담임 선생님의 목소리가 들렸다.

"너희들, 공격 횟수가 많고, 공격을 잘 짜내는 타입이긴 한데, 거기에 억지로 개입이 들어오면 무너지기 쉬우니까 조심하렴."

그렇게 울린 말은 내게도 통하는 말이었다.

후타요는 왠지 예전에 아버지 같은 사람들과 하던 훈련이 떠올랐다. 아버지와 카즈노도 나를 쓰러뜨린 다음에 한 마디씩 건네곤 했는데, 보통은 아버지가 한 말에 대해 카즈노가 '아닙니다. 실제로 타다카츠 님께서 직접 보이신 움직임도 아니니 방금 그것은 단순히 괜찮은 상황이었다는 정도로 이해해 주십시오, 후타요 님'이라고 정정하고, 아버지도 나름대로 '아, 아니거든! 중요한 건 필링이라고! 실감이야! 실감!'이라며 우기기 때문에 결국에는 의견이 갈린 카즈노가 아버지를 몰아붙이게 되곤 했다.

……그립소이다.

다른 사람에게 배우는 건, 굳이 따지자면 노브고로드로

출발하기 전 이후로 처음이다. 하지만 뭐, 그건 훈련과는 좀 다른 느낌이었던 것 같다. 그러니까.

"훈련, 상대를 부탁드리겠소이다……!"

후타요는 앞으로 나섰다.

주위가 바뀌었다. 기업이나 관청이 많은 거리에서 학생 기숙사 같은 것들이 많은 거주 구역으로. 단숨에 건물이 낮아졌고, 지나다니는 사람들이 생겨났고, 담임 선생님이 도약했다.

지붕 위다.

●

미토츠다이라는 가속하며 어떤 것에 대해 우려하고 있었다.

우리 뒤에는 중반 집단인 부대가 구성된 상태로 따라오고 있다. 그 뒤에는 완전히 후반 멤버가 있고, 거의 비전투 상태가 기본인 사람들이다. 체육 수업으로 생각했을 때, 완주했으니 충분하다, 그런 사람들인 것이다.

거기에는 네신바라나 오히로시키처럼 우선도가 낮……, 아뇨, 동료잖아요. 네. 아무튼, 그쪽에는 평소로 따지면 '본진'이 있는 것이다. 그런데.

• 은랑 :『──토모.』

미토츠다이라는 뛰어가면서 중반 집단에 있던 아사마에게 물었다.

안 좋은 예감이 든다.

　• **은랑** :『토모, 우메츠바키도 꺼내서 포격 준비를 하고 있으면서…….』

　물어보았다.

　• **은랑** :『……어째서 중반 집단에 있는 거죠?』

●

　• **아사마** :『네?』

　미토츠다이라는 아사마가 한 말을 들었다.

　• **아사마** :『아뇨, 아뇨, 제가 활을 쏠 경우에는 기본적으로 중반 집단에 있는데요? 페르소나 군의 어깨를 빌려서 쏠 경우가 많으니까요. 네.』

　• **은랑** :『뭐, 그랬죠. 그럼, 다른 걸 물어봐도 되나요?』

　• **아사마** :『뭔데요?』

　Jud. 미토츠다이라는 그렇게 말한 다음, 애써 미소를 지으며 이렇게 물었다.

　• **은랑** :『선생님에게 가세하려는 사람이 있다면, 유체 감지 같은 걸 할 수 있는 토모는 접근하는 반응 같은 걸 알아낼 수 있죠?』

　• **아사마** :『아뇨, 아뇨, 아뇨, 무사시 위에서 유체 감지 같은 걸 해도 이런저런 것들이 걸려서 확정하긴 힘든데요.』

　• **은랑** :『그래도 대충은 알 수 있는 거죠?』

미토츠다이라는 어떤 확신이 들었다.

……이거, 위험하네요.

그래서 미토츠다이라는 일단 물어보는 형태로 말을 꺼냈다.

• **은랑** : 토모?

그것은.

• **은랑** :『출입국 수속은 제대로 하고 있는 거죠? 그런 쪽으로.』

• **미숙자** :『……잠깐만! 그 불길한 언급은 대체 뭔데!』

후반 집단에 있던 네신바라가 그렇게 말하자마자, 일행이 거주 구역으로 이어지는 문을 통과해서 사람들이 있는 거리로 들어섰다. 지금부터는 지붕 위로 간다. 미토츠다이라가 그러기 위한 발판을 찾던 순간.

"———."

미토츠다이라는 어떤 것을 보았다.

뒤쪽에서 온 것은 한 줄기 빛. EX. 콜브랜드다. 중반 집단에 있는 메리의 손 근처에서 이쪽을 향해 날아온 것. 늑대는 그 칼자루를 공중에서 잡아채고는.

"선생님에게 가세하려는 사람이 온 거군요?!"

엑스칼리버가 반응을 보인 위험.

그것은 두 파괴였다.

앞에서는 공기가 연달아 파열되었고, 후타요가 있는 곳 근처의 거리가 헤집어진 지붕과 함께 사라졌다.

그리고 뒤쪽에서는.

……지면!

지각 블록을 아래쪽에서 튕겨내고, 어떤 사람이 튀어나왔다. 그 노란 운동복 차림의 정체는.

"어머님……?!"

●

스즈는 중반 집단에 있는 페르소나 군의 어깨 위에서 상대방의 전력을 확인하고 있었다.

……거짓말…….

아니, 현실로 나타났기에 인정해야만 한다. 하지만 이건 좀 터무니없다. 놀라거나 화를 낸다기보다는 어이가 없다는 것에 가깝다. 왜냐하면, 뒤쪽 지면을 튕겨내고 뛰쳐나온 사람은.

"어머? 중반 집단을 아래쪽에서 날려버릴 생각이었는데, 의외로 빠르시네요."

……미, 미토츠다이라 양의, 어머니……!

지각 구조물 반 블록 분량을 오른손으로 들어올린 엑자곤 프랑세즈의 부장이 왠지 모르겠지만 운동복 차림으로 나타났다. 그리고 앞쪽에서는.

"코코……, 역시 요즘은 기운이 넘치는 아이들이 많아서 좋구나……!"

여우다.

구미호가 운동복 차림으로 지붕 위에 있었다.

"모가미 요시아키 씨……!"

●

큰일이다, 네신바라는 그렇게 생각했다. 이거, 큰일이다. 뭐가 큰일이냐 하면, 아무튼 큰일이다. 왜냐하면, 이 상황은.

"선생님! 저희를 낙제시킬 생각이신가요?!"

"음~, 선생님은 말이지. 모두가 열심히 해줬으면 좋겠거든~."

"건성건성 같은 의견이 왔어……!"

하지만, 지금 상황은 꽤 위험하다.

인랑 여왕의 신체 능력을 모를 리가 없다. 그녀가 적이 되어 뒤에서 쫓아온다면, 인도어파가 많은 종반 집단은 벽 역할도 해낼 수 없다. 하지만.

"어쩔 수 없지. 해볼까."

종반 집단의 경호원 역할을 맡아 나란히 달리고 있던 노리키가 자신의 두 주먹을 한 번 부딪히고는, 뛰면서 뒤쪽을 돌아보았다.

"할 수 있겠어? 노리키 군!"

"해야만 하잖아."

그렇게 모두가 바라보는 가운데 그가 동작을 취했다.

그 순간. 노리키의 얼굴 옆에 표시창이 하나 떴다.

뭐지? 그렇게 생각한 우리와 인랑 여왕의 시선 끝에서 노리키가 표시창을 향해 고개를 한 번 끄덕였다. 그는 곧바로 이쪽을 향해 미소를 지으면서.

"하하하, 여자를 때리지 말라고 우지나오에게 혼났네. 이러면 안 되겠는데."

"그러면 선생님에게는 어떻게 할 건데————!"

"그때는 다시 우지나오에게 물어보면 되잖아."

노리키가 미소를 지으며 그렇게 말하자, 네신바라는 말없이 그를 전력 리스트에서 제외했다. 그때, 스즈가 깜짝 놀란 표정으로 뒤를 돌아보고는.

"오, 오고 있, 어! 어머니, 어머니, 오, 오고 있어!"

• **호라코** :『스즈님, 올바른 표현이긴 합니다만, 좀 진정하시는 게 어떨까요.』

• **은랑** :『저희 어머니는 대체…….』

하지만, 인랑 여왕이 이쪽을 향해 분명히 뛰어오고 있긴 하다.

지붕 위, 경쾌한 스텝처럼 보이면서도 꽤 빠른 속도다. 위험하다, 그렇게 생각한 네신바라는.

"오히로시키 군! 방패가 되어줘! 자! 우리를 위해 조금이라도 시간을!"

"왠지 그런 말을 할 줄 알았는데, 진짜로 그렇게 말하네요! 이 사람!"

아무튼, 담임 선생님이 뭘 노리는 건지는 알겠다. 평소에는 후반 집단이 지휘를 맡거나 이것저것 보조해주곤 하는데, 그런 우리들도 제대로 실전을 벌이라는 뜻이다. 하지만.

"아무리 그래도 허들이 너무 높잖아……!"

일단, 물어보았다.

• **미숙자** :『미토츠다이라 군! 자네 어머니, 대체 뭐 하는 거야!』

• **은랑** :『저, 저한테 말씀하셔도 모르거든요?!』

• **호라코** :『네신바라 님━━━!』

어? 네신바라는 그렇게 망설였다.

……가, 갑자기 떠넘겨도 곤란한데!

그렇게 생각한 순간. 뒤에서 목덜미를 잡혔다.

"어?"

들어 올려진 채, 매달린 상태로 고개를 들어보니 거기에 인랑 여왕의 얼굴이 있었다.

"잡았답니다."

"어, 아, 안녕하세요."

뛰어가면서 왼손으로 매달려 있는 나를 보고 네, 인랑 여왕이 그렇게 말하며 오른손으로 붙잡고 있던 것을 들어서 보여주었다.

그것은 유체로 이루어진 늑대였다. 신이 나서 숨을 내쉬고 꼬리를 마구 흔들고 있던 늑대를 인랑 여왕이 다시 들어 올리고는.

"이거, 저희 숲의 늑대인데요. 붙잡히면 생기를 빨아들이거든요."

"생기를……?!"

• **안경** :『아, 응, 평범한 반응밖에 못 보이는구나, 너.』

시끄럽다고, 그렇게 생각한 순간.

"그럼, 놀아주세요."

두 팔을 짓누르는 듯이, 다시 말해 대형 늑대가 온몸을 날려 달라붙자, 네신바라는 그대로 지면에 내동댕이쳐졌다.

●

"끄아아아아아아아아아아아아아아아아아아——."

미토츠다이라는 왠지 처음에만 기합이 들어가 있고, 점점 힘이 빠져가는 듯한 비명을 들었다.

이미 어머니 뒤에서 늑대가 네신바라에게 마구 몸을 비벼대고 있었다.

• **금마르** :『전투 중에 잠깐 살펴봤는데, 아무리 봐도 그냥 장난치는 거 아닌가?』

• **마르가** :『Jud. 전투 중에 잠깐 살펴봤는데, 아무리 봐도 그냥 장난치는 거네.』

• **안경** :『잠깐만, 미안한데 사진을 좀 보내줄 수 있을까? 동영상이면 더 좋고.』

몇 명이 표시창을 띄우는 걸 보니 흐름을 꽤 잘 이해하고 있다. 그리고 그런 와중에 호라이즌이 작은 목소리로 중얼거렸다.

"이 호라이즌, 네신바라 님께 위험하다는 걸 알리기 위해 '네신바라 님———!'이라고 말씀드렸습니다만, 설마 떠넘기는 것으로 착각하실 줄이야."

"음~, 뭐, 언젠가는 결국 당하지 않았을까? 네신바라는 유명인 매니아니까."

그런데 매니아가 마지막으로 목소리를 보내왔다.

- **미숙자** : 『얘, 얘들아……, 나, 나는 신경 쓰지 마……!』
- **약 전원** : 『응..』
- **예찬자** : 『애초에 그럴 생각이었죠.』
- **10ZO** : 『이런 상황에서 신경 쓴다 해도 위험하니 말이오.』
- **마르가** : 『시간도 제대로 못 벌었네.』
- **미숙자** : 『잠깐만……! 내가 아무것도 하지 않고 당한 줄 알아……?』

모두가 뛰어가면서 서로 눈빛을 주고받았다. 그리고 모두가 마지막으로 제1특무를 보았다. 그러자 닌자가 왜 나냐는 듯한 제스처를 한 번 보였지만, 메리가 고개를 갸웃거리면서.

"텐조 님?"

"Jud. 네신바라 공의 멋진 모습을 찾아내 보겠소이다!"

하늘 위, '없어, 없어, 없어, 없어'라는 나르제의 목소리가 멀리서 들린 것 같기도 하지만, 착각일 것이다. 아무튼 제1특무는.

• **1OZO** :『괘, 괜찮소이다, 네신바라 공. 네, 네신바라 공
이 뭔가 손을 써두었다는 사실은 본인도 알고 있소이다?』

　알고 있지 않기 때문에 완전히 의문형이 되었지만, 서기
에게는 통한 모양이었다. 몸을 비벼대는 늑대 밑에서 엄지
손가락을 펴든 오른손이 올라왔고.

• **미숙자** :『다행이야……. 내가 한 행동이 헛수고가 되지
않았구나…….』

• **은랑** :『아뇨, 뭘 한 건데요?』

• **미숙자** :『어?』

　한순간 침묵이 흘렀고, 통신이 왔다.

• **안경** :『……그냥 해본 말이었다는 패턴이야? 설마, 시
간을 벌고 싶었다거나, 그렇게 좀 전에 부정당한 걸 우길 셈
인 건 아니겠지?』

• **미숙자** :『아니, 뭐, 그게.』

　"저기, 어머님! 서기의 숨통이 아직 끊어지지 않았는데요?!"

　어쩔 수 없네요, 어머니가 그렇게 말한 다음, 달리면서 지
면으로부터 늑대를 세 마리 만들어냈다. 결과적으로 서기
가 침묵했지만.

• **호라코** :『역시 미토츠다이라 님이십니다! 네신바라 님
의 희생을 헛수고로 만들지 않고, 늑대의 출현 프로세스를
밝혀내시다니!』

　뭐, 그 정도는, 그렇게 생각했을 때였다. 가벼운 스텝을
밟으며 뛰어오고 있던 어머니가 키스를 날리는 듯이 이쪽을

손가락으로 가리키며 이렇게 말했다.

"자, 이제 당신들의 지휘 계통은 박살 났는데요……?!"

어머니가 한 말. 그 말의 의미에 대해 모두가 생각에 잠겼다. 그리고 5초 정도 지나고 나서, 좀 전에 네신바라가 그랬던 것처럼 다들 이렇게 중얼거렸다.

"……어?"

●

- **우키** :『지휘 계통?! 그랬던 건가?!』
- **노동자** :『그 말을 듣고 전율했다.』
- **무사시노** :『오늘은 본 함을 이용하여 주셔서 감사드립니다. 아무튼 인랑 여왕님께서 말씀하신 것이 사실이라면 매우 곤란하오니 양해해주시길 부탁드립니다. ──이상.』
- **부회장** :『아~, 뒷받침을 좀 해주기 위해 말하자면, 세계적인 상식으로는 서기가 작전 구축 같은 걸 맡고 있는 나라가 많거든.』
- **은랑** :『그거, 저희 어머니에 대한 뒷받침이지, 서기에 대한 뒷받침이 아닌데요?』
- **호라코** :『아무튼 현재는 위험하긴 합니다만, 자, 다음 수로 넘어가시죠.』

●

인랑 여왕은 은쇄를 타고 가는 무사시의 공주가 이쪽을 돌아본 것을 보았다.

……어머.

우리 아이의 왕의 부인. 다시 말해 우리 아이의 집주인 부인이다. 세입자 부인의 어머니이자 인랑 종족으로서는 무리의 리더가 여성이라는 것에 친근감이 든다. 혹시나 나도 안이 건강했다면 '무리'에 속해 있었을지도 모르겠다는 생각이 들기도 한다.

하지만, 그녀는 이쪽을 향해 한 손을 들고 인사를 한 다음, 이렇게 외쳤다.

"시로지로 님————!"

무사시 회계. 돈을 사용해서 싸우는 스타일은 기록을 통해서도, 얼마 전 오다와라 정벌 때도 보았다. 지금은 우동 극형에 처해진 상태일 텐데, 방면된 걸까.

인랑 여왕으로서는 두려워할 만한 상대가 아니지만, 경계할 필요는 있다. 금전 저격은 오다와라에서도 사용했었다. 그게 날아온다면.

"어머."

갑자기 위쪽에 그늘이 생겼기에 위를 보았다.

수송함 함수가 보였다.

바로 위. 위쪽에서 가해지는 수송함 낙하다.

"좋았어어―――! 중간 루트에서 벗어나서 이걸 부른 보람이 있었네!"

이미 수직으로 기운 수송함 함미. 하이디는 그 뒤쪽 장갑에 시로지로와 함께 서 있었다.

우리가 지금 사용하고 있는 것은 우동 왕국에서 온 보급함. 그중 편도 폐기할 예정인 보급함으로, 원래는 에도나 다른 어딘가에서 이동 창고 대신 쓰려던 예정인 배다. 하지만.

"무사시 권내에서 항행 가능한 배니까 장갑이나 대 유체 술식 같은 것도 제대로 갖추고 있다고!"

Jud. 시로지로가 그렇게 말하며 고개를 끄덕였다. 그는 팔짱을 끼고.

"혼다 마사즈미! 방면 수속에 대해 우선은 복귀 서비스다……!"

그렇게 말하자마자, 배가 진동했다. 세로로 흔들리다 솟구친 움직임이 무엇인지는 알고 있다.

직격한 것이다.

"해냈다……!"

하이디는 수송함이 명중하자 손가락을 튕겼다.

"해냈어! 시로 군! 절대 명중! 이 정도면 보수를 잔뜩 챙길 수 있어!"

하이디는 소리를 지르다가 어떤 사실을 눈치챘다.

……어라?

이상하다. 왜냐하면.

……고도가 낮아지다가 멈췄어?

수송함이 직격했다면 적어도 표층부를 뚫을 것이다. 하지만 지금 그 일격은 아무래도 맞은 위치에서 아래쪽으로 떨어지지 않은 것 같다. 그렇다면, 그게 무슨 뜻인가 하면.

"어?! 잠깐만……!"

한순간, 배가 뒤쪽으로 흔들렸다. 그런 느낌이 들었다.

아니었다.

앞이다. 수송함이 수직 상태로 앞쪽을 향해 뛰어가기 시작한 것이다. 그것도 경쾌한 스텝 같은 템포로.

대체 어떻게 된 건지, 하이디는 대충 알 수 있었다.

"얘들아, 미안해―――!"

아하하, 하이디는 수송함의 함미 장갑 위에 선 채, 그렇게 웃었다.

"인랑 여왕이 들고 뛰어가고 있네, 이거!!"

●

나루미는 다른 일행들로부터 약간 뒤처진 위치에서 그것

을 보고 있었다.

위치를 따지자면 오른쪽. 두 블록 정도 떨어진 거리에서, 약간 뒤쪽에서.

그만큼 거리가 있는데도 무슨 일이 일어나고 있는지는 명확했다. 왜냐하면.

"수송함을, 손으로 들고 뛸 수도 있구나……."

사실은 받아들여야 한다 파인 나루미도 말꼬리를 흐릴 정도로 터무니없는 행위다.

무사시의 거리 한복판. 거주 구역의 거리를 인랑 여왕이 뛰어가고 있다. 머리 위로 들어 올리고 있는 것은 300미터급 수송함. 그렇다면.

……어째서 바닥이 무너지지 않는 거지?

체술이다. 그렇다고밖에 할 수가 없다.

힘의 구현. 그런 존재이기 때문에 가능한 것일까, 아니면 단순히 근력과 골격의 종족적인 우월함이 이루어낸 일일까. 모르겠다. 하지만.

"못 해 먹겠네."

같은 '부장'인데 이 정도다. 물론, 상대방이 하지 못하고 내가 할 수 있는 일도 많이 있다는 건 알고 있지만, 이렇게 큰 차이를 보게 되니.

"키요나리."

"후텐무가테가 필요하다."

인랑 여왕을 사이에 두고 반대쪽, 그에게서 말이 왔다.

"저런 수준의 상대에게는 상상 속에서라도 방심하지 마라."

"그러게."

가슴 안쪽, 아래쪽에서 솟구치는 묘한 충동을 '그가 그렇게 말한다면'으로 억누른다. 이러니 고마울 수밖에 없다. 다테에 있었을 때는 별생각 없이 싸우러 나섰을 텐데. 그런데 지금은 변명을 할 수 없는 전투를 '소중히 여길 수 있는 것'이다. 꽤 많이 바뀐 것 같긴 한데.

"언제 할 것인지가 아니라, 지금 해야겠지."

싸울 기회는 이제 없을지도 모른다. 하지만 한 번 싸웠던 기억에 불평만 해서는 그저 안 좋은 추억을 만드는 것에 불과하다. 그러니까.

"봐두어야 할 거야, 인랑 여왕. ───지금 그렇게 터무니없는 것과 거기에 맞서 모두가 어떻게 할 것인지."

"다들 이미 대처하고 있다. 미리 파악한 자가 이미 움직이고 있지."

그것은.

"카운터를 날리려면 저 녀석밖에 없을 거다."

●

스즈는 거대한 추격을 지각하고 있었다.

300미터 크기의 수송함은 무사시에서는 익숙한 존재다.

수송용으로 이용하며 전투 중에도 배 사이를 오가곤 하고, 여차할 때는 인원 수송이나 방어, 공격에도 사용할 수 있다. 다양한 전투함이나 성 같은 항공함도 있긴 하지만, 스즈는 노력면의 MVP는 수송함이라는 장르 자체에 주고 싶다고 생각하기도 한다. 하지만.

"오, 오고 있어……!"

수송함이 세로로 세워진 채 가벼운 스텝을 밟으며 다가오고 있다. 아니, 그 아래를 인랑 여왕이 받치며 뛰어오고 있기 때문에 그렇게 보이는 것이지만, 솔직히 이렇게 크다는 실감은 처음이었다. 지금까지 마주쳤던 적 여러분, 이걸 부딪히거나 들이대서 죄송합니다. 앞으로는 좀 더 압박감이 덜하게끔 할게요.

그런데, 가벼운 스텝의 속도가 올라갔다. 그리고.

"자, 슬슬 갑니다———."

가벼운 목소리에서는 환희 같은 감정만 느껴졌기에 스즈는 이렇게 생각했다. 아, 미토츠다이라의 어머니는 나쁜 사람이 아니구나.

……어, 어라? 오히려, 더, 악질이, 야?

하지만, 수송함의 움직임이 더욱 가속한 순간. 스즈가 소리쳤다.

"아사마, 양……!"

●

나루미의 시야 안에서 아사마 신사 대표의 움직임은 그렇게까지 빠르게 느껴지지 않았다.

하지만 그녀의 동작은 멈추지 않고, 정체되지 않고, 숨을 쉬는 듯한 흐름으로 이어졌다.

그리고 나루미는, 그녀가 중반 집단에 있던 의미를 지금 이해했다.

아사마 신사는 바깥에서 찾아온 방문자를 관리하고 있다. 그러니 인랑 여왕 같은 사람들이 무사시에 왔다는 건 알고 있었을 것이다.

그러니 만에 하나를 대비해 그녀는 이번에 중반 집단을 선택했다. 거기 있으면 상대가 앞에서 오든, 뒤에서 오든, 저격할 수 있기 때문이다.

……미토 영주가 좀 전에 물어봤던 건 이런 뜻이구나.

신격 무장 '우메츠바키'의 일격. 페르소나 군의 어깨 위에 올라탄 채 날린 그것은 방위 고정 같은 것을 하지 않은 속사였지만.

"아래쪽이 지면, 위쪽이 수송함으로 막힌 상태니까 피할 방법이 없겠구나."

목표는 인랑 여왕. 그런 일격이 일직선으로.

"포착했습니다!"

날아갔다.

●

　하이디는 아사마의 사격이 만들어낸 결과를 몸으로 느끼게 되었다. 그것은 우선.

　"오오?"

　떴다. 분명히 무릎 하나 높이 정도, 몸이 아래쪽에서 솟구치며 떠올랐다. 그렇게 생각한 직후.

　……가라앉는데?!

　떨어졌다. 그 낙하는 분명히 좀 전에 내가 상상했던 것과 비슷했다.

　수송함의 함수가 표층부 바닥을 뚫었다. 그렇다면.

　……인랑 여왕, 해치웠나?!

　"보수! 아사마찌!"

　몸을 앞으로 내밀며 바닥에 손을 짚고 외친 목소리에는 대답이 돌아오지 않았다. 왜냐하면, 내려다본 아래쪽에는.

　"＿＿＿."

　페르소나 군의 어깨 위에 올라타고 있는 아사마와 다른 사람들이 뛰어가고 있다. 그것도 온 힘을 다해서.

　척 보기에도 이쪽을 등지고 도망치려 하는 듯한 움직임. 하지만, 이 수송함이 파고든 느낌으로 보아 인랑 여왕이 뭉개진 것 아닐까. 하지만.

　"어?"

　갑자기, 등 뒤에서 빛이 생겨났다.

돌아본 곳은 함미의 장갑에 가려서 아래쪽이 보이지 않았다. 그저 역광처럼 아래쪽에서 강하게 뿜어져 나온 빛이 무엇인지, 하이디는 알 수 있었다.

유체광. 그것도 꽤 강력한 술식이다. 위치가 우리 바로 뒤쪽인 것으로 보아.

· **마루베야** : 『설마 지금 아래쪽에서 빛나는 거, ……아사마찌의 화살이야?!』

· **아사마** : 『아. 제대로 자폭했나요?!』

맞지 않은 것이다. 아니, 위력을 중시해서 추적 기능 없이 날려도 되는 상황이긴 했다. 하지만, 맞지 않았다면 무슨 일이 일어난 걸까.

……처음에 살짝 떠올랐었지.

그때다. 인랑 여왕은 분명히 이 수송함을 위로 토스했다.

하지만 수송함을 띄우는 것만으로는 아사마의 화살을 피할 수가 없다. 그리고 이 배는 바닥에도 파고든 상태다. 그렇다면 생각해볼 수 있는 것은.

……수송함을 방치하고 좌우, 어느 한쪽으로 도망쳤나?

아니다. 그 추측으로는 설명하지 못하는 게 있다.

동료들이 어째서 정면으로, 일직선으로 도망치는 걸까. 그것도 이 수송함으로부터 거리를 벌리려는 듯이.

설마, 그렇게 생각하기도 전에 움직임이 왔다.

삐걱대는 느낌과 이상한 소리다. 그리고 이어진 것은.

"우와……!"

수송함이 뛰어가기 시작했다. 그것도 앞으로. 표층부의 바닥을 부수면서.

인랑 여왕이다. 그녀가 아래쪽에서 붙잡은 채 끌어당기고 있다.

……이 수송함을 위로 토스했을 때, 바닥을 밟아서 뚫었구나……!

위로 가면 두 손을 쓸 수 없고, 피할 수도 없기 때문에 약간 위험하다. 그렇기 때문에 그녀는 창의력을 발휘한 것이다. 그렇다면 아래쪽으로 가면 되지. 그리고 그녀 자신은 지하를 달려간 다음, 표층부를 관통시킨 수송함을 들어 올린 다음, 다른 사람들을 쫓아간다.

어찌 됐든, 나아갈 길은 일직선이다. 그렇다면 인랑 여왕에게는 앞이 보이지 않아도 상관이 없는 것이다.

마치 거대한 상어의 등지느러미처럼, 수송함이 표층부를 찢어발기며 내달렸다.

"이거, 무사시노가 파괴된 건 우리에게 청구되지 않겠지……?!"

제21장
『분리된 곳의 다중 존재』

그것은 그곳에 있고
그것은 그곳에 없고
그것은 형태가 있고
그것은 형태가 없고
배점 (없다해)

미토츠다이라는 뛰어가면서 위기를 느꼈다.

지금, 전투라고 해야 하나, 상황이 앞뒤, 두 군데에서 발생하고 있다.

앞에는 여우. 뒤에는 늑대.

"앞문의 호랑이, 뒷문의 늑대라기보다는 앞문의 여우, 뒷문의 늑대네요."

· **부회장** : 『그래, 미토츠다이라라면 황문(코몬)은 늑대이긴 하겠어.』

· **마르가** : 『그쪽 한자로 따지나…….』

정정하고 싶긴 하지만, 그것보다 지금 상태가 더 위험하다. 어찌 됐든, 지금 이대로 가다가는.

"선생님을 놓쳐버릴 거라고요?!"

· **우키** : 『이런. 이렇게 된 이상, 전원 완주로 점수를 확보하는 건 어떤가?』

· **10ZO** : 『그러면 네신바라 공 같은 리타이어 인원이 낙제하게 되오!』

그렇다면, 미토츠다이라가 그렇게 생각했을 때였다. 뒤쪽에서 나의 왕이 이렇게 말했다.

"네이트, 앞으로 나가."

들었다.

"요시히카리는 여자 사무라이가 담당할 것 같은데. 뒤쪽은 뭐, 어떻게든 하겠지. 그렇다면 지금, 선생님을 노릴 수 있는 건 너밖에 없어, 네이트."

"하, 하지만, 나의 왕하고 호라이즌은―――."

"지금은 중반 집단에 아사마 님께서도 계시니 안전은 확보할 수 있습니다."

왕의 멱살을 잡은 호라이즌이 이쪽을 향해 고개를 끄덕였다.

"저희는 신경 쓰지 마시고, 미토츠다이라 님, 가시죠."

"……왠지 엄청 신경 쓰이네요……."

아무튼, 일단은 확인할 필요가 있다.

• **은랑** :『뒤쪽, 괜찮으신가요? 핫산이 카레를 쓰지 못하는 지금, 저희 어머니에게 대처할 수 있는 건 저밖에 없는데요?』

• **점착왕** :『카레가 무사시 방위에 얼마나 중요한지 알게 되는 에피소드로군……!』

• **노동자** :『뭐, 나 말고 다른 인원들끼리 어떻게든 할 수밖에 없겠지. 굳이 말하지 않아도 말이야.』

다녀와라, 그런 뜻이다. 그렇다면.

"나의 왕, 호라이즌, 사이좋게 지내셔야 해요?"

호라이즌이 멱살을 잡은 채 고개를 끄덕였다.

"괜찮고 말고요, 미토츠다이라 님."

엄청나게 불안하지만 이런 게 평범한 거라고 생각하는 것도 좀 그렇다. 하지만.

"그럼, 나의 왕."

"Jud. ──할 수 있는 만큼, 하고 와."

오더가 내려졌다. 그래서 고개를 끄덕이고는,

"다녀올게요."

늑대는 오른손으로 엑스칼리버를 들고는 앞쪽으로 순발가속을 사용했다.

●

아사마는 미토츠다이라가 앞으로 나가는 모습을 바라보았다.

……선생님에게 공격을 맞추는 건 정말 힘들겠지만…….

하지만 우리는 함께 전장에 있다. 한명 한명의 성과가 작더라도, 전체적으로 이어질 것이다.

그것은 다른 사람들도 마찬가지다. 지금, 앞에 있는 사람은 은랑뿐만이 아니다.

"후타요……!"

●

후타요는 목표를 놓치지 않았다.

오리오토라이는 지금, 전방에 있다. 그것도 이미 무사시노의 뒤쪽, 바람막이인 대누각에 도달하기 직전이다.

저 누각을 넘어서면 함미에 도달한다. 그대로 두꺼운 밧줄 통로를 타고 오쿠타마로 뛰어가 버릴 것이다.

지붕 위에서 나아가고 있는 우리와는 거리가 벌어지게 되고.

……위험하오!

하지만, 앞으로 가려 해도 상대가 있다. 그것도 설마.

"모가미 요시아키 공이라니, 영광이오이다……!"

"빈말을 늘어놓기 전에 조심하는 게 좋을 게다."

말이 끝나기도 전에 공격이 왔다. 상대방이 오른손으로 들고 있던 대형 부채를 휘두르자.

……왔다!

허공이다.

직경 몇 미터 크기의 아무것도 없는 공간이 부채의 궤도 끝에 나타났다.

그것도 한 발이 아니라 여러 발. 처음에는 이해가 잘되지 않아 바람 포탄 같은 건가 생각했지만.

"이봐, 이봐, 지붕 같은 게 먹혔는데."

어깨 위에 있는 마사즈미 말이 맞다. 집의 지붕이나 처마가 헤집어져서 안쪽이 보였다.

- **톤보키리** : 『큰일이군. 주로 학생 기숙사라는 건 그나마 낫지만, 일반 시가지라면 마사즈미에게 항의가 들어올 터인데.』

- **아사마** : 『아뇨, 학생 기숙사도 위험하지 않나요…….』

- **금마르** : 『그 왜, 학생 상대로는 공포 정치? 그런 느낌?』

- **부회장** : 『대체 무슨 느낌인데……!』

601

"하하하, 뭐, 마사즈미는 평소대로 하면 된다는 뜻일 것이오."

그런가……, 마사즈미가 어깨 위에서 그렇게 말하며 풀죽고 있는데, 인생은 긍정적인게 제일이오이다. 아무튼.

"자아, 한눈을 팔고 있구나."

허공이 왔다. 그리고.

"자아."

앞으로 다가왔다. 아니, 이쪽이 앞으로 나가고 있으니 속도를 늦춘 것뿐이지만.

……거세게 밀어붙이는군……!

받아치지 않으면 위험하다. 왜냐하면 뒤에는 다른 사람들이 있다.

요시아키가 후속 인원들을 노리고 있는 거라면 위험하다. 그쪽에는 근접 전투를 해낼 수 있는 사람이 별로 없다. 세방 남자는 여자를 때릴 수 없게 되었고, 닌자는 요즘 부메랑 같은 원거리 도구에 눈을 떠가고 있다.

그렇다면 내가 관문이 되어야만 한다. 그러니 지금은.

"한눈을 팔고 있구나."

숨을 내쉬는 듯이 힘을 빼며 여우가 단숨에 왔다.

오른쪽 옆. 그녀가 그쪽으로 이동했다. 그것도 가벼운 스텝으로 보이면서도.

"_____."

순간적인 이동이었다. 고속의 움직임이 손쉽게 옆쪽 가로

거리로 몸을 움직였고.

"가보자꾸나."

요시아키가 후속 인원들을 향해 갔다.

제쳐졌다. 그 사실이 확정된 순간. 그녀와 스쳐 지나가는 구도를 이루며 후타요가 소리쳤다.

"빈틈……!"

등을 보인 상대에게, 뒤에서.

"맺어라, ———톤보 스페어!"

●

지붕이 파쇄되자, 여우는 뛰어올랐다.

……꽤 하는구나……!

솔직히, 이 상대는 나를 후속 인원에게 맡기고 자신은 앞으로 갈 거라 생각했다. 그 정도로 자연스럽게 제치게 둔 것이다.

그리고 등을 보이면 원거리 공격.

비겁하다는 생각은 들지 않는다. 지금은 규칙 같은 것이 없는 승부 시간이다. 기말고사? 뭐, 그런 설정도 있었지.

하지만 상대방의 위력은 거짓이 아니다. 가로 일직선. 나는 함미 쪽으로 도약해서 그 위력을 발치 너머로 보낸다. 그러자.

"왔는고?"

뒤쪽. 정확하게 사각을 노리고 바람이 왔다.

신도의 가속 술식은 지속식. 그것으로 180도 전환을 해내다니, 꽤 희귀하다. 그리고 적이 노리는 것은 내 착지 타이밍일 것이다. 그렇다면.

"이건 어떤가?"

요시아키는 공중에서 꼬리를 흔들고, 가볍게 춤을 추었다. 몸을 흔드는 그 동작으로.

"_____."

여우의 실상 분신. 단숨에 아홉 개다.

●

요시아키는 공중에서 자세를 취했다. 뒤쪽에서 오고 있는 무사시 부장을 향해 부채를 흔들고 허공을 내리쳤다.

실상 분신의 숫자는 아홉.

그에 비해 적의 칼날은 하나. 이쪽 분신이 하나 줄어든다 하더라도 공격은 8개. 제대로 피할 수 있는 숫자가 아니다. 톤보 스페어라는 것도 곧바로 연달아 날리기는 힘들 것이다. 그렇다면.

"어떻게 견뎌낼 것인고?"

그렇게 물어봤을 때는 이미 답이 나와 있었다. 적은 앞쪽으로 몸을 내밀고 가속하며 창끝을 뻗은 다음.

"신축 기구……!"

●

　후타요의 어깨 위에 있던 마사즈미의 시야 안에 적의 공격을 향해 뛰어드는 구도가 들어왔다.

　……우와……!

　공중에서 내려와 착지하려는 요시아키의 모습은 마치 벽처럼 아홉 명이 있었다.

　하지만 그것들을 보고 가볍게 몸을 튼 후타요가 창을 앞으로 내밀고는.

　"신축 기구……!"

　뻗어 나간 톤보 스페어의 반대쪽 끄트머리 근처를 후타요가 잡고 있었다. 창이 최장 거리까지 늘어났고.

　"……윽!"

　창끝이 상대방을 관통했다. 그것도 한 명이 아니었다. 꼬챙이라는 말이 어울릴 만큼, 3명이다.

　그리고 허공이 생겨났다.

　하지만, 요시아키의 탄막 중 세 명이 줄어들었다. 후타요는 그곳을 향해.

　"오오……!"

　비스듬히 찌른 세 명. 그 정면 쪽으로 후타요가 발끝을 찔러넣었다.

　무릎 앞에 표시창이 여러 개 떴다. 그리고 무릎이 돌아갔고.

……오오……?

느리다, 마사즈미는 그렇게 생각했다. 가속 술식을 그렇게 많이 전개했는데도 움직임 자체가 슬로우 모션이 된 것 같다고.

아니었다.

몸을 회전시키는 흐름의 좌우를 바람 같은 것이 뚫고 지나갔다.

허공이다.

마치 우리만 시간의 흐름이 느려진 것 같은 착각. 이것이.

"간파인가……!"

"아직 멀었소이다."

그렇게 말하자마자, 후타요의 몸이 정면을 보았다. 적은 여섯 명. 이미 착지하긴 했지만.

"상관없소이다!"

후타요가 앞으로 나섰다.

●

요시아키는 마음속으로 목을 울려 소리를 내고 있었다.

……신축 기구를 통해 경단으로 만들 줄이야……!

세 명이 겹치는 위치를 단숨에 파악했다. 빈틈을 보이지 않았다고 생각했지만, 그것은 각 분신으로 따졌을 때 이야기다. 서로의 위치를 따지면 공격할 타이밍이었기에 앞뒤나 좌우로 빈틈을 두고 있었다.

　너무 잘 갖춰진 상태였다, 그런 뜻일 것이다. 그렇다면.

　"이건 어떻게 견뎌낼 것인고……?!"

　요시아키는 착지한 뒤 백스텝을 넣으며 여섯 겹의 허공을 때려 넣었다.

　그 직후. 요시아키는 보았다. 무사시 부장이 두 팔로 만세를 부르는 듯한 움직임으로.

　"마사즈미!"

　갑자기 무사시 부회장을 이쪽으로 내던진 것이다.

●

　……이거, 신선하군……!

　요시아키는 왠지 묘한 감동이 느껴졌다.

　무기에는 다양한 종류가 있다. 칼이나 창, 활이나 총 같은 것들이 있다. 그런데.

　……인체란 말인가……!

　시체를 방패 삼아 도망친다는 건 전장에서 자주 보는 행위다. 하지만 살아있는 중요 인물을 상대방에게 부딪힌다는 것은 오랫동안 살아온 요시아키도 처음 보는 행동이었다.

　"괜찮은 겐가?!"

●

……괜찮냐고…….

마사즈미는 요시아키가 한 말을 듣고 철학적인 질문이네, 그렇게 생각했다.

어떤 의미로는 글러먹은 것 같기도 하고, 어떤 의미로는 원래 그런 거 아닌가 하는 생각도 든다. 뭐가 원래 그런 건지는 모르겠지만, 뭐, 나도 전투에 참가했으니 완주 이상의 점수를 받을 수 있지 않을까.

아무튼, 후타요에게는 뭔가 방법이 있겠지. 있을 것이다. 있는 거 맞지? 있어야 해. 아닌가? 그렇구나, 생존을 자급자족해야 하는 건가? 이거. 이제 틀렸나———…….

"오?"

그런 목소리를 낸 이유가 있다. 후타요가 나를 쫓아 달려온 것이다.

그것도 오른손을 휘두르면서.

"거기……!"

이쪽을 향해 톤보 스페어를 내던지면서.

●

……바보 같은 것……!

요시아키는 톤보 스페어의 궤도를 한순간 간파하지 못했다.

내던져진 창이 무사시 부회장에게 맞을지 여부를 살펴봐

버린 것이다.

맞지 않는다. 하지만 그렇게 확인하는 도중에 적이 움직이고 있었다. 그것은.

"창과 중요 인물을 버리고 몸이 가벼워졌는고⋯⋯?"

온 힘을 다해 질주하면서, 무사시 부장은 이쪽 분신에 대해 어떤 행동을 취했다.

발사된 허공이 확대되는 것보다 빠르게 뛰어넘은 뒤 파고들고.

"오오⋯⋯!"

몸통 박치기다.

어깨. 그것도 견갑골에서부터 등까지 사용해서 날린 깊숙한 몸통 박치기다. 움직임을 따지면 허공을 날리며 팔을 휘두른 내 분신 옆으로 파고들어 억지로 솟구쳤다고 할 수 있다.

충격음이라기보다는 단순한 타격음이 그저 크게 울렸고, 분신 하나가 날아가서 사라졌다.

⋯⋯이렇게 억지로⋯⋯!

전투 방식이 너무나도 자유롭다. 하지만, 그런 한편.

"기운이 넘치니 좋구나⋯⋯!"

요시아키는 그렇게 평가하며 오다와라 정벌 때를 떠올렸다.

카니 사이조.

착한 아이였다. 성실하고, 올곧고, 자신이 지닐 수 있는 최고를 최대의 양으로 부딪혀 왔다. 그리고 패배를 인정할 줄도 알았다.

칸토 해방 때는 그 아이가 이 아이와 격돌하기도 했다.

결과적으로, 카니는 패배했다.

그렇다면, 요시아키는 그렇게 생각했다. 카니의 성실함이나 올곧음은 무사시 부장에게 닿지 않은 것일까.

……아니지.

무사시 부장도 예전에는 그랬을 것이다.

훈련이라는 것이 있다.

무사시 부장에게 싸우는 법을 가르친 것은 그 혼다 타다카츠와 자동인형인 카즈노일 것이다. 동국무쌍, 그리고 단독으로 무신과 전투를 벌일 수 있는 자동인형이다.

하지만, 그들도 가르치는 데는 '방법'이 있다.

방법은 간단하다. 자신들이 할 수 있는 것에 대해 우선 이론까지 포함해서 가르치고, 움직임으로서 복사하지 못하더라도 자기 나름대로 할 수 있게끔 만드는 것이다.

하지만, 그렇게 하더라도 자신의 기억이나 경험, 판단력을 그대로 옮겨줄 수는 없다. 그렇기 때문에 몸의 움직임이나, 경우에 따라 나뉘는 것들을 기초 패턴으로 가르쳐줄 필요가 있다.

기록에 따르면 미카와 소란 때, 무사시 부장은 타치바나 무네시게와 대결했었다.

당시에 무사시 부장은 타치바나 무네시게와 맞서면서 그때까지 훈련해온 움직임을 겹쳐서 최고를 최대의 양으로 내놓아 승리했다. 한편, 무네시게는 원래 태생이 일반 시민이

었던 것과 멀티 레인지가 특기인 타치바나 긴에게 훈련을
받았기 때문에 굳이 말하자면 그 '틀'을 무너뜨리는 것을 기
초로 삼고 있었다.

그 전투 전까지의 무사시 부장은 분명히 많은 부분에 있
어서 카니 같았을 것이다.

아버지를 스승으로 두고, 그것을 따라 하듯이, '틀'을 이용
하며 싸웠을 것이다. 아니, 실제로 그런 기록이 남아있다.

언제 바뀐 것일까.

지금까지 버릇 나쁘게. 하지만 훈련을 통해 키운 판단력
과 움직임을 기초로, 자신을 무너뜨리고, 앞으로, 앞으로,
이어나간다.

영국. 아르마다. 마그데부르크와 노브고로드. 그 근처에
서 벽을 한 번 뚫었나.

사나다에서 인간의 기술 같은 것이 통하지 않는 천룡과
전투를 벌이면서 더욱 앞으로 나갔나.

그렇다면.

"좋구나."

왜냐하면.

"네놈은 기운 넘치는 아이들의 최전선 중 하나일 터이니."

이 아이에게 패배한 그 아이는, ———아니, 그 아이들이
라고 해야 하나.

다들, 분명히, 이렇게 되어 쫓아올 것이다. 그렇다면.

"———어울려주마."

611

●

　스즈는 요시아키가 두 명 사라진 것을 지각했다.

　급소 지르기라는 기술? 장르라고 해야 하나. 아무튼, 후
타요가 마사즈미를 던져서 미끼로 삼은 순간. 진행 방향에
있던 요시아키를 날려버린 것이다.

　그리고 요시아키는 분신의 숫자가 네 개로 줄어들었다.

　그것들은 텐조가 한 말에 따르면.

　"실상 분신이니 전부 진짜일 것이오……! 위험하오!"

　하지만 후타요는 중반 집단과 가장 가까운 것을 주적으로
간주한 모양이었다. 마사즈미를 던진 곳을 향해 톤보 스페
어까지 던졌고.

　……맞나……?!

　요시아키가 견뎌냈다.

　튕겨냈다. 그것도 위쪽으로 쳐올린 것이 아니라 오른쪽,
외현쪽으로 날린 것이다.

　그 직후, 요시아키 네 명이 동시에 움직였다. 그 네 명의
한가운데에 들어간 형태가 된 후타요에게 이미 부채를 겨누
고 있다. 그리고 그것을 휘둘렀고.

　"위험해!"

　여러 겹의 허공이 날아갔다.

　그 직전, 스즈는 자기가 경고한 것보다 더 큰 목소리를 들

었다. 그것은 후타요가.

"마사즈미!"

●

마사즈미의 판단은 단순했다.

하늘로 날아간 나를 향해 후타요가 앞으로 나서면서 무릎을 들어 올린 것이다. 그 모습을 보고 든 생각은.

……아, 그런 거구나.

왠지 이해가 되었기에, 마사즈미는 오른쪽 다리를 들어 올렸다. 발바닥, 신발을 움직여 후타요를 걷어차려는 듯이 내질렀다. 그러자.

"알겠소이다……!"

후타요가 마찬가지로 발바닥을 이쪽으로 날렸다.

맞았다.

내 예측도, 후타요의 발바닥도, 훌륭하게 들어맞았다.

오른발끼리. 양쪽이 반발했고, 나는 츠키노와를 끌어안으면서.

"……오."

후타요의 균형감각이 좋아서 그런지 발바닥을 찬 힘이 일직선으로 등까지 전달되었다. 그런 느낌이 들었다.

그리고 마사즈미는 알고 있다. 후타요의 도약은 이미 요시츠네의 팔척 뛰기와 동등한 힘을 지니고 있다는 사실을.

그러니까.

"_____."

두 사람은 거리를 벌리는 듯이 앞뒤로 날아갔다.

●

요시아키는 배에 힘을 주며 웃었다.

……흥미롭구나!

사람을 내던진 것뿐만이 아니라 그 사람을 공중 발판으로 삼고, 다시 발사한다. 선두에서 백스텝을 밟고 있던 내 분신은 무사시 부회장을 받아낸 형태가 되어서 허공을 날릴 수 없게 되었다. 그리고 제일 뒤쪽에서 쫓아가고 있던 나도 뒤쪽에서 날아온 무사시 부장과 격돌했고.

"……!"

사라져간다.

하지만 그때, 무사시 부장은 이미 움직이고 있었다. 휴, 숨을 내쉬고는.

"거기……!"

사라져가던 최후미의 나. 그 손이 들고 있던 철선을 손목과 함께 붙잡고는 또다른 나를 향해 밀어낸 것이다.

허공이 날아갔고, 직격당한 왼쪽 내가 사라졌다.

그와 동시에 최후미의 나도 힘을 잃고 사라졌다. 그렇다면 이제.

"――――."

왼팔을 휘두른 기세를 이용해서 무사시 부장이 부회장을 떠넘긴 선두의 분신을 보았다.

이제 남은 것은 부회장을 받아낸 선두와 오른쪽 한 명.

지금, 오른쪽 나는 그녀들과 나란히 달리고 있고, 선두에 있는 나는 부사시 부회장을 끌어안고 백스텝을 밟고 있다.

그에 맞서는 무사시 부장은 몸 곳곳에 다량의 표시창을 흘리며 그것을 통해 자세를 제어했다. 그리고 그녀는 선두의 이쪽을 향해 다시 시선을 돌렸다.

그녀는 날아온 무사시 부회장을 받아낸 분신을 보고는 표정이 바뀌었다.

깜짝 놀란 듯한 표정. 그런 다음.

"――――인질을 잡다니, 비겁하군……!!"

"네놈이 그런 게다아――――!!"

그렇게 소리 지른 순간이었다. 시야에 빛이 보였다.

……어라.

가슴 근처. 끌어안는 듯한 자세가 된 무사시 부회장의 어깨 위에 표시창이 있었다.

보아하니 개미핥기 마우스가 이쪽을 향해 한 번 고개를 숙인 다음.

《폭쇄 술식 : 전송 : 전개 : 확인》

요시아키가 입가를 치켜 올린 순간. 표시창이 폭발했다.

선두의 요시아키가 날아가 버리자 오른쪽에 있던 한 명만 남았다.

후타요는 상황을 확인했다.

선두에 있던 요시아키는 이제 없다. 폭풍으로 인해 사라진 연기 너머에 있는 것은 마사즈미의 모습이다.

그리고 마사즈미가 움직였다. 그녀는 지붕 위에서 넘어지는 듯한 자세를 보이며 뒤쪽에 생겨난 폭쇄 술식의 연기를 손으로 털어내고 있었다.

마사즈미가 연기로 인해 흘러내린 눈물을 닦고 있었다. 하지만 무사하다. 그렇다면.

"――――!!"

나는 갔다.

정면 기준으로 약간 오른쪽. 그곳에 마지막 요시아키가 있다.

승산은 단 한 가지뿐이다.

……분신이 끝났을 때, 시야 등에 조정이 필요할 터!

여럿으로 나뉘어 있던 자신이 하나로 다시 합쳐지는 것이다. 시각과 청각, 신체 감각 등이 다중화 상태에서 싱글로 돌아오게 된다.

그 오차에 의한 빈틈이 반드시 있을 것이다. 그렇기 때문에.

"잡겠소이다……!"

무기는 없다. 이미 마사즈미의 무게도 없다. 있는 것은 그저, 어깨의 격돌을 통한.

……급소 지르기!

●

다른 사람들을 쫓아가고 있던 나루미의 시야 안에서 요시아키의 결단과 다른 움직임, 그리고 결과가 연달아 일어났다.

우선, 요시아키가 오른손을 휘둘렀다. 그것도 돌격해오는 부장이 아니라 자기 뒤쪽으로.

아무도 없는 곳을 향해 허공을 날렸다.

무의미한 것 같은 행위다. 하지만 그렇게 도려내는 힘은 아마 대기를 집어삼킬 것이다. 아무것도 없는 것처럼 보이면서도 바람이 먹혔고.

"_____."

뚫린 대기를 향해 요시아키가 빨려 들어갔다. 진공이 터지는 소리와 함께 운동복이 찢어지면서도, 하지만 요시아키가 분명히 백스텝을 밟았다.

부장과의 거리가 벌어졌다.

시간을 약간 벌긴 했지만, 나루미는 그래도 요시아키에게는 중요한 시간이라고 판단했다. 왜냐하면.

……분신을 거두었을 때 발생하는 감각 오차를 수용할 시간이 생겼어……!

다시 말해 지금부터는 평소 때 여우다.

이제 빈틈은 없다.

그리고 돌진이 빗나가서 무방비해진 무사시 부장을 향해 요시아키가 돌아섰다.

그런 다음, 그녀는 곧바로 한 발짝 내딛으려 한 무사시 부장을 향해 카운터로 대형 부채를 때려 넣었다.

오른팔로 날린 일격. 그것을 때려 넣은 순간.

"……!"

갑자기 요시아키가 날아가 버렸다.

그녀가 돌아선 뒤쪽. 중반 집단 안에 있던 아사마 신사 대표가 저격을 꽂아 넣은 것이다.

●

……해냈, 어……!

스즈는 명중을 지각했다.

좀 전부터 후타요와 마사즈미의 연계가 요시아키의 분신을 헤집어 놓고 있다는 건 알고 있었다. 왜냐하면.

"이쪽을 보지 못하게 하고 있, 었, 지."

마사즈미를 던진 것도 주의를 그녀에게 쏠리게끔 하기 위해서다.

그리고 마지막으로, 요시아키가 자신을 조정했을 때, 후타요는 어떤 행동을 했다.

돌진이 빗나간 다음, 후타요는 다음 행동을 준비하긴 했지만, 억지로 움직이려 하지는 않았던 것이다.

그녀가 움직이지 않으면 그녀를 노리는 요시아키는 자신의 위치를 확정시킨다.

게다가 후타요를 주시하면 여우는 이쪽을 향해 등을 돌리게 된다.

후타요가 무기를 잃고도 싸울 수 있는 것은 그러한 전술이 있기 때문이다. 급소 지르기 같은 기술을 먼저 보여주고 인상에 새겨둔 것은.

……이쪽에도 전력, 있으니까, 미끼인 거, 야.

그 뒤로는 아사마가 기회를 놓치지만 않으면 된다. 그리고.

"포착했습니다."

기회를 포착한 것이다.

그래서 그렇게 했다. 그런데, 잘 생각해보니.

"조, 조금, 지나친 거, 아닐, 까?"

직격한 현장에는 요시아키의 모습이 보이지 않았고, 그저 유체광 연기만이 피어오르고 있을 뿐이었다.

●

- **예찬자** : 『아니, 방금 그거, 대인……?』
- **상처** : 『텐조 님? 실상 분신은 대인으로 간주할 수 있는 건가요?』

• **10ZO** :『음, 일단 실상 분신은 마지막 한 명을 본체로 간주하오만?』

  • **나** :『그럼 텐조로 시험해 보자! 아사마! 활 좀 빌려주면 안 돼?!』

  • **아사마** :『아, 안 돼요, 이거 허가가 필요하니까요!』

  • **마르가** :『허가를 받을 필요가 없었다면 주겠다는 뜻이지, 그거…….』

●

후타요는 지붕 위에서 숨을 내쉬었다.

상익 술식을 느슨하게 풀고, 끄면서.

……지금부터 선생님을 따라잡는 건 힘들겠소이다.

하지만, 임무는 달성했다. 지금, 나는 다른 사람들과 함께.

"모가미 요시아키……!"

물리쳤다, 그 말은 나오지 않았다.

정면. 지붕 위에서 걸어온 마사즈미가 두 손을 든 것이다. 그리고 그녀는 내 어깨에 손을 얹었다. 그 직후.

……음.

후타요는 묘한 감각을 느꼈다. 그것은 마치 오한 같은 이질적인 느낌이었고.

"후타요!"

마사즈미의 목소리가 들렸다. 하지만 그녀의 목소리는 정면에 있는 그녀에게서 들린 것이 아니었다.

아래쪽. 허공이 뚫은 구멍 안에서.

"이쪽이야!"

부서진 집 안. 그곳에 마사즈미의 모습이 똑똑히 보였다.

……이건———.

"아쉽게 되었구나."

정면. 어깨에 손을 얹은 마사즈미가 미소를 지으며 말했다. 그것도 요시아키의 목소리로.

설마, 그렇게 생각할 필요도 없다. 빛의 안개를 흩뿌리며 눈앞에 있던 마사즈미가 사라졌다.

거기에 있는 사람은 운동복 차림인 요시아키다.

"위험했단다."

그녀는 내 옆구리로 손을 넣으며 이렇게 말했다.

"부회장의 어깨 위. 개미핥기가 폭쇄 술식을 사용하였지? 딱히 충격파든, 반발력이든, 많은 수단이 있었을 터인데? 어째서 폭쇄를 썼는고? ———그것은, 폭풍으로 가려서 뒤쪽을 보지 못하게끔 하기 위해서였을 게야."

다시 말해.

"내 뒤쪽, 그곳에 함정이 있다, 그런 뜻이지."

●

당했다, 마사즈미는 그렇게 생각하며 먼지투성이가 된 창고방 안에서 이마에 손을 댔다.

패배한 원인은 술식을 잘못 선택한 나 때문이다. 만에 하나를 대비하려다 자연스러움을 잃었다.

그 때문인지 폭풍이 발생한 것과 동시에 허공에 뚫린 구멍 밑으로 나를 떨어뜨렸다.

요시아키는 자신이 사라진 공간을 이용해서 폭풍을 완화시켰다. 하지만 대미지는 입었을 테고, 내가 없더라도 대세가 기울지는 않을 거라 생각했는데.

"설마, 나로 둔갑할 줄이야……!"

후타요가 해치운 오른쪽 요시아키는 마지막 한 명이 아니었다. 그것은 미끼다.

지금, 위쪽에 있는 요시아키가 입에 부채를 대고 말했다.

"……여우는 말이다? 소굴에 사냥꾼이 다가오지 못하게끔 다친 척하면서 일정한 거리를 유지하고 멀리 유도하는 짐승이란다? ───그것과 똑같은 기술에 멋지게 걸려들 줄이야."

빈정대는 말이라도 내뱉고 싶긴 하지만, 그것도 상대방의 전술인 건 분명하다. 자취를 감추는 마술처럼 둔갑해서 안전을 확보한 거니까.

그걸 이루어낸 상대방은 코코, 목을 울리며 소리를 냈다. 그리고.

"……네놈들, 정통파 상대, 그것도 물리 계열과는 잘 싸우는 모양이다만, 이러한 환술 같은 것들은 껄끄러운 모양이로구나?"

그렇긴 하다.

우리가 맞서 왔던 자들은 미카와에서도, 아르마다에서도, 그 이후에도, 기본적으로는 대규모 전력을 이끌고 있는 국가, 기술이나 힘으로 앞을 가로막은 자들뿐이다. 굳이 말하자면.

……영국에서 벌였던 대표전이 이러한 전투에 가깝긴 했지.

이제 알았을 게야, 요시아키가 그렇게 말했다.

"———내 특기는 '이쪽'이다만? 여우의 둔갑에 제대로 걸리다니, 무사시도 아직 멀었다고 할 수 있겠구나."

그리고 그녀는 후타요를 들어 올렸다. 곧바로 끌어안고는.

"잡았다아———! 거물, 드디어 잡았구나!!"

●

- **마르가** : 『좋네……, 고3 나이에 수치 플레이, 좋네…….』
- **아사마** : 『뭐, 뭐어, 총장 대 부장이라는 느낌이니까요……!』
- **우키** : 『아니, 모두 함께 덤벼들었는데도 이런 결과인가…….』
- **벨** : 『저, 저기, 그것보다, 하, 한 번 더, 모두 함께, 덤빌 수 있, 어?』
- **호라코** : 『갑자기 왜 그러십니까, 스즈 님. 그런 격전을

623

원하시다니.』

• **현역 소녀** :『어머나, 그러신가요? 잊고 계시다면 내던
져드릴까요? 이 배.』

• **약 전원** :『으아아아아———!!』

●

　미토츠다이라가 오리오토라이를 포착한 곳은 두꺼운 밧
줄 통로 직전이었다.

　이쪽은 무사시노 뒤쪽의 대누각을 상부 통로를 따라 달려
가고 있다. 추적 중인 상대방은 곧 다른 배로 건너갈 테니.

　……이 페이스로는 오쿠타마의 자연 구역에서 따라잡을
수 있겠는데요?!

　속도는 이쪽이 더 빠르다. 숨도 차기 시작하긴 했지만.

　"나의 왕의 명령, 달성할 수 있을 것 같네요……!"

　좋았어, 그렇게 생각하며 수직 벽을 뛰어 내려가려 했다.
그때였다.

　"어?"

　함수 쪽에서 그림자가 왔다.

　지금은 오전. 칸토로 향해 동쪽으로 가고 있으니 함수는
동쪽. 그림자는 함수에서 함미로 드리우게 된다. 하지만.

　……여기, 대누각 위인데요?!

　그림자를 만들어낸 것이 대체 무엇인지는 돌아보지 않아

도 알 수 있다.

　"어머님———!"

●

　인랑 여왕은 신기하게도 딸이 먼저 연락하자 미소를 지었다.

　• **현역 소녀** :『어머, 네이트! 수업 중에 어머니를 보고 싶어 하다니, 뭔가 모르는 문제라도 있나요?! 자손 번영이나 가정 의학이나 수술과 암술 관계까지 뭐든지 어머니가 곧바로, 직접 대답해드릴 수 있는데요?! 그럼 망설이지 말고 손을 드세요! 저요! 저요!』

　• **은랑** :『아니! 어머님! 지금 뭐하고 계신가요?』

　인랑 여왕은 달려가며 생각했다. 음~, 그렇게 오른쪽 집게손가락을 입가에 대고 고개를 갸웃거리면서.

　……아, 정면 왼쪽 가게에서 좋은 냄새가 나네요.

　뛰어가면서 표시창으로 대금을 지불한 다음, 지하노점에서 닭꼬치 다발을 휩쓸 듯이 받아들었다. 그것을 다섯 손가락에 끼우면서.

　• **현역 소녀** :『네이트, 어머니는 지금 음료수를 섭취하느라 바쁘답니다.』

　• **은랑** :『닭꼬치! 닭꼬치군요?! 무사시노 지하 1층이라면 이가 닌자가 가게를 낸 '핫・토리(닭)・쿤(훈)'이 유명한데, 파괴하진 않으셨겠죠?!』

• **현역 소녀** :『어머, 어머, 네이트? 아마 방금 가게 문을 닫았을 거예요.』

• **은랑** :『어머님! 무사시를 파괴하고 닭꼬치 가게를 휴업시키다니, 그렇게 지독한 짓이 용납될 것 같나요?!』

음~, 인랑 여왕은 그렇게 생각했다. 그리고.

• **현역 소녀** :『네이트? 그래도 어머니는 무사시 주민이 아니거든요.』

• **은랑** :『뭔가 이것저것 내팽개치셨군요?! 아니, ──아.』

• **현역 소녀** :『아?』

고개를 갸웃거린 순간이었다.

머리 위로 들어올린 왼팔. 그 너머로 잡고 있던 수송함이 마치 종을 울리는 것처럼 진동했다.

위쪽에서 수송함이 무언가와 격돌한 것이다.

●

사나다 교도원. 옥상에서 그것을 보고 있던 운노는 수분 보급용으로 마시고 있던 물을 뿜었다.

옥상 가장자리, 턱을 괴고 그쪽을 보고 있던 지룡, 카케이 토라히데가 눈을 흘기면서.

『지저분하잖아, 이봐.』

"아니, 잠깐만, 저게 뭐야?!"

손가락으로 가리킨 곳. 무사시의 중앙 전함 '무사시노'의

다리형 함교에 수송함이 세로로 부딪혔다.
  격돌한 것이다.

제22장
『위아래에서 시끄러운 소녀』

뭐하시는 거예요————?!
으아아아아아아아아아아아아!
에잇, 에잇
배점 (자주 있는 일)

으아아━━━, 아사마는 무사시 곳곳에서 그런 목소리가 솟구친 것을 들었다.

법적으로 따지면 기물 파손이다.

수송함이 세로로 무사시 위를 달리다가 그대로 다리형 함교에 부딪혔다.

부딪힌다. 꽂힌다. 아니.

……끊어진다?!

수송함에 함교가 칼날처럼 파고들었다.

와아, 사람들이 그런 목소리를 내며 바라본 곳 위쪽. 하늘에 파편이 빛나며 흩어졌다.

속도는 아마 시속 60킬로미터 정도. 크기는 충분히 크다.

부딪혔다, 그렇게 생각한 뒤에 0.5초 정도 지나자 격돌음이 왔다.

금속의 모든 요소를 격돌시키고 성난 파도로 바꾼 듯한 소리였다.

무사시가 삐걱대며 진동했다.

배 위에 지진이 발생하면 이렇게 될 것이다.

그런 와중에 아사마는 머리 위에 방호 결계가 여러 겹 전개된 것을 확인했다. '무사시노' 일행이 파편을 막아내고 있는 게 분명하다.

그리고.

- **호라코** : 『아사마 님———!』
- **아사마** : 『잠깐만요, 미토———!!』
- **은랑** : 『어머님———!』
- **현역 소녀** : 『어머, 어머, 잠깐 한눈을 팔아버렸네요.』
- **약 전원** : 『가볍네……!!』
- **현역 소녀** : 『그런데 위쪽, 이거, 뭐가 걸린 건가요? 에잇, 에잇.』

마치 이불을 두드리는 것처럼, 수송함이 함교를 두들겼다. 그 거센 소리와 진동 속에서.

- **무사시노** : 『저기, 매우 죄송합니다만, 지금, 본함 건조 이후로 최대의 위기가. ———이상.』
- **아사마** : 『아니, 미토네 어머니! 밀기만 하면 안 돼요! 조금은 당기셔야죠. 당기는 것도 중요하거든요?!』
- **마르가** : 『넌 당기기만 해놓고…….』
- **아사마** : 『겨, 결과가 좋으면 되는 거예요! 아무튼, 미토네 어머니! 당기는 것도 중요해요!』

알겠답니다, 인랑 여왕이 그렇게 말하며 고개를 끄덕였다.

"조금 당겨볼게요."

●

표층부. 방풍벽을 향해 달려가던 아사마는 다른 사람들과 함께 그것을 보았다.

300미터급 수송함이 물러난 것이다.

그것은 마치 레버를 기울이는 것처럼 뒤쪽으로 기울었고.

"됐다! 물러나 주셨어요! 미토네 어머니도 이야기를 하면 통하시는 분이네요!"

아사마가 두 주먹을 쥐었을 때였다.

• **현역 소녀** : 『그러니까, 반동을 주라는 거죠?』

뒤로 젖힌 다음, 고속 스윙으로 날린 일격이 무사시의 다리형 함교에 격돌했다. 방호 장벽도 전개되었지만, 제때 전개되지 못한 부분도 많았기에 수송함이 물리적으로 충돌했다.

"으아아———!!"

거센 진동과 거센 소리가 겹치는 와중에 아사마는 오른손을 들었다.

• **아사마** : 『벼, 변명하려고 말씀드리는 거긴 하지만, 방금 그건 예상하지 못했을 거예요! 그 누구라 해도!』

• **무사시** : 『대체 누구입니까, 여름방학 때 본함의 내구 테스트를 제안한 게. ———이상.』

• **무사시노** : 『변명하려고 말씀드리는 겁니다만, 전부 다 예상하지 못한 상황입니다. ———이상.』

• **무사시** : 『아뇨, 승객의 책임은 함장의 책임. 아시겠죠? '무사시노'. 참고로 저는 총함장이기에 승객의 책임은 지지 않습니다. 아, 사카이 님, 차 한 잔 더 드시겠습니까? ———이상.』

• **오쿠타마** : 『'무사시' 님, 현실 도피하시는 것 아닙니

까?! 그리고, '무사시노'! 이쪽까지 피해를 입지 않게끔 그쪽에서 처리 부탁드립니다! ———이상.』

· **현역 소녀** :『에잇, 에잇.』

"으아아아———!!"

하늘에 방호 장벽이 여러 겹 전개되는 와중에 마녀가 말했다.

· **금마르** :『———무사시 최대의 위기가 아르마다나 미카타가하라 전투 같은 게 아니라 '기말고사'라는 게 대단하네.』

●

"모치즈키, 뭔가 무사시 위가 장난이 아닌데, 저게 뭐야?"

『Tes. 운노 님, 좀 전에 각 나라를 향해 레셉션된 내용에 따르면, 기말고사라고 합니다.』

"그게 뭐야……?! 토라히데 아저씨, 무슨 말인지 알겠어?!"

『나한테 물어보지 말라고……!』

●

인랑 여왕은 위에 있는 장애물이 꽤 끈질기게 버티자 고개를 갸웃거렸다.

"……음~. 이건 좀 승부를 해야겠네요."

뒤로 젖힌다, 그것도 몸을 옆으로 기울이며 수직형 토네

633

이도로.

"영……, 차!!"

●

표층부에서는 분명히 지금까지와는 다른 일격이 보이고 있었다.

뚫린 구멍을 최대한 이용해서 뒤로 젖힌 다음, 온 힘을 다해 때려 넣는 일격. 그것은 수송함 전체가 늘어날 정도의 위력을 지니고 있었고.

"끄트머리……!"

스즈가 손가락으로 가리킨 곳, 수송함의 함미가 수증기 폭발을 뚫었다.

파열음이 울렸고, 그 뒤에는 대기를 후려치며 가르는 소리만 들렸다. 그런 다음에는 수송함이 함교를 향해 들이받을 뿐이었고.

"━━!"

모두가 달려가며 보았다.

직격 직전이었던 수송함이 갑작스럽게 파열된 모습을.

"저건━━."

하늘. 높은 위치에 다른 배가 있었다.

인원을 수송하기 위해 칸토 쪽에서 온 수송함이다. 그리고 모두가 알고 있다. 방금, 우리 머리 위에서 배를 파열시킨 저 공격은.

"긴 양……!"

●

긴은 공중에서 몸을 회전시키고 있었다.

초고공에서 다이브하는 것은 트레스 에스파냐에서도 훈련했던 기술이다. 아르마다용으로 함선간 이동이나 낙하했을 때 처리도 그렇지만.

……신대륙에서도 비슷한 기술이 필요했으니까요……!

무네시게도 마찬가지였다. 지금 우리는 무사시 바로 위에서 낙하하고 있고.

• **타치바나 부인** : 『아사마 신사 대표! 귀함 처리 부탁드립니다!』

• **아사마** : 『괜찮아요! 이미 얼굴만 보여주면 통과할 수 있게끔 해두었으니까요!』

《괜찮아, 괜찮아~ : By 신》

아사마 신사의 사쿠야는 저번에 아버지를 두들겨 패러 칸토에 와 있었을 텐데, 칸토로 온 무사시로 이미 돌아와 있는 모양이다. 그렇다면 가호 같은 것들도.

……완벽하네요.

"무네시게 님."

그렇게 말하자마자 시야가 어두워졌다.

내부가 뚫린 수송함 안으로 함미를 통해 뛰어든 것이다.

긴은 몸을 틀어 강하 자세를 다이브 상태에서 다리를 아래쪽으로 내린 자세로 바꾸었다.

낙하 속도는 빠르다. 무사시의 가호 덕분에 강하 술식을 걸 수도 있다. 하지만.

"승부는 한순간이에요. ———오래 끌게 되면 무사시가 위험하니까요."

"Jud. 그럼 가시죠, 긴 양."

Jud. 긴은 그렇게 대답한 다음, 옆으로 발차기를 날렸다. 수송함의 프레임이 딱딱한 소리를 냈다. 그리고 낙하 궤도를 조정. 자신의 몸을 중앙의 공간으로 날리고는.

"———돌아오세요, '콰트로 크루스'."

정면 아래쪽, 아무것도 없는 공간 아래에서 그것이 돌아왔다.

금속 변형음을 울리며 상승해온 것은 붉은색 십자가였다. 지금부터 해야 할 일은 그것을 회수하고 함수 쪽까지 단숨에 강하. 그대로 함수를 뚫고 공성 모드로 포격하는 것이다.

……지하 2, 3층까지 파쇄하게 될 것 같습니다만———.

공성 모드의 범위 파괴라면 인랑 여왕을 쓰러뜨릴 수 있다. 그것이 긴의 결론이었다.

●

칸토 해방 때 이해했다. 십본창 중 한 명이라 해도, 거기에 보좌가 붙어 있다 해도, 인랑 여왕에게 닿지도 못했던 것이다.

물론, 그건 인랑 여왕이 정령으로서 전개했기 때문이기도 할 것이다.

하지만, 기초 능력으로도 상대방은 이상할 정도의 수준에 도달한 상태다.

그리고 지금처럼 단기간 결전이라면, 실패는 용납되지 않는다.

확실하게 해치울 필요가 있다.

그렇다면 범위 공격이다.

칸토 해방 때, 인랑 여왕도 항공 전함의 포격은 견뎌내지 못했다. 그렇다면.

……근접 공격으로 도전할 거라면, 차라리 기습적으로 범위 공격을 날리는 게 효율은 더 좋죠……!

그녀는 지금, 지하에 있다.

무사시의 지하는 가로거리나 세로거리로 나뉜 폐쇄 구획이기에 간단히 이동할 수는 없다. 표층부에 뚫린 구멍을 통해 밖으로 나갈 가능성이 있긴 하지만, 그것은 '예측'의 범위에 따른 도박일 것이다.

만약에 상대방이 별로 멀리 가지 않았다면 콰트로 크루스의 대함 공격으로 어떻게든 할 수 있다.

충격파를 이용한 파괴는 지하 같은 폐쇄공간에서 가장 큰 효율을 발휘하기 때문이다.

그래서 긴은 자세를 취했다. 콰트로 크루스를 오른손으로 연동시키고는.

"'콰트로 크루스'……!"

발사했다. 그 순간, 긴의 귓가에 목소리가 들렸다.

"어머, 수송함이 쓰러져버릴 텐데요? 뿌리 부분을 부수면."

●

무네시게는 망설이지 않았다.

인랑 여왕이 있는 곳은 긴을 사이에 두고 그 건너편. 콰트로 크루스에 가려져 있다.

어째서 그녀가 거기 있는지, 무네시게는 의문을 품지 않았다.

그런 생각을 하다가는 죽는다. 내가 그런 훈련을 누구와 함께 해왔을까.

긴이다.

그래서 무네시게는 아무런 생각도 하지 않고 반사에 맡겼다. 들고 있던 준 신격무장 '카메누키'를 인랑 여왕에게 때려 넣은 것이다.

창끝이 간 궤도 중간에는 긴이 있다.

상관없다. 긴의 옆얼굴, 목의 위치가 들여다보고 있던 인랑 여왕의 목과 겹쳐져 있다. 긴은 옆, 인랑 여왕은 정면. 이쪽을 보고 있는 상태라면 피하기 힘들다.

그러자 긴이 움직였다.

몸을 움츠리고 고개를 앞으로 숙이는 게 보통일 것이다. 하지만 긴은 그렇지 않았다. 회피를 최소한으로 하며, 자신이 인랑 여왕의 시야를 가로막기 위해 턱을 살짝 당긴 것이다.

그것뿐이었다.

긴의 목 앞을 뚫고, 칼날이 인랑 여왕의 목을 향해 날아갔다.

그 너머에서 어떻게 될지, 무네시게는 알고 있다.

날린 창끝이 손맛을 전해주었다. 딱딱한 것을 뚫은 가공의 실감. 그것은.

……은십자!

인랑 여왕의 가슴 사이에서 솟구친 것은 작은 은빛 상자였다.

이 흐름은 칸토 해방 때도 보였다. 그렇다면.

……그 너머를……!

낙하하던 도중에 금속음이 울렸다.

카메누키는 이미 가속시켜두었다. 은십자를 칼날 끄트머리가 강하게 밀어붙였다. 인랑 여왕이 물러나면서 부딪힌 은빛 상자가 그녀의 몸을 살짝 찔렀고.

"어머."

콰트로 크루스에서 멀어졌다.

그 직후. 무네시게는 긴이 두 가지 움직임을 보이는 것에 맡겼다.

한 가지는 그녀가 콰트로 크루스를 오른손에 걸친 것.

그리고 다른 한 가지는.

"——."

긴이 카메누키의 칼날에 아래턱을 댔다. 그녀는 곧바로 인사를 하는 듯이 고개를 숙이고는, 공중에 뜬 카메누키의 칼날을 콰트로 크루스로 밀어붙였다.

칼날의 가속은 콰트로 크루스와 들어맞았다.

그 순간. 긴이 목덜미의 칼날도 아랑곳하지 않고 말했다.

"콰트로 크루스."

방향은, 위쪽이다.

"뚫으세요."

●

긴은 무네시게와 함께 아래쪽으로 가속했다.

인랑 여왕과의 거리를 벌린다.

그러기 위해 하늘로 날린 포격음의 잔향은 곧바로 위쪽으로 멀어졌다.

콰트로 크루스의 포격을 위쪽으로 날려 그 반동으로 낙하 속도를 높인 것이다.

무네시게는 함께 있다. 콰트로 크루스에 카메누키의 가속을 맞춤으로써 따로 떨어지지 않은 것이다.

두 사람의 위치는 그대로. 목에 칼날이 닿고, 때로는 피부에 파고들기도 했지만, 상관없다. 무네시계와 이 정도는 아무렇지도 않게 주고 받곤 했다. 그러니 만약에 목이 날아간다면, 내가 어설퍼졌다는 뜻이고, 그건 타치바나 긴으로서 죽은 거나 마찬가지다.

그러니 이대로가 편해서 좋다.

살아있다는 걸 실감할 수 있는 생활은 멋지다. 하지만, 지금은 기말고사를 다시 치고 있는 도중이고.

"'아르카부스 크루스'."

긴은 십자포화 2문을 사출한 다음, 그것을 위쪽으로 겨누었다.

쫓아오고 있는 상대 때문이다.

인랑 여왕이 파쇄된 프레임을 박차며 왔다.

……콰트로 크루스의 비상 속도를 따라잡다니…….

지상전이었다면 얼마나 빠른 속도로 느껴졌을까. 긴은 저 상대와 제대로 대결한 제5특무의 실력과 고생에 대해 한 번 이야기를 들어보고 싶다는 생각이 그제야 들었다.

하지만, 지금은 내가 그럴 차례다. 그러니까.

"뚫으세요."

긴은 낙하 속도를 늦추지 않고 아르카부스 크루스를 연사했다.

●

스즈는 페르소나 군의 어깨 위에서 방풍벽에 도착하며 소리를 들었다.

포격음이다.

무사시노의 다리형 함교에 몸을 기대는 듯이 선 수송함. 그 함미가 크게 찢어져 있어서 스즈가 보기에는 거대한 메가폰이었다. 내부에서 들리는 소리가 차례차례 울렸고, 거대한 울림이 되어 바깥으로 확산되었다.

내부에서 울리는 소리를 들어보니 긴이 인랑 여왕에게 포격을 감행하고 있었다.

낙하 거리는 300미터.

강하 술식은 아마 전부 꺼둔 상태일 것이다. 그래서 긴이 아사마에게 입국 관리 같은 확인을 한 것이다. 스스로 가호를 끄려면 우지코 수속이 되어있어야만 하기 때문이다.

두 사람은 그러한 각오로 전투에 임하고 있다. 하지만.

······어떻게 되는 거, 야.

모르겠다. 어찌 됐든 좀 전부터 다른 소리가 생겨나고 있기 때문이다.

금속이 울리는 소리. 그것은 아마도.

"미토츠다이라 양의 어머니, ······십자가로, 포탄을 방어하고 있, 어."

●

강하할 때는 발부터 내려간다. 긴은 그게 일반적인 방법이라는 사실을 알고 있다.

발이 걸리적거려서 공격하기 힘들어지지만, 사격 무기를 몸에 가져다 붙인 상태로 겨누기 편해지고, 무엇보다 적의 공격에 맞서서 신발 바닥의 장갑이나 발 그 자체로 방패 역할을 할 수 있다는 장점이 있다.

하지만, 공기 저항을 제대로 받기 때문에 속도가 떨어진다. 그것을 이용해서 적함에 뛰어들 때 같은 경우에는 발부터 가서 속도를 늦추며 착지하는 것이다.

하지만, 지금은 적도 그렇고 이쪽도 그런 방법을 쓰지 않고 있다.

인랑 여왕은 눕혀서 끌어안은 은십자를 우산처럼 들고, 그러면서도 머리를 아래쪽으로 향하며 떨어지고 있다.

그것도 수송함 내부 프레임을 박차며, 항상 가속을 붙이면서.

떨어진다기보다는 아래쪽으로 솟구치는 상태에 가깝다.

그에 맞서 이쪽도 다리를 아래쪽으로 향하면 따라잡힌다. 머리를 아래쪽으로, 함미 쪽에 있는 인랑 여왕에게 사격을 가하며 프레임을 박차고 내달렸다.

……정말.

터무니없는 짓을 하고 있다는 건 안다.

하지만 하고 있는 행동은 평소 때 행동의 연장선상에 있고, 적의 움직임도 그 범위 안에 있다.

대처할 수 있다. 이제 우리 행동의 정확도가 높기만 하면 된다.

노브고로드에서는 그랬다. 처음 보는 상대, 오이치를 둘이서 상대했을 때는 그랬다. 그때도 무슨 짓을 하든 부상을 곧바로 수복하는 상대에게 맞서서 냉정하게 대처했다.

차가울지어다.

열을 띠면 틈이 벌어진다. 그런 추태는 그에게만 보여주면 될 것이다. 그러니까.

……나머지 200.

중반에 접어든다. 지금부터는 순간의 연속. 긴은 그 사실을 이해하며 왼손을 대고 있던 '콰트로 크루스'에 지시를 내렸다.

"뚫으세요, 콰트로 크루스!"

●

꽝음은 들리지 않았다. 인랑 여왕은 그저, 대기가 찢어지는 것을 어둠 속에서 보고 있었다.

트레스 에스파냐 출신인 타치바나 긴. 그녀가 지닌 커다란 십자가. 내 은십자보다 한층 더 크다고 해야 하나, 폭이 넓은 무장이다.

원거리 포격도 가능하고 근거리 포격도 가능하기에 은십자보다 공격 범위가 넓다. 게다가.

"돌격 상태로 날리시네요……?!"

알겠다.

……이제부터는 통로가 약간 좁아지니까요.

이 수송함에 뚫린 공간은 저 커다란 십자가가 만들어낸 것이다. 전투용 프레임도 아니고, 수송함은 한가운데에 화물 구획이 있기 때문에 통로를 간단히 뚫을 수 있었을 것이다.

좀 전에 십자가가 함수 쪽에서 충격파를 중시한 포격을 가한 다음, 함미 쪽에서 돌입한 긴 곁으로 돌아갔다.

나는 그것을 따라잡은 다음, 한 번 위로 갔고, 그 도중에 텅 빈 공간의 구조를 확인했다.

기억에 따르면 함수 쪽은 충격파로 인해 빈 공간이 크고 넓게 뚫려 있었다.

하지만 그 직전. 돌격력을 잃은 십자가는 당연히 프레임을 파쇄하는 힘도 약해졌을 것이다. 결과적으로 통로가 좁아졌고.

……그곳에서 요격하면 제대로 움직이지 못하는 저를 해치우기 편할 거라는 뜻이군요.

통로가 좁아지면 좌우로 몸을 날려 피할 수가 없어진다.

다시 말해, 긴의 포격으로 인해 옴짝달싹하지 못하게 된다. 그리고 그렇게 되었다.

그때 온 것이.

"저 십자가……!"

붉은 십자가가 거대한 타격 무기로 날아왔다.

피할 곳은 별로 없다. 맞는 게 당연하다, 그런 흐름이다. 하지만.

"_____."

직격당하기 직전. 인랑 여왕은 자세를 바꾸었다.

지금까지 머리부터 떨어지다가, 회전했다. 파손되고 찢어진 배의 내부 프레임을 걷어차고, 다리를 파손된 프레임이 만들어낸 가시덩쿨 원통에 걸친 다음, 수평으로 서서는.

"갑니다……!"

순발 가속했다.

간다.

통로가 좁아졌다는 것은 주위에 있는 발판의 밀도가 높아졌다는 뜻이다.

그렇다면 그 위를 뛰어갈 수 있다. 그래서.

"_____."

인랑 여왕은 질주했다. 온몸을 날려서, 은십자를 방패 삼아 아래쪽으로.

중력 같은 것은 상관이 없다.

그저 자신의 속도가 나아갈 곳으로, 정면에서 오는 붉은 십자가를 향해, 일직선으로 가속했다.

발판이 있다면 날아오는 십자가는 단순한 장애물에 불과하다.

좁기 때문에 거대 비행물체의 궤도도 한정적이다. 그리고 내가 갈 궤도도 고정된다.

결과적으로는 정면 충돌이 일어날 것이다. 그렇다면 이쪽은.

"―――견뎌낼 뿐인데요?"

십자가 건너편에서 타치바나 긴의 포격이 왔다. 내가 이동할 곳을 제한해서 십자가의 명중을 노리고 있을 것이다.

아슬아슬할 때까지 계속 승부를 내려는 자세는 고귀하다.

인랑 여왕은 그에 맞서 몸을 숙이고는 긴의 포격을 향해 붉은 십자가 그 자체를 방패로 삼았다.

포탄의 불똥이 붉은 십자가 너머를 장식했다.

그리고 그 붉은 십자가조차 약간 가속한 것처럼 보였고.

"……보인답니다!"

날아온 순간이었다. 인랑 여왕이 앞으로 왼손을 내밀자 붉은 십자가 끄트머리에 닿았다.

상대 속도로 따지면 잡았다고는 할 수 없는 상황이었다. 하지만 확실하게 손 끝에 닿은 위치에서 금속음보다 더 크게 울린 고음이 튀었다.

인랑 여왕이 손톱을 찔러넣은 것이다.

그 직후.

붉은 십자가가 일그러지는 듯이 떠올랐고, 그 아래를 늑대가 돌진했다.

●

……딱 좋은 느낌으로 현역이네요!

마치 포탄처럼 날아온 장애물을 곡예처럼 발판으로 삼아 솟구치고 흘려보내며 회피를 감행했다. 이 정도도 해내지 못하면 무슨 인랑이고, 무슨 여왕일까.

　"후후."

　떠오른 것은 예전에 자신을 사냥하려던 자들을 오히려 뭉개주던 시절이었다. 그 무렵에도 이렇게 호쾌한 공격만이 인랑을 완전히 없앨 수 있을 거라 생각하며 많은 기사들이나 이름을 널리 떨치고 싶을 뿐인 녀석들이 날려댔다.

　그것들을 전부 박살 냈기 때문에 지금의 내가 있다. 공포를, 그것과 함께 예속시켜서 먹어치운 것은 지금 생각하면 품위가 없는 행동이지만, 늑대로서는 자랑스러웠던 것이다.

　……꽤 많이 바뀌었네요.

　하지만, 몸은 움직인다.

　힘뿐만이 아니라 순발 가속이, 쫓아오는 것이 아니라, 밀어붙인다.

　IZUMO에서 지금까지 실전이나 현장을 거치며 딸들과 장난을 쳐왔기 때문일 것이다. IZUMO에서 데뷔했을 때에 비해 몸이 훨씬 약동하고 있다.

　움직인다.

　왼쪽 어깨 위, 통과한 붉은 금속이 운동복에 스쳐서 벗겨졌다.

　상관없다. 그 정도일 거라 생각하고 간파한 것이다.

　그래서 찢어진 천을 입가로 물고, 십자가와 스쳐 지나간

순간에 뜯어서 버렸다. 천이 찢어지는 소리와 양쪽이 서로 통과하는 바람 소리가 겹쳐졌고.

"_____."

빠져나갔다.

그 직후. 인랑 여왕은 이렇게 생각했다. 지금부터네요.

그래서 움직임을 추가했다.

드러난 왼쪽 팔에 은십자를 전개하고 뒤쪽으로 포문을 향한 것이다.

돌아보지 않아도 된다.

……알고 있답니다.

통과한 붉은 십자가가 대함 타격 상태에 들어가 있다.

좀 전에 닿은 순간, 이해했다. 그리고 이해하기 위해 닿은 것이다.

저 십자가의 변형이 시작되었는지 여부를.

손가락 끝과 손톱. 늑대의 손톱에는 신경이 통해 있다. 그것은 센서로서 대상의 내부를 파악하고, 진동을 통해 동작을 느낄 수 있다.

저 십자가는 나와 스쳐지나가기 이전부터 변형이 시작된 상태였다.

대함용 충격포를 전개한 것이다.

어째서 급하게 그런 행동을 하는 것일까.

……당연하죠.

스쳐 지나갈 때 나를 향해 범위 공격을 때려 넣기 위해서다.

그렇다면 나는 대항 수단을 쓴다. 왼손의 은십자를 전개하고.

"자신의 모습을 드러내세요, ━━━은십자."

단거리 포격을, 붉은 십자가의 충격포에게 날린 것이다.

●

후타요는 모가미 요시아키가 자신에게 몸을 비벼댄다는 경험, 인생에서 첫 경험을 하고 있었다. 처음에는 이게 요시아키의 '패배'를 새기는 방식인가 싶었는데.

"코코, 기운이 넘치니 참으로 좋구나. 부족한 부분은 알고 있는고……?"

그렇게 물어보면서도 대답을 강요하지 않는 걸 보니, 이건 그것인 모양이오.

……이분 나름대로 마음에 들어하는 방식인 것 같소이다.

아무튼, 이렇게 안긴 것도 오랜만이라고 해야 하나, 왠지 매우 신선하오이다. 어찌 됐든 아버지는 이런 행동을 하는 사람이 아니었고, 카즈노도 마찬가지다. 굳이 말하자면 최근에 안겼던 것은.

……천룡과 전투를 벌였을 때, 긴 공이오이까…….

역시 긴 공. 남자답군. 그런데 그 긴은.

"응?"

귀에 익은 소리가 들렸다. 그런 느낌이 들었다.

좀 전부터 왠지 그런 것 아니겠소? 그런 생각이 드는 소리가 들렸는데, 이번에는 확정이다.

틀림없이 긴의 콰트로 크루스가 포격을 날렸다.

포구를 내 쪽으로 향한 채 몇 발이나 포격을 날렸었고, 피하기 위해 포탑 사이에 고개를 들이밀기도 했기에 소리는 또렷하게 기억하고 있다. 그런데 그렇게 울린 소리가.

"―――긴 공?"

좀 전부터 쾅, 쾅, 무사시노 함교를 두드리고 있던 수송함. 그 안에서 울렸고.

"오?"

수송함 한가운데. 약간 함수 쪽 부분이 시끌벅적하게 파열을 일으켰다.

확산되고 퍼지는 유체광이 내부의 소리를 전달해 주었다. 그것은 좀 전부터 들리던 울리기만 하는 소리가 아니라 명확한 포격음이다.

오오, 후타요는 요시아키의 가슴에 파묻힌 채 그녀가 턱을 자기 얼굴을 쓰다듬는 와중에 중얼거렸다.

"긴 공도 기운이 넘치는 것 같소이다."

●

폭발은 유체광. 파열음을 등지며 인랑 여왕이 아래쪽으로 가속했다.

충돌한 힘은 분명히 내 등을 밀어주고 있다.

붉은 십자가가 한 쌍을 이루며 위쪽으로 날아가는 모습이 보였다.

그렇다면 이제, 아래쪽에 있는 사냥감을 쫓아가기만 하면 된다.

수직 대시.

온갖 프레임 안쪽을 걷어차고, 뛰어오르며, 늑대는 쇠가 부서져서 생겨난 숲에서 춤추었다.

늑대들이여. 나무들이여. 밤의 새와 벌레들이여.

"나는 여왕."

가속했다.

"꾸짖지 않는 나의 숲의 행방."

간다.

사냥감은 이미 보인다. 낙하하고 백스텝을 밟는 듯이 프레임을 박차고 나아가는 타치바나 가문의 여자다. 공포를 이겨낼 수 있는 타입이라는 건 보면 알 수 있다. 그렇다면.

"힘이라면, ———어떨까요?"

인랑 여왕은 추가로 가속했다.

포격이 온다. 하지만 포탄은 밤의 숲에 어울리지 않는 물건이다. 그래서 알 수 있다. 몸 안에 이물질이 들어왔을 때, 그게 어디 있는지 알 수 있듯이, 적탄의 위치는 스스로 확실하게 존재를 과시한다.

피한다.

……그런데, 조준이 정확하네요.

긴은 분명히 다음 전개를 몇 가지 상상하고 있을 것이다. 그중 한 가지는.

"먼저 통로에서 아래쪽에 있는 넓은 공간으로 뛰쳐나간 다음, 제가 그곳으로 들어갈 때 노리겠다는 거네요."

넓은 공간에 뛰어든 순간, 나는 발판을 잃게 된다.

마음대로 쏴댈 수 있다. 하지만 그건 상대방도 마찬가지다. 그렇다면.

"———다시 말해, 저는 이렇게 하면 되겠네요. 사냥감이 텅 빈 공간으로 뛰쳐나갔을 때, 그것을 뛰어넘는 속도로 뛰어들면 된다는 거죠."

그렇게 하면 공중에서 따라잡을 수 있다. 포격 같은 게 날아오더라도 은십자로 막아낼 수 있다. 그렇다면.

"알겠답니다."

인랑 여왕은 은십자를 휘둘렀다. 그것도 뒤쪽으로.

"———부인의 안부와 성과를 기원하지 않는 남편은 없으니까요."

은십자를 휘두른 곳에서 금속음이 울렸다. 그리고 이쪽과 나란히 선 그림자가 불통을 튀기며 쫓아왔다. 발소리를 크게 내며 나란히 달리고 있는 것은.

"타치바나 무네시게……!"

●

무네시게는 가속 술식 '카케즈메'를 전개하고 있었다.

"이제야 따라잡았군요……!"

좀 전의 콰트로 크루스. 나는 그 비상 타격을 카메누키로 따라잡았었다.

들킬 가능성은 있었다. 그렇기 때문에 긴이 인랑 여왕에게 대처할 겸, 미리 변형을 시작시켜두었다.

인랑 여왕은 콰트로 크루스의 변형을 눈치챈 모양이지만.

……제가 따라붙은 것은 놓쳤죠!

고속으로 오가는 상황이라 운이 좋았다. 이 기세라면 아무리 인랑의 후각이라 해도 나를 확실하게 포착하진 못했을 것이다. 내가 두 십자가가 만들어낸 폭압을 뛰어넘고 따라붙을 수 있을지가 문제였지만.

"____."

갔다.

폭압을 뚫는 것이 아니라 타넘는 듯이 돌진한 것이 정답이었다.

중간부터는 등을 떠밀어주는 형태가 되었기에 카케즈메의 가속이 더욱 강해졌다.

이제 다리 움직임 한 번 한 번을 끊임없이 이어나가기만 하면 된다. 그리고 따라잡은 지금은 그저 순발 가속해나가고 있는데, 그에 맞서는 상대는.

……가속 술식 없이도 이런 속도인가요……!

생각해보니 제3특무도 그랬다. 그녀도 순발 가속을 사용하는데, 그 상태는 신체 강화의 가호 정도밖에 걸려 있지 않을 것이다.

그녀의 어머니라면.

"_____."

아랑곳하지 않고, 두려워하지 않고, 망설이지 않고, 무네시게는 공격을 때려 넣었다.

맞아라, 그런 순수한 생각만을 가슴에 품었다. 왜냐하면.

……긴 양이 아래쪽에 있습니다!

이대로 이 상대를 내버려 둔다면, 아래쪽에 있는 텅 빈 공간 안에서 긴이 붙잡히게 된다. 긴이 먼저 착지하고 위쪽을 향해 포격 자세를 취할 때까지 시간으로 따지면 1.5초 정도를 지금 벌어야만 한다.

하지만, 카메누키의 가속 찌르기를 연달아 날렸는데도.

"어머, 어머, 어머."

그녀가 휘두른 은십자가 불똥을 튀기며 칼날을 튕겨냈다.

그것도 가벼운 충돌이 아니다. 한 방, 한 방이 이쪽을 밀어내고, 자칫하면 무릎이 꺾일 것 같을 정도로 묵직하게 밀어붙이고 있다.

늑대가 사냥감을 짓누르고 위에서 물어뜯는 것과 비슷하다. 정신을 차리고 보니 위에서 실리는 무게를 견뎌내는 듯한 형태가 되어 있었고.

"……윽!"

위치를 옮겨서 빈틈을 찌른다. 하지만 옆구리 틈새나 팔꿈치 위쪽처럼 보통은 있을 수 없는 위치에서 은십자가 날아들어 나를 가격했다.

짐승이다.

긴 같은 '틀'을 지니지 않고, 반사와 본능으로 온갖 상황에 즉시 대처한다.

그렇기 때문에 무네시게는 이 상대에게 위험을 느꼈다. 특히 긴이 위험할 것 같다는 사실을 깨달았다. 왜냐하면.

……이 애드립과 빠른 대처 능력……!

그렇다.

……저와 비슷합니다……!

●

인랑 여왕은 자신의 속도가 빨라진다는 사실을 이해하고 있었다.

멋진 상대다. 아무리 짐승을 내보인다 하더라도 대처하는 상대가 눈앞에 있다. 그것도 사람의 센스를 통해 대처하고 있다.

예전에 딸과 싸웠을 때도 이랬다. 그 아이는 사람의 기술과 짐승의 기술을 한데 합쳐서 고정된 '틀'이면서도 어떤 상황에도 즉시 대처할 수 있는 유연함을 만들었다.

이 상대는, 비슷하다. 이 아이는 사람의 기술을 짐승처럼 전개하며 즉시 대처하고 있다.

　즐겁다. 그러니까.

　"———에잇."

　인랑 여왕은 약간 서비스를 해주었다.

　이 상대에게 0.2초를 준 것이다.

　물론, 그것만으로는 타치바나 긴을 포착하는데 문제가 생기진 않는다. 하지만 서비스를 통해 무엇을 할 수 있는가 하면.

　"후후."

　거리를 좁히고, 은십자를 아래쪽으로 살짝 찌르고, 두 손을 자유롭게.

　이제 그 0.2초를 이용해 두 손의 손톱을 겨누고.

　"———하."

　웃으면서 힘을 연달아 쏟아냈다.

제23장
『수직 발판의 사냥꾼』

신기하게도
떨어진 곳에는
당신이 있고
배점 (낙하 속도)

무네시계가 느낀 것은 힘이었다.

친다거나, 두드린다거나, 민다거나, 그런 것이 아니다.

닿은 순간에 자기 말고는 없었던 것으로 만든다. 그런 힘이다.

아무것도 남지 않고, 남길 생각도 없다. 그저 손톱의 궤도가 검압 같은 위력을 휘두르고.

"━━━후후."

마치 짐승이 장난을 치는 것처럼, 미리 긴장하고 있었는데도 허를 찔리는 듯한 타이밍과 움직임. 아무리 애를 써도 받아낼 것 같은, 그런 '틈'을 두고 힘이 날아들었다.

커다란 동물.

그것이 강아지처럼, 하지만 크기와 속도를 지니고 장난을 치면 피할 수 있을까. 그리고 장난을 친 순간, 없던 것으로 만들어버린다면.

"……윽."

무네시계는 회피에 들어갔다.

발판으로 삼을 프레임을 박차고 아래쪽으로, 긴에게 통하는 길을 막을 생각으로 갔다.

하지만, 짐승이 뛰어올랐다.

도망치는 주인을 쫓아가는 듯이, 천진난만하게 보이는 타이밍으로 몸을 틀고 가볍게 뛰었다.

쫓아오는 것이 아니다. 달라붙고, 붙잡으려 하고 있다. 그리고.

"……!"

연속 공격이다.

손톱의 궤도가 허공을 찢어발기며 날카로운 마찰음을 울렸다.

바람이 뚫리고, 때로는 손톱 끝에서 불똥 같은 발광 현상이 일어났다.

그러한 빛과 소리는 늑대의 손톱 궤도를 타고 빈 공간을 향해 이리저리 쥐어뜯었다.

긴 호가 한 방 한 방 오는 것이 아니다.

긴 호가 수없이, 막대한 양으로, 그것도 진행 방향이나 위아래로 파고드는 것처럼 거의 동시에 연달아 날아드는 것이다.

무리다.

몸을 틀면 그 앞에, 내려가려 하면 연달아 쪼아댄다.

그러한 움직임이 단숨에 연달아 날아들자, 무네시게는 생각했다.

……그렇군요……!

무네시게는 이해했다. 세상에 있는 망령이나 짐승의 공격에 대한 공포는 그들이 달라붙고 붙잡으려 하는 행동이 어린아이나 작은 동물처럼 천진난만하기 때문에 생겨나는 것이라는 사실을.

다시 말해, 잡념이 없다.

망설임 같은 것도 전혀 없고. 그저 그러는 게 즐겁다는 움직임.

지금, 나는 그것에게 쫓기고 있다. 그렇다면.

"어울려드리죠……!"

무네시게는 카케즈메를 사용했다. 지금까지와는 다르다. 다리나 팔처럼 밟고, 튕겨내는 곳에 그것을 전개하고는.

"_____."

인랑 여왕의 공격 쪽으로 돌진했다.

●

긴은 강하하며 그 모습을 보고 있었다.

무네시게가 내 강하 시간을 벌어주고 있다는 건 알고 있다. 그런데 겨우 0.2초 동안.

……속도가 올라가고 있네요……!

이제 그 두 사람은 프레임을 질주하는 건 당연하고, 다른 것을 가속에 이용하고 있다.

각자의 공격을 반발 가속 재료로 삼은 것이다.

인랑 여왕은 손톱으로 막아낸 카메누키의 일격을 이용해 팔을 끌어당기는 초기 속도를.

무네시게는 인랑 여왕의 손톱 궤도를 예측하고 카메누키의 가속에 이용했다.

두 사람은 틈만 나면 발기술도 날려댔고.

"―――윽."

자잘한 타격음과 불똥 속에서 두 사람의 몸이 몇 번이나 회전했다.

공격이 맞았기 때문이 아니다. 그것을 이용해 자신의 몸을 움직이고 있는 것이다.

……무네시게 님!

칼날 위에 올라서는 것은 그의 특기다. 곡예라고 비웃을 수도 있겠지만, 그렇다면 지금, 인랑 여왕의 손톱을 카케즈메로 밟는 것은 대체 뭘까. 그리고.

"앞으로……!"

아르카부스 크루스를 겨누고 있는 시선 끝, 무네시게의 발판이 이제는 프레임보다 인랑 여왕의 공격 그 자체가 되었다. 손톱과 팔, 그리고 공격의 궤도를 뛰어오른 무네시게가 거리를 좁혔다.

소리가 울리고, 터지고, 이윽고 시간이 되었다. 전투가 한 바퀴 돌았다고도 할 수 있을 정도로 양쪽의 호흡이 들어맞았고.

"하."

동시에 몸에서 한순간 힘이 빠져나갔다.

0.2초가 끝났다. 하지만 그 직후에 숨을 들이마시는 것이 몸에 힘을 되찾는 것과 직접적으로 이어졌고.

"……!"

두 사람이 마무리가 될 순발 가속을 상대방에게 때려 넣

663

었다.

●

무네시게는 인랑 여왕의 오른쪽 손날 찌르기를 보았다.

그 손을 뒤로 젖힌 순간. 무네시게는 손톱을 향해 카메누키를 가속시켰다.

하지만 목적은 공격을 맞추는 것이 아니었다.

지금 손톱을 노려봤자, 상대방을 멈출 수는 없다. 그렇기 때문에.

……목!

초기 속도는 얻었다. 지금부터라면 인랑 여왕의 목에 아슬아슬하게 창끝이 닿는다. 하지만.

"후후."

들켰다.

그리고 여왕이 움직였다. 뒤로 젖힌 오른쪽 팔꿈치. 그 끄트머리에 길고 막대한 양의 머리카락을 뒤쪽으로 깊게 밀어넣은 것이다.

머리카락을 잡아당기면 목도 움직인다. 상반신이 뒤쪽으로 기울었고.

"……자, 어떻게 하실 건가요?"

창끝이 닿을 거리가 아니게 되었다.

그 반대로, 인랑 여왕이 뒤로 젖힌 동작은 온몸을 움직이는 동작이 되었고.

"갑니다."

토네이도 같은 일격이 바깥쪽에서 내 왼쪽으로 날아왔다. 그것도 몸을 옆으로 움직여서 카메누키로 목을 노리지 못하게 만드는 자세로.

온다.

그에 맞서는 무네시게는 당황하지 않았다. 방어 자세도 취하지 않았다. 그저 입을 열고.

"긴 양!"

말했을 때는 그것이 와 있었다.

왼쪽 발바닥. 그곳을 아래쪽에서 세차게 때린 것이 있었다.

포탄이다.

아르카부스 크루스. 아래쪽에서 강하하던 긴이 원호를 하기 위해 타이밍을 예측하고 날린 한 발.

좀 전에 맹공을 버텨내고, 그러면서도 거리를 벌리지 않았기에 얻을 수 있었던 승산이다.

그것을 박찬 무네시게는 공중에서 자세 제어와 가속을 양립시켰다.

여왕이 날린 오른쪽 손날 찌르기. 무네시게는 그 궤도 안쪽으로 들어갔다.

피한다.

자세는 오른쪽 어깨로 부딪히는 듯이 몸을 튼 움직임. 위치를 따지면 몸을 반쯤 튼 자세가 된 인랑 여왕의 앞으로 뛰어든 형태에 가깝다. 이제.

……카메누키를 인랑 여왕의 목으로……!

향했다. 노린 것은 그녀가 목에 차고 있는 보석 장식이다. 금색 빛. 그곳을 향해 창끝을 가속시켰다.

그 순간. 무네시게는 늑대의 공격을 보았다. 인랑 여왕이 그때까지 찌르기 공격을 날리기 위해 한데 모으고 있던 오른쪽 다섯 손가락을.

"자."

폈다.

마치 창 끄트머리가 꽃처럼 피어났고, 안쪽에서 다섯 손가락을 그저 뻗기만 했다.

원래는 그 오른손이 내 옆을 뚫고 갈 궤도를 타고 있었다.

하지만 다섯 손가락이 대기를 갈랐다. 약지와 새끼손가락이 공기를 할퀴었고.

……궤도가……!

공기 저항이 커진 다섯 손가락이 갑자기 궤도를 바꾸며 이쪽으로 날아들었다.

무네시게는 오른쪽으로 튼 몸을 그대로 살려냈다. 카메누키를 휘감으며 뛰어넘는 듯이 오른쪽으로 회전했다.

그 직후. 무네시게는 지각했다. 시야 밖에서 이루어진 움직임이지만, 이렇게 많은 공방을 주고받은 상대에 대한 '감'으로, 다음 공격을 짐작한 것이다.

……왼손……!

오른쪽 다섯 손가락은 진짜 공격이면서도 미끼였다.

거기에 정신이 팔리면 다음 진짜 공격이 온다.

왼쪽 손날 찌르기다.

그렇기 때문에 무네시게는 다시 회피를 노렸다.

포탄이다.

좀 전에 내가 밟은 한 발. 그것이 지금, 공중에서 튕겨져 나가고 있다.

기억 속에서는 오른쪽으로 가기 위해 왼팔로 왼쪽 아래를 향해 밟았었다.

그렇다면 포탄의 위치는 어디일까.

무네시게는 생각했다. 왼쪽 아래입니다.

시야에는 들어오지 않는다. 하지만, 그곳에 있을 것이다.

긴에게 받은 것이 어디로 갔는지 파악하지 못할 리가 없다.

그렇기 때문에 무네시게는 카메누키를 온몸으로 비틀어 그쪽으로 들이댔다.

왼쪽 아래. 위치는 날아든 다섯 손가락 아래다. 움직임으로 따지면 오른쪽으로 비튼 몸을 왼쪽으로 날리는 것이다.

부담은 있을 것이다. 하지만, 무네시게는 아랑곳하지 않았다.

두 다리가 움직이지 않을 정도의 부담과 비교하면 별 것 아니다. 그렇게 생각하니.

"＿＿＿."

각오는 다졌다.

간다.

다섯 손가락 아래를 지나치는 것도 노력이 필요하지만, 이건 체술에 달린 문제다.

그리고 시야에는 이미 인랑 여왕의 왼손이 보이고 있었다.

소매 아래쪽이 사라진 하복. 거기로 뻗은 가녀린 팔이 빛의 궤도를 그리며 날아오고 있다.

궤도는 스매시 어퍼를 날리려는 듯이 아래로부터 뻗고 있다.

각도를 따지면 오른쪽 다섯 손가락과 협공하는 움직임이었다. 그렇다면.

……다섯 손가락을 걷어차더라도, 왼쪽 손톱을 걷어차더라도, 반대쪽 팔이 뭉개러 날아들 겁니다!

물어뜯기, 무네시게는 그 단어를 떠올렸다. 그렇다면 그것에서 벗어나기 위해서, 이제는.

"갑니다……!"

●

무네시게는 튕기는 듯한 기세로 공중에서 솟구쳤다.

몸을 옆으로 기울여서 왼쪽에서 날아드는 다섯 손가락 아래로 피하고.

"카메누키……!"

가속했다. 그 앞에.

……있네요!

긴의 포탄이 쪼그라든 형태로 날아가 있다. 무네시게는
그것을 향해 카메누키를 발사했다.

가속한다. 그 순간이었다.

갑자기 포탄이 사라졌다.

어? 그렇게 생각할 틈도 없었다. 이미 조준하고 있던 카
메누키가 포탄의 행방을 추적했다.

그 행선지는.

"은십자?!"

"죄송해요? 상스러운 짓을."

그렇게 말한 상대는 오른쪽 다리를 살짝 들어 올리고 있
었다.

인랑 여왕이 발차기를 날려 포탄을 걷어차서 날려버린 것
이다. 그것도 앞서가는 듯이 밀어냈던 은십자를 향해서.

●

인랑 여왕은 무네시게의 궤도가 흐트러지고, 창 끄트머리
가 은십자를 뚫은 모습을 보았다.

포탄이 은십자에 부딪혔고, 튕겨져나갔다. 그리고 창 끄
트머리가 은십자의 프레임 틈새에 꽂힌 순간. 인랑 여왕은
입을 열었다.

"———좀 전에 당했던 걸 복수해드린 거랍니다."

다시 말해.

"제 은십자도 변형하거든요."

그렇게 던진 말을 들은 무네시게가 정신이 번쩍 든 듯한 표정을 지었다.

그 직후. 은십자가 변형했다. 거대한 십자가에서 단숨에 접혀서 작은 상자로 바뀌어갔다. 하지만 그 도중에.

"물기도 하거든요?"

그 말과 똑같은 현상이 일어났다.

조그맣게 접혀가던 은십자가 무네시게의 창을 물고는.

"———."

던져버리는 듯이 튕겨낸 것이다.

그 뒤에 남은 것은 공중으로 날아간 창과 접힌 작은 은빛 상자.

그리고 이미 대시 자세에 들어가 있는 나 자신과 튕겨 나가 공중에 뜬 그가 있었고.

"실례할게요."

인랑 여왕은 공중에서 작은 상자를 챙긴 다음, 질주했다.

이미 아래쪽의 넓은 빈 공간으로 들어간 사냥감을 쫓아 가속한 것이다.

●

인랑 여왕은 수직 프레임 위를 뛰어갔다.

타치바나 긴의 속도를 뛰어넘는 상태로 뛰어들고, 속도를 줄이기 전까지 따라잡기만 하면 된다. 그러면 승리하게 된다.

그렇기 때문에 쫓아가고, 솟구치고, 그렇게 인랑 여왕이 마지막 결승점 라인을 밟으려 했다.

그때였다.

"긴 양……!"

그 옆을 나보다 더 강한 기세로 뚫고 간 것이 있었다.

누구인지는 알고 있다. 아니, 좀 전에 공중에 띄운 직후인데. 분명히 부인이 걱정되어서.

……이게 한눈팔지 않는 속도군요.

온 힘을 다한 내 속도와 비교하면 어떨까, 인랑 여왕은 그렇게 생각하며 살짝 웃었다.

내 남편도 예전에 내가 걱정되었기 때문에 업고 집까지 데려다주었다. 그는 힘으로, 저쪽은 속도라는 차이가 있긴 하지만.

……이해는 되네요.

내가 어지간히 불안함을 부추기는 존재였던 모양이다. 그렇다면.

"늑대와 인간의 관계로서는, 괜찮다고 생각하도록 하죠."

무심코 웃은 만큼 속도가 떨어졌다. 그래서 인랑 여왕은 멈췄다.

수직 현장에서 손톱 끝을 프레임에 찔러 넣고, 아래쪽을 보았다.

아래쪽. 20미터 정도의 공백이 생겨나 있다. 좀 전에 붉은 십자가가 날아와서 충격파를 작렬시킨 곳이다.

그 가운데 아래. 타치바나 가문의 남편이 부인을 안아 들고 있다.

그는 이쪽을 올려다보고는.

"———끝까지 도망친 저희 승리입니다!"

●

긴은 한순간, 깜짝 놀랐다.

하지만 그 직후에 헛기침을 하고는 무네시게의 어깨를 두드리면서.

"무네시게 님, 끝까지 도망쳤다고 해도 자랑할 일이 아닙니다. 그리고, 규칙이 변경된 것 같습니다만."

그럼, 무네시게가 그렇게 말하며 진지한 표정으로 고개를 끄덕였다. 그리고 그는 위쪽에 있던 여왕을 올려다보면서.

"그럼, ———무승부로 하는 건 어떨까요!"

"그러게요."

올려다보니 인랑 여왕이 미소를 지으며 이쪽을 바라보고 있었다. 그녀는 고개를 끄덕이고는.

"정말 멋진 걸 보여주셨으니까요. ———그쪽 담임 선생님께 점수를 추가해달라고 건의해볼게요."

●

"음~, 무승부니까, 그럼 긴하고 무네시게는 추가 점수까지 포함해서 60점이네~."

"선생님! 엄해요! 너무 엄하시다고요?!"

"그래도 지금부터 출발해봤자 완주할 수가 없잖아, 둘다."

오쿠타마 위, 함수 쪽 거주 구획을 지나 슬슬 자연 구획으로 들어서는 근처에서 미토츠다이라는 앞서가던 오리오토라이가 한 말을 듣고 있었다.

속도로 따지면 이쪽이 더 빠르다. 피곤하긴 하지만, 그저 서둘러 뛰어갈 뿐이다. 순발 가속으로 단숨에 나아가는 거리를 감안하면 예전에 비해 이동이 꽤 편해졌다.

일단, 은쇄 사정거리 안에 들어오긴 했지만, 아직 멀다. 지금 상태로는 '보이고 있으니' 발도 묶어두지 못할 것이다. 할 수 있는 거라면.

- **은랑** : 『나이트! 나르제! 그쪽은 여유가 없나요?!』
- **금마르** : 『아~, 이거 좀, 골치 아픈데······.』

······어떻게 된 거죠?

물어보기도 전에 답이 좌현 하늘에 보였다.

대규모 무리다.

"어?"

그렇게 무심코 의문을 내뱉어버릴 정도로 많은 마녀와 비상기가 나이트와 나르제를 뒤쫓고 있다. 두 사람이 때때로 공격을 날려서 작렬시키고 있긴 하지만.

· **마르가** : 『젠장, 이 녀석들, 비겁하잖아……!』

왜냐하면.

· **마르가** : 『공격을 때려 박아도 금방 부활하니까!』

●

그렇게 나왔나~, 나이트는 그렇게 생각하며 제독들의 뻔뻔한 모습을 보고는 솔직히 감탄했다.

쫓기고 있는 우리가 요격 수단이나 공격 수단을 가지고 있긴 하지만.

"섬멸 수단이 없긴 하지."

"아니, 애초에 우리가 그런 목적으로 나선 것도 아니고."

하지만, 거기서 이어지는 말을 쫓아오고 있는 무리의 선두에 있던 제독이 이어받았다.

"———하지만 간단한 거잖아? 우리는 개별 전투력으로는 너희보다 뒤처지지. 하지만 이렇게 잔뜩 모이면 너희는 우리를 이길 수 없는 거다."

"쏴도 부활하다니, 비겁한 거 아니야?"

"나라에 따라서는 우리보다 더 많은 무리가 아무렇지도 않게 나올걸. ———M.H.R.R.의 마에다 토시이에의 유령선이라거나, 엑자곤 프랑세즈에 붙은 베른하르트 같은 녀석들 말이야."

그렇다면.

"세키가하라에서는 그 엑자곤 프랑세즈나 M.H.R.R.하고도 맞붙을 가능성이 있거든?"

"───."

어떻게 하면 되지? 단순한 답으로서는.

"수송함을 부딪힌다거나."

"화선을 때려 박는 방법 같은 게 있겠지."

그렇지, 제독이 그렇게 말했다. 그러자 그의 옆에서 비상기로 따라잡은 날개 넷 달린 여자가 손을 들었다. '해병(마리네)'이다. 그녀는 뒤쪽인 함미 쪽을 손가락으로 가리키면서.

"그렇다면 최초의 판단이 잘못되었죠. ───회계가 부딪힌 수송함. 그것을 저희에게 부딪히고, 당신들이 인랑 여왕의 대처를 맡으러 갔어야 했어요."

"그 엄마 상대로 마녀가 지상전을 벌이라고?"

그렇게 말하자 '해병'이 쓴웃음을 지었다. 그녀는 자신의 가슴을 두드리고는.

"둘이서 거리를 벌리고 기각 빗자루를 자공 가속기로 이용하면 되잖아요. ───무사시 위를 저공으로 내달린 경험은 있을 테니까요. ……안 그런가요? '산동백'."

"이 녀석들, 게으름뱅이라서."

나이트는 옆에 있던 나르제가 눈을 흘기며 이쪽을 돌아보는 모습을 보았다.

"───마르고트, 우리에게 진 녀석들이 우쭐대면서 잔

소리를 하는 것 같은데."

"착각이 아니라 현실인 것 같아, 갓짱."

"뭐, 상관없잖아, 좀 어울려달라고. ──완주는 하게
해줄 테니까."

제독이 그렇게 말하며 오른손을 휘둘렀다. 그러자.

……진형?

"대규모 무리의 공중전이라는 걸 좀 가르쳐주마. 여름방
학 숙제라고 생각하고 실습으로 질의응답을 좀 해보자고.
그럴 생각으로 하자."

우와, 귀찮아, 나이트는 그렇게 생각하고는 그런 자신 때
문에 쓴웃음을 지었다. 빗자루에 다리를 다시 걸치고 자세
를 취하면서.

"나중에 다들 다시 한 사람씩 쓰러뜨려볼까."

"레이스든 승부든, 뭐든 상관없어. 랭킹을 한 번 전부 다
시 잡아보는 것도 괜찮겠네."

하지만, 나르제가 그렇게 말하면서 앞으로 나섰다.

"──귀찮은 건 싫지만, 배우는 건 좋아하거든."

●

상공, 미토츠다이라는 사격음과 유체광이 다시 오가기 시
작한 모습을 보았다.

위쪽, 배송업 중진들이 나이트와 나르제를 향해 '아니야!

그럴 때는 그쪽이 아니라고!'라거나 '한 번 밑으로 들어가! 왜냐고! 그게 정석이니까!'라고 하는 중인데, 다시 말해 그게 바로 두 사람에게는 기말고사 같다는 느낌도 들었다.

하지만, 이대로 가다가는.

⋯⋯하늘에서 원호를 받는 건 힘들 것 같네요⋯⋯.

기대는 해둔다. 그럴 생각으로 가속한 미토츠다이라는 정면에서 녹색을 보았다.

자연 구획이다. 우리가 지금 있는 곳이 우현 쪽이니 이 앞은 후회로로 이어진다.

이제는 나의 왕도 그곳을 지나가는 것을 기피하지 않는다. 봄, 미카와에 기항했을 때와 비교하면 우리도 이런저런 변화를 겪었다. 그런 생각을 하고 있자니.

"어머?"

앞쪽에 사람이 보였다. 원호를 해주려는 것치고는 약간 의욕이 없어 보이는 느낌으로 서 있던 사람은.

"―――나오마사!"

●

• **나** : 『어?! 나오마사, 돌아왔었어?! 사토미 같은 곳은 어땠는데?!』

• **담배녀** : 『⋯⋯⋯⋯.』

• **나** : 『역시 밥 같은 게 맛있었어?! 아니면 뭔가 시골

처럼 오래된 게임이나 어신체를 파는 막과자집 같은 게 있었어?!』

- **담배녀** :『………….』
- **나** :『나오마사아아아아아아? 왜 무시하는 건데여어어어어어.』
- **은랑** :『나의 왕, 전투 전 집중을 방해하고 있잖아요———!』
- **호라코** :『어라, 그거군요?! 교황이 정치적으로 곤란해졌을 때 곧바로 자취를 감추면서 '교황 성하께서는 명상에 들어가셨습니다'라고 하는 그거!』
- **금마르** :『그거, 교황령에서 청동 갑주나 황금 갑주가 사투를 벌이는 동영상, '성무사 세에야' 이야기 아닌가?』
- **마르가** :『극장판은 한 시간으로 압축시키니까 그 녀석들이 7분에 한 번 정도 죽었다가 되살아나곤 하지.』
- **담배녀** :『조용히 좀 해……!』

●

……오랜만이다, 이렇게 말하는 건 좀 그렇지만, 전혀 바뀐 게 없네.

나오마사는 생각했다. 칸토 해방과 뇌르틀링겐 전투를 벌였는데도 이렇게 안정적으로 차분하지 못한 모습은 대체 뭘까. 하지만.

"뭐, 완주를 노리고 내려와 보긴 했는데, 중간에 참여한 거니까. 할 수 있는 범위 내에서 좀 해볼게."

정면. 담임 선생님이 돌진해 온다. 솔직히 말해 위험한 스피드다. 척 보기에도 무사시 위에서 사람이 내도 되는 속도를 넘어선 상태다.

하지만, 이곳은 자연 구획이다. 뒤쪽에 있는 후회로는 교도원으로 이어지기 때문에 지나다니는 사람도 별로 없는 곳이다. 그렇다면 나는.

"그럼, 마음 편히 가도록 하지."

나오마사는 왼손의 작업 글러브를 한 번 꽉 쥐고는, 앞으로 한 발짝 내디뎠다.

양쪽 사이의 거리는 15미터.

……주작이 있었다면 좋을 텐데.

지금, 지접주작은 사토미에서 개수 중이다. 토키시게와 이야기를 나누고 사토미의 무신용 비상기의 데이터를 받아 주작용으로 날개를 달아줄 생각이다. 아마 히로가 신이 나겠지만, 이른 단계에서 조정에 들어갈 수 있다면 그래도 상관없다. 하지만.

"———선생님을 맨손으로 때리는 건 좀."

"맞추고 나서 다시 말해보렴~."

Jud. 나오마사는 그렇게 말하며 고개를 끄덕였다.

"나는 던지기나 그런 쪽이 주력이니까 선생님의 등을 땅바닥에 닿게 하면 되는 거지?"

"그럼 선생님도 그렇게 생각하고 갈게~."

거리가 좁혀졌다.

15미터였던 거리가 10으로 줄어들었고, 7까지 파고들었고, 그리고.

……맞추기 시작하네.

오리오토라이가 내딛는 발과 그 타이밍을 맞추기 시작했다. 그것도 달려가는 발의 착지에 맞춰서.

골치 아픈데, 나오마사는 그렇게 생각했다. '무너뜨리기'가 어렵다고.

던지기를 날릴 때, 손 같은 곳을 잡으면 보통은 '무너뜨리기'를 넣는다. 다시 말해 손목 같은 곳을 비틀어서 상대방의 신체 균형을 살짝 일그러뜨리는 것이다.

하지만, 발을 내디디는 타이밍을 이쪽에 맞추면 그러기 껄끄러워진다. 착지하는 힘이 동시에 들어가 버리면 양쪽 모두 아래쪽으로 중량이 공유되어 무너뜨리기가 잘 통하지 않게 되기 때문이다.

뛰어가면서 맞추다니, 쉽사리 해낼 수 있는 일이 아니다.

하지만, 우리 담임 선생님이다. 아무렇지도 않게 해낸다.

좀 더 파고들어서 상대방의 발을 후리거나, 짓밟는 움직임을 선택할 걸 그랬다.

하지만 이 상대를 향해 함부로 접근하는 건 위험하다. 그걸 감안하면 이게 맞다. 그래서 나는 왼손을 뻗고.

"———."

내딛는다.

이제는 흐름이다. 타이밍을 맞춘다 하더라도 균형을 전혀 무너뜨릴 수 없는 것은 아니다. 전후좌우, 어느 한쪽으로 기울어지게 만들기만 하면 되는 것이다. 이런 경우, 정석은 오리오토라이가 오른쪽 발을 내디뎠으니.

……이쪽에서 볼 때는 왼쪽 앞.

내딛는 발의 바깥쪽. 아래쪽 방향으로 당기면 더욱 좋다.

그렇게 간다.

오리오토라이도 그에 맞서 두 손으로 자세를 취했다. 오른손을 앞으로, 왼손을 뒤로.

그리고 발을 내디뎠다.

그 직전, 나오마사는 오리오토라이의 행동에서 위험을 느꼈다.

그녀가 몸을 살짝 앞으로 기울인 것이다.

……이건———.

나오마사는 반사적으로 내디딘 발을 늦췄다. 그 행동이 정답이었다.

오리오토라이가 내디딘 발. 오른발 아래에서 지각 블록으로 거센 진동이 생겨난 것이다.

진각이었다.

●

아사마는 페르소나 군의 어깨 위에 있던 스즈가 귀를 막는 모습을 보았다.

지금, 우리는 오쿠타마로 넘어가는 두꺼운 밧줄 통로를 서둘러 나아가고 있다. 뒤쪽에서는 인랑 여왕이 몸소 수송함을 철거하고 있고, 일단 회수용 대형 수송함 쪽으로 내던지고 있는 것 같긴 한데, 아무래도 요즘은 많은 일들이 너무 다이나믹해서 이런 흐름에 위화감이 들지 않게 된 것 같다.

하지만, 스즈가 귀를 막은 건 그렇게 시끌벅적한 소리 때문이 아니라.

"무슨 소리가 울렸나요? 스즈 양."

"아, 응. 저기, 그게, 오쿠타마의 프레임? 그게, 그러니까."

그렇게 말하던 동안에 빛이 보였다. 주위에 경고를 알리는 표시창이 여러 개 뜬 것이다. 거기에 표시된 내용은 무사시의 순환계에 대한 것이었고.

……아, 이건…….

위험할지도 모르겠다고 생각하자마자 물소리가 가로질렀다. 오쿠타마의 측면이나 표층부에서 물이 물보라를 일으키며 뿜어져 나온 것이다. 경고 표시를 보니 유체 경로도 여러 군데 파열되었고.

• **오쿠타마** : 『최, 최악이라 판단됩니다! 어째서 저희 함인 거죠?! ───이상.』

• **무사시노** : 『'오쿠타마', 수도관이 파열되는 것과 수송함으로 연달아 두들겨 맞는 것, 어느 쪽이 더 나을까요. 선택

할 의무를 드리겠습니다. ━━━이상.』

꽤 지독한 상황이다. 하지만 이럴 때를 대비한 자동 폐쇄가 무사시 내부의 각 신사에서 이미 이루어지고 있다. 관청 쪽에서도 수도관을 막고 있다. 일그러짐으로 인한 스트레스가 빠져나가면 다시 조치를 취하게 될 텐데.

"마사, 괜찮으려나요……."

●

나오마사는 자신의 감으로 인해 안도하고 있었다.

한 발짝 내디디는 동작을 늦췄기 때문에 진각의 직격은 피할 수 있었다. 한 방에 표층부를 뒤흔들다니, 우리 담임 선생님답긴 하지만, 예전에도 오쿠타마의 바닥을 뚫었고, 세로거리의 엘리베이터를 떨어뜨리기도 했으니 나도 맞설 때 무의식적으로 마음의 준비를 하고 있었던 걸까.

아무튼, 뒤쪽으로 뻗은 왼발도 공중에 뜬 상태다. 그건 진각의 영향이 아니지만.

……큰일인데.

착지 타이밍을 상대방이 제어하게 만들어버렸다. 그리고 양쪽 모두 이미 손으로 자세를 취하고 있는 상태라면.

"얍."

나오마사는 착지를 일부러 흐트러뜨리기 위해 오른쪽 발꿈치부터 내디뎠다. 균형을 발끝 한곳에 둠으로써 전후좌우로 무너진다 하더라도 균등하게 대처할 수 있게끔 했다.

그러자 오리오토라이의 손이 왔다.

내가 앞으로 내밀고 있던 왼손을 오른손으로 잡으러 나섰고.

"하."

붙잡자마자 단숨에 무너뜨리려 했다.

밀어붙인다.

그것도 내 왼쪽, 아래쪽으로.

나오마사는 그에 맞서 거역하지 않았다. 오히려 오리오토라이의 손을 자신의 왼손으로 누르면서.

……여기야.

내 손을 잡은 엄지손가락과 집게손가락 사이. 나오마사는 그곳을 향해 손목 안쪽 근처를 짓눌렀다.

엄지손가락과 집게손가락 사이에는 엄지손가락과 집게손가락을 이어주는 힘줄이 있다. 그 힘줄 안쪽에 있는 근육에 힘이 들어가서 물건을 잡을 수 있는데, 거기에는 한 가지 빈틈이 있다. 손가락 사이, 힘줄을 눌러버리면 잡을 때 쓰는 근육이 옆에서 눌러서 일그러지기 때문에 악력이 곧바로 떨어지는 것이다.

물건을 잡을 때, 엄지손가락과 다른 손가락 안쪽으로 끼우는 것처럼 잡지 않고 손 전체로 감싸려 하면 악력이 약해진다. 나오마사는 그런 것과 비슷한 공격을.

"_____."

한순간이나마 오리오토라이의 손에 때려 넣었다.

그 순간. 오리오토라이의 악력이 떨어졌다. 그리고.

……나르제!

갑작스러운 빛이 나와 상대 사이를 뚫었다.

하늘. 대규모 배송업 무리와 맞서 싸우고 있던 나르제가, 그런 상황에서도 이쪽을 향해 한 발 날린 것이다.

●

"해냈나?!"

나르제는 마르고트의 목소리를 듣고는 고개를 저었다.

"추미식 공격을 날려서 오히려 실패했어!"

"이봐, 츠바이 플로렌, 너희들, 한눈팔지 말라고."

시끄러워, 나르제는 그렇게 생각하며 상대방을 노려보고는 아래쪽을 힐끔 보았다.

나오마사와 오리오토라이가 전투라고 할 수 없을 정도로 짧은 순간에 펼친 예측 싸움을 벌인 모습이 그곳에 있었다. 우리는 곧바로 위를 통과해버렸지만.

……원호 정도는 되었으려나?

무사시의 항공전. 그것을 도맡고 있는 우리가 원호를 한 번도 하지 못한다면 수치다. 그래서 빈틈을 만들기 위해 마르고트가 주로 나서서 대처하는 동안, 내가 공격을 가했다. 하지만.

……진각으로 유체 경로까지 파열시킬 줄은 몰랐다고.

685

추미식 공격은 유체 감지를 기반으로 삼은 대인용 공격이다. 하지만 그렇기 때문에 흩어진 유체 때문에 흐트러져서 빗나갔다. 오리오토라이가 그런 것까지 예측하고 있었는지는 알 수가 없다. 애초에.

"⋯⋯그냥 쐈어도 맞지 않았을 것 같은 상대란 말이지."

"오오, 갓짱, 어떤 의미로는 긍정적인 발상이야!"

고개를 끄덕일 수밖에 없다. 그런데 방금 통과한 곳 아래쪽에서는, 빗나갔다고는 해도 의미가 생겨났다.

담임 선생님의 시야를 한순간이나마 빼앗은 것이다.

●

나오마사는 공격에 나섰다.

손가락을 누름으로써 담임 선생님이 나를 잡고 있던 힘을 느슨하게 만들었다. 하지만 지금 밀어붙이면 붙잡힌다. 그렇기 때문에.

⋯⋯당긴다!

손톱 하나만큼. 그 정도를 상상하며 손목을 당겼다.

그러자 오리오토라이의 손가락에 힘이 돌아왔다. 나를 붙잡으며 확보하는 것을 노리고 있다.

그렇기 때문에 나오마사는 자신의 손에 움직임을 주었다. 손가락 끝에서 힘을 빼고.

"_____."

오리오토라이가 붙잡고 있던 왼쪽 작업용 글러브에서 자신의 손을 빼낸 것이다.

●

나오마사는 아무런 생각도 하지 않았다.

잡념은 불필요한 힘이 생기게 하고, 흐트러짐을 만들어낸다. 그렇기 때문에 방금 나르제의 사격은 도움이 되었다.

그 탄환은 오리오토라이의 시야를 한순간 가려주었다. 손목을 글러브에서 빼내는 건 팔꿈치 아래쪽 움직임이지만, 어깨에 힘을 줄 필요는 있다. 담임 정도의 달인이라면 어깨에 힘을 준 것을 눈치채고 팔꿈치 아래의 동작을 경계했을 것이다.

하지만, 그것을 나르제의 탄환이 막았다.

지면에 나르제의 10엔 동전이 도탄되었다. 나오마사는 그 소리에 겹치는 듯이 손목을 비틀었다. 텅 빈 글러브를 잡고 있던 오리오토라이의 오른쪽 손목을 위쪽에서 누른 것이다.

감싼다.

무너뜨리는 방향은 아래쪽. 의외로 껄끄러운 방향이긴 하지만.

……지금이 기회야……!

이번 기회를 놓치면 아마 손을 쓸 수 없게 될 것이다. 그래서 나오마사는 오리오토라이의 손목을 그녀의 글러브와 함께 손가락에 걸치는 듯이 아래쪽으로 살짝 당겼다. 그것도 안쪽으로 약간 비틀면서.

무너뜨린다. 그러자 오리오토라이의 몸이.

"오."

그렇게 이쪽으로 쏠리는 듯한 움직임을 보였다.

이제 강하게 비틀기만 하면 그 방향으로 회전하며 넘어질 것이다. 한 발짝 당기면 발치도 무너질 테니 단숨에 이길 수 있다.

손목에서 팔꿈치, 팔꿈치가 돌아가면 어깨로 비트는 힘을 보낸다.

보냈다.

한순간 만에 오리오토라이의 손목부터 어깨까지를 지배했다.

이런 동작은 앞쪽부터 차례대로 작업을 해나가는 것과 비슷하다. 부품을 연결하고, 거기서부터 뻗어 나가는 듯한 이미지다.

아무래도 어깨에 힘이 들어가곤 하고, 저항이 생긴다. 그렇기 때문에 한 번 당기며 힘줄을 뻗어서 저항이 걸리는 타이밍을 없앤다.

그렇게 했다.

이제 간단하다. 그녀의 오른쪽 옆구리를 팔이라는 막대기로 휘젓는 듯이 '안쪽'으로 비틀어 넣는다. 아마 견갑골 어쩌고저쩌고 하는 부위일 텐데, 솔직히 감으로 하는 거라 잘 알진 못한다.

하지만 그런 작업을 확실하게 해내면 옆구리를 맞은 것처럼 상대방의 몸이 꺾이고.

"얍."

담임 선생님의 온몸이 오른쪽으로 쓰러졌다.

몸을 숙이는 듯한 움직임을 먼저 보였다. 설마 일부러 넘어져서 '쓰러지지 않았다'라는 잠금 술식을 쓰려는 생각인 걸까. 아니.

……이건———.

그렇게 생각한 순간이었다. 나오마사는 자신이 놓친 게 한 가지 있다는 사실을 눈치챘다.

"———윽!"

●

미토츠다이라가 본 것은 오리오토라이가 앞쪽으로 몸을 숙이며 무릎을 꿇은 움직임과.

"나오마사———."

갑자기 나오마사가 오리오토라이로부터 물러서려 한 판단이었다.

하지만, 오리오토라이가 그녀의 손을 아래쪽으로 쫓아갔다.

잡혔던 것에서는 풀려난 상태지만, 떼어내지는 못했다.

대체 어째서, 미토츠다이라는 그렇게 생각했다. 지금 우세한 건 나오마사 쪽이고, 오리오토라이도 붙잡혔으니 푸는 걸 우선시해야 할 텐데. 하지만.

- **벨** : 『나오마사, 얍! 도망, 쳐!』
- **아사마** : 『마사! ──진각의 진동이 돌아와요!』

●

일그러지는 느낌이 솟구쳤다.

오쿠타마로 들어가기 직전. 두꺼운 밧줄 통로 끄트머리에 도달하려던 참이었던 아사마는 통로의 통행금지 표식이 대형 표시창에 뜬 것을 보았다.

표시창 안에서 무사시 내부의 도조신이 고개를 숙이고 있었다.

《항상 폐를 끼치고 있습니다. 잠깐만 기다려. 이야기 좀 하고 올 테니까 : By 도조신》

"역시 도조신 중에는 애초에 떠받들어지지 않은 신이 많으니 믿음직스럽네요……."

"그래도 통행금지를 내린 건 사쿠야죠?"

오히로시키의 의문과 함께 도조신이 돌아왔다.

《미안, 자, 잠깐만, 앞니……, 이게 말이 되냐고……! : By 도조신》

빠르네, 무심코 그렇게 말해버렸는데, 다른 사람들의 침묵과 흘기는 눈이 약간 따갑다.

"아니, 뭐, 저희가 모시는 신이 아버지를 두들겨 패고 오기도 해서 약간 텐션이 올라간 상태거든요."

"전혀 변명이 안 되는 것 같소만?"

그런데, 눈앞에서 무사시가 움직였다.

두꺼운 밧줄 통로의 접속부에서 이쪽으로, 중력 제어 강화 표시창이 연달아 떴다. 그리고 오쿠타마의 함수가 단숨에 솟구쳤다.

오리오토라이가 진각을 때려 넣은 곳이 배 한복판에서 약간 뒤쪽. 그로 인해 커다란 파도가 한 번 왔고, 방금 그게 돌아온 진동이다. 함미와 함수는 진폭이 가장 컸고.

"우와……."

중력 제어가 효과를 발휘하고 있기에 통로 위에서는 무사시가 단숨에 바운드된 것처럼 보이기도 했다. 그 상하폭은 5미터 정도인데, 그렇다면.

• **아사마** : 『마사, 괜찮으신가요?!』

●

발치가 10센티미터 정도 단숨에 솟구치자, 나오마사는 받아냈다.

금속이 일그러진 움직임을 기반으로 삼아 솟구치는 힘이다. 감각으로 따지면 표층부의 전면이 한순간 반발한 것에 가깝다. 그리고 실제로 흙이 얕게 깔린 곳에서 나무들이나

691

풀 같은 것들이 공중에 떠올랐다.

거주 구역은 가호 대처가 되어 있지만, 자연 구획은 약간 약하게 걸린 상태다. 시끌벅적한 물보라 소리는 근처에 있는 개울에서 생겨났을 것이다. 그리고 이쪽은.

……잘도 이런 짓을……!

오리오토라이가 손목을 되돌리고 있었다.

그녀는 내 손을 잡으려 하고 있다.

그렇군, 나오마사는 그렇게 생각했다. 그래서 내 무너뜨리기에 쉽사리 걸린 거야.

이 상대는 진각으로 인해 돌아온 진동까지 대결에 써먹을 것을 고려하고 있었다.

지금까지 몇 번 그런 적이 있다. 이번에 진동이 돌아올 것도 경험적으로 이해하고 있었을 것이다.

나도 기관부 소속이다. 배가 일그러지는 것도 이해하고 있다 생각했는데.

……사람이 그렇게 만들 거라고는 미처 짐작하지 못했지……!

그걸 이해하지 못한 게 내 어설픈 부분이다. 아니, 어째서 이런 인간이 있는 건데. 솔직히 꺼림칙하다.

하지만, 꺼림칙하니 물리적으로도 물러나야 한다는 건 분명하다. 왜냐하면.

"큭."

담임 선생님이 내 왼손을 붙잡았다.

손목. 벗어나기 위해 손을 비틀었지만.

……천?!

좀 전에 빼냈던 작업용 글러브다. 그것을 한순간에 그녀의 손바닥과 내 손등 사이에 끼워넣었다.

천이 벗어날 움직임에 뒤얽혔다. 글러브는 곧바로 바깥쪽으로 떨어졌지만, 그게 빠져나갔을 때는 이미.

"——."

손목을 완전히 잡힌 상태였다.

아차, 나오마사는 그렇게 생각했다. 내가 무너뜨리려 나섰을 때 몸을 낮춘 것도, 접근하고 손을 잡을 자세를 만들어내기 위해서였다. 진각으로 인해 돌아온 진동이 아래쪽에서 솟구친다면, 몸을 낮추고 그 진동에 맞춰 몸을 일으키며 공격에 나서는 쪽이 더 유리하니까.

그리고 이번에는 배의 진동이 내려갔다. 솟구친 만큼 용수철처럼 급속도로 되돌아가는 움직임이다. 그 전조라고 할 만한 공백이 지금, 왔다.

침묵과 유동이라는 표현이 어울리며 매우 깔끔한 여름 열기 속에서 나오마사는 오리오토라이가 움직이는 모습을 보았다.

……의외로 서투르네.

무너뜨리고 던질 때 몸에 힘이 들어가 있는 모습이 훤히 보였다.

능숙하진 않다. 하지만, 정확하다. 내 축도 그렇고, 발판으로 삼은 세계의 축을 제압하고 있는 듯한 확고함이 느껴진다. 그러니까.

"……!"

진각으로 인해 돌아온 진동이 터진 순간. 오리오토라이가 왔다.

던지려 나선 것이다.

●

진동 위를 뛰어가고 있던 미토츠다이라는 칼을 뽑아들었다. 거리는 좁혀진 상태다. 그리고.

"나오마사……!"

공격당하고 있는 그녀를 도와주어야만 한다.

그렇게 생각한 순간. 나오마사의 몸이 공중으로 뛰어올랐다. 하지만.

……저건———.

오리오토라이가 손목을 되돌리는 듯이 날린 던지기 기술 너머, 공중에 뜬 것이 있었다.

나오마사의 몸. 그 일부였다.

의완이었다.

커다란 오른쪽 작업용 의완이 나오마사의 어깨에서 분리되어 여름 햇빛 속으로 날아갔다. 그리고 나오마사는.

"제, 젠장!"

왼손이 오리오토라이의 오른손과 함께 튕기며 물러났다.

거기에 담겨 있던 힘을 양쪽 모두 흡수하지 못했던 것이다.

나오마사는 무사하다. 그 대신 의완이 세차게 땅바닥에 굴러가며 돌바닥에 미끄러졌다.

무슨 일이 일어났는지는 알고 있다. 나오마사가 자신을 던지려 하는 오리오토라이의 '무너뜨리기'와 힘을, 휘두른 의완에 밀어 넣은 것이다. 그리고 의완을 분리함으로써 몸 안에서 작렬하려던 힘을 빼냈다. 결과적으로 의완이 나오마사 대신 날아가 버린 것이다.

그렇기 때문에 두 사람의 던지기는 성립되지 않았다. 그리고 나오마사는.

"＿＿＿."

놓은 손을 힘차게 들어 올리고는, 담임 선생님에게 내밀지 않았다.

끝난 것이다.

그러자 오리오토라이가 고개를 한 번 끄덕였다.

"하."

그녀는 살짝 웃고는 숙인 몸을 앞으로 내밀었다.

이미 담임 선생님의 몸은 진각으로 인해 돌아온 진동을 타고 솟구치며 초기 속도를 얻은 상태였다.

"던지지 못했으니까, 다음에도 열심히 해보라고?!"

그 목소리를 들은 나오마사는 혀를 한 번 찼다. 이쪽을 돌아보는 모습을 보니 하복의 피부와 타이츠 위에 스며 나온

땀이 드러나 있다. 방금 그 승부의 긴장감이 형태로 나타났
다고 할 수 있을 것이다.

하, 나오마사는 그렇게 숨을 내쉬고는.

"조금이나마 시간을 벌었어."

"다음에 체술 훈련을 같이 해드릴게요?"

"너한테 그런 말을 들을 줄은 몰랐는데."

본인도 꽤 승산이 있을 거라 생각한 모양이다. 의완을 주
우러 갈 때, 바닥을 발뒤꿈치로 박차는 모습에 분한 마음이
드러났다. 하지만.

······다음에는, 저네요.

칼은 이미 뽑아 들었다. 거리도 좁혀졌다. 이제.

"———상대해주시기만 하면 되는데요?! 선생님!"

제24장
『지나가는 길의 해방자』

자. 어느 정도냐
네. 이 정도예요
자. 어떻게 할 거야
네. 이렇게 하지요
배점 (따라잡음)

●

　인랑 여왕은 수송함을 안아 든 자세로 문득 고개를 들었다.

　소리가 들린다. 정겹다는 생각이 한순간 들었지만, 향수 같은 것은 아니다. 나 자신과 이어진다는 의미로 내 안에 있는 근원적인 정겨움을 느낀 것이다.

　"멋진 소리를 내고 있네요."

　멀리, 서쪽에서 쇠 소리가 들린다.

　나와 이어진 템포를 지닌 연속 공격 소리. 키는 작고, 날씬하고, 자기 아버지를 닮아서 가슴도 없지만, 내게는 확실하게 이해가 되는 방식으로 소리를 내고 있다.

　"하지만."

　인랑 여왕은 음~, 그렇게 입가에 집게손가락을 대고 목소리를 내면서 고개를 갸웃거렸다.

　"아직 어느 정도 성장할 구석이라고 해야 하나, 부족한 부분이 있지요."

　　●

　미토츠다이라는 공격에 전념했다.

　따라잡긴 했다. 이제 은쇄를 두 줄 꺼내고, 주 무기는 EX. 콜브랜드로 삼고는.

　"……!"

늑대는 순발 가속으로 담임과 격돌했다. 검만 사용하는
게 아니다. 은쇄를 이용한 타격도, 손톱으로 날리는 공격
도, 상황에 따라서는 발차기까지, 모든 것을 사용했다.

늑대다. 몸의 모든 부분을 속도와 함께 무기로 삼을 수 있다.

그리고 공격에 있어서도.

"하……!"

손톱과 엑스칼리버를 휘두르는 손을, 온몸까지 포함해서
가속시킨다.

고속으로 날리는 연속 참격은 이럴 때 마음 편히 사용할
수 있어서 좋다. 노브고로드에서 시바타를 상대했을 때도
그랬다.

그리고, 다리 쪽 가속은 뇌르틀링겐에서 시마 사콘과 싸
웠을 때가 최선이었던 것 같다. 검을 발판으로 삼아 공중에
서 공격을 날리려 하는 등, 나도 꽤 재치를 발휘할 수 있게
되었다는 생각이 든다.

지금은 그런 것들을 쏟아내기만 하면 된다.

어찌 됐든 왕의 지시다.

늑대는 솟구치며 연속으로 다양한 방향에서 공격을 때려
넣었다. 오리오토라이가 그에 맞서서.

"오오……, 으."

반쯤 놀라는 표정으로 그 공격들을 쳐내기 시작했다.

칼집에서 뽑아 들지 않은 장검이 불똥을 튀기긴 했지만.

……안 맞네요……!

전장은 후회로를 빠져나가려 하고 있었다.

미토츠다이라는 연속 공격을 멈추지 않고, 오리오토라이를 몰아쳤다.

맞추면 승리. 모두의 승리. 내 승리. 그리고 왕의 승리다.

하지만, 방어에 전념하게 된 오리오토라이는 매우 견고했다. 그리고.

……이동 속도가 떨어지긴 했지만, 그래도 충분히 빠르네요.

중반 집단과 비슷한 정도의 속도, 미토츠다이라는 그렇게 보고 있었다. 그렇다면.

"선생님의 전술이 거칠긴 하지만 잘 들어맞았다, 그런 거네요."

"어머, 어머, 그게 무슨 소리야?"

나는 지휘 관련 공부도 하고 있다. 그래서 이해했는데.

"이동과 속도로 인해 따로 떨어진 상대를 각개 격파. 이건 도주시의 정석인 전술인데요, 저희처럼 종합적인 능력을 중시하는 집단은 각 전투에 대한 개입이 힘들어지니 집단으로 참전하더라도 승률이 떨어지게 되죠."

물론, 이건 지금까지 벌였던 모의전에서도 마찬가지였다. 단, 이번에는 오리오토라이의 노림수가 명확했던 것 같다. 왜냐하면.

"속도가 빠른 자들을 철저하게 깎아낸다. ───출발 직후에 아데레, 핫산 같은 속공 계열, 나이트나 나르제를 묶어두고, 다테 가문 부장이나 제2특무 같은 비상 계열을 확실하게 쓰러뜨린다.

그리고 피로가 쌓이기 전에 원군을 불러서 선생님을 따라잡으려 하는 후타요나 긴 같은 사람들을 깎아내죠."

그런 다음, 단숨에 거리를 벌리면.

"토모의 사격 같은 것도 사선을 확보할 수 없어서 선생님에게는 닿지 않는 상태가 되죠.

평소와는 달리 중반 집단이 기술을 거의 쓰지 못하게 만드신 거예요."

"그럼 그런 상황에서 뭐가 보인다는 거야?"

오리오토라이가 묻자 미토츠다이라가 대답했다.

"왕이 살아있고, 모두의 대부분을 전투 계열이 지키고, 적의 주력을 쓰러뜨린다 하더라도───. 결과적으로 지게 될 경우가 있다. 왜냐하면 전장에 '완주'는 없으니까요."

"하하."

오리오토라이가 웃었다.

"지금까지는 그냥 술래잡기하고 각개 격파만 했었는데 말이지. 이번에는 원군을 도입하거나 선생님 쪽에도 '공격'을 집어넣어서, ───이제야 형태가 잡히기 시작했네."

Jud. 미토츠다이라는 그렇게 말하며 고개를 끄덕였다.

그리고, 칼이 맞부딪혀 생겨난 불똥 너머에서 오리오토라이가 물었다.

"있지, 미토츠다이라. 그럼 질문. ———어째서 네가 여기 있는지, 알겠어?"

알고 있다. 그건.

"모두가 우수하고, 선생님의 계산이 약간 부족했기 때문이에요. 왜냐하면, 저희 어머님께 대처할 수 있는 건 사실 저뿐이니까요."

하지만, 그것은 타치바나 부부가 맡았다.

"저와 타치바나 부부라면 어머니를 쓰러뜨리거나 억누를 수 있었을 거예요. 하지만 선생님과 마찬가지로 승패 횟수보다 실질적인 승부를 원한 사람이 있어요."

그 사람은.

"나의 왕이죠."

지금 질의응답을 해보니 무슨 의미인지 이해가 된다. 나는 아직 실력 같은 면에서 부족한 부분이 있고, 나 자신도 눈치채지 못한 문제 또한 있겠지만, 지금 이 상황에서는.

"왕이 마지막으로 마련해두었던 승리의 칼날. 그 사실을 자각하고 가겠어요."

●

나오마사는 오른쪽 의완을 접속하고는 빠른 걸음으로 나아가기 시작했다.

뒤쪽, 시끌벅적한 표시창을 보니 중반 집단이 오고 있는 모양이었다. 하지만 걸어가더라도 후반 집단과 함께 완주할 수는 있을 것이다.

내 임무는 달성했다. 이제 서둘러봤자 오차에 불과할 것이다. 하지만.

"이봐, 이봐……."

나오마사는 교도원 쪽. 자연 구획 숲을 보았다.

그러자 지형이 바뀌어 있었다.

숲의 나무들이 몇 그루 단위로 공중에 뜨고, 함미 쪽으로 내동댕이쳐지고 있는 것이다. 마치 용이 걸어가는 듯한 땅울림이 생겨났고, 왠지 모르겠지만 표시창 안에서 아사마와 '오쿠타마'가 소란을 피우고 있는 것 같은데, 착각이라고 생각하는 게 나을 것 같다.

그런데, 나무들이 날아가고 때때로 거기서 보이는 은빛은 엑스칼리버일 것이다. 늑대는 오늘도 시끌벅적하게 힘을 휘두르고 있다는 뜻이다.

하지만, 그 모습을 본 나오마사는 한숨과 쓴웃음을 보이며 앞으로 나섰다.

빠른 걸음으로, 머리를 긁으면서, 정말, 그런 목소리까지 내면서.

"왕이 그냥 지나갈 수 있게 되었다고 해도, 딱히 기사에게 영지를 내려준 것도 아닐 텐데 말이지?"

미토츠다이라는 힘을 휘둘렀다.

이겨야만 한다. 그러기 위한 수단은 이미 모조리 쓰고 있다. 그러니 이제 내가 어디까지 할 수 있는가에 대한 승부로서.

"갑니다……!"

후회로. 왕이 오랫동안 기피해 왔던 숲속 길이다. 약간 울창한 그 숲은 내현쪽 자연 구획에서 흔히 볼 수 있듯이 손질이 잘 되지 않은 모습을 보이고 있다.

……외현 쪽에 비해 바람이나 햇빛이 잘 통하지 않으니까요.

자연 구획에서는 그러한 좌현과 우현 차이를 오히려 '정취'라고 보기도 하지만, 가끔 이 근처를 손봐야 하는 생활 위원이 '정취라고 우긴 죄'로 말에 매달린 채 자연 구획 내부에서 끌려다니는 경우도 있다. 그러니까.

"뭐, 몇 그루 정도는 간벌 범위 안에 들어가겠죠?"

그렇게 말하며 은쇄가 잡아서 들어 올린 나무를 보았다. 그러자 한 번에 네 그루였다. 이런 걸 몇 번 하긴 했지만.

"며, 몇 그루……!"

약간 껄끄러운 느낌도 들었지만, 은쇄를 혼냈다가 의욕이 떨어지면 안 되기 때문에 그대로 미소를 지으며 오리오토라이를 내려치기로 했다.

●

　시원스러운 질주, 그런 기세가 붙은 후타요의 어깨 위에
올라타고 있던 마사즈미는 미토츠다이라의 소행을 배 사이
의 두꺼운 밧줄 통로에서 보고 있었다.

　"이봐, 이봐. 저 근처에는 내가 항상 책을 읽을 때 이용하
는 공원이 있다고……."

　"호오. 숨겨진 명소로군! ———이제 밖으로 드러나게 될
지도 모르겠소만."

　그렇게 되면 매우 곤란하다. 왜냐하면.

　……다른 사람들까지 오게 되면 무사시에 조용한 공간이
없어지게 된다고.

　그런 각오도 필요한가~, 마사즈미는 그렇게 생각하면서
도 오쿠타마 쪽을 보았다. 여기서도 보이는 교도원을 바라
보면서.

　"아무튼, 이겨달라고. ———다들."

●

　마치 거대한 짐승이 앞다리로 사냥감을 뒤쫓는 것처럼,
미토츠다이라는 나무들을 연달아 때려 넣었다.

　미토츠다이라는 나무의 형태를 다듬지 않았다.

　뽑아내서 그대로 내려친다.

그러자 오리오토라이는 받아내지 못하고 있다. 하지만 나도 뽑아내기만 한 나무가 무겁긴 마찬가지다.

나뭇잎과 나뭇가지가 달려 있기 때문이다. 공기 저항도 있어서 움직임이 느리다. 하지만.

……어떻게든 휘두를 수는 있어요!

타격력도 그렇지만, 가장 필요한 것은 오리오토라이에게 주는 압박감이다.

피하기 힘들다는 느낌을 줄 수 있다면, 그것이 그녀의 빈틈을 만들게 된다. 형태를 다듬은 통나무로는 단순한 타격 무기로만 보일 거라는 생각이 든다. 그리고.

……지금 하는 노력은 나중에 의미가 생겨나니까요……!

그렇게 생각하며 앞으로 나선 순간. 시야가 트였다.

교도원 아래의 중앙 거리로 나온 것이다. 이곳으로 나오면, 이제.

"계단을 올라가면, 교도원……!"

오리오토라이가 단숨에 스퍼트를 가했다. 계단 오르막길이라 해도 그녀에게는 별로 의미가 없는 장애물일 것이다. 이쪽은 쫓아가면서 은쇄를 일단 뒤쪽으로 휘두르고.

"갑니다!"

●

나이트는 시야 구석에서 모의전이 최종 국면으로 들어선

것을 확인했다.

교도원 아래 거리로 오리오토라이가 나왔을 때는 당했나, 그런 생각이 들었지만.

"미토짜앙!"

몰아붙이고 있다.

이렇게까지 거리를 좁혀서 따라붙은 건 우리도 이번이 처음 아닐까.

그 정도의 쾌거인 것 같은데, 미토츠다이라는 그런 상황에서도 온갖 수단을 동원하고 있었다.

하늘 위에서는 알아보기 힘들지만, 은쇄로 한데 뭉친 나무들을 그녀가 한 번 휘둘러서 가속시킨 다음.

······오오.

던졌다. 그것도 그냥 오리오토라이를 노린 게 아니다.

교도원 앞 계단. 그 위쪽을 가로막는 듯이 던진 것이다.

●

미토츠다이라는 순발 가속을 사용했다.

던진 나무는 여덟 그루. 계단 밑으로 떨어진 것은 세 그루. 나머지 다섯 그루가 계단 위쪽을 막고 있다.

라스트 스퍼트 최후의 순간에 뛰어넘어야만 하는, 그런 위치였다.

좀 전부터 계속 오리오토라이에게 압박감을 가해왔던 것

은 그런 이유 때문이었다.

장애물로 인식하게 만든다. 이제 계단에 생겨난 나무의 벽을 향해.

"……윽!"

미토츠다이라는 가속했다.

●

늑대는 달렸다. 이미 숨이 헐떡이기 시작하고 있다.

하지만, 사냥감은 몰아넣은 상태다.

오리오토라이. 우리 담임 선생님이다. 괴물 같은 전투력과 기동력을 지니고 있고.

"오오……!"

이런 상황에서 담임 선생님이 온 힘을 다해 뛰어간다.

최고 속도는 내가 더 빠르다. 상대방은 순발 가속을 사용할 수 없다. 하지만, 그녀에게는 떨어지지 않고 안정적으로 지속되는 속도가 있다. 지금도 그렇다. 계단을 올라간다기보다는 도약했고.

"역시 나무를 뛰어넘는 거군요……?!"

미토츠다이라는 앞서가는 오리오토라이를 추격하는 듯이, 은쇄를 때려 넣었다.

이미 계단도 꼭대기 근처다. 결승점인 운동장이 가깝다.

이곳이 승부를 낼 장소다.

나무 벽을 도약하는 모습이 공중에서 무방비해졌다. 하지만 은쇄는 공중으로 날아갔다.

그렇다면.

"가세요! 은쇄!"

미토츠다이라는 오리오토라이가 도약한 것에 맞춰 은쇄를 내질렀다.

그것도 담임 선생님에게 날린 게 아니다. 그 아래에 쌓인 나무들을 붙잡고.

"오오······!"

위쪽으로. 공중에 있던 담임 선생님을 향해 올려친 것이다.

●

오리오토라이의 판단은 한순간이었다.

······꽤 하네······!

예전의 미토츠다이라였다면 은쇄나 들고 있는 엑스칼리버로 공격했을 것이다.

하지만 지금은 그렇지 않다. 형태가 안 좋아 보일지는 모르겠지만, 승리를 우선시했다. 아니, 승리야말로 그녀의 왕이 내린 지시이기 때문이다. 그렇다면 그것을 위해 온 힘을 다하겠다, 그런 뜻일 것이다.

하지만 오리오토라이는 공중에서 움직였다.

아래쪽에서 날아드는 거센 파도 같은 나무는 기세를 띠고 있다.

이쪽은 이대로 날아가면 앞으로 가는 흐름 도중에 아래쪽에서 오는 연속 공격을 맞게 된다. 그런 상태로, 예를 들어 나무를 박차고 뛰어오른다 하더라도 나뭇가지 같은 것이 있기 때문에 '맞지 않았다'는 말이 통하지 않는다고 해야 하나.

……학생에게 변명 같은 걸 늘어놓으면 안 되겠지…….

그렇기 때문에 오리오토라이는 움직였다. 등에 메고 있던 칼자루에 손을 대고.

"조금 서비스를 해줄까, 선생님이."

●

인랑 여왕은 수송함을 내던지던 도중에 문득 귀를 움직였다.

"어머."

그 귀는 짐승의 귀였다. 야수 변조. 정령으로서의 늑대가 아니라 인랑으로서의 늑대화다. 그러한 현상이 여름 낮인 지금 생겨난 이유는.

"……매우 맑은 검압이 들렸는데요?"

고개를 갸웃거리며 돌아본 곳은 오쿠타마의 함미 쪽. 귀에 닿은 것은 딸과 맞서 싸우고 있던 상대의 일격일 것이다. 그런데 지금까지 그 상대는 계속 칼집에서 칼을 뽑지 않았을 것이다.

한순간. 그 직후에 검이 곧바로 칼집 안으로 돌아간 것 같은데.

"얼마나 예리한 거죠? ──나무 여러 그루를 종잇장처럼 자르다니."

●

나오마사는 담임 선생님의 일격을 보고 있었다.

솔직히, 나도 그녀의 일격을 지각하지 못했다. 그 정도로 빠른 속도였다. 그저, 오리오토라이의 몸이 솟구친 나무들 너머로 가려졌다고 생각한 순간.

……빛, 이었지?

일섬이 나무들 너머로 파고든 것처럼 보였다. 그것도 자기주장이 약하고 얌전한 빛이었다. 그래서 나오마사는 약한 공격이라 생각했지만.

"꺼림칙하네."

한데 뭉쳐 있던 나무 다섯 그루 한가운데가 잘린 상태였다. 그렇게 갈라진 곳을 박차고 오리오토라이가 비스듬히 뛰어올라 좌현의 운동장으로 날아갔다.

나무들의 단면이 서로 부딪혀 딱딱한 소리를 울렸다. 담임 선생님은 그 소리에 밀리는 듯이 결승점을 향해 가고 있지만.

"미토……!"

나오마사가 소리쳤다.

"처치할 길을 마련해줘!"

●

오리오토라이는 칼을 칼집에 넣으며 공중에서 뒤쪽을 돌아보고 있었다.

상대가 있다. 그것도.

"역시 이 순간을 노리는구나……!"

늑대다. 은랑이 갈라진 나무들을 공중에서 발판으로 삼으며 단숨에 이쪽을 따라잡았다.

도약과 공중 질주의 차이는 좁혀드는 거리로서 명확하게 나타났다.

숨을 한 번 쉴 동안 몇 미터 밖에 남지 않은 위치까지 다가왔을 때, 오리오토라이는 늑대의 공격 방법을 그제야 보았다.

그녀 뒤쪽. 수십 미터에 걸쳐 그려져 있는 호가 두 개 있었다.

은쇄다. 채찍처럼 휘둘러진 그것의 끄트머리, 하나는 비어있고, 다른 하나는 엑스칼리버를 잡고 있었다.

원심력 최대. 늑대의 온몸의 힘이 실린 채 비어있는 타이트암이 먼저 이쪽에 닿았다.

금속 주먹이다. 맞으면 날아가버린다. 그럴 생각으로 날린 일격이다.

그러자 오리오토라이는 칼집과 함께 장검을 겨누었다.

그 직후. 은랑이 몸을 틀었다. 고개를 옆으로 돌리며 공중에서 몸 하나만큼 왼쪽으로 어긋나게 만들었다. 그것은 엑스칼리버 쪽 사슬을 강하게 당기는 움직임으로 이어졌고.

……오.

늑대가 있던 위치를 뚫고, 고속의 일격이 날아들었다.

아사마의 대함 화살이었다.

●

"포착했습니다……!"

후회로 앞. 자연 구획 가로거리와 만나는 세로거리에서 아사마는 대함 사격 전개 상태인 우메츠바키를 거두었다. 무녀복이 아니기 때문에 각부 앵커 같은 것들도 사용하지는 않았지만, 방위 계열 정화 같은 것들은 완벽하다. 좀 전까지 날리던 사격보다 위력과 정확도가 높다.

거기에 더불어, 미토츠다이라가 가려주었다.

오리오토라이에게는 피할 수 없는 일격이었을 것이다. 그러니까.

"어떤가요?!"

물어본 순간. 오쿠타마 함미 하늘에 폭발이 생겨났다.

유체광의 대규모 물보라. 그것이 흩어지며 솟구친 곳은.

"위, 위쪽……?!"

스즈의 지적이 사실이었다. 아사마가 올려다본 위쪽. 교도원 상공 200미터 근처에서 빛이 폭쇄되고 있다. 유체광을 흩뿌리고 있는 것의 정체는.

……제, 화살이네요……!

오리오토라이는 피하지 않았다. 그녀는 그저.

"날아온 화살을, 차올린 건가요?!"

질문에 대한 대답은 하늘에서 유창하게 이루어지고 있다. 아사마는 비통해하지도 않았다. 그저 한 말은.

"메리……!"

"Jud. 이미 가고 있습니다."

돌아본 곳, 영국 왕녀는 양쪽 맨손을 펼치고 있었다. 거기 있던 나머지 엑스칼리버 한 자루는.

"———날아갔어요. 친구가, 해결해야 할 문제에 맞닥뜨렸다는 사실을 깨닫고요."

●

미토츠다이라는 발판으로 삼을 마지막 통나무를 박찼다.

목표는 공중에서 발차기를 날리며 기세에 몸을 맡기고 후방으로 한 바퀴 회전한 오리오토라이다.

그녀는 곧바로 교도원 운동장에 도달하려 하고 있다.

그곳이 결승점이다.

아무것도 하지 못한 채 그녀가 그곳에 들어가면 우리의

패배가 된다.

물론, 지더라도 죽는 것은 아니다. 점수가 떨어질 뿐이다. 나는 완주 점수도 받을 수 있고, 이번 전투로 인해 추가 점수도 받을 것이다. 하지만 왕은 조금 위험하다. 꽤 위험하다. 그렇다면 호라이즌도 위험하기 때문에 즐거운 여름방학을 위해서라도.

……지금이 힘을 낼 때예요……!

오른쪽에서는 EX. 콜브랜드. 그리고 왼쪽에서는 타이트 암의 타격. 게다가.

"EX. 콜브랜드, ———두 자루째!"

미토츠다이라는 어깨 너머, 추가로 날아온 한 자루를 휘두르지 않고 오른손으로 받아들었다.

간다.

공중에서 3연속 공격을 담임 선생님에게 때려 넣는다.

●

미토츠다이라는 공중에서 담임 선생님을 향해 뛰어들면서 상대방의 거동을 보고 있었다.

운동장을 향해 등으로 떨어지는 것처럼 보이는 오리오토라이를 향해, 우선 왼쪽 타이트 암부터 격돌 궤도에 들어갔다.

하지만, 맞기 직전에 담임 선생님이 장검을 눈앞에 세웠다.

……어?

솔직히 타이트 암을 방어할 거라 생각했다.

아니었다. 오리오토라이는 그대로 장검을 놓은 것이다. 그리고 그녀는.

……설마———.

깜짝 놀란 내 눈앞에서 담임 선생님이 오른손을 바깥쪽으로 휘둘렀다.

그 다섯 손가락에 타이트 암이 바깥쪽에서 격돌했다.

그 직후. 미토츠다이라가 본 것은 담임 선생님의 손에 직격한 모습이나 파괴가 아니라.

"은쇄?!"

사슬이 공중에서 늘어진 것이다.

무슨 짓을 한 건지, 미토츠다이라는 이해하면서도 납득할 수가 없었다. 왜냐하면 방금, 담임 선생님이 은쇄를 향해 한 행동은.

"'무너뜨리기'였나요?!"

●

오리오토라이는 미토츠다이라의 의문에 고개를 끄덕였다.

그리고 그녀는 그래, 라고 하면서 왼쪽 손을 바깥쪽으로 휘둘렀다.

그쪽에서는 엑스칼리버가 오고 있을 것이다. 그래서 그 움직임에 맞춰 손목을 휘둘러서.

"무너뜨릴 수 있거든."

튕겨냈다.

호쾌한 속도가 담긴 일격이었지만, 상관이 없다. 연달아 울린 금속음은 한 번, 삐걱대는 소리를 내고는.

"……!"

날아가버렸다. 좌우 2개, 양쪽 다 내게는 상처를 입힐 수가 없다. 그 이유는.

"미토츠다이라?"

물어본 곳, 멍한 시선이 아니라 힘이 담긴 시선으로 바라보는 건 역시 대단하다. 그래서 오리오토라이는 망설임 없이, 딱 잘라 말했다.

"네 부족한 부분. 그중 하나는 말이지? 은쇄를 다루는 법이야. ———방금 봤으니 알겠지?"

Jud. 늑대가 그렇게 말했다. 이쪽으로 뛰어드는 자세는 오른쪽 어깨 위에 엑스칼리버를 둘러맨 듯한 느낌이었고.

"저 자신은 순발 가속을 사용할 수 있지만, ———은쇄는 골격이나 근육이 없으니 스스로 순발 가속을 사용할 수가 없죠."

그러니까.

"힘으로 휘두르면 상대가 기술로 받아치게 된다. 그런 뜻이죠?"

그러게요, 미토츠다이라는 그렇게 생각하며 이해를 납득으로 바꾸었다.

　은쇄에게는 힘을 전파시킬 수 있지만, 그럴 경우에는 사슬을 힘으로 밀어붙이는 방식으로만 쓸 수 있다.

　하지만, 순발 가속은 골격을 이용한 지렛대 원리나 탄력이 필요하다. 그런 이유로 인해 은쇄는 힘으로 휘두르고, 필요할 경우에는 자기 자신의 순발 가속으로 은쇄를 던지곤 했지만.

　……지금까지 숨겨왔던 전술의 문제였는데, 간파당해버렸네요……!

　미토츠다이라는 그렇게 생각한 다음, 그러면서도 마음속에 하지만, 이라는 말을 새겼다.

　"그렇다면 이건 어떨까요?!"

　공중. 오른쪽 어깨 위에 둘러멘 엑스칼리버는 내 손으로 직접 들고 있다.

　"이 검은 가속시킬 수 있다고요!"

　말했다. 그러자 담임 선생님이 몸 앞에 띄우고 있던 장검을 잡았다.

　그 순간. 우리 몸이 운동장에 닿은 것과 동시에.

　"_____."

　바로 위에서 날아온 혼주가 오리오토라이와 격돌했다.

"아데레 님, 닿았습니다! ———이상!"

무사시노 함교 내부, '코쿠분지'의 처리가 성공하자 모두 가 고개를 끄덕이고 있었다.

'무사시노'는 시늉에 불과한 숨을 내쉬고는 '코쿠분지'를 보았다.

"잘했습니다, '코쿠분지'. 설마 실패한 직후에 아데레 님 께서 재사출을 요청하실 줄이야. 아마 거듭된 충격으로 인 해 머리가 이상해진 것으로 판단됩니다만, 무사시노에서 오쿠타마 함미, 그것도 위치가 변동하고 있던 상대에게 명 중하다니, 정말 대단합니다. ———이상."

그 말에 다른 사람들이 살짝 박수를 쳤다.

하지만 그중에서 손을 든 자가 있었다.

"왜 그러시죠? '아키시마'. ———이상."

"오리오토라이 님께 직격한 듯한 느낌입니다만, 승객에 게 꽈앙, 날려도 괜찮은 겁니까. ———이상."

'아키시마'가 한 말을 듣고 '무사시노'가 눈을 슬쩍 돌렸다.

그렇게 바라본 곳은 함교 내부의 앞쪽. 거기 있는 벽에는 외부 광경이 떠 있다.

그래야 했다.

지금, 함교 앞 시각 소자에 비춰진 영상은 가운데 부분에 세로로 두꺼운 금이 가 있다.

수송함이 격돌한 흔적이다. 그것을 본 '무사시노'는 무표정한 목소리로.

"——이것과 비교하면 싸게 먹힌 것 아닐까요. ——이상."

●

아데레는 혼주에서 뛰쳐나와 있었다.

……해냈다!

오리오토라이도 공중에서 일격을 맞으면 어떻게 할 방법이 없을 것이다. 그렇다면.

"어떤가요! 선생님! 직격 맞죠?!"

담임 선생님이 어떻게 되었는지, 아데레는 혼주 아래쪽을 들여다보며 확인했다.

이번에는 잘 해냈다. 그런 것 같다. 왜냐하면.

……좀 전에 실패한 것을 감안해서 이번에는 혼주의 다리를 뒤쪽으로 젖혔으니까요!

아래쪽에 빈틈은 없다. 그러니 아래쪽에 오리오토라이가 있다면.

"_____."

아데레는 2초 정도 생각하고 나서.

……어라?

• **아사마** :『자, 잠깐만요, 선생님이 콰지이이익, 되지 않았나요?!』

• **마르가** :『기어코 우리 반에서 범죄자가 나와버렸구나…….』

 • **우키** :『범죄자라면 이미 있다만.』

 • **나** :『뭐야아━━━! 너희들, 그 눈빛은 대체 뭐냐고오━━━!』

 • **마루베야** :『아니, 아니, 요즘 붐은 이쪽이야! 이쪽이라고! 범죄 붐!』

 • **금마르** :『알몸하고 우동이 죄인이라니, 말세라는 느낌이긴 하네.』

너무 평소랑 똑같다고요, 아데레가 그렇게 생각하며 급하게 들여다본 혼주 아래.

거기에는 어떤 것이 떨어져 있었다.

오리오토라이의 장검이다. 길쭉한 푸른색 칼집이 운동장에 꽂힌 형태로 혼주를 밀쳐내고 있다.

다시 말해 이건.

……장검으로 혼주를 받아내고 곧바로 도망친 건가?

그렇다면, 그렇게 생각했을 때였다. 뒤에서 머리에 손날이 날아들었다.

아, 그렇게 말하기도 전에 담임 선생님의 목소리가 들렸다.

"━━━꽤 괜찮은 판단이야. 솔직히, 장검을 들어 올린 순간이 아니었다면 위험했을 것 같네."

돌아보니 그곳에 오리오토라이가 있었다.

그리고 담임 선생님은 미소를 보이고는 이렇게 말했다.

"자, 선생님은 멀쩡하게 골인했어. ───선생님에 대한 공격은 이제 날아오지 않는 것 같으니까, 그렇다면 모의전은 종료. 그런 거지?"

●

멀쩡한 오리오토라이의 모습을 보고, 그녀와 마찬가지로 운동장에 착지해 있던 미토츠다이라는 숨을 내쉬었다.

호흡이 빠져나가자 무릎도 꺾였다.

……크아…….

역시 피로가 심하다.

솔직히, 마지막 일격은 겨누긴 했지만 휘두를 만한 여유가 없었다.

지금까지 온 힘을 다해 달려왔고, 나무 같은 것들을 내리쳤기 때문이다.

지구력도 향후의 과제네요, 미토츠다이라는 그렇게 생각하며 은쇄를 당겼다. 그리고 이쪽을 돌아본 오리오토라이에게 물었다.

"나의 왕 같은 사람들은 어떻게 되나요?"

"음~, 시간 안에 들어오면 좋겠는데. 아래쪽 나무들은 어떻게 되었으려나."

"아, 그건 곤란하네요."

중얼거렸다. 그리고 오리오토라이의 시선이 이쪽으로 쏠

려 있는 것을 확인하고는 미토츠다이라가 조용히 말했다.

"키미."

그렇게 말한 순간이었다. 오리오토라이의 양쪽 옆구리에서 다섯 손가락이 튀어나왔다.

"아."

오리오토라이가 도망치려 했다. 하지만, 다섯 손가락 쪽이 느리긴 했지만, 정확했다.

담임 선생님의 몸이 움직인 쪽으로 손가락을 뻗었고, 그 양쪽 손가락이 셔츠 너머로 가슴을 움켜쥐었다.

붙잡았다. 그런 다음.

"후후, 잡았는데? 선생님."

키미다. 그녀가 미소를 지으며 계단 아래쪽을 향해 말했다.

"자, 승부 종료———! 보려무나, 멍청한 동생아?! 호라 이즌?! 현명한 누님께 감사하렴!!"

●

역시 대단하네요……. 아데레는 혼주 아래에서 장검을 뽑아내며 그렇게 생각했다.

키미가 여기 있는 이유는 그녀가 혼주 안에 들어가 있었기 때문이다.

다른 사람들이 뛰어가기 시작할 때, 작전을 정했다. 그것의 내용은 네신바라가 구축했고.

"반드시 최종 라인에서 선생님에게 공격을 맞추는 것. 그것을 지상 목표로 삼는다."

그리고 그럴 수 있는 사람은.

"아오이 군. 네가 지니고 있는 예술인의 '틈'은 예전에도 선생님의 경계를 무효화시켰었어. 그러니까 이번에도 부탁하고 싶긴 한데, 아무리 선생님이라 해도 재탕은 통하지 않을 거야. 그러니까———."

"큭큭큭, 그렇다면 나밖에 없잖아."

그렇게 키미를 최종 라인인 운동장까지 보내게 되었다. 타이밍으로 따지면.

"예전처럼 모두가 집합한 다음은 안 돼."

그러니까 최대한 빠르게. 최초의 연타가 닿는다면, 그때, 그렇게 정했다.

그 이후로는 간단하다. 이렇게 이야기를 나누었다는 사실을 들키지 않게끔, 우르키아가와 나루미가 곧바로 오리오토라이를 향해 돌진하고, 우리는 그 뒤를 쫓아가는 구도를 만들었다.

중간에 어떠한 장애물이 있다 하더라도, 마지막에 어떻게 할지는 미리 정해두었다.

……그렇기 때문에 승리할 수 있었던 거죠…….

예전과는 다르다. 비슷한 결과지만, 분명히 다르다. 그것은.

"모두의, 승리예요……!"

그래, 오리오토라이가 그렇게 말하며 고개를 끄덕였다.

그녀는 쓴웃음을 지으며 키미에게서 물러났다. 그리고 양쪽 어깨를 살짝 돌린 뒤에.

"키미가 덤비면 골치 아프단 말이지."

"내가 보기에는 빈틈투성이인데? 선생님."

"그런가?"

오리오토라이가 쓴웃음을 지었다. 그리고 그녀는.

"그렇다면 선생님도 공부를 더 해야겠네."

• **우키** :『이봐, 누가 좀 말려라. 더 이상 강해지면 졸업을 못 할 거다.』

• **호라코** :『그럼 선생님을 이기면 말릴 수 있다는 걸로 하시죠.』

• **10ZO** :『그거, 가면 갈수록 파워업할 것이오이다!』

그럴 것 같기도 하다. 그런데, 방금, 후반 집단도 후회로를 지났다.

시간은 아직 있다. 그렇다면 결판이 났다. 아데레는 손뼉을 한 번 치며 이렇게 말했다.

"———낙제 없음! 완주 점수를 기반으로 모두 통과한 거네요!"

제25장
『결승점의 알현자』

세계는 비겁하다
한 발짝이라도
모두라도
배점 (석방된 기분)

아사마가 운동장에 도착한 것은 중반 집단보다 약간 늦은 타이밍이었다.

　우메츠바키와 보조 장비를 장착했기 때문에 계단에서 약간 뒤처졌다. 그리고 토리와 호라이즌도 꽤 마이페이스라서 그렇게 되었다.

　많이 바뀌었네요~, 그런 생각이 든 이유는 후회로를 지날 때 예전 일은 예전 일이라는 생각을 하고 있자니 두 사람이 비석을 보고.

　"이런……, 저 비석, 그대로 있네…….″

　"호라이즌의 무인판이 저기 묻혀 있는 것 같은 느낌이라 어떻게든 하고 싶군요."

　"어떻게 할까? 지금 가지고 갈까?″

　"선생님에게 내려치면 추가 점수를 받을 수 있을까요? 저거."

　그렇게 턱에 손을 대고 토론을 벌이고 있었기에 일단 학교로 유도하느라 신경을 좀 썼다. 뭐, 여름방학 동안에 두 사람이 어떻게든 하라고 시키면서.

　……미토가 운반을 맡고, 제가 비석을 철거할 때 토지 정화나 보관할 곳의 지맥 정비를 하게 되겠죠…….

　이러쿵저러쿵해도 비석 같은 것은 토지의 상징이 된다. 그 비석은 꽃을 바치거나 하면서 나름대로 사람들의 마음을 짊어지고 온 존재다. 그러니까.

"그렇다면 블루 썬더 앞에 기념으로 가져다 두는 건 괜찮을까요? 아사마 님."

"저기……."

꽤 복잡하다.

아무튼, 그렇게 대충 숨을 돌리고 후반 집단과 합류하자 후타요와 마사즈미도, 네신바라도 따라와 있었다. 네신바라가 긴급 영양 보충을 하려는 건지 식용 부적을 씹으며 마지막으로 다가와서는.

"―――그래서, 어떤가요? 선생님."

"그래, 작전 지휘는 네신바라가 맡았었지? 선생님도 좀 놀랐어."

• **무사시노** :『……아, 그러니까, 전부 네신바라 님이셨던 거군요……. ―――이상.』

• **오쿠타마** :『출입 금지시킬 수 있다면 얼마나 좋을까요……. ―――이상.』

• **나** :『네신바라, 다른 사람들한테 너무 폐 끼치면 안 된다?』

• **쿠니타치** :『'무사시노' 님! '무사시노' 님! 아무리 그렇더라도 방금 총장이 한 발언에 대하여 물리 공격을 통한 태클을 거는 것은 함교 측에서는 해선 안 되는 행동일 것 같습니다! ―――이상.』

함교 분들도 힘드시겠네요―――…….

진심으로 그렇게 생각하고 있자니 마사즈미가 오른손을 들었다.

　"———아사마, 지금 무사시에 들어와 있는 다른 나라의 요인 리스트를 띄울 수 있나? 왠지 엄청난 일이 벌어진 것 같아서 말이야……."

　"아~, 일단 신도에서는 그 사람들이 무슨 짓을 저지르거나 이쪽에 어프로치를 하지 않는 이상, 임시 우지코로 취급해서요……."

　"음~. 그럼 다른 나라에서 들어온 사람이라는 큰 클로는? 일단 이름하고 출신 국가 같은 걸로."

　"아, 그건 할 수 있어요."

　아사마는 표시창을 띄웠다.

　"우지코는 축제의 참가나 그런 신분 증명을 위해서 신사 측에서 리스트를 띄우기도 하니까요. 열람할 수 있는데요?"

　하지만.

　"숫자가 정말 많아요. 어떻게 하실 건가요?"

●

　"아가씨! 무사시에서 막대한 인명 리스트와 '이 안에서 수상쩍은 녀석을 추출해줘'라는 횡포가!"

　"아까부터 소란스럽게 뭔 짓을 하고 있는 거여. 그리고, 카노 군, 그건 귀찮으니께 무사시가 뇌르틀링겐으로 간 이후로 좁혀도 된당께. 어차피 그 기간을 따질 거 아니여."

"아가씨! 왠지 익숙해지셨군요?!"

●

"좋았어, 그럼 어떻게든 되려나."

미토츠다이라는 마사즈미가 그렇게 말하는 목소리를 운동장에 앉은 채 들었다.

……또 하급생에게 수고를 끼치게 되네요…….

그런 생각이 들긴 했지만, 그러한 분업도 지금까지 획득해온 결과다. 그렇다면 괜찮겠죠, 미토츠다이라가 그렇게 자신의 생각에 스스로 결론을 내리고 있자니.

"좋았어~, 네이트, 열심히 했구나."

그런 목소리와 함께 볼에 차가운 것이 닿았다. 종이컵. 뚜껑과 대나무 빨대가 달린 그것은.

"스포츠 드링크인가요? 나의 왕."

"아사마가 준비한 거니까 내용물도 괜찮을 거야. 그리고, 잠깐 엉덩이 들어."

? 그렇게 생각하며 그 말대로 하자 왕이 엉덩이 아래에 손수건을 깔아주었다. 주저앉아버린 건 피로 때문에 어쩔 수 없지만.

"죄, 죄송한데요. 이렇게 해주시면……."

"있으니까 쓴다. 그거면 된다고."

그렇게 말하면 어떻게 할 수도 없다. 나중에 세탁해서 돌려줘야지, 그렇게 생각하고 있자니 왕이 곧바로 얼굴을 들이댔다.

"——자, 잠깐만요, 나의 왕, 저, 땀을 흘렸는데요."

"그런데, 뭐야, 좋은 냄새가 나네."

"정말로요?"

호라이즌이 다가와서 머리카락 근처의 냄새를 맡았다. 그러자 무슨 일인가 싶었던 모양인지 아사마와 키미, 아데레 같은 사람들까지 다가와서.

"크림인가요? 이거."

"아니, 바닐라 에센스 계열 아닐까요, 아마도."

"우, 운동한 뒤에 이 냄새는 고문이에요……!"

꽤 반응이 좋다. 상품화시켜야겠네, 그렇게 생각하고 있자니 마사즈미의 손 근처에 표시창이 돌아왔다. 오리오토라이가 그것을 보고.

"뭐야~? 이제부터 이것저것 경계하게?"

"Jud. 칸토로 들어갈 테니까요. 하시바 측 인원도 이번 수송에 편승해서 들어와 있는 것 같고요. 무사시는 무역함이니 기본적으로 그런 걸 금지하지 않으니까요."

네, 그렇게 말하며 고개를 끄덕인 사람은 아사마였다.

"저번에 사나다와 천룡이 그렇게 쳐들어오고 나서 그런 부분은 체크라고 해야 하나, 대처할 수 있게 해두었어요. 타는 건 자유지만, 나쁜 짓을 하려고 하면 나름대로 꽤 쓴맛을 보게 되지 않을까요…….”

왜 남 일 같은 말투로 말하는 건가요? 그런 생각이 들었지만, 신이 심술을 부리고 있을 가능성도 있다. 그런 부분은 복잡하단 말이죠, 미토츠다이라는 그렇게 생각하며 물어보았다.

“아무튼, 마사즈미, 이제부터 칸토로 들어가게 되나요?”

“그래, 지금은 호조 앞까지 와 있으니까.”

미카타가하라 전투. 그리고 나가시노 전투는 지금 있는 곳에서 약간 북쪽 근처에서 벌어졌다.

그 이후로 이런저런 것들이 바뀌었다, 미토츠다이라는 다른 사람들을 둘러보며 그렇게 생각했다. 그리고.

“그럼, 선생님이 점수를 매기는 동안. 학생회 거실이나 학교 식당에서 숨을 돌리면 되겠네요.”

Jud. 마사즈미가 그렇게 말하며 고개를 끄덕였다. 그녀는 팔짱을 끼고.

“아무튼, 기말고사 종료. ───하지만 칸토로 들어가면 이런저런 일들이 있을 테니 각오해 두라고, 다들. 조만간 스웨덴 총장하고 어떤 관계를 맺어나갈지에 대한 이야기도 하고 싶고, 그녀를 포함해서 혼노지의 변에 대한 개입을 어떻게 할 건지도 이야기를 나눌 필요가 있어.”

모두가 그 말을 듣고 긴장했다. 스즈가 고개를 들고는.

“저, 저쪽으로, 다시 돌아갈 수 있, 어……?”

“그러기 전에 안전을 확보해야겠지.”

다시 말해.

"칸사이로는 돌아갈 수 있어. 하지만, 혼노지의 변에 개입하기 위한 길은 이쪽에서 마련할 거야.

그러기 위해서라도———."

마사즈미가 동쪽을 보았다. 그곳에 있는 것은 칸토. 호조의 토지가 있고, 멀리에는 에도와 사토미가 존재한다. 그리고 그 너머, 바다 위 하늘에 그림자처럼 보이는 것은.

"아즈치다."

마사즈미가 말했다.

"———저기로 시비를 걸러 가자고."

그녀가 한 말을 듣고 모두가 고개를 끄덕였다. 그 순간이었다.

미토츠다이라의 시야 안에서 오리오토라이가 갑작스러운 움직임을 보였다. 아데레에게서 장검을 받아들고 있었는데.

……어?

오리오토라이가 마사즈미 옆에서 갑자기 장검을 겨눈 것이다. 그리고.

"어머."

금속음이 울렸다.

마사즈미는 뭐가 뭔지 알 수가 없었다. 그저 바람이 불었고, 담임 선생님이.

……나를 감싸주었어?

움직임은 그렇게 느껴졌다. 그런데 만약에 그게 사실이라면 위치 관계를 따져서 오리오토라이가 막아준 것은.

"교도원 건물 쪽에서……?!"

더더욱 상황을 알 수가 없다.

• **부회장** : 『학교 관계자가 나를 노릴 만한 짓을 내가 한 적이 있었나?』

●

"아가씨! 표시창을 부수실 거라면 작업용이 아닌 걸로 부수시죠! 이쪽, 이쪽에 준비해 두었으니 힘껏 부수십시오!"

"아니, 카노 군, 이런 건 충동이랑께. 미리 준비해불믄 의욕이 사라지제."

"아가씨, 고집이 있으시군요……!"

●

내가 그렇게 나쁜 짓을 한 적이 있나? 마사즈미는 그렇게 보호받는 쪽으로서 생각했다.

그저, 오리오토라이의 손 근처에서 스치는 금속음이 들렸다. 건너편, 상대방은 이쪽을 향해 내려친 것에 힘을 계속 주고 있는 것이다.

본다.

그러자 오리오토라이의 칼집 너머, 한 줄기 철선이 있었다. 붉은색. 그것 또한.

……칼집?

그렇다면 지금 생겨난 것은 칼을 맞대고 있는 형태다. 그리고 오리오토라이의 정면. 그곳에 있는 것은.

"──들어넘기지 못할 말을 들었습니다. 마키코 오리오토라이."

여자였다.

굵직한 여자 목소리. 검은색 장발을 바람에 나부끼고 있는 그 사람은 낯선 장신 여자였다.

나이를 따지면 아마도 오리오토라이보다 연상. M.H.R.R. 계열에서 유래된 의상을 남자용으로 개조해서 입고 있다.

남장이라는 말은 나도 이해할 수 있는 단어다. 그런 와중에 마사즈미가 물었다.

"누구지? 당신."

그렇게 말하자 여자가 째진 눈을 가늘게 떴다.

하지만, 입에서 새어 나온 것은 쓴웃음이었다.

"역시 5년, 떨어져 있으니 아무도 기억하지 못하는군요."

"아니, 내가 여기 온 건 2년 전이라."

"그럼, 방금 한 말은 없던 걸로 하죠."

……그렇구나…….

왠지 **이건** 참견하지 않는 게 나을 것 같다는 느낌이 갑자기 솟구친 것 같은데, 지금 상황은 왠지 껄끄럽다. 그래서일까.

"얍."

오리오토라이가 상대방을 튕겨내려는 듯이 칼집을 밀어냈다. 하지만 상대방은.

"그쪽이겠죠."

그에 맞서서 칼집을 밀어내고 있다.

• **마르가** : 『……뭐야? 양보하라고?』

• **금마르** : 『왜 귀찮아하는 사람들밖에 없을까? 요즘.』

• **아사마** : 『어, 어째서 이쪽을 보는 거죠? 저는 다음 단계로 넘어갔는데요?!』

아사마도 좀 그렇네, 그런 생각이 드는 와중에 물러난 사람은 오리오토라이였다. 그녀는 이쪽을 어깨 너머로 돌아보고는.

"마사즈미. ———미안해, 목표는 네가 아니라 나야. 그러니까 물러나."

그렇게 말한 시선이 평소와는 달랐다. 경계다.

다들 그 의미를 느낀 모양이었다. 나와 담임 선생님이 살짝 물러나서 상대방으로부터 거리를 벌린 것과 동시에 미토츠다이라까지 몸을 일으켰다. 그녀는 양쪽 손가락을 한데 모으고.

"선생님을 노리다니, ……대체 누구죠? 저분."

"네, 잘 물어보셨네요?"

상대방은 나와 담임 선생님을 훑어보고는 칼집을 오른쪽 어깨 위에 얹었다.

"전, 무사시 아리아더스트 교사———."

그녀는 살짝 웃으며 자기소개를 했다.

"현 P.A.Oda 교사, ———이시카와 카즈마사입니다, 제가."

●

- **호라코** : 『누구죠?』
- **미숙자** : 『나———!』
- **안경** : 『……좀 참신했네, 자기 신고라니.』
- **미숙자** : 『뭐, 맡겨두라고! 이시카와 카즈마사는 원래 마츠다이라 가문의 중신이었고, 사카이 타다츠쿠와 함께 마츠다이라 측의 사무 계열 관리를 맡아보면서도 전투에 참가해서 공을 세우기도 한 사람이었어. 하지만———.』
- **호라코** : 『하지만? 뭐죠? 자, 스타트!』
- **미숙자** : 『Jud. ———하지만, 마츠다이라와 하시바가 실질적으로 직접 격돌했던 유일한 전투. 코마키 나가쿠테 전투 이후로 이시카와 카즈마사는 갑자기 하시바 쪽으로 넘어가버리거든.

그 원인은 불명이야. 억측이 이것저것 나오긴 했지만, 마

경계선상의 호라이즌

이시카와 카즈마사

츠다이라 측은 정무 등을 맡겼던 중신이 적 쪽으로 배신한 거라 인사 변경이나 기밀 처리를 꽤 많이 해두었거든.』

• **후텐무가테** :『그런 사람이 지금은 교사로서 P.A.Oda 로 가 있다, ……그런 거구나.』

●

카즈마사는 시야에 들어오는 사람들의 반응을 보고 마음 이 간지러워지는 것 같은 자그마한 만족감을 느꼈다.

"……왠지 쑥스럽군요. 상황이 상황이었다면 정반대였을 텐데 말이죠."

"그건———."

무사시 부회장이 그렇게 말하자 나는 고개를 끄덕일 수밖 에 없었다.

"제가 담당하고 있던 학생들은 '매화'반 학생들. 다시 말 해———."

다시 말해.

"방해한 사람이 없었다면, 당신들을 가르치고 있었을 사 람이 저란 말이죠."

●

아사마는 급하게 그녀에 대해 조회하고 있었다.

이시카와 카즈마사.

그녀의 정체는 분명히.

• **아사마** : 『사실이에요! 무사시에 있다가 떠난 것으로 등록이 남아 있어요!』

그렇기 때문이다. 그렇기 때문에 방금, 오리오토라이에게 공격을 가했는데도 함내 가호의 반응이 약했다.

교사로서의 지도. 그것은 칼집을 휘두르며 교육하는 오리오토라이도 마찬가지다. 그렇다면 수업 중인 지금, 개입이 이루어지지 않은 것도 이상할 게 없다. 그런데 아사마는 그녀의 정체에 대해 의문이 하나 생겼다.

"이시카와 선생님? ……선생님께서는 5년 전에 떠난 것으로 되어 있는데요."

그것은 어떤 사람이 무사시에 도착한 시기와 겹쳐진다.

카즈마스가 그 질문에 대해 대답했다. 그녀는 눈을 가늘게 뜨고.

"Tes. ——5년 전, 신임 교사가 왔는데요. 아리아더스트의 교사 자리가 다 차 있었단 말이죠. 뭐, 그래서 포기하게 만들기 위해서 대결을 벌였던 겁니다."

하하, 카즈마사가 그렇게 웃었다.

"방심한 결과인지, 실력 때문인지, 당시에 아리아더스트 최강이라 불리던 제가 져버렸거든요."

카즈마사는 칼집 끄트머리로 어떤 사람을 가리켰다.

"마키코 오리오토라이. 당신에게 말이에요."

●

• **마르가** :『그러니까, 우리 담임 선생님이 역사재현에 자연스럽게 개입했다고 해야 하나, 아무렇지도 않게 강제로 밀어붙였다는 뜻이야?』

• **후텐무가테** :『……어쩐지 학생들이 억지로 개입하더라니.』

• **우키** :『미리 말해둔다만, 네놈도 지금은 그 학생들의 동료인데?』

●

뭐, 다른 사람들에게 폐를 끼치는 건 우리 반 관계자들의 특기죠, 미토츠다이라는 그렇게 생각했다.

그런데 지금, 물어보고 싶은 게 있다.

"이시카와 선생님, 혹시 괜찮으시다면 가르쳐주실 수 있을까요?"

그것은.

"지금, ……누구를 가르치고 계시죠?"

"하시바 세력, ———십본창 멤버들을 중심으로."

곧바로 돌아온 대답을 듣고, 미토츠다이라가 깜짝 놀랐다. 그러자 카즈마사는 숨을 살짝 내쉬고는.

"가르칠 만한 것이 없다고 해야 하나, 본인의 소질을 키워주는 게 나은 경우도 있지만요. 하지만, 1년 어린 학생들이 주요 멤버라고는 해도 꽤 뼈아픈 패배를 겪은 학생들도 있네요."

그러니까.

"이번 여름방학 때 여러모로 단련을 시켜줘야겠다, 그렇게 생각하고 있었습니다만———."

카즈마사가 왼손을 휘둘렀다. 거기 뜬 것은 한 표시창이었다. IZUMO 문장과 교사 연맹이라는 글자가 적혀 있는 그것은.

"교사 명령입니다. ———무사시의 칸토행을 지금 당장 멈추세요. 지금 칸토로 들어가면 아즈치와 일촉즉발의 상황이 일어날 수 있고, 영공에 간섭하면 지상 측에 영향이 생길 수도 있습니다."

애초에, 그녀는 그렇게 말했다.

"———원래 8월 10일 이후에 오라는 지시가 성련에서 무사시에게 내려지지 않았나요? 어째서 이렇게 일찍 온 거죠? ……성련에 대한 지시 위반 같단 말이죠."

●

- **은랑** : 『그건……, 괴롭힘이니까요.』
- **금마르** : 『그러게. 괴롭힘이니까 늦게 갈 필요가 없

잖아.』

- **호라코** :『지금, 틀림없이 우리가 '악'이군요. '악'……!』
- **부회장** :『미안하게 됐다?! 좀 더 소프트한 말투를 모집할게……!』
- **타치바나 부인** :『무네시게 님! 무네시게 님! 저희 사이트에 모집 코너를 만드실 필요 없어요!』

●

"잠깐만 기다려주실 수 있을까요? 이시카와 선생님."

카즈마사는 정면에서 온 목소리를 들었다.

오리오토라이. 그녀가 이쪽을 향해 어깨를 으쓱이고는.

"저희 이동도 빗추 타카마츠 성 전투의 강화를 돕는다는 역사재현에 따른 행동이에요. 그리고 칸토로 오지 말라는 건 P.A.Oda 측 교사로서의 의견인 거죠?

그렇다면 저는 무사시 측 교사로서 노라고 말할 수밖에 없는데요."

그녀 건너편. 바보처럼 보이는 남학생이 화려한 여자와 '노오오오오오'라고 이상한 목소리를 내고 있는데, 저거 분명히 총장 아니었나요?

그래도 오리오토라이가 무슨 말을 한 건지는 이해가 된다.

교사는 교사 연맹에서 파견되어 각 나라의 학생들을 지도한다. 물론, 그런 과정에서 담당 국가의 지원 담당을 맡게 되기도 하지만.

"교사도 국가간 문제에 있어서는 규칙이 될 수 없다. 그런 거였죠."

"그렇다면———."

나서는 걸 망설이지 않는 여자다.

예전에는 그 대담함이 어디까지 나올지 제대로 파악하지 못했다. 여기까지는 파고들지 않을 거라고 생각한 영역에, 내가 눈치채기도 전에 뛰어든 것이다. 하지만.

"———여기서 붙어 보죠."

나도 망설이지 않는다.

"당신이 귀여운 학생들과 즐겁게 수행 놀이를 하던 동안. 저는 학생들을 방치해두고 제 수행에 몰두하고 있었으니까요."

그렇게 말하자 주위에 있던 학생들이 서로 눈짓을 주고받았다. 잠시 후, 화려한 여자가 두 손을 아래쪽으로 늘어뜨린 다음, 자, 그렇게 말하며 올리자 다른 학생들이.

"그러면 안 되잖아……!"

●

"괜찮습니다. 제 학생들은 우수해서 스스로 공부를 하니까요."

카즈마사는 그렇게 말했다. 오리오토라이 쪽을 보고는.

747

"어때요? ──당신 학생과는 다르죠. 당신 학생들은 스스로 공부를 하나요?"

오리오토라이가 학생들을 보았다.

학생들이 다들 주저앉아서 등을 돌리고 있었다. 귀를 막고 있는 학생도 있었다.

훗, 카즈마사는 그렇게 코웃음을 쳤다.

"자습도 하지 못할 정도로 덜떨어진 학생을 키우다니. 당신은……."

"아뇨, 저희는 학생들의 자유를 존중하고 있어서요."

"그래서 안 된다는 겁니다!"

카즈마사는 오른손을 들고 오리오토라이를 손가락으로 가리켰다.

"처음 냈던 이력서, 비고란에 '인생이 즐거워~'라고 말도 안 되는 말을 적을 만도 하네요?!"

"아니, 지금도 즐거운데요~. 몇 번을 쓰게 해도 마찬가지일 거예요."

그렇지? 오리오토라이가 학생들을 보며 그렇게 말했다.

"자기 스스로 따분해질 만한 걸 가르친 적은 없잖아?"

그렇다면, 카즈마사가 그렇게 말하고 이야기를 이어나갔다.

"즐거운지, 즐겁지 않은지, 여기서 전환해볼까요."

말했다. 칼집에 넣은 상태이긴 하지만, 칼을 겨누면서 말해주었다.

"패배하면 즐겁지 않게 될 테니까요."

"아쉽네요."

오리오토라이가 다른 사람들에게 물러나라며 손짓하고는, 등에 메고 있던 칼자루에 손을 댔다.

"저는 즐거웠는데요. 패배해도, 패배해도, 계속 패배만 해도 말이에요."

그래서, 그녀가 그렇게 말했다.

"지금은 더 즐거워요."

그래요, 나는 그렇게 대답했다. 그렇다면 이제, 몸을 앞으로 기울이고, 망설임 없이.

"──자, 거기까지."

갑자기 들린 목소리가 나와 그녀 사이에 끼어들었다.

사카이다.

제26장
『세계의 집행자』

눈치채라고는 하지 않겠다
그저 종소리도 울리지 않는 아침
참을 수 없는 본심이
짜증 난다는 걸 인정하지 않는다
배점 (하지만 규칙입니다)

　　　　　　　　●

　아사마는 카즈마사가 급하게 뒤로 뛰어서 물러나는 모습을 보았다. 그녀는 똑바로 서서.

　"사, 사카이 학장님……! 꼴사나운 모습을 보여드렸습니다!!"

　"아, 아니, 카즈마사 군, 그렇게 긴장할 필요는 없으니까."

　아뇨, 그렇게 말하는 카즈마사의 목소리에서 아사마는 왠지 기시감이 들었다. 그것은.

　……아, 네신바라 군하고 똑같네요, 이거. 왜냐하면───.

　"아뇨, 아뇨, 사카이 학장님 같은 분께서 제 이름을 기억해주신 것만으로도 영광입니다!"

　• **미숙자** : 『다, 다들 왜 그래! 왜 나를 보는데?! 내 분위기는 저렇지 않다고!』

　뭐, 그런 걸로 하죠. 그런데 사카이가 두 손을 살짝 들고 카즈마사와 오리오토라이에게 거리를 벌리라는 듯이 말했다. 그리고.

　"마키코 군. 좀 전에 말이지? 카즈마사 군이 인사하러 왔는데, 그래서 하시바 쪽 현재 상황 같은 이야기를 좀 들었거든. 아, 카즈마사 군은 P. A. Oda 쪽에서 아즈치의 상황 같은 걸 들은 느낌이라 지금은 무사시를 타고 그쪽으로 가고 있는 건데."

　하지만.

"우리도 할 일이 있고, 하고 싶은 일이 있지만 말이야, 하시바 쪽에도 사정이라고 해야 하나, 힘조절을 좀 해줬으면 하는 부분이 있는 것 같거든."

네에, 그렇게 말하며 고개를 끄덕인 오리오토라이 옆에서 마사즈미가 손을 들었다.

"그러니까, 양쪽 체면을 살릴 수 있게끔 하라는 건가요?"

"마사즈미 군, 잘 아는구나."

사카이가 이쪽을 보았다.

"아사마 군, 칸토 쪽 인프라 같은 것도 무사시가 들어가면 재조정해야 하지? 그럴 경우에 아즈치가 있으면 좀 위험하지 않아?"

그 말이 맞다. 무사시급 항공함쯤 되면 내부 신사의 권한 같은 게 꽤 강해서 주위의 지맥에 영향을 끼치기 시작한다.

"무사시가 사토미까지 가게 되면 확실하게 아즈치 내부의 신사와 간섭하게 됩니다."

"그럴 경우에는 어떻게 되지?"

• **현명한 누님** : 『후후, 사쿠야가 술병을 들고 재빠르게 두들겨 패러 가겠지.』

키미, 시끄러워요. 그런데 실제로 그런 상상이 되니 무섭다.

하지만, 무사시가 아즈치에 간섭하게 되면 무슨 일이 일어날지는 이미 알고 있다.

"칸토에서는 보수 중인 아즈치보다 무사시 쪽의 출력이 더 강하고, 지맥 네트워크도 강해요. ———아즈치는 함역 통신 정도로 제한될 것 같네요."

그렇군, 사카이가 그렇게 말했다.

"그럼, 아즈치가 덤벼들 가능성도 있다는 뜻이겠어."

●

마사즈미는 사카이가 한 말을 듣고 손을 들었다.

그가 돌아본 것과 동시에 나는 고개를 좌우로 저으며 이렇게 말했다.

"사카이 학장님. ———저희도 아즈치와 전투를 벌이는 걸 원하지 않습니다."

- **나** : 『……야, 세이준, 무리하지 말라고……. 차마 봐줄 수가 없어…….』

- **부회장** : 『시끄럽다고. 아니, 너무 반응이 빠르잖아. 좀 더 보고 나서 말해.』

- **금마르** : 『보고 나면 말해도 되는 거야?』

그것도 좀…….

하지만, 지금 사카이가 부추기는 이 흐름은 우리도 원하던 것이다.

……사카이 학장님이 우리를 나무랄 생각인 걸까, 아니면 이해하고 있는 걸까.

어른들은 그런 부분을 판단하기가 힘드니까 이익을 본단 말이지, 마사즈미는 그렇게 생각했다. 그리고.

"그럼 이렇게 할까요. ──이 전 호조의 토지, 이곳에서 저희가 하시바 세력에게 약간의 유예를 주도록 하겠습니다."

"유예?"

카즈마사가 고개를 갸웃거리자 나는 이렇게 말할 뿐이었다.

"당신이 아즈치에 도착했을 때, 그걸 마음대로 표현해도 돼."

"그렇구나. ──그럼, 1주일은 필요하겠는데."

Jud. 마사즈미가 그렇게 말하며 고개를 끄덕였다. 그리고 마치 내가 내리는 명령처럼.

"──하루다."

●

• **예찬자** : 『악마! 악마라고 해도 되겠네요! 빈다 군! 캐릭터가 잘 살아나고 있어요!』

• **나** : 『아니, 너, 사실은 교섭 실력이 형편없는 거 아니냐는 의혹이…….』

• **부회장** : 『어라? 저번에 영국으로 들어가기 전에 베르토니가 이런 느낌 아니었어? 호조하고 교섭할 때도 네신바라가 이렇게 했었잖아.』

• **마루베야** : 『그건 그 전에 미리 판을 깔아두었기에 통한 거라고……!』

• **미숙자** : 『미, 미리 말해두는 건데, 나도 1 같은 말은 안

755

했거든! 3 정도로 타협했다고!』

　　• **안경** : 『국가간 교섭을 할 때 타협하는 바보가 대체 어디 있는데. 아, 거기 있구나, 투산.』

　　• **후텐무가테** : 『아니, 너희들 항상 이런 짓을…….』

●

아차, 마사즈미는 그렇게 생각했다.

……숫자가 팽팽하게 뒤얽히는 교섭은 좀 껄끄럽단 말이지~.

하지만, 이대로 가다가는 상대방에게 약간 안 좋은 인상을 주게 되어버린다.

솔직히, 나는 이레까지라면 언제든 딱히 상관없다고 생각한다.

중요한 것은 무사시의 보급 등을 완전하게 마친 상태로 칸사이에 돌아가는 것이다. 그것도 8월 중반이면 좋을 것 같다.

어찌 됐든, 혼노지의 변이 8월 말 전후에 진행된다고 치고, 그 전까지 그쪽에서 이런저런 공작을 벌이는데 '1주일'이라는 단위가 두 개 있으면 충분할 거라 생각하기 때문이다.

하지만 칸사이에 가게 되는 8월 중반까지 무사시의 준비를 갖출 때도 1주일은 있었으면 좋겠다.

다시 말해, 8월 15일 전후의 1주일 전이라고 생각하면 이레까지는 여유롭다.

그리고 지금은 3일. 그렇다면.

……지금으로부터 나흘 이내라면 그것도 괜찮겠네.

하지만, 마사즈미는 그렇게 생각했다. 아무리 그래도 하루는 너무 심했나?

상대방, 카즈마사는 눈살을 찌푸리는 표정으로 이쪽을 보고 있다. 지금은 교사라기보다는 교섭 상대로 존재하고 있다. 그런 상태일 것이다.

카즈마사가 고개를 한 번 갸웃거린 다음, 이쪽을 향해 손가락을 펴들었다. 다섯 개. 그리고.

"……닷새는 어때?"

오오, 마사즈미는 그렇게 생각했다. 이럴 때는 뭐라고 해야 할까.

……조금만 더, 그렇게 말해야 할까. 그러면 나흘이 되는 건가?

아니면.

……사흘! 그렇게 말해야 하나. 그러면 상대방이 그 평균으로 나흘을 잡으려나?

글쎄. 어느 쪽이든 상관없을 것 같긴 하다. 그래도 이왕이면 사흘이라고 한 다음에 서로 양보하는 느낌으로 나흘을 잡는 것이 좀 전에 따라붙은 악마 이미지를 떨쳐내는 데 도움이 되지 않을까? 응. 그렇게 해야겠다.

"그럼———."

그렇게 말하려던 순간이었다. 갑자기 옆에 있던 호라이즌
이 앞으로 나섰다. 그리고 그녀는.

　"───하루입니다. 좀 전에 마사즈미 님의 목소리가 마
음에 닿지 않은 건가요?"

●

　카즈마사는 깜짝 놀랐다.

　……잠깐만 기다려봐……?!

　"이, 이거, 교섭 맞죠?"

　"Jud. 이건 교섭입니다. 하지만, 티처 이시카와, 당신이
지금 누굴 상대하고 있는지 알고 계신가요?"

　무사시의 공주다. 이제야 생각났다. 마츠다이라 모토노
부의 딸이자 대죄무장의 소유자. 그녀는 무사시의 부회장
을 두 손으로 가리키며 이렇게 말했다.

　"마사즈미 님을 거역하면 대전쟁이 벌어진다는 사실을 모
르시나요? 말을 함부로 꺼내면 아즈치가 전화에 휩싸이게
될 겁니다. 마사즈미 님의 교섭은 그 정도로 전쟁을 불러들
이는 마법의 교섭이죠. 그 사실을 이해하시고 교섭에 임하
시는 것이 좋을 것이라 판단됩니다. ───그럼, 하루로 하
시죠."

　아, 응, 카즈마사는 그렇게 고개를 끄덕일 뻔하다가 겨우
견뎌냈다.

"자, 잠깐만, 기다려봐……?!"

말했다. 그러자 주위에 있던 학생들이 아, 그렇게 놀라는 목소리를 냈다.

……어?

방금 내가 보인 반응에 무슨 문제가 있었을까. 주위를 둘러보았는데 학생들이 눈을 피했다. 아니, 단 한 명, 이쪽을 보고 있는 사람이 있었다.

하지만 그 사람, 무사시의 공주는 말이 없었다. 이쪽을 보면서 움직이지 않았고, 3초 정도가 지났다.

그러자 나는 뭐가 뭔지 알 수가 없었기에 식은땀을 흘렸고.

……어?

이건 대체 무슨 침묵일까요, 그렇게 생각하고 있자니 무사시의 공주가 고개를 한 번 끄덕이고는 이렇게 말했다.

"기다렸습니다. ───마사즈미 님의 1승입니다."

●

• **부회장** : 『내가?! 내 승리라고?!』

• **호라코** : 『Jud. 방금 호라이즌이 마사즈미 님을 원호하러 나섰으니까요. 이건 당연히 마사즈미 님의 포인트가 됩니다. 자, 호라이즌이 팍팍 따내겠습니다. 마사즈미 님께서는 그냥 거기 서 계시기만 해도 됩니다.』

• **부회장** : 『으아아아아아아아아아아아, 왠지 엄청 안 좋

은 방향으로 나가고 있는 것 같은 느낌이 드는데……!』

●

솔직히, 무슨 일이 일어나고 있는 건지, 카즈마사는 이해할 수가 없었다. 그저 무사시의 공주가 팔짱을 끼고.

"그럼 하루입니다. 뭔가 의견이 있으신가요?"

방금 들은 초이론 때문에 기다리라고 할 수 없다는 게 매우 괴롭다.

……그렇게 말하면 '기다렸습니다'라고 하면서 1승을 챙겨갈 거잖아요……?!

하지만, 지금은 교섭이 진행되고 있다.

무사시의 움직임을 막고, 아즈치를 안전하게 보수한다. 이건 원래 학생들이 맡아야 할 교섭 같긴 하지만, 지금 막지 못하면 무사시가 칸토로 들어오게 되어버린다. 교사 권한을 이용한 임시 개입. 그렇게 되는데.

……지금 밀리면 안 되겠죠……!

사카이도 보고 있다. 당황해선 안 된다. 그렇기 때문에.

"그럼 이렇게 할까요."

카즈마사가 말했다.

날짜 승부는 안 된다. 현물을 내놓을 수밖에 없다. 그렇다면.

"———아즈치를 칸토에 대한 간섭이 적은 남쪽 바다 위로 옮길 테니, 닷새를 확보해주시죠."

흐음, 무사시의 공주가 그렇게 말하며 고개를 끄덕였다. 흐음흐음, 그녀가 팔짱을 낀 채 그렇게 말하면서 고개를 연달아 끄덕인 다음에.

"이야기를 못 들으신 모양이로군요. ———하루입니다."

"이, 이봐! 이런 건 교섭이라 할 수가 없다고요!!"

"할 수 있습니다."

그러니까.

"———마사즈미 님의 2승이군요."

●

카즈마사는 다른 쪽을 돌아보았다. 무사시의 서기, 안경을 쓴 소년에게.

"서기! 이건 교섭으로서 올바르지 않아요! 다시 시작하기를 요구합니다!"

서기는 교섭 관련 기록을 남기거나 글과 말을 관리하는 직책이다.

그라면 이렇게 터무니없는 토론이 기록되는 것을 피하고 싶을 것이다. 그러니까.

"듣고 있나요?! 무사시 서기!"

●

• **호라코** :『네신바라 님━━━!!』

●

　카즈마사의 시야 안에서 무사시의 서기가 살짝 웃었다.

　홋, 그렇게 말한 그는 앞머리를 쓸어올리고, 옆으로 살짝 움직여서 팔짱을 끼고는.

　"올바르다? 올바르지 않다? 뭔가 아는 척하는 듯한 발언인데. 규칙은 하나라고, 티처 이시카와. 우리 부회장은 전쟁을 하고 싶다. 그것뿐이야. 그러니까━━━."

　그는 손뼉을 한 번 치고 몸을 한 번 회전시킨 다음, 부회장을 보았다.

　"부회장의 의지는 절대적이다. 그렇지? 부회장 혼다 군."

　시선 끝에는 무사시 부회장이 있다.

　나는 눈살을 찌푸리고 있는 자신을 자각하면서도 물어볼 수밖에 없다.

　"진심인가요? 무사시 부회장! 그 말이 사실이라고……!"

　그렇게 물어본 곳, 무사시 부회장이 끼고 있던 팔짱을 풀고는 오른손을 볼에 가져다 댔다. 그리고 그녀는.

　"……이해가~ 안 된 거야? 무사시는 말이지이, 세계 정복을 말이야. 모, 목표로 삼고 있다고……?!"

●

• **아사마** :『저기, 마사즈미? 어째서 연설은 잘하면서 연기는 못하는 건가, 요…….』

• **10ZO** :『마사즈미 공, 꽤 부끄러움을 타는 것 같소이다.』

• **마르가** :『아니, 설마 그걸 받아줄 줄은 몰랐네.』

• **나** :『이해가~ 안 된 거야?』

• **현명한 누님** :『이해가~ 안 된 거지?!』

• **부회장** :『시, 시끄러워! 어쩔 수 없잖아?! 아니, 이런 상황에서 '아니, 그게 아닌데'라는 말을 할 수 있어?! 할 수 있냐고?!』

• **호라코** :『여유롭게 할 수 있습니다만, 왜 그러시죠?』

• **나** :『있지? 너 때문이거든? 알고 있긴 해? 응?』

●

아무튼, 지금이 마무리지을 때다, 마사즈미는 그렇게 생각했다. 그렇기 때문에.

"———뭐, 그래도, 우리가 전쟁을 벌일 상대로서 제대로 움직이지도 못하는 아즈치를 선택할 수는 없겠지. 그러니 하루라고 하고 싶긴 하지만, 약간 자비를 베풀어줄까."

난 이런 캐릭터가 아닌데, 마사즈미는 그렇게 생각하면서 이야기를 이어나갔다.

"이곳, 적지에 홀로 뛰어든 용기를 봐서, 그래, ……우리와 그쪽 요구사항의 절반, 나흘로 할까……. 안 그래? 호라이즌."

"이예에에에에에에에에에에에이! 마사즈미 님, 정말 자비로우시군요!"

　• **부회장** : 『……그 이예에에에에에에에에에이라는 건 대체 뭐야?』

　• **호라코** : 『전투원의 Jud. 같은 것입니다, 마사즈미 님.』

　• **금마르** : 『그럼 무사시의 Jud.는 전투원의 이예에에에에에에에에에에에이 같은 거야?』

별로 다를 게 없다는 생각이 드는 이유가 뭘까…….

하지만, 카즈마사가 고개를 천천히 끄덕였다.

"나흘이라면 아슬아슬하네요. 1일부터 시작한 보수는 오늘로 사흘째. 나흘이 지나면 7일이 되는데, 딱 일주일 턴이 됩니다. 그럴 경우, 1일에 발주했던 1주일 기간 부품 같은 것들을 조립할 수 있을지. 현장에 기대하도록 할까요."

"그렇다면……."

마사즈미는 그렇게 말했다.

"이렇게 해도 되는데? ───'나흘 뒤에 그쪽이 칸토에서 나간다'는 결정을 지금 여기서는 내리지 않게끔 하자고."

"……네?"

방금 한 말이 무슨 의미인지 제대로 이해하지 못한 모양이다. 물론 나도 생각하면서 말하고 있다. 그래서 방금 한 말을 아이디어로 삼고, 정확하게 말하자면.

"──나흘 뒤에 하시바 세력과 회의를 하고 싶다. 그리고 그때, 아즈치가 칸토에서 나갈지 여부를 정하는 건 어떨까."

"───그렇군요."

"마사즈미 님! 마사즈미 님! 개그에 엄격한 전투 국가 무사시가 그렇게 무른 판단을 내려도 되는 건가요?! 뭐, 가끔은 괜찮겠지요. ───홋, 그럼 은혜를 베푸는 것도 괜찮겠다고 판단됩니다, 티처 이시카와. 아, 이거, 제가 아르바이트를 하고 있는 곳의 빵입니다. 돌아가실 때 챙겨가시죠."

호라이즌이 종이봉투를 건네고 어깨까지 두드려주자 이시카와가 말없이 고개를 숙이고 있는 이유가 뭘까.

그저, 자, 자, 사카이가 그렇게 말했다. 그리고 그는 손뼉을 치고 나서.

"───뭔가 갑작스럽긴 했는데, 양쪽 체면을 생각하면 이 정도려나. 이시카와 군, 이쪽에 더 머무를 건가?"

"네?! 아, 아뇨, 아쉽지만, 무사시가 여기서 멈춘다면 저는 다른 배를 타고 아즈치로."

왜냐하면.

"───제 지도를 기다리는 자들이 있으니까요."

●

그리고 이시카와가 떠난 뒤, 하시바 쪽에서 회의 제안이 들어왔다.

내용에 대해서는 그녀와 마사즈미가 이야기를 나눈 대로였고.

"7일에 아즈치의 향후와 무사시의 향후를 정하게 되겠군."

원래 성련의 지시가 8월 10일이었기 때문에 이번 회의 때는 무사시 쪽이 불리해지지 않을까 하는 이야기가 나왔다.

왜냐하면 아즈치는 만약에 7일에 칸토에서 쫓겨나게 되더라도 보수나 보급 기간이 사흘 정도 부족한 것으로 끝나지만, 무사시 쪽은 이렇게 빨리 온 것에 대한 페널티를 떠안는 것은 물론이고 칸토에 묶이게 되기 때문이다.

이런 점에 대해 마사즈미는.

"뭐, 방법은 생각해 두었어."

라는 대답만 할 뿐, 자세한 내용은 말하지 않았다. 실제로 칸토에 있는 오쿠보가 행방불명된 게 아닐까하는 이야기가 나올 정도로 연락이 되지 않는 상황인데, 그건 호조 지역 하늘 위에서 칸토로 보급을 진행하고 있는 무사시에서도 마찬가지였다. 특히 무사시의 통신이나 결계를 관리하고 있는 아사마 같은 사람은.

"어라……? 저, 저번에 감동적인 부녀간의 대화를 나눈 것 같은데, 요즘은 학생회 거실하고 스즈 양네 집에만 있는 것 같은데요……."

그 정도로 무사시가 매우 바쁘게 돌아가는 상황이다.

그리고 시간이 지나자 다들 바쁜 와중에 무사시 측벽 위에 있는 인공 해변에 갈 일정을 세우거나, 여름 페어의 책

이나 게임을 통신 판매로 구입하는 등, 무의미한 현실 도피
를 하면서도.

"———이제야 되었군."

7일. 회의 날이 다가온 것이다.

제27장
『잠자리의 방문자』

그것은 언제나 갑작스럽게
우연이 아니라
뒤얽힌 필연으로
흘러넘친 표면장력
배점 (그래, 그래, 알았어, 알았어)

나르제는 공중에서 하품을 하고 있었다.

아침이라고 하기에는 약간 늦은 시간이었다. 내가 지금 날고 있는 것도 배송업이라기보다는.

……원고를 마무리했으니까.

요즘, 밤을 새우며 작업하던 게 드디어 완성된 것이다. 여름 이벤트용. 현장이 아리아케라서 솔직히 무사시가 칸토로 와준 게 고마웠다.

만약에 사누키에 그대로 머물렀다면.

"그것도 나름대로 여행 기분이 들었을지도 모르겠네."

그래도 최근에 내 몫까지 일을 맡아준 마르고트에게 고마워해야 할 것 같다. 좀 전에 그녀는 나와 교대하듯이 방으로 돌아갔지만, 살짝 키스만 했을 뿐이다. 돌아가면 침대에 있을 테니 오늘 생활은 곁잠부터 시작하게 될 것 같다. 그런데.

• **마르가** : 『하늘이 꽤 조용해졌네. ……누구 있어?』

다들 자고 있으려나, 그 정도로 기대하며 불렀다. 그러자.

• **부회장** : 『Jud. 지금 다들 학생회 거실에서 자고 있다.』

마사즈미가 낚였다.

나르제는 휘파람을 한 번 부르는 것으로 대답했다.

실제로 최근 며칠 동안은 철야까지 포함해서 방에 틀어박혀 있었고, 다른 사람들의 목소리는 통신으로 텍스트 라디오처럼 보기만 했었다.

……마르고트 말고 다른 사람과 이야기하는 것도 오랜만이네.

그런 마르고트와도 요즘은 '기분 전환용 이야기'만 했으니 그 굴레를 벗어던진 것도 정말 오랜만이다.

• **마르가** : 『문명에 오신 것을 환영합니다. 나르제, 이런 느낌이네. ───그쪽은 어때? 하늘은 조용한데.』

• **부회장** : 『그래, 낮에 하시바 세력과 통신 회의를 할 예정이라 오가는 배를 최소한으로 줄였거든. 지금 무사시 내부가 어떻게 되었는지 알려지게 되면 교섭 카드로 써먹지 못하게 될지도 모르니까.』

그렇구나, 나르제는 그렇게 생각하고 고개를 끄덕인 다음, 배와 비상기의 이동이 겹쳐져서 생겨난 함간 대류가 없는 하늘을 둘러보았다. 입이 아니라 목을 열어젖히고 그 희귀한 하늘의 공기를 한 번 들이마시고 나서.

• **마르가** : 『가끔은 이런 것도 괜찮네. ───그런데, 조용하더라도 이미 이쪽으로 들어와 있는 것도 있지? 저번에 그 교사처럼.』

• **부회장** : 『맞아. 마크는 해두었지만, 약간 골치 아픈 게 있다는 건 사실이야.

───그런데 그쪽은 어때? 끝났나?』

  • **마르가** :『학생 기숙사의 통신 관련 주맥을 좀 더 두껍게 만들라고 생활 위원이나 방송 위원에게 말해둬. 만든 데이터가 너무 커서 M.H.R.R.까지는 우리 회선으로 보낼 수가 없어. 그러니까 이제 오쿠타마의 국제 통신 신사로 가서 담당 무녀에게 정화를 부탁하려고.』

  • **부회장** :『꽤 귀찮겠네.』

  그렇지만도 않아, 나르제는 그렇게 말하며 쓴웃음을 지었다. 하늘, 멀리 앞쪽에 상공단 허브함이 떠 있기에 멀리 돌아가며 피하는 궤도를 타면서.

  • **마르가** :『통신으로 보낼 때, 정화에 걸리는 데이터가 있으면 추출되거든. 다시 말해 수정 미스가 있으면 안 돼. 우리 마술 통신을 경유하면 그런 서비스가 취소되어서 수정 미스가 생기는 경우도 있긴 한데, 신사를 경유하면 그게 없으니까 안전하지.』

  뭐, 그래도, 나르제는 그렇게 말하며 한숨을 쉬었다.

  • **마르가** :『이렇게 양이 많고, 연달아 밤을 새다 보면 수정할 곳이 잔뜩 생기니까, 신사의 무녀분이 주의를 주기도 하거든. 그쪽도 확인하면서 '이「잠을 자지 마, 자지 마」라는 건 어떤 의미죠? 자지 말라는 건가요?'라고 물어보니까 나도 '그건 표현이 말이죠'라고 설명하게 되지만.』

  • **부회장** :『상호 수치 플레이로군.』

  자연적으로 그렇게 되어버리니 어쩔 수가 없다. 그저.

• **마르가** : 『뭐, 나는 한두 시간 정도면 해방되겠지만, 네신바라 같은 사람은 괜찮으려나? 오늘은 이벤트 정식 날짜가 발표되는데, 해마다 보통 중반이니까 슬슬 1주일도 안 남았거든? 인쇄소를 확보하기 이전에 원고는 마무리했으려나?』

그래, 그렇게 말한 마사즈미의 목소리가 드렬ㅆ다. 그녀는 음~, 그렇게 무언가를 떠올리는 듯한 말투로.

• **부회장** : 『뭔가 그런 쪽으로 다른 사람들 도움을 받아서 소설이 아닌 다른 걸 만드는 모양이던데?』

또 초조해져서 어중이떠중이 같은 짓을……, 그런 생각이 들었지만, 마사즈미에게 말해봤자 소용이 없다.

• **마르가** : 『험한 꼴이 될 거야. 그런데 마사즈미? 마르고트하고 한숨 자고 나서 그쪽으로 갈게. 저격수도 경비원으로 필요하잖아.』

부탁한다, 그런 목소리가 들린 뒤에 약간 망설이는 듯한 뜸이 생겨났다.

그래서 나르제는 코웃음치며 말했다.

• **마르가** : 『대체 뭔데? 마녀에게 말해보지 그래?』

• **부회장** : 『Jud. 좀 전에 말인데, ———이번 하시바 세력과 진행할 회의 이후에, 날짜는 임의로 정해도 된다고 하긴 하지만, 크리스티나에게서 회의 의뢰가 들어왔어.』

무슨 뜻인지는 알겠다. 다시 말해.

• **마르가** : 『무사시가 이쪽에 묶이게 될지 여부. 스웨덴에서는 그런 것들을 파악한 다음에 거취를 결정하고 싶다. 그

런 거야?』

　• **부회장** :『어떻게 생각해?』

　어떻게냐니, 이미 뻔한 건데.

　• **마르가** :『우리는 칸사이로 돌아갈 거야. 그러기 위한
방법도 있는 거지? 그렇다면 하시바 세력에게 그런 것들을
때려 박아주고 오라고.』

　• **부회장** :『그렇게 말해주니. 매우 고마운데.』

　왜냐하면, 마사즈미가 그렇게 말했다.

　• **부회장** :『실제로 움직임이 생겼을 때, ———약간 놀라
게 될 거야.』

　• **마르가** :『네 개그와 비슷할 정도로는 기대할게. ———확
실하게 해줘.』

　Jud. 그런 대답과 함께 통신이 끊겼다.

　좀 더 이야기를 하고 싶은 마음이 있긴 하지만, 그쪽도 나
름대로 바쁠 것이다.

　그리고 이쪽도 마찬가지다.

　"얍."

　슬슬 내려가는 궤도를 타야만 한다. 평소 때 배송과는 달
리 거리가 짧기 때문이다.

　아래쪽. 아침을 지난 직후인 오쿠타마의 표층부가 있다.
갑판에서는 최근 며칠 동안 바빴기 때문인지 임시 시장이
열려서 보급을 하고 남은 물자 등을 사고팔고 있었다.

　거기에 모이고 흘러가는 사람들 속에서 나르제는 낯익은

모습을 발견했다.

　"———아즈마."

　　　　　　　　　　●

　나르제가 보고 있는 일대. 시장은 극동 교도원 구매부에
서 주최한 모양이었다. 계산대 아르바이트를 마치고 나온
것 같은 아즈마가 마중나온 사람들을 향해 두 팔을 들고 자
신의 존재를 나타내고 있었다.

　상대는 휠체어를 탄 소녀와 반투명한 유녀다.

　휠체어에서는 인파에 가려 보이지 않았지만, 아즈마가 두
팔을 들어올리고 있었기에.

　"———."

　세 사람이 합류했다. 이미 휠체어를 탄 소녀가 종이 봉투
를 끌어안고 있는 걸 보니 이제 돌아가기만 하면 되는 것 같
다. 동거하는 느낌이 아직 약간 희미하네, 그렇게 비평하고
있던 동안에 세 사람이 아래로 내려가는 리프트 쪽으로 이
동했다.

　그 모습을 바라보던 나르제도 내려가기 시작했다. 이쪽도
나름대로 바쁘기 때문이다.

　　　　　　　　　　●

방으로 돌아온 아즈마가 시작한 것은 방 청소였다.

"―――파파도 힘들겠네. 요즘 야근도 많이 했는데, 집에 와서는 청소부터 하고. ……딱히 나한테 맞춰주지 않고 자도 되는데?"

"밀리엄이 자는 동안에 시끄러운 소리를 내면 안 되잖아."

아즈마는 그렇게 말하며 바닥을 맡았다.

밀리엄이 침대의 이불을 개고 틈새로 떨어진 것들을 줍고 있는 와중에 내가 맡은 일은 그녀의 손이 닿지 않는 침대 아래나 책상 아래를 빗자루로 쓸고, 대걸레로 닦아나가는 작업이다.

"다들 학생회 거실을 정리하나 싶었는데 금방 어지럽히게 되어서 꽤 복잡해진 것 같은 모양이야. 짐은 사생활 쪽만이라도 깨끗하게 해두고 싶다, 그런 생각이 들었어."

"특이한 반면교사네."

그러게, 그렇게 말하며 고개를 끄덕이고 있자니 손 근처, 밀리엄이 휠체어 생활을 하고 있기 때문에 책상과 침대 아래에는 물건이 별로 없을 줄 알았는데.

"아래쪽이나 낮은 위치에도 이런저런 것들이 있네."

"휠체어 리클라이닝 기능이 좋거든. 무사시에는 보관할 곳도 별로 없고."

그렇구나, 그렇게 말하며 책상 아래를 보니 선반 대신 쓸 판자가 증설되어 있었다.

못과 나사로 달아둔 것이 아니다. 선물로 받은 것 같은 과자 빈 통을 세우고, 거기에 판자를 걸치기만 해서 만든 선반이다.

지금까지도 그쪽을 보거나 시야에 들어오기도 한 적이 있긴 한 것 같지만, '책이 쌓여 있다' 정도로만 생각했었다.

아즈마는 다른 사람의 사생활을 본 것 같았기에 손을 멈췄다.

"───여기, 아래쪽, 짐이 봐도 되는 거야?"

"항상 보고 있잖아? 이제 와서 숨길 거였다면 처음부터 숨겼겠지."

밀리엄답다는 생각이 들긴 하는데, 그렇다면 물어보는 것도 나다운 걸까. 그런 생각을 하고 있자니 밀리엄이 쓴웃음을 짓는 소리가 들렸다.

"생각났어."

"뭐가?"

"봄 말이야. 네가 왔을 때, 너무 갑작스러웠거든."

그런 분위기가 느껴졌던 것 같긴 하다. 그런데.

"───그때, 그 근처를 정리할 틈도 없겠구나, 그렇게 생각하고 뻔뻔하게 나가기로 했었지."

"지금은 봐도 돼?"

"뻔뻔하게 나오는 여자로부터 눈을 돌리는 건 실례가 될 것 같지 않아?"

하지만.

"이제 와서 말이지. 그런 게 생각났어."

살짝 웃고 있는 걸 보니 기분이 좋은 걸까. 반투명한 유녀도 처음에는 같이 청소를 하고 있다가 지금은 지쳐서 잠들어버렸다.

밀리엄이 그 소녀에게 이불을 덮어주면서.

"정말, 이제 와서. ———당시하고 지금은 모든 것이 달라졌는데 말이지."

"침도 설마 여자애 방을 청소하게 될 줄은 몰랐어."

"여긴 네 방이기도 한데?"

"그럼 밀리엄의 책은 내 책이기도 한 건가?"

그렇게 말하며 바라본 곳. 밀리엄이 입을 살짝 벌린 채 얼굴을 붉히고 있었다.

······어?

그렇게 생각하며 고개를 갸웃거리자 밀리엄이 숨을 크게 들이마셨다.

"잠깐만 기다려."

"몇 초나?"

"그렇게까지 오래 기다릴 필요는 없어. ———예전에 뻔뻔하게 나가기로 했으니까. 다시 개방할 필요는 없을 줄 알았는데."

"뭐, 뭐가?"

"여기는 네 방이기도 하다. 그런 뜻이야. 그러니까———."

그러니까.

"자기 물건을 보고 감상 같은 건 말하지 않잖아. 그런 부분은 이해해줘."

그녀가 한 말이 무슨 의미인지 모르겠다.

하지만, 응, 그렇게 대답해야 한다는 사실은 알고 있다. 그 정도는 이해하는 사이다. 그리고 대걸레를 책상 안으로 집어넣던 아즈마는 문득 책상 아래에 늘어서 있던 책의 제목을 보았다.

뜨개질.

침대 정리와 생활 기술.

평소에 쌓이는 피로와 스트레스를 푸는 체조.

……응.

평소 때 밀리엄의 있는 그대로라고도 할 수 있는 것들이 거기에 늘어서 있었다.

참고서나 사전도 있긴 한데, 이건 꽤 낡았다. 책상 위에 있는 것이 신판이라면, 이건 오랫동안 쓰던 책이고, 부적 같은 건가? 그리고.

……아.

요리책이 제일 구석에 몇 권 있었다.

●

아즈마는 보았다. 밀리엄의 책상 아래에 있는 책들의 제목을.

겨우 네 권.

가벼운 수제 요리.

계절 요리.

음료수와 디저트를 만드는 법.

그러한 것들의 매너.

그런 책들이 그곳에 있었고, 아즈마는 숨을 크게 들이마셨다.

고동이 두세 번, 흐트러진 듯이 울린 건 사실이다. 물론, 그건.

……아, 아니, 그냥 요리책이잖아.

자기 자신을 억지로 억누름으로써 놀란 모습을 보이는 건 피할 수 있다. 그런데.

……응.

솔직히 말하자면, 좀 더 '넓은 것'이 있다면 어떻게 할까, 그렇게 생각했었다. 아직 미숙한 세계 지도나 기행본 같은 게 있다면 어떻게 해야 할까.

그럴 경우에는 밀리엄을 바깥으로 데리고 나갈 수밖에 없겠다, 그런 생각이 들었던 것이다.

자만이다.

내가 그녀를 **이끌어나갈 수 있다**는 것은 주제넘은 착각이다. 왜냐하면.

"＿＿＿."

여기 있는 건 전부 그녀가 스스로 해야만 하는 것들이다.

하지만, 아즈마는 밀리엄이 요리를 하는 모습을 본 적이 없다. 기본적으로는 외식, 상황에 따라서는 휴대 식량을 사 와서 그걸로 때울 때도 있다.

본인 말에 따르면.

"움직이지 않으니까, 배가 안 고프거든."

그러면서 오히려 내게 '신경 쓰이면 가서 먹고 와', 그렇게 등을 떠밀기까지 한다.

하지만, 아즈마는 대걸레를 움직이는 손을 멈추지 않게끔 주의하며 생각했다.

……짐은 아직 멀었네.

바깥으로 데리고 나가자, 그런 생각에 나 자신이 사로잡 혔다.

요리도 마찬가지다.

내가 요리를 시작하고, 거기에 밀리엄을 끌어들였다고 해 서 그녀가 '요리를 한 것'이 되지는 않는다.

바깥으로 데리고 나가는 것도, 밀리엄이 '바깥으로 나간 것'이 되는 건 아니다.

……음…….

그렇게 생각하다가 정신을 차리고 보니 시간을 너무 많이 들인 것 같았다. 책상 아래에서 몸을 빼낸 다음, 옆쪽 공간 으로 이동했다. 그러자.

"아즈마."

목소리가 뒤쪽에서 들렸다.

"———청소를 다 하고 나면, 바깥으로 데려다줄래? 이

애도 그렇고 나도 먼지를 털어내고 싶어."

깜짝 놀랐다. 목소리가 떨리지 않게끔 대답한 말은.

"나가고 싶어?"

"Jud. ──요즘 그런 생각이 들게 되었거든. 누구 때문에."

●

"───바보, 왜 갑자기 우는 건데."

갑작스럽게, 흐트러진 호흡 같은 그의 눈물을 본 밀리엄은 놀라움 절반, 냉정함 절반이라는 느낌이 들었다.

……그렇구나.

왠지 언젠가 이럴 때가 올 것 같다는 느낌이 들었다.

솔직히, 그가 어째서 갑자기 울음을 터뜨린 건지, 나는 이해할 수가 없다.

하지만 감정이란 갑자기 터져버리기도 하고, 모르는 사이에 조금씩 쌓여서 흘러넘치는 것이기도 하다. 전자는 기피나 역린으로서 곧바로 이해가 되지만, 후자는 별개다.

지금은 분명히 후자일 것이다.

책상 아래에서 뭘 본 건지는 알고 있지만, 거기에서 뭐가 쌓인 걸까. 그리고 지금까지 무의식적으로라도 무엇을 담아두고 있었던 걸까.

나는 정말 똑똑하지 못하네, 밀리엄은 그렇게 생각하면서도 그것을 받아들였다.

"이해가 안 되는 것투성이야, 너, 아즈마."

"미, 미안."

대걸레를 들고 눈물을 닦는 그 모습에서는 예전 신분 같은 게 느껴지지 않았다.

그런데, 그가 눈가를 닦고는 이렇게 말했다.

"고마워, 밀리엄."

"뭐가 뭔지는 모르겠지만, 별말씀을. ──나도 고마워하고 있다는 걸 잊지 마. 너, 꽤 자기 마음속으로만 해결하려 하는 경향이 있으니까."

그렇게 말했더니 잠시 후에 또 울었다.

뭐, 됐어, 밀리엄은 그렇게 말했다.

"운다는 건, 일설에 따르면, ──현재 상황을 완전히 받아들이지 못하고 처리할 수 없게 되었다는 알림으로 뇌가 눈물을 흘리게 만드는 거래. 그리고 일단 '대신 처리했다'면서 현재 상태를 인정해갈 수 있다고 해.

기쁠 때는 그 행복을 어떻게 받아들여야 할지 몰라서.

슬플 때는 이렇게 불행한 현실은 거짓말일 거다, 일단은 그렇게 믿으려고 말이지."

"밀리엄."

아즈마가 살짝, 뭔가 부족한 듯한 미소를 지으면서 눈가를 닦았다.

"──평소대로라, 고마워, 밀리엄."

"내가 너한테 논리로 따지는 게 어떨 때일지 알아?"

"?"

"너를 이해하려 할 때야. 자, 이쪽으로 와. 대걸레를 들고 울음을 터뜨리다니, 바람직한 상황은 아니라고."

"미안."

그런 말을 하지 않게 될 때가 언젠가 오는 걸까. 아니면.

……글세.

말세라고 하는 세상이다. 전국 시대와 30년 전쟁도 겹쳐진 상황이다. 나처럼 몸이 불편하면 세상의 움직임에 좌우되기 쉽다. 그렇다면.

"자, 지금만이야, 특별히."

이불 옆을 두드리자 그가 왔다. 망설이지 않는 걸 보니 배짱이 좋은 것 같은데, 혹시.

……잡혀 사는 건가? 나한테…….

하지만 옆이라기보다는 마주보는 듯이 앉은 그의 눈가에서 눈물을 보고는.

"자, 가만히 있어. 어지간한 여자애보다 이쁘장하게 생겼으니까 음침해지면 아깝잖아."

"밀리엄하고 비교하면 어때?"

"나는 재주가 좋은 여자니까, 맡겨둬."

손수건으로 닦아주자 얌전해졌다. 손의 움직임, 그리고 남을 닦아주고 있으니 친구에게 화장을 해주고 있는 것 같다는 착각도 들었지만.

"……뭔가, 수고가 많네? 아즈마."

"뭐가?"

"네가 미카타가하라 전투 이후로 자기가 뭔가 할 수 있지 않을까, 그렇게 생각했던 거, 나도 알고 있어."

그가 나를 바깥으로 데리고 나가려 하거나, 밖에서 일을 찾아 오거나. 그러면서도 셋이서 함께 지내는 시간이 길어진 것도 그 패전 이후로 생긴 일이다.

아즈마가 보기에 우리는 뭔가 하려 하는 자신에게 있어서 최단거리에 있는 증명이라는 뜻이다.

적어도 '밀리엄이나 소녀를 위해서'라는 말을 꺼내지 않아줘서 고맙다. 그리고, 그러면서도 우리를 제일 먼저 선택해 주는 것도.

……고맙다고 생각하나?

깊게 생각하면 지금 나 자신을 유지하는 게 힘들어질 것 같았기에 보류하기로 했다. 나중에 생각해야지.

하지만 지금 아즈마에게는 해둘 말이 있다.

"네 태생으로 인한 최대의 선택지에 대해 부회장에게 건의했어?"

그렇게 묻자, 아즈마가 고개를 끄덕였다. 그래서 밀리엄은 쓴웃음을 짓고는 몸을 기울였다.

아즈마의 이마에 내 이마를 대고.

"바보구나."

"뭐가?"

"우리 반 친구들은, 네가 그걸 밝히면, 피하려 할 거야."

"······어째서?"

"삐뚤어졌으니까."

아즈마가 웃었다. 그렇긴 한 것 같다는 분위기. 하지만 그렇게 되면.

"자, 청소를 도와줄 테니까, 끝낸 다음에 다시 외출하자. 넌 편입했을 때 시험을 쳤으니까 재시험은 면제, 나는 체육 수업에 참가하지 않으니까 원래 면제. 양쪽 다 이미 여름방학 상태였잖아.

아무튼 다른 사람들도 슬슬 회의에 참가할 테고, 외출하는데 문제는 없어."

그리고, 밀리엄은 그렇게 말하며 침대 가장자리에서 어떤 것을 손가락에 걸치며 들어올렸다.

"———청소를 하다가 이런 걸 찾았는데. 봐, 까만 머리카락, 어떤 여자애야?"

"짐 머리카락 아니야?"

"의심할 여지도 없네———."

밀리엄은 침대에 드러누웠다. 어? 그렇게 말하며 놀란 아즈마를 보고, 지금 상황에 대한 감상은.

"천진난만하게 삐뚤어져서 곤란하다니까."

●

"———그래서, 이런 타이밍에 정말 삐뚤어진 손님이로군."

낮, 교도원 건물 앞. 교도원 2층으로 이어지는 다리 위에서 마사즈미는 그렇게 중얼거리고 있었다.

이제 낮에 진행될 회의를 대비해서 집에 가서 몸단장을 갖출까 생각하고 있었는데.

"마사즈미 님, 이 손님이 비밀리에 면회를 요청하셨기에 저 '무사시'가 안내해드렸습니다. 괜찮으시겠습니까. ——이상."

"Jud. 그건 상관없어. 그저——."

그렇게 말하며 바라본 곳에는 날씬한 그림자가 서 있었다.

한눈에 자동인형이라는 걸 알아볼 수 있었다. 그것도 낡은 타입. 그 정도로 생기가 없고 딱딱해 보인다.

……그런데 왠지 풍격이 느껴지네.

연배라고 해야 하나.

입고 있는 옷은 P.A.Oda 계열. 하지만 색은 흰색으로 통일했고, 시녀식으로 어레인지한 상태다. 무사시에서 딱히 이야기가 들리지 않았던 이유는 그런 차림새 때문이었을 것이다.

어깨 위 높이로 단정하게 자른 머리카락을 나부끼며 상대방이 이쪽을 보았다. 그리고.

"갑작스럽게 찾아뵙게 되어 실례했습니다."

허를 찔렸다, 그런 생각이 들 정도로 당당한 모습으로 그녀가 고개를 숙였다.

"오늘은 절실한 부탁이 있어 왔습니다."

담담한 목소리와 절실하다는 단어가 포함된 그 말이 들어맞지 않는 것 같다는 느낌이 든다. 그런 부분도 역시 낡은 자동인형이라 그런 걸까.

하지만, 그녀는 고개를 들었다.

이쪽을 바라보고 있는 갈색 눈동자. 마사즈미는 그 색을 보며 고개를 끄덕였다.

"대체 무슨 용건이지? P.A.Oda의 자동인형이."

"Shaja, ━━공적으로는 이번 회의 같은 일이 생길 경우를 위하여 본국으로 통하는 통신 라인을 확보하기 위해서입니다. 하지만 그것을 담당할 예정이었던 오타니 요시츠구 님께서 무사시 측의 결계에 걸려버리셨기에 물리적으로 안테나 역할을 맡을 자가 필요합니다."

그렇기 때문에, 그녀는 그렇게 말하고는 이렇게 자기소개를 했다.

"P.A.Oda 방송 위원장. ━━모리 란마루. 정식으로 사누키에서 탑승하였습니다."

●

"뭐죠? 갑자기 모리 란마루 같은 빅 네임이 오다니."

"미토, ……미토도 꽤 빅 네임이거든요? 후세에서 경제 효과가 장난이 아니라고 방론에 적혀 있을 정도니까요."

아뇨, 뭐, 미토츠다이라가 그렇게 말하며 웅얼거렸다. 후세의 내용이 어떤 건지는 모르겠지만.

모리 란마루

……그런 것들을 이루어내려면 제가 여러 나라를 돌아다니거나 에치고의 옷감 장사 행세를 해야만 하거든요…….

졸업한 뒤에 하면 되려나, 그런 생각을 하며 몸을 숙이고 바깥 상황을 들었다.

보아하니 학생회 거실에 있던 다른 사람들도 자다가 일어나서 마찬가지로 몸을 숙이고 있었다.

호라이즌이 분리된 두 팔의 엄지손가락을 들어올리는 걸 보니 '속행하라'는 것 같다.

그래서 미토츠다이라는 음성을 기록하고 있는 아사마와 함께 바깥의 기척에 집중했다.

그런데 대체 어떻게 된 걸까.

"모리 란마루라고 하면 오다 노부나가의 시중을 드는 시동 필두라는 느낌인 측근이죠?"

"네, 성보기술의 방론에는 '보통은 남장을 하거나 호모 쇼타가 된다'고 적혀 있는 사람일 텐데, 설마 자동인형일 줄이야."

중성 사양일지도 모르겠네요, 그런 생각을 하고 있자니 목소리가 들렸다.

"———무사시 부회장님."

란마루가 막힘없는 말투로 말을 꺼냈다.

"용건을 말하도록 하겠습니다."

●

마사즈미는 긴장하지 않았다.

바로 위에는 다른 사람들이 있다. 만에 하나, 어떤 상황이 발생하더라도 대처할 수 있을 것이다. 그래서.

"뭐지? 들을 수 있는 범위라면 듣겠어."

"Shaja, 감사합니다. 그럼———."

고개를 숙여 인사한 다음, 란마루가 이렇게 말했다.

"개인적인 부탁입니다. 노부나가 님도, 다른 누구와도 상관이 없습니다."

"받아들이지. 다른 사람에게 말하지 않을 것도."

"Shaja, 감사합니다. 그럼, 전제를 한 가지 더 말씀드리겠습니다만."

그녀가 말했다.

"———무사시는 언젠가 서쪽으로 돌아가서 혼노지의 변에 개입할 것이다, 그렇게 생각하고 계시지요?"

그녀의 의문에 대답할 생각은 없다. **그것**을 상대방도 알고 있기 때문이다.

그러니 **그것**을 '전제'로 삼은 이상, 그녀는 다른 사람에게 비밀로 사적인 부탁에 대해 말했다.

"아케치 님께서 계시는 교토."

"……뭐?"

갑작스러운 이름과 지명. 나는 그것에 대해 무심코 의문을 제기하고 있었다.

하지만 란마루는 무표정한 얼굴로 이쪽을 똑바로 바라보았다.

그리고 그녀는 담담한 말투로 이렇게 말했다.

"———혼노지의 변이 종료될 때까지, 그곳에는 다가가지 말아 주셨으면 합니다.

제 요망은 그것뿐입니다."

후기

자, 이렇게 『경계선상의 호라이즌 Ⅷ 상』을 보내드립니다. 드디어 전작을 뛰어넘어서 Ⅷ권까지 왔네요……. 여러분, 정말 감사합니다.

응원해주신 덕분에 작년 11월에는 사이드 스토리인 '걸즈토크'도 발간되었습니다. 이쪽도 평가가 좋으니 속간을 희망하는 목소리에 부응할 수 있으면 좋겠다는 생각을 하고 있습니다.

그럼 본편, 드디어 여름방학입니다. 내가 여름방학 때 뭘 했었지~? 그렇게 생각해보니 X68K로 경영 시뮬레이터를 만들거나, 아타미까지 자전거를 타고 가거나, 중학교 시절에는 이 작품의 기반이 되는 것을 쓰려다가 실패해서 머리를 감싸쥐기도 한 느낌으로 뭐, 이런저런 일들이 있었습니다. 지금하고 딱히 다를 게 없는 것 같기도 하네요.

그런데 본편, 상황으로 따지면 Ⅶ권에서 이어지면서 국가 간 역사재현이 멈추고 각 나라가 내정과 책략을 꾸미는 시기인데요, 시대의 진행으로 따지면 하시바가 천하를 손에 넣을지 어떨지, 그런 부분입니다. 실제로 이 시기에 거의 모든 지역이 자신들이 자리잡을 곳을 살펴보던 와중이었는데, 그때부터 세키가하라를 대비해서 책략을 미리 준비하고 있었던 마츠다이라 진영의 숨겨진 아나키 활약이 대단하다고 해야 할까요. 당시의 인프라 상황으로 따지면 지방의 대규모 세력에게 손을 대는 게 힘들다고는 하지만, 주변을 회유해나가고 하시바가 죽은 뒤에 거의 모든 세력이 자신의 위치를 인정하는 흐름을 만드는 건 정말 엄청난 일인 것 같네요…….

　아무튼, 항상 하던 채팅입니다.

　"그래서, 학생 시절에 무슨 일이 있었는데? 범죄 자랑이나 부상 자랑, 뭐든 상관없는데?"

　『아～. 우리 대학교 말이지, 산속에 있는 연구 계열인데, 기숙사 같은 게 없어서 말이지. 그래서 현지 빌라에 살았는데, 위층 사람이 댄스? 뭔가 하고 있어서 시끄러웠거든.』

　"옆집이면 벽쾅이라도 하면서 벽에 사랑을 속삭이면 옆방 사람이 도망칠 텐데 말이지. 그래서?"

　『그래, 그래서 집주인에게 말했는데도 해결이 되지 않았는데, 뒷산에 가보니까 간벌해서 꽤 괜찮은 통나무가 있었거든. 그래서 위층 사람이 시끄럽게 굴면 그걸로 아래쪽에서 쾅, Fuck해줬지.』

　"통나무로 메탈 계열 행세를 하지 말라고. 천장이 뚫리잖아."

　『──아니, 제대로 알아보고 기둥? 그런 부분에 Fuck했으니까. 그랬더니 사흘 정도만에 위층 사람이 엄청난 표정으로 찾아와서는 '뭐 하는 거야!'라고 하길래 통나무를 끌어안고 '요가요'라고 했더니 조용해졌어.』

　"요가 Fucker구나～."

아무튼 이번 BGM은 Danny Byrd의 'Like a Byrd'입니다. 여름 지붕위 대시가 이런 이미지일까요. 그래도 뭐.

"누가 제일 좋은 점수를 받았을까."

라는 느낌입니다. 그럼 다음 권까지 조금만 기다려주시길 바랍니다.

2014년 11월 왠지 연달아 비가 내리는 아침
카와카미 미노루

KYOKAISEN JO NO HORIZON VIII—1

©Minoru Kawakami 2015
Edited by 전격 문고
First published in 2015 by KADOKAWA CORPORATION, Tokyo.
Korean translation rights arranged with KADOKAWA CORPORATION, Tokyo.

경계선상의 호라이즌 VIII〈상〉

2024년 10월 15일 1판 1쇄 발행

저　　자 카와카미 미노루
일 러 스 트 사토야스(TENKY)
옮 긴 이 천선필
발 행 인 유재옥
담당편집 정영길

이　　사 조병권
출판본부장 박광운
편집 1 팀 박광운
편집 2 팀 정영길 조찬희 박치우 정지원
편집 3 팀 오준영 이소의 권진영
디자인랩팀 김보라 차유진
디지털사업팀 박상섭 김지연 윤희진
라이츠사업팀 김정미 맹미영 이윤서
영업마케팅팀 최원석 이다은
물 류 팀 허석용 백철기
경영지원팀 최정연
발 행 처 ㈜소미미디어
인쇄제작처 코리아피앤피
등　　록 제2015-000008호
주　　소 서울시 마포구 토정로222, 502호(신수동, 한국출판콘텐츠센터)
판　　매 ㈜소미미디어
전　　화 편집부 (070)4164-3962, 3963 기획실 (02)567-3388
　　　　　 판매 및 마케팅 (070)4165-6688, Fax (02)322-7665

ISBN 979-11-384-3008-1 04830
ISBN 979-11-5710-055-2 (세트)

· 책값은 뒤표지에 있습니다.
· 파본이나 잘못된 책은 구입한 곳에서 교환해 주시기 바랍니다.